आदर्श स्वास्थ्य क्रांति

आदर्श स्वास्थ्य क्रांति

ड्यूक जॉनसन, एम.डी.

अनुवादक : डॉ. सुधीर दीक्षित, रजनी दीक्षित

MANJUL
मंजुल पब्लिशिंग हाउस

MANJUL

मंजुल पब्लिशिंग हाउस

कॉरपोरेट एवं संपादकीय कार्यालय

द्वितीय तल, उषा प्रीत कॉम्प्लेक्स, 42 मालवीय नगर, भोपाल-462003

विक्रय एवं विपणन कार्यालय

• **सी-16, सेक्टर 3, नोएडा, उत्तर प्रदेश - 201301, इंडिया**

वेबसाइट : www.manjulindia.com

वितरण केन्द्र

अहमदाबाद, बेंगलुरू, भोपाल, कोलकाता, चेन्नई,
हैदराबाद, मुम्बई, नई दिल्ली, पुणे

ड्यूक जॉनसन, एम.डी. द्वारा लिखित मूल अंग्रेजी पुस्तक
द *ऑप्टिमल हेल्थ रेवोल्यूशन* का हिन्दी अनुवाद

यह हिन्दी संस्करण 2009 में पहली बार प्रकाशित
चतुर्थ आवृत्ति 2017

ISBN 978-81-8322-167-2

हिन्दी अनुवाद : डॉ. सुधीर दीक्षित, रजनी दीक्षित

इस पुस्तक को उपयोगी जानकारियाँ देने के उद्देश्य से लिखा गया है। पुस्तक में दी गई सूचनाओं का उपयोग चिकित्सक से परामर्श लिए बिना नहीं किया जाना चाहिए। यह पुस्तक पूरी तरह शैक्षणिक उद्देश्य से लिखी गई है न कि चिकित्सकीय परामर्श देने के उद्देश्य से। यह पुस्तक किसी भी चिकित्सकीय सेवा का विकल्प नहीं है। पाठकों को किसी भी शारीरिक समस्या के निदान के लिए चिकित्सक से परामर्श लेना चाहिए। इस पुस्तक में दी गई सामग्री के प्रत्यक्ष या अप्रत्यक्ष उपयोग से होने वाली किसी भी क्षति के लिए प्रकाशक अथवा लेखक की कोई जिम्मेदारी नहीं होगी।

आदर्श स्वास्थ्य क्रांति

ड्यूक जॉनसन, एम.डी.

अनुवादक : डॉ. सुधीर दीक्षित, रजनी दीक्षित

MANJUL

मंजुल पब्लिशिंग हाउस

MANJUL
मंजुल पब्लिशिंग हाउस
कॉरपोरेट एवं संपादकीय कार्यालय
द्वितीय तल, उषा प्रीत कॉम्प्लेक्स, 42 मालवीय नगर, भोपाल-462003
विक्रय एवं विपणन कार्यालय
• सी-16, सेक्टर 3, नोएडा, उत्तर प्रदेश - 201301, इंडिया
वेबसाइट : www.manjulindia.com
वितरण केन्द्र
अहमदाबाद, बेंगलुरू, भोपाल, कोलकाता, चेन्नई,
हैदराबाद, मुम्बई, नई दिल्ली, पुणे

ड्यूक जॉनसन, एम.डी. द्वारा लिखित मूल अंग्रेजी पुस्तक
द *ऑप्टिमल हेल्थ रेवोल्यूशन* का हिन्दी अनुवाद

यह हिन्दी संस्करण 2009 में पहली बार प्रकाशित
चतुर्थ आवृत्ति 2017

ISBN 978-81-8322-167-2

हिन्दी अनुवाद : डॉ. सुधीर दीक्षित, रजनी दीक्षित

इस पुस्तक को उपयोगी जानकारियाँ देने के उद्देश्य से लिखा गया है। पुस्तक में दी गई सूचनाओं का उपयोग चिकित्सक से परामर्श लिए बिना नहीं किया जाना चाहिए। यह पुस्तक पूरी तरह शैक्षणिक उद्देश्य से लिखी गई है न कि चिकित्सकीय परामर्श देने के उद्देश्य से। यह पुस्तक किसी भी चिकित्सकीय सेवा का विकल्प नहीं है। पाठकों को किसी भी शारीरिक समस्या के निदान के लिए चिकित्सक से परामर्श लेना चाहिए। इस पुस्तक में दी गई सामग्री के प्रत्यक्ष या अप्रत्यक्ष उपयोग से होने वाली किसी भी क्षति के लिए प्रकाशक अथवा लेखक की कोई जिम्मेदारी नहीं होगी।

"एडवांस्ड बायोमेडिकल रिसर्च और विकास में हम 'स्टेट ऑफ़ द आर्ट' शब्दावली का प्रयोग करते हैं।"

मेकेनिकल कार्डियोपल्मोनरी क्रिटिकल केयर वेंटिलेटर्स और पल्मोनरी थैरेपी रेस्पिरेटर्स बनाने और विकसित करने में मुझे चालीस साल से भी ज़्यादा समय तक "स्टेट ऑफ़ द आर्ट" क़ायम रखने का श्रेय मिला है। ब्रॉन्काइटिस के चिकित्सकीय प्रबंधन में मेरी गहरी रुचि रही है। मेरी पूरी कोशिश रही है कि इसके दीर्घकालीन बनने और पल्मोनरी एम्फ़ीसेमा में प्रकट होने से पहले ही इसका इलाज कर दिया जाए। शुरुआती "आत्मप्रबंधन" में शारीरिक एवं मानसिक देखभाल शामिल है। यह ब्रॉन्काइटिस के रोगियों के लिए पूर्ण चिकित्सा का अनिवार्य पहलू है, ताकि यह फेफड़ों के दीर्घकालीन रोग (सीओपीडी) में न बदल पाए। माना जाता है कि वर्तमान में सिर्फ़ अमेरिका में ही 5 करोड़ से ज़्यादा सीओपीडी रोगी हैं, जो विभिन्न चिकित्सा पद्धतियों से इलाज करवा रहे हैं।

सीओपीडी का बुरा शारीरिक और मानसिक असर समय के साथ बढ़ता चला जाता है। इस वजह से हर रोगी को आदर्श स्वास्थ्य का महत्व समझाना और तर्कसंगत बनाना महत्वपूर्ण है। मानसिक और चिकित्सकीय दोनों दृष्टियों से रोगी की जानकारी हासिल करने के बाद "रोकथाम चिकित्सा" (preventive medicine) का प्रयोग हमारी बढ़ती हुई बुज़ुर्ग जनसंख्या में बेहद महत्वपूर्ण भूमिका निभाता रहेगा।

समय के साथ मेरा "विद्यमान पाठ्यपुस्तकों से परिचय हुआ, जिनमें स्वास्थ्य प्रबंधन के निर्देश थे।" मैंने अपने सीओपीडी रोगियों को प्रोत्साहित किया कि वे शारीरिक और मनोवैज्ञानिक दोनों के ही संदर्भ में उन्हें पढ़ें।

मेरी राय में *आदर्श स्वास्थ्य क्रांति* ख़ुद अपने स्वास्थ्य की देखभाल और निवारक चिकित्सा के संदर्भ में "स्टेट ऑफ़ द आर्ट" है। यह सभी लोगों के लिए दीर्घकालीन स्वास्थ्य प्रबंधन की कुंजी साबित होगी। आप पाठकों को निरंतर यह एहसास दिलाते हैं कि "वे किस तरह अपनी सेहत पर असर डाल सकते हैं।" इस वजह से आप पाठकों की दिलचस्पी बनाए रखते हैं। परिणामस्वरूप यह पुस्तक दूसरे चिकित्सकों की पुस्तकों की तुलना में बहुत बेहतर है।

आपके "व्यक्तिगत स्वास्थ्य देखभाल संबंधी क़दम-दर-क़दम निर्देश" लोगों के जीवन को बेहतर बनाएँगे और जानकारी के माध्यम से चिकित्सकीय हस्तक्षेप को भी कम करेंगे, जिसकी लागत से दुनिया भर के देशों की अर्थव्यवस्थाओं की कमर टूट रही है।

डॉ. जॉनसन, मैं आपको धन्यवाद देता हूँ कि आपने "स्टेट ऑफ़ द आर्ट", विस्तृत और आसानी से समझ में आने वाली पुस्तक लिखने का समर्पण दिखाया है। आपने बख़ूबी बताया है कि हम किस तरह ख़ुद को और अपनी अनूठी आवश्यकताओं को समझकर अपनी देखभाल ख़ुद कर सकते हैं। आपकी पुस्तक आपके बरसों के चिकित्सा अनुभव का प्रमाण है।"

– डॉ. फ़ॉरेस्ट बर्ड, एम.डी., पीएच.डी., एससी.डी.,
द इनवेंटर हॉल ऑफ़ फ़ेम के सदस्य (रेस्पिरेटर के लिए)

"बुढ़ापे में स्वस्थ रहने के लिए मूलतः वृद्धावस्था से संबंधित कुछ दीर्घकालीन रोगों से बचना ज़रूरी है, जैसे हृदय रोग, मानसिक ह्रास (dementia), हड्डी और जोड़ों के रोग, कई तरह के कैंसर और टाइप 2 डाइबिटीज़। बुढ़ापे के रोग कितने गंभीर होंगे और कब शुरू होंगे, यह माहौल और आनुवंशिकी की अंतर्क्रिया पर निर्भर करता है, जिसे ज़्यादातर मामलों में बदला जा सकता है। हालाँकि ख़ास रोगों या शारीरिक संरचना पर कई पुस्तकें उपलब्ध हैं, लेकिन डॉ. जॉनसन नवीनतम विज्ञान पर आधारित व्यापक दृष्टिकोण सुझाते हैं कि हम लंबा और स्वस्थ जीवन कैसे जी सकते हैं। लेखक की "आदर्श स्वास्थ्य" की अवधारणा आकर्षक है। इसका यह मतलब नहीं है कि हम ज़िंदगी भर तीस साल के जवान बने रहने की कोशिश करें। इसका मतलब तो यह है कि हम जीवन चक्र की हर अवस्था में ख़ुश और सक्रिय कैसे बने रहें।

चिकित्सा विज्ञान लगातार विकास कर रहा है, लेकिन इस पुस्तक से यह स्पष्ट हो जाता है कि वर्तमान में ही हम इतना कुछ जान चुके हैं कि बुढ़ापे में आदर्श स्वास्थ्य की हमारी संभावना को बढ़ाने के लिए हम बहुत कुछ कर सकते हैं।"

– केनेथ कॉर्नमैन, पीएच.डी.
चीफ़ साइंटिफ़िक ऑफ़िसर, इंटरल्यूकिन जेनेटिक्स

समर्पण

यह पुस्तक मेरी अनमोल, प्रेमपूर्ण और सहयोगी पत्नी ट्रेसी को समर्पित है। हमारा विवाह एक बेशक़ीमती ख़ज़ाना है और पत्नी हमेशा-हमेशा के लिए मेरे हृदय की मलिका है। मेरे हिसाब से वह दुनिया की सबसे सुंदर महिला है, क्योंकि वह अंदर-बाहर दोनों तरह से सुंदर है। हालाँकि हमारे विवाह को बीस बरस हो चुके हैं, लेकिन ये दो साल जैसे लगते हैं। हमारे प्रेम का प्रतिफल हमारी तीन अद्भुत बेटियाँ हैं : अम्बर, केटी और बेथनी। इन सुंदर लड़कियों में कई ईश्वर प्रदत्त गुण हैं, लेकिन उन सबका सबसे बड़ा गुण सही काम करने की दिली इच्छा है।

दूसरे, यह पुस्तक मेरे माता-पिता रूथी जॉनसन और वेन जॉनसन को समर्पित है। मेरे पिताजी मेरे हीरो हैं, जीनियस हैं, मेरे पंखों को गति देने वाली हवा हैं और मेरी नज़रों में इस पृथ्वी पर प्रेम की महानतम मूर्ति हैं।

तीसरे, मैं न्यूट्रिलाइट हेल्थ इंस्टीट्यूट के प्रेसिडेंट डॉ. सैम रेहनबोर्ग का भी आभारी हूँ। इस बेहद प्रतिभाशाली और विनम्र व्यक्ति से मिले मार्गदर्शन को शब्दों में व्यक्त नहीं किया जा सकता। उन्होंने मेरे काम को सही आकार दिया। उत्कृष्टता के प्रति उनका समर्पण न्यूट्रिलाइट हेल्थ इंस्टीट्यूट के सौ से ज़्यादा बेहतरीन, पूर्णकालिक वैज्ञानिक शोधकर्ताओं में झलकता है, जिनके साथ रहने के लिए मैं कृतज्ञ हूँ।

चौथे, यह पुस्तक न्यूट्रिलाइट हेल्थ इंस्टीट्यूट, न्यूट्रिलाइट हेल्थ इंस्टीट्यूट साइंटिफ़िक एडवाइज़री बोर्ड, एमवे कॉरपोरेशन, बिल डॉम्ब्रोवस्की और कंपनी के स्टाफ़ तथा दुनिया के हज़ारों बिज़नेस एसोसिएट्स को समर्पित है, जिन्होंने अपनी सेहत के मामले में मुझ पर विश्वास दिखाया। पिछले बारह साल से ज़्यादा समय से मैं न्यूट्रिलाइट हेल्थ इंस्टीट्यूट का मेडिकल परामर्शदाता/डायरेक्टर हूँ। यह मेरे लिए बड़े सम्मान की बात है।

पाँचवीं और सबसे महत्वपूर्ण बात, यह पुस्तक प्रेमपूर्ण ईश्वर को समर्पित है, जो मेरे भीतर के हर गुण और अच्छाई का स्रोत है (जेरेमिया 9:23, 24)। मेरी कमियों और असफलताओं के बावजूद ईश्वर का प्रेम और कृपा मुझे संबल देती है।

मैं अपने लिटरेरी एजेंट्स के बेहतरीन काम के लिए भी उनका शुक्रगुज़ार हूँ। ट्रायडायूएस लिटरेरी एजेंसी के प्रेसिडेंट डॉ. यूव स्टेंडर और बर्कोविट्ज़ एंड एसोसिएट्स

की लीज़ा बर्कोविट्ज़ को धन्यवाद। उनकी विशेषज्ञता असंदिग्ध है। ग्लेन येफ़ेथ और बेनबेला बुक्स के उनके स्टाफ़ के साथ काम करना अद्‌भुत अनुभव था। मैं ख़ुद को धन्य समझता हूँ कि मुझे इतनी सहयोगी प्रकाशन कंपनी का साथ मिला। मैं डेविड बेसमर के उत्कृष्ट संपादन को भी बहुत साधुवाद देता हूँ।

मैं हमेशा डॉ. रेगी एडगरटन, पीएच.डी. का शुक्रगुज़ार रहूँगा, जो यूसीएलए ग्रेजुएट स्कूल ऑफ़ काइनेसियोलॉजी में प्रोफ़ेसर थे, जहाँ मैंने एमएस.सी. की डिग्री ली। वे स्वप्नदर्शी जीनियस थे और अपने समय से बीस साल आगे थे। उन्होंने न सिर्फ़ मेरे भविष्य का दरवाज़ा खोला, बल्कि मुझे यह भी सिखाया कि सच्चाई पहचानने के लिए वैज्ञानिक अध्ययन की पड़ताल कैसे की जाए।

अंत में, यह पुस्तक रिच डेवॉस को समर्पित है, जो एमवे कॉरपोरेशन के मल्टीबिलियन-डॉलर सह-संस्थापक हैं और हृदय प्रत्यारोपण भी करवा चुके हैं। न्यूट्रिलाइट हेल्थ इंस्टीट्यूट में निवारण चिकित्सा पर मेरे काम के बारे में जानने के बाद उन्होंने प्रतिक्रिया की, "दूसरे शब्दों में, आप दूसरों के साथ वह होने से रोकना चाहते हैं, जो मेरे साथ हुआ।" जब मैंने *हाँ* में जवाब दिया, तो उन्होंने कहा, "तो फिर जुटे रहें; यह बहुत अच्छा काम है।" धन्यवाद रिच। मैं आपके उत्साहवर्धक कथन को अक्सर याद करता हूँ।

विषय सूची

विषय सूची

प्रस्तावना

जीवन बदलने वाला अनुभव

जीवन के कुछ महत्वपूर्ण निर्णय लेने में बरसों का समय लगता है। आपातकालीन चिकित्सा से रोकथाम चिकित्सा (preventive medicine) तक पहुँचने का निर्णय मैंने एक ही दिन में ले लिया - शायद एक ही पल में।

मुझे आपातकालीन चिकित्सा में मज़ा आता था, क्योंकि इसमें मुझे लगातार महत्वपूर्ण निर्णय लेने पड़ते थे। मुझे इसमें इसलिए आनंद आता था, क्योंकि हर दिन के अंत में मुझे उपलब्धि का एहसास होता था। सौभाग्य से मुझे यूसीएलए स्कूल ऑफ़ मेडिसिन में उत्कृष्ट शिक्षा मिली थी, इसलिए मुझे लगता था कि मैं रोज़मर्रा की चुनौतियों से निबटने के लिए अच्छी तरह तैयार हूँ।

जिस दिन मेरी ज़िंदगी बदली, वह दिन भी बाक़ी दिनों जैसा ही था। तब मैं सदर्न कैलिफ़ोर्निया ईआर में काम करता था। बारह घंटों की शिफ़्ट में रोगियों का सैलाब उमड़ आता था। कुछ कार दुर्घटना में ज़ख़्मी हुए थे, तो कुछ पेट या सीने के दर्द से परेशान थे। चोट और बीमारी के शिकार इन लोगों को तात्कालिक और दीर्घकालीन दोनों तरह के रोग होते थे।

दीर्घकालीन रोग वे हैं, जो लंबे समय तक चलते हैं - ऐसी बीमारियाँ, जिनके साथ लोग महीनों या बरसों तक जीते हैं। मैंने विनाशकारी दीर्घकालीन रोगों से ग्रस्त युवाओं का कई बरसों तक उपचार किया था और यह दिन उस अनुभव का चरम बिंदु था। मैं जो घटना बयान करने जा रहा हूँ, वह हमारे आपातकालीन कक्ष में कई बार पहले भी हो चुकी थी। बहरहाल, हालाँकि हर रोगी महत्वपूर्ण होता है, लेकिन एक परिवार के साथ हुए अनुभव ने मुझे हमेशा के लिए बदल दिया।

पैरामेडिकल कर्मचारी अड़तीस साल के एक आदमी को लेकर आए। उसे ज़बर्दस्त हृदयाघात हुआ था - यानी उसके दिल ने धड़कना बंद कर दिया था। पैंतालीस मिनट तक हमने दिल की धड़कन लौटाने के उपचार संबंधी सभी राष्ट्रीय दिशानिर्देशों का पालन किया, लेकिन उसके हृदय ने धड़कना शुरू नहीं किया और मैं समझ गया कि उसके दोबारा ज़िंदा होने के बहुत कम आसार थे।

मैं उस आदमी के परिवार से बातचीत करने के लिए वेटिंग रूम में गया। मैं उन्हें बताने गया था कि हमने क्या किया है और यह भी कि हालात अच्छे नज़र नहीं

आ रहे हैं। मुझे हमेशा महसूस होता है कि इस तरह के पलों में परिवार वालों को उनके प्रिय व्यक्ति के बारे में हक़ीक़त बताना सबसे अच्छा होता है। बाद में मौत की अचानक घोषणा करके उन्हें सदमे में डालना बुरी बात है। मैं जीवन को बहुत ज़्यादा महत्व देता हूँ और मानता हूँ कि हमें इसे क़ायम रखने तथा इसकी हिफ़ाज़त करने की हर संभव कोशिश करनी चाहिए। मैंने उस व्यक्ति के परिवार वालों को तसल्ली दी कि हम जितना कर सकते हैं, ज़रूर करेंगे। फिर मैं आपातकालीन कक्ष में लौटा और अपना वादा पूरा करने में जुट गया। लेकिन आपातकालीन कक्ष के बेहतरीन स्टाफ़ की सर्वश्रेष्ठ कोशिशों के बावजूद वह रोगी मर गया। इस तरह की जंग में हम आम तौर पर जीतते थे, लेकिन इस युद्ध में हार गए।

मैं वेटिंग रूम की ओर जाने वाले दरवाज़े को देखने लगा। मुझमें इसके पार जाने की हिम्मत नहीं थी। बाहर इस आदमी की युवा पत्नी और दस साल की प्यारी बेटी इंतज़ार कर रही थीं। मैं पहले ही देख चुका था कि उन्हें अपने पति और पिता से कितना प्रेम था, जो अब हमारे आपातकालीन कक्ष में स्ट्रेचर पर बेजान पड़ा था। आपातकालीन कक्ष से वेटिंग रूम की ओर जाने वाला दरवाज़ा कई मर्तबा दुनिया का सबसे भारी दरवाज़ा होता है।

जैसे ही मैंने दरवाज़ा खोला, पत्नी और बेटी मेरा चेहरा देखकर समझ गईं कि अब वे दोबारा उस आदमी को कभी ज़िंदा नहीं देख पाएँगी, जिससे वे तहेदिल से प्यार करती थीं। उन्होंने एक-दूसरे को कसकर पकड़ लिया, जैसे दहशत भरी दुनिया में वे अचानक अकेली रह गई हों। उनके चेहरे पर दर्द का एहसास उभर आया, जो उनकी आत्मा की गहराइयों से निकला था। यह इतना दुखद और मर्मस्पर्शी था कि मेरा दिल भी भर आया। मेरे मुँह से शब्द नहीं निकल पाए। मैं तो बस उनके कंधों पर हाथ रखकर उनके साथ रोने लगा। वह व्यक्ति महान रहा होगा; उसका परिवार बहुत ख़ास था।

इस कहानी का सबसे दुखद पहलू यह था कि इस मौत को रोका जा सकता था। उस आदमी में हृदय रोग के घातक लक्षण पहले से मौजूद थे, जिनकी काफ़ी हद तक रोकथाम की जा सकती थी, बशर्ते उसे पता होता कि वे लक्षण क्या थे और उन्हें कैसे दूर किया जा सकता था। बाईस साल पहले उसी पल मैंने रोकथाम चिकित्सा का अभ्यास करने का फ़ैसला किया। हालाँकि मैं आपातकालीन चिकित्सा का बहुत सम्मान करता हूँ और मुझे एहसास है कि इसका अभ्यास करने वाले समर्पित डॉक्टर और नर्सें हर दिन हज़ारों लोगों की जान बचाते हैं, लेकिन मुझे एक नई नैतिक प्रेरणा का एहसास हुआ। मुझसे अब आपातकालीन कक्ष में बैठना गवारा नहीं हुआ, जहाँ मैं जीवनशैली की बरसों पुरानी हानिकारक आदतों की वजह से बीमार रोगियों को देखूँ। मैं दीर्घकालीन रोगों का उपचार करने के बजाय उन्हें उत्पन्न होने से रोकना चाहता था। उपचार तक तो बहुत देर हो जाती है।

उस निर्णायक दिन की घटनाएँ याद करते वक़्त आज भी मुझे दर्द महसूस होता है और मैं प्रेरित हो जाता हूँ। यह मेरा सौभाग्य है कि मैंने रोकथाम चिकित्सा संबंधी

अपने काम में अनगिनत व्यक्तियों की सेहत में नाटकीय सुधार देखे, जिन्होंने ज़्यादा लंबे और स्वस्थ जीवन के लिए अपनी जीवनशैली में बदलाव करने का फ़ैसला किया।

अगर इस पुस्तक की बदौलत एक भी व्यक्ति अपनी जीवनशैली बदल लेता है, अगर इसकी बदौलत एक भी दीर्घकालीन रोग का जोखिम कम हो जाता है, तो शोध और लेखन की मेरी सारी मेहनत सार्थक हो जाएगी। मेरी सच्ची इच्छा है कि वह व्यक्ति आप हों।

खंड 1 :

आदर्श स्वास्थ्य क्रांति का समय यही है!

अध्याय 1

आदर्श स्वास्थ्य क्रांति क्या है और यह क्यों अनिवार्य है?

आप टाइप टू डाइबिटीज़ से बच सकते हैं।

आप कैंसर, हृदय रोग, अल्ज़ाइमर्स या किसी भी अन्य दीर्घकालीन रोग की वजह से मरने से बच सकते हैं।

दीर्घायु होने के लिए आपको इलाज पर ढेरों पैसे ख़र्च करने की ज़रूरत नहीं है।

आपको चालीस, पचास, साठ या सत्तर साल की उम्र में बूढ़ा महसूस करने की ज़रूरत नहीं है। ज़िंदगी में ऊर्जा बढ़ाने और जीवनआशा को बेहतर बनाने के काम में कभी देर नहीं होती। इससे कोई फ़र्क़ नहीं पड़ता कि आज आपकी उम्र क्या है। फ़र्क़ तो इस बात से पड़ता है कि आप आदर्श स्वास्थ्य क्रांति के प्रति कितने समर्पित हैं। निश्चित रूप से, जो लोग बचपन से (या गर्भ से ही) इस क्रांति में शामिल होते हैं, उन्हें सबसे ज़्यादा लाभ होगा, लेकिन इसमें कोई भी, कभी भी शामिल हो सकता है। इसके लिए कभी देर नहीं होती।

आदर्श स्वास्थ्य क्रांति जीवनशैली को इस तरह बदलने की प्रक्रिया है, ताकि आप ज़्यादा लंबी ज़िंदगी जी सकें और ज़्यादा स्वस्थ रह सकें - ताकि आप ऊर्जा और स्फूर्ति से भरा जीवन जी सकें।

हाँ, मैं जानता हूँ।

मैं जानता हूँ, मैं जानता हूँ, मैं जानता हूँ। चिकित्सा के क्षेत्र में कई नीमहक़ीम, धोखेबाज़ और मतलबपरस्त लोगों ने अपने प्रॉडक्ट के प्रचार-प्रसार के लिए "क्रांतिकारी" शब्द का इस्तेमाल किया है।

प्लास्टिक और एल्यूमीनियम का सस्ता उपकरण, जो सिर्फ़ साठ सेकंड में बारह-पैक एब्स का लाभ देता है? फ़िटनेस क्रांति!

एक छोटी गोली, जो कई पौंड वज़न गर्म मक्खन की तरह पिघला देती है (यह दीगर बात है कि इसका इस्तेमाल करने वाले *कुछ* लोगों के हार्ट-वॉल्व में स्थायी

नुक़सान हो जाता है)? वज़न या मोटापा कम करने वाली क्रांति!

एक डाइट बुक, जो आपको बताती है कि आप हर दूसरे गुरुवार को नारंगी सब्ज़ियाँ खाएँ और बाक़ी दिन जंगली शेर की तरह खाएँ-पिएँ? पोषण क्रांति!

लेकिन हम सभी जानते हैं कि *सच्ची* क्रांति कोई भड़कीला विज्ञापन या तुरत-फुरत समाधान या जुनून नहीं होता है।

क्रांति की शुरुआत तो हमारे सोचने के तरीक़े में बुनियादी परिवर्तन से होती है। यह दुनिया को समझने के नए तरीक़े से शुरू होती है। समझ विश्वास बन जाती है। और विश्वास उस तरीक़े को बदल देता है, जिससे हम बाद में जीते और व्यवहार करते हैं।

आदर्श स्वास्थ्य क्रांति वास्तविक है। आधुनिक देशों के सबसे जानलेवा दीर्घकालीन रोगों के बुनियादी कारण की हमारी समझ में आमूलचूल परिवर्तन हुआ और यहीं से यह क्रांति शुरू हुई। इस नई समझ से हमें यह पता चला कि हममें से हर व्यक्ति को लंबे, स्वस्थ जीवन का सर्वश्रेष्ठ अवसर कैसे मिल सकता है।

और सबसे अच्छी ख़बर यह है कि इस क्रांति में शामिल होना आसान और सस्ता है। आप चाहे जितने व्यस्त हों, आप यह काम कर सकते हैं। आपकी ज़िंदगी चाहे जितनी तनावपूर्ण हो, आप यह काम कर सकते हैं - इससे आपका तनाव बढ़ने के बजाय कम हो जाएगा। यह ज़रूरी नहीं है कि आप एक रात में ही हर चीज़ बदल दें। आप इन परिवर्तनों को अपने (और अपने परिवार के) जीवन में धीरे-धीरे उतार सकते हैं। यह एक अहिंसक क्रांति है

आपसे इस दिशा में पहला क़दम उठवाना ही मेरे लिए सबसे मुश्किल है। जब आप अपनी वर्तमान जीवनशैली के ख़िलाफ़ बग़ावत करने का फ़ैसला कर लेते हैं, तो सर्वश्रेष्ठ सेहत - आदर्श स्वास्थ्य - की राह आपके हर अगले क़दम के साथ ज़्यादा आसान होती जाती है। यह एक बेहतरीन यात्रा है, क्योंकि आपको राह में बहुत सी अच्छी चीज़ें मिलेंगी : अच्छी सेहत, ऊर्जा, शारीरिक क्षमता में वृद्धि, रोग से छुटकारा, अपने परिजनों और मित्रों के साथ ज़्यादा चीज़ें करने की स्वतंत्रता, शौक़ों और खेलों में ज़्यादा शामिल होने की स्वतंत्रता और वे सभी चीज़ें, जिनसे आप सबसे ज़्यादा प्रेम करते हैं। इसके अलावा, आप बीमारी के कष्ट और असमय बुढ़ापे के दर्द से भी बच जाएँगे।

ऐसा लगता है कि यह विकल्प चुनना, यह क़दम उठाना बड़ा ही आसान है। बहरहाल, मुझे मालूम है कि कई लोग असफल नुस्ख़े आज़माने के बाद इतने हताश हो चुके हैं या फिर "विशेषज्ञों" की लगातार बहस से इतने दुविधाग्रस्त हो चुके हैं कि उन्होंने उम्मीद ही छोड़ दी है।

यह क्रांति आपको निराशा से ऊपर उठने, दुविधा के पार पहुँचने और हानिकारक फ़ैशन (fad) पर आधारित सेहत-और-फ़िटनेस संस्कृति को नष्ट करने के लिए आमंत्रित करती है, जो आपसे पैसा तो ले लेती है, लेकिन बदले में असफलता

के सिवा कुछ नहीं देती है।

क्रांति? या एक और अस्थायी फ़ैशन?

इस वक़्त आप मन ही मन यह सवाल पूछ रहे होंगे :

यह आदमी कौन है और मैं कैसे यक़ीन कर लूँ कि यह एक और नई फ़ैशनेबल चीज़ का प्रचार नहीं कर रहा है?

देखिए, मुझे *उम्मीद* है कि आप यह सवाल पूछ रहे होंगे। स्वास्थ्य क्रांति में शामिल होने के लिए स्वस्थ संदेह ज़रूरी है।

मेरा जवाब यह है।

मैं ड्यूक जॉनसन, एम.डी. हूँ। मुझे फ़ैशनेबल छलावों से नफ़रत है – *ख़ास तौर पर* अगर उनकी वजह से लोगों को नुक़सान हो।

इससे भी बढ़कर, मुझे चिकित्सा संबंधी अनूठा वैश्विक दृष्टिकोण हासिल करने का अवसर और सौभाग्य मिला है।

मैं दक्षिणी कैलिफ़ोर्निया के एक अग्रणी मेडिकल इंस्टीट्यूट में बारह साल से ज़्यादा समय से काम कर रहा हूँ। यहाँ मैं पहले मेडिकल एडवाइज़र था और अब मेडिकल डायरेक्टर हूँ। हमारे इंस्टीट्यूट में दुनिया भर के लोग एक हफ़्ते तक चलने वाले स्वास्थ्य मूल्यांकनों और निर्देशों के लिए आते हैं। (आपका सालाना मेडिकल चेकअप करते वक़्त आपका पारिवारिक डॉक्टर आपको कितना समय देता है – ज़्यादा से ज़्यादा पंद्रह मिनट और वह भी तब, जब उसका धंधा मंदा चल रहा हो)। हमारे इंस्टीट्यूट में क्लाएंट्स के पूरे शरीर का मूल्यांकन किया जाता है। इनमें आधुनिकतम निवारक ब्लड पेनल्स जैसी चीज़ें होती हैं। क्लाएंट्स को स्वास्थ्य संबंधी निर्देश दिए जाते हैं, जो दीर्घकालीन रोग की रोकथाम पर केंद्रित होते हैं। मैंने बहुत से देशों के हज़ारों लोगों की जाँच और मूल्यांकन किया है, इसलिए मैं उनके पारंपरिक खान-पान, मान्यताओं और जीवनशैलियों को अच्छी तरह समझता हूँ। जब हमारे क्लाएंट्स अपने-अपने देश लौट जाते हैं और हमारी सलाह पर चलते हैं, तो कुछ समय बाद हम उनकी दोबारा जाँच और मूल्यांकन करवाते हैं। बहुत कम डॉक्टरों को यह मौक़ा मिल पाता है। मेरे दैनिक काम में यह भी शामिल है कि मैं अनेक संस्कृतियों से प्रभावित अलग-अलग जीवनशैलियों को एकीकृत करूँ और उन्हें आदर्श स्वास्थ्य के अनुरूप ढालूँ। इस अनुभव से हमें दीर्घकालीन रोग संबंधी विशेष ज्ञान मिला, जो ज़्यादातर चिकित्सकों को नहीं मिल पाता है।

इसके अलावा मैंने दुनिया भर की काफ़ी सैर की है – भाषण देने के लिए भी और काम के सिलसिले में भी। मैंने हर महाद्वीप (जहाँ पर लोग रहते हैं) की यात्रा की है और वहाँ के लोगों के स्वास्थ्य का मूल्यांकन किया है। मैंने संसार की दर्जनों चिकित्सा पद्धतियों का अध्ययन किया है। अंत में मैं इस नतीजे पर पहुँचा कि उन *सभी* में कमियाँ हैं और आदर्श चिकित्सा पद्धति कहीं मौजूद नहीं है। बहरहाल, इस अनुभव

से मुझे कुछ रोचक और अनूठी ज्ञानवर्धक बातें पता चलीं। इस पुस्तक का उद्देश्य आपको वही ज्ञानवर्धक बातें बताना है, ताकि आप अपनी व्यस्त जीवनशैली के बावजूद दीर्घकालीन रोग से बचे रह सकें। और यहाँ पर इस पुस्तक के लगभग नौ सौ वैज्ञानिक संदर्भ हमारी बात की पुष्टि करते हैं।

मैंने दूसरी चिकित्सा पद्धतियों के ऐतिहासिक उद्गम स्थल की यात्रा की है और उन पद्धतियों से इलाज करने वाले चिकित्सकों से गहन बातचीत की है। इस पुस्तक में मैंने दुनिया भर की सर्वश्रेष्ठ चिकित्सा पद्धतियों के लाभकारी बिंदुओं को शामिल किया है – लेकिन सिर्फ़ उन्हीं को, जो वैज्ञानिक जाँच-पड़ताल में खरे उतरे हैं। मैं जानता हूँ कि मेरी कही कुछ बातों को हर जगह पसंद नहीं किया जाएगा। बहरहाल, मेरे इतने सारे मित्र और क्लाएंट्स दीर्घकालीन रोगों के शिकार हैं कि मुझे ज़्यादा परवाह नहीं है कि मेरे विचार हर देश में लोकप्रिय होते हैं या नहीं। हम यहाँ पर ज़िंदगी और मौत के बारे में बात कर रहे हैं, जहाँ सच्चाई लोकप्रियता से ज़्यादा महत्वपूर्ण होती है।

बीस साल से ज़्यादा समय से मैं रोकथाम करने वाली चिकित्सा के एक अनूठे तरीक़े से गहराई से जुड़ा हुआ हूँ। यह ज़्यादातर डॉक्टरों के इलाज करने की पद्धति से अलग है। मेरे काम का माहौल मुझे उस कटघरे से मुक्त कर देता है, जिसके भीतर ज़्यादातर पाश्चात्य डॉक्टर फँसे हुए हैं। मैं उनके कटघरे को "आईसीडी-9 कोड मेंटेलिटी" कहता हूँ (आईसीडी-9 का मतलब है International Classification of Diseases, 9th Revision)। अमेरिका में बीमा कंपनियाँ डॉक्टरों को इस कोड में सूचीबद्ध रोगों के उपचार के लिए ही भुगतान करती हैं। आँकड़ों को वर्गीकृत और श्रेणीबद्ध करने के लिए विश्व स्वास्थ्य संगठन भी इसी तरह का कोडिंग सिस्टम अपनाता है। आईसीडी-9 काफ़ी लोकप्रिय और उपयोगी तंत्र है। बहरहाल, रोगों के उपचार के लिए डॉक्टरों को पैसे देने की नीति एक प्रमुख कारण है, जिस वजह से डॉक्टरों का ध्यान रोकथाम के बजाय उपचार पर केंद्रित होता है। जब डॉक्टरों को रोगों की रोकथाम के लिए ज़्यादा पैसे न मिलते हों, तो हम दरअसल इसके लिए उन्हें दोष भी नहीं दे सकते।

मुझे तो यह वैसा ही लगता है, जैसे हम आग से बचने की तमाम कोशिशों को फ़ायर डिपार्टमेंट्स समृद्ध करने पर केंद्रित कर दें और अग्निरोधक इमारतों की अवधारणा को पूरी तरह नज़रअंदाज़ कर दें।

डॉक्टरों के पास पढ़ने और अपना ज्ञान बढ़ाने के लिए सीमित समय होता है, इसलिए वे रोकथाम पर उपलब्ध चिकित्सा सहित्य के अंबार को पढ़ने के बजाय अपना ज़्यादातर समय उपचार संबंधी साहित्य को पढ़ने में लगाते हैं। मैं जानता हूँ। मैं भी पहले यही करता था। मैंने बरसों तक आपातकालीन और पारिवारिक चिकित्सा की है। उन दिनों रोकथाम की चिकित्सा से मेरा इतना ही सरोकार था कि मैं रोगियों को वज़न कम करने की सलाह देता था और लिपिटोर® के पर्चे लिख देता था। मैं उन्हें बीमारी से बचने के औज़ार नहीं दे रहा था, जिनकी उन्हें सचमुच ज़रूरत थी, ताकि

वे बीमार ही न पड़ें। यह पुस्तक बरसों की उन कुंठाओं पर मेरी प्रतिक्रिया है।

आज मेरा काम मूलतः रोकथाम के लिए जाँच करना है। इसके लिए बीमा कंपनियाँ मुझे पैसा नहीं देती हैं। न सिर्फ़ मेरे फ़ोकस में क्रांतिकारी परिवर्तन हुआ है, बल्कि इस वजह से मुझे रोगों की रोकथाम पर नए वैज्ञानिक साहित्य के अध्ययन का अवसर भी मिला है।

यह पुस्तक पढ़ने वाले डॉक्टरों से मुझे यह कहना है : मैं आपकी अखंडता या नैतिकता को कमतर साबित करने की कोशिश क़तई नहीं कर रहा हूँ। मैं ख़ुद आईसीडी-9 मानसिकता के दलदल में फँसा हुआ था। मुझे आपकी कुंठा से सहानुभूति है। मेरा एक लक्ष्य यह भी है कि मैं हमारे पेशे को इस कटघरे से बाहर निकाल सकूँ और रोकथाम पर ज़्यादा केंद्रित कर सकूँ।

ज़ाहिर है, सिर्फ़ डॉक्टरों को ही सोचने के पुराने तरीक़े छोड़ने की ज़रूरत नहीं है। यह क्रांति *आपसे* शुरू होती है - अपनी सेहत की ज़िम्मेदारी ख़ुद लेने से। ऐसा नहीं है कि आप यह ज़िम्मेदारी नहीं लेना चाहते। बहरहाल, अगर आप ज़्यादातर लोगों की तरह हैं, तो आपको पता ही नहीं है कि करना क्या है। परिणाम : आपकी सोच, मान्यताएँ और जीवनशैली आपको दीर्घकालीन रोग की वजह से असमय मृत्यु की राह पर ले जा रही हैं।

यह पुस्तक आपको इसकी विपरीत दिशा में ले जाएगी। मैं आपको रोकथाम द्वारा आदर्श स्वास्थ्य पाने का तरीक़ा बताऊँगा - और यह वैसी प्रतीकात्मक रोकथाम नहीं है, जिसका अभ्यास आज कई लोग कर रहे हैं। मैं आपको हमारे युग में हुई एक महान खोज की जानकारी दूँगा। मैं आपको सभी दीर्घकालीन रोगों की छिपी हुई चिकित्सकीय जड़ के बारे में बताऊँगा। और मैं आपको यह भी दिखाऊँगा कि हम शत्रु को हराने के लिए कई विषयों (जिनमें न्यूट्रिजेनोमिक्स नामक नया विज्ञान भी शामिल है) से प्राप्त ज्ञान का इस्तेमाल कैसे कर सकते हैं।

आदर्श स्वास्थ्य की परिभाषा

आदर्श स्वास्थ्य हमारी क्रांति का लक्ष्य है। बेहतर यही रहेगा कि हम शुरू में ही इसे परिभाषित कर लें।

हम *आपकी* परिभाषा से शुरू करते हैं।

आदर्श स्वास्थ्य के बारे में सोचते वक़्त आपके दिमाग़ में कौन सी तस्वीर उभरती है? किसी छरहरी अभिनेत्री या फ़ैशन मॉडल की तस्वीर? एक्शन हीरो या पेशेवर खिलाड़ी की उभरी हुई मांसपेशियाँ? अगर ऐसा है, तो डाइट और फ़ैशनपरस्त स्वास्थ्य उद्योग ने आपके दिमाग़ में सेंध लगा दी है। इस उद्योग के प्रचार-प्रसार के कारण ही आपके दिमाग़ में यह फ़िल्म चल रही है, जो लाखों लोगों के दिमाग़ में चल रही है।

असल क्रांतिकारी सवाल तो यह है : क्या आप वाक़ई ऐसे ही दिखना चाहते

हैं? क्यों? क्या इसलिए क्योंकि वह फ़िल्म अभिनेत्री सेक्सी है? क्या सेक्सी दिखना ही सबसे महत्वपूर्ण लक्ष्य है? या फिर लंबी, स्वस्थ ज़िंदगी जीना बेहतर लक्ष्य है?

इस बारे में विचार करें। क्या पेशेवर खिलाड़ी और फ़िल्मी सितारे इस धरती पर सबसे ज़्यादा जीते हैं? नहीं। क़तई नहीं। उनमें से कई तो स्टेरॉइड्स लेकर अपने फ़िगर को "काटते" या बेहतर बनाते हैं। बहुत सारी अभिनेत्रियाँ और फ़ैशन मॉडल्स तो छरहरी होने के लिए वास्तव में मरी जा रही हैं। इनमें से ज़्यादातर लोगों ने अपनी आकर्षक शारीरिक आकृति ऐसे तरीक़ों से हासिल की है, जो उनकी सेहत के लिए विनाशकारी हैं - स्टेरॉइड्स, वज़न कम करने वाली गोलियाँ, भूख दबाने वाली गोलियाँ, एम्फ़ीटेमाइन्स, कुपोषण, एनोरेक्सिया, बुलिमिया या अन्य बहुत सारे साधन, जो क़ानूनी दृष्टि से वैध तो हो सकते हैं, लेकिन आम तौर पर उनके बारे में वैज्ञानिक अध्ययन या शोध नहीं हुआ है और वे आपको असमय मृत्यु के मुँह में धकेल सकते हैं।

औद्योगिक देश, ख़ास तौर पर अमेरिका, इस बारे में गहरी दुविधा में हैं कि सेहत और फ़िटनेस का स्रोत क्या है। लक्ष्य यह है कि आप ज़्यादा से ज़्यादा समय तक जिएँ - दीर्घकालीन रोग से मुक्त होकर। लेकिन "फ़िटनेस" की चाहत में हममें से ज़्यादातर लोग जो करते हैं, वह हमें इसकी विपरीत दिशा में ले जाता है - इस असंभव लक्ष्य की ओर कि हमें कैसा *दिखना* चाहिए। हम ऐसे साधनों का इस्तेमाल करते हैं, जो हमारी शक्ति और ऊर्जा को कम कर देते हैं, दीर्घकालीन रोग की आशंका को बढ़ा देते हैं और अंततः हमारे जीवन को छोटा कर देते हैं।

अब सवाल यह उठता है कि मीडिया इन असंभव दृष्टि से छरहरे या सुडौल लोगों को हमारे आदर्श के रूप में स्थापित क्यों करता है? आपके हिसाब से इसका क्या कारण हो सकता है? पैसा। फ़िटनेस और वज़न कम करने वाले उद्योग बिलियनों डॉलर की कमाई कर रहे हैं। वे एक ऐसे लक्ष्य को हासिल करने के लिए आपको उकसा रहे हैं, जो लगभग हर व्यक्ति के लिए असंभव भी है और अस्वस्थ भी। अगर आप किसी को यह कहते सुनें, "मैं उस जैसी छरहरी बनकर दिखाऊँगी, वरना इस कोशिश में मर जाऊँगी?" तो दूसरे विकल्प पर शर्त लगाना ही बेहतर होगा। हम उस जैसे दिख *सकते हैं*, यह धारणा लगभग उतनी ही पागलपन भरी है जितनी यह कि हमें वैसा दिखना *चाहिए*।

यह क्रांति इस बारे में नहीं है कि आपको कैसा दिखना चाहिए। यह तो इस बारे में है कि आपको कैसा *महसूस* करना चाहिए। यह तो स्वस्थ रहने और दीर्घायु होने के बारे में है। चाहे हम कुछ भी कर लें, सत्तर साल की उम्र में आप और मैं बीस बरस के फ़िल्म अभिनेता या अभिनेत्री जैसे नहीं दिख सकते। लेकिन मैं इतना ज़रूर चाहता हूँ कि सत्तर के बाद भी हम सब स्वस्थ, स्फूर्तिवान और सुखद जीवन का आनंद लें।

बहरहाल, हर दिन, हर घंटे हमें ऐसे विचार से ललचाया जा रहा है, जो हमें मौत के मुँह में धकेल रहा है। अब समय आ गया है कि हम सभी उस संस्कृति के ख़िलाफ़ बग़ावत कर दें, जो हमें यह मौत का खिलौना बेच रही है।

यहाँ पर मैं आदर्श स्वास्थ्य की *अपनी* परिभाषा देता हूँ। आदर्श स्वास्थ्य वह

सर्वश्रेष्ठ स्वास्थ्य है, जिसे आप अपने अतीत और अपनी आनुवंशिकी विरासत के संदर्भ में हासिल कर सकते हैं। हो सकता है, आपकी जीवनशैली ग़लत रही हो। हो सकता है, आपके पास सर्वश्रेष्ठ आनुवंशिकी विरासत न हो। लेकिन आदर्श स्वास्थ्य की राह आपको उस सबसे लंबे, स्वस्थ जीवन की ओर ले जाती है, जो *आपके* लिए संभव है। यह आज ही से शुरू होती है। हम सभी एक ही उम्र तक नहीं जिएँगे। लेकिन आप जितनी जल्दी शुरू करेंगे, उतना ही लंबा और बेहतर जीवन जी सकते हैं।

ग़ौर करें, आदर्श स्वास्थ्य हासिल करने के बारे में मैंने एक पूरी पुस्तक लिखी है। ऐसा इसलिए है, क्योंकि यह बहुत बड़ा विषय है और इस तक पहुँचने की योजना आपकी ज़िंदगी के कई पहलुओं से जुड़ी है। अगर इस योजना में सिर्फ़ एक ही बिंदु होता, तो मैं इसे किसी पत्रिका में संक्षिप्त लेख के रूप में प्रकाशित कर सकता था, जिसे आप सुपरमार्केट की चेकआउट लाइन में उठा लेते और कॉर्न चिप्स तथा डबल-शुगर्ड एनर्जी कोला के साथ अपनी शॉपिंग कार्ट में रख लेते। सेहत का मुद्दा पूरी दुनिया की आधुनिक संस्कृति में इतना सतही हो चुका है कि यह एक अपराध है। ज़्यादातर लोगों के लिए तो इसका मतलब यह होता है, "मैं मोटा हूँ। मुझे डाइटिंग करनी चाहिए।" जो चंद लोग प्राकृतिक रूप से छरहरे होते हैं, उनके लिए इसका मतलब यह होता है, "मैं दुबला हूँ। मुझे कोई जोखिम नहीं है।"

छरहरेपन का एकमात्र पैमाना डाइट और फ़िटनेस उद्योगों को बहुत अमीर बना रहा है तथा लाखों लोगों की असमय मृत्यु का कारण बन रहा है। अब इस तरह की सोच के ख़िलाफ़ बग़ावत करने का वक़्त आ चुका है। आदर्श सेहत और दीर्घायु जीवन पाने के लिए जीवनशैली में बहुत बड़े परिवर्तन करने पड़ते हैं। यह कोई कृत्रिम तुरत-फुरत समाधान नहीं, बल्कि सच्ची क्रांति है। अगर आप इस क्रांति में शामिल होते हैं, तो आपका वज़न कम हो जाएगा - बशर्ते इस वक़्त आपका वज़न ज़्यादा हो। लेकिन आप ग़लत जीवनशैली से नहीं, बल्कि स्वस्थ जीवनशैली से वज़न कम करेंगे। वज़न कम करना दीर्घकालीन रोग और असमय मृत्यु के आपके जोखिम को कम करने का स्वस्थ साइड इफ़ैक्ट होगा।

तो आइए शुरू करते हैं। वज़न कम करने वाली डाइट्स को छोड़ दें! आदर्श सेहत क्रांति में शामिल हो जाएँ!

वैश्विक समस्या के ख़िलाफ़ विश्वव्यापी क्रांति

सच्चाई यह है कि औद्योगिक संसार में हर एक की सेहत पर नकारात्मक प्रभाव पड़ रहे हैं और हम सभी को आदर्श स्वास्थ्य क्रांति में शामिल हो जाना चाहिए। मानव जाति के इतिहास में अधिकांश समय सेहत का संबंध क़िस्मत से होता था। आप बीमार रहते थे या नहीं रहते थे। आप ज़्यादा लंबा जीते थे या नहीं जी पाते थे। बहरहाल, हम ऐसे युग में रह रहे हैं, जहाँ अपने जीवनकाल को अधिकतम करना आपके लिए संभव है। आप यह भी तय कर सकते हैं कि इस जीवनकाल में आप कितने स्वस्थ रहेंगे।

वर्तमान ज्ञान और टेक्नोलॉजी की मदद से आदर्श स्वास्थ्य हासिल करना आपके

और उन हानिकारक तत्वों के बीच सीधा मुक़ाबला है, जो आपके जीवन को कम कर रहे हैं और आपकी सेहत को नुक़सान पहुँचा रहे हैं। ये तत्व कौन से हैं? मैं बाद के अध्यायों में उनके बारे में बातचीत करूँगा। लेकिन यहाँ पर मैं एक बात साफ़-साफ़ कह देना चाहता हूँ :

खेल के नियम बदल गए हैं।

दो सौ, एक सौ या पचास साल पहले जो रोग लोगों को बीमार करते थे और असमय मृत्यु का कारण बनते थे, वे आज हमारे लिए जोखिम नहीं हैं। अपने विरोधी को पहचानना क्रांति की विजेता योजना बनाने की दिशा में पहला क़दम है। हम सेहत के इस संकट में कैसे फँसे? आइए, इतिहास पर एक संक्षिप्त नज़र डालते हैं।

पूर्वी और पाश्चात्य चिकित्सा पद्धतियों पर हज़ारों सालों के अनुभव और हमारे जीवनकाल में हासिल आश्चर्यजनक वैज्ञानिक उपलब्धियों के बावजूद अब भी एक मूलभूत वैश्विक समस्या है, जिसके समाधान पर ध्यान नहीं दिया जा रहा है : हम सभी चंद दीर्घकालीन रोगों से मर रहे हैं। यह दुनिया भर में हो रहा है और इन रोगों से पीड़ित लोगों की संख्या कम होने के बजाय बढ़ती जा रही है।

विश्व स्वास्थ्य संगठन (डब्ल्यूएचओ) के अनुसार पूरी दुनिया मोटापे की महामारी का शिकार हो चुकी है[1]। यह महामारी इतनी फैल चुकी है कि आज दुनिया में मोटे लोगों की संख्या भुखमरी के शिकार लोगों से ज़्यादा हो सकती है। वैसे एक तरह से देखा जाए, तो यह अच्छी बात है। यह सच्ची सामाजिक, राजनीतिक और आर्थिक प्रगति की निशानी है कि आजकल भुखमरी के बजाय अत्यधिक जंक फ़ूड खाने से ज़्यादा लोग मर रहे हैं। लेकिन ये दोनों ही कुपोषण की अतियाँ हैं। अमीरों के पोषण की कमियाँ भी लाखों लोगों को असमय ही मौत के मुँह में धकेल रही हैं, हालाँकि भुखमरी जितनी तेज़ गति से नहीं।

विश्व स्वास्थ्य संगठन का यह भी कहना है कि टाइप 2 डाइबिटीज़ की महामारी (जिसके बारे में हम पहले ही बता चुके हैं कि यह वयस्कता में शुरू होने वाली डाइबिटीज़ होती है) दुनिया भर में फैलती जा रही है[2]। टाइप 2 डाइबिटीज़ के उपचार पर होने वाला ख़र्च पिछले दस सालों में जापान में चार गुना बढ़ा है और ज़्यादातर अन्य देशों में दोगुना हो गया है।

इतनी तरक़्क़ी के बावजूद चिकित्सा विज्ञान को अब भी बहुत कुछ सीखना है - जिसमें मैं भी शामिल हूँ। बहरहाल, आदर्श स्वास्थ्य क्रांति में जटिल योजनाएँ या फ़ॉर्मूले शामिल नहीं हैं। यह तो पिछले बीस सालों के सर्वश्रेष्ठ वैज्ञानिक साहित्य पर आधारित है। इसके अलावा इसमें हमारे इंस्टीट्यूट के क्लाएंट्स - दुनिया भर के 15,000 से ज़्यादा लोगों - के साथ हमारा अनुभव भी शामिल है।

बुकस्टोर्स में बहुत से लेखकों की पुस्तकें रखी रहती हैं, जो आदर्श स्वास्थ्य के मास्टर प्लान के छोटे-छोटे हिस्सों पर प्रकाश डालती हैं, लेकिन मैंने आज तक एक भी ऐसा लेखक नहीं देखा, जो हम जितना सौभाग्यशाली हो और उसे हमारी तरह चिकित्सा का अनूठा वैश्विक दृष्टिकोण हासिल हो, जो इस मास्टर प्लान को समूचा

या पूर्ण बना सके।

वैश्विक स्वास्थ्य में ज्ञान की पहली कौंध मुझे दस साल पहले मिली। उस वक़्त हम हर उस देश के लिए अपनी योजना बना रहे थे, जिसके निवासी हमारे इंस्टीट्यूट में आते थे। इसके लिए हमने विश्व स्वास्थ्य संगठन और कई देशों के स्वास्थ्य मंत्रालयों से जानकारी इकट्ठी की, ताकि हम हर देश के लिए सटीक योजना बना सकें। दुनिया भर से जानकारी और आँकड़े एकत्रित करने के बाद मैंने एक विचलित करने वाली प्रवृत्ति देखी। चाहे हमारे यहाँ आने वाले क्लाएंट्स चीन के हों या मलेशिया, भारत, थाईलैंड, जापान, रूस, कोरिया, हाँगकाँग, ब्राज़ील, अर्जेन्टिना, वेनेजुएला, ग्रेट ब्रिटेन, जर्मनी, ऑस्ट्रिया, इटली, पोलैंड या अमेरिका के, उन सभी में बड़े दीर्घकालीन रोगों के जोखिम घटक (risk factors) एक समान थे और उनमें इन रोगों के लक्षण शुरू हो रहे थे। टेक्नोलॉजी की तरक़्क़ी के साथ-साथ हम दुनिया भर में एक जैसी जीवनशैली अपनाने लगते हैं।

आधुनिक समय, आधुनिक रोग

बीसवीं सदी की शुरुआत में हृदय रोग और कैंसर मौत के कारणों की सूची में उतने ऊपर नहीं थे, जितने कि आज हैं। बहरहाल, पिछली सदी में औद्योगिक सभ्यता की वजह से डाइट और जीवनशैली के क्षेत्र में जितने बड़े परिवर्तन हुए, उतने दुनिया के इतिहास में पहले कभी नहीं हुए थे।

नौकरी में, घर पर और यातायात में मशीनों ने हमारे दैनिक व्यायाम को बहुत कम कर दिया। इसके साथ ही हम कैलोरियाँ भी कम जलाते हैं। तब की तुलना में आज हम बहुत ज़्यादा मीट खाते हैं, जिसमें से ज़्यादातर का उत्पादन औद्योगिक प्रणाली से होता है। हमारा बाक़ी का प्रोसेस्ड आहार भी मशीनों से तैयार होता है।

हॉलीवुड की फ़िल्मों में आदिमकाल के लोगों को शिकारी के रूप में चित्रित किया जाता है और यह दिखाया जाता है कि वे लोग हर दिन भैंस, हिरण, वूली मैमोथ और कभी-कभार लुप्त डायनोसॉर का मांस खाते थे। बहरहाल, सच्चाई यह है कि कुछ समय पहले तक ज़्यादातर लोगों का आहार मूलतः शाकाहारी था। यह ख़ास तौर पर पिछले कुछ हज़ार सालों में सच है - यानी, कृषि युग की शुरुआत के बाद से।

इतिहास में मीट हमेशा बहुत महँगा रहा है। पुराने ज़माने में राजाओं की दौलत अक्सर इस पैमाने से आँकी जाती थी कि उनके पास कितने जानवर हैं। अगर आप सौभाग्य से मुट्ठी भर अमीर लोगों में शामिल होते थे, तभी आप बहुत सारा मांस खा सकते थे। बाक़ी हर व्यक्ति प्रायः शाकाहारी भोजन ही करता था।

और ऐसा नहीं है कि मांस खाने से अमीरों को फ़ायदा होता था। लंदन के *बीफ़ईटर्स* का प्रकरण ही देख लें। इन लोगों को आधिकारिक रूप से *इयोमेन वार्डर्स ऑफ़ हर मेजेस्टीज़ रॉयल पैलेस एंड फ़ोट्रेस द टॉवर ऑफ़ लंदन* कहा जाता था और आज भी कहा जाता है। ये लोग वहाँ के राजसी रक्षक हैं। कुछ सदियों पहले वे सचमुच

पहरेदारी का काम करते थे। जैसी किंवदंती है, उन्हें बीफ़ईटर्स उपनाम इसलिए मिला, क्योंकि सम्राट यह मानते थे कि ज़्यादा मीट खाने से सुरक्षाकर्मी ज़्यादा शक्तिशाली और सर्वश्रेष्ठ रक्षक बनेंगे। यह बात इतिहास में अच्छी तरह से दर्ज है कि उन्हें मीट में तनख़्वाह मिलती थी। कहा जाता है कि इससे वे लोग न सिर्फ़ मोटे हो गए, बल्कि उन्हें गठिया (gout) की शिकायत भी हो गई। गठिया जोड़ों में दर्द का दाहक रोग है, जो जोड़ों में यूरिक एसिड के दाने बनने से होता है। यूरिक एसिड प्यूराइन चयापचय का सहउत्पाद है। बीफ़ईटर्स और उनके जैसे बाक़ी लोगों को ज़्यादातर प्यूराइन्स बीफ़ से मिले थे। इसलिए इसमें कोई हैरानी की बात नहीं है कि गठिया को "अमीरों की बीमारी" कहा जाने लगा। आजकल यह रोग विकसित देशों में लगभग हर व्यक्ति को काफ़ी सस्ते में मिल जाता है।

औद्योगीकरण के साथ-साथ चिकित्सा, सार्वजनिक स्वास्थ्य, कृषि और फ़ूड प्रोसेसिंग के क्षेत्रों में बहुत से सुधार हुए। संक्रामक रोग (चेचक, यक्ष्मा, मलेरिया आदि) और कुपोषण मौत के प्रमुख कारण नहीं रह गए, जैसे कि वे बीसवीं सदी की शुरुआत में थे। लेकिन अब हृदय रोग और कैंसर मृत्यु के दो अग्रणी कारण बन चुके हैं। यह आंशिक रूप से अपने आप हुआ। हम सभी को किसी न किसी चीज़ से तो मरना ही है और बुढ़ापा हृदय रोग तथा कुछ कैंसरों के जोखिम को बढ़ा देता है। बहरहाल, अन्य घटकों ने भी इन्हें बढ़ाया है - जोखिम बढ़ाने वाले तत्वों में प्रदूषण से लेकर ख़ुराक और बदलती जीवनशैलियाँ तक ज़िम्मेदार हैं। मैं इन घटकों पर विस्तार से बाद में चर्चा करूँगा।

अमेरिका में होने वाली लगभग एक तिहाई मौतें हृदय रोग (हार्ट अटैक और स्ट्रोक) से होती हैं। अमेरिका में लगभग 22 प्रतिशत लोग कैंसर से मरते हैं। पिछले साठ वर्षों से भी ज़्यादा समय से अमेरिका में दीर्घकालीन रोगों की इस बढ़ती प्रवृत्ति को आप फ़िगर 1.1 में देख सकते हैं। हालाँकि हमारे यहाँ हृदय रोग में हाल ही में कमी आई है, लेकिन अमेरिका में छह अग्रणी कारणों से होने वाली मृत्युओं की संख्या लगातार बढ़ती जा रही है। ये कारण हैं - हृदय रोग, स्ट्रोक, कैंसर, दीर्घकालीन

फ़िगर 1.1

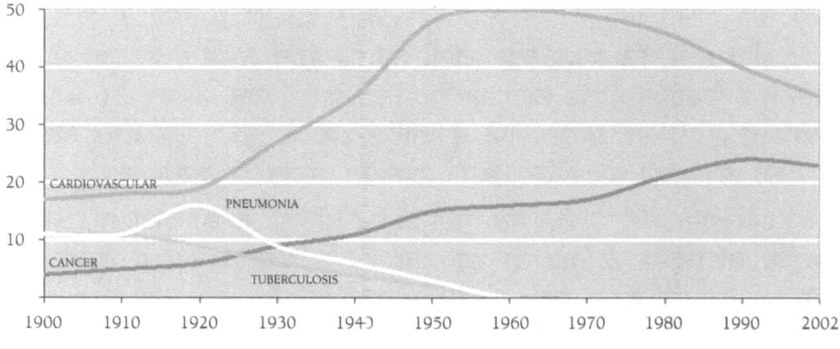

Source: cdc.gov/nchs/about/major/dvs/mortdata.htm

ऑब्स्ट्रक्टिव पल्मोनरी रोग, डाइबिटीज़ और दुर्घटनाएँ।[3]

जैसे-जैसे औद्योगीकरण दुनिया भर में फैला, आधुनिक जीवनशैली के साथ जुड़े दीर्घकालीन रोग भी दुनिया भर में फैल गए। हृदय रोग और कैंसर आज दुनिया के लगभग हर औद्योगिक देश में मौत के अग्रणी कारण हैं। कुछ देशों के मंत्रालय अपनी जाँच सूची में हृदय रोग और सेरिब्रोवैस्कुलर रोग (स्ट्रोक्स) को अलग-अलग श्रेणी में रखते हैं, लेकिन मूलतः इन दोनों की प्रक्रिया एक ही है और उन्हें एक साथ रखने पर वे हर औद्योगिक राष्ट्र में पहले स्थान पर आते हैं।

जापान और अमेरिका भौगोलिक दृष्टि से एक-दूसरे से बहुत दूर हैं और सांस्कृतिक दृष्टि से भी काफ़ी भिन्न हैं। बहरहाल, पिछली सदी में दीर्घकालीन रोग का इतिहास दोनों देशों में समान है। फ़िगर 1.1 में जापानी स्वास्थ्य मंत्रालय के आँकड़ों पर नज़र डालें। जैसा आप देख सकते हैं, द्वितीय विश्व युद्ध के बाद दीर्घकालीन रोग का पैटर्न - उनकी जीवनशैली के साथ-साथ - तेज़ी से बदला है। हृदय रोग और कैंसर लगभग फ़ौरन ही बढ़ने लगे और यह प्रवृत्ति आज भी जारी है। अमेरिका की ही तरह वहाँ भी हृदय रोग में वृद्धि की दर फ़िलहाल कम हो गई है, लेकिन नवीनतम आँकड़े निकट भविष्य में संभावित वृद्धि की ओर संकेत करते हैं, क्योंकि टाइप 2 डाइबिटीज़ बहुत तेज़ी से बढ़ रही है। कैंसर आज भी जापान में अभूतपूर्व तेज़ी से बढ़ रहा है।

फ़िगर 1.2

जापान में मृत्यु के अग्रणी कारणों की वार्षिक मृत्यु प्रवृत्तियाँ (1930-2000)

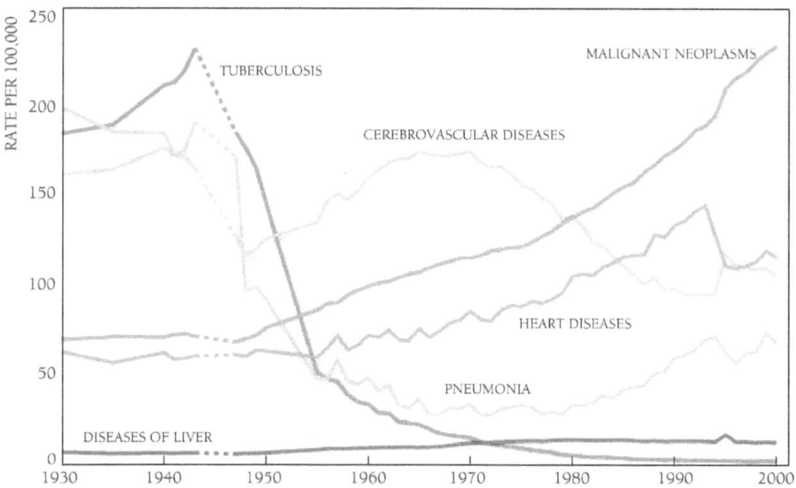

Source: Japan Ministry of Health

मैं आपको दुनिया भर में दिए अपने भाषणों में प्रयुक्त स्थानीय आँकड़े बता सकता हूँ। सभी जगह ग्राफ़ लगभग वैसा ही रहेगा, जैसा आपने अमेरिका और जापान

में देखा है। फ़र्क़ सिर्फ़ यह रहेगा कि उस देश में दीर्घकालीन रोग कब से बढ़ना शुरू हुए। दक्षिण कोरिया में यह सिलसिला 1960 के दशक में शुरू हुआ, ब्राज़ील और भारत में 1980 के दशक में और चीन में 1990 के दशक में। (मेरे यह लिखने तक 43.8 प्रतिशत चीनी वयस्क वैस्कुलर रोगों से और 22.3 प्रतिशत कैंसर से मरते हैं।)[4]

इसमें कोई शक नहीं है कि यह स्वास्थ्य प्रवृत्ति विश्वव्यापी है। सभी धर्मों और संस्कृतियों की चिकित्सा पद्धतियाँ इन महामारियों को रोकने के लिए जूझ रही हैं, लेकिन असफल हो रही हैं।

हर कहीं डॉक्टरों, वैज्ञानिकों और आम लोगों ने इन स्वास्थ्य प्रवृत्तियों को रोकने की बहुत कोशिश की है, लेकिन तमाम कोशिशों के बावजूद हम संकट में ज़्यादा गहरे धँसते जा रहे हैं।

हानिकारक फ़ैशन को ख़त्म करो!

हृदय रोग, कैंसर और स्वास्थ्य संबंधी हर अन्य समस्या से जूझने के लिए जितने भी हानिकारक फ़ैशन (fad) शुरू हुए हैं, उनमें अमेरिका दुनिया भर में सबसे आगे है। अगर दुनिया में कहीं पर भी कोई हानिकारक फ़ैशन है, तो शायद उसे सबसे पहले अमेरिका में ही आज़माया गया होगा। अमेरिकी डॉक्टरों, वैज्ञानिकों और सप्लीमेंट्स बेचने वालों की फ़ौज का कोई अंत नहीं है, जो पुस्तक, वीडियो, दवा या उपकरण के रूप में नवीनतम "वैज्ञानिक खोज" प्रदान करते हैं, जो जादू से आपको रातोरात ग्रीक देवता या देवी में बदल देगा और वह भी बिना किसी कोशिश के (वैसे कई सप्लीमेंट्स निर्माता ईमानदारी से काम करते हैं और वैज्ञानिक शोध द्वारा अपने दावों का समर्थन करते हैं। मैं अध्याय 8 में बताऊँगा कि इन निर्माताओं को कैसे पहचानें।)

दुनिया भर में अक्सर अपनी सेहत को सुधारने के निरर्थक प्रयासों में लोग अरबों डॉलर (या स्थानीय मुद्रा) ख़र्च करते हैं। सिर्फ़ इसलिए क्योंकि उन्हें सही जानकारी नहीं होती। मुझे यह देखकर कष्ट होता है कि ग़ैर-जानकार लोग अपने बेशक़ीमती संसाधन हानिकारक फ़ैशनेबल प्रॉडक्ट्स या पुस्तकों पर ख़र्च करते हैं, जिनमें से ज़्यादातर छद्म वैज्ञानिक पैकेजों में धड़ल्ले से बेची जाती हैं। साँप का तेल बेचने वाले हमारे कई समकालीन सेल्समैन तो इतने निपुण हैं कि उनके फ़रेब को समझने के लिए आपको ठोस वैज्ञानिक पृष्ठभूमि और डॉक्टरी अनुभव की ज़रूरत पड़ेगी। हानिकारक फ़ैशनेबल प्रॉडक्ट्स बेचने वाले यह बात अच्छी तरह जानते हैं। इसीलिए अपना भांडा फूटने से पहले वे मिलियनों - सामूहिक रूप से बिलियनों - कमाने में सफल हो जाते हैं। हाल ही में मैंने म्यूनिख में पूर्वी यूरोप के नौ देशों के डॉक्टरों के समूह के सामने भाषण दिया। मुझे यह जानकर हैरानी हुई कि उनके रोगियों को अमेरिका के कुछ सबसे हानिकारक फ़ैशनेबल प्रॉडक्ट्स के बारे में अमेरिकियों से ज़्यादा जानकारी थी।

संक्षेप में, दीर्घकालीन रोग आदर्श सेहत की राह में आपके इकलौते विरोधी नहीं हैं, जिन्हें हराने से काम बन जाएगा। स्वास्थ्य संबंधी घटिया चीज़ें बेचने वाले भी आपके

शत्रु हैं और उनसे बचना भी आपकी रणनीति में शामिल होना चाहिए। आदर्श स्वास्थ्य क्रांति का एक लीडर होने के नाते मेरा एक काम फ़ैशनेबल प्रॉडक्ट्स का संहारक (fad buster) बनना है। इस पूरी पुस्तक में मैं नीचे दिए गए प्रतीक का इस्तेमाल करूँगा :

FB

इसके माध्यम से मैं अवैज्ञानिक हानिकारक फ़ैशनेबल प्रॉडक्ट्स की ओर संकेत करूँगा, जिन्हें बेहतर सेहत के लिए जादू की गोली की तरह बेचा जा रहा है। यह बात संदिग्ध सामान बेचने वाले लोगों को अच्छी नहीं लगेगी, लेकिन आपके बचाव के लिए इन झूठी चीज़ों की ओर इशारा करना मेरा कर्तव्य है।

मैं यक़ीनन दुनिया के सारे हानिकारक फ़ैशनेबल प्रॉडक्ट्स का ज़िक्र नहीं करूँगा, वरना इतनी भारी पुस्तक उठाने से आपकी सेहत ख़राब होने का ख़तरा है। लेकिन हम कुछ सबसे लोकप्रिय और भ्रामक फ़ैशनेबल प्रॉडक्ट्स पर बातचीत ज़रूर करेंगे।

बड़ी तस्वीर देखना

दुनिया की ज़्यादातर स्वास्थ्य संबंधी योजनाओं के साथ एक बहुत बड़ी दिक़्क़त यह है कि वे विभिन्न रोगों का अलग-अलग उपचार करती हैं और समग्र-जीवनशैली की नीति नहीं अपनाती हैं।

कुछ स्वास्थ्य संबंधी योजनाएँ क़रीब तो पहुँचती हैं, लेकिन उनमें जानकारी के कुछ महत्वपूर्ण हिस्से नहीं होते हैं। पूर्वी चिकित्सा पद्धति का अभ्यास करने वाले चिकित्सक अपने रोगियों के जीवन के सभी पहलुओं को संतुलित करने की कोशिश करते हैं। विचार तो सही है, लेकिन वे नवीनतम पाश्चात्य वैज्ञानिक प्रगति को शामिल नहीं करते हैं और अक्सर वैश्विक औद्योगीकरण की वजह से उत्पन्न नई समस्याओं से चकरा जाते हैं। इसके अलावा वे अपनी परंपरा या आध्यात्मिक प्रभावों द्वारा भी सीमित होते हैं।

पारंपरिक पूर्वी चिकित्सा और महँगी पाश्चात्य चिकित्सा दोनों से संबंधित समस्याओं को अध्याय 5 में ज़्यादा विस्तार से बताया गया है। यहाँ पर इतना ही कहना पर्याप्त होगा कि हमें आदर्श स्वास्थ्य का नया रास्ता बनाने के लिए साहस और धैर्य दोनों की ज़रूरत है। दीर्घकालीन रोगों की विश्वव्यापी समस्याएँ रातोरात पैदा नहीं हुई हैं, न ही वे रातोरात ग़ायब होंगी। हमें इन बिगड़ती समस्याओं का वैश्विक स्तर पर सामना करना चाहिए - परिपक्वता और धैर्य के साथ।

लेकिन मैं यह नहीं चाहता कि आप इस बारे में चिंता करें। विश्वव्यापी सार्वजनिक स्वास्थ्य समस्याओं पर चिंता करना तो मेरे जैसे लोगों का काम है। आपको तो बस अपने और अपने परिवार के बारे में चिंता करना है। आपको यही मैच खेलना है और जीत का पुरस्कार है ज़्यादा लंबा और स्वस्थ जीवन।

हमारी विपक्षी टीम के कुछ खिलाड़ियों को देखना और उनसे बचना आसान है। बाक़ी खिलाड़ी चुपके से आते हैं और आपकी नज़र बचाकर आप पर वार करते हैं। लेकिन अच्छी ख़बर यह है कि अब हमारे पास एक विजेता रणनीति है - जो आपकी सेहत को प्रभावित करने वाले जीवन के सभी पहलुओं को सही कर देती है। हमने अपने वैश्विक अनुभव से जो ज्ञान हासिल किया है, वह सर्वश्रेष्ठ जीवन का मैच जीतने में आपकी मदद कर सकता है।

मैंने लगभग तीस देशों (यह लिखने तक) के हज़ारों लोगों से बात की है। उन्होंने मुझे अपना आदर्श स्वास्थ्य लीडर बनने का सुअवसर दिया है और मैं आपसे भी यह अवसर पाकर सम्मानित महसूस करूँगा।

रोकथाम उपचार से बेहतर है

दुनिया की स्वास्थ्य संबंधी अधिकांश नीतियों के साथ दो बड़ी समस्याएँ हैं। एक तो वे यह नहीं समझ पाती हैं कि सच्ची रोकथाम क्या है और दूसरे, वे रोग के उपचार पर ही पूरी तरह केंद्रित होती हैं। वे हृदय रोग (अध्याय 9), कैंसर (अध्याय 10), टाइप 2 डाइबिटीज़ (अध्याय 12) के जोखिम घटकों और मोटापे (अध्याय 11) के कारणों को पूरी तरह से नहीं समझ पाई हैं। इस वजह से इन नीतियों का पालन करने वाले डॉक्टर अपने रोगियों को परामर्श देते वक़्त इन जोखिम घटकों को दूर करने में भी असफल रहे हैं। अपूर्ण ज्ञान के आधार पर किया जाने वाला उपचार कई बार मूल रोग से ज़्यादा बुरा होता है।

हमारे इंस्टीट्यूट में हम सिखाते हैं कि हृदय रोग के पंद्रह जोखिम घटक (risk factors) होते हैं और कैंसर के सोलह। *जोखिम घटक* जीवनशैली का वह कारण या जीववैज्ञानिक तत्व होता है, जिससे दीर्घकालीन रोग का जोखिम बढ़ता है। जोखिम के ज़्यादातर घटकों की रोकथाम की जा सकती है, लेकिन बहुत कम लोग यह जानते हैं कि सबसे आम दीर्घकालीन रोगों के जोखिम घटक क्या हैं। जोखिम घटकों का ज्ञान आदर्श स्वास्थ्य के लिए इतना अनिवार्य है कि आदर्श स्वास्थ्य क्रांति के लगभग सभी क़दम जोखिम घटकों को कम करने के बारे में हैं।

हमारी योजना की एक अनिवार्य रणनीति जोखिम घटकों का सामना करने में आपकी मदद करना है - ऐसे तरीक़े से जिसे समझना और उस पर अमल करना आपकी उम्मीद से ज़्यादा आसान है। किसी अच्छे फ़ुटबॉल कोच की तरह मैं भी यह नहीं चाहता कि आपको हर उस चीज़ के बारे में सोचना पड़े, जिसे आप हर दिन करते हैं। मैं तो यह चाहता हूँ कि आप इस गेम प्लान पर सहजता से और नैसर्गिक ढंग से अमल करें।

मैं यह भी नहीं चाहता कि आप इस बात से घबराएँ कि एक ग़लती होने पर आप यह मैच हार जाएँगे। आपको अपने अमल में आदर्श होने की ज़रूरत नहीं है। बस उन क़दमों को उठा लें, जिन्हें आप अभी उठा सकते हों। आपकी सेहत सुधर जाएगी। जब वे क़दम आपकी आदत बन जाएँ, तो कुछ और क़दम जोड़ लें। जब आप

समझ जाते हैं कि ये क़दम कितने अनिवार्य हैं और जब आप अपनी जीवनशैली में परिवर्तन करने लगते हैं, तो आप आदर्श स्वास्थ्य जीतने की राह पर पहुँच जाते हैं।

आपको कैसे पता चलेगा कि आप कब मैच जीत गए हैं? मैं इस सवाल का जवाब आख़िरी अध्याय में दूँगा।

ज़्यादातर चिकित्सा पद्धतियाँ दीर्घकालीन रोगों के कुछ जोखिम घटकों को ही चिन्हित करती हैं। लेकिन अपने विरोधी की रणनीति के सिर्फ़ छोटे से हिस्से को जानकर ही मैच में उतरना तो समझदारी नहीं है। जब हमें सभी जोखिम घटकों की जानकारी नहीं होती है, तो दीर्घकालीन रोगों के ख़िलाफ़ हमारी रक्षा ज़्यादा कमज़ोर हो जाती है। पाश्चात्य चिकित्सा में सरकारों और अधिकांश चिकित्सकीय समुदाय की अनुशंसा और स्वीकृति की प्रक्रिया की वजह से भी प्रगति धीमी होती है। पूर्वी चिकित्सा अक्सर नवीनतम और सर्वश्रेष्ठ शोध तथा उचित आँकड़ों के मूल्यांकन का लाभ लेने में असफल रहती है। जोखिम घटकों की जानकारी होने के बावजूद कई चिकित्सा पद्धतियाँ उनसे पूरी तरह या उचित तरीक़े से नहीं निबटती हैं। वैसे तो सभी दीर्घकालीन रोगों के जोखिम घटक होते हैं, लेकिन मैं हृदय रोग, कैंसर, मोटापे और डाइबिटीज़ पर ध्यान केंद्रित करूँगा, क्योंकि ये विश्वव्यापी हैं और इनमें स्थिति बिगड़ती जा रही है।

उन लोगों के लिए, जिन्होंने सोचा था कि यह एक और डाइट बुक है...

माफ़ करें। आपको अपना फ़ोकस बदलने की ज़रूरत है। मोटापा एक भयंकर फ़ैशनेबल उद्योग बन चुका है, जिसमें हर नया फ़ैशन आपकी जीवनशैली के सिर्फ़ एक-दो पहलुओं से ताल्लुक रखता है। उन पुस्तकों, प्रॉडक्ट्स और योजनाओं को ख़रीदने वाले लोगों का वज़न या तो बिलकुल नहीं घटता है या फिर बहुत कम घटता है। सिर्फ़ चंद लोग ही वज़न को लंबे समय तक कम क़ायम रख पाते हैं। कई, शायद ज़्यादातर, वज़न कम करने और दोबारा बढ़ने की इस प्रक्रिया में अपनी सेहत को नुक़सान पहुँचाते हैं।

FB

हाई-फ़ैट डाइट

एक लोकप्रिय फ़ैशन चला था, जिसकी गति अब आख़िरकार कम हो रही है। इस फ़ैशन की सलाह है कि हमें ज़्यादा फ़ैट वाला आहार खाकर वज़न कम करना चाहिए। यह डाइट लंबे समय में न सिर्फ़ असफल साबित होती है (देखें अध्याय 11), बल्कि नेशनल कैंसर इंस्टीट्यूट के अनुसार (देखें अध्याय 10) ज़्यादा फ़ैट वाले आहार पाँच अलग-अलग प्रकार के कैंसरों का जोखिम बढ़ा देते हैं। संभवतः एक पीढ़ी से हम

अपने डाइट से फ़ैट को ज़्यादा से ज़्यादा कम करने के महत्व को बहुत ज़्यादा आँक रहे थे। लेकिन हाल ही में ज़्यादा फ़ैट वाले कार्बोहाइड्रेट्स को - यह हमें उन भोजनों से मिलता है, जो अक्सर सैकड़ों उत्कृष्ट प्राकृतिक एंटीऑक्सीडेंट्स, फ़ाइटोन्यूट्रिएंट्स और फ़ाइबर का स्रोत भी होते हैं - मानव जाति के अभिशाप के रूप में देख रहे थे। हानिकारक फ़ैशनेबल डाइट्स के चलते बहुत ऑक्सीडाइज़्ड फ़ैट का जमकर प्रचार-प्रसार हो रहा है, जिनमें कैंसर बढ़ाने वाले तत्व कार्सिनोजेन्स भरे होते हैं। यह लोकप्रिय डाइट वैसी ही है, जैसे वज़न कम करने के लिए किसी को धूम्रपान करने की सलाह देना। निश्चित रूप से कार्बोहाइड्रेट्स के कुछ कमज़ोर स्रोत भी होते हैं, लेकिन हमें इस नतीजे पर नहीं पहुँचना चाहिए कि सभी कार्बोहाइड्रेट्स ख़राब होते हैं। सच तो यह है कि हम उनके बिना ज़िंदा नहीं रह सकते। वे हमारे शरीर के इंजन का ईंधन हैं। इस उदाहरण से स्पष्ट हो जाता है कि अधकचरे वैज्ञानिक ज्ञान पर आधारित फ़ैशनेबल योजनाएँ दीर्घकाल में न सिर्फ़ नाकाम होती हैं, बल्कि कई बार तो ख़तरनाक भी साबित होती हैं।

अब वज़न पर क़ाबू करने की फ़ैशनेबल योजनाओं को छोड़ने का वक़्त आ चुका है।

आदर्श स्वास्थ्य क्रांति वज़न कम करने के बारे में नहीं है। यह तो ज़्यादा लंबा जीवन और बेहतर सेहत पाने के बारे में है। दूसरी ओर, यह भी सच है कि अगर आप आदर्श स्वास्थ्य की इस योजना पर अमल करते हैं, तो आपका अतिरिक्त वज़न कम हो जाएगा। दीर्घकालीन रोग के जोखिम घटकों को कम करने से यह काम अपने आप हो जाएगा। आपका वज़न स्थायी रूप से कम करने के लिए इस तरह की नीतियाँ कारगर नहीं होती हैं कि आप अपने खाने से सारे कार्बोहाइड्रेट्स हटा दें या सिर्फ़ फ़ैट खाएँ या कोई जादुई गोली लें या स्प्रिंग वाले यंत्र को अपने घुटनों के बीच दबाएँ - 39.95 डॉलर की तीन आसान क़िस्तों में। यह काम तो यहाँ सिखाई जा रही सरल, स्वस्थ जीवनशैली को अपनाकर ही किया जा सकता है।

और सबसे अच्छी बात यह है कि वज़न कम करने या छरहरा दिखने के लिए आपको अपनी सेहत की बलि नहीं चढ़ानी पड़ती है। वज़न या मोटापा कम होना तो दीर्घकालीन रोगों के जोखिम की कमी का सुखद साइड इफ़ैक्ट होता है।

इस पुस्तक का इस्तेमाल कैसे करें

ज़्यादातर चिकित्सा पद्धतियाँ उस अंतर्निहित प्रक्रिया को पूरी तरह से नहीं समझती हैं, जो समस्त दीर्घकालीन रोग में समान होती है (अध्याय 2)। इन रोगों में टाइप 2 डाइबिटीज़ और मोटापे की विश्वव्यापी महामारियाँ शामिल हैं। मैं इस बारे में बेहद रोमांचित हूँ कि अधिकांश चिकित्सकीय और वैज्ञानिक शोध समस्त दीर्घकालीन रोगों

के जोखिम को घटाने के लिए एक बहुत ही बुनियादी तत्व की ओर इशारा करने लगा है। अगर हम इस अवधारणा और विज्ञान की कुछ नई खोजों को (अध्याय 4) समझ लें, तो यह समझना ज़्यादा सरल हो जाएगा कि दीर्घकालीन रोगों का जोखिम कम करने के लिए हमें किस तरह जीना चाहिए।

यह असरदार नया ज्ञान क्या है? मैं आपको इसके बारे में बताने के लिए बेताब हूँ। लेकिन मैं चाहता हूँ कि आप इसे वाक़ई समझ जाएँ। इसका मतलब है कि हमें इस पुस्तक में विज्ञान के बारे में थोड़ी बातचीत करनी होगी। मेहरबानी करके दहशत में न आएँ! मैं पूरी कोशिश करूँगा कि यह उन लोगों के लिए आसान हो, जिनकी वैज्ञानिक पृष्ठभूमि नहीं है। आगे पढ़ते रहें! आपको पुरस्कार अवश्य मिलेगा। वह पुरस्कार है इस बात की पूरी समझ कि आदर्श स्वास्थ्य पाने के लिए कैसा जीवन जिएँ।

आप मुझे धोखा देकर सीधे आख़िरी अध्याय भी पढ़ *सकते* हैं, लेकिन मैं नहीं चाहता कि आप सिर्फ़ यह *जानें* कि आप अपने जीने के तरीक़े को कैसे बदलें। मैं तो चाहता हूँ कि आपको पूरा यक़ीन हो जाए कि आपको बदलना चाहिए। और इसके लिए *क्यों* यानी कारणों को समझना ज़रूरी है।

तो इस पुस्तक को एक तरह से जासूसी उपन्यास मानें। अगर आप पूरी कहानी नहीं पढ़ते हैं, तो अंत का आपके लिए ज़्यादा मतलब या महत्त्व नहीं होगा।

वैज्ञानिक पृष्ठभूमि वाले पाठकों के लिए मैंने अपने तर्कों के समर्थन में लगभग नौ सौ वैज्ञानिक संदर्भ दिए हैं। मैं इस तथ्य की ओर भी संकेत करना चाहूँगा : मेरे तर्कों को फ़ूड इंडस्ट्री के कई लोग पसंद नहीं करेंगे, क्योंकि उनसे यह प्रकट हो जाता है कि यह उद्योग लगभग हमेशा मुनाफ़े को स्वास्थ्य से ज़्यादा महत्व देता है। मेरी सलाह है कि मेरा संदेहवादी पाठक उपलब्ध संदर्भों की जाँच करे। आप पाएँगे कि मेरे निष्कर्ष समरूप और वैज्ञानिक दृष्टि से ठोस हैं।

कुछ सदियों पहले संसार को सेहत के बारे में ज़्यादा ज्ञान नहीं था। आज इतनी ज़्यादा जानकारी है, जिसमें से ज़्यादातर ग़लत और विरोधाभासी है, कि अच्छी तरह शिक्षित लोग भी नहीं जानते कि वे क्या सोचें, किस चीज़ में यक़ीन करें या क्या करें। जानकारी और ज्ञान में फ़र्क़ होता है।

मेरा उद्देश्य - मेरा जुनून - मेरे द्वारा हासिल ज्ञान को एकीकृत करना, सरल बनाना और पेश करना है। यह ज्ञान मैंने अपने सहकर्मियों की मदद से, बाईस साल की निवारक चिकित्सा की प्रैक्टिस से और दुनिया भर के हज़ारों लोगों के स्वास्थ्य के मूल्यांकन से हासिल किया है। मैं इस ज्ञान को इसलिए पेश कर रहा हूँ, ताकि आप उससे अपने जीवन में फ़ायदा उठा सकें।

मैं वैज्ञानिक साहित्य के क्षेत्र में आपका मार्गदर्शन करना चाहता हूँ, जो कई बार विरोधाभासी परिणाम देता है। मैं आपका मार्गदर्शक बनना चाहता हूँ और उन फ़ैशनेबल गोरखधंधों और मिथ्या धारणाओं की ओर आपकी आँखें खोलना चाहता हूँ, जिन्हें आपको हर दिन बेचा जा रहा है। मैं चाहता हूँ कि आप आदर्श स्वास्थ्य की झूठी और असंभव (हॉलीवुड वाली) तस्वीरों को छोड़ दें। मैं आपको सबसे स्वस्थ तस्वीर देना

चाहता हूँ।

अगर आप तुरत-फुरत समाधान की तलाश कर रहे हैं, तो वह आपको यहाँ नहीं मिलेगा।

अगर आप आजीवन बेहतर सेहत की तलाश कर रहे हैं, तो आगे पढ़ते रहें। ग़ौर से पढ़ें। अपना समय लें। इसे सही तरह से समझ लें।

आपको इसी वक़्त संकीर्ण तुरत-फुरत समाधानों को छोड़ देना चाहिए, जो दरअसल बहुत कम चीज़ों को सही करते हैं या बिलकुल भी नहीं करते हैं। आइए, हम एक साथ आदर्श स्वास्थ्य क्रांति में शामिल हो जाएँ। इस क्रांति का पहला क़दम समस्त दीर्घकालीन रोगों में अंतर्निहित बुनियादी तत्व को समझना है। इसे अध्याय 2 में बताया गया है।

सेहत के जोखिमों को कम करने में कभी देर नहीं होती। इससे कोई फ़र्क़ नहीं पड़ता कि आप अतीत में कितनी बार नाकाम रहे हैं। यह सेहत की एक बिलकुल नई नीति है और जब आप सही क़दम उठाएँगे, तो आपको ख़ुदबख़ुद फ़र्क़ महसूस हो जाएगा।

हमारे इंस्टीट्यूट में हज़ारों सफल क्लाएंट्स को आपसे पहले इस ज्ञान से फ़ायदा हुआ है। अब समय आ गया है कि आप भी सच्चाई जान लें।

खंड 2 :

सभी दीर्घकालीन रोगों की जड़

अध्याय 2

वह ख़तरा, जो सभी रोगों की जड़ है

एक समय था, जब मुझे अपने हरे रंग के अँगूठे के लिए जाना जाता था। मुझे ग़लत न समझें, पेंटिंग करने के कारण मेरा अँगूठा हरा नहीं हुआ था। मैं माली भी नहीं हूँ।

दरअसल मैंने एक बार अपने लॉन को आदर्श बनाने के लिए एक खरपतवार नाशक ख़रीदा था। खरपतवार पर पेस्टिसाइड स्प्रे करते समय मैंने इस बात का पूरा ख़्याल रखा कि ज़हर की एक भी बूँद अपनी प्यारी घास पर न गिरने दूँ। इसके बावजूद मेरे लॉन में भूरे धब्बे उभर आए, कुछ उसी तरह जिस तरह पंद्रह वर्षीय किशोर के चेहरे पर मुँहासे निकल आते हैं। आख़िर गड़बड़ कहाँ हुई थी ? मैंने खरपतवार का नाश करने वाले पेस्टिसाइड पर लगे लेबल को बहुत सावधानी से पढ़ा था! देखिए, निर्माताओं ने यह कहीं नहीं लिखा था कि खरपतवार की जड़ें इस प्रॉडक्ट को सोख लेंगी और यह मेरे सुंदर लॉन की जड़ों तक पहुँच जाएगा।

बेहतरीन तरीक़े से तराशा बगीचा दुनिया के सबसे सुंदर दृश्यों में से एक है, लेकिन सब्ज़ियाँ या फूल उगाने के लिए सावधानीपूर्ण योजना, रणनीति और सतत रखरखाव की ज़रूरत होती है। बगीचे के कई शत्रु होते हैं : पाला, कीड़े-मकोड़े, खरपतवार, पड़ोसियों के कुत्ते जो आपके लॉन को सुंदर लैट्रिन समझकर उसका इस्तेमाल कर लेते हैं, आवारा मवेशी, जो आपके बगीचे को भरपेट-खा-लो दावत के रूप में देखते हैं और बिना दिमाग़ वाले पड़ोसी, जो तेज़ हवा वाले दिनों में अपने बगीचों में खरपतवार नाशक छिड़कते हैं। इसके अलावा आपकी ख़ुद की ग़लतियाँ भी होती ही हैं : ज़्यादा पानी देना, कम पानी देना, ज़्यादा खाद डालना, कम खाद डालना और पौधों को मारने के बाक़ी सभी गोपनीय तरीक़े।

मेरे लिए सबसे उलझन वाले शत्रु हैं खरपतवार। अगर उन्हें नियंत्रित करने की कोशिश में आप ज़्यादा आक्रामक होते हैं, तो वे पौधे नष्ट हो सकते हैं, जिन्हें आप बचाना चाहते हैं। दूसरी ओर, अगर आप मेहनत नहीं करते हैं, तो खरपतवार आपके बगीचे पर हावी हो जाएगा और आपकी बोई हुई सब्ज़ियों या फूलों का गला घोंट देगा।

मैं जिस सबसे मुश्किल खरपतवार से जूझा हूँ, वह जॉनसनग्रास जैसे राइज़ोम्स से फैलता है। (अच्छा नाम है, है ना? शायद बागवानी में अनाड़ी मेरा कोई पूर्वज ही इस प्रजाति को कुछ सदियों पहले पश्चिमी गोलार्द्ध में लाया होगा।) राइज़ोम्स पौधे के तने होते हैं, जो चौड़ाई में (horizontally) फैलते चले जाते हैं - आम तौर पर ज़मीन के नीचे। अंततः उनसे ज़मीन के ऊपर पौधे उगते हैं, जिनकी नई जड़ें निकलती हैं तथा जिनसे और ज़्यादा नए राइज़ोम्स उत्पन्न होते हैं। जॉनसनग्रास एक एकड़ में सात टन राइज़ोम्स पैदा कर सकती है। इसका मतलब यह है कि एक एकड़ जॉनसनग्रास से छुटकारा पाने के लिए आपको पूरे सात टन राइज़ोम्स को खींचकर बाहर निकालना होगा।

लेकिन लोगों को इस बात का एहसास नहीं होता। उन्हें पता ही नहीं होता कि उनका मुक़ाबला कितने भयंकर दैत्य से है, इसलिए वे इस गफ़लत में रहते हैं कि हर खरपतवार अलग-अलग है, जिसे आसानी से ख़त्म किया जा सकता है। उन्हें इस बात का एहसास ही नहीं होता कि ज़मीन के नीचे का शैतानी नेटवर्क अपने मार्ग में आने वाले बगीचे के हर पौधे का गला घोंटने का ख़तरा उत्पन्न कर रहा है।

सतर्क पाठकों ने अब तक उपमा भाँप ली होगी।

अधिकांश दीर्घकालीन रोगों का एक अकेला, हानिकारक, अंतर्निहित बुनियादी कारण होता है। यह हमारे स्वास्थ्य पर उसी तरह हमला करता है, जिस तरह जॉनसनग्रास राइज़ोम का नेटवर्क बगीचे के नीचे होता है और अपने सिरों पर नए अंकुर ऊपर भेजता है - इस मामले में हृदय रोग और कैंसर जैसे दीर्घकालीन रोग।

अधिकांश चिकित्सकों को भी इस बात का एहसास नहीं है। ज़्यादातर डॉक्टर अब भी खरपतवार के पौधों पर अपने काम को केंद्रित करते हैं और सोचते हैं कि वे अलग-अलग, अकेले पौधे हैं। जब वे इनमें से कुछ हानिकारक पौधों को ख़त्म करने में थोड़ी प्रगति कर लेते हैं, तो काफ़ी ख़ुश होते हैं, जिसके बाद मेडिकल जर्नल्स में प्रकाशन होता है और लोकप्रिय मीडिया में जश्न मनता है। इस दौरान हम बुनियादी कारण को नज़रअंदाज़ करते रहते हैं। और लोग बीमार पड़ते रहते हैं।

दीर्घकालीन रोग का बुनियादी कारण क्या है?

कुछ बरस पहले मुझे अचानक ज्ञान की एक नई कौंध मिली। मुझे एहसास हुआ, जैसे बगीचे में खुदाई करते वक़्त मुझे दफ़न ख़ज़ाना मिल गया हो। अचानक रोकथाम चिकित्सा शोध में पिछले सत्रह सालों से संगृहीत हज़ारों वैज्ञानिक तथ्यों की गुत्थी सुलझने लगी और सही जगह पर फ़िट होने लगी।

मुझे इस बात का एहसास हुआ कि विशेषज्ञों के विरोधाभासी कथनों के कोलाहल के बीच **वैज्ञानिक साहित्य में कुछ साझे तत्त्व हैं, जो दीर्घकालीन रोग का जोखिम कम करने की राह बताते हैं।** और वह तरीक़ा एक ऐसी जीवनशैली है, जो आश्चर्यजनक रूप से सरल है और जिसे आसानी से जिया जा सकता है।

जटिल वैज्ञानिक साहित्य की भारी-भरकम पोथियाँ दीर्घकालीन रोग के कुछ निश्चित जोखिम घटकों से संबंधित हैं : इनफ़्लेमेशन के सूचक (जैसे साइटोकाइन्स), न्यूट्रिजेनेटिक्स, न्यूट्रिजेनोमिक्स और वैज्ञानिक अन्वेषण के अन्य जटिल क्षेत्र एक ही दिशा में संकेत करते हैं। मुझे जल्द ही समझ आ गया कि किस तरह कई अलग-अलग विषयों के हज़ारों अध्ययन एक ही मुद्दे पर मेल खाते थे और सहमत होते थे।

आप भी कुछ ही समय में उस अवधारणा को देखने वाले हैं। इसे समझने के लिए आपको विज्ञान की डिग्री की कोई ज़रूरत नहीं है। आपको तो बस यह अध्याय पढ़ना है और इसके बाद वाला अध्याय भी। मुझे उम्मीद है कि यह नई समझ आपकी ज़िंदगी बदल देगी, जिस तरह इसने मेरी बदली है – क्योंकि यह आपकी रक्षा करेगी। इसकी वजह से आप आदर्श सेहत की तलाश में फ़ैशनेबल डाइट्स और अन्य हानिकारक गोरखधंधों की अंधी, अक्सर ख़तरनाक गली में नहीं भटकेंगे।

मेरी आवाज़ बियाबान जंगल में अकेली आवाज़ नहीं है। दुनिया भर के सैकड़ों वैज्ञानिकों ने उस जानकारी में अपना योगदान दिया है, जो मैं आपको बताने जा रहा हूँ। निश्चित रूप से मैं इस वैज्ञानिक साहित्य का मतलब समझने वाला एकमात्र व्यक्ति नहीं हूँ – सच तो यह है कि मेरा ज्ञान कुछ विशेषज्ञों की तुलना में कम है। बहरहाल, मेरे पास वैज्ञानिक साहित्य पर अनूठा दृष्टिकोण है, क्योंकि मुझे अंतर्राष्ट्रीय क्लाएंट्स वाले एक इंस्टीट्यूट के मेडिकल डायरेक्टर के रूप में सौभाग्य से वृहद अनुभव मिला है। हमारे पास दुनिया भर के 15,000 रोगियों को दिए व्यक्तिगत परामर्श का बाईस साल का डेटा बैंक है। वे बहुत अलग-अलग संस्कृतियों में रहते हैं, जिनका खान-पान, आस-पास के प्रदूषण का स्तर, धर्म, चिकित्सा सुविधाओं का स्तर आदि बहुत भिन्न है। बहुत कम (अगर कोई हों) डॉक्टरों के पास अलग-अलग संस्कृतियों वाले इतने ज़्यादा क्लाएंट्स होते हैं।

जैसा मैंने ज़िक्र किया था, शोध और अनुभव ने हमें इंस्टीट्यूट में हृदय रोग के जोखिम घटकों की ज़्यादा लंबी सूची सिखाने के लिए प्रेरित किया। यह सूची डॉक्टरों की आम सूचियों से ज़्यादा लंबी है। हमारा दृष्टिकोण संकीर्ण नहीं है, क्योंकि कई बार ऐसे लोगों को भी हार्ट अटैक हो जाता है, जिनका हृदय रोग का कोई इतिहास नहीं होता और जिनमें हृदय रोग के सर्वमान्य जोखिम घटक भी नहीं होते।

अंतर्ज्ञान की कौंध मुझे 2004 में दिखी, जब मैं हृदय रोग के पंद्रह और कैंसर के सोलह जोखिम घटकों की समीक्षा कर रहा था। हमने ख़ून में पाए जाने वाले सी-रिएक्टिव प्रोटीन (सीआरपी) से संबंधित वैज्ञानिक साहित्य में बहुत दिलचस्प प्रवृत्तियाँ देखीं। यह इनफ़्लेमेशन (सूजन, उत्तेजना) का सूचक (marker) है, ठीक उसी तरह जिस तरह व्हाइट ब्लड सेल काउंट (डब्ल्यूबीसी काउंट) संक्रमण का सूचक है, हालाँकि इनफ़्लेमेशन और संक्रमण एक ही चीज़ नहीं हैं।

ख़ास तौर पर मैंने देखा कि सीआरपी का उच्च स्तर न सिर्फ़ हृदय रोग के, बल्कि डाइबिटीज़, धूम्रपान और कैंसर के जोखिम घटकों से भी जुड़ा हुआ था। तो मैंने यह देखने का फ़ैसला किया कि क्या शोध आँकड़ों के अनुसार सीआरपी हृदय रोग और

कैंसर के मेरे सभी इकतीस जोखिम घटकों में बढ़ा हुआ था।

मुझे बड़ी हैरानी हुई जब वैज्ञानिक साहित्य की समीक्षा में हमें यह साफ़ नज़र आया कि सीआरपी का **बढ़ा हुआ स्तर कई अन्य दीर्घकालीन रोगों *के साथ-साथ* हृदय रोग और कैंसर के हमारे सभी जोखिम घटकों से संबंधित था।**

इस ज्ञान से मूलभूत शोध के स्तर पर कोई क्रांति नहीं होती है - कई वैज्ञानिक सीआरपी और इनफ़्लेमेशन के अन्य सूचकों को कुछ जोखिम घटकों और रोगों के साथ जोड़ चुके हैं। हमारे सर्वे में तो हमने इस दृष्टिकोण से शोध अध्ययनों की पड़ताल की कि क्या दीर्घकालीन रोगों और इनफ़्लेमेशन के बीच सीधा संबंध है। उनमें से प्रत्येक में *लगभग सभी* जोखिम घटक नज़र आए। लेकिन सबसे महत्वपूर्ण बात यह थी कि **हमें ज़्यादा गहरे संबंध भी नज़र आए, जिससे हमारे इस विचार की पुष्टि हुई कि इनफ्लेमेशन ही इन रोगों का बुनियादी *कारण* है।** यह सचमुच क्रांतिकारी खोज थी, जिससे अधिकांश शोधकर्ताओं की दुविधा का सबसे काला बादल साफ़ हो गया।

हमने वह खरपतवार-दैत्य खोज लिया था, जो राइज़ोम की तरह ज़मीन के नीचे फैलता था और आदर्श स्वास्थ्य के बगीचे की हर चीज़ को नष्ट कर देता था। यह दीर्घकालीन, अत्यधिक इनफ़्लेमेशन (सूजन, उत्तेजना) है। दीर्घकालीन इनफ़्लेमेशन में वृद्धि का कारण क्या है? **हमारी "आम" औद्योगिक जीवनशैली का लगभग हर पहलू हमारे प्रतिरक्षण तंत्र को दीर्घकालीन रूप से अति सक्रिय बनाने के लिए उत्तेजित करता है।** इस अति सक्रियता के कारण इनफ़्लेमेशन के कारक अणुओं का दीर्घकालीन प्रवाह होता है। जब तक कि हम इस बुनियादी कारण पर अपने प्रयास केंद्रित न कर लें, तब तक हमें उन अलग-अलग बीमारियों को नियंत्रित करने में सिर्फ़ आंशिक सफलता ही मिलेगी, जो छिपी हुई जड़ों से उठकर बाहर आ जाती हैं।

मिसाल के तौर पर, चिकित्सा विज्ञान को पिछले कुछ वर्षों में कुछ औद्योगिक राष्ट्रों में हृदय रोग से होने वाली मृत्युओं को कम करने में सफलता मिली। दुर्भाग्य से, इससे कई डॉक्टरों में सुरक्षा का झूठा एहसास विकसित हो गया है। उन्हें ऐसा लगता है, जैसे उन्होंने हृदय रोग के ख़िलाफ़ होने वाली जंग सचमुच जीत ली हो। लेकिन जल्द ही मोटापे (obesity) और टाइप 2 डाइबिटीज़ की विश्वव्यापी महामारियों के कारण हृदय रोग से होने वाली मृत्यु दर एक बार फिर बढ़ जाएगी। हालाँकि डॉक्टर कुछ औद्योगिक राष्ट्रों में हृदय रोग की दर कम होने पर जश्न मना रहे हैं, लेकिन उन्होंने सतह के नीचे छिपी बुनियादी बीमारी को नज़रअंदाज़ कर दिया है। जब तक दीर्घकालीन रोग की जड़ या बुनियादी कारण को ख़त्म नहीं कर दिया जाता, ये रोग फैलते रहेंगे।

मोटापे और टाइप 2 डाइबिटीज़ की महामारियाँ इसलिए बढ़ रही हैं, क्योंकि हम बुनियादी कारण का उपचार नहीं कर रहे हैं : दीर्घकालीन, अत्यधिक इनफ़्लेमेशन। आपने सही समझा है, दीर्घकालीन इनफ़्लेमेशन से मोटापा भी बढ़ता है।

दीर्घकालीन, अत्यधिक इनफ़्लेमेशन ख़तरनाक दैत्य क्यों है?

आइए इनफ़्लेमेशन की परिभाषा से शुरू करते हैं।

इनफ़्लेमेशन (सूजन, उत्तेजन या जलन) कोशिका की चोट या उत्तेजन पर रक्षात्मक प्रतिरक्षण तंत्र की प्रतिक्रिया है। इसके लक्षण हैं रक्त केशिका नलियों (capillaries) का बड़ा होना, उस क्षेत्र की ओर श्वेत रक्त कोशिकाओं का आकर्षण, लालिमा, सूजन और सामान्य कोशिकीय क्रियाशीलता में आंशिक कमी। प्रतिरक्षण तंत्र की प्रतिक्रिया एक सी रहती है, चाहे हानिकारक चीज़ संक्रमण हो, विजातीय तत्व हो, कम ऑक्सीजन हो, रेडिएशन हो, रसायन हों, सदमा हो या तापमान की अति हो। इसका उद्देश्य क्षतिग्रस्त ऊतक की मरम्मत करना है, लेकिन यह प्रतिक्रिया हानिकारक भी हो सकती है, ख़ास तौर पर अगर इनफ़्लेमेशन का उद्दीपन लंबे समय तक चले। रक्त में सीआरपी स्पष्ट रूप से इस बात की सूचना दे देता है कि शरीर में कहीं पर इनफ़्लेमेशन है या नहीं। (सीआरपी के अलावा भी इनफ़्लेमेशन के कई अन्य सूचक हैं।)

आप व्यक्तिगत अनुभव से जानते होंगे कि इनफ़्लेमेशन क्या है। जब भी आपको कोई घाव होता है, खरोंच लगती है या आप जल जाते हैं, तो उस अंग के चारों ओर की गर्म, लाल, सूजी हुई नर्म चीज़ ही इनफ़्लेमेशन है - ख़ास तौर पर तब जब वहाँ संक्रमण हो। इसका मतलब है कि आपका शरीर उस चोट या घाव को भरने और संक्रमण से मुक़ाबला करने की कोशिश कर रहा है। अगर इस प्रक्रिया को ज़्यादा लंबे समय तक चलने दिया जाए, तो स्थानीय ऊतक सामान्य तरीक़े से काम नहीं करेगा।

इसका हृदय रोग, डायबिटीज़, कैंसर या मोटापे से क्या संबंध है? यह स्पष्ट करने के लिए मुझे थोड़ा वक़्त दें।

आगे हृदय रोग के जोखिम घटकों की सूची दी गई है, जिसे मैं अध्याय 9 में ज़्यादा विस्तार से बताऊँगा। इसमें दिए गए संदर्भ में एक अध्ययन का हवाला है, जो उस जोखिम घटक को बढ़े हुए सीआरपी स्तर से जोड़ता है। मेरा आशय यह है कि जिन लोगों में ये जोखिम घटक होते हैं, उनका सीआरपी स्तर भी बढ़ा होता है, जिससे दीर्घकालीन इनफ़्लेमेशन का संकेत मिलता है।

1. आनुवंशिकी कारण[6]
2. डाइबिटीज़[7]
3. धूम्रपान[8]
4. हाइपरटेंशन[9] (हाइपरटेंशन इनफ़्लेमेशन का कारण है और इनफ़्लेमेशन हाइपरटेंशन का कारण है)[10, 11]
5. व्यायाम की कमी[12]
6. डिप्रेशन[13]

7. हाइपोथायरॉइडिज़्म[14]
8. मोटापा[15]
9. तनाव[16]
10. बढ़े हुए लिपिड्स[17, 18]
11. बढ़ा हुआ होमोसिस्टीन[19]
12. गहरी धार्मिक आस्था की कमी[20, 21]
13. अपर्याप्त फल और सब्ज़ियाँ खाना[22]
14. अपर्याप्त ओमेगा-3 स्तर[23]
15. बढ़ा हुआ सी-रिएक्टिव प्रोटीन[24]

जैसा आप देख सकते हैं, इनफ़्लेमेशन हृदय रोग के हर जोखिम घटक में मौजूद है। अब हम सभी पंद्रह जोखिम घटकों के नीचे की मूल जड़ को देख सकते हैं।

अगले सवाल का संबंध कारण और परिणाम से है। क्या यह सिर्फ़ संयोग है? क्या सभी जोखिम घटक इनफ़्लेमेशन उत्पन्न करते हैं? या फिर इनफ़्लेमेशन इन सभी जोखिम घटकों का बुनियादी कारण है - या कम से कम उन्हें ज़्यादा बुरा बनाता है?

अब हम सीआरपी स्तर बढ़ने और हृदय रोग संबंधी जोखिम घटकों के बीच का संबंध जान चुके हैं। आइए, कैंसर के जोखिम घटकों की ओर बढ़ते हैं (अध्याय 10), ताकि हमें पता चल सके कि क्या वहाँ भी यही होता है।

1. आनुवंशिकी कारण[25]
2. धूम्रपान[26]
3. व्यायाम का अभाव[27]
4. मोटापा[28]
5. तनाव[29]
6. उच्च लिपिड वाली खुराक[30]
7. अपर्याप्त फल और सब्ज़ियाँ खाना[31]
8. अत्यधिक शराब पीना[32]
9. ज़्यादा नमक खाना[33, 34, 35]
10. जनसंख्या[36]
11. आग में सीधे पका या सीजा हुआ भोजन (इस तरह की कुकिंग हेटरोसाइक्लिक एमीन या एचसीए रसायनों को बढ़ा देती है, जो इनफ़्लेमेशन बढ़ाते हैं)[37, 38, 39]

12. अत्यधिक धूप[40]
13. कुछ संक्रमण[41]
14. विटामिन डी की कमी[42]
15. बढ़ा हुआ सीआरपी[43]
16. इन्सुलिन प्रतिरोध और टाइप 2 डाइबिटीज़[44]

एक बार फिर, सभी सोलह कैंसर जोखिम घटकों में इनफ़्लेमेशन का संबंध पाया गया!

तो – शरीर में इनफ़्लेमेशन की प्रतिक्रिया दर्ज होती है, जिसका संबंध न सिर्फ़ हृदय रोग और कैंसर से है, बल्कि इनके सभी जोखिम घटकों से भी है। इसके अलावा, बाक़ी बीमारियों के जोखिम घटक, जैसे टाइप 2 डाइबिटीज़[45, 46] और मोटापा[47] (सतत इनफ़्लेमेशन सामान्य चयापचय को रोकता है) भी इनफ़्लेमेशन से जुड़े हैं। जोखिम घटकों के अलावा दीर्घकालीन इनफ़्लेमेशन से ऊपर बताए गए रोगों का जोखिम भी जुड़ा हुआ है – हृदय रोग,[48, 49, 50, 51] डाइबिटीज़,[52, 53, 54, 55, 56] कैंसर,[57, 58] और मोटापा।[59]

और इतना ही नहीं है।

आगे की जाँच में यह पता चला कि सीआरपी का बढ़ा हुआ स्तर कई अन्य दीर्घकालीन रोगों में भी मौजूद होता है : बुढ़ापे से संबंधित मांसपेशीय ह्रास,[60] पार्किन्सन डिसीज़,[63] अस्थमा,[64] ओस्टियोआर्थ्राइटिस,[64] स्ट्रोक,[66] आदि। इनफ़्लेमेशन सिर्फ़ कुछ पाचक स्थितियों से ही संबंधित नहीं है, बल्कि यह ऐसी कड़ी है, जो इन गड़बड़ियों[67, 68, 69] वाले लोगों में कैंसर भी उत्पन्न कर सकती है। दरअसल, बढ़े हुए सीआरपी स्तर से जुड़े हुए दीर्घकालीन रोगों की सूची बहुत लंबी है और इनमें से ज़्यादातर रोग पिछले कुछ दशकों से *बढ़ रहे हैं*। दीर्घकालीन इनफ़्लेमेशन हर दीर्घकालीन रोग के पीछे पाया जाता है, जो पिछले कुछ समय से कई देशों में तेज़ी से बढ़े हैं।

अगर दीर्घकालीन इनफ़्लेमेशन कम करने के लिए आपको यही कारण पर्याप्त नहीं लग रहा हो, तो यह जान लें कि यह मांसपेशीय क्षति[70], ज़्यादा तेज़ी से बूढ़ा होने[71, 72, 73] और कम आयु[74] से भी जुड़ा है!

इसके बावजूद कई वैज्ञानिक अन्वेषकों के सामने यह यक्ष प्रश्न खड़ा है कि इनफ़्लेमेशन इन जोखिम घटकों और रोगों का परिणाम है या *कारण*। अगले अध्याय में मैं आपको दिखाऊँगा कि **इनफ़्लेमेशन दीर्घकालीन रोग का बुनियादी *कारण* है** और कुछ मामलों में परिणाम भी है।

लेकिन सबसे पहले, एक महत्वपूर्ण बात साफ़ करना चाहूँगा। सतत इनफ़्लेमेशन हर दीर्घकालीन रोगी के रक्त में हर पल मौजूद नहीं होता है। इसके अलावा, नकारात्मक सीआरपी टेस्ट का मतलब यह नहीं है कि आप रोगमुक्त हैं। इनफ़्लेमेशन के रक्त में कई सूचक होते हैं। यह हाई ब्लड प्रेशर जैसा है। हाई ब्लड प्रेशर के हर

रोगी का बीपी हर दिन चौबीसों घंटे नहीं बढ़ा होता है। इसी तरह, दीर्घकालीन इनफ़्लेमेशन आँकड़ों की दृष्टि से कई दीर्घकालीन रोगों का सामान्य घटक है और काफ़ी हद तक दीर्घकालीन रोग के लिए ज़िम्मेदार है, लेकिन इसकी क्षणिक उपस्थिति या अनुपस्थिति रोग के निदान (diagnosis) के लिए ज़रूरी नहीं है। दीर्घकालीन रोग के निदान के लिए हमें इसके अतिरिक्त कई जोखिम घटकों पर ग़ौर करना होगा। अगर आपके शरीर में दीर्घकालीन रोग के जोखिम घटक हैं - तो मेरा यक़ीन मानें, आपको दीर्घकालीन इनफ़्लेमेशन या तो पहले से ही है या फिर जल्दी ही होने वाला है। लेकिन इसके बावजूद - दीर्घकालीन इनफ़्लेमेशन की सही समझ आदर्श स्वास्थ्य के लिए अनिवार्य है।

इनफ़्लेमेशन हमारी विरोधी टीम का आतिशी खिलाड़ी है, सितारा स्कोरर है। आदर्श स्वास्थ्य जीतने के लिए हमें अपना गेम प्लान इसी के इर्द-गिर्द बनाना चाहिए।

अंत में, इनफ़्लेमेशन से संबंधित एक और लक्षण है, जिसे नज़रअंदाज़ नहीं किया जा सकता। हमारा इंस्टीट्यूट सेंटर्स फ़ॉर डिसीज़ कंट्रोल, विश्व स्वास्थ्य संगठन और विभिन्न देशों के स्वास्थ्य मंत्रालयों द्वारा जारी आँकड़ों की सतत समीक्षा करता है। बहुत पहले ही यह स्पष्ट हो गया था कि 1950 और 1960 के दशकों में कई देशों में दीर्घकालीन रोगों की दर में गंभीर वृद्धि शुरू हो गई थी। अब हमें इसका कारण पता चल चुका है। हम जान गए हैं कि यह वृद्धि इनफ़्लेमेशन बढ़ाने वाली जीवनशैली के प्रसार से जुड़ी है, जो हमारे प्रतिरक्षण तंत्र को लगातार सक्रिय रखता है।

FB

इनफ़्लेमेशन और वज़न कम करना

कम वज़न आधुनिक समाज में दीवानगी का एक ऐसा क्षेत्र है, जिसे अगर एकाकी समस्या मानकर इसका उपचार किया जाए, तो इसे समझदारी या सफलता से नहीं सुलझाया जा सकता। मोटापे का हमारे बगीचे के एक अकेले "खरपतवार" की तरह किए गए उपचार का असफल होना तय है, क्योंकि समस्या का ज़्यादा गहरा मूल कारण है।

इसीलिए वज़न प्रबंधन की ज़्यादातर योजनाएँ नाकाम रहती हैं। वे सिर्फ़ खरपतवार के दिखाई देने वाले हिस्से को उखाड़ने की कोशिशें हैं। बहरहाल, इनके बाद भी वृहद, छिपी हुई जड़ों का तंत्र बरक़रार रहता है। हम यह नहीं कह रहे हैं कि इनफ़्लेमेशन कम करने से ही वज़न कम हो जाएगा; इस पर अभी तक अध्ययन नहीं किया गया है। लेकिन जब तक सामान्य चयापचय में हस्तक्षेप करने वाला सतत इनफ़्लेमेशन कम नहीं होता, तब तक वज़न कम करने की आपकी कोशिशें ज़्यादा मुश्किल होंगी और शायद ज़्यादा हताश भी करेंगी। वज़न कम करने वाली कुछ

योजनाएँ सफल रहती हैं, क्योंकि वे व्यायाम, ज़्यादा सब्ज़ियों आदि तरीक़ों से अनजाने में ही इनफ़्लेमेशन को कम कर देती हैं। बाक़ी हानिकारक फ़ैशन उतनी अच्छी तरह कारगर नहीं होते हैं, क्योंकि वे ओमेगा-3 जैसे नैसर्गिक एंटी-इनफ़्लेमेटरी ऑइल्स को हटा देते हैं और आपको प्रोसेस्ड फ़ूड खाने की छूट देते हैं या आपको कॉर्न ऑइल जैसे ओमेगा-6 से भरे हुए तेल में भोजन बनाने तथा खाने के लिए प्रोत्साहित करते हैं।

मोटापे और बाक़ी दीर्घकालीन रोगों के जोखिम घटकों में काफ़ी समानताएँ हैं। इसीलिए यह अनिवार्य है कि **हम आपकी समूची जीवनशैली को बदलने में आपकी मदद करें।** यही अंतर्निहित समस्या का उपचार करने का इकलौता तरीक़ा है। यही आदर्श स्वास्थ्य पाने का इकलौता तरीक़ा है।

तो 1950 और 1960 के दशक में क्या बदला था? वे कौन से घटक थे, जिन्होंने इस वैश्विक स्वास्थ्य समस्या को जन्म दिया? इसे पूरी तरह समझने के लिए हमें यह सीखना होगा कि शरीर दबाव या तनाव के कारकों पर किस तरह प्रतिक्रिया करता है। फिर हम वैश्विक प्रवृत्तियों की तलाश कर सकते हैं, जिन्होंने इतने सारे लोगों में दीर्घकालीन इनफ़्लेमेशन उत्पन्न किया।

अंततः आदर्श दृष्टि से स्वस्थ जीवन जीने की कुंजी इनफ़्लेमेशन को कम करना है, जो इन दीर्घकालीन रोगों की बुनियाद है। आप ऐसा कैसे कर सकते हैं? अगला अध्याय पढ़कर शुरुआत करें।

अध्याय 3

इनफ़्लेमेशन – ज्वालामुखी के तले जीवन

क्या आपका कोई दिन ऐसा गुज़रा है, जब आपकी सभी योजनाएँ चौपट हो गई हों, क्योंकि जो भी चीज़ ग़लत हो सकती थी, हो गई थी?

सबसे पहले तो अलार्म घड़ी का अलार्म नहीं बजा। इस वजह से आपको उठने में देर हो गई। फिर आपने पाया कि बीमारी का कोई वायरस आपके घर में घुस आया है, जिसकी वजह से बच्चे फ़र्श पर उल्टियाँ कर रहे हैं। बेचारे बच्चे इतने बीमार हैं कि वे उल्टी करने के लिए उन बाल्टियों को भी नहीं उठा पाते हैं, जो आपने उनके बिस्तर के पास रखी हैं। वे इतनी तेज़ी से उल्टियाँ कर रहे हैं कि आप सफ़ाई नहीं कर पाते हैं। वॉटर हीटर पर काम का ज़्यादा बोझ पड़ रहा है। आपको मजबूरन ठंडे पानी से ही नहाना पड़ता है। फिर आपकी सास आपको फ़ोन करके कहती हैं कि उनका मकान जल गया है, इसलिए वे आपके साथ एक महीने तक रहने आ रही हैं। वे इतनी दुखी हैं कि आप यह भी नहीं पूछते हैं कि उन्होंने अपने बीमे का भुगतान किया था या नहीं - एक महत्वपूर्ण मुद्दा, क्योंकि आपने उनके मॉर्टगेज पर साथ में हस्ताक्षर किए थे।

अंत में, आप ज़िम्मेदार वयस्कों के अंदाज़ में इस अस्तव्यस्त स्थिति से निबटने का फ़ैसला करते हैं - यानी आप ऑफ़िस के लिए चल देते हैं। मगर तभी एक और दिक़्क़त सामने आ जाती है। आपको कार की चाबियाँ नहीं मिलती हैं। आपकी तूफ़ानी खोज में घर का इकलौता स्वस्थ बच्चा बाधा पहुँचाता है। वह है आपका तीन साल का बच्चा, जो लगातार यह सवाल पूछता है कि उसका मनपसंद खिलौना कहाँ है। वह लगातार यही पूछता रहता है, जैसे कोई रिकॉर्ड अटक गया हो।

अंततः आपको कार की चाबियाँ मिल जाती हैं। लेकिन इसके बाद आपको एक और चीज़ मालूम चलती है। कार का टायर पंचर है। आप इसे बदल देते हैं और घर से उस तरह बाहर निकलते हैं, जैसे कोई व्यक्ति किसी बड़े ज्वालामुखी के फटने से बचकर भाग रहा हो। लेकिन तभी आपको पता चलता है कि देश के हर ढीले ड्राइवर ने वही सड़क चुनी है, जिस पर आप चल रहे हैं और ट्रैफ़िक इंजीनियर्स ने

हर चौराहे की लाइट को इस तरह प्रोग्राम किया है कि आपकी कार को देखते ही वह लाल हो जाए।

शाम तक आप ख़ुद ही ज्वालामुखी बन जाते हैं। आप धुआँ निकाल रहे हैं और सारे दिन भूकंप की तरह हलचल मचा रहे हैं। जैसे ही आप अपने घर के सामने वाले दरवाज़े से भीतर घुसते हैं, आपका पैर बच्चे के ग़ुम हुए खिलौने पर पड़ता है। इससे दबाव चरम स्तर पर पहुँच जाता है। प्रेशर कुकर का ढक्कन उड़ जाता है। आप पूरे परिवार पर ग़ुस्सा निकालते हैं। कुत्ता एक आसान लक्ष्य है और वह बचकर सरपट भाग जाता है, जैसे पॉम्पी के गर्म लावे से बचकर भाग रहा हो। आपकी पत्नी और बच्चे खिसियाकर कृत्रिम सहानुभूति में मुस्कराते हैं, लेकिन इस दौरान वे भी चुपके से बचने के रास्ते तलाशते रहते हैं। अगले कमरे में आपकी सास 911 नंबर पर फ़ोन करने के लिए फ़ोन उठाती है।

अगले हफ़्ते जब लावा ठंडा और सख़्त हो जाएगा, तो आप ऑफ़िस और घर पर बार-बार माफ़ी माँगेंगे। आपको उस शाब्दिक भड़ास के लिए अफ़सोस जताना होगा, जो आपने उस दिन मासूम लोगों पर निकाली थी। आप अपने व्यवहार पर इतने शर्मिंदा हैं कि कुछ साल बाद उस घटना का वर्णन इस तरह करेंगे, जैसे वह किसी दूसरे के साथ हुई हो।

ज़रा बताएँ, ऐसा दिन किसके साथ नहीं गुज़रा है? कई बार समस्याएँ इतनी तेज़ी से बढ़ती हैं कि हम उनसे नहीं निबट पाते और चकरा जाते हैं। नतीजा यह होता है कि हम भावनात्मक रूप से उत्तेजित (inflamed) हो जाते हैं।

क्या आपने इस लंबे वर्णन में छिपी एक और उपमा भाँप ली? यह सच है। यही चीज़ हमारे प्रतिरक्षण तंत्र के साथ हो सकती है, सिवाय इसके कि यह इनफ़्लेमेशन (उत्तेजना) आलंकारिक नहीं होता। जब प्रतिरक्षण तंत्र को लगातार सक्रिय रखा जाता है या अत्यधिक उत्तेजित किया जाता है, तो इसकी प्रतिक्रिया मासूम ऊतकों को नुक़सान पहुँचा सकती है, जिस तरह बेक़ाबू भावनाएँ सहकर्मियों और परिजनों के साथ संबंधों को नुक़सान पहुँचा सकती हैं।

अपनी सेहत की रक्षा करने के लिए हमें इनफ़्लेमेशन बढ़ाने वाले कारणों पर क़ाबू पाने की ज़रूरत है।

पिछले अध्याय में हमने बताया था कि इनफ़्लेमेशन सभी दीर्घकालीन रोगों के जोखिम घटकों में आम तत्व है। हमने देखा है कि किस तरह दीर्घकालीन, अति इनफ़्लेमेशन - जिसका संकेत बढ़े हुए सी-रिएक्टिव प्रोटीन (सीआरपी) और रक्त के अन्य तत्वों द्वारा दिया जाता है - हृदय रोग और कैंसर के बाक़ी जोखिम घटकों से जुड़ा होता है। बढ़े हुए सीआरपी का संबंध कई अन्य दीर्घकालीन रोगों से होता है, जिनमें अल्ज़ाइमर्स और पार्किन्सन्स जैसी बीमारियाँ भी शामिल हैं। रक्त में इनफ़्लेमेशन की मौजूदगी बताने वाले कई अन्य सूचक भी हैं, लेकिन सीआरपी का अध्ययन सबसे ज़्यादा हुआ है।

तो अगला सवाल यह है : दीर्घकालीन इनफ़्लेमेशन का *स्रोत* क्या है?

इस सवाल का जवाब खोजने के लिए बहुत से वैज्ञानिक शोध में जुटे हुए हैं। हमें लगभग हर दिन नई जानकारी मिल रही है। अब तक का शोध लगातार एक ही निष्कर्ष की ओर संकेत करता है : हमारी जीवनशैली में पिछली कुछ सदियों में हुए नाटकीय परिवर्तनों की वजह से दीर्घकालीन इनफ़्लेमेशन में भारी वृद्धि हुई है। जीवनशैली के इन परिवर्तनों के अलग-अलग लोगों के शरीर पर अलग-अलग प्रभाव पड़ते हैं, क्योंकि हममें आनुवंशिकीय भिन्नताएँ हैं। बहरहाल, कुछ न कुछ हद तक हम सभी पर प्रभाव पड़ता है।

मुझे उम्मीद है कि जिन हानिकारक गोरखधंधों के बारे में मैं इस पुस्तक में लिख रहा हूँ, उनसे आप कम से कम यह सीख लेंगे : अपनी सेहत बनाए रखने के लिए आपमें स्वस्थ संदेह होना चाहिए। इस वजह से मैं नहीं चाहता कि आप इनफ़्लेमेशन के बारे में मेरी कही बातों पर आँख मूँदकर भरोसा कर लें। मैं चाहता हूँ कि आप इसके विज्ञान को समझ लें। दुर्भाग्य से, इनफ़्लेमेशन के बारे में मेरे निष्कर्षों के वैज्ञानिक संदर्भ पढ़ना उन लोगों के लिए मुश्किल हो सकता है, जिनके पास विज्ञान की शिक्षा नहीं है और ज़्यादातर लोगों को यह उतना ही रोमांचक लगेगा, जितना कि अपने नाख़ूनों को बढ़ते हुए देखना।

तो मैं दो मुश्किल पाटों के बीच फँसा हुआ हूँ। मैं तथ्य बताकर आपको यक़ीन दिलाना चाहता हूँ, लेकिन मैं आपको बोर या आतंकित नहीं करना चाहता हूँ, क्योंकि मुझे डर है कि ऐसा होने पर आप इस पुस्तक को नीचे रख देंगे और दोबारा नहीं उठाएँगे। इसलिए यहाँ मैं आपसे एक आग्रह करना चाहूँगा (उन लोगों से, जिनकी पृष्ठभूमि ज़्यादा वैज्ञानिक नहीं है) : मेरे साथ कुछ मिनट तक रहें। मैं सरल उपमाओं से विज्ञान समझाने की पूरी कोशिश करूँगा। मैं इसे संक्षिप्त रखूँगा। अगर इसके बावजूद यह आपको मुश्किल लगे, तो इसकी तुलना शेक्सपियर को पहली बार पढ़ने की कोशिश से करें। पहलेपहल तो आपको भाषा अबूझ लगी होगी, लेकिन अंत में आप इस बात पर हैरान हुए होंगे कि आप सारी चीज़ कितनी अच्छी तरह समझ गए। और हमारे विज्ञान का यह वर्णन शेक्सपियर के नाटक जितना लंबा नहीं है। यह तो सिर्फ़ तीन-चार पेज लंबा है।

सच्चाई आपको मुक्त कर देगी। यह आपको उन दीर्घकालीन रोगों से मुक्त कर देगी, जो आपके और आजीवन आदर्श स्वास्थ्य के बीच बाधा बनकर खड़े हैं।

मैं एक बहुत बुनियादी स्पष्टीकरण से शुरू करूँगा कि आपका प्रतिरक्षण तंत्र कैसे काम करता है। अंत में मैं आपको उचित क़दम बताऊँगा कि आप उस दीर्घकालीन इनफ़्लेमेशन को कम कैसे करें, जो दीर्घकालीन रोग का कारण है। नए शोध प्रकाशित होने पर आप इस अध्याय को पलटकर देख सकते हैं, ताकि आपको यह समझने में मदद मिले कि जीवनशैली की कुछ आदतों का आपकी सेहत पर क्या असर पड़ता है।

प्रतिरक्षण तंत्र 101 (एक बहुत संक्षिप्त पाठ्यक्रम)

प्रतिरक्षण तंत्र हमारी सेहत पर होने वाले हमलों से हमारी रक्षा करता है। आप शायद जानते होंगे कि यह हमें बैक्टीरिया, वायरस और पैरेसाइट्स से बचाता है। यह कई ऐसे तत्वों से भी हमारी रक्षा करता है, जिसे यह बाहरी या हमारे शरीर के लिए हानिकारक मानता है।

प्रतिरक्षण तंत्र के कार्यों की दो श्रेणियाँ हैं : *जन्मजात* (innate) और *उपार्जित* (acquired) प्रतिरक्षण। इनमें कुछ हद तक पुलिस और सेना जैसा फ़र्क़ होता है।

जन्मजात प्रतिरक्षण तंत्र पुलिस जैसा है, जो हर वक़्त कर्तव्य पर मौजूद रहती है। पुलिस रेड लाइट पार करने से लेकर चोरी-डकैती तक छोटे-बड़े सभी मामलों में क़ानून के पालन को सुनिश्चित करती है और क़ानून तोड़ने वालों को पकड़ती है। इसी तरह हमारा जन्मजात प्रतिरक्षण तंत्र किसी भी संक्रमण या विजातीय तत्व के कारण होने वाली हर आपातकालीन स्थिति पर पहली प्रतिक्रिया करता है, लेकिन सिर्फ़ सामान्य रूप से ही। हर आपात स्थिति पर इसकी प्रतिक्रिया एक जैसी होती है।

उपार्जित प्रतिरक्षण तंत्र सेना की तरह होता है। हर वक़्त कर्तव्य पर सक्रिय रहने के बजाय सेना को ख़ास ज़रूरत के समय ही बुलाया जाता है, जैसे राष्ट्रीय आपदा, गृहयुद्ध या विदेशी शत्रु द्वारा हमला। इसे बहुत स्पष्ट ख़तरों से निबटने के लिए प्रशिक्षित किया जा सकता है।

उपार्जित प्रतिरक्षण को *अनुकूलनशील* (adaptive) *प्रतिरक्षण प्रतिक्रिया* भी कहा जा सकता है, जिसमें *लिम्फोसाइट्स* नामक कोशिकाएँ एंटीबॉडीज़ उत्पन्न करती हैं, जो ख़ास बीमारियों के लिए ख़ास तौर पर ढल जाती हैं। अनुकूलन प्रतिरक्षण तंत्र के पास स्मृति भी होती है। इसीलिए ज़्यादातर लोगों को कुछ बीमारियाँ सिर्फ़ एक बार ही होती हैं - जैसे खसरा, गलसुआ या चिकन पॉक्स। जब आपका अनुकूलनशील प्रतिरक्षण तंत्र इन बीमारियों से जूझने के लिए एंटीबॉडीज़ बना लेता है, तो यह उन्हें अगली बार फ़ौरन पहचान लेता है और उनके शुरू होने से पहले ही उन्हें ख़त्म कर देता है।

उपार्जित प्रतिरक्षण किसी देश की सेना जैसा है। इसे आपातकालीन स्थिति पर प्रतिक्रिया करने में हर वक़्त सक्रिय पुलिस बल से ज़्यादा समय लगता है। लेकिन दूसरी तरफ़, यह निश्चित आपातकालीन कार्यों में ज़्यादा विशेषज्ञतापूर्ण और बेहतर प्रशिक्षित होता है। एक बार जब उपार्जित प्रतिरक्षण तंत्र सक्रिय हो जाता है और विशिष्ट हमलावर तत्वों या रोगाणुओं को पहचान लेता है, तो ख़तरे से जूझने के लिए यह जन्मजात प्रतिरक्षण तंत्र के हिस्सों को आदेश देने लगता है।

जन्मजात और उपार्जित दोनों ही प्रतिरक्षण तंत्र श्वेत रक्त कोशिकाओं का इस्तेमाल दस्तों और सैनिकों के रूप में करते हैं। आपको संक्रमण है या नहीं, इस बात का पता लगाना आसान है। आपका डॉक्टर आपकी श्वेत रक्त कोशिकाओं की संख्या से आपको यह बता सकता है। जब आपका प्रतिरक्षण तंत्र बहुत सक्रिय होता है, तो

यह ज़्यादा श्वेत रक्त कोशिकाएँ बनाता है और दुश्मनों से लड़ने के लिए उन्हें ख़ून में भेज देता है।

उपार्जित (अनुकूलनशील) प्रतिरक्षण तंत्र

उपार्जित या अनुकूलनशील प्रतिरक्षण तंत्र का हमारी इनफ़्लेमेशन संबंधी चर्चा से ज़्यादा संबंध नहीं है। आपको तो बस यह जानने की ज़रूरत है कि श्वेत रक्त कोशिकाओं का स्रोत बोन मैरो है। उपार्जित प्रतिरक्षण तंत्र तीनों क़िस्म की श्वेत रक्त कोशिकाओं का इस्तेमाल करता है : टी सेल्स, बी सेल्स और प्राकृतिक मारक कोशिकाएँ। प्राकृतिक मारक कोशिकाओं में विशिष्ट रिसेप्टर्स नहीं होते हैं। यही वजह है कि उपार्जित प्रतिरक्षण तंत्र के साथ काम करने के बावजूद वे दरअसल जन्मजात प्रतिरक्षण तंत्र का हिस्सा हैं। दूसरे कार्यों के अलावा प्राकृतिक मारक कोशिकाएँ उन असामान्य कोशिकाओं पर भी हमला करती हैं, जो ट्यूमर में बदल सकती हैं। यानी वे कैंसर व अन्य ट्यूमर्स को बनने और बढ़ने से रोकती हैं।

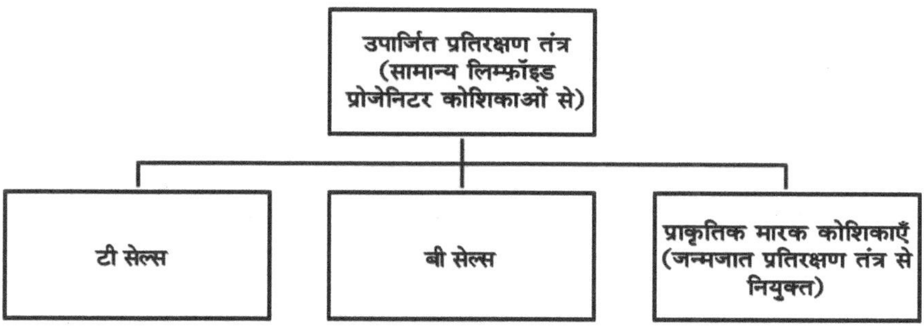

जन्मजात प्रतिरक्षण तंत्र

जन्मजात प्रतिरक्षण तंत्र दीर्घकालीन इनफ़्लेमेशन के संदर्भ में दिलचस्प भूमिका निभाता है।

उपार्जित प्रतिरक्षण तंत्र की तरह इसे भी बोन मैरो से ही कोशिकाएँ प्राप्त होती हैं, जो न्यूट्रोफिल्स, इयोसाइनोफिल्स, बैसोफिल्स, मास्ट सेल्स और मोनोसाइट्स जैसी कई भिन्न कोशिकाओं को बढ़ाता है। इनमें मोनोसाइट्स मलबा खाकर सफ़ाई करने वाली कोशिकाएँ (ग्रीक में "बड़े खाने वाले") बन जाती हैं। न्यूट्रोफिल्स, इयोसाइनोफिल्स, बैसोफिल्स और मोनोसाइट्स कोशिकाएँ मुख्यतः रक्त में प्रवाहित होती हैं। मास्ट सेल्स और मलबा खाकर सफ़ाई करने वाली कोशिकाएँ पूरे शरीर में घूमती रहती हैं।

FB

एंटीऑक्सीडेंट्स की दीवानगी

न्यूट्रोफिल्स और मैक्रोफेजेस में चीज़ों को खाने और नष्ट करने की क्षमता होती है। इसे *फैगोसाइटोसिस* (ग्रीक भाषा में "कोशिकाएँ खाना" कहा जाता है)। इस प्रक्रिया में बहुत शक्तिशाली रसायनों का इस्तेमाल होता है, जैसे ऑक्सीजन रेडिकल्स और पेरोक्साइड्स, जो *ऑक्सीडेंट्स* हैं।

निश्चित रूप से आपने यह काफ़ी सुना होगा कि *एंटीऑक्सीडेंट्स* आपके लिए अच्छे होते हैं। वे अच्छे हैं, लेकिन सिर्फ़ सीमित मात्रा में। मगर कुछ हेल्थ फ़ूड स्टोर्स, सप्लीमेंट निर्माता और फ़ैशनेबल गोरखधंधों वाली योजनाएँ आपको यह यक़ीन दिलाने की कोशिश करती हैं कि किसी प्रॉडक्ट में जितने ज़्यादा एंटीऑक्सीडेंट्स होते हैं, वह उतना ही बेहतर होता है। **सच तो यह है कि *बहुत ज़्यादा* एंटीऑक्सीडेंट्स लेने से बाहरी हानिकारक तत्वों या असामान्य कोशिकाओं को मारने की आपकी शारीरिक क्षमता ख़त्म हो सकती है।**

स्वाभाविक तौर पर कुछ लोग इसकी जमकर ख़िलाफ़त करते हैं और कहते हैं कि आपको किसी भी सप्लीमेंट की ज़रूरत नहीं है। मैं अध्याय 8 में इस स्थिति को सही परिप्रेक्ष्य में रखूँगा।

हाल-फ़िलहाल तो आइए हम यह मान लेते हैं कि आपको अपनी एंटीऑक्सीडेंट्स की ख़ुराक ठोस विज्ञान पर आधारित करनी चाहिए। यह निर्णय आपको उस व्यक्ति की "सलाह" पर नहीं करना चाहिए, जिसका मूल उद्देश्य आपसे मुनाफ़ा कमाना हो।

न्यूट्रोफिल्स संख्या में सबसे ज़्यादा होती हैं। ये जन्मजात प्रतिरक्षण तंत्र द्वारा प्रयुक्त सबसे महत्वपूर्ण कोशिकाएँ हैं। ये कोशिकाएँ बाहरी तत्वों को खा जाती हैं और ऐसे रसायनों का स्राव करती हैं, जो हमारे शरीर को प्रभावित करते हैं। मोनोसाइट्स और अन्य कोशिकाएँ *साइटोकाइन्स* (ग्रीक भाषा में "सेल मूवर्स") नामक रसायनों का स्राव करती हैं। ये प्रोटीन कोशिकाओं के व्यवहार पर असर डालते हैं। साइटोकाइन्स से इनफ़्लेमेशन भी उत्पन्न होता है। (परिशिष्ट ए.9 में आपको इस बारे में ज़्यादा जानकारी मिलेगी कि साइटोकाइन्स किस तरह काम करते हैं।)

त्वरित समीक्षा करने का वक़्त आ चुका है। इनफ़्लेमेशन के चार प्रमुख लक्षण होते हैं : लाली, गर्मी, दर्द और सूजन - लेकिन अगर इसे ज़्यादा लंबे समय तक क़ायम रहने दिया जाए, तो आस-पास का ऊतक अच्छी तरह काम नहीं करेगा (दुष्क्रिया)। आप आसानी से इनफ़्लेमेशन को देख सकते हैं (और महसूस भी कर सकते हैं), जब

यह आपकी त्वचा पर या उसके समीप होता है – जैसे जब घाव हो जाए या काँच या कील घुस जाए। आप इसे तब भी महसूस कर सकते हैं, जब यह आंतरिक हो – मिसाल के तौर पर, अगर आपको अपेंडिसाइटिस हो। *लेकिन* हमारे शरीर के भीतर का ज़्यादातर इनफ़्लेमेशन नहीं दिखता है – मिसाल के तौर पर, आपकी रक्त नलिकाओं की भीतरी परत पर। हमें इसका एहसास ही नहीं होता। इस तरह के इनफ़्लेमेशन को सिर्फ़ रक्त परीक्षण द्वारा ही पकड़ा जा सकता है, जैसे सीआरपी टेस्ट।

अब हम दोबारा साइटोकाइन्स पर लौटते हैं।

इनफ़्लेमेशन के दौरान रक्त नलिकाएँ ज़्यादा बड़ी हो जाती हैं और ज़्यादा छिद्रदार (permeable) भी, जो रिसाव के लिए प्रयुक्त होने वाली चिकित्सकीय शब्दावली है। ऐसा इसलिए होता है, क्योंकि साइटोकाइन्स रक्त नलिकाओं (एंडोथेलियम) की भीतरी परत को थोड़ा "चिपचिपा" बना देते हैं, ताकि श्वेत रक्त कोशिकाएँ इस परत से जुड़ सकें और फिर रक्त नलिका की दीवार से होती हुई भीतर पहुँच सकें। जहाँ भी श्वेत रक्त कोशिकाओं की ज़रूरत होती है, वे वहाँ पहुँच जाती हैं और वहाँ उन्हें दूसरे साइटोकाइन्स सही नलिकाओं में प्रवेश कराते हैं। रक्त नलिकाओं की दीवारों के भीतर-बाहर जाने वाली श्वेत रक्त कोशिकाओं की गतिविधि संक्रमण से लड़ने के लिए बेहद महत्वपूर्ण है। यह प्रकृति की चतुराई भरी और सुंदर योजनाओं में से एक है। लेकिन इस प्रक्रिया से रक्त नलिकाओं की दीवारों पर असर हो सकता है और बाद में उन पर प्लाक जमा हो सकता है।

प्लाक को छोटी-मोटी चीज़ न मानें। जब हम *एथेरोस्क्लेरोसिस* या कोरोनरी हृदय रोग के बारे में बोलते हैं, तो दरअसल हम प्लाक के संग्रह के बारे में ही बात करते हैं। प्लाक का संग्रह कोरोनरी आर्टरी को बंद कर सकता है और हृदय की मांसपेशियों को ऑक्सीजन के लिए बुरी तरह तरसा सकता है।

इसे ही हम हार्ट अटैक कहते हैं।

अब तक मैंने प्रतिरक्षण तंत्र की कार्यविधि की सिर्फ़ सतह ही खुरची है। इसमें शामिल रसायनों की बहुत सारी श्रेणियों का तो मैंने यहाँ ज़िक्र ही नहीं किया है। लेकिन मुझे उम्मीद है, इतने भर से ही आप यह समझ गए होंगे कि प्रतिरक्षण तंत्र कितना जटिल और शक्तिशाली होता है – इसका नियंत्रण तंत्र कितना जटिल है, इसे सक्रिय करने वाले तत्व और कार्य कितने भिन्न तथा विविध हैं।

मैं इसके माध्यम से आपको यह बताना चाहता हूँ : एक बार जब प्रतिरक्षण तंत्र को सक्रिय होने के लिए उत्तेजित किया जाता है, तो कुछ कार्य शुरू हो जाते हैं, जो नुक़सान पहुँचा सकते हैं। इसीलिए प्रतिरक्षण तंत्र का दीर्घकालीन अति-उत्प्रेरण कोई अच्छी चीज़ नहीं है।

प्रतिरक्षण तंत्र को इस तरह बनाया गया है, ताकि यह संक्रमणों से हमारी रक्षा करने के लिए तेज़ी से और ताक़त से काम करे। सामान्य प्रतिरक्षण तंत्र के कार्य में

शक्ति और सौंदर्य की झलक होती है। हाँ, कई बार यह ग़लत काम कर देता है या कई बार शत्रु इस पर हावी हो जाते हैं, जिस वजह से हम बीमार पड़ जाते हैं, लेकिन हमारा प्रतिरक्षण तंत्र आख़िरकार जीत जाता है। हमारा सामना ट्रिलियनों बैक्टीरियाओं और वायरसों से होता है, लेकिन प्रतिरक्षण तंत्र लगभग सभी को परास्त कर देता है और हमें बीमार पड़ने से बचाता है।

प्रतिरक्षण तंत्र को संक्रमण और विदेशी घुसपैठियों से लड़ने के लिए बनाया गया है। इसे तत्काल कर्म करने, हमारे शरीर का तापमान बढ़ाने और बहुत सी कोशिकाओं को सक्रियता से नियुक्त करके हर आक्रमण से तेज़ी से निबटने के लिए बनाया गया है। लेकिन शांति के समय में हमारे प्रतिरक्षण तंत्र को भी शांति से रहना चाहिए और इसका कार्य न्यूनतम होना चाहिए। इसे लगातार सक्रिय नहीं रहना चाहिए। ऐसा होने पर हमें अवांछित नुक़सान होता है। ठीक वैसा ही, जैसा तब होगा, जब दुश्मन घुसपैठियों के अभाव में भी सेना के जवान अंधाधुंध गोलियाँ चलाते रहें।

यह लक्षण सीआरपी के प्रभावों में शायद सबसे अच्छी तरह देखा जाता है।

सीआरपी : लक्षण या कारण?

हम इस बारे में पहले भी बात कर चुके हैं। हम जानते हैं कि सी-रिएक्टिव प्रोटीन का बढ़ा हुआ स्तर हमेशा इनफ़्लेमेशन की ओर संकेत करता है। सवाल यह है : बढ़ा हुआ सीआरपी इनफ़्लेमेशन का परिणाम है या कारण?

फटाफट जवाब है कि यह कारण भी है और परिणाम भी, लेकिन इससे हमें ज़्यादा पता नहीं चलता है। यह समझना महत्वपूर्ण है कि अगर हम लगातार अपने प्रतिरक्षण तंत्र को अति-प्रेरित करते हैं, जिससे दीर्घकालीन इनफ़्लेमेशन उत्पन्न होता रहता है, तो **हम अपने शरीर को नुक़सान पहुँचा रहे हैं।** जैसा आप जल्दी ही देखेंगे, हमारी आधुनिक जीवनशैली से जुड़े कई सामान्य व्यवहार हमारे प्रतिरक्षण तंत्र को अति-प्रेरित कर देते हैं। अगर हम दीर्घकालीन रोग की महामारी से बचना चाहते हैं, तो हमें इस तरह जीना छोड़ना होगा।

ऐसा कैसे करें? कृपया पढ़ते रहें। मैं आपको जल्दी ही बता दूँगा।

जब प्रतिरक्षण तंत्र सामान्य तरीक़े से काम करता है, तो सीआरपी के कई लाभ होते हैं। दूसरी चीज़ों के अलावा यह बैक्टीरिया और फ़ंगस की दीवारों से जुड़ जाता है और पूरक तंत्र को सक्रिय करता है। यह प्रतिरक्षण तंत्र के कई कार्यों को सक्रिय करता है, जिनमें मारक कोशिकाओं की गतिविधि शामिल है, जो घुसपैठियों को कच्चा चबा जाती हैं।

बहरहाल, जब सीआरपी का उत्पादन असामान्य होता है, तब यह हमारी सेहत के लिए विनाशकारी बन जाता है - यानी भले ही सीआरपी का उत्पादन कम हो, लेकिन लगातार हो। यहाँ पर इसके कुछ नुक़सान बताए जा रहे हैं :

- यह नाइट्रिक ऑक्साइड को कम करता है, जो रक्त नलिकाओं की आंतरिक परत के विश्राम के लिए आवश्यक है।[75]
- यह इंटरल्यूकिन-6 को मुक्त करता है और विनाशकारी श्वेत कोशिकाओं की रक्त नलिकाओं की दीवारों में आवाजाही को बढ़ाता है।[76]
- यह ख़ून के थक्के जमने और रक्त नलिकाओं को होने वाले नुक़सान की दर को बढ़ाता है।[77]

ऊपर दी गई सारी चीज़ें रक्त नलिका रोग एथेरोस्क्लेरोसिस के उत्पन्न होने में योगदान देती हैं, जो हार्ट अटैक और स्ट्रोक का कारण है। इस तरह यह देखना आसान है कि सीआरपी सिर्फ़ इनफ़्लेमेशन का सूचक ही नहीं है। यह दीर्घकालीन कार्डियोवैस्कुलर रोग का कारण भी है।[78]

इसके अलावा, हम अब यह देखते हैं कि जब प्रतिरक्षण तंत्र असामान्य रूप से और लंबे समय तक सक्रिय रहता है, तब सीआरपी और अन्य इनफ़्लेमेटरी रसायन कोशिकाओं के असामान्य विकास में किस तरह योगदान देते हैं। शायद इसीलिए कैंसर के हर जोखिम घटक के मामले में सीआरपी और इनफ़्लेमेशन के अन्य सूचक बढ़े रहते हैं।

इनफ़्लेमेशन दीर्घकालीन रोग का कारण है, इस बारे में अधिक प्रमाण

कई अग्रणी शोधकर्ताओं को अब भी अंदाज़ा नहीं है कि इन्सुलिन रज़िस्टेंस, मेटाबोलिक सिंड्रोम, टाइप 2 डाइबिटीज़ की महामारी, मोटापे की महामारी, कैंसर की नाटकीय रूप से बढ़ती दर और अल्ज़ाइमर्स जैसे अन्य रोगों में वृद्धि का कोई एक बुनियादी कारण हो सकता है। उन्हें कुछ प्रमुख तथ्यों की जानकारी नहीं है या उन्होंने पहेली सुलझाने के लिए उन सभी तथ्यों को एक साथ नहीं रखा है। उनमें से कई यह तो जानते हैं कि इनफ़्लेमेशन का दीर्घकालीन रोगों से संबंध होता है, लेकिन बहुत कम लोगों को यक़ीन होता है कि यह जुड़े हुए घटक के बजाय कारण है।

इसके बावजूद इस पज़ल के टुकड़ों की समीक्षा ज़रूरी है। यहाँ पर ऐसे तथ्यों की सूची दी जा रही है, जो इस अवधारणा का समर्थन करते हैं कि इनफ़्लेमेशन ही दीर्घकालीन रोग का कारण है।

1. लंबे समय तक सक्रिय रहने पर इनफ़्लेमेशन के सूचक सामान्य ऊतक के लिए विनाशकारी होते हैं।
2. ख़राब फ़ैट वाले भोज्य पदार्थ खाने जैसी रोगविहीन चीज़ें तथा प्रदूषण भरा परिवेश आदि इनफ़्लेमेशन के सूचकों के उत्पादन और रोगों दोनों को सक्रिय कर देते हैं। दूसरे शब्दों में, स्वस्थ लोगों का सामान्य व्यवहार भी प्रतिरक्षण तंत्र को जागृत कर देता है, भले ही उस वक़्त तक रोग की

प्रक्रिया शुरू न हुई हो।

3. जिस दीर्घकालीन इनफ़्लेमेटरी रोग का कार्डियोवैस्कुलर सिस्टम से कोई संबंध न हो - मिसाल के तौर पर, दीर्घकालीन पेरियोडोंटल रोग (इनफ़्लेम्ड गम टिशू) - वह भी कार्डियोवैस्कुलर रोग से जुड़ा हो सकता है।[79]

4. आनुवंशिकीय भिन्नताएँ, जिनसे इंटरल्यूकिन-1 की अति-अभिव्यक्ति होती है, हृदय रोग के ख़तरे को तीन गुना बढ़ा सकती हैं।*

5. कई लोगों को जब इन्सुलिन रज़िस्टेंस, मेटाबोलिक सिंड्रोम या बढ़े हुए कोलेस्टेरॉल का पहली बार पता चलता है, तब तक एथेरोस्केलेरोसिस काफ़ी बढ़ चुका होता है। दूसरे शब्दों में, दीर्घकालीन रोग भीतर ही भीतर तेज़ी से बढ़ता रहता है, लेकिन ज़्यादा गंभीर बीमारी का पता काफ़ी बाद में चलता है।

6. कुछ शोधकर्ताओं को यक़ीन है कि मोटे लोगों की चर्बी वाली कोशिकाओं से फ़ैटी एसिड्स तेज़ी से मुक्त होते हैं, जिससे उनमें इन्सुलिन रज़िस्टेंस की प्रवृत्ति विकसित हो जाती है। बहरहाल, इन शोधकर्ताओं को यह मालूम नहीं है कि लंबे समय तक सक्रिय प्रतिरक्षण तंत्र दुबले या सामान्य रोगियों में भी इन फ़ैटी एसिड्स को मुक्त कर सकता है।

7. कोलेस्टेरॉल के स्तर को कम करने के लिए लिखी जाने वाली स्टेटिन दवाएँ भी इनफ़्लेमेशन *और* कोलोन कैंसर जैसी अन्य बीमारियों के जोखिम को कम करती हैं।[80] 25 देशों के 17,802 लोगों पर जुपिटर ट्रायल[81] नामक वृहद अध्ययन किया गया। इस अध्ययन में कम एलडीएल कोलेस्टेरॉल लेकिन ज़्यादा सीआरपी वाले लोगों को क्रेस्टर नामक स्टेटिन दवा दी गई, जिससे सिर्फ़ दो सालों में ही हार्ट अटैक, स्ट्रोक और कैंसर से मृत्यु में कमी

---

*सर गॉर्डन डफ़, एम.डी., पीएच.डी., इंग्लैंड की शेफ़ील्ड यूनिवर्सिटी में हैं। उन्होंने अमेरिका में इंटरल्यूकिन जेनेटिक्स के वैज्ञानिकों के एक समूह के साथ इंटरल्यूकिन-1 में गहन शोध किया है। कुछ लोगों में इंटरल्यूकिन-1 बढ़ने से इनफ़्लेमेशन में वृद्धि की आनुवंशिकी प्रवृत्ति पाई गई, जिससे सीआरपी में वृद्धि हुई और हृदय रोग के जोखिम में तीन से चार गुना वृद्धि भी देखी गई। डीएनए में विशिष्ट स्थानों का पता लगा लिया गया है और अब उनकी कॉमर्शियल जाँच स्पष्टता से की जा सकती है। मैं अपने इंस्टीट्यूट में इस आनुवंशिकी प्रवृत्ति की नियमित जाँच करवाता हूँ।

इसके अलावा शोधकर्ताओं ने यह भी पाया है कि इंटरल्यूकिन-1 जीन पर कुछ विशिष्ट स्थल असामान्यताएँ होती हैं, जो हृदय रोग के जोखिम को और भी बढ़ाती हैं, लेकिन सीआरपी स्तरों में वृद्धि नहीं करती हैं। इसलिए, इनफ़्लेमेशन की "बड़ी तस्वीर" को समझना - और इसकी जाँच करना - पहले से भी ज़्यादा महत्वपूर्ण बन जाता है, ताकि हृदय रोग और अन्य दीर्घकालीन रोगों के विकसित होने के अपने आनुवंशिक जोखिम का अनुमान लगाया जा सके। अब यह जाँच उपलब्ध है और आपके लिए इसे करवाना महत्वपूर्ण है।

सौभाग्य से, यह दिखाने के लिए ख़ास सप्लीमेंट्स वाले क्लीनिकल ट्रायल्स पहले से किए जा रहे हैं कि हम किस तरह इन जीन्स को काम करने से रोक सकते हैं। अब प्राकृतिक प्रॉडक्ट्स आ चुके हैं, जिनके द्वारा चिकित्सा में न सिर्फ़ इंटरल्यूकिन-1 के उत्पादन को कम किया जा रहा है, बल्कि इंटरल्यूकिन-1 जीन की अभिव्यक्ति को भी रोका जा रहा है।

देखी गई। एक अलग अध्ययन में इसी श्रेणी की दवाएँ कम एलडीएल कोलेस्टेरॉल और कम सीआरपी वाले रोगियों को दी गईं, जिससे कोई लाभ नज़र नहीं आया।[82] इन अध्ययनों के बीच के अंतर से यह स्पष्ट हो जाता है कि बढ़े हुए सीआरपी को घटाने से हृदय रोग और कैंसर दोनों से होने वाली मृत्यु के संदर्भ में लाभ मिला!

8. एस्पिरिन नामक एंटी-इनफ़्लेमेटरी दवा न सिर्फ़ हार्ट अटैक[83] के जोखिम को कम करती है, बल्कि प्रोस्टेट[84] और कोलोन कैंसर[85] आदि रोगों के जोखिम को भी कम करती है।

9. अधिकांश दीर्घकालीन रोगों की दर उन देशों में तेज़ी से बढ़ी है, जो आर्थिक रूप से समृद्ध हो गए हैं या जिन्होंने पाश्चात्य संस्कृति अपना ली है - जैसा द्वितीय विश्व युद्ध के बाद जापान में हुआ। यह प्रवृत्ति आज भी जारी है, क्योंकि अधिकाधिक देश औद्योगिक बनते जा रहे हैं।

10. कुछ शोधकर्ताओं ने एक बहुत ही विश्वसनीय दलील दी कि भूमध्यसागरीय आहार मूलतः इसलिए स्वास्थ्यप्रद है, क्योंकि इसमें भरपूर ओमेगा-3 फ़ैट्स[86], स्वस्थ तेल और सब्ज़ियाँ होते हैं, जो इनफ़्लेमेशन को रोकते हैं।

11. र्‍यूमैटिक और ल्यूपस जैसे अन्य इनफ़्लेमेटरी रोग डाइबिटीज़ जैसे असंबद्ध रोगों के जोखिम को बढ़ा देते हैं।[87]

12. यह भी पता चला है कि ओस्टियोपोरोसिस (हड्डियों के कमज़ोर होने का रोग) भी दीर्घकालीन इनफ़्लेमेशन से उत्पन्न होता है। ओस्टियोपोरोसिस में उम्र के साथ हड्डियाँ पतली होने लगती हैं। यह ख़ास तौर पर रजोनिवृत्ति (menopause) के बाद महिलाओं में देखा जाता है। पहले तो यह सोचा गया कि इन महिलाओं को ओस्टियोपोरोसिस ईस्ट्रोजन नामक सेक्स हॉर्मोन की कमी की वजह से होता है। लेकिन जब रजोनिवृत्ति से पहले ही ऑपरेशन द्वारा महिलाओं का अंडाशय हटाकर कृत्रिम रजोनिवृत्ति निर्मित कर दी गई, तो यह देखा गया कि इनफ़्लेमेटरी कोशिकाएँ तत्काल बढ़ गईं और हड्डियों को पतला करने लगीं।[88] इसी अध्ययन में जब ऑपरेशन के बाद इनफ़्लेमेटरी रसायनों को रोक दिया गया, तो हड्डियाँ ज़रा भी पतली नहीं हुईं। इसलिए रजोनिवृत्ति के दौरान ईस्ट्रोजन हॉर्मोन के हटने से इनफ़्लेमेशन बढ़ जाता है। इसके समर्थन में कई अध्ययनों ने आगे दिखाया है कि इनफ़्लेमेटरी रसायन हड्डियों के पतले होने (bone absorption) को सक्रिय करते हैं।[89, 90, 91] शायद भविष्य में हम रजोनिवृत्ति के बाद ईस्ट्रोजन हॉर्मोन के अभाव से उत्पन्न जोखिम से ज़्यादा महिलाओं की रक्षा कर सकेंगे।

जैसे-जैसे नया शोध सामने आ रहा है, यह सूची लगभग हर दिन बढ़ती जा रही है।

उन वैज्ञानिकों की संख्या बढ़ती जा रही है, जो इस बात से सहमत हैं कि

इनफ़्लेमेशन कई दीर्घकालीन रोगों की जड़ है।[92] इनमें डॉ. पीटर लिबी, एम.डी. भी हैं, जो हार्वर्ड मेडिकल स्कूल में प्रोफ़ेसर ऑफ़ मेडिसिन हैं और बर्मिंघम में कार्डियोवैस्कुलर मेडिसिन के प्रमुख हैं और बोस्टन में विमेन्स हॉस्पिटल के भी। उन्होंने एक समीक्षा लेख में लिखा है, "हालाँकि एथेरोस्केलेरोसिस, रयूमैटॉइड आर्थ्राइटिस, सिरोसिस या इंटरस्टिशियल लंग डिसीज़ अलग-अलग तरीक़ों से प्रकट हो सकती हैं, लेकिन उस प्रक्रिया को चलाने वाली बुनियादी संरचना और मध्यस्थ समान होते हैं।"[93]

FB

आँधी में माचिस जलाना

प्रतिरक्षण तंत्र अविश्वसनीय रूप से जटिल है, क्योंकि इसमें नियंत्रण और संतुलन का जटिल चक्र है और हज़ारों तत्व सक्रिय होते हैं। इस पुस्तक में उनमें से सिर्फ़ कुछ ही का ज़िक्र किया गया है।

प्रतिरक्षण तंत्र बहुत तेज़ी से हज़ारों, यहाँ तक कि लाखों विशेषज्ञ श्वेत रक्त कोशिकाएँ उत्पन्न कर सकता है। इन कोशिकाओं के पास ज़हरीले रसायनों के हथियार होते हैं, जो घुसपैठ करने वाले वायरस, बैक्टरीरिया, पैरेसाइट्स और असामान्य कोशिकाओं को मार सकते हैं। ये कोशिकाएँ इतनी चतुर होती हैं कि शरीर की सामान्य, स्वस्थ कोशिकाओं पर हमला नहीं करती हैं।

लेकिन इसके बावजूद ... फ़ैशनेबल हानिकारक प्रॉडक्ट्स बेचने वाले लोग आपको यह यक़ीन दिलाना चाहते हैं कि आदर्श स्वास्थ्य का द्वार सिर्फ़ एक आसान, अकेली चाबी से खोला जा सकता है - जैसे आहार में से कार्बोहाइड्रेट या फ़ैट कम करना या कोई ख़ास गोपनीय सप्लीमेंट लेना या किसी विशेष व्यायाम द्वारा पेट कम करना।

जॉगिंग का जुनून या एंटीऑक्सीडेंट सप्लीमेंट्स की दीवानगी जैसी फ़ैशनेबल चीज़ें हमारे लिए आम तौर पर अच्छी होती हैं, लेकिन इनका दायरा भी संकीर्ण है। बहरहाल, ज़्यादातर फ़ैशनेबल प्रॉडक्ट्स तो उस स्तर तक भी नहीं उठते हैं। यह तो वैसा ही है, जैसे बर्फ़ीले तूफ़ान में गर्मी पाने के लिए आप माचिस जलाने की कोशिश करें।

आदर्श सेहत पाने के लिए हमें एक समग्र नीति - जीवनशैली के व्यापक परिवर्तन - की ज़रूरत है, क्योंकि हमारा सामना जिस विरोधी से है, वह अकेला खिलाड़ी नहीं है। हमारा सामना तो हज़ारों खिलाड़ियों की टीम से है, जो हम पर अलग-अलग दिशाओं से अलग-अलग योग्यताओं और रणनीतियों से हमला करते हैं।

अच्छी ख़बर : दीर्घकालीन रोग को हराने के लिए हमें जिन

रणनीतियों की आवश्यकता है, वे हालाँकि कई हैं, लेकिन सरल और आसान हैं। जीवनशैली के एक भी सकारात्मक परिवर्तन से हमारी संभावनाएँ बेहतर हो जाएँगी, लेकिन *आदर्श* स्वास्थ्य हासिल करने का मतलब यह है कि हमें अपने जीवन में तब तक सकारात्मक परिवर्तन करते रहना चाहिए, जब तक कि हम अपने आहार, औद्योगिक परिवेश तथा आधुनिक जीवनशैलियों के बहुत से हानिकारक प्रभावों से मुक़ाबला न कर लें, जिनकी वजह से हमारा प्रतिरक्षण तंत्र लगातार सक्रिय रहता है। इसके लिए आपको ऐसी योजना की ज़रूरत है, जिसमें पूरी तस्वीर की पूर्ण समझ शामिल हो और जो सर्वश्रेष्ठ संसाधनों का दोहन करे, जिनमें न्यूट्रिजेनोमिक्स शामिल है। सिर्फ़ ऐसी योजना ही आपके जीवन के बाक़ी हिस्से के लिए कारगर होगी। आदर्श स्वास्थ्य की इस मार्गदर्शक पुस्तक में हम आपको यही योजना बता रहे हैं।

कौन सी चीज़ें हमारे प्रतिरक्षण तंत्र को अति सक्रिय रखती हैं?

अब तक हम इस सवाल को पूछने का बेहतर तरीक़ा जान चुके हैं : औद्योगिक समाज के वे विशेष व्यवहार कौन से हैं, जो प्रतिरक्षण तंत्र को अति सक्रिय रखते हैं, जिससे दीर्घकालीन इनफ़्लेमेशन और अंततः रोग उत्पन्न होता है?

हम जानते हैं कि मुख्य समस्या व्यवहार संबंधी है। हम जानते हैं कि इसका संबंध हमारे व्यक्तिगत चुनावों और इंसानों द्वारा किए गए परिवेशीय परिवर्तन के तालमेल से है। यह संभव ही नहीं है कि सिर्फ़ आनुवंशिकीय परिवर्तन इसका कारण हो। इंसान की आनुवंशिकीय संरचना इतनी तेज़ी से या बिना किसी बड़े कारण के नहीं बदलती है।

तो पिछले पचास सालों में जीवनशैली में ऐसे कौन से महत्वपूर्ण परिवर्तन हुए, जिनकी वजह से दीर्घकालीन रोग आज महामारी की तरह फैल रहे हैं? यहाँ पर हमने जीवनशैली संबंधी कुछ व्यवहार बताए हैं, जिनसे दीर्घकालीन इनफ़्लेमेशन बढ़ता है :

- **ज़्यादा शकर खाने,** जैसे फ़्रुक्टोज़ (जो हमें हर जगह मिलने वाले प्रोसेस्ड-फ़ूड कंपोनेंट कॉर्न सिरप में मिलती है)[94], से सीआरपी स्तर बढ़ जाता है। फ़्रुक्टोज़ की ज़्यादा मात्रा खाने के बारे में अधिक जानकारी के लिए परिशिष्ट बी.1 देखें।
- **ट्रांस फ़ैटी एसिड्स** आधुनिक आहार का एक और बहुत आम हिस्सा[95] बन चुके हैं। बढ़े हुए सीआरपी स्तर से इनका भी संबंध है।
- **ज़्यादा कोलेस्टेरॉल ग्रहण करना।** जब स्वस्थ, दुबले, इन्सुलिन के प्रति संवेदनशील लोगों को अंडों के रूप में ज़्यादा कोलेस्टेरॉल खिलाया गया, तो इससे उनके रक्त में सीआरपी स्तर और बुरा कोलेस्टेरॉल भी बढ़ गया।

- जैसा हमने पिछले अध्याय में देखा है, **प्रदूषण** भी सीआरपी को बढ़ाता है। हम कुछ क़िस्म के प्रदूषणों को व्यक्तिगत रूप से नियंत्रित नहीं कर सकते, ख़ास तौर पर उन्हें जो हवा में होते हैं। लेकिन काफ़ी सारा रासायनिक प्रदूषण खाने-पीने की चीज़ों से हमारे भीतर पहुँचता है। मिसाल के तौर पर, ज़्यादा एनिमल फ़ैट वाले आहार न सिर्फ़ वसा की वजह से नुक़सानदेह हैं, बल्कि इसलिए भी हैं, क्योंकि बड़े पैमाने पर उत्पादन होने वाले मीट में हर्बीसाइड्स, पेस्टिसाइड्स,[97], हॉर्मोन्स और एंटीबायोटिक्स जैसे नुक़सानदेह रसायन होते हैं।

ठोस शोध से पता चलता है कि हम जिन जोखिम घटकों के बारे में बात कर रहे हैं, उन्हें कम करने से ख़ून में सीआरपी का स्तर भी कम हो जाता है। *इसलिए सीआरपी के उत्पादन को कम करने के लिए जीवनशैली बदलना एकदम अनिवार्य है।*

संक्षेप में, हमारी औद्योगीकृत जीवनशैली दीर्घकालीन इनफ़्लेमेशन को बढ़ाती है। हृदय रोग, कैंसर, टाइप 2 डाइबिटीज़ और अन्य दीर्घकालीन रोगों के जोखिम को कम करने के लिए हमें दीर्घकालीन इनफ़्लेमेशन की सक्रियता को कम करने की ज़रूरत है।

इस उद्देश्य से मैं आपके सामने प्रस्तुत करता हूँ ...

डॉ. ड्यूक्स गेम प्लान

दीर्घकालीन इनफ़्लेमेशन कम करने के सत्रह क़दम

आप ये आसान क़दम उठाकर अपने शरीर के दीर्घकालीन इनफ़्लेमेशन को कम कर सकते हैं। ये क़दम कारगर हैं और प्रमाण इस पूरी पुस्तक में बिखरे हुए हैं :

1. **दीर्घकालीन रोग के जोखिम घटकों (risk factors) को कम करें।** यह सबसे महत्वपूर्ण और प्रभावी क़दम है, जिसे आप उठा सकते हैं। इन जोखिम घटकों की सूची अध्याय 9 से 12 तक दी गई है, जहाँ इन्हें विस्तार से समझाया गया है। चूँकि लगभग सभी जोखिम घटक इनफ़्लेमेशन से जुड़े हैं, इसलिए निष्कर्ष यह है कि आप इन जोखिम घटकों को अपने जीवन से हटाकर इनफ़्लेमेशन को कम कर सकते हैं। शोध ने भी इस बात को सही साबित किया है। इससे भी बढ़कर, अपनी सेहत सुधारने के लिए आपको हर जोखिम घटक को फ़ौरन हटाने की ज़रूरत नहीं है। किसी एक जोखिम घटक को कम करने से भी आपको बहुत बड़ा फ़र्क़ महसूस हो सकता है।
2. **ओमेगा-3 जैसे नैसर्गिक एंटी-इनफ़्लेमेटरी पदार्थ खाएँ।** आधुनिक आहार में ओमेगा-3 नामक स्वस्थ ऑइल नहीं रहता है, जो प्राकृतिक

एंटी-इनफ़्लेमेटरी है। हम कॉर्न ऑइल जैसे सस्ते, इनफ़्लेमेटरी तेलों की ओर मुड़ गए हैं। अपने आहार में स्वस्थ पॉलीअनसैचुरेटेड फ़ैटी एसिड्स की मात्रा बढ़ाने (जैसे ठंडे पानी की मछली खाने और ओलिव ऑइल या केनोला ऑइल का इस्तेमाल करने) से आप इनफ़्लेमेशन को कम कर सकते हैं।

3. **व्यायाम।** शोध से पता चला है कि व्यायाम करने से भी इनफ़्लेमेशन कम होता है। मैं जानता हूँ कि व्यायाम की कमी इस सूची में शामिल सर्वोच्च जोखिम घटक है। मैं इस बात पर जितना भी ज़ोर दूँ, उतना ही कम है। आधुनिक टेक्नोलॉजी हमें लगातार गतिहीन कर रही है और इसके पीछे यह ग़लतफ़हमी है कि हर क़िस्म के शारीरिक श्रम को ख़त्म करना अच्छी चीज़ है। टेक्नोलॉजी की प्रगति ने हमारी ज़िंदगी के लगभग हर पहलू से शारीरिक गतिविधि को ख़त्म कर दिया है - जैसे कार, लिफ़्ट, रिमोट कंट्रोल, पर्सनल कंप्यूटर आदि। यह "प्रगति" हमसे हमारी ज़िंदगी के कई साल छीन रही है। स्वस्थ रहने के लिए इंसानों को घूमने-फिरने की ज़रूरत है। (चेतावनी : कोई भी नई व्यायाम योजना शुरू करने से पहले अपने डॉक्टर से सलाह ज़रूर लें।) अपने घर के आस-पास टहलना, अपने बच्चों के साथ पार्क में खेलना आदि भी व्यायाम की श्रेणी में आते हैं और इनसे भी फ़ायदा होगा। व्यायाम करने के लिए आपको किसी महँगे क्लब में जाने की ज़रूरत नहीं है। कोई भी अच्छी शारीरिक गतिविधि दीर्घकालीन रोग के आपके जोखिम को कम कर देगी। यहाँ तक कि फ़ुरसत में टहलने से भी इनफ़्लेमेशन कम होता है।[98, 99] व्यायाम के साथ फ़ूड सप्लीमेंट्स खाने से एंटी-इनफ़्लेमेटरी लाभ ज़्यादा मिलते हैं।[100]
4. **कोई अच्छा मल्टीविटामिन/मल्टीमिनरल लें,** जिसका वर्णन अध्याय 8 में किया गया है।[101]
5. **सैचुरेटेड, ट्रांस और ओमेगा-6 फ़ैटी एसिड्स कम खाएँ।** इन फ़ैट्स का संबंध इनफ़्लेमेशन से होता है। इनसे बचने के लिए आपको आम तौर पर प्रोसेस्ड फ़ूड्स (मशीनों से बने डिब्बाबंद आहार) से बचना होगा, जब तक कि उन पर यह न लिखा हो कि उनमें कोई ट्रांस या सैचुरेटेड फ़ैट नहीं है। डार्क मीट और आंशिक रूप से हाइड्रोजेनेटेड तेलों में ओमेगा-6 होता है। ज़्यादा ओमेगा-6 वाले तेल हैं कॉर्न, सैफ़्लॉवर, बिनौला, सनफ़्लॉवर, मूँगफली, तिल, ग्रेपसीड, प्रिमरोज़ और सोयाबीन (हालाँकि सोयाबीन के तेल में ओमेगा-3 भी होता है)। हम सिर्फ़ केनोला ऑइल या वर्जिन ओलिव ऑइल की अनुशंसा करते हैं।
6. **सही मात्रा में एंटीऑक्सीडेंट/एंटीइनफ़्लेमेटरी सप्लीमेंट्स लें,** ख़ास तौर पर वे, जो फ़ाइटोन्यूट्रिएंट्स (जैसे रेसवेरेट्रॉल) से भरपूर हों और प्राकृतिक आहार स्रोतों से बने हों। एंटीऑक्सीडेंट्स से भी इनफ़्लेमेशन कम

होता है (देखें अध्याय 8, जहाँ मैं उन लोगों से मुक़ाबला करूँगा, जो कहते हैं कि सप्लीमेंट्स लेना बुरा या ख़तरनाक है)। जिन न्यूट्रिएंट्स या पोषक पदार्थों से इनफ़्लेमेशन कम होता है, वे हैं कोएंज़ाइम क्यू10[102], लाइकोपीन,[103] मैग्नीशियम,[104] ग्लूकोसैमाइन,[105] और क्वेरसेटिन।[106]

7. **हर दिन सात से नौ फल और सब्ज़ियाँ खाएँ।** सब्ज़ियाँ और फल खाने का कोई विकल्प नहीं है। उनमें प्राकृतिक एंटीऑक्सीडेंट्स और फ़ाइटोन्यूट्रिएंट्स भरे हुए हैं, जो इनफ़्लेमेशन को कम करते हैं। मिसाल के तौर पर, प्लांट केमिकल्स या फ़ाइटोन्यूट्रिएंट्स के एक समूह में एंटीऑक्सीडेंट और एंटी-इनफ़्लेमेटरी दोनों प्रकार के गुण होते हैं।[108] इस समूह के आहार स्रोत हैं क्वेरसेटिन (प्याज़, केल, ब्लूबेरीज़, ब्रॉकॉली और चाय), फ़्लेवनॉल्स (हरी चाय और कोकोआ), हेस्पेरेटिन (टमाटर और संतरे), फ़्लेवॉन्सस (पार्स्ले, सेलेरी), आइसोफ़्लेवॉन्स (सोया), और एंथोससाएनिन्स (अंगूर, बीन्स, प्याज़ और बेरी)। उम्मीद है आपको समझ आ गया होगा कि हर दिन अलग-अलग रंगों के फलों और सब्ज़ियों की नौ सर्विंग्स का विकल्प क्यों नहीं है।

8. **डिब्बाबंद प्रोसेस्ड आहार से बचें।** मेरा यह मतलब है कि ज़्यादा फ्रुक्टोज़ वाले कॉर्न सिरप से भरे आहार, आंशिक रूप से हाइड्रोजेनेटेड तेलों और अन्य रसायनों से बचें। प्रोसेसिंग के माध्यम से आपके आहार में जितने ज़्यादा रसायन बढ़ेंगे, दीर्घकालीन इनफ़्लेमेशन की आशंका भी उतनी ही ज़्यादा होगी। हाँ, मैं जानता हूँ कि गर्म-करो-और-सर्व-करो वाले डिब्बाबंद भोजन से ज़िंदगी ज़्यादा आसान हो जाती है। लेकिन इससे ज़िंदगी कम भी हो सकती है। इसलिए इसका विकल्प खोजने की कोशिश करें। कुकबुक्स ख़रीदें और इंटरनेट पर सर्फ़िंग करें। आप स्वस्थ, बिना प्रोसेस किए हुए भोज्य पदार्थों का इस्तेमाल करके जल्दी ही और सरलता से खाना बनाने के बहुत से तरीक़े खोज सकते हैं। मैं परिशिष्ट बी.1 में बताऊँगा कि आपको किन फ़ूड एडिटिव्ज़ से बचना चाहिए। ज़्यादा फ्रुक्टोज़ वाले कॉर्न सिरप जैसे कुछ फ़ूड एडिटिव्ज़ इनफ़्लेमेशन को बढ़ाते हैं।[109]

9. **फ़ास्ट फ़ूड से बचें।** अध्ययनों से पता चला है कि फ़ास्ट फ़ूड खाने से शरीर में इनफ़्लेमेशन की प्रतिक्रिया तेज़ होती है।[110] शायद ऐसा इसलिए होता है, क्योंकि फ़ास्ट फ़ूड में सस्ती सामग्री होती है, जो इनफ़्लेमेटरी होती है।

10. **नैसर्गिक (organic) तरीक़े से उगाए एवं विकसित किए गए फल, सब्ज़ियाँ, मीट और डेरी प्रॉडक्ट्स खाएँ।** औद्योगिक खेती और आहार उत्पादन में हर्बिसाइड्स, पेस्टिसाइड्स, हॉर्मोन्स और एंटीबायोटिक्स का काफ़ी इस्तेमाल किया जाता है। इसलिए अपने परिवार को मीट, फल, अनाज, सब्ज़ियाँ और डेरी प्रॉडक्ट्स परोसते वक़्त दरअसल आप इन्हें भी

परोस रहे हैं। आम तौर पर ये रसायन पौधे या जानवर के मांस वाले हिस्सों द्वारा सोख लिए जाते हैं और वहाँ संग्रहीत होते रहते हैं। जो हानिकारक रासायनिक दवा पौधों पर छिड़की जाती है, वह तब भी मौजूद रहती है, जब यह उन जानवरों को खिलाए जाते हैं, जिन्हें आप खाने जा रहे हैं - और तब भी, जब यह आपको खिलाए जाते हैं। जानवरों को ज़िबह करने से कुछ हफ़्ते पहले से उन्हें ज़्यादा तेज़ी से बढ़ाने की कोशिश में एंटीबायोटिक्स और हॉर्मोन्स दिए जाते हैं। जब *आप* इन प्रॉडक्ट्स को खाते हैं, तो वे *आपके* शरीर के वसा कोश में पहुँचकर जमा होने लगते हैं। ये रसायन दीर्घकालीन इनफ़्लेमेशन उत्पन्न कर सकते हैं। प्राकृतिक आहारों का वर्गीकरण परिशिष्ट ए.10 में किया गया है। कुछ निर्माता अपने प्रॉडक्ट्स को वास्तविकता से ज़्यादा प्राकृतिक दिखाने की कोशिश भी करते हैं। जो प्रॉडक्ट जितना ज़्यादा प्राकृतिक है, वह आपके लिए उतना ही ज़्यादा अच्छा है। प्राकृतिक प्रॉडक्ट्स को भी हमेशा धोने की याद रखें, क्योंकि उनके बाहरी हिस्से पर बैक्टीरिया हो सकते हैं।

11. **कम ग्लाइसीमिक लोड वाले कार्बोहाइड्रेट्स खाएँ।** इसका मतलब है कि उनमें शकर कम होती है। आपके आहार में शकर जितनी ज़्यादा होती है, सीआरपी के बढ़ने का उतना ही ज़्यादा ख़तरा होता है।[111, 112] एक अध्ययन के अनुसार जब शाकाहारी मरीज़ों को घुलनशील रेशे वाला पूर्ण-अन्न (high fibre whole grain) दिया गया, तो उनके सीआरपी में 28 प्रतिशत कमी हुई।[113] ग़ौर करें, मेरी सलाह सिर्फ़ यह है कि आप कम ग्लाइसीमिक कार्बोहाइड्रेट्स वाले खाद्य पदार्थ खाएँ। मैं आपको ग्लाइसीमिक मील प्लान्स या डाइट्स पर अमल करने की सलाह नहीं दे रहा हूँ। इसका कारण मैंने परिशिष्ट सी में समझाया है।

12. **अध्याय 4 में दिए गए न्यूट्रिजेनोमिक्स निर्देशों का पालन करें।** इस पुस्तक की सभी सलाहें - जिनमें परिशिष्ट बी में दिया गया एक सप्ताह का सैंपल 2000 कैलोरी का मीनू और हानिकारक खाद्य पदार्थों वाला खंड भी शामिल है - सर्वश्रेष्ठ न्यूट्रिजेनोमिक वैज्ञानिक जानकारी पर आधारित हैं। परिशिष्ट बी.4 में बताए गए मेरे मीनू की तुलना मैंने यूएसडीए "माई पिरामिड" डाइट से की है। इसके माध्यम से मैंने आपको दिखाया है कि न्यूट्रिजेनोमिक विज्ञान के इस्तेमाल से वह मीनू कितना ज़्यादा बेहतर बन गया है। "माई पिरामिड" डाइट को वैज्ञानिक समुदाय में बहुत ठोस योजना और मीनू समझा जाता है, लेकिन मैं सोचता हूँ कि हम इसे बेहतर बना सकते हैं।

13. **कम-डोज़ वाली एस्पिरिन या कोई अन्य एंटी-इनफ़्लेमेटरी दवा लें।** (ज़ाहिर है, अपने डॉक्टर की सलाह के बाद ही ऐसा करें।) डॉक्टर बरसों से हार्ट अटैक के जोखिम को कम करने के लिए अपने रोगियों को

एस्पिरिन लेने की सलाह दे रहे हैं, क्योंकि यह दवा धमनियों में से थक्कों को कम करती है। बहरहाल, कुछ साल पहले हमें यह जानकर सुखद आश्चर्य हुआ कि कई बरसों से एस्पिरिन लेने वाले लोगों में कोलोन कैंसर का ख़तरा भी कम हो गया था। एस्पिरिन इनफ़्लेमेशन को कम करती है, जिससे हृदय रोग के अलावा अन्य दीर्घकालीन रोग भी उत्पन्न हो सकते हैं।

मैं यह सुझाव देने में झिझक रहा हूँ, क्योंकि दवाओं के माध्यम से इनफ़्लेमेशन घटाने में अक्सर कई तरह की जटिलताएँ होती हैं, जैसे संक्रमण का ख़तरा बढ़ जाता है,[114] हृदय कमज़ोर हो जाता है या रक्त संचार पर विपरीत प्रभाव पड़ता है,[115, 116] फेफड़ों से संबंधित समस्याएँ उत्पन्न होती हैं,[117] अल्सर,[118] और अन्य संभावित जटिलताएँ उत्पन्न हो सकती हैं।[119] इन महत्वपूर्ण नकारात्मक साइड इफ़ैक्ट्स के बावजूद इनफ़्लेमेटरी रोगों के उपचार के लिए सिर्फ़ अमेरिका में ही हर साल 8 करोड़ से ज़्यादा पर्चे लिखे जाते हैं। इसमें ओवर-द-काउंटर (ओटीसी) दवाओं के लोकप्रिय सेवन के आँकड़े शामिल नहीं हैं। बहरहाल, एंटी-इनफ़्लेमेटरी दवाओं की महत्वपूर्ण भूमिका है और वे बहुत लाभकारी हैं। यहाँ संदेश यह है कि आपको अपने डॉक्टर से बातचीत करनी चाहिए और सही मात्रा में उनका सेवन करना चाहिए, क्योंकि उनके साथ साइड इफ़ेक्ट्स और समस्याएँ जुड़ी हैं। कुल मिलाकर, आदर्श स्थिति यह है कि आप जीवनशैली में परिवर्तन करके और आहार में प्राकृतिक एंटी-इनफ़्लेमेटरी चीज़ों को शामिल करके अपने जीवन के सभी इनफ़्लेमेटरी स्रोतों को कम कर लें। यह पुस्तक सर्वश्रेष्ठ संभव तरीक़े से यह लक्ष्य हासिल करने के तरीक़े सिखाने के प्रति समर्पित है।

14. **विटामिन डी की पर्याप्त मात्रा लें।** विटामिन डी सप्लीमेंट्स से इनफ़्लेमेशन में कमी देखी गई है।[120, 121] विटामिन डी और कैल्शियम को एक साथ लेने से भी इनफ़्लेमेशन में कमी देखी गई है।[122] विटामिन डी से संबंधित अतिरिक्त जानकारी अध्याय 8 में प्रस्तुत की जाएगी।
15. **पर्याप्त सोएँ।** नींद की कमी से इनफ़्लेमेशन बढ़ता है।[123, 124, 125, 126] (देखें अध्याय 6।)
16. **नमक कम खाएँ।** ज़्यादा नमक से इनफ़्लेमेशन बढ़ता है।[127]
17. **अपने डॉक्टर से बातचीत करें।** अगर आप पहले बताए गए सोलह क़दमों का कठोरता से पालन कर रहे हैं, तो आम तौर पर आपको दवाओं की ज़रूरत नहीं होगी। लेकिन अगर आप जीवनशैली के परिवर्तनों द्वारा अपने दीर्घकालीन इनफ़्लेमेशन को स्वस्थ स्तर तक नहीं घटा पाएँ, तो अपने डॉक्टर से बातचीत करें। वह आपको स्टेटिन्स जैसी दवाओं की सलाह दे सकता है, जो सीआरपी को कम करती हैं। हम पहले ही बता

चुके हैं कि जुपिटर स्टडी के परिणामों से यह स्पष्ट है कि स्टेटिन्स का सबसे बड़ा लाभ इनफ़्लेमेशन घटाने की उनकी क्षमता है।

इस सूची के लाभ बहुत ज़्यादा और दूरगामी हैं। इसमें जीवनशैली के ऐसे परिवर्तन शामिल हैं, जिनके पुरस्कार बहुत ज़्यादा हैं। ये परिवर्तन करने से आपके शरीर में इनफ़्लेमेशन यक़ीनन कम हो जाएगा। मैं जानता हूँ कि यह सूची थोड़ी लंबी है और मेरे सुझाए कुछ परिवर्तन आपको इस वक़्त मुश्किल लग सकते हैं। लेकिन इनसे दहशत में न आएँ। आपको अपनी सेहत बेहतर बनाने के लिए सूची के हर बिंदु का पूरी तरह पालन करने की ज़रूरत नहीं है। एक-दो सच्चे, निरंतर क़ायम रहने वाले परिवर्तन भी रोग की आशंका को बहुत कम कर सकते हैं।

आप इस वक़्त जो कर सकते हों, करें। बाद में और ज़्यादा करने की कोशिश करें।

अध्याय 13 में आदर्श स्वास्थ्य के पच्चीस आसान क़दमों की सूची दी गई है। ये क़दम उठाने से आपको इनफ़्लेमेशन कम करने और दीर्घकालीन रोग का जोखिम घटाने में मदद मिलेगी। मैंने विज्ञान के पहाड़ को आपके लिए आसान क़दमों में तोड़ दिया है। कृपया धैर्यवान रहें और बीच में छोड़कर आगे न बढ़ें। आपको अभी और भी कुछ सीखना है।

सीआरपी और इनफ़्लेमेशन की स्थिति के मूल्यांकन के बारे में एक महत्वपूर्ण टीप

शरीर में कई इनफ़्लेमेटरी तत्व होते हैं। सीआरपी स्तर कम होने का यह मतलब नहीं है कि अन्य इनफ़्लेमेटरी तत्व भी ज़्यादा नहीं हैं। आम तौर पर मैं यह सलाह नहीं देता कि हम दीर्घकालीन इनफ़्लेमेशन के होने या न होने की अपनी व्याख्या को सिर्फ़ सीआरपी जैसे रक्त मान पर आधारित करें। (कभी-कभार यह उपयोगी होता है, लेकिन मैं इसकी सलाह अचूक मंत्र की तरह नहीं देता हूँ।) कृपया याद रखें कि हाल में हुई सर्दी, संक्रमण, त्वचा के घावों, गंभीर आर्थ्राइटिस, दीर्घकालीन मसूड़े के रोग आदि से सीआरपी बढ़ सकता है। इन मामलों में आपका प्रतिरक्षण तंत्र आपकी रक्षा करने के लिए सही काम कर रहा है। जब मैं दीर्घकालीन रूप से बढ़े सीआरपी का ज़िक्र करता हूँ, तो मेरा मतलब उन स्थितियों से है, जहाँ शारीरिक समस्या न होने के बावजूद आपका सीआरपी बढ़ा हो। (सीआरपी के एक से अधिक परीक्षणों से आपको यह समझने में मदद मिलेगी कि आपका बेसलाइन स्तर क्या है।) इसी अवधारणा के कारण कई शोधकर्ता सीआरपी स्तर से दुविधा में पड़ जाते हैं और दीर्घकालीन इनफ़्लेमेटरी स्थिति की सटीक भविष्यवाणी नहीं कर पाते। बहुत से अध्ययनों में इन अल्पकालीन या उलझन वाली स्थितियों/परिस्थितियों को नियंत्रित नहीं किया गया था। हमने सीआरपी पर इतनी ज़्यादा बातचीत सिर्फ़ इसलिए की है, क्योंकि इस पर काफ़ी शोध किया गया है। वैसे इस बात के प्रमाण बढ़ते जा रहे हैं कि सीआरपी हृदय रोग के

जोखिम का संकेत देने वाला महत्वपूर्ण सूचक है।[128, 129] सीआरपी को बेसलाइन के रूप में तय करना और इनफ़्लेमेशन की स्थिति की आम निगरानी करना तर्कसंगत है, हालाँकि हमारे पास अब भी सारे जवाब मौजूद नहीं हैं।

इसी वजह से मैं यह सलाह नहीं देता हूँ कि हर व्यक्ति दौड़ लगाकर अपना इनफ़्लेमेटरी परीक्षण कराए या अपनी पूरी सेहत को सिर्फ़ सीआरपी पर ही केंद्रित कर ले। ऐसे परीक्षण होने लगे हैं, लेकिन इनकी सलाह देना इस वक़्त जल्दबाज़ी होगी। वैज्ञानिक शोध के आधार पर मैं आपको यक़ीन दिला सकता हूँ कि अगर आपमें दीर्घकालीन रोग के जोखिम घटक मौजूद हैं (जैसा अध्याय 9 से अध्याय 12 तक में स्पष्ट किया जाएगा), तो आपको दीर्घकालीन इनफ़्लेमेशन है। अगर आप इनफ़्लेमेशन को कम करने के लिए ऊपर बताए गए सत्रह क़दम नहीं उठा रहे हैं, तो आपको कुछ हद तक दीर्घकालीन इनफ़्लेमेशन है। दीर्घकालीन रोग के जोखिम घटकों की संख्या तय करना हममें से ज़्यादातर लोगों के लिए अपने इनफ़्लेमेशन की स्थिति की जाँच करने का शायद सबसे अच्छा तरीक़ा है। इसीलिए इसमें जीवनशैली और स्वास्थ्य संबंधी वैचारिक क्रांति की ज़रूरत होती है।

उम्मीद है कि आपको यह साफ़ नज़र आ गया होगा कि जो फ़ैशनेबल डाइट कुछ पौंड वज़न कम करने में आपकी मदद करती है, उसका असफल होना अंततः इसलिए तय है, क्योंकि इसकी आदर्श स्वास्थ्य की परिभाषा ही ग़लत है। आदर्श स्वास्थ्य हासिल करने में सच्ची सफलता को दीर्घायु और दीर्घकालीन रोग में कमी के रूप में परिभाषित करना चाहिए। इसका पैमाना यह नहीं होना चाहिए कि क्या आप अपने प्रिय फ़िल्म अभिनेता या अभिनेत्री की तरह दिख रहे हैं। इस तरह दुबले होने से क्या फ़ायदा, जिसकी वजह से आप असमय ही मर जाएँ?

अब जब हमने दीर्घकालीन रोग में इनफ़्लेमेशन की भूमिका समझने में आपकी मदद कर दी है, तो आइए अब हम विज्ञान के दो नए रोमांचक क्षेत्रों पर बातचीत कर लें - न्यूट्रिजेनेटिक्स और न्यूट्रिजेनोमिक्स।

इनकी भारी-भरकम वैज्ञानिक शब्दावली के कारण तनाव में न आएँ। इनकी मदद से आप इस बारे में काफ़ी कुछ सीखने वाले हैं कि आदर्श स्वास्थ्य हासिल करने के लिए कैसे खाएँ और जिएँ।

इस पुस्तक की अनुशंसाएँ काफ़ी हद तक अध्ययन के इन्हीं दो क्षेत्रों पर आधारित हैं। ये विज्ञान के नए क्षेत्र हैं, जिनके बारे में अधिकांश "विशेषज्ञ", जिनमें ज़्यादातर डॉक्टर भी शामिल हैं, कुछ नहीं जानते। एक बार जब आप इन अवधारणाओं को अच्छी तरह समझ लेते हैं - और उन्हें समझना मुश्किल नहीं है - तो आप रोकथाम चिकित्सा के सक्रिय समूह में पहुँच जाएँगे।

अध्याय 4

न्यूट्रिजेनेटिक्स और न्यूट्रिजेनोमिक्स : नए स्वास्थ्य विज्ञान

उम्मीद है, अब तक आप यह समझ चुके होंगे कि आदर्श स्वास्थ्य हासिल करना हमारे आहार, व्यवहार और आनुवंशिकीय संरचना के आपसी जटिल संबंधों से जुड़ा हुआ है। आप जान चुके हैं कि इनफ़्लेमेशन को अब दीर्घकालीन रोग का आम और सतह के नीचे छिपा बुनियादी कारण माना जाता है।

अब वैज्ञानिक अध्ययन के दो तुलनात्मक दृष्टि से नए क्षेत्रों के बारे में सीखने का वक़्त आ चुका है। ये दोनों क्षेत्र बताते हैं कि पोषक पदार्थ और हमारे जीन्स किस बुनियादी तरीक़े से आपस में व्यवहार करते हैं। आप शायद न्यूट्रिजेनेटिक्स शब्द का मतलब जानते होंगे (भले ही आपने पहले कभी इसके बारे में न सुना हो), लेकिन न्यूट्रिजेनोमिक्स की अवधारणा संभवतः अधिकांश पाठकों के लिए नई होगी।

इन दो विज्ञानों के संबंध में लंबे वैज्ञानिक शोधपत्र लिखे जा चुके हैं। आपको यह जानकर राहत मिलेगी कि मैं यहाँ इनके बारे में सिर्फ़ कुछ पन्ने ही लिखूँगा और बड़ी ही सरल भाषा में इनका वर्णन करूँगा। लेकिन आप जो जानकारी पाने जा रहे हैं, वह आदर्श सेहत पाने हेतु पोषण की समझ के लिए बहुत ज़रूरी है। इससे आपको यह समझने में भी मदद मिलेगी कि सिर्फ़ एक ही बिंदु पर केंद्रित फ़ैशनेबल प्रॉडक्ट्स आपके लिए ग़लत और आम तौर पर बुरे क्यों होते हैं।

इसके अलावा, अगले कुछ पन्नों से इस बात की भी पुष्टि होगी कि इस पुस्तक की सलाहें, जो आंशिक रूप से नवीनतम शोध पर आधारित हैं, समय के इम्तहान में खरी क्यों उतरेंगी - ख़ास तौर पर इसलिए, क्योंकि वे इंसान की आनुवंशिकी के तालमेल में हैं।

दरअसल, इस पुस्तक के सभी पहलू सर्वश्रेष्ठ और नवीनतम विज्ञान के सामंजस्य में हैं।

न्यूट्रिजेनेटिक्स

न्यूट्रिजेनेटिक्स शब्द का प्रयोग पहली बार 1975 में डॉ. आर. ओ. ब्रेनैन ने किया।

उन्होंने अपने अध्ययन में बताया कि आनुवंशिकीय भिन्नताओं के कारण लोग पोषक पदार्थों पर अलग-अलग प्रतिक्रिया क्यों करते हैं। यह मैक्रोन्यूट्रिएंट्स (प्रोटीन्स, कार्बोहाइड्रेट्स और फ़ैट) और माइक्रोन्यूट्रिएंट्स (विटामिन्स, मिनरल्स और फ़ाइटोन्यूट्रिएंट्स) दोनों के संदर्भ में होता है। आइए, मैं आपको कुछ उदाहरण देता हूँ।

हमारी कोशिकाओं के केंद्र में डीएनए मोलेक्यूल्स मेमोरी बैंक्स हैं। इनमें आनुवंशिकी की वह सारी जानकारी है, जिसकी ज़रूरत हमें इकलौती कोशिका से विकास करने और जीवित रहने के लिए होती है। शरीर की हर कोशिका में वही डीएनए होता है। डीएनए एक कुशल कंप्यूटर प्रोग्राम की तरह होता है, जो हमारे शरीर की विशेषज्ञ कोशिकाओं से अलग-अलग काम करवाता है और ज़रूरत के हिसाब से अलग-अलग रसायन बनवाता है।

हर व्यक्ति एक अनूठी आनुवंशिकी योजना (genetic program) के साथ पैदा हुआ है। सिर्फ़ जुड़वाँ बच्चों (identical twins) के मामले में यह प्रोग्रामिंग एक जैसी हो सकती है। डीएनए के कुछ हिस्सों में भिन्नता के कारण ही दो लोग बिलकुल एक जैसे नहीं दिख सकते, सिवाय जुड़वाँ बच्चों के। (जुड़वाँ बच्चों के परिवेश भी हूबहू एक से नहीं होते हैं, इसलिए समय के साथ-साथ वे भी अलग-अलग दिखने लगते हैं।) हमारी जेनेटिक प्रोग्रामिंग के हिस्सों में भी इसी तरह की भिन्नताएँ होती हैं, जो हमारे स्वास्थ्य पर असर डालती हैं। डीएनए के किसी ख़ास हिस्से की भिन्नताओं के संदर्भ में हम *पॉलीमॉर्फ़िज़्म* शब्द का इस्तेमाल करते हैं। जब आप सड़क पर चलते वक़्त काले, भूरे, लाल और सुनहरे बालों वाले लोगों को देखते हैं, तो आप पॉलीमॉर्फ़िज़्म के उदाहरण देख रहे हैं।

शोधकर्ताओं ने डीएनए के हिस्सों की उन भिन्नताओं या पॉलीमॉर्फ़िज़्म्स का पता लगा लिया है, जिनके कारण कम फ़ैट वाले आहार की प्रतिक्रिया में कुछ लोगों के रक्त में ज़्यादा ट्राइग्लिसरॉइड्स और एलडीएल बनते हैं।[130] अगर आपके जीन्स में यह भिन्नता है, तो आप डिनर टेबल पर अपने जीवनसाथी के साथ बैठकर एक जैसा भोजन करेंगे, लेकिन आपके शरीर उस पर अलग-अलग तरह से प्रतिक्रिया करेंगे। आपका पारिवारिक डॉक्टर आपको फटकारेगा कि आपको अपने आहार में परिवर्तन करना चाहिए, ज़्यादा व्यायाम करना चाहिए, सही दवाएँ लेनी चाहिए। दूसरी तरफ़, वह आपके जीवनसाथी को बधाई देगा कि उसकी शारीरिक स्थिति बहुत अच्छी है, हालाँकि सच तो यह है कि आप दोनों ने एक जैसा भोजन किया था।

इसीलिए *कोई भी डाइट प्लान दुनिया के हर व्यक्ति के लिए आदर्श नहीं हो सकता।*

न्यूट्रिशनल पॉलीमॉर्फ़िज़्म (पोषण भिन्नता) का एक और उदाहरण यह है कि अलग-अलग लोग नमक पर अलग-अलग प्रतिक्रिया करते हैं। नमक के कारण कुछ लोगों का ब्लड प्रेशर बढ़ जाता है, लेकिन बाक़ी लोगों का नहीं बढ़ता है।[131, 132] इससे यह स्पष्ट हो जाता है कि नमक और हाइपरटेंशन के आपसी संबंध के बारे में बरसों से दुविधा क्यों चली आ रही है। नमक खाने से ज़्यादातर लोगों का ब्लड प्रेशर नहीं

बढ़ता है, लेकिन कुछ लोगों के लिए यह बहुत गंभीर समस्या बन जाता है। इसी वजह से नमक के बारे में न्यूज़ मीडिया में दुविधापूर्ण और विरोधी ख़बरें प्रकाशित व प्रसारित होती रहती हैं। नमक बेचने वाली कंपनियाँ हम सभी को सोडियम से डराती हैं और कम सोडियम (कम नमक, ज़्यादा क़ीमत) वाले प्रॉडक्ट्स ख़रीदने की सलाह देती हैं, हालाँकि ज़्यादा नमक से हममें से सिर्फ़ कुछ लोगों को ही समस्या होती है।

लोकप्रिय मीडिया में स्वास्थ्य संबंधी ख़तरों की दैनिक बमबारी होती रहती है। इससे इतनी दुविधा खड़ी होती है कि आम लोग आसानी से हताश हो सकते हैं। एक दिन किसी ख़ास खाद्य पदार्थ को हमारी सेहत संबंधी समस्याओं की रामबाण दवा बताया जाता है, लेकिन अगले ही हफ़्ते हमें बताया जाता है कि वही खाद्य पदार्थ असमय मृत्यु का कारण बन सकता है। कई बार यह विरोधी जानकारी ख़राब शोध या ग़लत व्याख्या के कारण उत्पन्न होती है, जिसमें आँकड़ों को जान-बूझकर तोड़ा-मरोड़ा जाता है। कई बार ऐसा इसलिए होता है, क्योंकि अलग-अलग अध्ययन अलग-अलग गुणों या संस्कृतियों के लोगों पर किए गए, जिनकी आनुवंशिक प्रवृत्तियाँ भिन्न थीं। सबसे विश्वसनीय शोध सबसे सम्मानित जर्नल्स में प्रकाशित होता है, जहाँ लेखकों के व्यावसायिक साथी उस शोध की समीक्षा करते हैं।

न्यूट्रिजेनेटिक्स के विज्ञान का लगातार विस्तार और विकास हो रहा है। जल्द ही ऐसा समय आएगा, जब हम अपनी आनुवंशिकी के बारे में अच्छी तरह जानने लगेंगे। तब हममें से हर व्यक्ति को पता होगा कि आपको किन खाद्य पदार्थों या तत्वों से बचना है और किन्हें ज़्यादा खाना है। तब आप लोकप्रिय राय के आधार पर नहीं, बल्कि अपनी आनुवंशिक संरचना के आधार पर निर्णय लेंगे कि आपके लिए सबसे अच्छा क्या है। हालाँकि शोध के इस क्षेत्र का प्रभाव बढ़ने लगा है, लेकिन यह कहना मुश्किल है कि न्यूट्रिजेनेटिक्स पर आधारित आहार अनुशंसा हर व्यक्ति के लिए कितनी जल्दी उपलब्ध हो जाएगी।

न्यूट्रिजेनोमिक्स

न्यूट्रिजेनोमिक्स शायद आपके लिए बिलकुल नई अवधारणा है, हालाँकि आपकी सेहत पर इसका न्यूट्रिजेनेटिक्स से भी ज़्यादा प्रभाव पड़ता है। न्यूट्रिजेनोमिक्स इस बात का अध्ययन है कि पोषक पदार्थ हमारे डीएनए से किस तरह अंतर्क्रिया (interact) करते हैं। मैक्रोन्यूट्रिएंट्स और माइक्रोन्यूट्रिएंट्स दोनों ही हमारे डीएनए की अभिव्यक्ति को प्रभावित कर सकते हैं। वे सिर्फ़ कैलोरियों के स्रोत या विशिष्ट काम करने वाले तत्व नहीं हैं। हमारे आहार की गुणवत्ता हमारी सेहत के लिए बेहद अनिवार्य है, क्योंकि यह दरअसल हमारे जीन्स पर असर डालती है।

मैं न्यूट्रिजेनोमिक्स के क्षेत्र में हुई खोजों के कुछ नाटकीय उदाहरण दूँगा। आप ग़ौर करेंगे कि नए न्यूट्रिजेनोमिक शोध का उन जोखिम घटकों से सीधा संबंध है, जिनके बारे में हम इस पूरी पुस्तक में चर्चा करेंगे।

ओमेगा-3 फ़ैटी एसिड्स खाने की बदौलत उन एंज़ाइम्स को बनाने की डीएनए

की क्षमता कम हो जाती है, जिनसे इनफ़्लेमेशन उत्पन्न करने वाला इंटरन्यूकिन-1 बनता है।[133, 134] ओमेगा-3 खाने की मैंने पहले जो पुरज़ोर पैरवी की थी, शायद तब आप उसका कारण नहीं समझ पाए होंगे। अब आप जान गए हैं। ओमेगा-3 वास्तव में इनफ़्लेमेशन के लिए उत्तरदायी पदार्थ (molecule) बनाने की शारीरिक क्षमता को कम कर देता है। यह प्राकृतिक एंटी-इनफ़्लेमेटरी है - एक तरह से आप साल्मन मछली और ओलिव ऑइल के रूप में दवा ले रहे हैं। प्राकृतिक स्रोतों से ओमेगा-3 प्राप्त करना आम तौर पर बहुत सुरक्षित होता है, लेकिन आपमें से कुछ को सप्लीमेंट्स ज़्यादा आरामदेह लगेंगे। (चेतावनी : ओमेगा-3 सप्लीमेंट लेने से पहले आपको अपने डॉक्टर से परामर्श लेना चाहिए, ख़ास तौर पर अगर आप ख़ून को पतला करने वाली वारफ़ेरिन जैसी दवाएँ ले रहे हों।)

न्यूट्रिजेनोमिक्स शोध ने ओमेगा-3 के अविश्वसनीय प्रभाव पर नया दृष्टिकोण प्रदान किया है। दीर्घकालीन रोग में इनफ़्लेमेशन की भूमिका की नई समझ की रोशनी में आपको यह दिख जाता है कि ग्रीस और इटली जैसी संस्कृतियों में, जहाँ पारंपरिक आहार में ओमेगा-3 की मात्रा काफ़ी थी, दीर्घकालीन रोग कम क्यों होते थे। हम काफ़ी समय से जानते हैं कि तथाकथित भूमध्यसागरीय आहार बहुत स्वास्थ्यप्रद होता है। अब न्यूट्रिजेनोमिक शोध की बदौलत हम जान चुके हैं कि ऐसा क्यों है। आज आप आश्वस्त रह सकते हैं कि ओमेगा-3 संबंधी निष्कर्षों के बारे में मीडिया में बहुत कम दहशत होगी, क्योंकि इसके फ़ायदेमंद असर का डीएनए की क्रियाविधि के स्तर पर परीक्षण हो चुका है और इसे सही पाया गया है।

हो सकता है आपने उस वैज्ञानिक शोध के बारे में सुना हो, जिसने प्रदर्शित किया था कि कैलोरी कम खाने से उम्र बढ़ती है। अगर आप मेरे जैसे हैं, तो आपको ऐसी जीवनशैली पर अमल करना बहुत मुश्किल लगेगा। आपको यह जानकर बहुत राहत मिलेगी कि कैलोरी में अत्यधिक कमी करने का सबसे प्रमुख लाभ[135] ओमेगा-3 द्वारा भी पाया जा सकता है और न्यूट्रिजेनोमिक्स के अध्ययन ने इसे साबित कर दिया है! दूसरे शब्दों में, लंबी उम्र के चक्कर में बहुत कम कैलोरियाँ खाकर ख़ुद को भूखा मारने के बजाय आप ओमेगा-3 से ही यह लाभ पा सकते हैं।[136, 137]

एक और उदाहरण : विटामिन डी कई तरीक़ों से प्रतिरक्षण तंत्र पर असर डालता है। यह इनफ़्लेमेशन को धीमा करता है, एंटीबॉडी के उत्पादन को बढ़ाता है और टी-सेल्स की गतिविधि को भी बढ़ा सकता है।[138] यह हॉर्मोन के रूप में काम करता है और इसके शरीर पर कई अन्य प्रभाव भी होते हैं। विटामिन डी त्वचा और धूप के संपर्क से बनता है। इसके अलावा यह आपको फ़ूड सप्लीमेंट्स या विटामिन डी युक्त डेरी प्रॉडक्ट्स से भी मिल सकता है। हाल के शोध से पता चला है कि बिलकुल उत्तरी और दक्षिणी अक्षांशों में जाड़े के अंत में कई कॉकेशियन्स में विटामिन डी का स्तर कम हो जाता है। यह समस्या दूध के बजाय मीठे ड्रिंक्स पीने से और ज़्यादा बढ़ जाती है। हमारे प्रतिरक्षण तंत्र पर इसके प्रभाव की रोशनी में यह देखना आसान है कि विटामिन डी की कमी से कैंसर का जोखिम क्यों बढ़ जाता है।

हमारे शोध का निष्कर्ष यह है कि लगभग *पचास आनुवंशिकी रोग* मल्टीविटामिन्स से या तो ठीक किए जा सकते हैं या कम किए जा सकते हैं। यह निष्कर्ष डीएनए स्तर पर विटामिनों की क्रियाशीलता पर आधारित है।[139] औद्योगीकृत राष्ट्रों के आम आहार में प्रोसेस्ड फ़ूड और फ़ास्ट फ़ूड की भारी मात्रा को देखते हुए मल्टीविटामिन खाना काफ़ी समय से अच्छा माना जाता है। हमारे आधुनिक आहार में पोषण की बहुत भारी कमियाँ होती हैं, जिन्हें पूरा करना ज़रूरी होता है। न्यूट्रिजेनोमिक्स इस अनुशंसा का समर्थन करता है। दुर्भाग्य से, दुनिया भर में हज़ारों डॉक्टर हैं – ऐसे डॉक्टर, जिन्होंने पोषण संबंधी प्रशिक्षण आख़िरी बार डॉक्टरी की पढ़ाई करते वक़्त तक़रीबन तीस साल पहले लिया था – जो अपने मरीज़ों को सप्लीमेंट्स लेने से सिर्फ़ इसलिए रोकते हैं, क्योंकि उन्हें नवीनतम शोध की कोई जानकारी नहीं है।

एक और उदाहरण : ज़िंक से भी इनफ़्लेमेशन कम होता देखा गया है, क्योंकि यह इंटरल्यूकिन-6 को डीएनए स्तर पर रोक देता है।[140] इससे स्पष्ट होता है कि ज़िंक कुछ दीर्घकालीन रोगों की आशंका को क्यों कम करता है। विटामिन ई के भी एंटी-इनफ़्लेमेटरी प्रभाव होते हैं, क्योंकि इसमें इंटरल्यूकिन-1 के उत्पादन को कम करने और ट्यूमर नेक्रोसिस फ़ैक्टर की क्षमता होती है।[141]

आहार के अलावा हमारी आदतें भी जीन की अभिव्यक्ति को प्रभावित कर सकती हैं। जैसे व्यायाम।[142] दरअसल, व्यायाम कई जीन्स की अभिव्यक्तियों को क्रमशः व्यवस्थित करने की प्रक्रिया को प्रेरित कर देता है, जो व्यायाम की समयसीमा और गहनता पर निर्भर है।

इन निष्कर्षों से पता चलता है कि हमारी आदतें और आहार के जोखिम घटक हमारे शरीर को सबसे बुनियादी स्तर पर प्रभावित करते हैं। यही वजह है कि मैं अध्याय 9 से 12 तक आपको जो जोखिम घटक बताऊँगा, वे सभी आपकी सेहत के लिए महत्वपूर्ण हैं।

पोषण वैज्ञानिकों ने पाया है कि क्रूसिफ़ेरस सब्ज़ियाँ (जैसे ब्रॉकॉली, ब्रसेल्स स्प्राउट्स, फूलगोभी, केल, मस्टर्ड ग्रीन्स, र्यूटाबैगाज़ और शलजम) एंज़ाइम्स के जीन्स को प्रभावित करती हैं, जिससे कैंसर का जोखिम कम हो सकता है।[144] हरी चाय में पाया जाने वाला एक तत्व कोशिकाओं को कैंसरयुक्त होने से रोकता है। अंगूर और अन्य फलों में पाए जाने वाले रेसवेराट्रॉल नामक रसायन में इनफ़्लेमेशन और कैंसर को कम करने की क्षमता होती है, क्योंकि यह इंटरल्यूकिन-8 के उत्पादन को कम कर देता है।[146] (रेड वाइन के जो ज़्यादातर कार्डियोवैस्कुलर लाभ बताए जाते हैं, वे शायद अंगूर के रस में पाए जाने वाले इसी फ़ाइटोन्यूट्रिएंट्स से मिलते हैं।) लहसुन में पाए जाने वाले तत्वों से भी ऐसे एंज़ाइमों का उत्पादन सक्रिय हो जाता है, जो ख़तरनाक रसायनों को नष्ट करते हैं।[147] काली चाय में एक यौगिक पाया गया है, जो डीएनए को प्रभावित करके इनफ़्लेमेशन को कम करता है।[148]

आहार डीएनए को हानिकारक ढंग से भी उत्तेजित कर सकता है। मिसाल के तौर पर, आहार में ज़्यादा फ्रुक्टोज़ (शकर) से इनफ़्लेमेशन बढ़ता है।[149] आहार में

इनफ़्लेमेटरी ओमेगा-6 फ़ैटी एसिड्स की ज़्यादा मात्रा (जो सस्ते तेलों, डार्क मीट और फ़ास्ट फ़ूड में प्रचुरता से पाए जाते हैं) की वजह से हमारा डीएनए बुरा कोलेस्टेरॉल बनाने लगता है।[150]

ये सिर्फ़ कुछ उदाहरण हैं, जो हमने न्यूट्रिजेनोमिक शोध के निरंतर बढ़ते ज्ञान के आधार पर दिए हैं। आहार पर इस वक़्त जो अध्ययन चल रहे हैं, उनसे हमें इस बारे में जल्दी ही ज़्यादा जानकारी मिलेगी कि भोजन हमारे डीएनए पर किस तरह असर डालता है।[151, 152] मुझे आशा है कि इस जानकारी से आप यह समझ चुके होंगे कि हम जो खाते-पीते हैं, वह हमारी सेहत के लिए बहुत महत्वपूर्ण होता है। अक्सर हम सोचते हैं कि भोजन सिर्फ़ हमारी भूख मिटाने का साधन है और किसी भी तरह से पेट भरकर भूख शांत कर लेनी चाहिए। लेकिन ऐसा नहीं है। हमें डिब्बाबंद आहार पर लिखे लेबल को हमेशा पढ़ना चाहिए, क्योंकि वे कई बार हमें बता देते हैं कि हम जो खाने वाले हैं, वह हमारी सेहत के लिए बहुत ख़तरनाक हो सकता है। प्राकृतिक फल या मीट ख़रीदते वक़्त आप उस पर कम से कम एक नज़र डालकर यह तो देखते हैं कि कहीं यह बासा तो नहीं है या ख़राब तो नहीं हो गया है। डिब्बाबंद आहार के मामले में भी आपको यही करना चाहिए और आप लेबल पढ़कर ऐसा कर सकते हैं। इस तरह की सावधानी ख़ास तौर पर महत्वपूर्ण इसलिए है, क्योंकि ख़राब पोषण और नुक़सानदेह तत्वों के कई प्रभावों का पता महीनों या सालों बाद चलता है।

यह सिर्फ़ डिब्बाबंद आहार के बारे में ही नहीं, फ़ास्ट फ़ूड के बारे में भी सच है। अगर आप अपनी व्यस्त ज़िंदगी को आरामदेह बनाने के लिए फ़ास्ट फ़ूड पर भरोसा करते हैं, तो अध्याय 11 में आपको इस बारे में काफ़ी जानकारी मिलेगी कि इससे रोग का ख़तरा किस तरह बढ़ता है। सच तो यह है कि फ़ास्ट फ़ूड उद्योग की प्राथमिकताओं की सूची में आपका आदर्श स्वास्थ्य सबसे ऊपर *नहीं* रहता है।

किसी दिन शायद हर व्यक्ति के जन्म पर उसके डीएनए का चार्ट बनाया जाएगा, जिसके आधार पर हम उसके लिए आदर्श पोषण योजना तैयार कर सकेंगे। मैं अभी इसकी अनुशंसा नहीं कर रहा हूँ - इस वक़्त ऐसा करवाने में तो शायद इतना ज़्यादा ख़र्च आएगा कि उसे सुनकर ही आपको हार्ट अटैक हो जाएगा, जिससे मिलने वाला सारा लाभ ख़त्म हो जाएगा। बहरहाल, विशिष्ट आनुवंशिकी परीक्षण (genetic tests) पर काम चालू हो चुका है और जल्द ही उन रोगियों को इसका लाभ मिलने लगेगा, जिनका निश्चित रोगों का पारिवारिक इतिहास है या जिन्हें गंभीर स्वास्थ्य समस्याएँ हैं। आज जो जेनेटिक परीक्षण उपलब्ध हैं, उनमें से कुछ संभवतः उत्कृष्ट स्क्रीनिंग टेस्ट्स साबित होंगे - ख़ास तौर पर इंटरल्यूकिन-1 जैसी इनफ़्लेमेशन प्रवृत्ति के क्षेत्र में।

आप इस अध्याय से अगर एक ही प्रमुख विचार ग्रहण करें, तो यह करें कि **हमारे खान-पान का हमारी सेहत पर शक्तिशाली प्रभाव पड़ता है** - इस वक़्त भी और आगे के जीवन में भी। आपका आहार हर अंग के हर स्तर और हर कोशिका के कामकाज पर असर डालता है। मैं चाहता हूँ आप यह भी समझ लें कि मेरे द्वारा

बताए जोखिम घटक और मेरी सलाह ठोस पारंपरिक शोध और अध्ययन के नए क्षेत्रों पर आधारित है, जिनमें जीन की अभिव्यक्ति शामिल है। इन सरल अवधारणाओं को अच्छी तरह समझने के बाद आप हर नए फ़ैशनेबल प्रॉडक्ट का पीछा नहीं करेंगे, जो बेहतर सेहत का वादा करके लुभाता हो। आप समझ जाएँगे कि आदर्श स्वास्थ्य समग्र-जीवनशैली से ही संभव है।

और यहाँ पर सबसे अच्छी ख़बर है : हालाँकि यह विज्ञान जटिल है - इसमें हज़ारों रसायन, अरबों कोशिकाएँ और माइक्रोस्कोपिक डीएनए सूत्रों में लिखे बेहद जटिल कोड्स शामिल हैं - लेकिन आदर्श सेहत का गेम प्लान बहुत आसान है और उस पर अमल करना भी बड़ा सरल है।

चूँकि इसमें जीवनशैली में सामान्य और क्रमशः परिवर्तन करने की ज़रूरत होती है, इसलिए इस गेम प्लान पर अमल करना लगभग सभी फ़ैशनेबल प्रॉडक्ट्स से ज़्यादा आसान है। (इसीलिए वे फ़ैशनेबल प्रॉडक्ट्स हैं : लोग उन्हें ख़रीदने के लिए पैसा ख़र्च करते हैं, कुछ समय तक उस प्रॉडक्ट का पीछा करते हैं और फिर उसे छोड़ देते हैं, क्योंकि आगे जाकर यह एक बड़ा सिरदर्द साबित होता है, जिससे कोई फ़ायदा नहीं हुआ या बहुत कम हुआ।)

अपने सर्वश्रेष्ठ जीवन को संभव बनाने के लिए आपको अपनी जीवनशैली बदलने की ज़रूरत है। और आप इस विश्वास के साथ यह कर सकते हैं कि इस पुस्तक की सलाहें दमदार वैज्ञानिक शोध पर आधारित हैं।

न्यूट्रिजेनेटिक्स और न्यूट्रिजेनोमिक्स के विज्ञान जल्द ही हमारे जीवन में काफ़ी बड़े और रोमांचक परिवर्तन कर देंगे। जब व्यापक आनुवंशिकी परीक्षण (genetic tests) आम हो जाएँगे, तो विस्तार से यह तय कर पाना संभव होगा कि कौन से भोजन और पेय पदार्थ आपके लिए सबसे अच्छे हैं और किनसे बचना चाहिए। डाइट्स और सप्लीमेंट्स की सलाह भी व्यक्तिगत होगी, क्योंकि यह आपकी आनुवंशिकीय संरचना के अनुरूप दी जाएगी। यह विज्ञान नए शोध की व्याख्या करने और उसे आपकी व्यक्तिगत सेहत के अनुरूप ढालने संबंधी ज़्यादातर अनुमानों को ख़त्म कर देगा। वैज्ञानिक जानकारी की वजह से कई विरोधी चीज़ें सुलझ जाएँगी। ये नए अध्ययन क्षेत्र आपके स्वास्थ्य को बेहतर बनाने की दिशा में बड़ी उम्मीद बँधाते हैं।

अगर आप न्यूट्रिजेनेटिक्स और न्यूट्रिजेनोमिक्स के बारे में ज़्यादा जानना चाहें, तो मैं एक बेहतरीन पुस्तक का सुझाव देना चाहता हूँ, जिसे वॉशिंगटन डी.सी. में रहने वाले आर्टेमिस साइमोपूलॉस, एम.डी., सेंटर फ़ॉर जेनेटिक्स, न्यूट्रिशन एंड हेल्थ ने लिखा है। इस पुस्तक का शीर्षक है *न्यूट्रिजेनेटिक्स एंड न्यूट्रिजेनोमिक्स*।[153] बहरहाल, ग़ौर करें कि इसे प्रबल वैज्ञानिक पृष्ठभूमि वाले लोगों के लिए लिखा गया है।

मैं आराम से सिर्फ़ न्यूट्रिजेनोमिक्स पर पूरी पुस्तक लिख सकता था, लेकिन मैं इस विषय को यहीं तक सीमित रखना चाहूँगा, ताकि आप आराम कर सकें! बहरहाल, बस यह जान लें कि इस पुस्तक की सारी सलाहें न्यूट्रिजेनोमिक्स के इस सबसे नए विज्ञान पर आधारित हैं। मेरी सलाहों में आपको विरोधी दिशानिर्देश नहीं मिलेंगे, जो

कई बार तो इनफ़्लेमेशन को बढ़ा दें और बाक़ी बार घटा दें, जैसा न्यूट्रिजेनोमिक्स से अनभिज्ञ कई अन्य लेखकों की सलाहों में मिलते हैं। जिस इंस्टीट्यूट में मैं परामर्श देता हूँ, वहाँ हम इस क्षेत्र के कई अग्रणी शोधकर्ताओं के साथ काम करते हैं।

अगले अध्याय में हम एक ऐसे मुद्दे से जूझेंगे, जो दशकों से दुनिया भर के करोड़ों लोगों के लिए कुंठा और ग़लत जानकारी का स्रोत रहा है - पाश्चात्य और पूर्वी चिकित्सा पद्धतियों के बीच का फ़र्क़।

फ़ैशनेबल प्रॉडक्ट्स और लोकप्रिय स्वास्थ्य योजनाओं के कई प्रचारकों ने आपको बताया होगा कि पूर्वी चिकित्सा पद्धति संतुलन पर केंद्रित है, इसलिए आदर्श सेहत हासिल करने के मामले में इसके पास सारे जवाब हैं। दूसरी तरफ़, कई अन्य लोग यह संदेश फैलाते हैं कि पाश्चात्य चिकित्सा विज्ञान और टेक्नोलॉजी पर आधारित है, इसलिए यही एकमात्र "वास्तविक" चिकित्सा पद्धति है। वास्तव में दोनों चिकित्सा पद्धतियों के अपने-अपने दोष हैं। *दुनिया भर में लोग उन्हीं रोगों से मर रहे हैं*, चाहे उनके देशों में कोई भी चिकित्सा पद्धति लोकप्रिय हो।

चूँकि मैं दुनिया भर में रहने वाले हज़ारों लोगों का उपचार करता हूँ - जो अलग-अलग चिकित्सा पद्धतियों वाले परिवेश में रहते हैं - इसलिए इस संबंध में मेरे पास एक अनूठा दृष्टिकोण है। यह हमारे इंस्टीट्यूट में सिर्फ़ वैचारिक बहस नहीं है, बल्कि एक व्यावहारिक पहलू है। मैंने इस बात का रिकॉर्ड रखा है कि ये पद्धतियाँ हमारे रोगियों की सेहत पर किस तरह असर डालती हैं।

स्वस्थ जीवन का आपका चुना हुआ मार्ग रहस्यवादी हो या वैज्ञानिक, अगले अध्याय में सच्चाई सामने आ जाएगी।

खंड 3 :

आदर्श स्वास्थ्य का मार्ग

अध्याय 5

पूर्वी बनाम पाश्चात्य चिकित्सा : ये दोनों कहाँ मिलेंगे

मैंने यूटा में पाँच हज़ार लोगों के सामने भाषण ख़त्म किया। तभी सफ़ेद बालों वाला एक बिज़नेसमैन मेरे क़रीब आने लगा। उसके चेहरे पर चिंता और डर के भाव थे। अपने भाषणों में मैं लोगों को आशा और प्रोत्साहन का संदेश देने की पूरी कोशिश करता हूँ, इसलिए मैं हैरान होने लगा कि कहीं मैंने कोई ग़लत बात तो नहीं कह दी।

मुझे लग रहा था कि मेरी किसी ग़लती के कारण उसे दिक़्क़त हुई थी। बहरहाल, मुझे जल्द ही पता चल गया कि वह तो अपने गंभीर हृदय रोग के बारे में चिंतित था। उसे कुछ समय से असामान्य हृदय लय (heart rhythm) और अतिस्पंदन (palpitations) का एहसास हो रहा था, जिसके लिए उसके डॉक्टर ने एक शक्तिशाली दवा लिखी थी। मैं जानता था कि यह दवा आम तौर पर नहीं लिखी जाती, जब तक कि असामान्य लय सचमुच ख़तरनाक न हो, इसलिए मैंने उससे पूछा कि क्या वह अपने डॉक्टर की सलाह पर अमल करते हुए वह दवा खा रहा है। उसने अवज्ञापूर्ण अंदाज़ में कहा कि वह दवा नहीं खा रहा है।

वह आदमी मुझसे दवा के बारे में बात नहीं करना चाहता था। वह तो यह पता लगाना चाहता था कि वह इसकी जगह कौन सी हर्बल दवा (जड़ी-बूटी) ले सकता है। मैं यह सुनकर पल भर के लिए अवाक रह गया। उसकी पत्नी को मेरे चेहरे पर आए सदमे के भाव ज़रूर नज़र आए होंगे। पत्नी ने अनिच्छा और निराशा भरी आवाज़ में मुझे बताया कि उसका पति दवा इसलिए नहीं ले रहा था, क्योंकि उसे पाश्चात्य दवाओं पर भरोसा नहीं था। पत्नी एक रजिस्टर्ड नर्स थी, लेकिन उसका प्रोफ़ेशनल प्रशिक्षण और प्रेम दोनों ही इतने शक्तिशाली नहीं थे कि उस पत्थर की दीवार को तोड़ पाते, जो उस आदमी ने इस विचार के चारों ओर बना ली थी कि पाश्चात्य चिकित्सा पद्धति धोखाधड़ी से भरी है। मैंने उस आदमी के चेहरे पर जो डर का भाव देखा था, वह इस आशंका से उत्पन्न हुआ था कि उसका निर्णय जानलेवा हो सकता है।

मैंने उसे बताया कि जड़ी-बूटियों पर आधारित हृदय रोग की कुछ दवाएँ आजकल इस्तेमाल की जाती हैं, लेकिन असामान्य लय के उपचार के लिए जड़ी-बूटियों पर निर्भर रहना समझदारी भरी नीति नहीं होगी। हमने कुछ मिनट तक बातचीत की। मैंने उसे प्रोत्साहित किया कि वह दोबारा अपनी दवा शुरू कर दे। बहरहाल, मैं उसे टस से मस नहीं कर पाया और जाते वक़्त उसकी मुद्रा गंभीर ही थी।

काश मेरे पास यह पता लगाने का वक़्त होता कि उसके विचार इतने प्रबल क्यों थे! शायद उसे या उसके किसी प्रिय व्यक्ति को किसी डॉक्टर या अस्पताल के साथ कोई भयंकर अनुभव हुआ होगा। दुर्भाग्य से यह व्यक्ति ही अकेला नहीं है, जिसे इस तरह का अविश्वास हो। बहुत से लोग पाश्चात्य चिकित्सा पद्धति को पूरी तरह से ख़ारिज कर देते हैं। अगर आप भी इन लोगों में से एक हों, तो मैं आपसे आग्रह करता हूँ कि आप यह अध्याय पढ़े और दिमाग़ को थोड़ा सा खुला रखें। एक समाधान है। मैं इसे देखने में आपकी मदद करना चाहता हूँ।

पैरेनॉइड (अत्यधिक भ्रम के शिकार) या निराश व्यक्ति ही पाश्चात्य चिकित्सा पद्धति के ख़िलाफ़ अतार्किक पूर्वाग्रह नहीं रखते हैं। दुखद बात यह है कि हमारे मेलबॉक्स, अख़बार, पत्रिकाएँ और टीवी भी "वैकल्पिक चिकित्सा" के प्रॉडक्ट्स, सेवाएँ और पुस्तकें ख़रीदने के आग्रहों से भरे होते हैं। और इससे भी दुखद बात यह है कि इनमें से कई बिक्री के आग्रह डॉक्टरों, वैज्ञानिकों तथा स्वयंभू विशेषज्ञों द्वारा किए जाते हैं - जो पाश्चात्य चिकित्सा पद्धति और इसके डॉक्टरों की आलोचना करते हैं।

इनमें से कुछ लोग दावा करते हैं कि डॉक्टर फ़ार्मास्यूटिकल कंपनियों या अस्पतालों से किकबैक पेमेंट्स लेने के आधार पर उपचार संबंधी निर्णय लेते हैं। या वे इस तरह के वाक्यों का इस्तेमाल करते हैं, "हम आपको बताते हैं कि आपका डॉक्टर आपसे क्या छिपा रहा है ..." या "हमारा क्रांतिकारी प्रॉडक्ट सचमुच इलाज करता है ..." ज़ाहिर है, वे ख़ुद को बहुत ही ईमानदार व्यक्ति बताते हैं, लेकिन हक़ीक़त तो यह है कि उन्हें बस एक प्रॉडक्ट बेचना है - आम तौर पर ऐसा प्रॉडक्ट, जिसका महत्व प्रमाणित नहीं होता।

स्वास्थ्य संबंधी दावों और मार्केटिंग के मामले में हर व्यक्ति प्रोफ़ेशनल कोड्स और क़ानूनों से बँधा होता है - कम से कम ज़्यादातर देशों में। अमेरिका में अगर किसी डॉक्टर को किकबैक पेमेंट लेते हुए पकड़ लिया जाए, तो उसका लाइसेंस रद्द हो सकता है और उसे जेल भेजा जा सकता है। और इस बात की बहुत संभावना है कि वह ज़रूर पकड़ा जाएगा। सरकार और बीमा कंपनियाँ न सिर्फ़ उचित इलाज सुनिश्चित करने के लिए डॉक्टरों के संदर्भों और दवाओं की निगरानी करती हैं, बल्कि उनके निवेशों पर भी नज़र रखती हैं।

क़ानून की माँग है कि फ़ार्मा कंपनियाँ बाज़ार में नई दवाएँ उतारने से पहले लंबा और महँगा शोध तथा जाँच करें। दूसरी तरफ़, सप्लीमेंट्स, जिनमें हर्बल सप्लीमेंट्स भी शामिल हैं, को बेचे जाने से पहले उनके दावों की सत्यता की जाँच करना अनिवार्य नहीं है। ज़ाहिर है, सप्लीमेंट्स निर्माताओं को शोध द्वारा साबित न किए गए दावे करने

की अनुमति नहीं है। उन्हें स्वास्थ्य लाभ या उपचार का वादा करने की इजाज़त नहीं दी जाती। बहरहाल, कई चतुर तरीक़ों से ये लोग जनता तक यह संदेश पहुँचा देते हैं कि एक ख़ास जड़ी-बूटी आपके हृदय, प्रोस्टेट या किसी अन्य अंग को "दोबारा सामान्य बना देगी।"

दुर्भाग्य से बहुत से विज्ञापनदाता स्वास्थ्य के दावों से संबंधित क़ानूनों की हद पार कर लेते हैं। लेकिन फ़ूड एंड ड्रग एडमिनिस्ट्रेशन उन पर लगाम कस पाए, इससे पहले ही वे बहुत भारी तादाद में अपने संदिग्ध प्रॉडक्ट्स बेच देते हैं।

और इसके बावजूद हल्ला मचाने वाला छोटा सा समूह आपको यह यक़ीन दिलाना चाहता है कि डॉक्टरों और दवा कंपनियों की साज़िश के चलते डॉक्टर दवाएँ लिखकर अतिरिक्त पैसा कमाते हैं। इस दावे से मेरा दिमाग़ घूम जाता है। मुझे दवाएँ लिखने के पैसे नहीं मिलते और मेरी जान-पहचान के किसी दूसरे डॉक्टर को भी नहीं मिलते हैं। यह अनैतिक भी है और मेरी राय में ग़ैर-क़ानूनी भी। मैंने सुना है कि बहुत प्रभावशाली विश्वविद्यालयों में या सरकारी पदों पर ऐसे डॉक्टर हैं, जिनकी अनुशंसा और प्रैक्टिस को प्रभावित करने के लिए फ़ार्मा कंपनियाँ उन्हें ढेर सारे पैसे देती हैं, लेकिन मैं नहीं जानता कि इसमें कितनी सच्चाई है। अगर ऐसे संबंध मौजूद हों, तब भी वे मेरे राडार स्क्रीन के बाहर हैं। बहरहाल, बहुत से पूर्वाग्रह भरे शोध पढ़ते समय मेरे मन में संदेह उत्पन्न होता है कि शायद कई डॉक्टरों ने फ़ार्मास्यूटिकल कंपनियों को "अपनी आत्मा बेच दी है।" (मैं ग़लतफ़हमी पैदा करने वाले इन लोगों के बारे में अध्याय 8 में विस्तार से चर्चा करूँगा।) लेकिन मैं यह भी कहना चाहूँगा कि आम डॉक्टर ऐसे मामलों में बहुत ईमानदार होते हैं। कोई भी अच्छा डॉक्टर कोई दवा सिर्फ़ इसलिए नहीं लिखेगा, क्योंकि उस कंपनी ने उसे सतत-शिक्षा डिनर में आमंत्रित किया है।

इसके अलावा इस तरह के पागलपन भरे दावे भी किए जाते हैं कि चिकित्सा पेशे में सक्रिय लोगों ने कैंसर के इलाज को छिपाकर रखा है - यह वैसी ही पुरानी कहानी है, जिसके अनुसार तेल कंपनियाँ एक गैलन में एक हज़ार मील चलने वाले कार्बोरेटर का पेटेंट ख़रीद चुकी हैं। स्पष्ट चीज़ों के अलावा - डॉक्टर लोगों के उपचार के लिए अपना जीवन समर्पित कर देते हैं, जिसमें कई सालों की कष्टकारी, महँगी शिक्षा शामिल होती है - इस तरह के लगभग हर साज़िश के सिद्धांत में बुनियादी दोष होता है। सफल साज़िश के लिए एक सी मानसिकता वाले बहुत से लोगों को "इसमें शामिल" होना होगा। लाखों डॉक्टरों, वैज्ञानिकों और दवा कंपनी के कर्मचारियों में साज़िश जैसी कोई चीज़ नहीं हो सकती। क्या आपको यक़ीन है कि इतने सारे लोगों में से एक भी व्यक्ति आगे नहीं आएगा? पहली सीटी या घंटी बजाने वाला दुनिया का सबसे मशहूर डॉक्टर बन जाएगा।

और जो भी बाज़ार में इस तरह का इलाज पहली बार लाएगा, वह दुनिया का सबसे अमीर डॉक्टर बन जाएगा। बिलिंग और मैनेजमेंट संबंधी दिक़्क़तों से बचने के लिए ही इतना कष्ट झेला जा सकता है!

मुझे एक और झूठा दावा बड़ा पसंद है। इसके अनुसार डॉक्टर जल्दी मर जाते हैं, जिससे यह साबित होता है कि वे सेहत के संबंध में कुछ भी नहीं जानते। जिन न्यूज़लेटर्स और विज्ञापनों में इस तरह के आश्चर्यजनक ख़ुलासे छपते हैं, वे हालाँकि विश्वसनीय लगते हैं, लेकिन वास्तव में निराधार होते हैं।

2003 के एक अध्ययन के अनुसार औसत डॉक्टर की आयु 76 साल है, जो सामान्य जनसंख्या से बहुत अलग नहीं है।[154] मेरा पारिवारिक डॉक्टर, जिसकी मृत्यु 94 साल की उम्र में हुई, डॉक्टरों के कम उम्र में मरने के मूर्खतापूर्ण दावों से सहमत नहीं होता। सौ साल से ज़्यादा उम्र के दुनिया के चौंतीस वैज्ञानिकों में से छह डॉक्टर थे।[155]

डॉक्टरों की औसत आयु सिर्फ़ 52 साल है, यह कहानी स्वघोषित वैज्ञानिक "विशेषज्ञों" ने फैला रखी है। शायद इसकी जड़ उन डॉक्टरों के जीवनकाल का वैज्ञानिक अध्ययन है, जिन्होंने जापान के एक मेडिकल कॉलेज में 1926 से 1974 के बीच अध्ययन किया था। लेकिन यह न भूलें कि द्वितीय विश्व युद्ध भी इसी दौरान हुआ था। इस अध्ययन के लेखक बताते हैं, "यह (डॉक्टरों की औसत आयु) सामान्य जनसंख्या की भावी जीवन आशा से अलग नहीं थी।"[156] दुखद बात यह है कि उस वक़्त जापान में और बाक़ी जगहों पर बहुत सारे लोग असमय मृत्यु का शिकार हो गए थे।

न सिर्फ़ जापानी डॉक्टरों की उम्र उस वक़्त आम जनता के समान नहीं थी, बल्कि उनकी उम्र निश्चित रूप से दुनिया भर के वर्तमान डॉक्टरों के जीवनकाल का सच्चा प्रतिनिधित्व नहीं करती है, जैसा इन "विशेषज्ञों" का मंतव्य है। जिसने भी यह जानकारी फैलाई है, या तो वह अज्ञानी है और उसने अपने तथ्यों के स्रोतों की जाँच नहीं की है या फिर वह जान-बूझकर ग़लत जानकारी फैला रहा है। अगर किसी कंपनी ने अतीत में आपको ग़लत राह पर ले जाने की कोशिश की है, तो वह भविष्य में भी ऐसी ही कोशिश करेगी।

अपनी ईमानदारी की डींगें हाँकना बड़ा आसान होता है, जब आपको इसका सबूत न देना हो। ख़रीदार, सतर्क रहें!

मैं एक हज़ार से ज़्यादा डॉक्टरों को जानता हूँ और उनमें से ज़्यादातर बहुत स्वस्थ जीवन जीते हैं। ज्ञानी होने के नाते ज़्यादातर डॉक्टर ऐसी जीवनशैली चुनते हैं, जो उन जोखिम घटकों को कम करती है, जिनका वर्णन मैंने अध्याय 9 से 12 में किया है। मैं डॉक्टरों में जो सबसे आम जोखिम घटक देखता हूँ, वह है तनाव। इसमें हैरानी की कोई बात नहीं है! डॉक्टरी के पेशे में बहुत तनाव होता है। डॉक्टरों को अक्सर ज़िंदगी और मौत वाले महत्वपूर्ण निर्णय लेने होते हैं। उनके काम के घंटे काफ़ी लंबे होते हैं। ज़ाहिर है, डॉक्टर बनते वक़्त उन्हें मालूम होता है कि उन्हें यह सब करना होगा, इसलिए इसमें ज़्यादा दिक़्क़त नहीं होती है। असली दिक़्क़त बढ़ते हुए दायित्व वाले बीमा प्रीमियम, बीमा बिलों की अनंत लालफीताशाही, सरकारी बीमा और नियमों में परिवर्तन और ओवरहेड के बढ़ते ख़र्च की अतिरिक्त समस्याएँ होती हैं। ये चीज़ें

ही डॉक्टरों को चिकित्सा के क्षेत्र से रिटायर करवाने के लिए सबसे ज़्यादा ज़िम्मेदार हैं। प्रैक्टिस छोड़ने वाले डॉक्टरों को मरीज़ों की देखभाल और इलाज करना तो अच्छा लगता है, लेकिन वे बाक़ी चीज़ों को नहीं झेल पाते हैं।

पाश्चात्य चिकित्सा पद्धति के साथ समस्याएँ

इस लंबे एकांगी संवाद को सुनने के लिए धन्यवाद। इन बातों को कहना ज़रूरी था। अब मुझे बेहतर महसूस हो रहा है।

दूसरी ओर, पाश्चात्य चिकित्सा के साथ कुछ महत्वपूर्ण समस्याएँ भी हैं। चिकित्सा एक व्यवसाय है, जो लाखों-करोड़ों लोगों को आजीविका देता है। पाश्चात्य जगत में स्वास्थ्य सुविधा (health care) का भुगतान निजी, सामूहिक या सरकारी बीमे द्वारा किया जाता है। स्वास्थ्य सुविधाओं का ख़र्च इतनी तेज़ी से बढ़ा है कि अब इलाज बीमे से संचालित हो चुका है। मिसाल के तौर पर, बहुत कम लोगों को एहसास होता है कि जब किसी ग़लत इलाज के मामले में जूरी वादी को मिलियनों डॉलर का मुआवज़ा देती है, तो यह मुआवज़ा वह डॉक्टर नहीं देता है, जिस पर दावा ठोंका गया है। यह मुआवज़ा तो बीमा कंपनी देती है। इसका मतलब यह है कि उस निर्णय की लागत सभी डॉक्टरों पर आ जाती है, जो अपनी बढ़ी हुई लागत को सभी मरीज़ों से वसूल करते हैं - या बीमा कंपनियों पर, जिसमें मरीज़ प्रीमियम भरते हैं। यहाँ तक कि एकदम हास्यास्पद क़ानूनी मुकदमे भी महँगे होते हैं - उन्हें ख़ारिज करवाने के लिए हज़ारों डॉलर की क़ानूनी फ़ीस देनी होती है।

एक ज़्यादा बुनियादी समस्या है वह तरीक़ा, जिससे पाश्चात्य कंपनियाँ स्वास्थ्य लाभ ख़रीदती हैं। समस्या काफ़ी हद तक वही रहती है, चाहे किसी देश में सरकारी स्वास्थ्य बीमा सिस्टम हो या निजी बीमा तंत्र हो या फिर दोनों का मिला-जुला रूप हो, जैसा अमेरिका में है।

समस्या यह है : डॉक्टरों को बीमारी के निदान (diagnosis) और उपचार के लिए पैसे मिलते हैं। आम तौर पर उन्हें इसे रोकने के लिए पैसा नहीं मिलता। मेरे कहने का यह मतलब नहीं है कि डॉक्टर इस बारे में बहुत अनैतिकता का परिचय देते हैं - लोगों को ज़्यादा स्वस्थ जीवन जीने की सलाह देने के मामले में यह पेशा काफ़ी अंतरात्मा वाला है। लेकिन पाश्चात्य चिकित्सा के अर्थशास्त्र की वजह से डॉक्टरों के लिए यह असंभव हो जाता है कि वे रोकथाम की चिकित्सा पर ज़्यादा वक़्त दें।

चूँकि डॉक्टरों को बीमारी या घाव के उपचार के लिए पैसे मिलते हैं, इसलिए उनका मूल ध्यान भी वहीं पर केंद्रित होगा। बीमारी का निदान अपने आप उनका प्रमुख लक्ष्य बन जाता है। निश्चित रूप से, डॉक्टरों के ज़्यादातर काम में रोकथाम भी शामिल होती है, जिसका एक आम उदाहरण यह है कि वे हृदय रोग के जोखिम को कम करने के लिए कोलेस्टेरॉल कम करने की दवा देते हैं। लेकिन वे ऐसा तभी करते हैं, जब जाँच में कोलेस्टेरॉल ज़्यादा निकलता है और हाइपरकोलेस्टेरॉलेमिया नामक रोग पकड़ में आता है। इसके लिए ऐसे उपचार की ज़रूरत होती है जो फटाफट हो

जाता है और डॉक्टर के लिए आसान भी होता है - उसे सिर्फ़ पर्चा लिखना होता है।

आदर्श स्थिति में उस डॉक्टर को बरसों पहले रोगी के साथ घंटों समय बिताना चाहिए था और उसे सलाह देनी चाहिए थी कि वह ज़्यादा कोलेस्टेरॉल से कैसे बचे। समस्या उत्पन्न होने के बाद उसे खान-पान, व्यायाम, जीवनशैली और प्राकृतिक प्रॉडक्ट्स के इस्तेमाल के बारे में काफ़ी नसीहत देनी चाहिए थी, ताकि रोगी अपना कोलेस्टेरॉल कम कर ले। दुर्भाग्य से कोई भी बीमा कंपनी डॉक्टर को इस काम के लिए पैसे नहीं देगी, क्योंकि इस तरह वह एक दिन में सिर्फ़ दो या चार रोगियों को ही देख पाएगा। डॉक्टरों को अपने पेशे में बने रहने के लिए पैसे की ज़रूरत होती है। समय ही धन है। दरअसल, डॉक्टरों को नौकरी पर रखने वाले कई चिकित्सा समूह इस बात पर पैनी नज़र रखते हैं कि हर डॉक्टर अपने मरीज़ों को औसतन कितना वक़्त देता है। अगर डॉक्टर की गति धीमी है या वह हर दिन पर्याप्त रोगियों को नहीं देख पाता है, तो उसे प्रोत्साहित किया जाता है कि वह या तो अपनी गति बढ़ा ले या फिर किसी दूसरी जगह प्रैक्टिस करे। दुखद बात यह है कि रोगों की रोकथाम और रोगियों को पूर्ण व्यक्तियों के रूप में देखने के संदर्भ में पाश्चात्य चिकित्सा पद्धति कई मायनों में पूर्वी चिकित्सा पद्धति से काफ़ी पीछे है।

बहरहाल, समृद्ध देशों में विकसित होने और विज्ञान पर आधारित होने की वजह से पाश्चात्य चिकित्सा पद्धति दुनिया के इतिहास में सबसे उन्नत स्वास्थ्य संबंधी प्रगति उपलब्ध कराती है। एंटीबायोटिक्स और वैक्सीन्स करोड़ों लोगों को जानलेवा बीमारियों से बचाते हैं, जिनकी वजह से कुछ दशक पहले तक दुनिया में डर और दुख व्याप्त था। टेक्नोलॉजी और सर्जरी के क्षेत्र में अभूतपूर्व प्रगति आज ऐसे तरीक़ों से इंसान के जीवनकाल को लंबा करती है और उसकी जान बचाती है, जो कुछ समय पहले तक साइंस फ़िक्शन जैसे लगते थे।

बहरहाल, डॉक्टर भी इंसान हैं। कई बार उनसे भी ग़लतियाँ होती हैं, जिनकी वजह से उनके रोगियों को नुक़सान होता है या उनकी मृत्यु तक हो जाती है। हममें से कोई भी आदर्श नहीं है, लेकिन आधुनिक समाज में हम डॉक्टरों को बहुत ऊँचे पैमानों पर परखते हैं। यह समझ में आता है कि यूटा सम्मेलन में मुझसे मिलने वाला व्यक्ति - या कोई और, जिसने किसी डॉक्टर की ग़लती के कारण अपने किसी प्रियजन को खो दिया - पाश्चात्य चिकित्सा पर अविश्वास कर सकता है।

लेकिन अगर मामला यह है, तो हम कहाँ जाएँ?

पूर्वी चिकित्सा पद्धति के साथ समस्याएँ

कुछ साल पहले एक युवा महिला ने हमारे ऑफ़िस में फ़ोन करके मदद माँगी। उसे नींद नहीं आती थी। उसकी अनिद्रा का कारण मर्मस्पर्शी था। उसका तीस साल का पति हाल ही में मर गया था। वह एक दिन सुबह जॉगिंग करने के बाद घर लौटा, उसने किचन का दरवाज़ा खोला और अपनी पत्नी तथा छोटे बच्चों के सामने गिरकर मर गया।

हम स्तब्ध थे, क्योंकि वह हमारा मरीज़ था और हम जानते थे कि उसे हृदय संबंधी कोई समस्या नहीं थी। उसके जोखिम घटक भी कम थे। उसे सिर्फ़ हल्का हाइपरटेंशन था और उसका वज़न थोड़ा ज़्यादा था। सावधानी से सवाल पूछने पर उसकी पत्नी ने हमें बताया कि उसका पति हाल ही में वज़न कम करने के लिए एक हर्बल प्रॉडक्ट लेने लगा था। इसमें मा हुआँग नामक तत्व था, जिसे एफ़ेड्रा के रूप में भी जाना जाता है। यह तत्व असामान्य हृदय लय उत्पन्न कर सकता है। ऑटोप्सी में यह पता चला कि उस युवक की मृत्यु हार्ट अटैक से नहीं, बल्कि असामान्य हृदय लय से हुई थी। उसके ख़ून में एफ़ेड्रा की काफ़ी मात्रा पाई गई।

उसकी पत्नी ने सप्लीमेंट निर्माता पर दावा ठोंक दिया, लेकिन उसे मिला मुआवज़ा स्पष्ट रूप से उसके पति की कमी पूरी नहीं कर सकता था।

सुरक्षित, पूरी तरह प्राकृतिक, चीन में 5,000 सालों से प्रयुक्त!

विज्ञापन का एक और लोकप्रिय शब्द है "प्राकृतिक", जिसे हम ग़लती से "अच्छा, सुरक्षित और शुद्ध" मान बैठते हैं।

आप "पूरी तरह प्राकृतिक" के कुछ ज्ञानवर्धक उदाहरण जानना चाहते हैं? ज़हरीले मशरूम। ज़हरीली बेरीज़। कोकीन। हेरोइन। साँप का ज़हर। और वह मा हुआँग, जिसके बारे में आपने अभी पढ़ा है।

हेल्थ फ़ूड स्टोर्स में कई प्राकृतिक प्रॉडक्ट्स ऐसे भी होते हैं, जो सुरक्षित नहीं होते। मा हुआँग हमारे रोगी की मृत्यु के लगभग आठ साल *बाद* तक बिकता रहा। इसके बाद ही इसे अमेरिका में ग़ैर-क़ानूनी घोषित किया गया। इसे प्रतिबंधित करने से कुछ समय पहले मा हुआँग एक बिलियन डॉलर का उद्योग था, हालाँकि इसके स्वास्थ्य जोखिम काफ़ी स्पष्ट थे।

एक और आम विज्ञापन में यह दावा किया गया कि अगर किसी प्रॉडक्ट का इस्तेमाल सदियों से हो रहा है, तो वह यक़ीनन सुरक्षित होगा। मा हुआँग का इस्तेमाल चीन में 5,000 सालों से हो रहा है, लेकिन इसके बावजूद यह सुरक्षित नहीं है। कई पारंपरिक जड़ी-बूटियों में भारी धातुएँ होती हैं (जिनका इस्तेमाल भारत की आयुर्वेदिक चिकित्सा में काफ़ी ज़्यादा होता है), जो लिवर के लिए हानिकारक होती हैं। लोग किसी जड़ी-बूटी का प्रयोग सभ्यता के उदयकाल से कर रहे हैं, इसका यह मतलब नहीं है कि वह सुरक्षित है। (आप ग़ौर करेंगे कि सभ्यता के उदयकाल से आज तक पैदा हुए ज़्यादातर लोग इस वक़्त

मर चुके हैं और उनमें से ज़्यादातर आज के इंसानों की तुलना में छोटा, बीमार जीवन जिए हैं।)

कई पूर्वी चिकित्सा पद्धतियाँ उस तरह के कठोर, डबल-ब्लाइंड, संयोगवश चुनाव के शोध को नहीं अपनाती हैं, जो वर्तमान पाश्चात्य चिकित्सा पद्धति का आधारस्तंभ है। वैज्ञानिक जाँच के बिना यह बताना असंभव है कि लाभ प्लासीबो इफ़ेक्ट यानी संयोग के कारण है या फिर सचमुच होता है।

पिछले साल लगभग तीस वर्षीय एक व्यक्ति डॉक्टर के पास गया, क्योंकि अचानक उसकी आवाज़ चली गई थी। उसके साथ इस तरह की घटनाएँ पहले भी हुई थीं। यह सिलसिला छह महीने पहले तब शुरू हुआ, जब उसने छह महीने पहले वज़न कम करने वाले हर्बल प्रॉडक्ट्स लेना शुरू किया। लेकिन यह सबसे बुरा मामला था।

सीएटी स्कैन से पता चला कि उसकी खोपड़ी के भीतर ख़ून बह रहा था। एक बार फिर एफ़ेड्रा? नहीं। उसके वज़न कम करने वाले प्रॉडक्ट पर गर्व से यह घोषणा की गई थी कि इसमें एफ़ेड्रा नहीं था। लेकिन इसमें बिटर ऑरेंज था, जिसके बारे में आशंका है कि यह भी उतना ही ख़तरनाक होगा। यह सच है कि यह रोगी पहले से स्वास्थ्य संबंधी समस्या का सामना कर रहा था, लेकिन इस वजह से उसे यह सप्लीमेंट लेने से पहले ज़्यादा अच्छी तरह सोचना चाहिए था। बिटर ऑरेंज और इसी तरह के प्राकृतिक प्रॉडक्ट्स आज हेल्थ फ़ूड स्टोर्स से ख़रीदे जा सकते हैं, लेकिन इसका यह मतलब नहीं है कि वे आपके लिए सुरक्षित हैं।

कुछ लोग तर्क देते हैं कि पारंपरिक जड़ी-बूटी विज्ञान जिस तरह से जड़ी-बूटियों का इस्तेमाल करता है, अमेरिका में हम उससे अलग तरीक़े से उनका इस्तेमाल करते हैं। मैं सहमत हूँ। लेकिन ज़हरीले पदार्थों से मरने वाले लोगों को वे प्रॉडक्ट्स पारंपरिक जड़ी-बूटी बेचने वालों ने ही दिए थे।[157, 158, 159] पारंपरिक जड़ी-बूटियों का सावधानी से नियंत्रित, हाई-टेक विश्लेषण *नहीं* किया गया है और शोध बुरी तरह अधूरा है। हम तो बस इतना जानते हैं कि लोग हज़ारों सालों से ज़हरीली जड़ी-बूटियों के कारण मर रहे हैं और उनके जड़ी-बूटी विशेषज्ञों को यह पता नहीं होता कि ऐसा क्यों हुआ। मैं फ़ार ईस्ट में पारंपरिक जड़ी-बूटी बेचने वालों के ऑफ़िसों में गया था। ये लोग चमगादड़ के पंखों और समुद्री कछुए की राख में सक्रिय बायोकेमिकल तत्वों की सूची नहीं बता पाए, जिन्हें उन्होंने विंडो डिस्प्ले में प्रदर्शित कर रखा था।

मैं असम्मान नहीं दिखाना चाहता, लेकिन पाश्चात्य चिकित्सा पद्धति की तरह ही पूर्वी चिकित्सा पद्धति के साथ भी समस्याएँ हैं।

टेक्नोलॉजी की कमियों के अलावा परंपरागत चिकित्सा पद्धतियों के कई पहलुओं पर धार्मिक विश्वास का बहुत ज़्यादा असर है। कई प्राचीन सभ्यताएँ रोग और इसके उपचार को धर्म की रोशनी में देखती हैं। मैं किसी के धर्म को चुनौती नहीं देना

चाहता, लेकिन सिर्फ़ धर्म ही सकारात्मक चिकित्सकीय परिणाम की गारंटी नहीं देता है। आज के कई सफल उपचार सदियों के प्रयोगों के बाद विकसित हुए हैं।

पूर्वी चिकित्सा पद्धति पूर्वी धर्म से प्रभावित है। यिन और यैंग, ची, मेरिडियन्स, योग, साधना और एक्युपंक्चर – इन सभी का धार्मिक नाता है। इनमें से कई उपचारों के स्वास्थ्य पर प्रभाव तय करने के लिए इनका वैज्ञानिक अध्ययन किया गया, जिसमें यह पता चला कि वे प्लासीबो से ज़्यादा फ़ायदेमंद नहीं हैं।[160] जो अध्ययन सकारात्मक खोजों का उल्लेख करते हैं, वे अक्सर डबल-ब्लाइंड नहीं होते हैं (जिसमें न तो शोधकर्ता, न ही रोगी को सही स्थिति मालूम होती है) या उनमें पर्याप्त नियंत्रणों का अभाव था।

कुछ पूर्वी उपचार, ख़ास तौर पर जड़ी-बूटी पर आधारित हर्बल उपचार, सदियों से लाखों-करोड़ों लोगों को लाभ पहुँचा रहे हैं। लेकिन इसका यह मतलब नहीं है कि पाश्चात्य जगत के व्यक्तियों को अपनी सेहत सुधारने के लिए पूर्व जाने की ज़रूरत है। कुछ मशहूर मस्तिष्क-देह लेखक इस तरह लिखते हैं, जैसे अच्छी सेहत का इकलौता मार्ग उनकी ख़ास धार्मिक पद्धति के माध्यम से होकर ही गुज़रता है। यह बकवास है। मैंने हज़ारों लोगों की सेहत का मूल्यांकन किया है, जो इस वक़्त पूर्वी देशों में रहते हैं और पूर्वी धर्मों में विश्वास करते हैं। सामूहिक दृष्टि से वे भी पाश्चात्य जगत के लोगों जितने ही बीमार हैं और उनमें भी दीर्घकालीन रोग तथा मृत्यु की दर उतनी ही है। टाइप 2 डाइबिटीज़ के दुनिया के पाँच रोगियों में से एक भारत में रहता है। (अनुमान है कि 2030 तक यह आँकड़ा चार में से एक हो जाएगा।[161]) विश्व स्वास्थ्य संगठन का अनुमान है कि अगले दस सालों में भारत में 6 करोड़ लोग दीर्घकालीन रोगों से मरेंगे।[162] चीन में एक अग्रणी बालरोग शोधकर्ता ने पिछले दशक में चीनी बच्चों में बढ़ते मोटापे पर टिप्पणी करते हुए कहा है, "वृद्धि की गति सदमा पहुँचाने वाली है।"[163] दीर्घकालीन रोगों में वृद्धि का यह संकट सिर्फ़ पाश्चात्य देशों तक ही सीमित नहीं है। यह तो वैश्विक है।

एक बार फिर कह दूँ, मैं किसी पूर्वी धर्म को नीचा नहीं दिखाना चाहता। मेरी मंशा बिलकुल विपरीत है। पाश्चात्य जगत में कुछ लोगों ने लाभ के लिए महत्त्वपूर्ण पूर्वी धार्मिक अभ्यासों को "फ़न एक्सरसाइज़ेस" में बदल दिया है, जो मेरे विचार से इनकी प्रतिष्ठा को कम करने वाला घटिया काम है। मैं विश्व के सभी प्रमुख धर्मों का सम्मान करता हूँ और उनकी धार्मिक परंपराओं को महत्वपूर्ण मानता हूँ। इसी कारण मैं यह सोचता हूँ कि होटल के स्पा, हेल्थ क्लब्स और जिम पैसा बनाने के लिए उन्हें विकृत कर रहे हैं।

मैं यह स्पष्ट करना चाहता हूँ कि कुछ "विशेषज्ञ" लेखक पूर्वाग्रह से बहुत ज़्यादा ग्रस्त हैं और उन्होंने लोगों को ग़लत राह दिखाई है। मेरे कई क्लाएंट्स और मित्र पूर्वी धर्मों के कट्टर अनुयायी हैं और मैं उनके धर्मों का सम्मान करता हूँ। दरअसल, मैं आपको अध्याय 9 में वे कारण बताऊँगा, जिनकी वजह से मैं सभी लोगों को अपने धर्म का पालन करने के लिए प्रोत्साहित करता हूँ। मेरा मुद्दा सिर्फ़ यह है कि बौद्ध

धर्म से जूडाइज़्म या ईसाई धर्म से हिंदू धर्म में धर्म-परिवर्तन करने से स्वास्थ्य संबंधी लाभ मिलने का कोई स्पष्ट संबंध नहीं है। आपके धर्म संबंधी निर्णय आपकी आस्था या विश्वास पर आधारित होने चाहिए, स्वास्थ्य संबंधी कारणों पर नहीं, जैसा कुछ लोग प्रचार करते हैं।

अगर आप ध्यान दे रहे हैं, तो शायद आप मुझसे एक क़दम आगे हैं। आप शायद ख़ुद से कह रहे होंगे, "पूर्वी और पाश्चात्य दोनों ही चिकित्सा पद्धतियों की अपनी-अपनी शक्तियाँ और कमज़ोरियाँ हैं। क्या इन दोनों के सर्वश्रेष्ठ गुणों को मिलाने का कोई तरीक़ा नहीं है?"

यह हुई न बात!

रोकथाम केंद्रित चिकित्सा : दोनों संसारों का सर्वश्रेष्ठ

ओह, पूर्व पूर्व है, पश्चिम पश्चिम; और ये दोनों
कभी नहीं मिल पाएँगे...

ऐसा रुडयार्ड किपलिंग ने लिखा था। लेकिन उन्हें क्या मालूम था?

रोकथाम केंद्रित चिकित्सा, जिसका अभ्यास हमारे इंस्टीट्यूट में होता है, दोनों चिकित्सा पद्धतियों के सर्वश्रेष्ठ गुणों का मिश्रण है। हमने उस खाई को पाटने की कोशिश की है और इससे काफ़ी प्रगति की है।

स्पष्ट रूप से हम सर्वश्रेष्ठ पूर्वी रोकथाम केंद्रित चिकित्सा का इस्तेमाल करते हैं, जिसमें हर्बल सप्लीमेंट्स का वैज्ञानिक दृष्टि से तर्कसम्मत प्रयोग शामिल है। साथ ही ज़रूरत पड़ने पर हम पाश्चात्य चिकित्सा पद्धति की जाँचों, दवाओं, उपचारों और नीतियों के कठोर वैज्ञानिक मानदंडों को भी अपनाते हैं।

यह "वैकल्पिक" चिकित्सा नहीं है। यह तो पूर्व और पश्चिम के सर्वश्रेष्ठ गुणों का मिश्रण है, जिसका समर्थन ठोस वैज्ञानिक शोध करता है।

जब कोई क्लाएंट सेहत के मूल्यांकन के लिए हमारे पास आता है, तो यह होता है।

हम अपने रोगी की पोषण और स्वास्थ्य संबंधी आदतों का सर्वे करते हैं और उसकी बुनियादी चयापचय दर का सटीक निर्धारण करते हैं। इसके बाद हम उसे संतुलित पोषण की सीख देते हैं और कैलोरी संबंधी मार्गदर्शन देते हैं। यह सर्वश्रेष्ठ शोध पर आधारित होता है, जिसमें न्यूट्रिजेनोमिक्स भी शामिल है। हमारे क्लाएंट की व्यायाम की आदतों, चिकित्सा इतिहास और स्वास्थ्य मूल्यांकन की जाँच करने के बाद हम उसके दैनिक जीवन में संभव व्यायाम और जीवनशैली की व्यक्तिगत योजना सुझाते हैं।

हमारे बेहतरीन स्वास्थ्य मूल्यांकनों में विशेष ब्लड प्रोफ़ाइल्स शामिल हैं, जिसमें

एंटीऑक्सीडेंट्स स्तर, फ़ैटी एसिड प्रोफ़ाइल्स, ओमेगा-3 फ़ैट और एचएस-सी-रिएक्टिव प्रोटीन आदि के स्तरों को नापा जाता है। हम सब-मैक्सिमल कार्डियक स्ट्रेस टेस्ट्स भी कराते हैं और एक जाँच से एथेरोस्केलेरोसिस के विकास का मूल्यांकन करते हैं, जिसमें कैरोटिड इंटिमा मीडिया थिकनेस (सीआईएमटी) को मापा जाता है। हम ओस्टियोपोरोसिस की जाँच करते हैं और हड्डी पतली होने के जोखिम घटकों या प्रमाण वाले व्यक्तियों के सटीक मूल्यांकन के लिए डीईएक्सए स्कैन करते हैं।

हम जोखिम घटक का इतिहास मालूम करते हैं और आनुवंशिक परीक्षण (genetic tests) व अन्य अध्ययन करते हैं। इन सभी का लक्ष्य दीर्घकालीन रोग और इनफ़्लेमेशन संबंधी जोखिम या प्रवृत्तियों को पहचानना है। ये सभी परीक्षण जीवनशैली संबंधी सर्वश्रेष्ठ सलाहों के लिए ज़रूरी हैं - सटीकता से और विस्तार से। वे सभी सुंदरता से एक साथ फ़िट हो जाते हैं।

हम जोखिम घटकों और दीर्घकालीन इनफ़्लेमेशन को कम करने पर केंद्रित व्यक्तिगत डॉक्टरी सलाह पर बात ख़त्म करते हैं, ताकि हम रोगी के व्यक्तिगत डॉक्टर की सबसे अच्छी मदद कर सकें।

आदर्श स्थिति में सच्ची और सर्वोच्च रोकथाम केंद्रित चिकित्सा गर्भाधान से पहले शुरू होनी चाहिए। बच्चे की भावी सेहत गर्भावस्था के दौरान माँ के दीर्घकालीन इनफ़्लेमेशन की स्थिति और स्वास्थ्य पर निर्भर होती है।[164, 165] हमारे औद्योगीकृत खान-पान ने माँ के दूध के तत्वों तक पर असर डाला है। जैसे-जैसे हमारे खान-पान में सस्ते तेलों (जैसे कॉर्न ऑइल) और डार्क मीट्स में पाए जाने वाले इनफ़्लेमेटरी ओमेगा-6 फ़ैट्स की मात्रा बढ़ी है, यह माँ के दूध में भी बढ़ी है, जिससे जन्म के समय बच्चों का दीर्घकालीन इनफ़्लेमेशन भी बढ़ा होता है। आज अमेरिकी माँ के दूध में 1950 के दशक की तुलना में ओमेगा-6 दोगुने होते हैं।[166, 167] उम्मीद है कि शोध में जल्दी ही इस बात की पुष्टि हो जाएगी कि फ़ॉर्मूलों में ओमेगा-6 को कम करना सुरक्षित दिशा है। सच्ची रोकथाम केंद्रित चिकित्सा के माध्यम से आदर्श स्वास्थ्य प्राप्त करने के सबसे वैज्ञानिक और सर्वश्रेष्ठ मार्ग को साफ़ करने के लिए हमें निश्चित रूप से बहुत सा काम करना है। रोमांचक हिस्सा यह है कि हम काफ़ी आगे आ चुके हैं और हमें अपनी वर्तमान दिशा के बारे में बहुत विश्वास है और भविष्य में काफ़ी उम्मीद भी है।

हम रोकथाम केंद्रित चिकित्सा के क्षेत्र में एक नई यात्रा शुरू कर चुके हैं, जिसमें मुझे पिछले बाईस सालों से अपनी भूमिका निभाने का सम्मान मिला है। हमने हज़ारों लोगों की मदद की है कि वे मेटाबोलिक सिंड्रोम से बाहर निकलें, मोटापे को परास्त करें और कई अन्य तरीक़ों से भी दीर्घकालीन रोग के जोखिम को कम करें। हम सिर्फ़ सैद्धांतिक ज्ञान ही नहीं देते हैं। हमारे पास बहुत से लोगों के उदाहरण हैं, जो आदर्श स्वास्थ्य की ओर बढ़ रहे हैं और उसे हासिल कर रहे हैं। दीर्घकालीन रोग के विकास को रोकने या धीमा करने की हमारी क्षमता के संदर्भ में भविष्य बहुत उज्ज्वल दिखता है। बीमारी की जिन प्रवृत्तियों के बारे में मैंने इस पुस्तक की प्रस्तावना में चर्चा की है,

वे जीवनशैली के परिवर्तनों की वजह से बिगड़ी हैं। स्वस्थ जीवनशैली अपनाकर उन्हें पलटा जा सकता है।

आदर्श सेहत हासिल करने की हमारी योजना का प्रमुख बिंदु इनफ़्लेमेशन को कम करना है। आने वाले अध्यायों में आप इस बारे में ज़्यादा पढ़ेंगे कि दीर्घकालीन इनफ़्लेमेशन को कम कैसे करना है, लेकिन यहाँ हमें उन पूर्वाग्रहों से सीधे निबटने की ज़रूरत थी, जिन्हें कई लेखक "सच्चाई" के रूप में आपके सामने प्रस्तुत कर चुके हैं। कई पुस्तकों और उपदेश देने वालों ने बहुत से लोगों को विश्वास दिला दिया है कि उनका अवैज्ञानिक तरीक़ा ही बेहतर सेहत का इकलौता रास्ता है। उनका पूर्वाग्रह आपका दुर्भाग्यपूर्ण, लचर मंच बन चुका है - जिसके धराशायी होने की काफ़ी संभावना है। आपको बहुत सी अवैज्ञानिक जानकारी अपने दिमाग़ से बाहर निकालने की ज़रूरत है, जो ग़लत इरादे वाले लोगों ने आपको सिखाई है। आदर्श स्वास्थ्य क्रांति के दृढ़ सदस्य बनें और स्वास्थ्य संबंधी हर उस बात को मानने से इंकार कर दें, जिसे विज्ञान द्वारा साबित नहीं किया जा सकता। मैं अपने विज्ञान के बारे में बिलकुल स्पष्टवादी हूँ, इसीलिए मैंने सैकड़ों संदर्भ दिए हैं, ताकि आप ख़ुद उनकी जाँच कर सकें। मैं मज़बूत वैज्ञानिक मंच पर खड़े होने में आपकी मदद करूँगा, जिसे आसानी से हिलाया न जा सके।

इस इरादे से हमने सभी दीर्घकालीन रोगों के बुनियादी कारण के बारे में बातचीत की है और इस बारे में भी कि इसे कम कैसे किया जा सकता है। लेकिन अब हमें जीवनशैली के उन ख़ास परिवर्तनों के बारे में गंभीर होना होगा, जो दीर्घकालीन रोग के आपके जोखिम को काफ़ी कम कर सकते हैं और दुनिया भर की दवाओं के ख़र्च में भारी कमी कर सकते हैं।

अगला क़दम आदर्श सेहत के चरम लक्ष्य को समझना है - साथ ही वहाँ तक आपको पहुँचाने वाले बुनियादी सिद्धांतों को भी। यही अध्याय 6 का विषय है।

अध्याय 6

आदर्श स्वास्थ्य के आठ स्तंभ

किसी भी सफल क्रांति को सही बुनियादी सिद्धांतों पर आधारित होना चाहिए और आदर्श स्वास्थ्य क्रांति की बुनियाद में आठ स्तंभ हैं।

यह अनिवार्य है कि आप इसे समझ लें, क्योंकि आज स्वस्थ ज़िंदगी जीने में एक समस्या यह है कि बहुत सारी बुरी सलाह फैली हुई है और लोग हर उस व्यक्ति की सलाह बड़ी जल्दी मान लेते हैं, जिसे वे जानकार मानते हैं।

यहाँ पर मेरे ख़ुद के जीवन का एक उदाहरण है, जो बताता है कि इस प्रवृत्ति से कितनी परेशानी हो सकती है।

मैं अपने परिवार के साथ एक दूर प्रांत के नए घर में रहने जा रहा था। हम जिस बेकार कबाड़े के बिना नहीं रह सकते, वह किराए के तीन ट्रकों में भरा हुआ था। हम एक के पीछे एक चले जा रहे थे, जिस तरह कोलंबस न्यू वर्ल्ड की ओर जाते समय तीन जहाज़ लेकर चला था। फ़र्क़ सिर्फ़ इतना था कि हमारा ख़र्च ज़्यादा था और गति भी।

हमारे मार्ग में उत्तर-पश्चिम अमेरिका का एक बड़ा शहर पड़ता था, जहाँ हमने रात का लंगर डालने की योजना बनाई थी। इस शहर का नक़्शा स्पाघेटी की प्लेट जैसा दिख रहा था। मैं इसमें ड्राइविंग करने के विचार से ही काँपने लगा, जिस तरह कोलंबस के साथी नाविक तूफ़ानों के बीच अनजान समुद्र में यात्रा करने के विचार से काँपे होंगे। इसलिए मैंने स्थानीय विशेषज्ञ से सटीक निर्देश लेने के लिए उस शहर के हमारे होटल में फ़ोन किया, ताकि रास्ता भटकने की सारी आशंका ही ख़त्म हो जाए। फ़ोन जिस मधुरभाषी, उत्साही युवती ने उठाया, उसमें इतना ज़्यादा आत्मविश्वास था कि जब मैंने उसके द्वारा बताया गया रास्ता लिखा, तो मुझे पूरा भरोसा था कि मैं बिना किसी दिक़्क़त के वहाँ पहुँच जाऊँगा।

दुर्भाग्य से, हमारी युवा दिशानिर्देशक यह पूछना भूल गई थी कि मैं उत्तर दिशा से आ रहा हूँ या दक्षिण दिशा से। यह एक महत्वपूर्ण भूल थी, क्योंकि जिस फ़्रीवे निकासी का उसने उल्लेख किया था, वह सिर्फ़ दक्षिण की ओर जाने वाली दिशा में

ही था, जबकि हमारी दिशा उत्तर की तरफ़ थी। हमें जहाँ मुड़ना चाहिए था, उससे कई मील आगे मैंने फ्रीवे से दूर हटकर दोबारा दिशा तय करने की कोशिश की। मैं यह काम उस मार्गदर्शन के अनुरूप कर रहा था, जो मुझे होटल की उस अतिथि-दुविधा निदेशक ने दिया था।

स्पाघेटी सिटी की सड़कों के साथ एक और समस्या यह है कि उनमें से ज़्यादातर वन-वे हैं। एक बड़े सुपरमार्केट के चारों तरफ़ घूमने के बाद मैं पास्ता के पॉट की तरह उबल रहा था। मेरे बच्चे पूछने लगे, "क्या हम रास्ता भटक गए हैं, डैडी?" यह सुनते ही मेरी पत्नी को एहसास हो गया कि बच्चों की सुरक्षा ख़तरे में है, इसलिए उसने उन्हें आश्वस्त किया कि मुझे मालूम है कि मैं क्या कर रहा हूँ और हम जल्दी ही होटल पहुँच जाएँगे।

कुछ मोड़ बाद मैंने ख़ुद को सिंगल लेन की सड़क पर पाया, जो जल्दी ही इतनी सँकरी हो गई कि हमारे ट्रक आगे नहीं जा सकते थे। हम एक सँकरी गली में फँस गए थे, जहाँ पलटने की कोई जगह नहीं थी। मैं ट्रक से बाहर निकला और लात मारने के लिए किसी पेड़ की तलाश करने लगा। तभी मैंने सामने जले पर नमक छिड़कने वाली चीज़ देखी : एक साइनबोर्ड, जिस पर लिखा था, **ट्रक नहीं**। वे लोग यह साइनबोर्ड सड़क के मोड़ पर भी लगा *सकते* थे, लेकिन तब हमें तीन ट्रकों को उस पतली गली में रिवर्स करने का आनंद कैसे मिलता।

उस झंझट से बाहर निकलना और होटल पहुँचना बुरे सपने की तरह था। और हाँ, मैंने एक आख़िरी ग़लती और कर दी। मैंने इस बारे में सभी दोस्तों को बता दिया, जिसका मतलब है कि वे मुझे यह बात कभी भूलने नहीं देते हैं।

सबक़ यह है, अगर आप किसी से भी रास्ता पूछेंगे, तो वह तत्काल विशेषज्ञ बन जाएगा, भले ही उसमें योग्यता हो या न हो। यह रास्ता बताने पर भी लागू होता है और आपकी सेहत संबंधी सलाह पर भी। हम आश्चर्यजनक वैज्ञानिक तरक़्क़ी के युग में जी रहे हैं, लेकिन लोगों द्वारा हमें दी जाने वाली सलाह अक्सर अंधविश्वास और जनश्रुति के स्तर पर होती है। दरअसल जनश्रुति थोड़ी ज़्यादा मूल्यवान होती है, क्योंकि विज्ञान और सदियों के अनुभव ने ऐसी कुछ दवाओं को तर्कसंगत साबित किया है। यह बात आप उन नवीनतम फ़ैशनेबल प्रॉडक्ट्स के बारे में नहीं कह सकते, जिन्हें आप सुपरमार्केट की लाइन में खड़े होकर किसी मैग्ज़ीन के कवर पर देखते हैं।

हर व्यक्ति के पास कोई न कोई राय होती है। आपके साले ने कुछ समय पहले 3 बजे रात को टीवी पर एक ज्ञानवर्धक कार्यक्रम देखा। अब उसके पास आपकी उम्र दस साल बढ़ाने का रहस्य आ चुका है। मीडिया निराधार डर और जादुई दवाओं की दुनाली बंदूक से आप पर हमला करता रहता है। पहले फ़ैट बुरा था, अब यह अच्छा है। पिछले साल कार्बोहाइड्रेट ही हमारी सारी बीमारियों की जड़ था, इस साल यह इतना बुरा नहीं है। कम फ़ैट खाओ, ज़्यादा फ़ैट खाओ। कम प्रोटीन खाओ, ज़्यादा प्रोटीन खाओ। ख़ुद को भूखा मारो, जो मन चाहे वह खाओ। जब भी मैं सेहत के नवीनतम 'हॉट' प्रॉडक्ट का विज्ञापन देखता हूँ, तो हर बार मुझे स्पाघेटी शहर में ग़ुम

होने वाली घटना याद आ जाती है। यह एक मल्टीबिलियन डॉलर उद्योग है, जो आदर्श स्वास्थ्य के नक़्शे बेच रहा है। मगर उनके काम का परिणाम यह हो रहा है कि लोग रास्ता भटक रहे हैं, दुविधा में हैं और कुंठित हैं। सर्वश्रेष्ठ स्थिति में हम कहीं नहीं पहुँच पाते और जहाँ से हमने शुरू किया था, वहीं लौट आते हैं। सबसे बुरी स्थिति में बोगस नक़्शे की वजह से हम पहाड़ी से नीचे छलाँग लगा देते हैं।

जिस इंस्टीट्यूट में मैं परामर्श देता हूँ, वहाँ हमने बेहतर कार्यक्रम तैयार किया है। इतने बरसों से मैं हज़ारों लोगों को आदर्श सेहत तक पहुँचा रहा हूँ। मुझे यह सोचना अच्छा लगता है कि हम अपने इंस्टीट्यूट के मरीज़ों को जो देते हैं, वह नक़्शा नहीं, बल्कि सर्वश्रेष्ठ जीवन हासिल करने की योजना है। अगर आप अपने जीवन में आदर्श स्वास्थ्य को जीतना चाहते हैं, तो आपके पास योजना होनी ही चाहिए। और आपको सबसे पहले तो आदर्श स्वास्थ्य की परिभाषा जानने की ज़रूरत है, ताकि आप सचमुच समझ सकें कि आप क्या हासिल करने की कोशिश कर रहे हैं।

आदर्श स्वास्थ्य का मतलब है आपकी आनुवंशिकीय विरासत, व्यक्तिगत इतिहास और पर्यावरण के आधार पर सर्वश्रेष्ठ संभव स्वास्थ्य हासिल करना। आदर्श स्थिति में, आदर्श स्वास्थ्य की नींव हमारे गर्भ में आने से पहले ही डल जानी चाहिए। कई अध्ययनों ने दिखाया है कि गर्भाधान और गर्भावस्था के दौरान माँ की सेहत गर्भ में पल रहे बच्चे के स्वास्थ्य पर असर डालती है - बचपन में भी और वयस्क होने के बाद भी। बहरहाल, अगर आपकी नींव आदर्श नहीं थी, तब भी बेहतर परिवर्तन करने के लिए ज़्यादा देर नहीं हुई है। हम अपने अतीत को तो नहीं बदल सकते, लेकिन हम कुछ शारीरिक नुक़सान को ज़रूर उलट सकते हैं। हम अपने डीएनए को नहीं बदल सकते (इस वक़्त तक), लेकिन हम इस बात को निश्चित रूप से बदल सकते हैं कि हमारा डीएनए किस तरह अभिव्यक्त होता है। हो सकता है कि हम अपने शहर या देश का पर्यावरण बदलने में असमर्थ हों, लेकिन हम निश्चित रूप से उस सीमित पर्यावरण को बदल सकते हैं, जिसमें हम रहते हैं।

हमारी आनुवंशिकीय विरासत हमारे स्वास्थ्य में एक प्रमुख घटक है, लेकिन यह पूरी तरह से क़िस्मत की बात नहीं है। *जेनोटाइप* और *फ़ेनोटाइप* शब्दों का मतलब जानना महत्वपूर्ण है। जेनोटाइप वह आनुवंशिकीय संरचना है, जो आपको अपने माता-पिता से विरासत में मिली है। फ़ेनोटाइप आपके जीन्स की अभिव्यक्ति है, जिस पर पर्यावरण/परिवेश के तत्वों और ज़िंदगी के अनुभवों का प्रभाव पड़ता है। अगर आपकी दादी सौ साल तक ज़िंदा रही हों, तो यह ज़रूरी नहीं है कि आप भी इतने ख़ुशक़िस्मत हों। कारण यह है कि आप एक अलग दुनिया में रह रहे हैं और दादी से भिन्न जीवनशैली जी रहे हैं। दूसरी तरफ़, आपके परिवार के कुछ सदस्य अगर किसी दीर्घकालीन रोग की वजह से मरे हैं, तो इसका मतलब यह नहीं है कि आपके साथ भी ऐसा ही होगा। आप अपने पारिवारिक इतिहास द्वारा दर्शाए गए जोखिम के सूचकों को कम करने के लिए कई चीज़ें कर सकते हैं।

हमारे पास दुनिया भर के हज़ारों लोगों को आदर्श स्वास्थ्य तक पहुँचाने का

दशकों का अनुभव है। हमने कुछ सरल सिद्धांतों में इसका सार भरने की पूरी कोशिश की है। यहाँ पर कोई अलादीन का चिराग़ या सपने साकार करने का कोई शॉर्टकट नहीं है। इसके बजाय, मैं तो आदर्श दृष्टि से स्वस्थ जीवनशैली हासिल करने की एक यथार्थवादी योजना प्रदान कर रहा हूँ और यह योजना आठ स्तंभों पर टिकी है।

स्तंभ 1 : दीर्घकालीन रोग के आपके जोखिम घटक

जोखिम घटक कोई भी ऐसी जीवनशैली या जीववैज्ञानिक गुण या लक्षण है, जो किसी रोग के होने की आशंका को बढ़ा देता है। मिसाल के तौर पर, धूम्रपान फेफड़ों के कैंसर के जोखिम को बढ़ाता है। हृदय रोग, कैंसर, मोटापे और डाइबिटीज़ के जोखिम घटकों का वर्णन अध्याय 9 से 12 तक किया गया है।

दीर्घकालीन रोग के कई जोखिम घटक हैं, लेकिन अक्सर आप यह सुनते हैं कि स्वास्थ्य संबंधी समस्याएँ जीवन के सिर्फ़ एक-दो पहलुओं को बदलकर ही ठीक की जा सकती हैं। मिसाल के तौर पर, लोग अक्सर कहते हैं कि सही आहार और नियमित व्यायाम ही अच्छी सेहत की कुंजियाँ हैं। सही आहार और व्यायाम आदर्श सेहत के लिए अनिवार्य हैं, लेकिन ये दीर्घकालीन रोग के सिर्फ़ दो जोखिम घटक हैं। हमें सभी जोखिम घटकों को जानना और दूर करना है।

पिट्सबर्ग यूनिवर्सिटी हज़ारों लोगों का डेटाबेस रखती है, जिन्होंने कई किलो वज़न कम किया और इसे पाँच साल से ज़्यादा समय तक सफलतापूर्वक कम रखा – लोकप्रिय भ्रांति के विपरीत ऐसे लोग यूनिकॉर्न्स से कम दुर्लभ होते हैं। अमेरिकी कृषि विभाग के पूर्व एक्टिंग अंडरसेक्रेटरी के अनुसार[169] इनमें से 90 प्रतिशत लोगों को वज़न कम रखने में इसलिए सफलता मिली, क्योंकि उन्होंने कैलोरी और व्यायाम दोनों को नियंत्रित किया। केवल 9 प्रतिशत लोग ही सिर्फ़ आहार द्वारा अपना वज़न नियंत्रित रख पाए और केवल 1 प्रतिशत लोग ही सिर्फ़ व्यायाम द्वारा इसे क़ाबू में रख पाए।

जिम फ़िक्स एक मैराथन धावक थे, जिनकी पुस्तकों और लेखों ने 1970 के दशक के अंत में उत्तर अमेरिका में दौड़ने का जुनून शुरू किया। बावन साल की उम्र में वे अचानक हार्ट अटैक से मर गए। फ़िक्स एक महीने में इतना ज़्यादा एरोबिक व्यायाम करते थे, जितना सबसे मेहनती स्वस्थ व्यक्ति एक साल में कर पाता था, लेकिन उनमें हृदय रोग के अन्य जोखिम घटक मौजूद थे। हृदय रोग उनके परिवार में चला आ रहा था। उनके पिता चालीस-पैंतालीस साल की उम्र में मर गए थे। इसके अलावा फ़िक्स ने पैंतीस साल की उम्र में दौड़ना शुरू किया था और उससे पहले वे बहुत ज़्यादा धूम्रपान करते थे। फ़िक्स ने अपनी जीवनशैली बदलकर अपनी आयु काफ़ी बढ़ा ली, लेकिन वे दूसरे जोखिम घटकों से भी जूझ रहे थे, जिन्होंने कम उम्र में ही उनके जीवन का अंत कर दिया।

स्तंभ 2 : व्यायाम

यह शब्द बिस्तर पर लेटने के आदी लोगों के दिलों में डर और हिक़ारत के भाव भर देता है, लेकिन ऐसा नहीं होना चाहिए। यहाँ तक कि जिम फ़िक्स जैसे सच्चे विशेषज्ञों में भी अपने प्रिय खेल, गतिविधि या विचार के संदर्भ में व्यायाम को परिभाषित करने की प्रवृत्ति होती है। घटिया चीज़ें बेचने वाले और फ़ैशनेबल प्रॉडक्ट्स का प्रचार करने वाले लोग भी व्यायाम को परिभाषित करते हैं, लेकिन उनकी परिभाषा उस प्रॉडक्ट के संदर्भ में होती है, जिसे वे बेचने की कोशिश कर रहे हैं। इनमें वर्कआउट वीडियोज़ से लेकर व्यायाम मशीनों जैसे प्रॉडक्ट्स के टीवी विज्ञापन शामिल हैं। या फिर हेल्थ क्लब्स में महँगी सदस्यता लेना, जिनमें सिर्फ़ वही लोग जाते हैं, जिनका आदर्श फ़िगर होता है और जो डिज़ाइनर द्वारा तैयार विशेष वर्कआउट पोशाक पहनकर व्यायाम करते हैं।

हमें इस बारे में लुभावने सपने दिखाए जाते हैं कि हम कुछ आसान मशीनों से घर बैठे पेट की मांसपेशियों का व्यायाम करके अपना पेट कम कर सकते हैं ओर जाँघों की मांसपेशियों की कसरत करके जाँघों को छरहरा बना सकते हैं।

स्टेप एरोबिक्स। कम मेहनत वाला एरोबिक्स। डांस एरोबिक्स। किक-बॉक्सिंग। एक्सरसाइज़ बॉल्स। इसके बाद क्या : पोगो-स्टिक पार्टीज़ ? व्यायाम संबंधी फ़ैशनेबल प्रॉडक्ट्स देखकर मुझे कुंठा होती है, क्योंकि लोग सोचते हैं कि फ़िट बनने के लिए उन्हें हर समय नवीनतम, आम तौर पर महँगी, प्रवृत्ति के पीछे भागना होगा। ज़ाहिर है, इस वजह से अंत में वे कुछ नहीं करते हैं। सबसे आलसी लोग तर्क देते हैं कि उनके पास व्यायाम करने का समय ही नहीं है। ऐसा आंशिक रूप से इसलिए है, क्योंकि "विशेषज्ञ" अक्सर व्यायाम को संगठित, महँगी गतिविधियों के संदर्भ में बहुत संकीर्णता से परिभाषित करते हैं। लोगों को यह समझ में नहीं आता है कि व्यायाम उनकी ज़िंदगी या बजट में किस तरह फ़िट हो सकता है।

FB

योगा व्यायाम!

योगा (योग) प्राचीन धार्मिक परंपरा है, जो वर्तमान युग का फ़ैशन बन चुका है। पारंपरिक रूप से यह साधना में मदद करने वाली विभिन्न मुद्राओं का अभ्यास है। योगा हिंदू तथा अन्य पूर्वी धर्मों में आम है। अमेरिका और अधिकांश पाश्चात्य देशों की संस्कृतियों में योगा को सिर्फ़ व्यायाम के रूप में प्रस्तुत किया जाता है, जिसे हेल्थ क्लब अतिरिक्त लागत वाली गतिविधियों के अपने मीनू में जोड़ देते हैं। मेरे हिंदू मित्र सोचते हैं कि योगा को इसकी धार्मिक विरासत से अलग करना मज़ेदार है। उनके लिए यह एक तरह से माला के मनकों वाले एरोबिक्स जैसा

है। (क्षमा करें मैंने यह लिख दिया। अब यह वक़्त की बात है कि हेल्थ क्लब्स लोगों से यह उच्चारण करवाएँगे : "मदर मैरी, कृपा से भरी हुई; मेरे दौड़ते समय मुझ पर कृपा करो।") क्या धार्मिक परंपराओं और व्यायाम का यह मिलाप थोड़ा असम्मानपूर्ण और ग़लत नहीं लगता? जैसा मैं पहले भी कह चुका हूँ, मैं विश्व के प्रमुख धर्मों का इतना ज़्यादा सम्मान करता हूँ कि मैं इस बात से सहमत नहीं हूँ कि पैसे बनाने के लिए होटल स्पा, जिम और हेल्थ क्लब महत्वपूर्ण धर्मसिद्धांतों को विकृत रूप में बदल दें।

इससे भी बढ़कर, योगा क्लासेस पर व्यायाम को केंद्रित करने वाले अधिकांश लोगों की कार्डियोवैस्कुलर कंडीशनिंग पर्याप्त नहीं हो पाती है। इसका कारण स्पष्ट है। हेल्थ-क्लब की योगा क्लासेस में मुख्यतः खड़े होने, बैठने, लेटने और तानने (stretching) की मुद्राएँ होती हैं, जिनमें से तीन गतिविधियाँ सोफ़े पर आदतन लेटने वालों की प्रमुख गतिविधियाँ होती हैं।

योगा लचीलेपन और शक्ति को बढ़ाने में लाभकारी हो सकता है। बहरहाल, इसमें कार्डियोवैस्कुलर लाभ की कमी होती है - यह हार्ट अटैक या स्ट्रोक के जोखिम को ख़ास कम नहीं करेगा।

यहाँ पर सुखद सच्चाई बताई जा रही है : *यह ज़रूरी नहीं है कि व्यायाम में आपका बहुत सारा समय बर्बाद हो*। काफ़ी प्रमाण हैं कि "दैनिक जीवन का व्यायाम" दीर्घकालीन रोग के जोखिम को कम करने के लिए बहुत लाभकारी होता है।[170] "दैनिक जीवन के व्यायाम" (exercise of daily life) के कुछ उदाहरण देखें :

- लिफ़्ट के बजाय सीढ़ियों का इस्तेमाल करें। अगर आप पचासवीं मंज़िल पर काम करते हों, तो लिफ़्ट से अड़तालीसवीं मंज़िल तक ही जाएँ।
- पार्किंग में सबसे बाहरी जगह पर अपनी गाड़ी पार्क करें और बाक़ी दूर पैदल जाएँ। (इससे आपकी कार के दरवाज़ों पर खरोंचें भी कम आएँगी।)
- पहियों वाली ट्रॉली के बजाय अपना लगेज उठाकर ले जाएँ।
- बैठने वाले लॉन-मोअर के बजाय पैदल चलाने वाला लॉन-मोअर ख़रीदें - और किसी बच्चे को पैसे देकर उसे न चलवाएँ।
- अगर आप ट्रेन या बस से ऑफ़िस जाते हैं, तो कुछ ब्लॉक पहले ही उतर जाएँ और बाक़ी दूर पैदल जाएँ।
- अपने जीवनसाथी के साथ पैदल घूमें या अपने बच्चों के साथ बाहर खेलें।
- डांस सीखें। मैं कुछ लोगों को जानता हूँ, जिन्होंने डांस क्लास में जाकर अपना वज़न 10 किलो से ज़्यादा कम कर लिया है और उस वज़न को कम

रखने में उन्हें मज़ा भी आ रहा है।

इस तरह की गतिविधियों से कार्डियोवैस्कुलर सेहत अच्छी होती है और दिन भर कैलोरियाँ भी जलती हैं, जिससे आपको वज़न कम करने या कम रखने में मदद मिलती है। ज़ाहिर है, नियमित व्यायाम की निश्चित, फ़ैशनेबल प्रॉडक्ट्स से रहित योजना सबसे अच्छी है – चाहे आप इसे हेल्थ क्लब में करें या घर पर – लेकिन अगर आप कुछ और न कर पाएँ, तो कम से कम अपने जीवन में "दैनिक जीवन का व्यायाम" ज़रूर करें। इसमें बहुत कम समय लगता है और यह दीर्घकालीन रोग के जोखिम को काफ़ी कम कर देता है।

विज्ञान ने साबित कर दिया है कि कार्डियोवैस्कुलर व्यायाम कई रोगों और नकारात्मक स्वास्थ्य स्थितियों के जोखिम को कम कर देता है, जिनमें डाइबिटीज़,[171] कोलोन कैंसर,[172] डीमेंशिया,[173], हृदय रोग (पैदल चलने से भी),[174] स्ट्रोक,[175, 176] ओस्टियोपोरोसिस[177] आदि शामिल हैं। इससे ज़्यादा उम्र वाले लोगों की मृत्यु दर[178] कम होने के प्रमाण मिले हैं और बुढ़ापे की प्रक्रिया के धीमे होने के भी (कुछ शोधकर्ताओं के अनुसार बारह साल तक)।[179]

व्यायाम आपकी सेहत में जो बहुत महत्वपूर्ण योगदान देता है, वह है इनफ़्लेमेशन में कमी। फ़ुरसत के पलों की शारीरिक गतिविधि से दीर्घकालीन इनफ़्लेमेशन कम होता है।[180] यह भी पता चला है कि सिर्फ़ छह मिनट तेज़ चलने से ही बूढ़े लोगों में इनफ़्लेमेशन कम हो जाता है।[181] व्यायाम के साथ एंटीऑक्सीडेंट्स वाले डाइट सप्लीमेंट्स लेने से इनफ़्लेमेशन और ज़्यादा कम होता है।[182]

संक्षेप में, आदर्श सेहत हासिल करने के लिए व्यायाम बहुत लाभदायक होता है। इसके लाभ आज़माए हुए और गहरे हैं। आदर्श सेहत के इस दूसरे स्तंभ में दोनों तरह के व्यायाम शामिल हैं : *प्रतिरोध*, जैसे वेटलिफ़्टिंग या पुश-अप और *कार्डियोवैस्कुलर* व्यायाम, जिनमें पैदल चलने, दौड़ने, तैरने और साइकल चलाने जैसी गतिविधियों द्वारा हृदय गति बढ़ाना शामिल है। अगर आपकी दिलचस्पी हो, तो अमेरिकी सरकार ने हाल ही में व्यायाम संबंधी नए निर्देश जारी किए हैं और आप उन्हें www.health.gov/PAguidelines वेबसाइट पर देख सकते हैं। विश्व स्वास्थ्य संगठन के व्यायाम निर्देश www.who.int/dietphysicalactivity/factsheet_recommendations/en वेबसाइट पर देखे जा सकते हैं।

स्तंभ 3 : अच्छा मैक्रोन्यूट्रिशन

मैक्रोन्यूट्रिशन उन पोषक तत्वों का वर्णन करता है, जो भार के मान से हमारे अधिकांश पोषण का आधार हैं – कार्बोहाइड्रेट्स, फ़ैट और प्रोटीन।

अच्छे मैक्रोन्यूट्रिशन में इन पोषक पदार्थों का सही प्रकार और सही प्रतिशत शामिल होता है।

कार्बोहाइड्रेट, फ़ैट या प्रोटीन से समृद्ध सभी आहारों को फ़ैशनेबल डाइट्स सुझाने वाले लेखकों ने कभी न कभी राक्षसी घोषित किया है। यह इस बिंदु तक हुआ है कि अगर हम उनकी सारी सलाह मानते, तो हमारा आहार पानी और बुरादे तक सीमित हो गया होता। सच्चाई यह है कि तीनों मैक्रोन्यूट्रीएंट्स में से कोई भी आपके लिए बुरा नहीं है, बशर्ते आप संतुलित, संयमित और स्वस्थ स्रोतों से प्राप्त आहार ग्रहण करें।

प्रोटीन और कार्बोहाइड्रेट के अच्छे और बुरे दोनों तरह के स्रोत होते हैं। अच्छे और बुरे दोनों तरह के फ़ैट्स होते हैं। मैं आपको इनमें अंतर बाद में बताऊँगा। हाल-फ़िलहाल तो बस इतना याद रखें कि आदर्श सेहत हासिल करने के लिए हमें मैक्रोन्यूट्रीएंट्स की उचित मात्रा और सही स्रोतों की ज़रूरत होती है। इंस्टीट्यूट ऑफ़ मेडिसिन की अनुशंसा है कि वयस्कों के दैनिक आहार में मैक्रोन्यूट्रीएंट्स की मात्रा यह होनी चाहिए :

- 45-65 प्रतिशत कार्बोहाइड्रेट
- 20-35 प्रतिशत फ़ैट
- 10-35 प्रतिशत प्रोटीन

संतुलित आहार में फ़ाइबर के अच्छे दैनिक स्रोत भी शामिल होने चाहिए।

यह वर्गीकरण लोकप्रिय फ़ैशनेबल डाइट्स की अनुशंसाओं से बहुत अलग है, क्योंकि इनमें से कई डाइट्स ख़राब या पुराने विज्ञान या लेखकों के अनुमान पर आधारित होती हैं।

FB

अच्छी तरह खाना रॉकेट विज्ञान जितना जटिल नहीं है

कई फ़ैशनेबल डाइट्स खाने को इतना जटिल बना देती हैं कि उनका अनुसरण करने के लिए आपको पोषण विज्ञान में माहिर रसोइए को नौकरी पर रखना होगा, ताकि वह आपके भोजन की योजना बनाकर उसी अनुसार खाना पकाए। इसके अलावा आपको एक सुरक्षा प्रहरी भी नियुक्त करना होगा, ताकि आपका जीवनसाथी और बच्चे चुपके से घर से बाहर निकलकर आपकी पीठ पीछे "डाइट" के नियम न तोड़ें। हममें से ज़्यादातर लोगों के पास इन दोनों लोगों को नौकरी पर रखने का बजट नहीं होता।

एक बार फिर फ़ैशनेबल गोरखधंधों पर प्रहार करके हम अपना

बचाव कर सकते हैं। आदर्श स्वास्थ्य आहार न तो जटिल है, न ही आपके परिजनों के लिए सज़ा है। एक पल के लिए पारंपरिक एशियाई आहार के बारे में सोचें, जो मूलतः कार्बोहाइड्रेट की अधिकता वाले चावल पर आधारित है, जिसके साथ फलों और सब्ज़ियों की बहुत सी विविधता जुड़ी होती है। मोटापा चीन, जापान, कोरिया और बाक़ी पूर्व एशिया में पहले कभी व्यापक समस्या नहीं रहा। पिछले तीस से पचास सालों में विश्वव्यापी औद्योगीकरण और फ़ूड प्रोसेसिंग के आगमन के बाद ही यह शुरू हुआ है। सदियों से दीर्घकालीन रोग और मोटापा कभी भी इन देशों में बड़े पैमाने पर नहीं फैला, इस तथ्य के बावजूद कि लोगों को ज़रा भी पता नहीं था कि कार्बोहाइड्रेट, प्रोटीन या फ़ैट क्या होता है। उन्होंने फ़ैशनेबल डाइट्स के लेखकों की पुस्तकें या लेख नहीं पढ़े थे, जो उन्हें बता रहे थे कि फ़ैट्स पर भुक्खड़ों की तरह टूट पड़ें या कार्बोहाइड्रेट से बचें।

तो फिर हमें यह यक़ीन दिलाने की कोशिश क्यों की जा रही है कि सही आहार खाना क्वांटम फिज़िक्स जितना जटिल और चकराने वाला है? मुझे तो समझ में नहीं आता!

यह पुस्तक पढ़ने के बाद आप यह समझ जाएँगे कि आदर्श सेहत के लिए किस तरह का आहार खाना है। दिशानिर्देश कठोर नहीं, सामान्य हैं। भिन्न-भिन्न संस्कृतियों में स्वाद और डिश की भिन्नताएँ होती हैं, जिस तरह वित्तीय संसाधनों, भोजन की स्थानीय उपलब्धता, भोजन की तैयारी में लगने वाले समय, शिक्षा और व्यक्तिगत समर्पण में अंतर होता है। किसी सर्वमान्य आदर्श आहार की अनुशंसा करना संभव नहीं है, जो सभी संस्कृतियों और जीवनशैलियों के लोगों के लिए आदर्श हो।

परिशिष्ट बी.4 में मैंने एक सप्ताह के लिए एक स्वस्थ आहार योजना का उदाहरण दिया है। साथ ही मैंने कुछ स्रोत भी बताए हैं, जहाँ से ज़्यादा जानकारी और सलाह ली जा सकती है। अगर मेरी सैंपल डाइट किसी भी तरह से आपकी संस्कृति के विरोध में हो, तो इसे यथासंभव ढाल लें और इस पुस्तक में बताए बाक़ी दिशानिर्देशों का पालन करें।

आदर्श रूप से स्वस्थ रहने के लिए प्राकृतिक स्रोतों से अधिकाधिक भोजन करना सबसे अच्छा रहता है (और शायद ज़्यादा पोषक[183] भी), ख़ास तौर पर प्रोटीन के प्राकृतिक स्रोत। किसी फ़ूड लेबल पर "ऑर्गैनिक" (प्राकृतिक) शब्द के इस्तेमाल की अनुमति देने वाले अमेरिकी सरकार के पैमाने परिशिष्ट ए.10 में विस्तार से बताए गए हैं। व्यावसायिक तौर पर उगाए और प्रोसेस किए गए आहारों में आम तौर पर कई रसायन शामिल होते हैं, जो आपकी सेहत के लिए हानिकारक होते हैं। बड़े पैमाने पर उत्पादन किए जाने वाले पशुओं और चिकन मीट में हॉर्मोन्स, हर्बीसाइड्स, पेस्टिसाइड्स और एंटीबायोटिक्स शामिल होते हैं। नॉन-ऑर्गैनिक डेरी प्रॉडक्ट्स में भी

इसी तरह के रसायन होते हैं। नॉन-ऑर्गैनिक तरीक़े से उगाए गए फलों और सब्ज़ियों में हर्बीसाइड्स और पेस्टिसाइड्स होते हैं। निश्चित रूप से व्यावसायिक आहार उद्योग के लोग चिल्लाचोट मचाएँगे कि इन पदार्थों के ख़तरनाक होने का कोई ठोस सबूत नहीं है। बहरहाल, इन जोखिमों की तुलना करने के लिए किए गए अध्ययन बहुत कम अवधि के रहे हैं और रसायनों के कई चिंताजनक परिणाम बरसों या दशकों तक नज़र नहीं आते हैं। इसमें कोई शक नहीं है कि ये रसायन इनफ़्लेमेशन बढ़ा सकते हैं और इस तरह दीर्घकालीन रोग उत्पन्न करने में योगदान दे सकते हैं।[185]

इस चेतावनी की रोशनी में मुझसे एक आम सवाल पूछा जाता है कि अगर प्राकृतिक तरीक़े से उगाया गया भोजन उपलब्ध न हो, तो क्या फलों और सब्ज़ियों में पेस्टिसाइड्स के जोखिम लाभों से ज़्यादा भारी हैं। मेरा जवाब है, "अब तक तो नहीं।" दूसरे शब्दों में, हर दिन फलों और सब्ज़ियों की सात से नौ (या अधिक) सर्विंग्स खाते रहें, क्योंकि रसायनों के जोखिम की तुलना में उनमें मौजूद वृहद फ़ाइटोन्यूट्रिएंट्स का ख़ज़ाना ज़्यादा फ़ायदेमंद नज़र आता है। फल और सब्ज़ियाँ प्राकृतिक रूप से एंटी-इनफ़्लेमेटरी होते हैं।[185]

डिब्बाबंद और प्रोसेस्ड भोजन यथासंभव न्यूनतम कर दें। इन्हें लगभग हमेशा सबसे सस्ते तेलों से बनाया जाता है, जो इनफ़्लेमेटरी होते हैं। इसके अलावा इनमें रसायनों और तत्वों की काफ़ी मात्रा होती है, जिन्हें आपका शरीर आम तौर पर विजातीय तत्व मानता है। इसे याद रखने का सबसे आसान तरीक़ा आम तौर पर यह है कि आपको अपना ज़्यादातर आहार किसी स्टोर के बाहरी दायरे से ख़रीदना चाहिए और केंद्र के गलियारों से सबसे कम ख़रीदना चाहिए, क्योंकि सबसे ज़्यादा प्रोसेस्ड सामान वहीं रखा रहता है।

मैक्रोन्यूट्रिशन के बारे में ज़्यादा विस्तृत जानकारी परिशिष्ट ए.8 में दी गई है, लेकिन एक अंतिम बात : आकार महत्वपूर्ण होता है। मैं चाहता हूँ कि आपके पास इस बारे में बहुत से विकल्प रहें कि *क्या* खाना है, क्योंकि आधुनिक ज़िंदगी के तनाव और समय के बंधनों के चलते कठोर आहार नियमों का पालन करना मुश्किल होता है। बहरहाल, मैं चाहता हूँ कि आप जो भोजन खाते हैं, उसकी *मात्रा* को नियंत्रित करें और इस तरह करें, ताकि आपको लगातार भूख महसूस न हो। संयमित भोजन को ज़्यादा आसान बनाने वाले दिशानिर्देश अध्याय 11 और 13 के अलावा परिशिष्ट ए. 7 में भी दिए गए हैं।

स्तंभ 4 : अच्छा माइक्रोन्यूट्रिशन

अगर मैक्रोन्यूट्रिशन का संबंध आपके ज़्यादातर आहार से है, तो माइक्रोन्यूट्रिशन वह चीज़ है, जो हमारे भोजन की कम लेकिन बेहद महत्वपूर्ण मात्रा से प्राप्त होती है। इसमें न सिर्फ़ विटामिन्स और मिनरल्स, बल्कि फ़ाइटोन्यूट्रीएंट्स भी शामिल हैं। "फ़ाइटो" का मतलब ग्रीक भाषा में पौधा होता है। फ़ाइटोन्यूट्रीएंट्स पौधों के ऐसे सक्रिय पोषक तत्व हैं, जिन्हें विटामिन या मिनरल के रूप में परिभाषित नहीं किया गया है – मिसाल

के तौर पर, लाइकोपीन। विटामिनों और मिनरल्स की तरह ही हमें फ़ूड सप्लीमेंट्स से भी फ़ाइटोन्यूट्रीएंट्स मिल सकते हैं, हालाँकि सबसे अच्छा तो यह रहेगा कि हम भोजन से ही अधिकाधिक माइक्रोन्यूट्रीएंट्स ग्रहण करें। यह स्वस्थ आहार की परिभाषा का एक बड़ा हिस्सा है। बहरहाल, बहुत सा शोध साहित्य बताता है कि विकसित संसार में रहने वाले लगभग हर व्यक्ति को सप्लीमेंट्स की ज़रूरत होती है।

संक्षेप में, हाँ, हममें से अधिकांश को आदर्श स्वास्थ्य हासिल करने के लिए सप्लीमेंट्स की ज़रूरत होती है। बहुत से डॉक्टर आपको इसकी विपरीत सलाह देंगे; उन्हें पर्याप्त जानकारी नहीं है।

जाँच का तरीक़ा यह है। अगली बार जब कोई डॉक्टर कहे कि आपको जितने विटामिनों और मिनरल्स की ज़रूरत है, वे सब भोजन से ही मिल सकते हैं, तो उससे यह सवाल पूछें : "कल आपने कितने माइक्रोग्राम फ़ोलिक एसिड खाया?"

अगर डॉक्टर सिर्फ़ ख़ुद को स्मार्ट दिखाने के लिए कोई जवाब खोज ले, तो उससे विटामिन ए के इंटरनेशनल यूनिट्स की संख्या पूछें। फिर सी, डी, ई और बी ग्रुप के सारे विटामिनों की संख्या पूछें। अनिवार्य मिनरल्स और फ़ाइटोन्यूट्रीएंट्स याद रखने की चिंता न करें। ई ग्रुप तक पहुँचते-पहुँचते आपका डॉक्टर हार मान लेगा।

मेरा कहना यह है कि डॉक्टर भी अपने माइक्रोन्यूट्रिशनल आहार की निगरानी नहीं रख सकते। यह बहुत मुश्किल है और इसमें बहुत समय भी लगता है। "माफ़ करना वेटर, बिल चुकाने से पहले मुझे एक घंटा चाहिए, ताकि मैं इस भोजन में सभी अट्ठाईस विटामिन्स और मिनरल्स की मात्रा का हिसाब लगाऊँ? क्या आप रसोइए से रेसिपी भिजवा सकते हैं? फ़ाइटोन्यूट्रीएंट्स? ओह, उसके बारे में चिंता न करें। मैं लाइकोपीन, ल्यूटीन और बाक़ी चीज़ों के बारे में बस अंदाज़ा लगा लूँगा।"

ज़रा सोचिए। डॉक्टरों में भी पोषण की कमी हो सकती है, क्योंकि वे भी अपने भोजन में शामिल सभी तत्वों की सतत निगरानी नहीं रख सकते।

एक और समस्या विटामिनों और मिनरल्स के आधिकारिक सरकारी पोषक दिशानिर्देशों संबंधी दुविधा है। ये दिशानिर्देश डाइटरी रेफ़रेंस इनटेक (डीआरआई) के रूप में हैं। ये आहार और सप्लीमेंट्स के पोषण लेबल्स पर प्रिंट रहते हैं। ज़ाहिर है, वे उपयोगी हैं, लेकिन आपको यह समझना होगा कि वे पोषण की उन मात्राओं पर आधारित हैं, जो रिकेट्स, स्कर्वी और बेरीबेरी जैसे कुपोषण संबंधी रोगों से बचने के लिए ज़रूरी हैं? आपके ब्लॉक में कितने लोग इन रोगों से ग्रस्त हैं? कोई नहीं? इसकी वजह यह है कि आधुनिक समाज में लगभग हर व्यक्ति को इतना कैल्शियम, विटामिन सी और विटामिन बी1 मिल जाता है कि वह कुपोषण के इन रोगों से बच जाता है। लेकिन इसका सिर्फ़ यह मतलब है कि हमें *न्यूनतम* स्वास्थ्य के लिए पर्याप्त माइक्रोन्यूट्रीएंट्स मिल रहे हैं। *आदर्श* स्वास्थ्य बिलकुल ही अलग मामला है। मैं सिर्फ़ पोषण की कमी वाले रोगों की नहीं, बल्कि *दीर्घकालीन* रोगों की रोकथाम के बारे में भी बात कर रहा हूँ - उन रोगों की, जो आज सबसे ज़्यादा लोगों की जान लेते हैं।

मिसाल के तौर पर, स्कर्वी के जोखिम को कम करने के लिए हर दिन सिर्फ़

30 मिलीग्राम विटामिन सी की ही ज़रूरत होती है, लेकिन इससे ज़्यादा ख़ुराक से स्ट्रोक्स और हार्ट अटैक का जोखिम कम होने में मदद मिलती है।[186] मैं आपके बारे में तो नहीं जानता, लेकिन ज़्यादातर लोगों को स्कर्वी होने के बारे में बुरे सपने नहीं आते हैं। यह बीमारी आधुनिक समाज में मौजूद नहीं है, लेकिन स्कर्वी और हृदय रोग का आपसी संबंध वैसा ही है, जैसा घोड़ागाड़ी और कार का। कार को ज़्यादा आम माना जाता है और औद्योगीकरण का परिणाम भी।

इसीलिए डाइट सप्लीमेंट आदर्श सेहत जीतने के गेम प्लान का अनिवार्य हिस्सा है। कई मामलों में दीर्घकालीन रोगों को कम करने वाले माइक्रोन्यूट्रीएंट स्तर सिर्फ़ सप्लीमेंटेशन से ही पाए जा सकते हैं। सिर्फ़ भोजन से ही उन आदर्श स्तरों को पाने का कोई उपाय नहीं है।

यह ख़ास तौर पर कोएंज़ाइम क्यू10 जैसे फ़ैट-सॉल्युबल एंटीऑक्सीडेंट्स के बारे में सच है। अगर आप सिर्फ़ भोजन से ही इसकी आदर्श ख़ुराक पाने की कोशिश करेंगे, तो आपके आहार में इतना ज़्यादा फ़ैट हो जाएगा कि यही एक जोखिम घटक बन जाएगा।

अध्याय 8 में डाइट सप्लीमेंट्स के बारे में ज़्यादा विस्तार से बात की जाएगी।

स्तंभ 5 : मस्तिष्क, आत्मा और सकारात्मक नज़रिया

हम बरसों से जानते हैं कि बुरी तरह हताश, ग़ुस्सैल, भयभीत और निराशावादी लोगों की तुलना में ख़ुश और आशावादी लोग आम तौर पर ज़्यादा स्वस्थ और दीर्घायु होते हैं। एबनेज़र स्क्रूग के रात्रिकालीन कायाकल्प ने न सिर्फ़ उसे बेहतर व्यक्ति बना दिया, बल्कि शायद उसकी आयु भी बढ़ा दी। डिकेन्स यह स्पष्ट तो नहीं कहते हैं, लेकिन मेरे ख़्याल से ऐसा ही हुआ था।

यह चमत्कारिक नहीं है। हाल का वैज्ञानिक शोध आख़िरकार मानसिक कारण और शारीरिक परिणाम की ओर संकेत करने में सक्षम हो गया है : डिप्रेशन दो हॉर्मोनल मार्गों को उत्प्रेरित करता है, जो हमारी सेहत ख़राब करते हैं। मैं अध्याय 9 में इस बारे में विस्तार से बातचीत करूँगा, जहाँ हम हृदयरोग संबंधी जोखिम घटकों के बारे में जानेंगे।

आज 1,200 से ज़्यादा अध्ययन दर्शाते हैं कि दृढ़ और समर्पित आस्था वाले लोग ज़्यादा लंबा और बेहतर जीवन जीते हैं। इसका संबंध आंशिक रूप से उन दो हॉर्मोन्स से हो सकता है, जिनका मैंने अभी ज़िक्र किया था। यह शोध का एक रोचक क्षेत्र है, जिस दिशा में ड्यूक यूनिवर्सिटी, द नेशनल इंस्टीट्यूट ऑफ़ हेल्थ और हार्वर्ड मेडिकल स्कूल जैसी संस्थाएँ शोध कर रही हैं, जिनमें ड्यूक अग्रणी है।

इस बारे में कोई शक नहीं है कि हमारा मानसिक और आध्यात्मिक स्वास्थ्य हमारे शारीरिक स्वास्थ्य पर असर डालता है। कुछ वैज्ञानिक इस मुद्दे पर बात नहीं करते हैं, क्योंकि वे आध्यात्मिकता से जुड़ नहीं सकते हैं। इस पूर्वाग्रह की वजह से वे

ऐसे शोध को कमज़ोर विज्ञान समझ बैठते हैं। लेकिन हक़ीक़त यह है कि उन्होंने निष्पक्षता से प्रमाणों की जाँच नहीं की है, हालाँकि यह कई चिकित्सकीय परंपराओं से बहुत ज़्यादा विश्वसनीय है, जिन्हें ग़लत ठहराए जाने से पहले पारंपरिक बुद्धिमत्ता समझा जाता था। (मिसाल के तौर पर, रजोनिवृत्ति के बाद हृदय रोग के जोखिम को घटाने के लिए दशकों तक महिलाओं को हॉर्मोन लिखे जाते थे; लेकिन बाद में हुए शोध में पता चला कि यह कारगर नहीं है।)

तो बस यह काम कर दें। इसे आज़माकर तो देखें। अपनी आस्था का भी उसी तरह व्यायाम करें, जिस तरह आप अपने शरीर का करते हैं और इसे अपने स्वास्थ्य पर लागू कर लें। अगर आपमें आस्था नहीं है, तो आप अपनी ज़िंदगी में सकारात्मकता को बढ़ाने के लिए जितने तरीक़े आज़मा सकते हों, आज़मा लें। चाहे आप आध्यात्मिकता का व्यायाम करते हों या नहीं, अगर आप दीर्घकालीन दृष्टि से हताश, भयभीत, तनावग्रस्त, नाराज़ या निराशावादी हैं, तो कृपया यह मान लें कि आपकी मानसिक अवस्था आपकी शारीरिक सेहत को नुक़सान पहुँचाएगी और शायद आपके जीवन को कम कर देगी। इन मानसिक और भावनात्मक बीमारियों का इलाज संभव है। उसे खोजें। ऐसा करके आप अपने जीवन को बचा सकते हैं और इसे बेहतर भी बना सकते हैं।

FB

"एक सच्ची आस्था"

हाल के वर्षों में कुछ लेखकों ने सुझाव दिया है कि स्वस्थ बनने के लिए आपको उनका ख़ास धर्म या ख़ास धार्मिक विश्वास अपनाना होगा। मैं उनके धर्मशास्त्र पर बहस नहीं करूँगा, लेकिन चिकित्सा के दृष्टिकोण से यह क़तई सच नहीं है। ज़्यादा स्वस्थ बनने के लिए आपको अपना धर्म बदलने की ज़रूरत नहीं है। मस्तिष्क-आत्मा-शरीर संबंध के बारे में लिखने वाले कई लेखकों ने वैज्ञानिक सच्चाई को पूर्वाग्रह के एजेंडा से मिला लिया है - इन बातों के बारे में हम आख़िरी अध्याय में बातचीत करेंगे।

स्तंभ 6 : पर्याप्त आराम

आठों स्तंभों में इसी पर सबसे ज़्यादा अमल करने की ज़रूरत है। आधुनिक सभ्यता में लोग पर्याप्त नींद नहीं लेते हैं।

माना जाता है कि उन्नीसवीं सदी के मध्य में लोग आम तौर पर हर रात साढ़े नौ घंटे सोते थे। हाँ, मैं जानता हूँ। इस बात पर यक़ीन करना मुश्किल है। लेकिन आपको समझना होगा कि तब ज़िंदगी कितनी ज़्यादा अलग थी - टेक्नोलॉजी की दृष्टि

से सर्वाधिक विकसित देशों में भी। ज़्यादातर लोग दिन भर कड़ी शारीरिक मेहनत करते थे, इसलिए रात तक बुरी तरह थक जाते थे। सूरज डूबने के बाद अँधेरा हो जाता था। टीवी या रेडियो तो थे नहीं। लैंप का तेल महँगा आता था। गर्म करने वाला ईंधन भी। इसलिए लोग रोशनी बुझा देते थे और सोने चले जाते थे।

आज औद्योगीकृत समाजों में रहने वाले अधिकांश व्यक्ति हर रात छह घंटे या उससे कम सोते हैं। 1950 के दशक में इस बारे में थोड़ी चिंता व्यक्त की जा रही थी कि टेक्नोलॉजी ज़िंदगी को इतनी आसान बना देगी कि इक्कीसवीं सदी तक आम आदमी के करने के लिए बहुत कम चीज़ें बचेंगी। हम एक आरामतलब समाज में रहेंगे। ओह, उनका अंदाज़ा कितना ग़लत था! टेक्नोलॉजी की मदद से अब हम वह काम अकेले कर सकते हैं, जिसके लिए एक-दो दशक पहले तीन लोगों की ज़रूरत होती थी। इसके अलावा हम अपने काम को फ़ैक्ट्री या खेतों में छोड़कर नहीं आते हैं। हमारा काम - और इससे जुड़ा तनाव - हमारे पीछे-पीछे चला आता है। सेल फ़ोन्स और इंटरनेट के माध्यम से यह सभ्य समाज में हर कहीं हमें घेरे रहता है, जिसमें घर भी शामिल है।

ऑफ़िस के काम निबटाना, बच्चों को उनकी ढेर सारी गतिविधियों के लिए छोड़ने जाना, परिवार वालों और मित्रों से संपर्क बनाए रखना - बहुत सारी चीज़ें हमारा समय लेती हैं। और जिस बैंक से हम हमेशा थोड़ा सा समय चुरा सकते हैं, वह है हमारी नींद।

हमें हर रात साढ़े नौ घंटे सोने की ज़रूरत नहीं है, जो हमारे पुरखों को नसीब होता था, लेकिन हमें छह घंटे से ज़्यादा नींद की ज़रूरत है। विश्राम के दौरान कई बायोकेमिकल प्रतिक्रियाएँ होती हैं, जो शारीरिक और मानसिक दोनों तरह के स्वास्थ्य के लिए आवश्यक होती हैं। मिसाल के तौर पर, लेप्टिन और घ्रेलिन नामक हॉर्मोन्स हमारी नींद की मात्रा से प्रभावित होते हैं। नींद की कमी से लेप्टिन का स्तर कम हो जाता है और घ्रेलिन का स्तर बढ़ जाता है, जिसका परिणाम होता है ज़्यादा भूख।[187] यानी थोड़ा ज़्यादा सोएँगे, तो आपकी ख़ुराक कम हो सकती है।

हाल में पर्याप्त नींद के महत्त्व को लेकर बहुत सा उत्कृष्ट शोध हुआ है। मैं अब इसे आपको बताने जा रहा हूँ (और सच कहूँ, अगर इस जानकारी से आपको नींद आने लगे, तो आप पाएँगे कि यह अच्छा है)। पता चला है कि दीर्घकालीन निद्रा वंचन से जीवन छोटा हो सकता है।[188] नींद हमारे जीवन के कई पहलुओं को भी प्रभावित करती है, जिनमें बाक़ी चीज़ों के अलावा यह शामिल है : हम कितनी अच्छी तरह सोचते हैं,[189, 190] शकर का चयापचय,[191] और प्रतिरक्षण कार्य।[192] इससे भी अधिक, नींद की कमी के संग्रहीत प्रभाव होते हैं, जिससे हल्की, दीर्घकालीन, दैनिक नींद की कमी जुड़कर स्वास्थ्य संबंधी बड़ी समस्याएँ उत्पन्न कर सकती है। दीर्घकालीन नींद की कमी से दीर्घकालीन इनफ़्लेमेशन भी बढ़ता है।[193, 194, 195, 196] आंशिक रूप से इनफ़्लेमेशन के बढ़ने की वजह से स्लीप एप्निया से हृदय रोग का जोखिम भी बढ़ता है।[197] अपर्याप्त नींद से मोटापे का जोखिम भी बढ़ता है।[198]

कितनी नींद आदर्श है? रात को सात-आठ घंटे की नींद ज़्यादातर वयस्कों के लिए सबसे अच्छी नज़र आती है।[199]

शायद एक सप्ताह में एक दिन आराम करने की बाइबल की सलाह में बहुत सारगर्भित संदेश छिपा है और हमें इस बात का एहसास ही नहीं था। और हर रात को थोड़ा ज़्यादा सोने से भी मदद मिलती है।

स्तंभ 7 : अच्छी चिकित्सा

"मैं एक हफ़्ते में पच्चीस मील दौड़ता हूँ और बहुत से विटामिन खाता हूँ। मैं इतना स्वस्थ हूँ कि बीस साल से डॉक्टर के पास नहीं गया।"

जब भी मैं लोगों के मुँह से ऐसी बातें सुनता हूँ, तो मुझे झटका लगता है।

मेरा मतलब है ... अगर आप बीस साल से डॉक्टर के पास नहीं गए, तो आपको यह कैसे पता कि आप स्वस्थ हैं भी या नहीं?

यह लोगों की इस सोच का एक और उदाहरण है कि आदर्श स्वास्थ्य की राह में सिर्फ़ दो-तीन जोखिम घटक ही समस्या होते हैं।

वास्तव में, हृदय रोग और कैंसर के कई जोखिम घटक होते हैं, जिनका पता ब्लड टेस्ट के माध्यम से सिर्फ़ डॉक्टर ही लगा सकता है - इन रोगों का जल्दी पता चलना महत्वपूर्ण होता है।

मैं एक डॉक्टर हूँ, लेकिन इस पुस्तक का लेखक होने के नाते मैं जो आख़िरी चीज़ करना चाहूँगा, वह है किसी अच्छी तरह प्रशिक्षित डॉक्टर के साथ आपके संबंध को ख़त्म करना, जो रोकथाम केंद्रित चिकित्सा को महत्व देता हो। मैं चाहता हूँ कि आपके डॉक्टर के साथ आपका संबंध मज़बूत हो। इस हेतु मैं आपको अपनी सेहत की देखभाल में ज़्यादा दृढ़ और जानकार प्रतिभागी बनाना चाहता हूँ। और मैं चाहता हूँ कि आप नियमित चेकअप करवाएँ (देखें परिशिष्ट ए.1)।

FB

डॉक्टरफ़ोबिया

मुझे उन व्यक्तियों के अनगिनत न्यूज़लेटर्स और विज्ञापन मिले हैं, जो लोगों को डॉक्टरों से डराकर दूर भगाना चाहते हैं।

इनमें से कुछ बहुत ही अतिशयोक्तिपूर्ण और दहशत फैलाने वाले दावे करते हैं कि फ़ार्मास्यूटिकल कंपनियाँ डॉक्टरों को रिश्वत देती हैं, जिससे आपकी चिकित्सा और उपचार तय होता है। मैंने कुछ लोगों के टेप्स सुने हैं, जो ख़ुद को नोबल पुरस्कार के लिए नामज़द व्यक्ति बताते हैं और डॉक्टरों की जीवनशैलियों तथा मृत्यु दरों के बारे में मूर्खतापूर्ण

दावे करते हैं। मैं ऐसे झूठों पर प्रतिक्रिया करने को अपना पूर्णकालिक पेशा बना सकता हूँ, बशर्ते इसमें पर्याप्त पैसे मिलें।

और ज़ाहिर है, मुझे हमेशा यह देखकर *सदमा* लगता है कि अपनी अखंडता और पवित्र उद्देश्य की दुहाई देने के बाद इन न्यूज़लेटर्स और पुस्तकों के लेखक मुझे ख़ुशी-ख़ुशी एक सच्चा प्रॉडक्ट देने को तैयार रहते हैं, जो एक दिन में सिर्फ़ कुछ सिक्कों या डॉलर के बदले में लंबे, स्वस्थ जीवन की गारंटी देगा।

इनमें से अधिकांश सेल्समैनों के पास, वे भी जिन्हें व्यावसायिक प्रशिक्षण मिला है, ग़लत या कम जानकारी है, संकीर्ण मानसिकता है, या वे लोभी हैं या तीनों हैं। दुर्भाग्य से, उन्होंने कई लोगों को डराकर सच्ची स्वास्थ्य देखभाल से दूर भगा दिया है, जिसकी उन्हें ज़रूरत है। जो भी इन झूठे दावों पर यक़ीन करता है, वह अनिश्चितता के भँवर में फँस जाता है। प्रोफ़ेशनल चिकित्सा पर अविश्वास करने का नतीजा यह होता है कि लोग आम तौर पर ख़ुद को अप्रशिक्षित नीम-हकीमों के हवाले कर देते हैं, जो बिना आज़माई हुई दवाएँ देते हैं।

हो सकता है कि सरकार, फ़ार्मास्यूटिकल कंपनियों, चिकित्सकों और मेडिकल ग्राहकों के संबंध आदर्श न हों। लेकिन विकसित देशों की सरकारें वृहद जाँच द्वारा चिकित्सकों और दवा निर्माताओं से यह साबित करने की आशा करती हैं कि उनके प्रॉडक्ट्स और चिकित्सा पद्धतियाँ असरदार हैं तथा ख़तरनाक नहीं हैं।

टीवी पर जादुई, अचूक, हर-रोग-की-शर्तिया-दवा बेचने वाला इन कठोर मानदंडों का पालन नहीं करता है।

काश चिकित्सा समुदाय साँप का तेल बेचने वाले इन सेल्समैनों के ख़िलाफ़ जमकर बोले, जो आपको डॉक्टरों से डराकर दूर भगाना चाहते हैं, लेकिन हममें से कई लोग इन्हें पर्याप्त गंभीरता से नहीं लेते हैं!

अगर व्यावसायिक प्रचार-प्रसार की वजह से आप डॉक्टरों से अतार्किक रूप से डरने लगे हों, तो कृपया अध्याय 5 को बहुत सावधानी से दोबारा पढ़ें। डॉक्टर आपकी ज़िंदगी को हज़ारों तरीक़ों से बचा सकते हैं और लंबा बना सकते हैं, जो साँप का तेल बेचने वाले सेल्समैन कभी नहीं कर सकते।

FB

ज़्यादा अजीबोग़रीब विज्ञान

यहाँ कारण और परिणाम के संदिग्ध विश्लेषण पर आधारित संदिग्ध

विज्ञान का एक और उदाहरण देखें।

बढ़ती उम्र को रोकने वाले कई स्वास्थ्य उपचारकों ने तर्क दिया है कि चूँकि उम्र बढ़ने के साथ हॉर्मोन कम होते जाते हैं, इसलिए हॉर्मोन की गोलियाँ या इंजेक्शन लेना बुढ़ापा रोकने की अच्छी तरकीब है।

इस तर्क से बूढ़ों को मुँहासे और पसीने में लथपथ पैरों की किशोरावस्था की बीमारियाँ देना भी चिरयुवा बनने का रहस्य होना चाहिए! चिकित्सक मेलाटॉनिन और मानवीय विकास हॉर्मोन यह सोचकर देते हैं कि ऐसा करके वे यौवन बढ़ा सकते हैं। समस्या यह है कि इन हॉर्मोन्स की अंतर्क्रिया बहुत जटिल होती है और ख़तरनाक भी हो सकती है। मिसाल के तौर पर मानवीय विकास हॉर्मोन इन्सुलिन रज़िस्टेंस बढ़ा सकता है (देखें अध्याय 12), अच्छे कॉलेस्ट्रॉल को कम कर सकता है और मृत्यु के जोखिम को बढ़ा सकता है, जिसमें से किसी को भी मैं बुढ़ापा रोकने वाले परिणाम की श्रेणी में नहीं गिनूँगा।

स्तंभ 8 : स्वस्थ पर्यावरण और अच्छा स्वास्थ्य (hygiene)

वायु प्रदूषण का संबंध श्वसन रोगों और कैंसर से है। इसका संबंध हृदय रोग के बढ़े हुए जोखिम से भी है।[200]

इस समस्या का एक समाधान अंटार्कटिका या दक्षिणी प्रशांत महासागर के किसी टापू पर जाकर रहना है। दुर्भाग्य से, हममें से बहुत कम लोग ऐसा कर सकते हैं। वास्तव में इसी वजह से उन जगहों पर ज़्यादा प्रदूषण नहीं है : कम लोग और कम उद्योग-धंधे।

तो उपाय है वैश्विक तरीक़े से सोचना और स्थानीय तरीक़े से काम करना, जैसा बिज़नेस में कहा जाता है।

मिसाल के तौर पर, नए मकानों में रसायनों की भाप भरी हो सकती है। ज़मीन के नीचे पाई जाने वाली रेडॉन गैस आपके बेसमेंट में घुस सकती है। यह फेफड़ों के कैंसर का प्रमुख कारण है, ख़ास तौर पर धूम्रपान करने वालों में। गंधहीन और रंगहीन होने के कारण इसका पता लगाने और नियंत्रित करने की ज़रूरत होती है।

अगर आप अपने घर या ऑफ़िस में प्रदूषण से नहीं बच सकते, तो आपको अपने घर पर अच्छा एयर ट्रीटमेंट सिस्टम लगवाना चाहिए। आप ऑफ़िस में भी ऐसे सिस्टम के लिए माहौल बना सकते हैं।

प्रदूषित पानी के बारे में बहुत सी दहशत भरी कहानियाँ हैं, जो लोगों को बहुत बाद में पता चलीं, जब वे बीमार पड़ गए। कुछ सबसे नाटकीय मामले चीन में देखे गए।[201] चीन की अर्थव्यवस्था ने पिछले बीस सालों में जमकर छलाँग लगाई है और अर्थव्यवस्था के लाभों के साथ-साथ वहाँ जल और वायु प्रदूषण भी बढ़ा है। सरकारी नीतियों और प्रदूषण-विरोधी टेक्नोलॉजी में विलंब के कारण उद्योग-धंधों का

रासायनिक ज़हर रिसकर ज़मीन के नीचे के पानी तक पहुँच गया और इसने कुछ इलाक़ों में पीने के पानी को प्रदूषित कर दिया, जिससे नागरिकों में कैंसर की दर बहुत ज़्यादा बढ़ गई। *यूएसए टुडे* की रिपोर्ट के अनुसार फ़ेंग चैन नदी के क़रीब रहने वाले लोगों में कैंसर की दर देश की औसत दर से अठारह गुना थी, जबकि लिउकुआइझुआंग शहर की दर तीस गुना थी।

ये आँकड़े दुखद हैं। चीन इन समस्याओं को सही करने की भरपूर कोशिश कर रहा है, लेकिन इसमें वक़्त लगता है। यह संख्या ज़्यादातर औद्योगीकृत देशों में कम है, लेकिन सभी विकसित देशों में हवा, पानी और भोजन में कैंसर बढ़ाने वाले तत्वों का अस्तित्व आज भी एक सदी पहले की तुलना में बहुत ज़्यादा है और लोग बढ़ी हुई कैंसर दर के रूप में तरक़्क़ी की क़ीमत चुका रहे हैं।

पेयजल संबंधी समस्याएँ सिर्फ़ चीन में ही नहीं हैं। निष्कासित रसायन पूरी दुनिया के पेयजल में पहुँच रहे हैं। एक लेख में अनुमान लगाया गया कि हर साल अमेरिका के पानी में 25 करोड़ पौंड रसायन बहाए जाते हैं, और 46 मिलियन अमेरिकी इस ज़हर का शिकार होते हैं, क्योंकि पेयजल की आपूर्ति करने वाले तंत्र उन्हें हटा नहीं पाते हैं। फ्रांस में अड़तीस वेस्ट-वॉटर सैंपल्स में से इकतीस ने उन रसायनों का प्रमाण दिखाया, जिनमें जीन्स को विखंडित करने की क्षमता थी। एशिया, ऑस्ट्रेलिया, यूरोप और दुनिया भर के महासागरों में भी प्रदूषण पाया गया।[202]

हालाँकि सरकारी पेयजल के कुछ अच्छे स्रोत हैं, लेकिन मैं आम तौर पर सिर्फ़ घर के ही फ़िल्टर्ड पानी पर भरोसा करता हूँ। आपको बोतलबंद पानी के बारे में बहुत सावधान रहने की ज़रूरत है, क्योंकि हो सकता है कि वह नल के पानी जितना ही सुरक्षित हो। बोतलबंद पानी की कुछ नामी कंपनियाँ नल का पानी ही बेच रही हैं। फ़र्क़ सिर्फ़ इतना है कि इसे बोतल में बंद करके महँगे दामों पर बेचा जा रहा है और लेबल पर झरने के झाग वाले पानी की तस्वीर लगा दी गई है। बोतलबंद पानी के साथ एक और समस्या प्लास्टिक की बोतल है, जिसमें यह बंद रहता है। कुछ बोतलें बीपीए (बिसफ़ेनोल ए) नामक रसायन से बनती हैं, जिससे चूहों में ब्रेस्ट और प्रोस्टेट कैंसर का ख़तरा बढ़ता नज़र आया है।[203] (अधिक जानकारी के लिए परिशिष्ट बी. 2 देखें।)

जब तक कि आप यह न जानते हों कि बोतलबंद पानी सचमुच फ़िल्टर्ड है, अपना पैसा बचाएँ। इससे भी अच्छा यह रहेगा कि आप ख़ुद वॉटर प्यूरिफ़ायर ख़रीद लें। अच्छे प्यूरिफ़ायर्स आम तौर पर थोड़े महँगे आते हैं। सस्ते प्यूरिफ़ायर्स में आपको अक्सर अपने फ़िल्टर्स बदलने पड़ते हैं।

इस स्तंभ का एक और महत्वपूर्ण तत्व है स्वच्छता संबंधी सतर्कता (hygiene)। कुछ देशों में न तो बुनियादी स्वच्छता दिशानिर्देश हैं, न ही आधुनिक ताज़े पानी और मल विसर्जन तंत्र का हर जगह पालन किया जाता है। इसके अतिरिक्त अपने जीवनसाथी के प्रति निष्ठावान रहकर भी आप बहुत सी बीमारियों से बच सकते हैं। यह कॉमन सेंस लग सकता है, लेकिन आदर्श सेहत बनाए रखना बहुत मुश्किल होता

है, अगर आप अक्सर अपने शरीर को दूसरों के शरीर से निकलने वाले संभवतः संक्रमित द्रवों के संपर्क में आने देते हैं।

क्या आप सभी आठ स्तंभों पर दौड़ रहे हैं?

ये आठ स्तंभ मिलकर उस बुनियाद को आकार देते हैं, जिस पर आदर्श स्वास्थ्य क्रांति का महल खड़ा है। आदर्श स्वास्थ्य हासिल करने के लिए ये एकदम अनिवार्य हैं। यह कहने के बाद मुझे सचमुच आशा है कि आप इस वक़्त दहशत या बहुत ज़्यादा दबाव महसूस नहीं कर रहे होंगे। अगर ऐसा है, तो गहरी साँस लें और शांत हो जाएँ।

पूर्णता (perfection) आपकी शत्रु है। हमारी लोकप्रिय स्वास्थ्य संस्कृति ने कई लोगों के मन में यह विचार भर दिया है कि जब तक वे अपनी स्वास्थ्य योजना पर पूरी तरह नहीं चलते हैं, तब तक उनकी सारी कोशिश बेकार है। यह बहुत बड़ी ग़लतफ़हमी है। इससे लाखों लोग हताश हो जाते हैं और कोशिश ही नहीं करते हैं। वे अपनी सेहत के बारे में उदासीन हो जाते हैं। इस जाल में न फँसें! आदर्श सेहत की ओर ले जाने वाले हर क़दम से आपको कुछ हद तक फ़ायदा होगा।

बहुत कम लोग पूरी तरह से मेरी सलाह के अनुरूप चल सकेंगे, लेकिन अगर आप तार्किक दृष्टि से अपनी सर्वश्रेष्ठ कोशिश करते हैं, तो आप ज़्यादा लंबा जिएँगे और बेहतर सेहत की अपनी संभावना को काफ़ी बढ़ा लेंगे।

दीर्घकालीन रोग के सभी जोखिम घटकों के बारे में हम अध्याय 9 में चर्चा करेंगे, लेकिन उससे पहले मैं इनफ़्लेमेशन और दीर्घकालीन रोग के एक अन्य स्रोत के बारे में विस्तार से बात करना चाहूँगा। इस पर ख़ास ज़ोर देने का कारण यह है कि मीडिया में इस बारे में बहुत सी ग़लत जानकारियाँ फैलाई जा रही हैं कि इससे कैसे निबटा जाए। इनफ़्लेमेशन का यह स्रोत इतना महत्वपूर्ण है कि इस पर एक अलग अध्याय लिखना वाजिब है।

अध्याय 7 में तनाव के प्रबंधन के लिए मेरा गेम प्लान बताया गया है।

अध्याय 7

तनाव भरी दुनिया में सर्वश्रेष्ठ जीवन जीना

तनाव वैसा ही है, जैसे आँतों की गैस। यह हर एक को होती है, लेकिन कोई भी इसे स्वीकार नहीं करना चाहता और हम सभ्य समूह के बीच इसे ढँकने की कोशिश करते हैं। लेकिन देर-सबेर दबाव इस सीमा तक बढ़ जाता है कि हमें "बाहर निकालने" की तात्कालिक ज़रूरत महसूस होती है - जिससे *हमें* तो बेहतर महसूस होता है, लेकिन निश्चित रूप से हमारे क़रीबी लोगों का जीवन बेहतर नहीं होता है।

लगभग हर व्यक्ति तनाव में जीता है, चाहे उसकी राष्ट्रीयता, जाति, आनुवंशिकी, आर्थिक विरासत, आध्यात्मिकता, पेशा, जीवनशैली, उम्र या लिंग जो भी हो। जो भी तनावमुक्त होने का दावा करता है, वह या तो असली दुनिया में नहीं रहता है, या उसे भ्रम की मानसिक विकृति है या फिर वह झूठ बोल रहा है। तीनों का तालमेल भी हो सकता है।

ख़ुशक़िस्मती से मुझे पूरी दुनिया में घूमने और दुनिया भर से आने वाले क्लाएंट्स से मिलने का मौक़ा मिला है। मेरे वैश्विक अनुभव ने मुझे तनाव के बारे में यह सिखाया है : तनाव विश्वव्यापी है। इससे कोई फ़र्क़ नहीं पड़ता कि आप फ्रांस, चीन, जर्मनी, अर्जेन्टीना, भारत, दक्षिण कोरिया, अमेरिका, यूक्रेन, जापान, वेनेज़ुएला, इटली, ऑस्ट्रेलिया या विकसित दुनिया के किसी अन्य देश में रहते हैं। सभी समाजों और संस्कृतियों में रहने वाले लोग इतना ज़्यादा तनाव महसूस करते हैं कि मुझे बरसों पहले ही इस बात का एहसास हो गया था कि अगर हम अपने क्लाएंट्स के लिए आदर्श सेहत को संभव बनाना चाहते हैं, तो हमें इसे कम करने में उनकी मदद करनी होगी।

मैं दरअसल कई ऐसे लोगों से मिला हूँ, जो तनावरहित जीवनशैली का दावा करते थे। हाँ, सही है! अगर मैं भी दुनिया से दूर जीता, मेरे कोई बाहरी लक्ष्य नहीं होते, मुझे सिर्फ़ खाने, सोने और धार्मिक निष्ठा में समय बिताना होता, मुझे सिर्फ़ अपने कमरे में रहने और खाने-पीने के लिए छुटपुट काम करने होते और मैं सिर्फ़ समान मानसिकता वाले मुट्ठी भर लोगों के साथ व्यवहार करता, तो मैं भी बहुत शांत रहता। (नहीं, नहीं, मैं तो नहीं रहता, लेकिन बहुत से लोग रह सकते थे।)

चाहे जो हो, मैं इनमें से कुछ संकीर्ण जीवनशैली वाले लोगों को छह महीने बाद देखना पसंद करता, जब उन्हें भीड़ भरी दुनिया में दोबारा धकेल दिया जाता और वे उस अराजक स्थिति का अनुभव करने लगते, जिससे हम हर दिन जूझते हैं। ऐसे लोग कितने शांत और संयमित रहते, अगर उनके जीवन में यह सब होता : चीख़ते और लड़ते-झगड़ते बच्चे; सास-ससुर; व्यस्त समय का ट्रैफ़िक; बुरे स्वभाव का, शक्ति का भूखा, शराबी बॉस; किशोर पड़ोसी, जिसका "संगीत" तीन घर छोड़कर चौथे घर की अलमारी में रखे चीनी के कप खड़खड़ा देता है; आख़िरी मिनट का होमवर्क; आख़िरी मिनट का सब कुछ; रात को सिर्फ़ चार घंटे की नींद लेकर दिन भर काम करना; बार-बार होने वाला डायरिया; होम लोन की तगड़ी क़िस्त; और जेब भर क्रेडिट कार्ड्स, जिनकी उधार की सीमा ख़त्म हो चुकी है? छोड़िए। चलिए, आधुनिक ज़िंदगी के बारे में ईमानदार हो जाएँ। इसमें काफ़ी व्यस्तता है और तनाव इस सौदे का हिस्सा है।

पूर्व आपातकालीन चिकित्सक होने के नाते मुझे नौकरी के तनाव का काफ़ी अनुभव है। रोकथाम पर केंद्रित चिकित्सा में आने से पहले मैंने बरसों तक दक्षिण कैलिफ़ोर्निया में एक व्यस्त ट्रॉमा सेंटर में काम किया था, जहाँ मैं शिफ़्ट्स के दौरान कॉल पर मौजूद इकलौता डॉक्टर ही था। एक साथ दो हार्ट अटैक्स का प्रबंधन करना मेरे लिए असामान्य बात नहीं थी। क्लीनिक में एक सामान्य दिन : ईआर में पेट के दर्द, सीने के दर्द, किडनी की पथरी, मोच और घाव आदि भरे रहते थे, और फिर पैरामेडिकल वाले फ़ोन करके बताते थे कि वे कार दुर्घटना या गोलीबारी में घायल कई लोगों को ला रहे हैं।

लोग अलग-अलग तरीक़ों से तनाव पर प्रतिक्रिया करते हैं। मैं उन लोगों में से हूँ, जो इससे आनंदित होते हैं। आपको यह अजीब लग सकता है, लेकिन सच्चाई यह है कि मुझे अपने ईआर काम में बड़ा मज़ा आता था। स्थिति जितनी ज़्यादा व्यस्त होती थी, मुझे चुनौती का सामना करने में उतना ही ज़्यादा मज़ा आता था। मैंने आपातकालीन चिकित्सा तनाव के कारण नहीं छोड़ी।

मेरे जीवन का सबसे तनावपूर्ण समय उन बरसों में था, जब मेरी पारिवारिक प्रैक्टिस थी। मैं उन दो डॉक्टरों में से एक था, जो आठ हज़ार से ज़्यादा रोगियों का इलाज करते थे। यह किसी भी समझदार डॉक्टर के लिए पर्याप्त होना चाहिए, लेकिन मेरे लिए नहीं था। मैं तीन अन्य व्यवसायों से भी जुड़ा था। मैंने एक सेहत कंपनी की सह-स्थापना की थी, मेरा एक बहुत सफल व्यावसायिक कृषि व्यवसाय था और मैं तीसरे उद्यम में भी शामिल था। अब आपके सामने यह स्पष्ट हो गया होगा कि यह एक सिरफिरे व्यक्ति की जीवनशैली थी, लेकिन सिरफिरे लोगों को सबसे अंत में यह एहसास होता है कि वे सिरफिरे हैं।

हमारी सबसे बड़ी बेटी हमेशा बहुत ही मधुरभाषी और आज्ञाकारी थी (हर अन्य बच्चे की तरह दो साल की उम्र तक)। फिर जब वह पाँच साल की हुई, तो अचानक उसमें अवज्ञा की भावना आ गई। एक दिन मेरी पत्नी और मैं फ़ोन पर बात कर रहे थे, जब मैंने ज़िक्र किया कि हमारी बीच वाली बेटी (जो उस वक़्त डेढ़ साल

की थी) उस अवज्ञा का अनुसरण करने लगी थी, जो वह अपनी बड़ी बहन में देखती थी। मेरी पत्नी यह सुनकर पूरी तरह चकरा गई। उसने कहा कि मैंने दूसरी बेटी का बहुत ग़लत विश्लेषण किया है। मैं अपनी बात पर अड़ा रहा। उसने हमारी बातचीत के अंत में यह कहा, "प्रिय, मैं उसके साथ पूरे दिन रहती हूँ, हर दिन, और वह ऐसी नहीं है।"

यह बात मेरे सिर पर किसी चट्टान की तरह लगी। मेरी एक संतान थी, जिसे मैं जानता ही नहीं था। मुझे कुछ बदलना था, लेकिन मुझे समझ में नहीं आ रहा था कि क्या। क्या मुझे अपने कुछ या सारे काम छोड़ देने चाहिए? मुझे अपने परिवार के साथ कितना वक़्त बिताना चाहिए? मुझे इसे कैसे बिताना चाहिए? क्या अपने बच्चों को "क्वालिटी टाइम" देना एक वैध अवधारणा थी या फिर यह सिर्फ़ सतही तर्क था? मैं ये निर्णय कैसे लूँ और मदद के लिए कहाँ जाऊँ? क्या हर व्यक्ति वही नहीं कर रहा है, जो मैं कर रहा हूँ?

चूँकि मुझे ज़रा भी अंदाज़ा नहीं था कि आगे क्या किया जाए, इसलिए अपने स्वभाव के अनुरूप मैंने सही जवाब खोजने के लिए वैज्ञानिक और सामान्य दोनों तरह के साहित्य की वृहद समीक्षा करने का फ़ैसला किया। मैंने 400 से ज़्यादा लेख एकत्रित किए और पढ़े। मुझे यह जानकर हैरानी हुई कि लगभग सभी में यह तर्क दिया गया था कि तनाव के प्रबंधन का तरीक़ा किसी न किसी तरह इससे दूर जाना था। यह सही नहीं लग रहा था। मैं इस मुद्दे पर आगे बढ़ता रहा, जब तक कि मैं उन निष्कर्षों पर नहीं पहुँच गया, जो मैं आपको बताने वाला हूँ। हम अपने इंस्टीट्यूट में ये सिद्धांत सिखाते हैं। हमारे हज़ारों क्लाएंट्स ने बताया है कि उन सिद्धांतों की बदौलत उन्हें अपने जीवन में आश्चर्यजनक परिणाम मिले हैं। मुझे उम्मीद है कि उनसे आपको भी मदद मिलेगी।

जिन निष्कर्षों पर मैं पहुँचा, उनकी वजह से मेरी ज़िंदगी में कई बड़े परिवर्तन हुए। मैंने अपनी मेडिकल प्रैक्टिस बेच दी और अपने परिवार के साथ एक ग्रामीण अंचल में रहने लगा। मुझे यह समझ में आ गया कि मेरे पास अपने बच्चों को बड़ा करने का सिर्फ़ एक ही मौक़ा था और मैं उसे खोना नहीं चाहता था। यह ज़्यादातर लोगों की सबसे बड़ी ज़िम्मेदारी होती है और आपको यह मौक़ा दोबारा नहीं मिलता है। मैंने तत्काल अपने दो "साइड" बिज़नेस बंद कर दिए, हालाँकि उनमें से एक तो काफ़ी कमाई करने लगा था। इसके अलावा, मैंने तीसरे बिज़नेस में भी अपनी सहभागिता काफ़ी कम कर दी। मैं हर बुधवार को छुट्टी लेकर डेढ़ साल की बेटी के साथ पूरा दिन बिताता था। मैं सोचता हूँ कि हमने दक्षिण कैलिफ़ोर्निया के हर खेल मैदान और स्लाइड पार्क की यात्रा की होगी। इससे मेरी पत्नी बुधवार के दिन पूरी तरह मुक्त हो गई और वह हमारी सबसे बड़ी बेटी के स्कूल में स्वयंसेवी के रूप में समय देने लगी। हमने यह पाया कि हमारी सबसे बड़ी बेटी को डैडी की ज़रूरत थी और जैसे ही मैं उसके साथ ज़्यादा समय बिताने लगा, वह दोबारा उतनी ही प्यारी और मधुरभाषी बन गई, जितनी कि वह आज है।

अब हमारा परिवार अविश्वसनीय रूप से घनिष्ठ और एक-दूसरे के बहुत क़रीब है। हम हर चीज़ एक साथ करते हैं, क्योंकि हमें एक-दूसरे के साथ रहने में सचमुच आनंद मिलता है। इन परिवर्तनों से क्या मुझे आर्थिक हानि हुई? आप शर्त लगा लें! परिवार के साथ समय बिताना वह सबसे अच्छी ख़रीदारी थी, जो मैंने कभी की थी। मैं परिवार के साथ अपने वर्तमान संबंध की अदला-बदली उस सारी आमदनी से कभी नहीं करने वाला, जो मैंने इतने बरसों में गँवाई है। कभी नहीं।

इस तरह से ज़िंदगी बदलना अचानक लिया गया निर्णय नहीं था। इसमें समय और विचार-विमर्श की ज़रूरत थी। लेकिन हमने ऐसी प्रक्रिया खोज निकाली, जो हमें सिरफिरी ज़िंदगी से तनाव के वास्तविक प्रबंधन तक ले गई।

मैं यही प्रक्रिया आपको बताना चाहता हूँ। यह एक सरल लेकिन अनिवार्य लिखित अभ्यास से शुरू होती है।

तनाव क्या है?

तनाव कोई भी ऐसा कारण (भावनात्मक, शारीरिक, सामाजिक, आर्थिक आदि) है, जिस पर मानसिक या शारीरिक ढलने की प्रतिक्रिया ज़रूरी होती है। ये कारण वास्तविक भी हो सकते हैं और काल्पनिक भी। वे सभी दिशाओं से हमारी ओर आ सकते हैं या हमारे भीतर से भी उत्पन्न हो सकते हैं। तनाव कोई भी ऐसा दबाव है, जो आप पर डाला जाता है और जिस पर आपको प्रतिक्रिया करनी होती है।

असल ज़िंदगी में ही पर्याप्त समस्याएँ होती हैं, लेकिन हम जो ज़्यादातर तनाव महसूस करते हैं, वह उन चीज़ों के डर से उत्पन्न होता है, जो ग़लत *हो सकती हैं*, हालाँकि वे कभी-कभार ही गड़बड़ होती हैं। हम जिस चीज़ से डरते हैं वह भले ही काल्पनिक हो, लेकिन तनाव वास्तविक होता है।

तनाव के स्रोत काम-धंधा, परिवार, आर्थिक स्थिति, समय (या इसकी कमी), मित्र, सहकर्मी और परिचित, राष्ट्रीय और वैश्विक मामले, टेक्नोलॉजी या कोई भी ऐसी चीज़ हो सकती है, जिसकी वजह से हमें अप्रत्याशित या अनिश्चित स्थिति से निबटना पड़ता है। मैं इनमें से हर स्रोत पर लंबे-लंबे अध्याय लिख सकता हूँ, लेकिन मैं सिर्फ़ एक पर अपना ध्यान केंद्रित करना चाहता हूँ, जिसने हाल के दशकों में हमारी ज़िंदगी को सबसे ज़्यादा बदला है - जो दीर्घकालीन रोगों की वृद्धि के साथ बढ़ी है। मेरा मतलब है टेक्नोलॉजी।

जैसा मैंने पिछले अध्याय में बताया था, 1950 के दशक में लोग इस बात पर हैरान होते थे कि भविष्य के लोग अपना ख़ाली वक़्त किस तरह बिताएँगे। उन्हें यक़ीन था कि टेक्नोलॉजी जल्दी ही हमारा ज़्यादातर काम करने लगेगी। उन्हें यक़ीन था कि सन् 2000 तक हमारा समाज आरामतलब हो जाएगा, जिसमें निठल्लापन और बोरियत की गंभीर समस्याएँ होंगी।

जिन पाठकों की उम्र पचास से कम है, उन्हें यहाँ पर पाँच मिनट की मोहलत

दी जाती है, ताकि वे बुरी तरह हँसते हुए ज़मीन पर लोटपोट हो सकें।

यह भविष्य हमें वाक़ई मिला, लेकिन टेक्नोलॉजी ने हमें ज़्यादा आलसी नहीं बनाया। इसने तो हमें वह काम करने में समर्थ बना दिया, जिसे करने के लिए बीस साल पहले तीन या इससे ज़्यादा लोगों की ज़रूरत होती थी। और चूँकि हम कर सकते हैं, इसलिए हम करते हैं। सूचना और संचार प्रौद्योगिकी ने लगने वाले समय और डेडलाइन को क्रांतिकारी रूप से छोटा कर दिया और काम में लगने वाले कैलेंडर के समय को सिकोड़ दिया। और चूँकि हम कर सकते हैं, इसलिए हम करते हैं। सबसे बुरी बात, हम काम से दूर नहीं जा सकते। हमें बाथरूम में टेक्स्ट मैसेज मिलते हैं, हम छुट्टियाँ मनाते समय भी सेल फ़ोन की कॉल्स सुनते हैं और ई-मेल का जवाब देते हैं। हम कहीं भी काम कर सकते हैं - दिन हो या रात, किसी भी समय। और चूँकि हम कर सकते हैं, इसलिए हम करते हैं।

पहले हमारा समय अपने ऑफ़िस, स्कूल, रिटेल स्टोर्स या प्रोफ़ेशनल्स के ऑफ़िसों के घंटों के हिसाब से तय होता था। आज हमारे समय का प्रबंधन नहीं किया जाता, लेकिन इसके बावजूद यह हमारा नहीं है। हमें आत्म-अनुशासन की ज़रूरत है। लेकिन अनुशासन एक रणनीति है। सबसे पहले तो हमें अपने लक्ष्य और प्राथमिकताएँ जाननी होंगी। ये ऐसी चीज़ें हैं, जो अव्यवस्था के बीच ग़ुम हो चुकी हैं।

मैं आपसे एक लेखन अभ्यास कराना चाहता हूँ, जो बेशक़ीमती है। कृपया अपनी ज़िंदगी में मौजूद तनाव के सात सबसे बड़े कारण लिख दें। जब तक आप इन ख़ाली जगहों को न भर लें, तब तक आगे का एक भी शब्द न पढ़ें। इससे आपको इस अध्याय से बहुत कुछ सीखने को मिलेगा।

1. ____________________
2. ____________________
3. ____________________
4. ____________________
5. ____________________
6. ____________________
7. ____________________

तनाव की जो क़ीमत हम चुकाते हैं, वह बहुत ज़्यादा है। कुछ अध्ययनों के अनुसार कई औद्योगीकृत इलाक़ों में 75 प्रतिशत कर्मचारी अति तनाव में रहते हैं। कुछ लोगों को यक़ीन है कि तनाव प्रत्यक्ष या अप्रत्यक्ष रूप से लोगों को बीमार कर देता है और डॉक्टर के क्लीनिक में जाने के ज़्यादातर प्रसंगों के लिए उत्तरदायी होता है। अमेरिका के एक राष्ट्रीय अख़बार में प्रकाशित एक लेख में यह अनुमान लगाया गया था कि तनाव की वजह से अमेरिका में 40 करोड़ कार्यदिवसों का नुक़सान हुआ।

मैं अध्याय 9 और 10 में प्रदर्शित करूँगा कि तनाव हृदय रोग और कैंसर का जोखिम घटक है। आप अध्याय 2 में देख ही चुके हैं कि तनाव इनफ़्लेमेशन को बढ़ाता है। इसका आदर्श स्वास्थ्य के हमारे तीन स्तंभों पर नुक़सानदेह प्रभाव पड़ता है – जोखिम घटकों को कम करना, आराम, और मानसिक व आध्यात्मिक स्वास्थ्य। कई अध्ययनों में बताया गया है कि तनाव से प्रतिरक्षण तंत्र की कार्यविधि कम हो जाती है, ब्लड प्रेशर बढ़ता है, डिप्रेशन बढ़ जाता है और ग़ुस्सा भड़क जाता है। तनाव कितना ही आम हो, यह हमारा मित्र नहीं है।

न सिर्फ़ तनाव, बल्कि इससे निबटने के तरीक़े भी हमारे स्वास्थ्य को नुक़सान पहुँचाते हैं। हममें से कुछ लोग तनाव पर प्रतिक्रिया करते हुए एकाकी, क्रोधपूर्ण या भावावेग भरा व्यवहार करते हैं। भूख में परिवर्तन भी आम हैं : तनाव के दौरान कुछ लोगों की भूख उड़ जाती है, जबकि बाक़ी लोग तनाव कम करने के लिए ठूँस-ठूँसकर खाते हैं या फिर ख़ुद को भूखा रखते हैं। "मेरे पास अपने जीवन का नियंत्रण भले ही न हो, लेकिन इस भोजन का नियंत्रण अवश्य है।" हममें से कुछ लोग मनोदशा बदलने वाली दवाओं की शरण में पहुँच जाते हैं (क़ानूनी भी और ग़ैर-क़ानूनी भी), ज़्यादा धूम्रपान करने लगते हैं या ज़्यादा शराब पीने लगते हैं – फटाफट राहत, जो हमारे स्वास्थ्य को उस तनाव से भी ज़्यादा नुक़सान पहुँचाती है, जिससे हम बच रहे हैं। इसके अलावा, इससे अक्सर दूसरे लोगों का भी तनाव बढ़ता है।

आपके जीवन की सात सबसे महत्वपूर्ण चीज़ें

अब लेखन अभ्यास 2। कृपया अपने जीवन की सात सबसे महत्वपूर्ण चीज़ों को क्रम में लिखें। (बेतरतीब के बजाय महत्त्व के क्रम में लिखने में ज़्यादा सोच-विचार की ज़रूरत पड़ सकती है।) एक बार फिर, कृपया अपनी सात चीज़ें यहाँ लिखने के लिए कुछ मिनट का समय लें।

1. ____________________
2. ____________________
3. ____________________
4. ____________________
5. ____________________
6. ____________________
7. ____________________

अब, अपनी बनाई दोनों सूचियों की तुलना करें। कोई दिलचस्प चीज़ दिखी?

ज़्यादातर लोगों के मामले में दोनों सूचियाँ काफ़ी समान होती हैं। (अगर आपकी सूचियाँ समान नहीं हैं, तो आपका रास्ता आसान है। इसका मतलब है कि

आपको बिलकुल ही महत्वहीन चीज़ों से कष्ट हो रहा है। बस उनसे मुक्ति पा लें।) जब दोनों सूचियाँ समान होती हैं, तो इसका मतलब है कि आपके जीवन की सबसे महत्वपूर्ण चीज़ें ही सबसे ज़्यादा तनाव का कारण हैं। इसलिए, जब लोग आपको बताते हैं कि तनाव से निबटने का तरीक़ा इससे दूर भागना है, तो वे दरअसल आपसे अपनी ज़िंदगी की सबसे महत्वपूर्ण चीज़ों से दूर भागने को कह रहे हैं। जैसे अपनी नौकरी, अपने परिवार और अपनी आर्थिक स्थिति को नज़रअंदाज़ करने से ही काफ़ी सारा तनाव कम हो जाएगा।

मैं अपने जीवनसाथी के साथ वीकएंड की छुट्टियाँ मनाने जाने या अपने दोस्तों के साथ गोल्फ़ का मैच खेलने के बारे में बात नहीं कर रहा हूँ। उसमें कुछ भी ग़लत नहीं है। लेकिन जब आप घर लौटते हैं, तो आपकी समस्याएँ हमेशा वहाँ मौजूद रहती हैं और आम तौर पर वे आपके जीवन की सबसे महत्वपूर्ण चीज़ों से संबंधित होती हैं।

और यहीं पर पेंच है। अगर आपके जीवन के सबसे महत्वपूर्ण पहलू सबसे कष्टकारी भी हों, तो क्या कोई और चीज़ ग़लत नहीं है?

एक महत्वपूर्ण सवाल

भले ही आपने पहले कभी इस तरह की लिखित सूची न बनाई हो, लेकिन इस तरह की सूची आपके दिमाग़ में रहती होगी। मैंने तो सिर्फ़ आपसे इसे काग़ज़ पर उतारने को कहा है। और यह महत्वपूर्ण है। सूची को देखने से आपको सही दृष्टिकोण और निष्पक्षता मिलती है।

अब सबसे महत्वपूर्ण सवाल। मान लेते हैं कि आपका एक दोस्त है, जिसे ज़रा भी अंदाज़ा नहीं है कि आपकी सूची में क्या है। मान लेते हैं कि वह मैं हूँ। अगर मैं एक सप्ताह तक आपको जीवन जीते देखूँ – जैसे रिएलिटी शो में, जहाँ कैमरा पूरे वक़्त आप पर रहता है – तो क्या मुझे पता चल सकता है कि आपकी सूची में क्या है? क्या सात दिनों तक आपका व्यवहार देखने से मुझे पता चल जाएगा कि आपके जीवन की सात सबसे महत्वपूर्ण चीज़ें क्या हैं? उनके महत्व के क्रम में?

अगर नहीं, तो फिर आप अपने लक्ष्यों और जीवनमूल्यों के विरोध में जी रहे हैं। जब आप अपनी आंतरिक प्राथमिकता सूची के अनुसार नहीं जीते हैं, तो आपको आंतरिक संघर्ष और तनाव महसूस होगा। और तनाव आपकी सेहत के लिए बुरा होता है।

यही मेरे और मेरे परिवार के साथ हुआ। हम सोचते थे कि हमारी प्राथमिकताएँ अच्छी तरह परिभाषित हैं, लेकिन हम जिस तरह से अपनी ज़िंदगी जीते थे, उसे देखकर आप कभी अंदाज़ा नहीं लगा सकते थे कि हमारे लिए क्या महत्वपूर्ण था। हमारे इरादे तो अच्छे थे, लेकिन ज़िंदगी हमें सही राह से दूर घसीट ले जाती थी। हमारे पास तनाव से उबरने की कोई योजना नहीं थी।

अच्छी तरह से सोची गई, सुधारी गई और जाँची-परखी गई प्राथमिकता सूची बनाएँ। **यह तनाव से उबरने की आपकी क्रांतिकारी योजना का आधार है।** मेरा यह मतलब नहीं है कि हम तनाव को *ख़त्म* कर सकते हैं। अलबत्ता हम तनाव को हरा सकते हैं। हम इसे अपनी ज़िंदगी बर्बाद करने से रोक सकते हैं। और हम दीर्घकालीन रोग के एक जोखिम घटक के रूप में इसे बाहर निकाल सकते हैं।

कई विधियाँ हैं, जो तनाव कम करने में आपकी मदद कर सकती हैं, लेकिन जब तक आपके पास अपने जीवन का मूलभूत गेम प्लान न हो, तब तक दीर्घकालीन तनाव का प्रबंधन करने के मामले में आप ख़ुद को धोखा दे रहे हैं।

हम अपनी प्राथमिकता सूची से क्या सीखते हैं? हमारे लिए सबसे महत्वपूर्ण सात चीज़ें। मिसाल के तौर पर, आपकी सूची इस तरह दिखती है :

1. मैं
2. मेरा काम-धंधा
3. मेरा निवेश पोर्टफ़ोलियो
4. मेरा परिवार
5. मेरे मित्र
6. फ़ुरसत का वक़्त
7. घर का रखरखाव

अब आइए यह मान लेते हैं कि आपने अपने परिवार के लिए कोई ख़ास दिन सुरक्षित रखा हुआ है (#4) और कोई मित्र (#5) फ़ोन करके पूछता है कि क्या आप गोल्फ़ खेलना चाहते हैं। आप इंकार कर देंगे, क्योंकि आपने पहले ही उस दिन के लिए ज़्यादा महत्वपूर्ण चीज़ की योजना बना रखी है। फिर, कुछ मिनट बाद आपका बॉस (#2) यह "आग्रह" करने के लिए फ़ोन करता है कि आप ऑफ़िस में ख़ास काम के लिए तत्काल कार में सवार होकर आ जाएँ। आप "यस, सर!" कहते हैं और अपनी गाड़ी में सवार होकर फ़ौरन ऑफ़िस पहुँच जाते हैं। आपका काम-धंधा परिवार के साथ बिताए जाने वाले दिन पर भारी पड़ता है। ऐसा नहीं है कि यह हमेशा *होना चाहिए*। लेकिन आपके काम-धंधे में आम तौर पर यही होता है। यह आपकी सूची में #2 पर है।

यह सिस्टम दरअसल जीवन को ज़्यादा आसान बना देता है, क्योंकि इससे आपके निर्णयों और हितों के दैनिक संघर्षों का तनाव ख़त्म हो जाता है। सारे सवालों के जवाब फ़ोन आने से *पहले* ही तय रहते हैं। यह अच्छी तरह काम करता है, बशर्ते आपके परिवार के लोग आपकी प्राथमिकता सूची से वाक़िफ़ हों और उन्हें फ़ीडबैक प्रदान करने व आपके नियमों के अपवाद सुझाने का अवसर मिला हो।

यहाँ पर प्राथमिकता सूची का एक और उदाहरण है। यह मेरी प्राथमिकता सूची है। इसका यह मतलब नहीं है कि *आपकी* प्राथमिकता सूची भी यही होनी चाहिए। लेकिन मैं चाहता हूँ कि आप यह जान लें कि मैं इस तक कैसे पहुँचा। मुझे अंतिम संस्करण तक पहुँचने और इसे पूरा करने में कई बरसों का समय लग गया। लेकिन यह हमारे परिवार के लिए अमूल्य है और इसने मेरे तनाव को काफ़ी कम कर दिया है। मैं बारह साल से इस प्राथमिकता सूची का पालन कर रहा हूँ।

डॉ. ड्यूक की स्वयं की प्राथमिकता सूची :

1. मेरी आस्था
2. मेरी पत्नी
3. मेरे बच्चे
4. मेरा स्वास्थ्य
5. मेरा व्यवसाय
6. रिश्तेदार और मित्र
7. शौक़ और घर का रखरखाव

बारह साल पहले जो भी मेरी ज़िंदगी को देखता, उसे यही अंदाज़ा होता कि मेरा व्यवसाय यानी चिकित्सा मेरी प्राथमिकता सूची में #1 पर है। मैं हफ़्ते में सातों दिन ऑफ़िस में गुज़ारता था। मैं इस बात से जूझता था कि अपने जीवन को अपनी प्राथमिकताओं के सामंजस्य में कैसे लाऊँ। आख़िरकार, मुझे एहसास हो गया कि मुझे काम के प्रति अपनी नीति बदलनी होगी।

मुझे कई अन्य परिवर्तन भी करने पड़े। काम कम करने का मतलब था आमदनी कम होना, इसलिए ख़र्च करने के लिए मैं एक ग्रामीण अंचल में रहने लगा। (जगह बदलने से मेरी पत्नी और बच्चों को कई लाभ हुए, जिसमें से एक यह था कि मैं घर में ज़्यादा समय रहता था।) मैंने मेडिकल प्रैक्टिस का अपना हिस्सा एक बड़े कॉरपोरेशन को बेच दिया। इससे मुझे अपने परिवार और दोस्तों के साथ बिताने के लिए ज़्यादा ख़ाली वक़्त मिल गया। पहले काम से घर लौटते ही मैं बच्चों के साथ खेलना शुरू कर देता था। यह मेरी आदत थी। मैंने इसे बदला और अपनी पत्नी पर पहले ध्यान देने लगा। इससे बच्चों को परिवार में पत्नी के सही महत्त्व का बेहतर एहसास हो गया। मेरी सेहत सूची के सबसे अंत में थी। फिर मुझे एहसास हुआ कि अगर मैं हर चीज़ करने के लिए शक्ति और ऊर्जा चाहता हूँ, तो मुझे इसे ज़्यादा ऊपर रखना चाहिए। अपने जीवन को सभी सातों प्राथमिकताओं के सामंजस्य में लाने में बरसों का समय लग गया, लेकिन इस प्रक्रिया ने ग़ज़ब का काम किया।

मेरी पत्नी ने भी अपनी अलग सूची बनाई है। हमने अपनी सूचियों की तुलना करने में जो समय बिताया, उससे हमें संघर्ष और तनाव को कम करने में काफ़ी मदद मिली। हालाँकि उसकी और मेरी सूची में सबसे ऊपर की तीन चीज़ें समान हैं, लेकिन नीचे की चीज़ें मेल नहीं खाती हैं, क्योंकि जीवन में हमारी ज़िम्मेदारियाँ अलग-अलग हैं। अब जब वह मुझसे अलग तरह के काम करती है, तो मुझे इसका कारण समझ में आ जाता है, क्योंकि मैं उसकी प्राथमिकता सूची जानता हूँ।

मैं नहीं मानता कि पुरुष और स्त्री अलग-अलग ग्रहों से आए हैं। इस तरह के हालात तो ख़राब संप्रेषण की वजह से बन जाते हैं। और ख़राब संप्रेषण को सुधारा जा सकता है।

शायद आपको मेरी प्राथमिकता सूची पसंद न हो। कोई दिक़्क़त नहीं! आप अपनी अलग प्राथमिकता सूची बना लें। हमने अपनी प्राथमिकताएँ जिस तरह से तय की हैं, उसे लेकर कई बार लोग मुझसे या मेरे परिवार से विचलित हो जाते हैं। लेकिन बहुत सारे लोग सिर्फ़ इसीलिए अति तनाव का शिकार हैं, क्योंकि वे हर एक को ख़ुश करने की कोशिश में बहुत ज़्यादा समय और ऊर्जा बर्बाद करते हैं। मैं जानता हूँ कि मैं हर एक को ख़ुश नहीं कर सकता, इसलिए मैं उसके अनुसार जीने पर ध्यान केंद्रित करता हूँ, जिसे मैं सही मानता हूँ।

अपने समय और ऊर्जा द्वारा दूसरों की सचमुच *मदद* करना महान काम है। लेकिन इसे लोगों को *ख़ुश करने* की कोशिश में बिताना आम तौर पर हर एक के लिए बुरा होता है। यह दरअसल किया ही नहीं जा सकता।

अपनी सूची तैयार करने और उस पर अमल करने के लिए मेहनत की ज़रूरत होती है। यह आपकी ज़िंदगी में मौजूद दूसरे लोगों के लिए बाधक हो सकती है, जब तक कि वे आपके द्वारा किए परिवर्तनों के आदी नहीं हो जाते। लेकिन इस वजह से इस नेक काम में देर न करें।

यह प्रक्रिया कार को पहाड़ी के ऊपर धकेलने की तरह है। पहले तो इसमें मेहनत लगती है, लेकिन जब आप ऊपर पहुँच जाते हैं, तो फिर ढलान का आनंद लेते हैं।

डॉ. ड्यूक्स गेम प्लान

आपके स्वास्थ्य के प्रमुख जोखिम घटक - यानी तनाव - को कम करने की मेरी योजना का केंद्र बिंदु उन प्रक्रियाओं का अनुसरण करना है, जिन पर हमने अभी-अभी बातचीत की है। अपने जीवन की सात सबसे महत्वपूर्ण चीज़ों की सूची बनाएँ और अपने दिन-प्रति-दिन के जीवन को उन प्राथमिकताओं के अनुरूप ढालें।

तनाव कम करने के कई अन्य तरीक़े हैं, लेकिन मैं उन्हें इससे कमज़ोर मानता हूँ। अपने जीवनमूल्यों और विश्वासों के अनुरूप आस्था से जीना सबसे महत्वपूर्ण बात है। मैं जिन विधियों की सूची बता रहा हूँ, उनमें से अधिकांश वे हैं, जिनकी ओर लोग

पहले भागते हैं। उनमें से कुछ तो पलायनवादी हैं, इसलिए वे दीर्घकालीन समस्याओं पर अल्पकालीन प्रतिक्रियाएँ देते हैं। लेकिन जब तक आपकी प्रमुख प्राथमिकताएँ सही जगह पर हैं, इन सभी चीज़ों से फ़ायदा होता है।

1. **उचित पोषण।** तनावग्रस्त लोग आम तौर पर कम खाते हैं। अक्सर हम ऊर्जा के लिए कैफ़ीन या मन शांत करने के लिए अल्कोहल पर भरोसा कर लेते हैं। ये रसायन हमारी नींद में बाधा डालते हैं और हमें पहले से ज़्यादा थकान और तनाव का शिकार बना देते हैं। जब हम असामान्य तनाव में हों, तो अच्छी तरह खाना ज़्यादा महत्वपूर्ण हो जाता है, क्योंकि ऐसे वक़्त हमारा शरीर आम तौर पर ज़्यादा विटामिनों, मिनरल्स और फ़ाइटोन्यूट्रिएंट्स का इस्तेमाल करता है। अगर आप तनाव के दौर में अच्छी तरह खाते हैं, तो आप ज़्यादा अच्छी तरह काम करेंगे और सोचेंगे, जिससे आप समस्याओं को ज़्यादा आसानी से सुलझा पाएँगे।

2. **डे प्लानर्स और टाइम-मैनेजमेंट सिस्टम्स।** इनसे आपको अपनी दैनिक गतिविधियों और कामों को सुव्यवस्थित करने में बहुत मदद मिल सकती है। ये आपको इस बात पर केंद्रित रखेंगे कि आज आपको कितना फावड़ा चलाना है। इनके होने पर आप कामों के उस भारी-भरकम पहाड़ की चिंता नहीं करते हैं, जिससे घबराकर हममें से कई लोग तो शुरू करने से पहले ही हार मान लेते हैं। डे प्लानर्स और ऑर्गेनाइज़र्स अच्छे निवेश हैं।

3. **पर्याप्त नींद।** नींद से सेरोटॉनिन का स्तर बढ़ सकता है, जो ज़्यादा स्पष्टता से सोचने में हमारी मदद करता है। जब हमें बहुत ज़्यादा काम करना होता है, तो नींद अक्सर वह पहली चीज़ होती है, जिसका हम त्याग करते हैं। लेकिन पूरी नींद दरअसल ज़्यादा स्पष्टता से सोचने और ज़्यादा कार्यकुशलता से काम करने में समर्थ बनाकर आपको ज़िंदगी में आगे बढ़ा सकती है। (अध्याय 6 में पर्याप्त नींद के महत्व के बारे में और जानकारी दी गई है।)

4. **व्यायाम।** संयत व्यायाम तनाव को कम करता है और प्रतिरक्षण तंत्र के कार्य को भी बढ़ाता है।

5. **संगीत।** अँग्रेज़ी साहित्य में विलियम कंग्रीव की पंक्तियों को जितना ग़लत उद्धृत किया गया है, उतना किसी को नहीं किया गया है। सही पंक्तियाँ ये हैं :

संगीत में जादू होता है जंगली जानवर को शांत करने का,
चट्टानों को नर्म करने का या लंबे दरख़्त को झुकाने का।

यह ख़ास तौर पर – और चिकित्सा की दृष्टि से – ख़ास क़िस्म के

संगीत के बारे में सही है। संगीत मस्तिष्क को ऐसे हॉर्मोन उत्पन्न करने के लिए प्रेरित कर सकता है, जो हमें शांत करें और सुकून पहुँचाएँ। बहरहाल, शोध ने दिखाया है कि मस्तिष्क की अपनी ख़ास रुचियाँ होती हैं और वह ख़ास क़िस्म के संगीत की प्रतिक्रियास्वरूप ही उन हॉर्मोन्स को मुक्त करता है। तनाव कम करने के लिए यह आम तौर पर प्रबल राग वाले संगीत को पसंद करता है। यह बहुत ज़्यादा थपक या अत्यधिक दोहराव पर अच्छी प्रतिक्रिया नहीं करता है। शोध ने बताया है कि शास्त्रीय संगीत तनाव संबंधी हॉर्मोन्स का नियमन करता है, प्रतिरक्षण तंत्र को मज़बूत बनाता है और एंडॉर्फ़िन्स के स्तरों को बढ़ाता है, जो मस्तिष्क में सुख का एहसास कराने वाले रसायन हैं। इंस्टीट्यूट में हमने पाया है कि जोहानन सेबेस्टियन बाख़ का संगीत तनाव कम करने के लिए बहुत प्रभावी होता है।

6. **साधना।** इसे काफ़ी ग़लत समझा गया है। इसके बारे में सोचते समय लोग किसी ख़ास क़िस्म की साधना के बारे में सोचते हैं, लेकिन व्यायाम की तरह ही इसके भी कई प्रकार होते हैं। हर व्यायाम आपके लिए अच्छा नहीं होता (मिसाल के तौर पर, ज़्यादा ज़ोर डालने वाले एरोबिक्स व्यायाम जोड़ों पर बुरा असर डालते हैं), न ही हर साधना अच्छी होती है।

डिक्शनरी में साधना की परिभाषा है : आध्यात्मिक मनन का कार्य। इतिहास में इसका प्रयोग हमेशा धार्मिक पृष्ठभूमि में ही किया गया है। जब आप पूरी तरह से विषय का अध्ययन करेंगे, तो आपको यह सोच नादानी भरी लगेगी कि कोई व्यक्ति किसी धार्मिक क्रिया को धर्म से अलग कर सकता है। मेरा बिंदु यह है कि अगर आप साधना करना चाहते हैं, तो आपको इसे अपने आध्यात्मिक विश्वासों के अनुरूप ही करना चाहिए। इसके लिए आपको किसी से "ग़ैर-धार्मिक" तरीक़े से इसे सीखने के पैसे नहीं देना चाहिए। साधना के सभी प्रकार समान नहीं होते।

दुनिया भर में साधना के तीन प्रमुख रूप प्रचलित हैं। निश्चित रूप से कई अन्य भिन्नताएँ भी हैं, लेकिन वे आम तौर पर इन तीन विधियों में से ही किसी एक से निकलती हैं :

- स्वच्छंद विचार के विपरीत किसी वस्तु या प्रक्रिया पर ध्यान केंद्रित करना।
- इच्छित परिणाम पाने के लिए ख़ुद को या अपने परिवेश को लगातार सुझाव देना।
- अपने जीवन के अच्छे विचारों, उपदेशों या चीज़ों पर विचार करना। यह प्रकार विचारों के स्वतंत्र प्रवाह की अनुमति देता है।

अगर आप ऐसी विधि से साधना करते हैं, जो आपके आध्यात्मिक विश्वास तंत्र

के अनुरूप नहीं है, तो इससे तनाव और चिंता बढ़ सकती है। मेरे ऑफ़िस में कई चिंतित और तनावग्रस्त रोगी आए हैं, जो ऐसे साधना केंद्रों में गए थे, जो उनके आध्यात्मिक विश्वासों के अनुरूप नहीं थे। अध्ययनों से पता चला है कि 63 प्रतिशत लोगों को इस तरह के नकारात्मक प्रभावों का अनुभव हुआ।[204]

मंत्रों की सेल लगी है! उन्हें लपक लें, वरना आप पीछे रह जाएँगे!

मैं तनाव से राहत देने वाली प्रक्रिया के रूप में साधना का पक्षधर हूँ, लेकिन ऊपर बताई गई सावधानियों के साथ।

बहरहाल, साधना की कुछ विधियों को पाश्चात्य जगत में कुछ दशक पहले भारी मार्केटिंग फ़ैशन के रूप में उतारा गया था। जैसा आम तौर पर होता है, इससे संबंधित सभी दावे सच नहीं हैं। साधना के स्वास्थ्य संबंधी लाभों पर हुए अधिकांश शोधों की गुणवत्ता बहुत ख़राब रही है। यह यू.एस. डिपार्टमेंट ऑफ़ हेल्थ सर्विसेस[205] द्वारा तैयार 450 पेज की विद्वत्तापूर्ण रिपोर्ट में कहा गया है और इसका उल्लेख नेशनल इंस्टीट्यूट्स ऑफ़ हेल्थ्स नेशनल सेंटर फ़ॉर कॉम्प्लीमेंट्री एंड आल्टरनेटिव मेडिसिन ने भी किया है। इस रिपोर्ट में कहा गया है : "उपलब्ध प्रमाण के आधार पर स्वास्थ्य लाभ में साधना के प्रभावों के बारे में ठोस निष्कर्ष नहीं निकाले जा सकते।" हेल्थ फ़ैशन के रूप में साधना अब भी हमारे बीच है, लेकिन जब आपकी सेहत की रक्षा की बात आती है, तो मैं इसे सर्वश्रेष्ठ विज्ञान पर ही आधारित करना चाहूँगा।

7. **पलायन।** मेरी पत्नी और मैं साल में कई बार रात भर या वीकएंड की यात्रा पर कहीं बाहर जाने की कोशिश करते हैं। वीकएंड पर घूमने जाना, छुट्टियाँ मनाना, रिट्रीट्स और समुद्र तट पर लंबी दूर तक पैदल टहलने की अपनी जगह है - जब तक कि ये चीज़ें आपके जीवन की प्राथमिकताओं का समर्थन करती हों और आपके तनाव-विरोधी गेम प्लान का मुख्य आधार न हों।

जीवन की प्राथमिकताओं की इस नीति ने हज़ारों लोगों को लाभ पहुँचाया है। यह आपकी भी मदद करेगी। इसमें शुरुआत में थोड़ा समय लगता है, लेकिन परिणाम सचमुच काफ़ी लाभदायक होते हैं। तनाव से इनफ़्लेमेशन पैदा होता है और आपको इसे नियंत्रित करने की ज़रूरत है। यह नीति बेहतरीन काम करती है, बशर्ते इस पर संवेदनशीलता से अमल किया जाए और पूरे परिवार को दिमाग़ में रखा जाए।

अंतिम सलाह : अपने तनाव स्तर की तुलना अपने सहकर्मियों, मित्रों और रिश्तेदारों से न करें। लोग ऐसा करके अपने तनाव को तर्कसंगत बनाने की कोशिश करते हैं। "मेरे साथ कोई समस्या नहीं है ... मैं जहाँ काम करता हूँ, वहाँ हर व्यक्ति इतने ही तनाव में रहता है।" हाँ, आप सही कह रहे हैं। बाक़ी सब लोग भी आपके जितने ही तनाव में रहते हैं और इससे *उनकी* सेहत को भी नुक़सान पहुँच रहा है।

अगर तनाव आपके स्वास्थ्य, काम-धंधे, परिवार और मित्रताओं पर नकारात्मक असर डाल रहा है, तो इसे कम करने के लिए गंभीर क़दम उठाने की ज़रूरत है।

पिछले अध्याय में मैंने आदर्श स्वास्थ्य के लिए पच्चीस आसान और सरल क़दम बताने से पहले दो मुद्दों को ज़्यादा विस्तार से स्पष्ट करने का वादा किया था। अध्याय 9 से 12 तक प्रमुख दीर्घकालीन रोगों के जोखिम घटकों को स्पष्ट करने से पहले (जो आदर्श स्वास्थ्य की आपकी समझ के लिए बुनियादी महत्व के हैं) मैं एक अन्य विषय पर बात करना चाहूँगा - आदर्श स्वास्थ्य में डाइटरी सप्लीमेंट्स (अतिरिक्त पोषक तत्वों) की भूमिका। कुछ प्रतिभाशाली वैज्ञानिकों को सप्लीमेंटेशन की भूमिका की बुनियादी समझ नहीं है, इसलिए वे इसकी निंदा करते हैं। मैं इन ग़लत धारणाओं को समझ सकता हूँ, क्योंकि मैं भी कभी उन्हीं में से एक था।

अगला अध्याय डाइटरी सप्लीमेंट्स के क्यों और कैसे के बारे में है। आपको जल्दी ही इस बात की गहरी समझ मिल जाएगी कि डाइटरी सप्लीमेंट्स इनफ़्लेमेशन और दीर्घकालीन रोग के जोखिम को कम करने की हमारी रणनीति का महत्वपूर्ण हिस्सा क्यों हैं। सप्लीमेंटेशन वाक़ई आदर्श स्वास्थ्य का स्तंभ है।

अध्याय 8

इनफ़्लेमेशन कम करने में अतिरिक्त पोषक पदार्थों की भूमिका

अगर आप सिर्फ़ अपने सितारा खिलाड़ियों पर ही निर्भर रहें, तो ज़्यादातर टीम खेलों में आप लंबे समय तक सफल नहीं हो सकते। आपको बेंच पर बैठने वाले योग्य खिलाड़ियों की ज़रूरत होती है, जो किसी सितारा खिलाड़ी के खेल से बाहर होने पर ख़ाली जगह भरने के लिए तैयार रहें। सितारा खिलाड़ियों को चोट लगती है, वे थक जाते हैं और कई बार तो उनके भी बुरे दिन होते हैं। जीतने और लगातार जीतते रहने के लिए आपको बैकअप की ज़रूरत होती है। ज़्यादातर मैचों में आपको अक्सर अपने बैकअप खिलाड़ियों को खिलाने की ज़रूरत होती है।

पोषण भी कुछ हद तक ऐसा ही है। यहाँ तक पढ़ने के बाद आप समझ ही चुके होंगे कि मैं चाहता हूँ कि आप सबसे स्वस्थ ख़ुराक खाएँ, जो आप खा सकते हों, क्योंकि स्वस्थ भोजन से अच्छा पोषण पाना आदर्श स्वास्थ्य हासिल करने के लिए अनिवार्य है। आप इसके बिना सफल नहीं हो सकते।

लेकिन यह इक्कीसवीं सदी है और हममें से ज़्यादातर लोगों के लिए हर वक़्त वह खाना संभव नहीं हो पाता, जो हमें खाना चाहिए। दरअसल बड़ा ही आम सवाल है कि हमें अपने आहार के अलावा बाहरी पोषक पदार्थ लेने की ज़रूरत क्यों है। मैं इस बारे में ज़्यादा विस्तार से स्पष्ट करता हूँ कि अतिरिक्त पोषक पदार्थ (dietary supplements) आदर्श स्वास्थ्य जीतने के हमारे गेम प्लान के लिए अनिवार्य क्यों हैं।

हाल-फ़िलहाल, आइए हम यह मान लेते हैं कि हमारा विरोधी कभी हाथ खड़े करके रहम की भीख नहीं माँगता। दीर्घकालीन रोग के जोखिम घटक हमेशा मैच पर क़ब्ज़ा करने के लिए तैयार रहते हैं। वे कभी नहीं थकते हैं और एक दिन की भी छुट्टी नहीं लेते हैं। अतिरिक्त पोषक पदार्थ हमारे पोषण के स्तर को वहीं क़ायम रखने में हमारी मदद करते हैं, जहाँ उन्हें होना चाहिए, भले ही हम हमेशा वैसा न खा सकें, जैसा हमें खाना चाहिए।

पोषण की कमियाँ (nutritional deficiencies) : सिर्फ़ तीसरे विश्व के देशों की ही समस्या नहीं हैं

भारत में कोचीन की यात्रा के दौरान मेरा सहयोगी बिल एक परिवार से मिलने गया, जिसमें दस साल की एक सुंदर लड़की थी। उस छोटी लड़की के माता-पिता से बातचीत करते वक़्त उसने ग़ौर किया कि उस लड़की के अंदाज़ में असामान्य झिझक थी - जो बच्चों की सामान्य झिझक से परे थी। बच्ची के माता-पिता ने बिल को बताया कि वह अंधी है। समृद्ध पाश्चात्य देश में रहने वाला बिल यह जानकर स्तब्ध रह गया कि उसके अंधेपन का कारण था - विटामिन ए की कमी।[206]

विटामिन ए एक अनिवार्य पोषक तत्व है, जो सस्ता है और जिसे पाना आसान है - आहार द्वारा भी और सप्लीमेंट द्वारा भी। अगर वह इस बच्ची को सही मात्रा में मिल जाता, तो वह अंधी नहीं होती। वह मुलाक़ात बिल को आज तक सताती है। और इस प्रकरण का सबसे दुखद हिस्सा यह है कि उस छोटी लड़की का मामला बहुत ही आम है। साठ से ज़्यादा देशों में पाँच साल से कम उम्र वाले 28 लाख बच्चे विटामिन ए की कमी के कारण अंधेपन के शिकार हैं। मूलभूत पोषक तत्व हमारे स्वास्थ्य पर गहरा असर डालते हैं।

यही नहीं, यह समस्या सिर्फ़ ग़रीब लोगों या ग़रीब देशों तक ही सीमित नहीं है। पोषक तत्वों की कमी पूरे संसार में व्याप्त है - विकसित देशों में भी और विकासशील देशों में भी। विश्व स्वास्थ्य संगठन ने 2000 में अपनी रिपोर्ट में कहा था कि दुनिया के एक तिहाई लोगों में विटामिनों और मिनरल्स की कमियाँ हैं।[207] विश्व स्वास्थ्य संगठन की एक और रिपोर्ट में बताया गया है कि माइक्रोन्यूट्रिएंट्स की कमी दुनिया भर में मौत और बीमारी का छिपा हुआ कारण है।[208] जैसा अध्याय 10 में आगे बताया जाएगा, विटामिन डी की कमी से कई कैंसर हो सकते हैं और यह इतनी व्यापक है कि ज़्यादातर स्वास्थ्य सुविधा कर्मचारियों को इसका एहसास भी नहीं है। यूरोपियन अर्बन सेंटर में सामान्य और स्वस्थ दिख रहे स्वयंसेवकों का मूल्यांकन करने वाले एक अध्ययन में पता चला कि उनमें से 34 प्रतिशत में विटामिन डी की कमी थी। अध्ययन ने प्रकट किया कि यह कमी पूर्व के अनुमान से ज़्यादा आम है और ज़्यादा जोखिम वाले समूहों तक ही सीमित नहीं है।[209]

बीजिंग में हुए एक अध्ययन से यह पता चला कि 40 प्रतिशत से ज़्यादा किशोरियों में जाड़े में विटामिन डी की कमी देखी गई।[210] सेंटर्स फ़ॉर डिसीज़ कंट्रोल के एक अमेरिकी अध्ययन में पाया गया कि माँ बनने योग्य 42 प्रतिशत अफ़्रीकी-अमेरिकी महिलाओं और 4 प्रतिशत कॉकेशियन महिलाओं में विटामिन डी की मात्रा कम थी।[211] ये महिलाएँ ज़िंदगी की सबसे स्वस्थ उम्र में थीं, दुनिया के सबसे संपन्न देश में रह रही थीं, लेकिन इसके बावजूद उनमें पोषक तत्वों की कमी थी। और मामला दरअसल इससे भी ज़्यादा बुरा है। ये अध्ययन तब किए गए थे, जब विटामिन डी के मानक स्तर कम थे और उसके बाद उन्हें बढ़ाने की अनुशंसा हो चुकी है। आज की स्थिति में यह आँकड़ा पहले से ज़्यादा डरावना होता।

पोषक तत्वों की कई आम कमियाँ हैं। तक़रीबन 2 अरब लोग आयरन की कमी के कारण एनीमिया के शिकार हैं,[212] और 2 अरब से ज़्यादा लोगों को आयोडीन की कमी से संबंधित विकारों का जोखिम है।[213] इसका मतलब है अध्ययन के वक़्त *दुनिया के लगभग एक तिहाई लोग*। चीन के लोग बाक़ी पोषक तत्वों के अलावा ज़िंक, सेलेनियम, थायमाइन, कैल्शियम, रेटिनॉल और रिबोफ़्लेविन की कमी से जूझते हैं।[214] दुनिया भर में दो अरब से ज़्यादा लोगों को विटामिन ए, आयोडीन, आयरन, ज़िंक, फ़ोलेट और बी ग्रुप के विटामिनों की कमी का जोखिम है - एक बार फिर, दुनिया के एक तिहाई लोगों को।[215]

विकसित और विकासशील दोनों ही देशों में पोषक तत्वों की कमियाँ दर्शाने वाला बहुत शोध हुआ है। एक अध्ययन ने बताया कि अमेरिकी महिलाएँ विटामिन ई, कैरोटीन और अल्फ़ा-कैरोटीन की सामान्य से बहुत कम ख़ुराक लेती हैं। इस अध्ययन में 60 प्रतिशत से ज़्यादा महिलाओं के भोजन में कॉपर, ज़िंक और सेलेनियम की ख़ुराक भी मानक स्तरों से कम थी।[216] अमेरिका में 75 प्रतिशत से ज़्यादा बुज़ुर्ग पुरुष और 87 प्रतिशत से ज़्यादा बुज़ुर्ग महिलाएँ कैल्शियम की पर्याप्त ख़ुराक नहीं लेती थीं, जो बुढ़ापे में ख़ास तौर पर गंभीर समस्या है।[217]

जापान में हुए एक राष्ट्रीय पोषण सर्वे में एक बढ़ती हुई प्रवृत्ति का पता चला, जिसमें लोग कैलोरी तो ज़रूरत से ज़्यादा ले रहे थे, लेकिन माइक्रोन्यूट्रिएंट्स ज़रूरत से कम ले रहे थे।[218] ग्रेट ब्रिटेन में बुज़ुर्गों के एक अध्ययन में प्रकट हुआ कि उनमें विटामिन डी, मैग्नीशियम, कॉपर, विटामिन सी, आयरन और फ़ोलेट की कमियाँ आम हैं।[219] चूँकि विटामिनों और मिनरल्स की कमियाँ अमेरिका में इतनी आम हैं और डीएनए को नुक़सान पहुँचा सकती हैं, इसलिए एक शोधकर्ता ने निष्कर्ष निकाला कि संभवतः यह कमी कैंसर का महत्वपूर्ण कारण हो सकती है।[220]

मैं इस विषय पर सैकड़ों वैज्ञानिक लेखों का हवाला दे सकता हूँ, लेकिन इसके बजाय मैं एक आश्चर्यजनक और उत्साहवर्धक प्रवृत्ति का उल्लेख करना चाहता हूँ। *पूरी दुनिया के आम लोग अतिरिक्त पोषक पदार्थ* (nutritional supplements) *ले रहे हैं*। और वे डॉक्टरों द्वारा बहुत ज़्यादा प्रेरित या प्रोत्साहित किए बग़ैर ऐसा कर रहे हैं।

सैकड़ों वैज्ञानिक लेखकों ने यह निष्कर्ष निकाला है कि अतिरिक्त पोषक पदार्थ पोषक तत्वों की कमी से संबंधित समस्याओं को दूर कर सकते हैं।[221] लेकिन दुनिया के अधिकांश डॉक्टर इस तरह काम कर रहे हैं, जैसे उन्हें इन आँकड़ों का ज्ञान ही न हो। वे पुरातनपंथी शोध द्वारा दिए गए पैरेडाइम में ही फँसे हैं, जो कहता है कि सभी पोषक पदार्थों की पर्याप्त मात्रा भोजन से ही पाई जा सकती है।

2002 में *जर्नल ऑफ़ द अमेरिकन मेडिकल एसोसिएशन* (***जामा***) में एक वैज्ञानिक समीक्षा प्रकाशित हुई।[222] इसमें कहा गया था, "यह समझदारीपूर्ण लगता है कि सभी वयस्कों को विटामिन सप्लीमेंट्स लेना चाहिए।" इसके बावजूद जब सप्लीमेंट्स की सलाह देने की बात आती है, तो कई डॉक्टर, न्यूट्रीशनिस्ट्स और डाइटिशियन्स अपने हाथ खड़े कर देते हैं। दुनिया भर में अतिरिक्त पोषक पदार्थों का

विचार न जाने क्यों चिकित्सकों को ग़लत लगता है? इससे मुझे हैरानी होती है। हालाँकि हर व्यक्ति जानता है कि औद्योगीकृत जीवनशैली के कारण लोग कम विटामिन वाले फ़ास्ट और प्रोसेस्ड फ़ूड प्रॉडक्ट्स खा रहे हैं, लेकिन इसके बावजूद डॉक्टर इस तरह काम कर रहे हैं, जैसे सप्लीमेंट्स की अनुशंसा करने के बजाय वे इन लोगों में विटामिन की कमी देखना चाहते हों।

शायद कुछ डॉक्टर इस बात से डरते हैं कि उनके मरीज़ ज़रूरत से ज़्यादा सप्लीमेंट्स लेने लगेंगे। सच है, कुछ लोग ऐसा करते भी हैं और अति से जुड़े हुए *ख़तरे भी हैं*। लेकिन एक संतोषजनक मध्यम मार्ग निकाला जा सकता है, क्योंकि दुनिया भर के करोड़ों लोग ज़्यादातर डॉक्टरों की इच्छा के विरुद्ध सप्लीमेंट्स ले रहे हैं। ज़्यादातर डॉक्टरों को या तो इस बारे में जानकारी नहीं होती या फिर वे इस बारे में कम आरामदेह महसूस करते हैं, इसलिए उनके लिए यह ज़्यादा आसान होता है कि वे हर सप्लीमेंट को हतोत्साहित करें। रोगी उनकी इस उलझन को भाँप लेते हैं। अगर रोगियों से पूछा जाए कि क्या वे सप्लीमेंट ले रहे हैं, तो वे इससे साफ़ इंकार कर देते हैं। (मेयो क्लीनिक ने इस प्रवृत्ति का अध्ययन किया है - इसके बारे में ज़्यादा जानकारी नीचे दी गई है।) यह एक ऐसा क्षेत्र है, जिसमें डॉक्टर अपने मरीज़ों से पीछे चल रहे हैं।

सन् 2000 के नेशनल हेल्थ एंड न्यूट्रिशन एग्ज़ामिनेशन सर्वे के डेटा के अनुसार अमेरिका के 52 प्रतिशत वयस्कों का कहना है कि वे डाइटरी सप्लीमेंट्स लेते हैं।[223] इसी सर्वे में 1994 में यह आँकड़ा सिर्फ़ 40 प्रतिशत था। यही नहीं, इस बात की काफ़ी संभावना है कि ये आँकड़े कम बताए गए होंगे, क्योंकि मेयो क्लीनिक ने एक अध्ययन[225] में 200 लोगों से लिखित प्रश्नावली में सप्लीमेंटेशन की जानकारी ली और बाद में उनका साक्षात्कार भी लिया। लोगों के लिखित जवाबों में डाइटरी सप्लीमेंट्स का इस्तेमाल 30.5 प्रतिशत पाया गया, लेकिन बातचीत में 61 प्रतिशत लोगों ने बताया कि वे सप्लीमेंट्स ले रहे हैं।

दुनिया भर के लोग विटामिन्स, मिनरल्स और अन्य सप्लीमेंट्स ले रहे हैं। 43 प्रतिशत जर्मन सप्लीमेंट्स का इस्तेमाल कर रहे हैं।[226] कोरिया के 54 प्रतिशत सीनियर हाई स्कूल विद्यार्थी सप्लीमेंट्स का इस्तेमाल करते हैं।[227] डेनमार्क के 59 प्रतिशत लोग किसी न किसी तरह के डाइटरी सप्लीमेंट का इस्तेमाल करते हैं।[228] कनाडा की 46 प्रतिशत महिलाएँ और 33 प्रतिशत पुरुष कम से कम एक सप्लीमेंट ले रहे हैं।[229] ऑस्ट्रेलिया में 48 प्रतिशत पुरुषों और 61 प्रतिशत महिलाओं ने बताया कि वे किसी न किसी तरह का सप्लीमेंट लेते हैं।[230] विश्व स्वास्थ्य संगठन के एक सर्वे से यह निष्कर्ष निकला कि विश्व की 75 प्रतिशत आबादी अपारंपरिक चिकित्सा का इस्तेमाल करती है और ज़्यादातर में हर्बल प्रॉडक्ट्स होते हैं।[231]

हालाँकि डॉक्टर्स सप्लीमेंटेशन के महत्व को कम करके बताते हैं, लेकिन स्वास्थ्य के बारे में सबसे ज़्यादा जागरूक उनके स्मार्ट रोगी आहार के अलावा सप्लीमेंट्स भी लेते हैं। सिएटल में फ़्रेड हचिन्सन कैंसर रिसर्च सेंटर द्वारा किए गए एक अध्ययन ने

पचास से सत्तावन साल तक की उम्र के 61,587 लोगों के डेमोग्राफ़िक्स का अध्ययन करने के लिए उनसे सप्लीमेंट संबंधी जानकारी हासिल की। हर्बल और ख़ास सप्लीमेंट्स का इस्तेमाल उन लोगों में काफ़ी ज़्यादा पाया गया, जिनकी उम्र ज़्यादा थी, जो महिलाएँ थीं, जो शिक्षित थे और जिनका सामान्य बॉडी मास इंडेक्स था, जो धूम्रपान नहीं करते थे, जो व्यायाम करते थे और जो अपने आहार में फ़ैट कम लेते थे और फल तथा सब्ज़ियाँ ज़्यादा खाते थे।

इस दौरान डाइटरी सप्लीमेंट्स के बारे में डॉक्टरों, न्यूट्रीशनिस्ट्स और डाइटिशियन्स की जानकारी कम ही बनी हुई है। हाल ही में हुए पूर्वाग्रह से भरे शोध से मामला क़तई बेहतर नहीं हुआ है।

ब्रिटिश मेडिकल जर्नल *द लैंसेट* में 2004 में लचर तर्कों वाली एक समीक्षा छपी थी।[232] इसके अलावा अन्य शोध भी प्रकाशित हुए हैं, जो पूर्वाग्रह और ख़राब विधियों के शिकार थे।[233] इन्होंने डॉक्टरों और आम रोगियों के बीच की खाई को पहले से ज़्यादा चौड़ा कर दिया है। बहुत सारे डॉक्टर इस तरह के शोध पर विश्वास करते हैं। मेरे हिसाब से दोष इस बात का है कि मेडिकल कॉलेजों में रोकथाम पर केंद्रित चिकित्सा का प्रशिक्षण नहीं दिया जाता, जिस वजह से डॉक्टर इस तरह के शोध के बुनियादी दोषों को नहीं पहचान पाते। मैं मेडिकल कॉलेजों की आलोचना नहीं कर रहा हूँ। वहाँ मुझे उत्कृष्ट शिक्षा मिली थी और मेरे मन में भी पहले इसी तरह का पूर्वाग्रह था। समस्या तो वह है, जिसके बारे में मैंने अध्याय 5 में बात की थी – हमारा पूरा ज़ोर रोग के निदान और उपचार पर होता है, जिससे रोकथाम उपेक्षित रह जाती है।

मिसाल के तौर पर, शोधकर्ता सप्लीमेंट्स का इस तरह अध्ययन करते हैं, जैसे वे दवाएँ हों। एक ऐसे ही अध्ययन में यह पाया गया कि फ़ोलिक एसिड *गंभीर हृदय रोग और अनेक स्वास्थ्य समस्याओं वाले लोगों में* हार्ट अटैक की आशंका को कम नहीं करता है। अध्ययन ने निष्कर्ष दिया कि "इसलिए इस तरह के उपचार की अनुशंसा नहीं की जानी चाहिए।"[234]

ओह! सज्जनो, आप मुद्दे की बात ही नहीं समझ पाए। मैं गंभीर हृदय रोग का उपचार करने की बात नहीं कर रहा हूँ – मैं तो आजीवन अच्छे पोषण द्वारा हृदय रोग होने से *रोकने* के बारे में बात कर रहा हूँ।

दुर्भाग्य से, इस शोध को पढ़ने वाले कई वैज्ञानिकों और डॉक्टरों ने यह फ़ैसला किया कि चूँकि फ़ोलिक एसिड उन लोगों के लिए लाभकारी नहीं होता, जिन्हें पहले से ही हृदय रोग है, इसलिए रोकथाम में भी इसका कोई महत्व नहीं है। वहाँ से वे इस मुद्दे पर छलाँग लगा बैठे कि होमोसिस्टीन हृदय रोग के लिए जोखिम घटक नहीं हो सकता – देखें अध्याय 9। (होमोसिस्टीन वह इनफ़्लेमेटरी रसायन है, जिसे पर्याप्त फ़ोलिक एसिड खाकर नियंत्रित किया जा सकता है।) यह लचर तर्क है। एक बार फिर, हम रोग की *रोकथाम करने* के बारे में बात कर रहे हैं, उसे पलटाने या उसका इलाज करने के बारे में नहीं कर रहे हैं, जबकि रोगी मृत्युशैया पर लेटा हो।

बढ़े हुए होमोसिस्टीन का संबंध बढ़े हुए इनफ़्लेमेशन, ऑक्सीडेशन, क्लॉटिंग

और हृदय रोग से जुड़ी अन्य स्थितियों से होता है।[235] यह भारत में हृदय रोग का एक स्वतंत्र जोखिम घटक माना जाता है, जहाँ भोजन में फ़ोलिक एसिड कम रहता है (वहाँ आम तौर पर पश्चिमी देशों की तरह भोजन में फ़ोलेट नहीं मिलाया जाता, जिस तरह नमक में आयोडीन मिलाया जाता है।)[236]

जब तक कि हम स्वस्थ लोगों पर भविष्य में होने वाले दीर्घकालीन, डबल-ब्लाइंड अध्ययन न देख लें, तब तक होमोसिस्टीन को जोखिम घटक के रूप में ख़ारिज नहीं किया जा सकता।

काश मैं सप्लीमेंट्स पर होने वाले शोध की कमियों के बारे में पूरे विस्तार से लिख सकता! लेकिन उससे यह पुस्तक ख़ासी मोटी हो जाएगी। मैं सिर्फ़ इतना ही कहूँगा कि दुनिया भर के डॉक्टरों को इस बारे में शिक्षा ग्रहण करने की बहुत ज़्यादा ज़रूरत है। रोकथाम रोग के प्रति ज़्यादा समझदारी भरी नीति है। रोग का उपचार करने के बजाय उसे रोकना ज़्यादा आसान है - और यह कहने की ज़रूरत नहीं है कि रोकथाम रोगी के सर्वश्रेष्ठ हित में भी होती है।

इसे इस तरह से देखें। मैंने देखा है कि डॉक्टर बस से टकराने वाले बच्चे की जान बचाने के लिए ज़बर्दस्त मेहनत करते हैं। लेकिन अगर वे डॉक्टर दुर्घटना स्थल पर मौजूद होते, तो वे यक़ीनन उस बच्चे को सड़क पर दौड़ लगाने से रोकने की हरसंभव कोशिश करते।

दीर्घकालीन रोग के मामले में हम डॉक्टर लोग घटना स्थल पर मौजूद हैं। हम अपने रोगियों को सिखा सकते हैं कि वे दीर्घकालीन रोग नामक तेज़रफ़्तार बस से टकराने से कैसे बच सकते हैं - या कम से कम उससे बचने की उनकी संभावना को तो बहुत बेहतर बना ही सकते हैं।

"मैं डॉक्टर नहीं हूँ, बल्कि टीवी पर नाटक कर रहा हूँ।"

एक ख़ास उम्र के अमेरिकियों को वह टीवी विज्ञापन याद होगा, जो इस पंक्ति से शुरू हुआ था। यह अपने बिक्री पैंतरे को विश्वसनीय बनाने का मूर्खतापूर्ण तरीक़ा है, लेकिन अगर आपका डॉक्टर न्यूट्रिशनल सप्लीमेंट्स के बारे में आपको दमदार सलाह नहीं दे रहा है, तो आप किसकी शरण में जाएँगे?

दुर्भाग्य से, छद्म वैज्ञानिकों की कोई कमी नहीं है, जो टीवी पर विज्ञापन देते हैं और अपने "न्यूज़लेटर्स" और प्रॉडक्ट्स ख़रीदने के प्रस्ताव हमारे मेल बॉक्स में पहुँचाते हैं। अब समय आ गया है कि डॉक्टर अपने रोगियों की सुरक्षा को ध्यान में रखते हुए रोग की

रोकथाम के लिए पोषण और सप्लीमेंटेशन की अहम् भूमिका को स्वीकार करें। वरना दुनिया में बहुत से धोखेबाज़ लोग हैं, जो ग़लत जानकारी देकर इस ख़ाली जगह को भरने के लिए बेताब हैं।

हमें अब सप्लीमेंट्स की ज़रूरत क्यों है?

जहाँ तक हम जानते हैं, प्राचीन सभ्यताओं में विटामिन्स या मिनरल सप्लीमेंट्स का इस्तेमाल नहीं होता था। तो फिर अब सप्लीमेंटेशन की अचानक ज़रूरत क्यों होने लगी? कारण है हमारी जीवनशैली और टेक्नोलॉजी में हुए नाटकीय परिवर्तन, जो ख़ास तौर पर पिछले कुछ दशकों में हुए हैं। हमने न सिर्फ़ अपनी हवा और पानी को प्रदूषित कर लिया है, बल्कि अपने भोजन को भी, जिससे हम बहुत सा पोषण पाते हैं।

इस बात को आगे स्पष्ट करने से पहले मैं एक और सवाल का जवाब देना चाहता हूँ, जो शायद आपके दिमाग़ में आया होगा।

आप सोच रहे होंगे, "डॉ. ड्यूक, इतिहास के अपने वृहद अध्ययन से मैं जानता हूँ कि सन् 1800 में इंसान की औसत आयु लगभग 30 साल थी और सन् 2000 में यह दुनिया भर में बढ़कर 67 साल हो गई है और विकसित देशों में तो 75 साल से भी ज़्यादा हो गई है। फिर आप मुझे यह क्यों बता रहे हैं कि हमारे वर्तमान आहार औद्योगिक क्रांति से पहले की तुलना में ज़्यादा बुरे हैं?"

यह सवाल पूछने के लिए मैं आपको ए-प्लस देता हूँ।

इस सदी से पहले संक्रामक रोग बहुत सारे लोगों की जान ले लेते थे, जिनमें सबसे ज़्यादा संख्या शिशुओं की होती थी। औसत उम्र की गणना करते समय उन शिशुओं को भी शामिल किया जाता था, इसीलिए पहले औसत आयु कम रहती थी। वैसे यह आँकड़ा थोड़ा ग़ुमराह करता है, क्योंकि अगर आप मशहूर लोगों की उम्र पर ग़ौर करें, तो वे आम तौर पर साठ-सत्तर साल से ज़्यादा जिए हैं। आज हमने अधिकांश संक्रामक रोगों को ख़त्म कर दिया है, ग़रीब देशों में भी। लोग आज औसतन ज़्यादा लंबा जीवन जीते हैं, लेकिन इसके बावजूद कई लोग हृदय रोग, डाइबिटीज़ और कैंसर जैसे दीर्घकालीन रोगों से असमय ही मर जाते हैं, जबकि इसे रोका जा सकता है। जैसा मैंने दर्शाया है, इन रोगों की दर पिछले पचास सालों में बहुत तेज़ी से बढ़ी है। अगर हमने इन महामारियों पर क़ाबू नहीं किया, तो यह भी हो सकता है कि इंसान की औसत आयु जल्दी ही घटने लगे।

आज से दो सौ साल पहले जिस तरह के भोजन का उत्पादन होता था, हम आज उससे अलग तरह के भोजन का उत्पादन करते हैं। तब सबसे उन्नत देशों में भी ज़्यादातर लोग देहात में रहते थे और खेती-किसानी करते थे। वे हर्बिसाइड्स, पेस्टिसाइड्स या रासायनिक खादों का इस्तेमाल नहीं करते थे, क्योंकि तब इन चीज़ों का आविष्कार ही नहीं हुआ था। ज़मीन को पोषक तत्वों से समृद्ध बनाए रखने के

लिए फ़सलों को अदल-बदलकर लगाया जाता था और अगर सिंचाई संभव होती थी, तो प्रदूषणरहित पानी से सिंचाई की जाती थी। उस वक़्त वायु प्रदूषण अगर था भी, तो नाम मात्र का था, इसलिए फ़सलें प्रदूषित नहीं होती थीं, जैसी कि वे आज हवा में उड़कर आने वाले रासायनिक कणों से हो जाती हैं। अन्न तब पक जाने पर ही काटा जाता था। इसके बाद उसे खा लिया जाता था या प्राकृतिक तरीक़े से सुरक्षित रखा जाता था। बाज़ार में ज़्यादा लंबे समय तक सुंदर दिखने के लिए उस पर रसायनों का छिड़काव नहीं किया जाता था। हर व्यक्ति प्राकृतिक आहार ही करता था।

ताज़ी सब्ज़ियाँ भोजन का प्रमुख हिस्सा होती थीं और सिर्फ़ दौलतमंद लोग ही लाल मांस की काफ़ी मात्रा खाते थे। मध्ययुगीन किसानों को प्रोसेस किए हुए कॉर्न चिप्स, प्लास्टिक में पैक, लंबे समय तक सुरक्षित रखने वाले रसायनों से लदे स्नैक केक्स और कृत्रिम स्वाद वाले पेय पदार्थ नसीब नहीं होते थे।

लोग बहुत व्यायाम करते थे। अगर वे भोजन करना और गर्म बने रहना चाहते थे, तो इसके बिना काम नहीं चल सकता था। किसी भी जगह की यात्रा करने के लिए तो व्यायाम अनिवार्य ही था। दैनिक जीवन की उनकी आम गतिविधियाँ आज हममें से ज़्यादातर लोगों को क्रूर श्रम जैसी लगेंगी, लेकिन यह न भूलें कि व्यायाम के बेहतरीन स्वास्थ्य लाभ होते हैं। उनमें से एक यह है कि व्यायाम के बाद बहुत भूख लगती है, इसलिए शरीर ज़्यादा कैलोरी की माँग करता है। इससे पुराने ज़माने में इस बात की संभावना बढ़ जाती थी कि ज़्यादा ख़ुराक से लोगों को उचित माइक्रोन्यूट्रिएंट्स (विटामिन्स, मिनरल्स और फ़ाइटोन्यूट्रिएंट्स) अपने आप ही मिल जाएँगे।

भोजन को प्राकृतिक चीज़ों से घर में ही पकाया जाता था। लोग स्वस्थ, पोषण की दृष्टि से जटिल पूरे अनाज की रोटी खाते थे। वे उस सफ़ेद मैदे की रोटी नहीं खाते थे, जो हममें से ज़्यादातर लोग आज खाते हैं। सफ़ेद ब्रेड के लोफ़ के लेबल पर नज़र डालें - बहुत ज़्यादा ग्लाइसीमिक छने हुए सफ़ेद आटे के अलावा अन्य चीज़ों की जाँच करें।

प्रोसेस्ड आहार दुर्लभ थे और उनमें से किसी में भी सस्ते, आंशिक रूप से हाइड्रोजनेटेड कॉर्न ऑइल्स, ज़्यादा फ़्रुक्टोज़ वाला कॉर्न सिरप या रसायनों का भंडार नहीं होता था, जो आज हमारे आहार में शामिल हो चुके हैं। उन्हें उन हज़ारों रसायनों का सामना भी नहीं करना पड़ता था, जो आज औद्योगिक जीवन का सामान्य हिस्सा बन चुके हैं। (मिसाल के तौर पर, अपने पर्सनल केयर आइटम्स के लेबल्स पर छोटे शब्दों में लिखी इबारत पढ़ें और रसायनों की गिनती करें।)

ज़ाहिर है, कई मायनों में आज स्वास्थ्य के क्षेत्र में हम बेहतर स्थिति में हैं। पाश्चात्य चिकित्सा ने ज़्यादातर गंभीर बीमारियों को ख़त्म कर दिया है, जो कभी बहुत सारे लोगों की जान ले लिया करती थीं। और हमारी टेक्नोलॉजी ने हमें इतना भोजन उत्पन्न करने, संग्रहीत करने और वितरित करने में सक्षम बना दिया है, जिससे अकाल रोके जा सकते हैं, जो कभी सूखा पड़ने और अन्य प्राकृतिक आपदाओं के परिणामस्वरूप हुआ करते थे। (आज अकाल आम तौर पर पर्यावरण की नहीं, बल्कि

राजनीतिक आपदाओं की वजह से पड़ते हैं।)

इसके बावजूद यह एहसास करने में ज़्यादा कल्पना करने की ज़रूरत नहीं है कि विभीषिकाओं के बावजूद हमारे पूर्वजों का खान-पान और जीने की आदतें आम तौर पर हमारी वर्तमान आदतों से ज़्यादा स्वस्थ थीं।

आदर्श स्वास्थ्य हासिल करने के लिए हमें उन अच्छे पोषक तत्वों को दोबारा पाने की ज़रूरत है, जो हमने खो दिए हैं और उन बुरी चीज़ों से बचने की ज़रूरत है, जो हमारे भोजन का हिस्सा बन चुकी हैं।

FB

एडाप्टोजेन्स - ब्रह्मांड की किसी भी चीज़ के अनुकूल बनना

हाल में एक अवधारणा आई है कि प्लांट न्यूट्रिएंट्स का एक ऐसा समूह है, जो आपकी ज़िंदगी के कई अलग-अलग तनावों के अनुरूप ढल सकता है। कहा जाता है कि आपको जब जिस चीज़ की ज़रूरत हो, यह वह चीज़ बन सकता है। दुखद बात यह है कि इन दावों के पीछे के वैज्ञानिक शोध अभी इतने गुणवत्तापूर्ण नहीं हैं कि इन दावों की पुष्टि हो सके। स्वतंत्र समूहों द्वारा इस अवधारणा की पुष्टि करने के लिए काफ़ी शोध की ज़रूरत है, तभी इसकी अनुशंसा की जा सकती है। तब तक इस धारणा से सावधान रहें। अगर यह बात सही है, तो विज्ञान इसे सही साबित कर देगा।

"अगर आप संतुलित आहार खाते हैं, तो आपको मल्टीविटामिन्स की ज़रूरत नहीं है।"

क्या आपने यह वाक्य पहले कभी सुना है? क्या यह सही है? कम से कम यह थोड़ा दुविधापूर्ण है, क्योंकि हम लोगों को यह कहते सुनते हैं कि हमें सप्लीमेंट्स लेने चाहिए, लेकिन फिर डॉक्टर लोग कहते हैं, "इसमें पैसा डालना सिर्फ़ महँगी पेशाब के लिए ख़र्च करना है, क्योंकि आपके शरीर को इतने ज़्यादा विटामिनों की ज़रूरत नहीं है।" (मैं यह बात अच्छी तरह जानता हूँ, क्योंकि मैं भी कभी रोगियों से यह वाक्य मूर्खतावश बोलता था। मुझे जानकारी ही नहीं थी। आज मेरे पास हज़ारों ब्लड रिपोर्ट्स हैं, जिनसे यह साबित होता है कि जब लोग ज़्यादा पोषक तत्व लेते हैं, तो रक्त में पोषक तत्वों के स्तर ऊँचे हो जाते हैं। स्पष्ट रूप से, शरीर को न्यूनतम से ज़्यादा की ज़रूरत होती है।) ऐसे शोधकर्ता भी हैं, जो स्पष्ट रूप से अपने शोध में सप्लीमेंट्स के लाभ छिपाने की कोशिश करते हैं और फिर अपने निष्कर्ष में कहते हैं कि सप्लीमेंटेशन ख़तरनाक है। इसके जोखिम भी हैं, इसीलिए मैं यहाँ पर दिशानिर्देश देने जा रहा हूँ। बहरहाल, ध्यान रखें कि लोगों को डराने की रणनीति का इस्तेमाल कुछ लोग सिर्फ़ पूर्वाग्रह की

वजह से करते हैं।

तार्किक सवाल यह है, "उन लोगों का विज्ञान कितना अच्छा है, जो कहते हैं कि आपको सप्लीमेंट्स की ज़रूरत नहीं है?" या, "किस आधार पर वे ऐसी बात कह रहे हैं?" मैंने पहले ही कुछ महत्वपूर्ण आँकड़े बता दिए हैं, लेकिन अब ज़्यादा गहराई में तहक़ीक़ात करने का वक़्त है।

आइए, हम यहाँ पर उस विज्ञान का थोड़ा विश्लेषण कर लें, जिसके आधार पर ये "विशेषज्ञ" नकारात्मक टिप्पणियाँ करते हैं। आप जल्द ही देख लेंगे कि उनके तर्क लचर हैं। आप यह भी समझ लेंगे कि दीर्घकालीन रोगों का जोखिम कम करने के लिए भारी ग़लतफ़हमियों को दूर करने की ज़रूरत है।

सरकारी पोषण अनुशंसाएँ

सरकारी पोषण अनुशंसाओं के आधार पर ही ज़्यादातर डॉक्टर सप्लीमेंटेशन की आवश्यकता से संबंधित वक्तव्य देते हैं। दुर्भाग्य से इन अनुशंसाओं को वे ग़लत समझ बैठे हैं और इसी वजह से वे ऊपर बताई गई नकारात्मक टिप्पणियाँ करते हैं। दुखद बात यह है कि ज़्यादातर डॉक्टर इन पैमानों का उद्गम या मौलिक इरादा नहीं समझते हैं। विश्व स्वास्थ्य संगठन ख़ुराक संबंधी दिशानिर्देश देता है और इसके मैन्युअल्स भी उन्हीं के अनुरूप लिखे गए हैं। ज़्यादातर सरकारें भी ऐसी ही अनुशंसाएँ करती हैं। अमेरिका में उन्हें वर्तमान में डीआरआई (डाइटरी रेफ़रेंस इनटेक) कहा जाता है, जबकि पहले उन्हें आरडीए (रिकमेंडेड डाइटरी एलाउंस) कहा जाता था।

ये दिशानिर्देश द्वितीय विश्व युद्ध के दौरान शुरू हुए। इन्हें यू.एस. नेशनल अकेडमी ऑफ़ साइंसेज़ द्वारा स्थापित एक समिति ने इसलिए लिखा, क्योंकि युद्ध के दौरान अंतर्राष्ट्रीय स्तर पर गंभीर पोषण कमियाँ थीं। इन पैमानों का इस्तेमाल पोषण संबंधी मार्गदर्शन के लिए किया गया, ताकि सैनिकों, नागरिकों और विदेश जाने वाले उन लोगों की पोषण कमियों को रोका जा सके, जो भोजन राहत दल में थे। उन्हें लगभग हर दस साल बाद संशोधित किया जाता है, लेकिन उनका इरादा शुरू से लेकर आज तक स्कर्वी और बेरीबेरी जैसे पोषण रोगों को रोकना रहा है। उनका वह बनने का इरादा कभी नहीं रहा, जैसा कि ग़लती से आज माना जाता है – अधिकतम। यह बहुत ही अनुचित बात है कि न्यूनतम पोषण अनुशंसा को दुनिया भर के प्रतिभाशाली वैज्ञानिक और डॉक्टर अधिकतम मान बैठे हैं। यह इस हद तक हुआ है कि कई प्रोफ़ेशनल्स तो कहेंगे कि पोषण की न्यूनतम आवश्यकता से ज़्यादा पोषक तत्व खाना बर्बादी है। क्या यह तर्कसंगत है?

आइए इस तर्क को पैसे पर लागू करके देखते हैं। हममें से कितने लोग इस धारणा को मानेंगे कि भूखे मरने से बचने के लिए हमें जितने पैसे की ज़रूरत है, उससे ज़्यादा पैसे होना बर्बादी है? क्या आप सचमुच इसमें यक़ीन करते हैं? ज़ाहिर है नहीं। तो फिर यही तर्क पोषण स्तर पर क्यों लागू किया जाता है? समझ की कमी। जैसा मैंने बताया था, मेरे पास हज़ारों ब्लड रिपोर्ट्स हैं, जिनसे यह साबित होता है कि हमारा

शरीर न्यूनतम पोषक पदार्थों से ज़्यादा ग्रहण करता है – और स्पष्ट रूप से यही चाहता भी है।

जैसा हमने अध्याय 6 में देखा, बहुत सा वैज्ञानिक शोध बताता है कि विटामिन्स, मिनरल्स और फ़ाइटोन्यूट्रिएंट्स के बढ़े हुए स्तर दीर्घकालीन रोगों के जोखिम को कम कर सकते हैं। मेरे पास हज़ारों लेख हैं और मैं इस विषय पर अलग से एक पुस्तक लिखना चाहूँगा। सिर्फ़ आहार के माध्यम से इनमें से ज़्यादातर पोषक तत्वों को लेने की कोशिश में, ख़ास तौर पर फ़ैट-सॉल्युबल पोषक तत्वों के मामले में, आपको इतनी ज़्यादा कैलोरीज़ खानी पड़ेंगी कि मोटापा या अन्य स्वास्थ्य संबंधी समस्याएँ पैदा हो जाएँगी।

आइए, उस विज्ञान पर फटाफट नज़र डाल लेते हैं, जिसके आधार पर कुछ लोग कहते हैं कि हमें सप्लीमेंट्स की ज़रूरत नहीं है। हम अगस्त 2008 के अध्ययन से शुरू करते हैं, जिसमें जीन की अंतर्क्रिया, पोषक तत्वों और रोग जोखिम कमी की जटिलता पर विचार किया गया है। लेखक निष्कर्ष देते हैं :

"बहुआयामी आँकड़ों में जीन्स, पोषक तत्वों और अन्य तत्वों के स्वास्थ्य व रोग प्रक्रियाओं पर प्रभाव के विश्लेषण में *विश्लेषणात्मक चुनौतियाँ* हैं। इस क्षेत्र की संभावना का पूरी तरह दोहन करने के लिए इससे *ज़्यादा बड़ी चुनौती ख़ुराक* और *व्यवहार में जनसंख्या स्तर लागू करना* हो सकती है।" (इटैलिक्स मेरे हैं।)[237]

इसका क्या मतलब है? संक्षेप में इसका मतलब यह है कि पोषक तत्वों, जीन्स और पाचन तंत्र की आपसी क्रिया इतनी ज़्यादा जटिल है कि हमें सचमुच नहीं पता कि इस बिंदु पर हमें किन पोषक तत्वों की अनुशंसा करनी चाहिए।

लेकिन ज़रा ठहरें, आगे भी है!

एक अध्ययन में सर्वे द्वारा लोगों की ख़ुराक से प्राप्त पोषक तत्वों की मात्रा का अनुमान लगाने की हमारी योग्यता को देखा गया। शोधकर्ताओं का निष्कर्ष था :

> ... *सिर्फ़ पोषक तत्व ग्रहण करने का मूल्यांकन अपर्याप्त है,* क्योंकि बाक़ी आहार घटक इसकी जैविक उपलब्धता को प्रभावित करते हैं। ग़ैर-पोषक भोजन तत्व, जैसे फ़ाइटेट और पॉलीफ़ेनोल्स आयरन और ज़िंक की जैविक उपलब्धता के साथ हस्तक्षेप करते हैं। शुरुआती पोषक तत्वों जैसे कैरोटेनॉइड्स का जैविक रूपांतरण और जैविक कार्यकुशलता भी विटामिन ए के अनुमानित सक्रिय खानपान को प्रभावित करती है। *इन चुनौतियों से निबटने के लिए अलग-अलग रणनीतियों की आवश्यकता है, ताकि आहार में माइक्रोन्यूट्रिएंट्स के समावेश* का मूल्यांकन किया जा सके, उनकी अपर्याप्त मात्रा के स्तर को स्थापित किया जा सके, साथ ही ख़ुराक और पोषण के स्तर के बीच संबंध स्थापित किया जा सके।" (इटैलिक्स मेरे हैं।)[238]

मैं आपको सरल भाषा में इसका अर्थ बताता हूँ। इसमें कहा गया है कि पाचन

तंत्र में भोजन की अंतर्क्रिया बहुत जटिल है, क्योंकि इसमें रसायन पोषक तत्वों से बँधे होते हैं और पोषक तत्व रूप बदलते हैं। इस आधार पर इसका निष्कर्ष है कि हमने बरसों से आहार संबंधी गणना करने के लिए जो सर्वे किए हैं, वे अपर्याप्त हैं। हम दरअसल यह नहीं जानते कि अंदर क्या हो रहा है, क्योंकि यह बहुत जटिल है।

क्या मल्टीविटामिन/मल्टीमिनरल/मल्टीफ़ाइटोन्यूट्रिएंट लेने का महत्व है? कुछ पोषक तत्वों - फ़ोलिक एसिड, बी12, बी6, नियासिन, विटामिन सी, विटामिन ई, आयरन और ज़िंक - में कमी का परिणाम हमारे डीएनए में इस तरह दिखता है, जैसे इसे एक्स-रे रेडिएशन द्वारा नुक़सान पहुँचा दिया गया हो, जो एक अध्ययन के अनुसार कैंसर के ख़तरे को बढ़ा देता है।[239] इन कमियों को दूर करने के बाद डीएनए सामान्य दिखने लगता है, क्योंकि डीएनए की मरम्मत करने वाले एंज़ाइम्स के लिए आवश्यक ये सभी तत्व कुशलता से काम करते हैं। क्या आप जानते हैं कि आपने आज कितना ज़िंक खाया? बिलकुल सटीकता से? बाक़ी पोषक तत्व? क्या आप इस मात्रा को सुनिश्चित नहीं करना चाहेंगे?

क्या मल्टीविटामिन दवाओं का महत्व है, जिनमें लाइकोपीन जैसे मल्टीफ़ाइटोन्यूट्रिएंट्स भी शामिल हों? सत्तावन अध्ययनों में टमाटर खाने या रक्त स्तर में लाइकोपीन ज़्यादा होने और कैंसर के जोखिम के कम होने के बीच विपरीत संबंध देखा गया है।[240] दूसरे शब्दों में, जब टमाटर का आहार बढ़ा या टमाटर में पाए जाने वाले फ़ाइटोन्यूट्रिएंट लाइकोपीन का स्तर रक्त में बढ़ा, तो कैंसर का जोखिम कम हो गया। यह लाभ प्रोस्टेट, फेफड़े और आमाशय के कैंसर के मामले में सबसे ज़्यादा थे, लेकिन पैंक्रियाज़, कोलोन, रेक्टम, ईसोफ़ेगस, ओरल कैविटी, स्तन और सरविक्स कैंसरों के संदर्भ में भी लाभ नज़र आया। इसके अतिरिक्त हमने हज़ारों लोगों में लाइकोपीन के स्तरों की जाँच की है और हमने लाइकोपीन सप्लीमेंटेशन के साथ रक्त में इसके स्तर में वृद्धि देखी है। क्या मैं कह रहा हूँ कि सप्लीमेंटेशन निश्चित रूप से ये लाभ देगा? नहीं, तब तक नहीं, जब तक आगे के अध्ययन नहीं आ जाते, जो ख़ास तौर पर इस समस्या के संबंध में हों। लेकिन जोखिम इतना कम है कि इसकी पुष्टि करने के लिए दस-बीस साल तक इंतज़ार करना उचित नहीं है।

यह भी देखा गया है कि क्वेरसेटिन नामक फ़ाइटोन्यूट्रिएंट प्रोस्टेट की असामान्य कोशिकाओं को धीमा करने, यहाँ तक कि रोकने में भी मदद करता है।[241] मैं लगातार आगे उदाहरण दे सकता हूँ, लेकिन मुद्दे की बात यह है कि इससे फ़ायदा होता है।

इस पुरातनपंथी सोच से मुक्त होने और क्रांति करने का समय आ चुका है कि हम सिर्फ़ न्यूनतम माइक्रोन्यूट्रिएंट्स लेने पर ही ध्यान केंद्रित करें। पोषक तत्वों के न्यूनतम स्तर को अधिकतम मान लेना मूर्खतापूर्ण है। पहले हम पोषण आहार विज्ञान को जितना जटिल मानते थे, यह उससे भी ज़्यादा जटिल है, इस बात से हमें ख़ुद को पीछे नहीं रखना चाहिए। मैं यह सलाह नहीं दे रहा हूँ कि आपको अधिकतम ख़ुराक को भी नज़रअंदाज़ कर देना चाहिए, क्योंकि अधिकांश पोषक तत्व अत्यधिक मात्रा में लेने पर नुक़सान भी पहुँचा सकते हैं (आगे देखें)। लेकिन मैं एक बार फिर कहना

चाहूँगा, डॉक्टरों द्वारा सप्लीमेंटेशन को सीधे से "नहीं" कहना अशिक्षा का सबूत है और यह रोग तथा मृत्यु के ख़तरे को बढ़ा देता है।

क्या सप्लीमेंट्स सुरक्षित हैं?

सप्लीमेंटेशन के साथ भी जोखिम होते हैं, जिस तरह हर उस गतिविधि के साथ होते हैं, जिसमें हम हिस्सा लेते हैं। ये जोखिम मूलतः अधिक सप्लीमेंटेशन लेने, दवाओं का आपसी तालमेल गड़बड़ाने, ख़राब/प्रदूषित सप्लीमेंट स्रोतों या ज्ञान की कमी के कारण होते हैं। इस पुस्तक में सप्लीमेंटेशन के जोखिमों को कम करने के लिए दिशानिर्देश देने में काफ़ी समय लगाया गया है (अगला खंड देखें), लेकिन मुझे ख़ास तौर पर तब चिढ़ होती है, जब ग़ैर-जानकार डॉक्टर या वैज्ञानिक (जिनमें से कई का शोध, जैसा हम पहले भी ज़िक्र कर चुके हैं, फ़ार्मास्यूटिकल उद्योग की आर्थिक मदद से हो सकता है) आपको हर तरह के सप्लीमेंटेशन से डराने की कोशिश करते हैं। यह मूर्खतापूर्ण है।

मैं सप्लीमेंटेशन के साथ जुड़े जोखिमों के बारे में बहुत अच्छी तरह जागरूक हूँ। मैं लगातार लोगों को इन जोखिमों को कम करने की सलाह देता हूँ। लेकिन अगर ग़ैर-जानकार या पूर्वाग्रह वाले डॉक्टर आपको सप्लीमेंटेशन से डराकर दूर भगाने की कोशिश कर रहे हैं और खेल को इसी तरह खेलना चाहते हैं, तो मैं सप्लीमेंटेशन के जोखिमों की तुलना पर्चे में लिखी जाने वाली दवाओं से जुड़े ख़तरों और साइड इफ़ैक्ट्स से करना चाहूँगा।

यहाँ पर सिर्फ़ एक-दो तथ्य ही बताए जा रहे हैं। कुछ मशहूर प्रिस्क्रिप्शन दवाएँ कैंसर के जोखिम को बढ़ा सकती हैं।[242] 2008 में अमेरिकी सरकार को सप्लीमेंटेशन के 960 विपरीत प्रभावों की जानकारी प्राप्त हुई, जिन्हें अमेरिका की लगभग 65 प्रतिशत जनसंख्या किसी न किसी रूप में लेती है। इसकी तुलना में 2007 में डॉक्टरों द्वारा लिखी दवाओं के 4,82,154 विपरीत प्रभाव दर्ज किए गए।[243] मैं कई अन्य उदाहरण भी दे सकता हूँ।

पारंपरिक या स्थापित चिकित्सा में कई प्रोफ़ेशनल्स सप्लीमेंट्स के इस्तेमाल पर हमला करते हैं। यह आश्चर्यजनक है, क्योंकि कैंसर, संक्रामक और इनफ़्लेमेटरी रोगों के आपस में जुड़े क्षेत्रों में 1983 से 1994 के बीच विकसित हुई नई दवाओं में से 60-75 प्रतिशत प्राकृतिक यौगिकों पर आधारित थीं।[244, 245] पारंपरिक चिकित्सा अगर प्राकृतिक पौधों के रसायनों पर आधारित दवाएँ बनाए, तो यह ठीक क्यों है, जबकि प्राकृतिक प्रॉडक्ट्स का सप्लीमेंटेशन ग़लत क्यों है? इन वैज्ञानिकों को कम से कम समान पैमाने की ज़रूरत है।

पारंपरिक चिकित्सा का अभ्यास करने वाले कई डॉक्टर सप्लीमेंटेशन में विटामिन सी या ई जैसे अकेले पोषक तत्व के उच्च स्तर के कारण भी इस पर हमला करते हैं (और मैं इस बात से सहमत हूँ कि अकेले पोषक तत्व का उच्च स्तर आम तौर पर सबसे अच्छा नहीं होता है)। लेकिन इन डॉक्टरों को यह एहसास नहीं होता है कि वे दवाओं के रूप में भी यही तो लिख रहे हैं। वे दवा में अकेले, कृत्रिम रसायन

लिख रहे हैं, जिनके ज़बर्दस्त नकारात्मक साइड इफ़ैक्ट्स हो सकते हैं और पिछले बीस साल में उन्होंने दावे के अनुरूप क्षमता हासिल नहीं की है।[246]

क्या मैं सभी प्रिस्क्रिप्शन दवाओं के ख़िलाफ़ हूँ? निश्चित रूप से नहीं! कुछ दवाएँ तो अद्भुत हैं और उनकी बदौलत आज लाखों लोग ज़िंदा हैं। लेकिन कुछ डॉक्टरों का यह कथन कि हर तरह का सप्लीमेंटेशन ख़तरनाक है, पाखंड से भरा है और क़तई सच नहीं है। एक मध्यम मार्ग है और इस पर जल्दी ही पहुँचने की ज़रूरत है, क्योंकि दुनिया भर की सरकारें इलाज की भारी लागत नहीं उठा पाएँगी, जब तक कि व्यापक रोकथाम वाले चिकित्सा परिवर्तन - जिनमें सप्लीमेंटेशन का इस्तेमाल शामिल हो - न किए जाएँ। मैं दृढ़ता से बुद्धिमत्तापूर्ण, ज़िम्मेदार, नियंत्रित सप्लीमेंटेशन की सलाह देता हूँ। मैं चाहता हूँ कि आप इसे सर्वश्रेष्ठ विज्ञान के दिशानिर्देशों के भीतर और अपने निजी डॉक्टर के मशविरे से करें। साथ ही, आप दवाओं की आपसी प्रतिक्रिया का भी ध्यान रखें। हम एक मध्यम मार्ग खोज सकते हैं, जिससे इलाज की क़ीमत और जोखिम कम हो सके। इससे हर एक को फ़ायदा होगा।

मुझे कौन से सप्लीमेंट्स लेने चाहिए?

मैं एक चेतावनी के साथ शुरू करना चाहता हूँ। मैं इस सवाल का जवाब सिर्फ़ दीर्घकालीन रोग को कम करने के संदर्भ में देने जा रहा हूँ। इस बात पर अगर सचमुच विस्तार से चर्चा की जाए, तो एक पूरी पुस्तक आसानी से भर जाएगी! इसके अलावा, मैं नहीं चाहता कि यह अध्याय आपके व्यक्तिगत चिकित्सक के साथ चर्चा का विकल्प बने। इस विषय पर डॉक्टरों के बारे में मैंने थोड़ा-बहुत उल्टा-सीधा कहा है, लेकिन उसके बावजूद सच्चाई यही है कि आपका डॉक्टर ही *आपको* सबसे अच्छी तरह जानता है। उसे पता होगा कि आपके शरीर के लिए कोई ख़ास सप्लीमेंट कम या ज़्यादा मूल्यवान क्यों है। उसे यह भी पता होगा कि कहीं यह आपके द्वारा ली जाने वाली दवाओं के ग़लत तालमेल में तो नहीं है। कृपया अपने डॉक्टर के साथ सप्लीमेंटेशन पर चर्चा करें और उसकी सलाह पर अमल करें।

यहाँ पर मेरा उद्देश्य यह समझने में आपकी मदद करना है कि कौन से सप्लीमेंट्स दीर्घकालीन रोग के जोखिम को कम करने और आदर्श स्वास्थ्य हासिल करने में फ़ायदेमंद साबित हो सकते हैं। मेरी कुछ सलाहें बाक़ी से ज़्यादा प्रबल हैं। इसकी वजह यह है कि उनके बारे में ज़्यादा शोध उपलब्ध है। चुने हुए सप्लीमेंट्स की सूची देने से पहले मैं कुछ आधारभूत नियम बताना चाहूँगा।

FB

पूर्ण फ़ैशनेबल गोरखधंधों की घोषणा!

आप इस अध्याय में आगे जो पढ़ेंगे, उसका अधिकांश हिस्सा फ़ैशनेबल

गोरखधंधों के खंडन से भरा है। सप्लीमेंटेशन के बारे में जितने फ़ैशनेबल गोरखधंधे लोकप्रिय हैं, उतने शायद स्वास्थ्य के किसी दूसरे क्षेत्र में नहीं हैं।

सप्लीमेंटेशन के तेरह नियम

1. **ज़्यादा हमेशा बेहतर नहीं होता।** आपको हर सप्लीमेंट की आदर्श मात्रा लेनी चाहिए और यह मात्रा हर व्यक्ति के लिए अलग-अलग हो सकती है। एक ख़ास मात्रा लाभकारी है - जैसा शोध द्वारा दर्शाया गया है - इसका यह मतलब नहीं है कि उससे दो-तीन गुना ज़्यादा मात्रा लेना ज़्यादा अच्छा होगा। अगर किसी सप्लीमेंट में जैविक रूप से सक्रिय रसायन हों, तो इसे ज़रूरत से ज़्यादा मात्रा में लेने में काफ़ी जोखिम है। कोई सप्लीमेंट सिर्फ़ इसलिए न ख़रीदें, क्योंकि उसमें आपकी दिलचस्पी वाले तत्व की मात्रा बहुत ज़्यादा है। मैं इस संबंध में बी ग्रुप के विटामिन्स के संदर्भ में एक आम ग़लती भी देखता हूँ। कुछ लोग सोचते हैं कि बी ग्रुप के विटामिन्स पानी में घुलनशील होते हैं, इसलिए उनकी असीमित मात्रा अच्छी होती है। यह सच नहीं है।

2. **"प्राकृतिक" का मतलब "सुरक्षित" नहीं होता।** मार्केटिंग करने वाले लोग कई बार अपने प्रॉडक्ट्स पर "प्राकृतिक" का लेबल लगा देते हैं, जैसे इससे ही उनके फ़ायदेमंद और सुरक्षित होने की गारंटी मिल जाती हो। ज़हरीले मशरूम और हेरोइन भी प्राकृतिक हैं, लेकिन वे आपकी जान ले सकते हैं।

3. **इस बात की गारंटी नहीं है कि हेल्थ फ़ूड स्टोर से ख़रीदी गई हर चीज़ स्वास्थ्यवर्धक है।** मा हुआँग, जिसे एफ़ेड्रा के नाम से भी जाना जाता है, कई हेल्थ फ़ूड स्टोर्स में बिकता था। बाद में इसके ख़तरे सामने आए। यह अमेरिका में बिकना तभी बंद हुआ, जब सरकार ने असामान्य हृदय लय और मृत्यु के साथ इसके संबंध की वजह से इसे प्रतिबंधित कर दिया। अब इसके बजाय बिटर ऑरेंज नामक वेट-लॉस प्रॉडक्ट मिल रहा है - और इसमें भी एफ़ेड्रा जैसे ही कुछ जोखिम देखे गए हैं। इसके अलावा भी कई अन्य ख़तरनाक जड़ी-बूटियाँ दुनिया भर के स्टोर्स में उपलब्ध हैं और कुछ देशों में उनके निर्माण व बिक्री पर कोई नियंत्रण नहीं है।

4. **उन सप्लीमेंट्स से बचें, जिनमें बहुत सारी जड़ी-बूटियाँ हों।** कुछ प्रॉडक्ट्स में दस या इससे ज़्यादा अलग-अलग जड़ी-बूटियाँ होती हैं। जड़ी-बूटियाँ वे पौधे हैं, जिनका व्यक्तिगत दृष्टि से शरीर पर कुछ न कुछ असर देखा गया है। बिना तार्किक संबंध के कई जड़ी-बूटियों को एक साथ मिला देना सिर्फ़ प्रॉडक्ट को ज़्यादा मूल्यवान दिखाने का मार्केटिंग हथकंडा है। अगर आप दवाओं के मामले में भी इसी नीति पर चलें, तो क्या होगा? अगर आप दवा की दुकान में मिलने वाली बहुत सी दवाओं को बिना सोचे-विचारे और बिना उनके नाम पर नज़र डाले खा लें, तो कैसा रहेगा? हममें से ज़्यादातर लोग इसे समझदारी भरी नीति नहीं मानेंगे।

इसके अलावा आम तौर पर इन जड़ी-बूटियों के संबंध में कोई साहित्य भी नहीं होता है, जो इस तरह के अतार्किक तालमेल को सुरक्षित साबित करता हो। बिना सोचे-विचारे बहुत सी जड़ी-बूटियों का तालमेल मल्टीविटामिन/मल्टीमिरनल सप्लीमेंट्स से बिलकुल अलग होता है, क्योंकि सप्लीमेंट्स पर बहुत सा शोध किया जा चुका है।

5. **यह जाँच करें कि सप्लीमेंट कैसे बनता है।** सर्वश्रेष्ठ सप्लीमेंट्स कड़ी गुणवत्ता के दिशानिर्देशों के अनुरूप बनते और पैक होते हैं। इससे उनकी स्वच्छता और शुद्धता सुनिश्चित होती है।

6. **कृत्रिम रसायनों के बजाय "भोजन" को ज़्यादा महत्व दें।** सर्वश्रेष्ठ सप्लीमेंट्स वे होते हैं, जिन्हें भोजन की चीज़ों को निचोड़कर या कंडेंस करके बनाया जाता है। प्रयोगशाला में कृत्रिम रूप से बने रसायन उतने अच्छे नहीं होते हैं।

7. **प्राकृतिक का विकल्प चुनें।** आहार स्रोतों से निचोड़कर या कंडेंस करके बने सप्लीमेंटस में प्राकृतिक रूप से उगाए गए सप्लीमेंट्स ज़्यादा सुरक्षित होते हैं।

8. **कुछ शोध करें।** अपने सप्लीमेंट्स सिर्फ़ उन्हीं कंपनियों से ख़रीदें, जो दस्तावेज़ में यह दिखा सकती हों कि गोलियों में पोषक तत्वों की मात्राएँ लेबल पर किए गए वादे के अनुरूप हैं (आप ConsumerLab.com पर इसकी जाँच कर सकते हैं, जो स्वतंत्र रूप से इसकी पुष्टि करती है)। स्वतंत्र अध्ययनों में दर्शाया गया है कि कुछ निर्माताओं के सप्लीमेंट्स में पोषक तत्वों की मात्रा दर्शायी गई मात्रा से कम होती है और लेबल पर लिखे कुछ पोषक तत्व तो उसमें होते ही नहीं हैं। यह समस्या ख़ास तौर पर अमेरिका में मौजूद है, जहाँ सप्लीमेंट उद्योग पर बहुत कम नियंत्रण या क़ानून हैं।

9. **पैसा ही सब कुछ नहीं होता।** हमारा उद्देश्य *पोषण* पाना है, इसलिए सिर्फ़ क़ीमत को ही अपनी ख़रीदारी का आधार न बनाएँ। मैंने ऐसे एक्सरे देखे हैं, जिनमें रोगी की आँत के निचले हिस्से में समूचे, बिना पचे कैल्शियम सप्लीमेंट्स दिख रहे थे। उस रोगी ने कैल्शियम की सस्ती गोली ख़रीदकर शायद थोड़ा पैसा बचा लिया था। बुरा यह हुआ कि उसके शरीर ने रत्ती भर भी कैल्शियम ग्रहण नहीं किया।

10. **आयुर्वेदिक प्रॉडक्ट्स से सावधान रहें।** (यह चेतावनी भारत के डॉक्टर भी देते हैं।) 1994 में ***जामा*** में प्रकाशित हार्वर्ड मेडिकल स्कूल के अध्ययन[247] के अनुसार आयुर्वेदिक हर्बल मेडिसिन प्रॉडक्ट्स से बचने में ही समझदारी है - या कम से कम उनमें सही चुनाव करने में *बहुत सावधानी* रखनी होगी, ख़ास तौर पर जो दक्षिण एशिया में बनते हैं। हमें यह चेतावनी तब तक माननी चाहिए, जब तक कि इन प्रॉडक्ट्स की कठोर जाँच अनिवार्य नहीं हो जाती और परिणाम प्रकाशित नहीं हो जाते। हार्वर्ड मेडिकल स्कूल के अध्ययन में पाया गया कि पाँच में से एक आयुर्वेदिक प्रॉडक्ट में लेड, मर्करी और/या आर्सेनिक के संभावित नुक़सानदेह तत्व शामिल थे।

इन प्रॉडक्ट्स के कारण भारी धातु से नुक़सान के कई प्रमाणित मामले सामने आ चुके हैं।[248, 249] इसके पीछे कारण है : पारंपरिक दृष्टि से आयुर्वेदिक चिकित्सा में भारी धातुओं को फ़ायदेमंद माना जाता था। अब हम जान चुके हैं कि वे ज़हरीली होती हैं, लेकिन इसके बावजूद कई आयुर्वेदिक सप्लीमेंट्स में अब भी हानिकारक स्तर पाए जाते हैं।

11. **सही लोगों की बातें सुनें।** टीवी विज्ञापन और बिक्री पर केंद्रित न्यूज़लेटर्स सप्लीमेंटेशन संबंधी जानकारी हासिल करने का सबसे अच्छा स्रोत नहीं हैं। मेरा मतलब है, पुरानी कार ख़रीदने के बारे में आप किससे सलाह लेंगे – कुशल ऑटो मैकेनिक से या पुरानी कार के सेल्समैन से? ख़ास तौर पर उन न्यूज़लेटर्स से बचें, जिनमें लेखक यह बताता है कि पूरा चिकित्सा समुदाय एक बुरा षड्यंत्र कर रहा है, आपसे कोई मूल्यवान जानकारी छिपा रहा है और इसका कारण यह है कि वे फ़ार्मास्यूटिकल उद्योग के हाथों बिक चुके हैं। जब कोई लेखक आपको बताता है कि दुनिया में वही अकेला आपके साथ ईमानदारी से पेश आ रहा है, तो सावधान हो जाएँ, *ख़ास तौर पर* अगर वह आपसे पैसा चाहता हो। विश्वसनीय न्यूज़लेटर्स स्थापित शैक्षणिक संस्थाओं द्वारा प्रकाशित होते हैं, जैसे *द बर्कले न्यूज़लेटर, हार्वर्ड मेन्स हेल्थ वॉच, टफ़्ट्स यूनिवर्सिटी हेल्थ एंड न्यूट्रिशन लेटर और न्यूट्रिशन एक्शन हेल्थ लेटर* (सेंटर फ़ॉर साइंस इन द पब्लिक इंट्रेस्ट की ओर से)। यूसी बर्कले, हार्वर्ड और टफ़्ट्स बेहद सम्मानित शोध विश्वविद्यालय हैं। हार्वर्ड डाइटरी सप्लीमेंट्स बेचने का धंधा नहीं करता; बहुत से निजी न्यूज़लेटर प्रकाशक यह धंधा करते हैं। ज़ाहिर है, कुछ शैक्षणिक जर्नल्स में भी ऐसे लेखक होंगे, जिनमें सप्लीमेंटेशन के प्रति संकीर्ण दृष्टिकोण होगा। वैसे कुल मिलाकर वे आम तौर पर निष्पक्ष होने की कोशिश करते हैं।

12. **दवाओं की आपसी प्रतिक्रिया से सचेत रहें।** अगर आप वर्तमान में डॉक्टर की लिखी कोई दवा खा रहे हों, तो अपने फ़ार्मासिस्ट से यह सुनिश्चित करें कि जिस सप्लीमेंट में आपकी दिलचस्पी है, वह आपके डॉक्टर की दवा पर ग़लत प्रतिक्रिया तो नहीं करेगा।

13. **स्मार्ट बनें।** जानकारों की तरह चुनाव करें। आपको यह समझने की ज़रूरत है कि आप क्या और क्यों ले रहे हैं। पढ़ें और अपने डॉक्टर से बातचीत करें। (अगर उसके पास अच्छी जानकारी नहीं है, तो कोई दूसरा डॉक्टर खोज लें।) अपनी ज़रूरतों और स्वास्थ्य जोखिमों की समझ के आधार पर सप्लीमेंटेशन योजना चुनें। उन रोगों पर ध्यान केंद्रित करें, जिनका आपको सबसे ज़्यादा जोखिम हो। कोई सप्लीमेंट सिर्फ़ इसलिए न लें, क्योंकि वह फ़ैशन में है या आपका दोस्त उसे ले रहा है। आप यह जानकर हैरान रह जाएँगे कि मुझे कितनी ज़्यादा बार हमारे क्लाएंट्स को सप्लीमेंट की ख़ुराक कम करने की सलाह देनी पड़ी है। उन्हें लगता था कि उन्हें शेल्फ़ पर रखी हर चीज़ खानी चाहिए।

ये सप्लीमेंट्स दीर्घकालीन रोग के जोखिम को कम कर सकते हैं

कृपया यह सूची अपने डॉक्टर को दिखाएँ।

मैं आपको जो सूची यहाँ बताने वाला हूँ, स्टोर के शेल्फ़्स पर आपको उससे ज़्यादा सप्लीमेंट प्रॉडक्ट्स मिलेंगे। मैं यहाँ सिर्फ़ वही सप्लीमेंट्स बताना चाहता हूँ, जिनसे दीर्घकालीन रोग का जोखिम कम होने की सबसे ज़्यादा संभावना होती है।

एक बार फिर, कृपया, *कृपया* कोई भी सप्लीमेंट लेने से पहले अपने डॉक्टर या फ़ार्मासिस्ट से परामर्श ज़रूर लें। आपको यह सुनिश्चित करने की ज़रूरत है कि आप जो सप्लीमेंट लेने जा रहे हैं, कहीं वह पहले से चल रही किसी अन्य दवा के साथ नकारात्मक प्रतिक्रिया तो नहीं करेगा।

नीचे दी गई सूची में कुछ अनुशंसित मात्राएँ शामिल हैं। कृपया अपने डॉक्टर और फ़ार्मासिस्ट से इनकी भी जाँच करा लें, क्योंकि नए शोध से वह स्तर बदल सकता है, जिसे आज सप्लीमेंट्स का सुरक्षित या प्रभावी स्तर माना जाता है, ख़ास तौर पर अन्य दवाओं के साथ प्रतिक्रियाओं में। और इस सावधानी का विपरीत करना भी न भूलें : जब भी डॉक्टर आपको कोई नई दवा लिखे, तो आपको उसे ज़रूर बताना चाहिए कि आप कौन से सप्लीमेंट्स ले रहे हैं, ताकि दोनों का तालमेल गड़बड़ न हो।

आप इन सप्लीमेंट्स पर विचार कर सकते हैं :

1. **एक अच्छा मल्टीविटामिन/मल्टीमिनरल/मल्टीफ़ाइटोन्यूट्रिएंट।** मैं चाहता हूँ कि आप पोषण की दृष्टि से अच्छे से अच्छा आहार लें। लेकिन हमें दर्जनों अनिवार्य विटामिन्स, मिनरल्स और कई महत्वपूर्ण फ़ाइटोन्यूट्रिएंट्स की ज़रूरत होती है। आप अपने दैनिक आहार में इन सबकी या कुछ की भी ख़ुराक का सटीक हिसाब नहीं रख सकते। इसके अलावा वर्तमान संस्कृति में अच्छा खाने की सर्वश्रेष्ठ कोशिशों के बावजूद आप आदर्श आहार से दूर रह सकते हैं। इस वजह से और ***जामा*** के पहले उद्धृत शोधपत्र के आधार पर ("यह समझदारी भरा लगता है कि सभी वयस्कों को विटामिन सप्लीमेंट्स लेने चाहिए"), ज़्यादातर लोगों को एक अच्छा मल्टीविटामिन/मल्टीमिनरल खाना चाहिए। 2003 में हुए एक अध्ययन से प्रकट हुआ है कि मल्टीविटामिन खाने से सी-रिएक्टिव प्रोटीन (सीआरपी) कम हो जाता है।[290] इस जानकारी और अध्याय 3 में बताई गई जानकारी की रोशनी में आपके डॉक्टर को इस अनुशंसा से असहमत होने में मुश्किल आएगी। और यह जितनी जल्दी शुरू हो जाए, उतना ही अच्छा है : गर्भावस्था में विटामिन लेने से बच्चों के कैंसर के जोखिम में कमी देखी गई है।[251, 252] आम पोषण कमियों को दूर करने से डीएनए के नुक़सान में भी कमी देखी गई।[253] इस अध्ययन के लेखकों का निष्कर्ष था कि इससे बहुत कम ख़र्च में दीर्घायु रहा जा सकता है।
2. **ओमेगा-3।** बहुत सा शोध संकेत देता है कि पिछली सदी में हमारे आहार में

ओमेगा-6 और ओमेगा-3 फ़ैटी एसिड्स के बीच जो संतुलन रहता था, आज उसमें भारी बदलाव आ चुका है। पारंपरिक भूमध्यसागरीय या ग्रीक आहार में ओमेगा-6 और ओमेगा-3 की लगभग समान मात्रा रहती थी। लेकिन चूँकि अब हम बहुत ज़्यादा प्रोसेस्ड फ़ैट खा रहे हैं, जैसे आंशिक रूप से हाइड्रोजेनेटेड कॉर्न ऑइल, इसलिए आजकल हम ओमेगा-3 की तुलना में *बीस-तीस गुना* ज़्यादा ओमेगा-6 खा रहे हैं। ओमेगा-6 फ़ैटी एसिड्स इनफ़्लेमेटरी प्रकृति के होते हैं - यानी कि वे दीर्घकालीन रोग में योगदान देते हैं। आप साल्मन और केनोला ऑइल जैसी चीज़ें खाकर इस बहुत गड़बड़ हो चुके संतुलन को दोबारा सही कर सकते हैं, क्योंकि इनमें ओमेगा-3 की मात्रा ज़्यादा होती है। आप सप्लीमेंटेशन के माध्यम से भी ऐसा कर सकते हैं। आम तौर पर ओमेगा-3 की एक ग्राम ख़ुराक पर्याप्त होती है (वयस्कों के लिए डीएचए और ईपीए दोनों रूपों में), और फ़िश ऑइल वाले कैपसूलों में अमूमन इससे ज़्यादा मात्रा होती है। ओमेगा-3 के कई अन्य लाभ भी होते हैं : यह हाइपरटेंशन[254], इन्सुलिन रज़िस्टेंस,[255] इनफ़्लेमेशन[256], हार्ट अटैक से मृत्यु दर[257], अल्ज़ाइमर्स,[258] और कई अन्य रोगों को कम करता है। यह लिवर, हृदय, फ़ैट और मस्तिष्क[259] में जीन की अभिव्यक्ति पर भी असर डालता है। जैसा अध्याय 4 में ज़िक्र किया गया है, ओमेगा-3 द्वारा आयु बढ़ने की बहुत ज़्यादा संभावना इसलिए है, क्योंकि यह उसी तत्व को नियंत्रित करता है, जो गंभीर कैलोरी नियंत्रण[260, 261, 262] के दौरान दीर्घायु के साथ जुड़ा हुआ है (जिसका मतलब है कि आप ओमेगा-3 लेकर भी ज़्यादा समय तक जी सकते हैं, और वह भी भूख से तड़पे बिना!) यह प्रतिरक्षण तंत्र के बहुत से रोगों की रफ़्तार को धीमा कर देता है[263], कोलोरेक्टल कैंसर के जोखिम को घटाता है[264] और हर तरह के कैंसर के जोखिम को कम करता है।[265] (आहार स्रोत संबंधी दिशानिर्देशों के लिए परिशिष्ट बी.3 देखें।)

यह सूची ओमेगा-3 के लाभों के संदर्भ में सिर्फ़ सतह को ही खुरचती है। अगर आप ज़्यादा पढ़ना चाहते हों, तो मैं एक बार फिर डॉ. आर्टेमिस सिमोपूलॉस की पुस्तक *द ओमेगा डाइट* की अनुशंसा करता हूँ।[266] अंत में, ओमेगा-3 लेने से पहले कृपया अपने डॉक्टर से सलाह ज़रूर लें।

3. **कैल्शियम सप्लीमेंटेशन।** हम सभी जानते हैं कि कैल्शियम अस्थि तंत्र को स्वस्थ रखने में फ़ायदा पहुँचाता है, लेकिन सिर्फ़ इतना ही नहीं है। कैल्शियम हाइपरटेंशन कम करने में भी मदद करता है। (कोएन्ज़ाइम क्यू10, लहसुन और विटामिन सी भी संभवतः हाइपरटेंशन के मामले में असरदार हो सकते हैं।) कैल्शियम से इंसुलिन रज़िस्टेंस कम होने में मदद मिलती है।[267] अमेरिका के नेशनल इंस्टीट्यूट्स ऑफ़ हेल्थ के अनुसार इस बात के कुछ प्रमाण हैं कि कैल्शियम सप्लीमेंट से कोलोन कैंसर का जोखिम घट सकता है। डाइटरी सप्लीमेंट फ़ैक्ट शीट : कैल्शियम[268] में बताया गया है, "कुछ अध्ययन यह सुझाते हैं कि आहार (कम फ़ैट वाले स्रोत) और सप्लीमेंट के रूप में कैल्शियम की मात्रा बढ़ाने से कोलोन कैंसर में कमी देखी गई है।"[269, 270, 271]

4. **अलसी** (flaxseed) कोलेस्टेरॉल के बढ़े हुए स्तर को कम करने में सहायक नज़र आती है।[272] (कैल्शियम, फ़िश ऑइल, मैग्नीशियम और ओट भी इस दिशा में कारगर हो सकते हैं।)
5. **विटामिन बी कॉम्प्लेक्स** होमोसिस्टीन के बढ़े हुए स्तर को कम करता है।[273] फ़ोलिक एसिड (विटामिन बी9) कोलोन कैंसर के ख़तरे को भी कम कर सकता है,[274] लेकिन शोध अब इशारा कर रहा है कि हमें इन विटामिनों की असीमित मात्रा नहीं लेनी चाहिए। एक अच्छे मल्टीविटामिन में आम तौर पर फ़ोलिक एसिड और विटामिन बी12 की उतनी मात्रा शामिल होती है, जितनी कि होमोसिस्टीन (जो हृदय रोग के साथ जुड़ा इनफ़्लेमेशन बढ़ाने वाला तत्व है) को कम करने के लिए ज़रूरी होती है। फ़ोलिक एसिड सप्लीमेंट लेने से रक्त नलिकाओं का काम भी बेहतर होता है।[275, 276]
6. **असल पौधों के प्रॉडक्ट्स।** कुछ निर्माताओं के सप्लीमेंट्स में पौधों से निकाले हुए पोषक पदार्थ शामिल होते हैं। यह सच है कि ये हर दिन पाँच से नौ फलों व सब्ज़ियों की ख़ुराक की जगह नहीं ले सकते, लेकिन उनसे मदद मिलती है। इनमें से कई सप्लीमेंट्स में फ़ाइटोन्यूट्रिएंट्स (जैसे हेस्पेरिडिन, क्वेरसेटिन, रेसवेराट्रॉल, एलेगिक एसिड, एंथोसाएनिन्स, सल्फ़ोराफेन्स और कैरोटेनॉइड्स) शामिल होते हैं, जो इनफ़्लेमेशन कम करते हैं। फ़ाइटोन्यूट्रिएंट्स के ज़बर्दस्त लाभों की सूची बताने के लिए मुझे एक पूरी पुस्तक लिखने की ज़रूरत पड़ेगी। यहाँ इतना कहना ही काफ़ी है कि वे दीर्घकालीन रोग के आपके जोखिम को काफ़ी कम कर सकते हैं।
7. **विटामिन डी** से कई कैंसरों में कमी देखी गई है, इसलिए इसकी अनुशंसित मात्रा बढ़ा दी गई है। आपको शायद हर दिन विटामिन डी की कम से कम 1,000 आई यू, शायद 2,000 आईयू मात्रा लेनी चाहिए। कई शोध इस दिशा में संकेत करते हैं कि इससे बहुत ऊँचे स्तर आदर्श हैं। विटामिन डी से हृदय की सेहत को भी बल मिलता है।[277] यह ओस्टियोपोरोसिस, हाई ब्लड प्रेशर, फ़ाइब्रोमाएल्जिया, स्किन इनफ़्लेमेटरी रोगों,[278] डाइबिटीज़, मल्टिपल स्केलेरोसिस और र्यूमैटॉइड आर्थ्राइटिस के जोखिम को कम करता है। यह प्रोस्टेट कैंसर जैसे कई क़िस्म के कैंसरों[279] के जोखिम को कम करता है (देखें अध्याय 10)। ऐसा शायद इसके एंटी-इनफ़्लेमेटरी प्रभाव की वजह से है।[280] अगर आपके मल्टीविटामिन में विटामिन डी की कम से कम 1,000 आईयू ख़ुराक शामिल नहीं है, तो अतिरिक्त विटामिन डी लेने पर विचार करें, ख़ास तौर पर अगर आप ज़्यादा बूढ़े हों, धूप में ज़्यादा देर न रहते हों या 30 डिग्री उत्तर लेटीट्यूड के उत्तर में रहते हों (या, न्यूज़ीलैंड, तस्मानिया और पैटागोलिन्या के मेरे दोस्तों के लिए, 35 डिग्री दक्षिण लेटीट्यूड के दक्षिण में रहते हों।) विटामिन डी के कम स्तर से मृत्यु दर में वृद्धि भी देखी गई है।[281, 282] मैं इस बात को पसंद करता हूँ कि विटामिन डी का रक्त स्तर कम से कम 37ng/ml (अमेरिका में) हो या लगभग 90nmol/L (अमेरिका के बाहर) हो।
8. **क्रोमियम** भी इन्सुलिन रज़िस्टेंस कम करने में असरदार हो सकता है। इसका

इस्तेमाल तब भी किया जा सकता है, जब आपको टाइप 2 डाइबिटीज़ हो चुकी हो, लेकिन सिर्फ़ आपके डॉक्टर की सतर्क निगरानी में। दिन में दो बार 500mcg की ख़ुराक से दो महीने के उपचार के बाद औसत रक्त शर्करा स्तर (HbA1c) में काफ़ी कमी देखी गई है।[283] (डाइबिटीज़ का जोखिम कम करने में जो अन्य सप्लीमेंट्स मदद कर सकते हैं, वे हैं ओमेगा-3 (सिर्फ़ डॉक्टर के मार्गदर्शन में ही लें), ओट ब्रैन, कैल्शियम, मैग्नीशियम, ओट्स और विटामिन डी।) क्रोमियम पाइकोलिनेट कोलेस्टेरॉल और ट्राइग्लिसरॉइड्स को भी कम कर सकता है।[284]

9. **फ़ाइबर** से इन्सुलिन रज़िस्टेंस[285], हृदय रोग,[286] और शायद कोलोन कैंसर भी कम हो सकता है, हालाँकि कोलोन कैंसर के मामले में इसके प्रभाव विवादास्पद हैं।
10. **मैग्नीशियम** से इन्सुलिन रज़िस्टेंस[287] और इनफ़्लेमेशन[288] कम होने में मदद मिलती है। बहरहाल, अच्छे मल्टीविटामिन में आपको पर्याप्त मैग्नीशियम मिल जाता है।
11. **कोएन्ज़ाइम क्यू10** से कई अध्ययनों में कनजेस्टिव हार्ट फ़ेल्योर[289] में कमी देखी गई है, लेकिन यह थोड़ा विवादास्पद है। इससे ब्लड प्रेशर कम होने में मदद मिलती है,[290, 291] पार्किन्सन्स रोग के लक्षणों में कमी आती है,[292] और प्रतिरक्षण तंत्र बेहतर होता है। यह एंटीऑक्सीडेंट भी है और एंटी-इनफ़्लेमेटरी भी।[293]
12. **विटामिन ई।** विटामिन ई पर ज़्यादातर शोध कार्डियोवैस्कुलर रोग के संदर्भ में हुआ है। पहले 300 से 400 आईयू आम तौर पर सुरक्षित ख़ुराक मानी जाती थी। हाल के कुछ अध्ययनों में विटामिन ई के कार्डियोवैस्कुलर लाभों पर संदेह व्यक्त किया गया है, लेकिन इनमें से कई अध्ययनों की मेथडोलॉजी में महत्वपूर्ण समस्याएँ हैं।[294] जब विटामिन ई का इस्तेमाल अन्य विटामिन्स और मिनरल्स के साथ किया जाता है, तो इससे कार्डियोवैस्कुलर लाभ मिलते हैं।[295] दुर्भाग्य से अधिकांश शोधकर्ताओं ने विटामिन ई का अकेले ही मूल्यांकन किया है और इसे अन्य एंटीऑक्सीडेंट्स के साथ शामिल नहीं किया है। उन्होंने अपने शोध में अक्सर भोजन पर नियंत्रण नहीं किया था या यह सुनिश्चित नहीं किया था कि जिन लोगों पर प्रयोग हो रहे थे, वे अन्य विटामिन्स भी पर्याप्त मात्रा में खाएँ। विटामिन्स टीम खिलाड़ी होते हैं - वे दूसरे विटामिनों के साथ मिलकर काम करते हैं। जो अध्ययन इस बुनियादी विचार को नियंत्रित नहीं करता है, वह ख़राब तरीक़े से किया गया है।

देखा गया है कि विटामिन ई प्रो-इनफ़्लेमेटरी साइटोकाइन्स (आपको अध्याय 3 के ये शैतानी लोग याद होंगे) और सीआरपी को कम करके इनफ़्लेमेशन कम करता है।[296, 297] इसलिए कार्डियोवैस्कुलर रोग में इनफ़्लेमेशन के योगदान की रोशनी में विटामिन ई द्वारा यह रोग कम हो सकता है, बशर्ते इसका उपयोग उचित तरीक़े से अन्य एंटीऑक्सीडेंट्स के साथ किया जाए। मुझे उम्मीद है कि भावी शोध में इस विचार को ध्यान में रखा जाएगा। (विटामिन ई के सबसे अच्छे स्रोत वे हैं, जिनमें इसके रूपों के कई प्रकार हों, जैसे अल्फ़ा-, बीटा-, डेल्टा-, और गामा टोकोफ़ेरॉल।)

कुछ ख़राब तरीक़े से किए गए शोध में तो यह सुझाव भी दिया गया है कि विटामिन ई नुक़सान भी पहुँचा सकता है। स्पष्ट रूप से ये शोधकर्ता विटामिन ई के अन्य लाभों से पूरी तरह अनजान हैं। इससे प्रोस्टेट[298] और आमाशय के कैंसर[299] में भी कमी देखी गई है। इसके अलावा यह अल्ज़ाइमर्स रोग[300] के ह्रास को भी धीमा करता है और बुज़ुर्ग लोगों के प्रतिरक्षण तंत्र की कार्यविधि को बेहतर बनाता है।[301]

13. **लाइकोपीन** प्रोस्टेट[302] ओर फेफड़ों के कैंसर[303] का जोखिम कम करता है। यह आमाशय, पैन्क्रियाज़, कोलॉन, रेक्टम, ईसोफ़ेगस, स्तन, ओरल कैविटी और सर्विकल कैंसरों के जोखिम को भी घटाता है।[304] कोई हैरानी नहीं कि इससे इनफ़्लेमेशन कम होता है।[305]
14. **हरी चाय (पॉलीफ़ेनॉल्स)** से कॉलेस्ट्रॉल और ट्राइग्लिसरॉइड्स में कमी देखी गई है।[306] इससे स्तन,[307] ब्लैडर,[308] ईसोफ़ेगल और पैन्क्रिएटिक कैंसरों[309] का जोखिम भी कम होता है। इसके अलावा इससे अल्ज़ाइमर्स और पार्किन्सन्स डिसीज़[310, 311, 312, 313, 314, 315, 316, 317] जैसे मानसिक रोगों का जोखिम भी कम होता है। यही नहीं, हरी चाय के एंटी-कैंसर[318, 319] और एंटी-इनफ़्लेमेटरी प्रभाव[320, 321] भी देखे गए हैं।
15. **लहसुन** से बढ़े हुए कोलेस्टेरॉल,[322] हाइपरटेंशन[323] और प्रोस्टेट कैंसर[324] का जोखिम कम होता है।
16. **सेलेनियम** से प्रोस्टेट कैंसर,[325] फेफड़ों के कैंसर और कोलोरेक्टल कैंसर[326] का जोखिम कम होता है।
17. **विटामिन सी** आमाशय के कैंसर के जोखिम को कम करता है।[327] यह स्ट्रोक के ख़तरे को भी कम करता है[328] और विटामिन ई के साथ मिलकर कार्डियोवैस्कुलर रोग के जोखिम को कम करता है।[329, 330]
18. **ग्लूकोसेमाइन** ओस्टियोआर्थ्राइटिस[331] और इनफ़्लेमेशन[332] के जोखिम को कम करता है।
19. **रेसवेराट्रॉल** अंगूर के छिलकों में पाया जाता है और दीर्घकालीन इनफ़्लेमेशन को कम करता है।[333]
20. **अनार** में पौधों के कई रसायन शामिल होते हैं, जिनसे न सिर्फ़ एथेरोस्क्लेरॉसिस की गति धीमी होती है[334], बल्कि यह उलट भी जाती है।[335]
21. **करकुमिन** (यह हल्दी में पाया जाता है) से नर्व और ब्रेन की सक्रियता की रक्षा होती है - एंटीऑक्सीडेंट के रूप में भी और एंटी-इनफ़्लेमेटरी के रूप में भी।[336, 337, 338] इससे न्यूट्रिजेनोमिक स्तर पर भी फ़ायदा होता है।[339]
22. **ल्यूटीन और जिएक्सेनथिन** वयस्क अंधत्व की ओर ले जाने वाले अधिकांश हानिकारक रसायनों से रेटिना की रक्षा करते हैं।[340, 341]
23. **गिंकगो बाइलोबा।** हालाँकि यह कई दवाओं के साथ नकारात्मक प्रतिक्रिया कर सकता है, लेकिन ठोस शोध से पता चला है कि यह अल्ज़ाइमर्स रोग को बढ़ने से रोक सकता है।[342, 343, 344]

24. **क्वेरसेटिन** से इनफ़्लेमेशन कम होता है[345] और प्रोस्टेट कैंसर का जोखिम भी कम होता है।[346]

दीर्घकालीन रोगों का जोखिम कम करने के लिए इन सप्लीमेंट्स के समर्थन में पर्याप्त से ज़्यादा वैज्ञानिक साहित्य उपलब्ध है। हमेशा नए रिसर्च प्रोजेक्ट्स चलते रहते हैं और हो सकता है कि भावी अध्ययनों से सलाह में कुछ परिवर्तन हो जाए। लेकिन अगर आपको कैंसर या अन्य बीमारियों का गंभीर जोखिम हो, तो इन सप्लीमेंट्स के समर्थन के लिए आज ही पर्याप्त शोध मौजूद है। इनमें से कुछ सप्लीमेंट्स के संदर्भ में पक्का जवाब मालूम चलने में दस-बीस साल का वक़्त लग सकता है, लेकिन इतने लंबे वक़्त तक शोध का इंतज़ार करना आपके सर्वश्रेष्ठ हित में नहीं होगा, क्योंकि जोखिम इसी समय आपके दरवाज़े पर खड़ा है।

डॉ. ड्यूक की क्रांतिकारी सप्लीमेंटेशन योजना

आपको कौन से सप्लीमेंट्स लेने चाहिए?

आपने ऊपर वाला "मीनू" पढ़ लिया है और अब आप जानना चाहते हैं कि इसे अपनी ज़िंदगी में लागू कैसे करें। काश मैं आपको बता सकता! यह तो इस तरह का सवाल पूछने जैसा है, "मुझे कौन सी दवाएँ लेनी चाहिए?" जवाब हर व्यक्ति के लिए अलग-अलग होगा। यह आपके चिकित्सा इतिहास, आपकी स्वास्थ्य समस्याओं, वर्तमान दवाओं, एलर्जी आदि पर निर्भर करता है। यह इस बात पर भी निर्भर करता है कि आपको किन रोगों का सबसे ज़्यादा जोखिम है।

इस सवाल के अच्छे जवाब पाने के लिए आप न्यूट्रिशनल मूल्यांकन करवा सकते हैं। ऐसा आप कहाँ करवा सकते हैं? अपने डॉक्टर से पूछें। वह आपको अच्छे स्रोत की जानकारी दे देगा।

मैं ठोस सलाह दे *सकता* हूँ कि ज़्यादातर लोगों के लिए अच्छा बुनियादी सप्लीमेंटेशन क्या है। आप अपनी सेहत की व्यक्तिगत ज़रूरतों और जोखिमों के आधार पर इसमें फेरबदल कर सकते हैं।

कृपया सप्लीमेंटेशन के हमारे तेरह नियमों को दिमाग़ में रखें। ऐसे प्रॉडक्ट की तलाश करें, जो प्रतिष्ठित हो, जिसकी उपचारक क्षमता प्रामाणिक हो, जो प्रेस्ड फ़ूड से बनाया गया प्राकृतिक (organic) प्रॉडक्ट हो - या आप इसके जितने क़रीब पहुँच सकते हों। प्रेस्ड फ़ूड से बने सप्लीमेंट्स कृत्रिम रसायनों की तुलना में ज़्यादा महँगे होते हैं, लेकिन उनका महत्व भी ज़्यादा होता है, क्योंकि उनमें कई प्राकृतिक फ़ाइटोन्यूट्रिएंट्स शामिल होते हैं, जो मिलकर काम करते हैं। अगर आप कंडेंस्ड फ़ूड सप्लीमेंट ख़रीदने का ख़र्च नहीं उठा सकते हों, तो कुछ नहीं से तो कृत्रिम रसायन भी बेहतर हैं।

अनुशंसित बुनियादी सप्लीमेंट्स हैं :

1. **एक अच्छा मल्टीविटामिन/मल्टीमिनरल/मल्टीफ़ाइटोन्यूट्रिएंट।** इनमें आम तौर पर कैल्शियम, विटामिन बी कॉम्प्लेक्स, विटामिन डी, क्रोमियम, मैग्नीशियम, विटामिन ई, सेलेनियम और विटामिन सी की पर्याप्त ख़ुराक होगी, जिसका ज़िक्र पहले किया जा चुका है। उम्र के हिसाब से पहले बताई गई एनआईएच फ़ैक्ट शीट की अनुशंसाओं को पूरा करने के लिए आपको अतिरिक्त कैल्शियम की भी ज़रूरत हो सकती है। चूँकि विटामिन्स, मिनरल्स, ट्रेस एलीमेंट्स और फ़ाइटोन्यूट्रिएंट्स मिलकर काम करते हैं, इसलिए बहुत सारे अलग-अलग पोषक तत्व लेने के बजाय एक संतुलित मल्टीविटामिन प्रॉडक्ट लेना सबसे अच्छा होता है। यह ज़्यादा आसान भी होता है - आपको सिर्फ़ एक-दो गोलियाँ ही निगलनी होंगी (दैनिक ख़ुराक में सभी पोषक तत्वों और प्लांट मटेरियल्स के लिए उच्च-गुणवत्ता की कई "मल्टी" गोलियों की ज़रूरत होती है)।

   मल्टीविटामिन के आपके इस्तेमाल के समर्थन में कुछ मज़ेदार तथ्य : विटामिन सी और ई, बीटा कैरोटीन और ज़िंक मांसपेशीय ह्रास की गति धीमी कर देते हैं, जो अंधेपन का अग्रणी कारण है, ख़ास तौर पर बुज़ुर्ग लोगों में।[347, 348] धूम्रपान करने वाले पुरुषों में विटामिन ई सप्लीमेंट प्रोस्टेट कैंसर का जोखिम कम करता है। बीटा-कैरोटीन के कम पोषण वाली ख़ुराक वाले पुरुषों में बीटा-कैरोटीन का सप्लीमेंट भी यही करता है।[349] प्लाज़्मा में विटामिन बी-6 के उच्च स्तर से कोलोरेक्टल कैंसर का जोखिम कम हो जाता है।[350]

2. **ओमेगा-3।** ये सप्लीमेंट्स आम तौर पर फ़िश ऑइल्स के रूप में आते हैं। ओमेगा-6 और ओमेगा-3 के स्वास्थ्य लाभों के बीच का असंतुलन सही करने के लिए वयस्कों को आम तौर पर ओमेगा-3 के 1000 मिग्रा. की दैनिक ज़रूरत होती है (दोनों प्रकारों में से वयस्कों को डीएचए के बजाय ईपीओ को तरजीह देनी चाहिए)। ओमेगा-3 के शाकाहारी रूप (अल्फ़ा-लिनोलेनिक एसिड) से हृदयरोग से सहसा मृत्यु के जोखिम में कमी देखी गई है।[351] (ओमेगा-3 के बारे में इस अध्याय में पहले दी गई जानकारी के अलावा अध्याय 2, 3 और 9 में दी जानकारी भी देखें। आहार स्रोत संबंधी दिशानिर्देशों के लिए परिशिष्ट बी.3 देखें।)

3. **सप्लीमेंट के रूप में असली फलों और सब्ज़ियों के फ़ाइटोन्यूट्रिएंट्स पाएँ।** यह इस बात को सुनिश्चित करने का आदर्श तरीक़ा है कि आप फ़ाइटोन्यूट्रिएंट्स की बहुत सारी विविधता प्राप्त कर रहे हैं (अनिवार्य विटामिन्स और मिनरल्स के अलावा), जिससे दीर्घकालीन रोग का जोखिम काफ़ी कम होता है। आपको जो फ़ाइटोन्यूट्रिएंट्स लेने की कोशिश करनी चाहिए, वे हैं क्वेरसेटिन, पोमेग्रेनेट, लाइकोपीन और ग्रीन टी पॉलीफ़ेनॉल्स।

4. **कैल्शियम और विटामिन डी सप्लीमेंट्स** जब एक साथ लिए जाते हैं (भोजन के साथ), तो उनसे हड्डियाँ मज़बूत होती हैं और पुट्ठों तथा अन्य नॉन-वर्टीब्रल फ्रैक्चर्स में रोकथाम होती है।[352, 353] विटामिन डी के कम स्तर का संबंध कई प्रकार के कैंसरों से भी है (देखें अध्याय 10)। विटामिन डी की कमी से हाइपरटेंशन[354]

और कई अन्य रोगों का जोखिम भी बढ़ जाता है। विटामिन डी और कैल्शियम उन वयस्कों में इन्सुलिन रज़िस्टेंस और इनफ़्लेमेशन को कम करते हैं, जिन्हें डाइबिटीज़ नहीं है।[355] (विटामिन डी और कैल्शियम के बारे में इस अध्याय में पहले दी गई जानकारी के साथ ही अध्याय 3, 9 और 12 की जानकारी भी देखें)।

कोई भी अतिरिक्त सप्लीमेंटेशन आपके स्वास्थ्य जोखिमों के आधार पर लिया जाना चाहिए। मिसाल के तौर पर :

- अगर आपको ओस्टियोआर्थ्राइटिस होने का ख़तरा हो, तो ग्लूकोसेमाइन सल्फ़ैट जोड़ लें। ग्लूकोसेमाइन नी-रिप्लेसमेंट सर्जरी[356] की आशंका को कम करता है, शायद इसलिए क्योंकि इसमें इनफ़्लेमेशन कम करने की सामर्थ्य होती है।[357] (कुछ अध्ययनों में ग्लूकोसेमाइन को लाभकारी नहीं पाया गया है। ऐसा इसलिए था, क्योंकि उनमें ग्लूकोसेमाइन सल्फ़ेट के बजाय ग्लूकोसेमाइन हाइड्रोक्लोराइड का इस्तेमाल किया गया था।)
- अगर आपको कार्डियोवैस्कुलर रोग या पार्किन्सन्स डिसीज़[358] का ख़तरा है, तो अपनी योजना में कोएंज़ाइम क्यू10 जोड़ लें।
- अगर कोलेस्टेरॉल संबंधी समस्या है, तो अलसी का तेल (flaxseed oil) और लहसुन जोड़ने के बारे में विचार करें।
- अगर कैंसर, अल्ज़ाइमर्स डिसीज़, डीमेंशिया या पार्किन्सन्स डिसीज़ का ख़तरा है, तो ग्रीन टी सप्लीमेंट (पॉलीफ़ेनॉल्स) जोड़ने पर विचार करें।
- अगर इन्सुलिन रज़िस्टेंस या हृदय रोग का ख़तरा है, तो क्रोमियम लें। इससे न सिर्फ़ इन्सुलिन रज़िस्टेंट व्यक्तियों में इन्सुलिन के प्रति संवेदनशीलता बढ़ जाती है, बल्कि कोलेस्टेरॉल संबंधी असामान्यताओं में भी लाभ हो सकता है।[359]

कृपया ऊपर बताया गया कोई भी पोषक तत्व लेने से पहले अपने डॉक्टर से ज़रूर पूछ लें। मैं चाहता हूँ कि आप अपनी सेहत और जोखिम घटकों के आधार पर डॉक्टर की पेशेवर सलाह ज़रूर लें। बहरहाल, अगर डॉक्टर आपकी सूची का ग़ौर से विश्लेषण किए बिना "आपको उनकी ज़रूरत नहीं है" कहकर टरका दे, तो आपको उससे ज़्यादा ठोस, विशिष्ट प्रतिक्रिया का आग्रह करना चाहिए। अगर वह ठोस सलाह न देकर आपकी कोशिशों का समर्थन न करे, तो वह शायद दक़ियानूसी पोषण शिक्षण पर भरोसा कर रहा है और सिर्फ़ कमी के रोगों पर ही केंद्रित है, जैसा हमने पहले ज़िक्र किया है। आप यह सवाल भी पूछ सकते हैं कि क्या आपका डॉक्टर दूसरे विषयों में भी समय से पीछे चल रहा है। हमेशा दूसरे डॉक्टर होते हैं।

सप्लीमेंटेशन आदर्श सेहत के हमारे गेम प्लान में महत्वपूर्ण भूमिका निभाता है - इस बिंदु तक कि मैंने इसे अध्याय 6 में आदर्श सेहत के आठ स्तंभों में शामिल किया है। लेकिन मेहरबानी करके यह सोचने की ग़लती न करें कि सप्लीमेंट्स कमज़ोर आहार

या बुरी जीवनशैली की भरपाई कर सकते हैं! यह नहीं हो सकता कि आप चिमनी की तरह धूम्रपान करें, मछली की तरह शराब पिएँ, कचरा उठाने वाले ट्रक की तरह ठूँस-ठूँसकर खाएँ, एयर ट्रैफ़िक कंट्रोलर से ज़्यादा तनाव में रहें और फिर सप्लीमेंट्स से इस सबकी भरपाई करने की उम्मीद करें। सप्लीमेंटेशन तो अच्छी आहार योजना और जीवनशैली का पूरक होता है। जैसा मैंने शुरुआत में कहा था, सप्लीमेंट्स बैकअप खिलाड़ी हैं, जो यह सुनिश्चित करते हैं कि आपके न्यूट्रिशनल गेम प्लान में कोई ख़ाली जगह न छूटे। नवीनतम शोध सुझाता है कि उनके बिना आदर्श स्वास्थ्य हासिल करना बहुत मुश्किल होता है।

अब जब हमने यह देख लिया है कि इनफ़्लेमेशन सभी दीर्घकालीन रोगों का बुनियादी कारण है और हम आदर्श स्वास्थ्य की राह पर आगे निकल आए हैं, तो अब समय आ चुका है कि हम अध्याय 6 के आदर्श स्वास्थ्य के पहले स्तंभ पर ज़्यादा विस्तार से बातचीत करें - दीर्घकालीन रोग के जोखिम घटकों को कम करना। यह आदर्श स्वास्थ्य क्रांति में शामिल होने के लिए बिलकुल बुनियादी है। अगले चार अध्यायों में दिए गए जोखिम घटकों के ज्ञान की कमी ही शायद इस बात के लिए सबसे ज़्यादा ज़िम्मेदार है कि लोग फ़ैशनेबल प्रॉडक्ट्स से धोखा खा जाते हैं या सेहत में गिरावट अनुभव करते हैं। हमारी क्रांति की नींव अगले चार अध्यायों पर स्थित है। कृपया उन्हें अच्छी तरह पढ़ें और उनमें दी गई सलाह पर ग़ौर करें। उसके बाद हम बहुत ही सरल और आसान रूप में सारी जानकारी का संक्षेप प्रस्तुत करेंगे।

खंड 4:

प्रमुख दीर्घकालीन रोगों के जोखिम घटक

अध्याय 9

आपके सबसे कठोर शत्रु हृदय रोग को हराना

लियोनार्ड बेहतरीन इंसान हैं। वे बेहद सफल दक्षिण अमेरिकी बिज़नेसमैन हैं, जो साठ पार कर चुके हैं। वे एक ऐसे संगठन के मुखिया हैं, जिसमें हज़ारों लोग काम करते हैं। उनकी मिलनसारिता, विनम्रता, दिलचस्प व्यक्तित्व और ईमानदारी को देखते हुए उनकी सफलता को समझना आसान है।

जब मैं 1997 में पहली बार लियोनार्ड से मिला, तो उनका वज़न ज़्यादा था और उनकी शारीरिक स्थिति इतनी ख़राब थी कि वे तीन मिनट का चढ़ने-उतरने का परीक्षण भी पूरा नहीं कर पाए (इस जाँच में कार्डियोवैस्कुलर कंडीशनिंग की जाँच होती है। इसमें इस बात पर ग़ौर किया जाता है कि इस व्यायाम से पहले और तीन मिनट तक इसे करने के बाद पल्स रेट में कितना फ़र्क़ आया)।

मैंने लियोनार्ड से उनके स्वास्थ्य की स्थिति के बारे में बातचीत की। मैंने उन्हें यह भी बता दिया कि उन्हें हृदय रोग का बहुत ज़्यादा ख़तरा है। उनकी प्रतिक्रिया से मुझे पता चल गया कि वे कितने महान लीडर हैं। उन्होंने मुझसे नज़रें मिलाकर कहा, "डॉक्टर ड्यूक, अगली बार जब आप मुझे देखेंगे, तो एक बिलकुल अलग इंसान से मिलेंगे।"

और ऐसा ही हुआ। उस मुलाक़ात के बाद लियोनार्ड ने अपनी जीवनशैली में नाटकीय परिवर्तन किए और अपने बहुत से जोखिम घटक कम कर लिए।

मिसाल के तौर पर, वे दौड़ने लगे। ज़्यादातर समर्पित लोगों के लिए इसका मतलब आम तौर पर जॉगिंग करना और ज़िंदगी भर इसमें जुटे रहना होता है। लियोनार्ड के लिए इसका मतलब यह था कि तीन मिनट के चढ़ने-उतरने के व्यायाम को पूरा न कर पाने से शुरू करके वे साल में कई मैराथन्स दौड़ने लगे। मैं यह नहीं कह रहा हूँ कि आपके लिए मैराथन रेस में दौड़ना अनिवार्य है, लेकिन लियोनार्ड ने यही किया। इससे भी ज़्यादा महत्वपूर्ण बात यह थी कि उन्होंने अपनी जीवनशैली के लगभग हर पहलू को बदल लिया (जैसा इस पुस्तक में सिखाया गया है)। इस वजह से अब उन्हें हमारे हर कठोर स्वास्थ्य परीक्षण में सबसे ऊँचा ग्रेड मिलता है।

लियोनार्ड ख़ुद सही शारीरिक अवस्था में पहुँच गए, लेकिन उन्होंने अपना काम यहीं ख़त्म नहीं माना। वे अब अपनी कंपनी के हज़ारों लोगों के लिए आदर्श स्वास्थ्य की मिसाल बन चुके हैं। उनका मैराथन में सबसे अच्छा समय तीन घंटे उनतालीस मिनट है। बहरहाल, उनकी दीवार पर एक पट्टिका है, जिसमें होनोलूलू के एक मैराथन में उनका ग्यारह घंटे समय दर्ज है। उन्हें उस दौड़ को पूरा करने में इतना ज़्यादा वक़्त इसलिए लग गया, क्योंकि वे बार-बार फ़िनिश लाइन से पीछे दौड़कर अपनी कंपनी के लोगों का उत्साह बढ़ा रहे थे, जो उस दिन प्रतिस्पर्धा कर रहे थे। लियोनार्ड ने तब तक फ़िनिश लाइन नहीं लाँघी, जब तक कि उनके आख़िरी परिचित ने दौड़ पूरी नहीं कर ली। उन्होंने शायद उस दिन *दो* मैराथन्स की दूरी दौड़ी होगी।

लियोनार्ड एक महान मिसाल हैं। उन्होंने आदर्श स्वास्थ्य जीतने के लिए एक गेम प्लान बनाया और उस पर पूरी तरह अमल किया। उन्होंने अपने जीवन को लंबा करने की हरसंभव और सबसे अच्छी कोशिश की। इसके अलावा, उन्होंने हज़ारों अन्य लोगों के स्वास्थ्य को बेहतर बनाने के लिए उनका नेतृत्व किया। अगर मैं कभी आदर्श स्वास्थ्य का हॉल ऑफ़ फ़ेम शुरू करूँगा, तो लियोनार्ड को मैं चार्टर्ड सदस्य बनाऊँगा - खिलाड़ी के रूप में भी और कोच के रूप में भी।

हृदय रोग विकसित देशों में जितने ज़्यादा लोगों की जान लेता है, उतना कोई दूसरा रोग नहीं लेता। मैं जानता हूँ कि मैं यह बात पहले भी कह चुका हूँ, लेकिन मैं इस पर जितना भी ज़ोर दूँ, उतना कम है। हृदय रोग - या, स्ट्रोक्स को शामिल करते हुए कार्डियोवैस्कुलर रोग - आदर्श स्वास्थ्य जीतने की दिशा में आपका सबसे महत्वपूर्ण शत्रु है। यह वह दीर्घकालीन बीमारी है, जिसके कारण *आपके* मरने की सबसे ज़्यादा आशंका है, *जब तक कि आप इससे मुक़ाबला करने का गेम प्लान न बना लें और उस पर अमल न करें*।

मैं यहाँ आपको वह गेम प्लान बताता हूँ।

इसमें हृदय रोग द्वारा आप पर किए जाने वाले हर हमले को परास्त करना शामिल है। डॉक्टर और वैज्ञानिक हृदय रोग के पैंतरों या हथियारों को जोखिम घटक कहते हैं।

हालाँकि यह अब भी मौत का प्रमुख कारण है, लेकिन हृदय रोग को अब अपरिहार्य नहीं समझा जाता, जैसा पहले कभी समझा जाता था। सच तो यह है कि हृदय रोग आपके ख़िलाफ़ जिन हथियारों का इस्तेमाल करता है, उनमें से ज़्यादातर तो आपने ही इसे दिए हैं।

जोखिम घटक हैं ऐसी जीवनशैली, शारीरिक गुण या कोई अन्य विशेषता, जो किसी बीमारी के होने की आशंका को बढ़ा दे। मैं जिन जोखिम घटकों का वर्णन करूँगा, उनमें से कुछ से आप परिचित होंगे, लेकिन कुछ शायद आपके लिए नए होंगे।

अगर आप डॉक्टर या वैज्ञानिक हैं, तो आप पाएँगे कि मैं जिन जोखिम घटकों का वर्णन कर रहा हूँ, उनमें से कुछ को सभी चिकित्सकीय संस्थाओं ने स्वीकार नहीं

किया है। बहरहाल, मैं उनके समर्थन में वैज्ञानिक साहित्य का संदर्भ दूँगा।

इस पुस्तक के अध्याय 9 से 12 यह समझने के लिए अनिवार्य हैं कि दीर्घकालीन रोग के आपके जोखिम को कम कैसे किया जाए। वे आपको आदर्श स्वास्थ्य क्रांति में सफल होने की जीवनशैली संबंधी रणनीतियाँ प्रदान करते हैं। ज़्यादा महत्वपूर्ण बात यह है कि यह योजना व्यापक है। यह जीवनशैली या पोषण के सिर्फ़ एक-दो पहलुओं पर ध्यान केंद्रित नहीं करती है। यह कोई फ़ैशनेबल प्रॉडक्ट या योजना नहीं है, जिसे आप आज़माकर दूर फेंक दें। यह तो ज़िंदगी जीने का तरीक़ा है।

इस अध्याय और आगे वाले तीन अध्यायों में बताए गए ज़्यादातर जोखिम घटकों की पुष्टि कम से कम पंद्रह साल का वैज्ञानिक साहित्य कर रहा है। हमने अपने इंस्टीट्यूट में कुछ अन्य जोखिम घटकों को भी शामिल किया है, जो नवीनतम शोध पर आधारित हैं। मैं आगे आने वाले अध्यायों में उस शोध के बारे में बातचीत करूँगा। मैं पूरी कोशिश करूँगा कि जिन पाठकों की वैज्ञानिक पृष्ठभूमि नहीं है, उन्हें भी मेरी बात समझने में कोई दिक़्क़त न हो।

हम औसत से ज़्यादा जोखिम घटकों का संदर्भ क्यों देते हैं? क्योंकि कई बार हार्ट अटैक उन लोगों को भी हो जाता है, जिनमें हृदय रोग का इतिहास नहीं होता या जिनमें पारंपरिक चिकित्सा पद्धति के सर्वमान्य कार्डियोवैस्कुलर जोखिम घटक नहीं होते।[360]

हमारे इंस्टीट्यूट में हम हृदय रोग के पंद्रह जोखिम घटकों की जानकारी देते हैं। हमने उन्हें यहाँ प्राथमिकता के अनुसार सूचीबद्ध नहीं किया है। वे सभी महत्वपूर्ण हैं। चूँकि हर जोखिम घटक के बारे में एक पूरी पुस्तक लिखी जा सकती है, इसलिए नीचे दिया वर्णन संक्षिप्त है। मेरा लक्ष्य तो यह पता लगाने में आपकी मदद करना है कि आपके कितने जोखिम घटक हैं।

तो आइए, हृदय रोग को हराना शुरू करें। हम एक-एक करके जोखिम घटकों पर बातचीत करेंगे और फिर यह भी बताएँगे कि आप उनसे अपनी रक्षा कैसे कर सकते हैं।

1. पारिवारिक इतिहास और आनुवंशिक प्रवृत्ति

हम कई बरसों से जानते हैं कि पारिवारिक इतिहास कार्डियोवैस्कुलर रोग का जोखिम घटक है।[361, 362, 363] जब मैं आपातकालीन चिकित्सा करता था, तो सीने में दर्द की शिकायत करने वाले रोगियों से मैं शुरू में ही यह सवाल पूछ लेता था कि क्या उनके परिवार में हृदय रोग का इतिहास है। अगर आपके माता या पिता को हृदय रोग है या था, तो आपमें भी इसके होने की आशंका सामान्य से ज़्यादा है। अगर आपके भाई या बहन को यह है, तब भी यह जोखिम बढ़ जाता है।[364]

कुछ समय पहले तक कोई भी यह नहीं समझता था कि यह आनुवंशिक प्रवृत्ति (predisposition) किस तरह काम करती है। लेकिन इंसान के डीएनए की हाल में

हुई मैपिंग ने हमें ज़्यादा बेहतर समझ प्रदान की है। वैसे अब भी इसमें आगे शोध की ज़रूरत है। सर गॉर्डन डफ़, एम.डी., पीएच.डी., इंग्लैंड की शेफ़ील्ड यूनिवर्सिटी में काम करते हैं और डॉ. केन कॉर्नमैन वाल्टहैम, मैसेश्यूसेट्स में इंटरल्यूकिन जेनेटिक्स में। इन दोनों के उत्कृष्ट शोध ने हृदय रोग के प्रति आनुवंशिक प्रवृत्ति को स्पष्ट करने में मदद की है।[365]

डफ़ और कॉर्नमैन ने दिखाया कि अगर किसी व्यक्ति में इनफ़्लेमेशन के सूचक इंटरल्यूकिन-1 से जुड़ा आनुवंशिक लक्षण है, तो हृदय रोग का उसका जोखिम तीन गुना बढ़ जाता है। आनुवंशिक असामान्यताओं के कई तालमेलों की वजह से यह जोखिम सात गुना तक बढ़ जाता है।

आइए मान लेते हैं कि आपमें ऐसी प्रवृत्ति है - आपके प्यारे माता-पिता, जिन्होंने आपको प्रेम दिया, भोजन दिया, घर दिया, शिक्षा दी और सही-ग़लत का एहसास दिया, उन्होंने आपको हृदय रोग के प्रति आनुवंशिक प्रवृत्ति भी दे दी। क्या इसका मतलब यह है कि आपके भाग्य में यही लिखा है और आपके गिने-चुने दिन बचे हैं? नहीं, ऐसी बात नहीं है। इसका मतलब तो सिर्फ़ यह है कि आशंका बढ़ गई है। प्रवृत्ति का अर्थ भाग्य नहीं है। भले ही आनुवंशिकी संरचना की वजह से हृदय रोग की आशंका बढ़ जाती है, लेकिन आपके जीन्स की अभिव्यक्ति पर पर्यावरण या परिवेश के घटकों का असर पड़ता है। और पर्यावरण के घटकों के बारे में अच्छी बात यह है कि आप उन्हें कुछ हद तक नियंत्रित कर सकते हैं।

कुछ अध्याय पहले के दो शब्द याद हैं? जेनोटाइप और फ़ेनोटाइप। आपका *जेनोटाइप* परिवेश के प्रभावों से बदलता है और यह अंतिम परिणाम यानी आपके फ़ेनोटाइप को तय करता है। जेनेटिक्स और परिवेश के आपसी सटीक संबंध अब भी रहस्यमय क्षेत्र हैं। हम इस पर काम कर रहे हैं। लेकिन हम जान चुके हैं कि आनुवंशिकी प्रवृत्ति की जाँच करवाना महत्वपूर्ण है, क्योंकि पॉज़िटिव टेस्ट का मतलब है कि आपको अपनी जन्मजात प्रवृत्ति को दूर करने के लिए उन चीज़ों पर ज़्यादा मेहनत करनी होगी, जिन्हें आप नियंत्रित कर *सकते* हैं।

आनुवंशिक प्रवृत्ति एक निराशाजनक पहलू है। यह तो वैसा ही है, जैसे आपको यह पता चले कि मैच शुरू होने से पहले ही विरोधी टीम के किसी खिलाड़ी ने आपके ख़िलाफ़ गोल कर दिया है। और हृदय रोग की टीम का यही एक ऐसा खिलाड़ी है, जिसे आप कभी मैदान से बाहर नहीं कर सकते।

बहरहाल, आनुवंशिक प्रवृत्ति सिर्फ़ एक खिलाड़ी है, सिर्फ़ एक जोखिम घटक है। अगर आपमें यह है, तो आपको बाक़ी को बाहर निकालने पर ज़्यादा मेहनत से काम करना चाहिए, जो आप वैसे भी करना चाहते हैं।

कई रोगी मुझे बताते हैं कि वे हृदय रोग की चिंता इसलिए नहीं करते हैं, क्योंकि उनके कई रिश्तेदार नब्बे साल से ज़्यादा उम्र में मरे थे। इस सोच में ग़लत धारणा यह है कि आपकी आनुवंशिकी संरचना हूबहू उन रिश्तेदारों जैसी नहीं है। आप हूबहू अपनी दादी या अपने फ्रेड अंकल जैसे नहीं दिखते हैं? ईश्वर का शुक्र है! आप

उन आनुवंशिकी लक्षणों का अनूठा तालमेल हैं, जो आपको अपने माता-पिता से मिले हैं। इसके अलावा, आप एक अलग माहौल में उनसे अलग जीवनशैली जी रहे हैं। हृदय रोग की आपकी आशंका ठीक उनके समान नहीं है। यह कम या ज़्यादा हो सकती है, लेकिन यह अनूठे रूप से आपकी है।

बहरहाल, अगर आपके परिवार में हृदय रोग का इतिहास है, ख़ास तौर पर आपके दादा-दादी, माता-पिता और भाई-बहन में, तो आपके जीवन में हृदय रोग का एक जोखिम घटक मौजूद है।

डॉ. ड्यूक का गेम प्लान

- अपने डॉक्टर को हृदय रोग और स्ट्रोक का अपना पारिवारिक इतिहास बताएँ।
- अगर संभव हो, तो आनुवंशिक प्रवृत्ति की जाँच करवाएँ।

2. डाइबिटीज़

डाइबिटीज़ मेलिटस कार्डियोवैस्कुलर जटिलताओं और मृत्यु के जोखिम को काफ़ी बढ़ा देती है।[366]

हम काफ़ी समय से जानते हैं कि डाइबिटीज़ की एक जटिलता से किडनी, आँखों और अन्य अंगों की छोटी रक्त नलिकाओं को नुक़सान पहुँचता है, जिससे अक्सर किडनी काम करना बंद कर देती है, इंसान अंधा हो जाता है और अंततः शरीर के किसी न किसी हिस्से को काटना पड़ता है। छोटी रक्त नलिकाओं के इस नुक़सान को माइक्रोवैस्कुलर रोग कहा जाता है।

बहरहाल, मैक्रोवैस्कुलर रोग की बढ़ती महामारी - ज़्यादा बड़ी रक्त नलिकाओं को होने वाला नुक़सान - भी डाइबिटीज़ से जुड़ी है और यह बढ़ रही है। यह बढ़ती समस्या ख़ास तौर पर उन लोगों में आम है, जिन्हें टाइप 2 या "वयस्क" डाइबिटीज़ है।[367]

विश्व स्वास्थ्य संगठन के अनुसार टाइप 2 डाइबिटीज़ एक विश्वव्यापी महामारी बन चुकी है। टाइप 2 डाइबिटीज़ की ओर बढ़ाने वाली स्थिति को मेटाबोलिक सिंड्रोम कहा जाता है। इससे भी हृदय रोग का ख़तरा बढ़ता है।

अध्याय 12 में इन्सुलिन रज़िस्टेंस और टाइप 2 डाइबिटीज़ की महामारी पर विस्तृत चर्चा की गई है। लाखों लोगों में इन्सुलिन रज़िस्टेंस और मेटाबोलिक सिंड्रोम होता है, लेकिन उन्हें यह बात पता ही नहीं होती। इसलिए मेहरबानी करके इस अध्याय और नीचे बढ़े हुए कोलेस्टेरॉल वाले खंड को सावधानी से पढ़ें और इसके बाद यह पता लगाएँ कि कहीं आपको इन्सुलिन रज़िस्टेंस, मेटाबोलिक सिंड्रोम या टाइप 2 डाइबिटीज़ तो नहीं है। अगर टेस्ट में एक भी स्थिति पॉज़िटिव आए, तो आपके जीवन में हृदय

रोग का एक और जोखिम घटक मौजूद है।

डॉ. ड्यूक का गेम प्लान

- अपने डॉक्टर से जाँच करवाकर देखें कि कहीं आपको इन्सुलिन रज़िस्टेंस या डाइबिटीज़ की बीमारी तो नहीं है (देखें अध्याय 12)।
- अगर आपको डाइबिटीज़ है, तो अपने डॉक्टर की उपचार योजना पर पूरा अमल करें और इसकी गंभीरता को कम करने के लिए अध्याय 12 में बताए गए जीवनशैली-परिवर्तन करें।
- अगर आप इन्सुलिन रज़िस्टेंट हैं, तो इन्सुलिन रज़िस्टेंस और टाइप 2 डाइबिटीज़ के जोखिम को कम करने के लिए अध्याय 12 की सलाहों पर अमल करें।

3. **धूम्रपान**

जब आदर्श स्वास्थ्य जीतने की बात आती है, तो धूम्रपान करना अपने ही गोल में गेंद दागने जैसा होता है। यह तो अपने विरोधी को उसकी इच्छानुसार स्कोर करने देना है। स्वास्थ्य जोखिम के रूप में धूम्रपान हवाई जहाज़ से पैराशूट के बिना कूदने जितना ख़तरनाक तो नहीं है, लेकिन यह काफ़ी क़रीब है।

सिगरेट पीने को कई सालों से कार्डियोवैस्कुलर रोग का एक बड़ा जोखिम घटक माना जाता है।[368] यह कई तरह के कैंसरों के जोखिम को बढ़ा देता है (देखें अध्याय 10)। इसके अलावा, यह रक्त नलिकाओं को नुक़सान पहुँचाता है, जिससे बाद में हृदय रोग होने की आशंका बढ़ती है।

हर क़िस्म का धूम्रपान हृदय रोग के जोखिम को बढ़ाता है : पाइप स्मोकिंग,[369] सिगार स्मोकिंग[370], सिगरेट स्मोकिंग,[371] मारीजुआना स्मोकिंग[372], और यहाँ तक कि निष्क्रिय या सेकंड हैंड स्मोकिंग भी।[373]

आप जितने ज़्यादा सालों से धूम्रपान कर रहे हैं और जितना ज़्यादा धूम्रपान कर रहे हैं, हृदय रोग होने की आपकी आशंका उतनी ही ज़्यादा बढ़ जाती है।

सन् 2000 में विश्व में हुई 10 प्रतिशत कार्डियोवैस्कुलर मौतें धूम्रपान के कारण हुई थीं।[374] विश्व स्वास्थ्य संगठन के अनुसार तंबाकू दुनिया में मृत्यु का दूसरा सबसे बड़ा कारण है।[375]

कई समीक्षा शोध पत्रों से इस बात की पुष्टि हुई है कि निष्क्रिय धूम्रपान का संबंध हृदय रोग[376] और सडन इनफ़ेंट डैथ सिंड्रोम दोनों से है।[377] वैज्ञानिक प्रकाशनों में कुछ समीक्षा लेखों ने निष्कर्ष दिया है कि निष्क्रिय धूम्रपान स्वास्थ्य के लिए हानिकारक नहीं है,[378] लेकिन ऐसे लगभग सभी अध्ययनों में शोधकर्ताओं का सिगरेट कंपनियों से संदिग्ध जुड़ाव देखा गया है या वित्तीय हित संघर्ष भी।[379]

युनाइटेड स्टेट्स एनवायरनमेंटल प्रोटेक्शन एजेंसी,[380] द सर्जन जनरल,[381] और

नेशनल अकेडमी ऑफ़ साइंसेज़ की नेशनल रिसर्च काउंसिल[382] सभी का निष्कर्ष यह है कि निष्क्रिय धूम्रपान से रोगों का जोखिम बढ़ता है। सेकंड हैंड धुएँ से कोरोनरी रोग का ख़तरा 30 प्रतिशत बढ़ता है और कुछ मिनटों या घंटों के धुएँ से सक्रिय धूम्रपान के मुक़ाबले 80-90 प्रतिशत तक असर हो सकता है।[383]

द सर्जन जनरल के अनुसार सेकंड हैंड धुआँ हर साल हृदय रोग के माध्यम से 46,000 सिगरेट न पीने वाले लोगों की जान लेता है, फेफड़ों के कैंसर के माध्यम से 3,000 सिगरेट न पीने वाले लोगों को मौत के घाट उतारता है और सडन इंफ़ेंट डैथ सिंड्रोम के माध्यम से 430 नवजात शिशुओं की जान लेता है। और यह सब सिर्फ़ अमेरिका के ही आँकड़े हैं।[384]

मुझे उम्मीद है कि यहाँ पर मेरी सलाह आपको ज़्यादा अप्रत्यक्ष नहीं लगेगी। अगर ऐसा है, तो मैं यहाँ बिलकुल स्पष्ट रूप से कह देना चाहता हूँ :

धूम्रपान न करें!

अगर आप धूम्रपान करते हैं, तो इसे छोड़ने के लिए *जो* भी करना पड़े, करें। अगर कोई भी तरकीब कारगर न हो, जिसमें आपके डॉक्टर की दवाओं का पर्चा शामिल हो, तो फिर अपने धूम्रपान को यथासंभव न्यूनतम कर दें। कम धूम्रपान भी नुक़सान करता है, लेकिन धूम्रपान कम करने से हृदय रोग से आपकी मृत्यु का जोखिम कम तो हो ही जाता है। कैलिफ़ोर्निया की सख़्त तंबाकू नियंत्रण योजना पर हुए अध्ययन में यह निष्कर्ष निकला कि इससे हृदय रोग से होने वाली मौतों में कमी देखी गई।[385]

अगर आपको सिगरेट पीनी ही हो, तो मेहरबानी करके वहाँ न पिएँ, जहाँ बाक़ी लोगों को आपका छोड़ा धुआँ निगलना पड़े। दूसरों को अपने धुएँ से प्रभावित करना उतना आपराधिक तो नहीं है, जितना कि भीड़ भरे कमरे में कहीं भी गोली चलाना, लेकिन नैतिक दृष्टि से यह कमोबेश वैसा ही है।

डॉ. ड्यूक का गेम प्लान

- धूम्रपान बंद कर दें।
- अगर आप ख़ुद बंद नहीं कर सकते, तो मदद के लिए डॉक्टर की सलाह लें।
- अगर आप अब भी इसे नहीं छोड़ सकते, तो यथासंभव न्यूनतम कर दें।
- दूसरों के आस-पास धूम्रपान न करें।
- पर्याप्त विटामिन सी खाएँ। मैं हर दिन कम से कम 100 मिग्रा की सलाह देता हूँ।

4. हाई ब्लड प्रेशर

अमेरिका में पाँच करोड़ और पूरी दुनिया में एक अरब लोगों को हाई ब्लड प्रेशर है, जिसे हाइपरटेंशन भी कहा जाता है।[386]

यहाँ पर हम बताते हैं कि हाइपरटेंशन हृदय रोग और स्ट्रोक का जोखिम घटक क्यों है। कल्पना करें कि आपकी रक्त नलिकाएँ किसी पाइप या होज की तरह होती हैं। अगर भीतर के द्रव का दबाव बहुत ज़्यादा हो जाता है, तो छोटी-छोटी दरारें दिखने लगेंगी। इन्हें माइक्रोफ़िशर्स कहा जाता है और ये वैस्कुलर रोग की ओर ले जाती हैं, क्योंकि आपके ख़ून का कोलेस्टेरॉल इन दरारों में इकट्ठा होने लगता है, जो एथेरोस्केलेरोसिस के प्लाक डिपॉज़िट्स बनाता है।

ये डिपॉज़िट्स हृदय की मांसपेशियों तक रक्त पहुँचाने वाली धमनियों में रक्त प्रवाह को बंद कर सकते हैं और इस तरह हार्ट अटैक उत्पन्न कर सकते हैं। प्लाक के संग्रह टूटकर मस्तिष्क तक जाने वाले रक्त प्रवाह में भी पहुँच सकते हैं, जहाँ वे छोटी धमनियों में अटककर स्ट्रोक उत्पन्न कर सकते हैं और इस तरह ब्रेन टिशू की रक्त आपूर्ति को ख़त्म कर सकते हैं।

बाद वाला जोखिम ख़ास तौर पर चीन, जापान और अन्य पूर्व एशियाई देशों में देखा जाता है, जहाँ स्ट्रोक मृत्यु का प्रमुख कारण है।[387]

दिलचस्प बात यह है कि हाइपरटेंशन का दीर्घकालीन इनफ़्लेमेशन के साथ दुष्चक्र वाला संबंध है। इनफ़्लेमेशन से हाइपरटेंशन बढ़ता है[388] और हाइपरटेंशन से इनफ़्लेमेशन बढ़ता है।[389]

निश्चित रूप से आपने जीवन में किसी मोड़ पर अपना ब्लड प्रेशर नपवाया होगा - जब डॉक्टर या नर्स ने आपकी बाँह के चारों ओर पट्टा बाँधा होगा, उसे फुलाया होगा और फिर पट्टे के दबाव को धीरे-धीरे कम करते हुए एक स्टेथस्कोप से आपके रक्त प्रवाह की आवाज़ सुनी होगी। आपका ब्लड प्रेशर दो संख्याओं में नापा जाता है, जो बताती हैं कि मर्करी के कितने मिलीमीटर्स विस्थापित हुए। ज़्यादा ऊँची संख्या को *सिस्टोलिक* ब्लड प्रेशर कहते हैं और कम वाली संख्या को *डायस्टोलिक* ब्लड प्रेशर कहते हैं। मैं यह बताना चाहूँगा कि ब्लड प्रेशर नापने का *उचित* पैमाना दो अलग-अलग ब्लड प्रेशर रीडिंग्स का अनुपात है, जो बैठने की मुद्रा में लिए जाएँ।

नेशनल हाई ब्लड प्रेशर एज्युकेशन प्रोग्राम (एनएचबीपीईपी) कोऑर्डिनेटिंग कमेटी तीस साल से ज़्यादा समय से ब्लड प्रेशर की रोकथाम, जाँच, मूल्यांकन और उपचार संबंधी दिशानिर्देश दे रही है। हाल ही की रिपोर्ट (2003)[390] में कुछ महत्वपूर्ण बातें बताई गई हैं, जो आपको हाइपरटेंशन के बारे में पता होनी चाहिए :

- बढ़े हुए ब्लड प्रेशर और कार्डियोवैस्कुलर रोग होने के बीच सीधा संबंध देखा गया है।
- चालीस से सत्तर साल के लोगों को हृदय रोग होने का जोखिम दोगुना हो जाता है, अगर 115/75 के ऊपर सिस्टोलिक ब्लड प्रेशर 20mm बढ़ जाए

या डायस्टोलिक प्रेशर 10mm बढ़ जाए।

- पचास से ज़्यादा उम्र वाले लोगों में डायस्टोलिक ब्लड प्रेशर के बजाय 140mm से ज़्यादा सिस्टोलिक ब्लड प्रेशर से हृदय रोग होने का ज़्यादा जोखिम होता है।
- पचपन साल की उम्र तक जिन लोगों का ब्लड प्रेशर सामान्य रहता है, उनमें भी एथेरोस्केलेरॉसिस यानी धमनियों के सख़्त होने के कारण बाद में हाई ब्लड प्रेशर होने की 90 प्रतिशत आशंका होती है।
- 120 से 139mm के सिस्टोलिक ब्लड प्रेशर या 80 से 89mm के डायस्टोलिक ब्लड प्रेशर वाले लोगों को प्रिहाइपरसेंसिटिव माना जाता है। हृदय रोग का जोखिम कम करने के लिए उन्हें भी अपनी जीवनशैली में परिवर्तन करने की ज़रूरत है। कई डॉक्टर तब तक उपचार नहीं करते हैं, जब तक कि ब्लड प्रेशर 140/90 के ऊपर न हो। याद रखें, 136 से ऊपर का सिस्टोलिक ब्लड प्रेशर या 86 से ऊपर का डायस्टोलिक ब्लड प्रेशर हृदय रोग के जोखिम को दोगुना बढ़ा देता है। इन संख्याओं के उपचार के लिए अपने डॉक्टर की सलाह लें, ख़ास तौर पर अगर आपको अन्य जोखिम घटक भी हों।

क्या आप अपना ब्लड प्रेशर नियमित रूप से नापते हैं? अच्छी बात है! बस दो सावधानियाँ। पहली बात, यह सुनिश्चित करें कि आपको पट्टे और स्टेथस्कोप का सही इस्तेमाल करना आता हो। दूसरी बात, एनएचबीपीईपी की रिपोर्ट में सुझाव दिया गया है कि घर के उपकरणों की रीडिंग की तुलना समय-समय पर डॉक्टर के क्लीनिक की रीडिंग से करते रहना चाहिए।

डॉ. ड्यूक का गेम प्लान

- अपने ब्लड प्रेशर की नियमित जाँच करवाएँ या ख़ुद जाँच करें। हाइपरटेंशन "ख़ामोश क़ातिल" है : आप इसे महसूस नहीं कर सकते। आपको तो जाँच करने पर ही इसका पता चलेगा।
- 115/75 से ज़्यादा ब्लड प्रेशर हृदय रोग की आशंका को बढ़ा देता है और अगर अन्य जोखिम घटक भी हों, तो इसके उपचार की ज़रूरत हो सकती है।
- अक्सर अन्य जोखिम घटकों को घटाकर हाई ब्लड प्रेशर कम किया जा सकता है, जिनमें धूम्रपान, तनाव और ज़्यादा वज़न शामिल हैं।
- अपने डॉक्टर से बात करें। अगर जीवनशैली के परिवर्तनों से मदद न मिले, तो दवाएँ अच्छा विकल्प हो सकती हैं।

5. व्यायाम की कमी

1990 में एक शोध पत्र में बताया गया कि शारीरिक दृष्टि से सक्रिय लोगों को हार्ट अटैक होने की आशंका ज़्यादातर समय बैठे रहने वाले (sedentary) लोगों के मुक़ाबले आधी होती है।[391]

यह ज़बर्दस्त ख़बर थी! आप हार्ट अटैक से बचने का कोई सरल, आसान और नाटकीय तरीक़ा जानना चाहते थे। तो अब अपने बिस्तर या सोफ़े से उठकर खड़े हो जाएँ और जिम जाएँ। इस तरह आप अपने हार्ट अटैक की आशंका 50 प्रतिशत कम कर सकते हैं।

बहरहाल, कई शुरुआती अध्ययनों ने बताया है कि सिर्फ़ ज़ोरदार (vigorous) शारीरिक व्यायाम से ही कोरोनरी लाभ मिलते हैं और इसकी वजह से बहुत से लोगों के सामने समस्या खड़ी हो गई।[392] डॉक्टरों और हेल्थ एक्सपर्ट्स हर एक को ऑलंपिक खिलाड़ियों जैसा प्रशिक्षण लेने की सलाह दे रहे थे। ज़्यादातर लोग इस झंझट में नहीं पड़े, क्योंकि उनके पास या तो समय नहीं था या फिर वे व्यायाम के कष्ट से बचना चाहते थे।

फिर एक ज़्यादा अच्छी ख़बर आई। नए अध्ययनों ने दिखाया कि कम ज़ोरदार गतिविधियों से भी महत्वपूर्ण कार्डियोवैस्कुलर लाभ मिल सकते हैं। एक अध्ययन[393] में बताया गया कि हल्की से मध्यम गतिविधियों के बाद महिलाओं में हृदय रोग की दर कम हुई; हर हफ़्ते एक घंटे पैदल चलने से भी जोखिम कम हो गया। एक और अध्ययन[394] में बताया गया कि पूर्ण शारीरिक गतिविधि, जिसमें दौड़ना, वेटलिफ़्टिंग करना या पैदल चलना शामिल था, से हृदय रोग की आशंका कम हो गई। ज़ोरदार व्यायाम और सिर्फ़ पैदल चलने से मीनोपॉज़ के बाद महिलाओं में हृदय रोग में महत्वपूर्ण कमी देखी गई।[395]

मुझे ग़लत न समझें। मैं चाहता हूँ कि आप यथासंभव अधिकतम व्यायाम करें। हालाँकि थोड़ा कठोर व्यायाम सबसे अच्छा रहता है (बशर्ते आपका डॉक्टर इसकी इजाज़त दे और यह आपकी उम्र के लिहाज़ से भी ठीक हो), लेकिन किसी भी तरह का नियमित व्यायाम निठल्ले बैठे रहने से ज़्यादा लाभ पहुँचाता है। क्या "व्यायाम" की आपकी अवधारणा यह है कि इसके लिए 100 डॉलर के रनिंग शूज़ ख़रीदें, ऐसे जिम में महँगी सदस्यता लें, जिसमें तराशे हुए शरीर वाले लोग डिज़ाइनर कपड़े पहनकर आते हैं और हर दिन दो घंटे वाला जुनून रहे, जिसके लिए आपके पास समय नहीं है? हमें इसी पैरेडाइम को तोड़ने की ज़रूरत है।

ज़्यादातर लोगों के लिए व्यायाम की सबसे अच्छी परिभाषा यह है : ऐसी कोई भी गतिविधि, जिसमें आपका शरीर हिले।

हो सकता है कि आपकी कोई औपचारिक व्यायाम योजना न हो, लेकिन इसके बावजूद आप अपनी सामान्य दैनिक गतिविधियों के दौरान ही व्यायाम कर सकते हैं - दिन भर की छोटी-छोटी चीज़ों में। मिसाल के तौर पर, आप अपनी मंज़िल से एक या दो ब्लॉक दूर अपनी कार पार्क कर सकते हैं और बाक़ी रास्ते पैदल चलकर जा

सकते हैं। अगर आप नौकरी करने के लिए ट्रेन या बस से जाते हैं, तो एक स्टॉप पहले उतर जाएँ। इसके अलावा फ़ोन पर बात करते वक़्त या टीवी देखते वक़्त उकड़ूँ बैठें या पैर आगे फैलाने की कसरत करें। कुछ अध्ययनों ने दिखाया है कि छोटे-छोटे आसान परिवर्तन से भी - जैसे लिफ़्ट के बजाय सीढ़ियों का इस्तेमाल करने से - आपको हृदय रोग के जोखिम को कम करने में मदद मिलेगी।

मोटी महिलाओं पर किए गए एक अध्ययन में ज़्यादा स्वस्थ ख़ुराक की योजना के साथ-साथ जीवनशैली की सामान्य गतिविधि बढ़ाई गई। इससे उतना ही स्वास्थ्य लाभ नज़र आया, जितना स्वस्थ ख़ुराक को एरोबिक वर्कआउट्स के साथ मिलाने पर हुआ था।[396]

एक और अध्ययन में यह पाया गया कि आरामतलब स्वस्थ वयस्कों में जीवनशैली की शारीरिक गतिविधि योजना *सुनियोजित शारीरिक योजना जितनी ही असरदार थी*। ये लाभ बेहतर शारीरिक गतिविधि, कार्डियोरेस्पिरेटरी फ़िटनेस और ब्लड प्रेशर में देखे गए।[397] एक शोधकर्ता के आँकड़ों के अनुसार हर दिन पंद्रह मिनट तेज़ चलने से हृदय रोग में 16 प्रतिशत कमी नज़र आई।[398]

एक सदी पहले और आज की जीवनशैली के बीच दैनिक गतिविधि के मामले में एक बहुत बड़ा अंतर है। तब ज़्यादातर लोग शारीरिक रूप से सक्रिय काम करते थे और काम करने के लिए पैदल जाते-आते थे। अब हम काम करने के लिए कार, बस या ट्रेन में जाते हैं, सारा दिन कंप्यूटर स्क्रीन के सामने बैठते हैं, दोबारा शाम को कार या ट्रेन में बैठकर घर लौटते हैं और रात को कंप्यूटर या टीवी के सामने बैठ जाते हैं, जिस दौरान हमारे मस्तिष्क स्टैंडबाई मोड में होते हैं और हमारे शरीर एनर्जी-सेवर/स्लीप मोड में होते हैं। कार्डियोवैस्कुलर स्वास्थ्य के संदर्भ में यह प्रगति नहीं है।

अगर आप व्यायाम नहीं करते हैं या शारीरिक दृष्टि से सक्रिय जीवन नहीं जीते हैं, तो आपके जीवन में हृदय रोग का एक और जोखिम घटक मौजूद है।

हृदय रोग को कम करने के अलावा व्यायाम के कई अन्य फ़ायदे भी होते हैं। इसे निम्न चीज़ों में असरदार पाया गया है :

- वज़न कम करना[399]
- टाइप 2 डाइबिटीज़ के जोखिम को कम करना[400]
- टाइप 2 डाइबिटीज़ के रोगियों में शकर नियंत्रण को बेहतर बनाना[401]
- कुछ कैंसरों के जोखिम को कम करना

इतना कह देने के बाद एक चेतावनी देना भी ज़रूरी है।

कोई भी व्यायाम योजना शुरू करने से पहले *अपने डॉक्टर की सहमति ज़रूर लें*। अगर आपको पहले से ही हृदय रोग है, जो काफ़ी बढ़ चुका है, तो इस वक़्त व्यायाम सुरक्षित नहीं होगा। मैं नहीं चाहता कि आप अपनी ज़िंदगी बदलने के बारे

में इतने उत्साहित हो जाएँ कि पहले ही दिन अपने आँगन में गिरकर मर जाएँ। अपने डॉक्टर की हरी झंडी मिलने पर ही शुरू करें।

जितना ज़्यादा व्यायाम कर सकते हों, करें। बस यह याद रखें कि कोई भी शारीरिक गतिविधि निठल्ले बैठे रहने से बेहतर है। गोल्फ़ के नौ होल्स खेलने के दौरान दो मील पैदल चलने के बजाय हफ़्ते में तीन बार दो मील दौड़ना ज़्यादा अच्छा है। लेकिन नौ होल्स पैदल चलना गोल्फ़ कार्ट में सवारी करने से बेहतर है। और कार्ट में सवार होकर नौ होल्स खेलना टीवी पर किसी दूसरे को खेलते देखने से बहुत ज़्यादा अच्छा है, जबकि आप चिप्स और ड्रिंक्स खा-पी रहे हों। ("दैनिक जीवन के व्यायाम" से मेरा आशय बियर या सॉफ़्ट ड्रिंक को बार-बार अपने होंठों तक ले जाने की गतिविधि से नहीं है।)

व्यायाम को बोझ या बोर काम नहीं होना चाहिए, इसलिए कोई ऐसी चीज़ चुनें, जिसमें आपको मज़ा आए। साइकल चलाएँ। हाईवे के बजाय नदी किनारे पैदल चलें। हेल्थ क्लब में ख़ुद को बास्केट पर निशाना साधकर पुरस्कार दें या ट्रेडमिल से उतरने के बाद सॉना में आराम करें। वर्क आउट करते वक़्त अपना पसंदीदा संगीत चला लें या अपना प्रिय टीवी शो देखें। अपने बच्चों और कुत्ते को घर से बाहर भगाने के बजाय उनके साथ जाकर पार्क में खेलें। कैच, फ़्रिज़्बी या लुका-छिपी के खेल स्वस्थ शरीर बनाने के लिए बेहतरीन हैं। इसके अलावा इससे पारिवारिक बंधन भी ज़्यादा मज़बूत होता है। यहाँ तक कि आपका कुत्ता भी आपको ज़्यादा पसंद करने लगेगा।

भले ही आप व्यायाम की ख़ास गतिविधियों में शामिल नहीं होते हों, लेकिन इसके बावजूद आप आसानी से दिन भर व्यायाम कर सकते हैं। आस-पड़ोस में टहलने जाएँ। अपना लॉनमोअर धकाएँ। सीढ़ियाँ चढ़ें। अपने लगेज को पहियों पर लुढ़काने के बजाय उठाएँ। या एलीवेटर से जाने के बजाय अपने लगेज को लुढ़काएँ। बस ऐसा कोई तरीक़ा खोजें, जिससे आपका शरीर हिलता रहे। जल्दी ही आप बेहतर महसूस करने लगेंगे और ज़्यादा करना चाहेंगे।

और अंत में, आपको यह नहीं करना है।

यह न सोचें कि आपको नवीनतम फ़ैशनेबल चीज़ें ख़रीदनी हैं। किसी भी तरह की नियमित शारीरिक गतिविधि सही दिशा में क़दम है। अगर आप जिम या क्लब जाते हैं, तो इस बात पर शर्मिंदा न हों जब आप उतनी तेज़ी से पेडल न चला सकते हों या वज़न न उठा सकते हों, जितना आपके बग़ल वाला कर रहा है। शुरुआत में आप जितना कर सकते हों, दुखी या चोटग्रस्त हुए बिना करें। आप इतनी तेज़ी से तरक़्क़ी करेंगे कि आपने सोचा भी नहीं होगा।

और यह महसूस न करें कि स्वस्थ रहने के लिए जिम या क्लब जाना अनिवार्य है। बस ख़ुद को हिलाने-डुलाने के लिए वे चीज़ें करें, जिनमें आपको मज़ा आता है।

डॉ. ड्यूक का गति का पहला नियम याद रखें : गति में रहने वाला शरीर ज़्यादा लंबे समय तक गति में रहेगा; विश्राम की अवस्था में रहने वाला शरीर जल्द ही शांत हो जाएगा।

अंत में, व्यायाम का जुनून न पालें और बाक़ी जोखिम घटकों को नज़रअंदाज़ न करें। धावक गुरु जिम फ़िक्स का उदाहरण याद करें, जो हृदय रोग की वजह से असमय ही मर गए थे। हो सकता है, अत्यधिक सहनशक्ति के व्यायाम करने वाले कुछ एथलीट अपने हृदय पर ज़रूरत से ज़्यादा दबाव डाल रहे हों, जिसके परिणामस्वरूप उन्हें एरिथमियाज़ हो जाए।[402] इस अध्याय में हृदय रोग के पंद्रह जोखिम घटकों की सूची दी गई है। सिर्फ़ व्यायाम ही बाक़ी चौदह की कमियों की भरपाई नहीं कर सकता। (व्यायाम के लिए अमेरिकी सरकार की नवीनतम अनुशंसाओं को देखने के लिए आप www.who.int/dietphysicalactivity/factsheet_recommendations/en वेबसाइट पर जाकर www.health.gov/PAguidelines and the World Health Organization recommendations देख सकते हैं।)

डॉ. ड्यूक का गेम प्लान

- अपने जीवन में "दैनिक जीवन का व्यायाम" ज़्यादा करें।
- अपने डॉक्टर की अनुशंसा के बाद निश्चित व्यायाम योजना शुरू करें, जैसे 10,000 क़दमों की योजना, जो हर दिन पाँच मील चलने के लक्ष्य को पूरा करने में आपकी मदद करने के लिए पीडोमीटर का प्रयोग करती है।
- हिलते-डुलते रहें! दैनिक गतिविधि में किसी भी तरह की वृद्धि रुके रहने से बेहतर है।

6. मोटापा

मोटापा हृदय रोग का जोखिम घटक है।[403, 404, 405, 406] यही नहीं, अगर मोटे व्यक्ति अनफ़िट भी हों, तो हृदय रोग से मृत्यु का जोखिम 500 प्रतिशत बढ़ जाता है,[407] इसलिए नियमित व्यायाम, अच्छी ख़ुराक और इस गेम प्लान के बाक़ी सभी पहलुओं पर अमल करना महत्वपूर्ण है, भले ही आप कभी मॉडल जितनी छरहरी नहीं हो पाएँ या बॉडीबिल्डर जितनी मोटी मांसपेशियाँ न फुला पाएँ।

मोटापा आपके लिए जोखिम घटक है या नहीं, यह तय करने के लिए आपको सबसे पहले तो इसका पता लगाने का पैमाना समझना होगा। मोटापे की परिभाषा उतनी सरल नहीं है, जितनी कि लोकप्रिय संस्कृति आपको विश्वास दिलाना चाहती है।

मोटापे के पैमाने अध्याय 11 में बड़ी सावधानी से स्पष्ट किए गए हैं। उनमें लंबाई और वज़न के आपके अनुपात से ज़्यादा चीज़ें शामिल होती हैं। उनमें बॉडी फ़ैट परसेंटेज और वेस्ट-टु-हिप रेशो जैसे तत्व भी शामिल हैं।

कृपया इस महत्वपूर्ण और बहुत अच्छे से न समझे गए विषय के बारे में ज़्यादा विस्तृत विश्लेषण के लिए अध्याय 11 देखें। कई लोग मोटापे के जोखिम घटक के मानदंडों से ग्रस्त हैं, लेकिन उन्हें इस बात का एहसास ही नहीं है।

डॉ. ड्यूक का गेम प्लान

- अध्याय 11 को ग़ौर से पढ़कर यह तय करें कि क्या आपका वज़न ज़्यादा है या आप मोटे हैं। मोटापे के कारणों पर बहुत सी ठोस वैज्ञानिक जानकारी उपलब्ध है और इस बारे में भी कि आप इसे कैसे कम कर सकते हैं।
- अच्छी ख़बर। जब आप मोटापे के जोखिम घटक कम कर लेते हैं और आदर्श स्वास्थ्य वाली जीवनशैली जीने लगते हैं, तो आपका वज़न कम हो जाएगा।

7. बढ़े हुए लिपिड्स

माफ़ कीजिए, लेकिन मुझे यहाँ आपसे विज्ञान संबंधी बातें करनी होंगी। अपने विरोधी को जानना हमारे गेम प्लान का प्रमुख हिस्सा है। इसलिए कृपया बर्दाश्त करें – मैं इसे अधिकाधिक संक्षिप्त और कष्टरहित बनाने की कोशिश करूँगा।

कई अध्ययनों ने दिखाया है कि ब्लड कोलेस्टेरॉल का बढ़ा हुआ स्तर हृदय रोग का एक प्रमुख जोखिम घटक है।[408] कई प्रकार का कोलेस्टेरॉल होता है और हर कोलेस्टेरॉल बुरा नहीं होता। एक त्वरित समीक्षा :

- एचडीएल (हाई-डेनसिटी लिपोप्रोटीन) कोलेस्टेरॉल अच्छा होता है।
- एलडीएल (लो-डेनसिटी लिपोप्रोटीन) कोलेस्टेरॉल बुरा होता है।
- वीएलडीएल (वैरी-लो-डेनसिटी लिपोप्रोटीन) कोलेस्टेरॉल बुरा होता है।

कैसे याद रखें : हाई-डेनसिटी, अच्छा; लो-डेनसिटी, बुरा।

ब्लड लिपिड्स (फ़ैट्स), ख़ास तौर पर कोलेस्टेरॉल, के स्तरों का प्रबंधन करना ज़्यादातर डॉक्टरों के लिए हृदय रोग की रोकथाम और उपचार की नींव बन चुका है। यह रणनीति वृहद शोध पर आधारित है, जिसने दर्शाया है कि कोलेस्टेरॉल कम करने से हृदय रोग की गति कम हो जाती है और कई बार तो उलट भी जाती है।

4S अध्ययन नामक प्रोजेक्ट ने उन हृदय रोगियों में हार्ट अटैक और मृत्यु दर में महत्वपूर्ण कमी पाई, जिन्हें कोलेस्टेरॉल कम करने की दवा दी गई थी।[409] एक और बड़े अध्ययन में यह पाया गया कि स्टैटिन दवा देने पर रोगियों में हृदय संबंधी सभी कारणों से होने वाली मृत्यु का जोखिम 32 प्रतिशत कम हुआ।[410] कुछ अध्ययनों में इन दवाओं के लाभ की पुष्टि करने के लिए एंजियोग्राम्स का इस्तेमाल किया गया – जो सचमुच धमनियों के भीतर देखने की विधि है।[411] ये शोध और उपचार के परिणाम इतने विश्वसनीय हैं कि कई डॉक्टर बाक़ी जोखिम घटकों को नज़रअंदाज़ कर देते हैं। बहरहाल, लिपिड नियंत्रण पर सबसे सम्मानित परामर्शदाता समूह द्वारा जारी नवीनतम दिशानिर्देशों से यह प्रवृत्ति बदलने लगी है।

2001 में नेशनल इंस्टीट्यूट्स ऑफ़ हेल्थ की राष्ट्रीय कोलेस्टेरॉल शिक्षण योजना ने एक नया एडल्ट ट्रीटमेंट पैनल (एनसीईपी-एटीपी III) शुरू किया, जिसने

कार्डियोवैस्कुलर रोग के जोखिम घटकों की सूची का विस्तार किया और रोकथाम पर नया ज़ोर डाला।[412] इस रिपोर्ट से पहले प्रमुख हृदय रोग जोखिम घटकों को सूचीबद्ध किया जाता था, जैसे धूम्रपान, हाइपरटेंशन, कम एचडीएल कोलेस्टेरॉल, हृदय रोग का पारिवारिक इतिहास और उम्र। एटीपी III ने इस सूची में मोटापे, व्यायाम की कमी और ख़राब आहार को जोड़ दिया।

रिपोर्ट ने लिपोप्रोटीन (ए), इन्सुलिन रज़िस्टेंस, होमोसिस्टीन, थक्का जमने की बढ़ती हुई प्रवृत्ति, छिपे हुए हृदय रोग और सीआरपी जैसे इनफ़्लेमेटरी तत्वों को भी संभावित जोखिम घटकों के रूप में स्वीकार किया। शायद एपोलीपोप्रोटीन बी (एपॉब) को भी जल्द ही इस सूची में जोड़ लिया जाएगा, क्योंकि यह एलडीएल के बजाय हृदय रोग का बेहतर सूचक है।[413]

वैज्ञानिक शब्दावली के लिए माफ़ करें, लेकिन मैं चाहता हूँ कि आप यह बात अच्छी तरह समझ लें कि कोलेस्टेरॉल के अलावा भी कई अन्य जोखिम घटक होते हैं।

यह कहने के बाद अब हम दोबारा कोलेस्टेरॉल की ओर लौटते हैं। या ज़्यादा स्पष्टता से कहें, तो इसकी जाँच की ओर।

दुनिया भर के लगभग सभी डॉक्टर ऐसे लैब टेस्ट कराते हैं, जिनमें एलडीएल मोलेक्यूल्स की वास्तविक गणना नहीं की जाती, बल्कि एलडीएल स्तरों का अनुमान लगाने के लिए गणित के फ़ॉर्मूले का इस्तेमाल किया जाता है, जो एचडीएल और कुल कोलेस्टेरॉल स्तरों के आकलन पर आधारित है। बहरहाल, जिन लोगों को हार्ट अटैक होता है, उनमें से आधे लोगों का एलडीएल स्तर सामान्य होता है।[414] नए एनसीईपी दिशानिर्देश भी पुरानी प्रयोगशाला तकनीक पर आधारित हैं। वे सिर्फ़ इस बात को ज़रूरी मानते हैं कि एलडीएल कोलेस्टेरॉल का स्तर नियंत्रित करके कम कर दिया जाए।

मैं सोचता हूँ कि इससे बेहतर तरीक़ा है।

रोगियों के सर्वश्रेष्ठ हित में मैं कोलेस्टेरॉल स्तरों को ऐसी तकनीक से नापता हूँ, जो कोलेस्टेरॉल के अणुओं की संख्या का अनुमान लगाने के बजाय सचमुच उन्हें "देखती" है। यह लिपिड स्तर नापने का ज़्यादा सटीक तरीक़ा है।

कोलेस्टेरॉल कम करने के लिए रोगियों की दवा शुरू करने के लिए कुल कोलेस्टेरॉल स्तर 200 mg/dl से ज़्यादा होना चाहिए। परिशिष्ट ए.2 बेहतर, ज़्यादा सार्थक मानदंड बताता है।

बहरहाल, वर्तमान मानक प्रयोगशाला आकलन तार्किक दृष्टि से अच्छा संकेत देते हैं, जब हम कुल कोलेस्टेरॉल और एचडीएल (अच्छे कोलेस्टेरॉल) का अनुपात देखते हैं। कुल कोलेस्टेरॉल का एचडीएल से अनुपात आम तौर पर 4 से कम और आदर्श स्थिति में 3.5 से कम होना चाहिए।

अगला सवाल : क्या दवा ही ज़्यादा कोलेस्टेरॉल को कम करने का एकमात्र तरीक़ा है?

जवाब है : नहीं।

ख़ुराक का कोलेस्टेरॉल स्तरों पर महत्वपूर्ण असर पड़ता है। दुर्भाग्य से, इस बारे में बहुत से विवाद हैं कि कोलेस्टेरॉल को नियंत्रित रखने के लिए किस तरह का आहार लेना चाहिए, जिस वजह से लोगों में बहुत सी दुविधा उत्पन्न हो जाती है।

एक पीढ़ी से हमें हर तरफ़ से कम फ़ैट वाली ख़ुराक खाने के लिए उकसाया जा रहा था। नवीनतम फ़ैशनेबल डाइट्स में फ़ैट ज़्यादा होता है और कार्बोहाइड्रेट कम होता है! इस नर्सरी राइम को याद करें :

जैक स्प्रैट फ़ैट नहीं खा सकता था।
उसकी पत्नी फ़ैटरहित चीज़ (lean) नहीं खा सकती थी।
इसलिए उन दोनों ने मिलकर
पूरी प्लेट चट कर डाली।

इतनी विरोधी जानकारी के बीच कौन जाने कि जैक स्प्रैट का विचार सही था या मिसेज़ स्प्रैट का? मैं जानता हूँ : जवाब है, दोनों में से कोई नहीं।

हमेशा की तरह यह बहस बहुत सतही है और इसका फ़ैशनेबल प्रॉडक्ट्स की मार्केटिंग से बहुत ज़्यादा संबंध है।

मैं अध्याय 11 में भोजन और आहार के संबंध में विस्तार से बात करूँगा। इसके अलावा मैंने परिशिष्ट बी में आदर्श दृष्टि से स्वस्थ ख़ुराक का एक उदाहरण दिया है। बहरहाल, मैं यहाँ पर ख़ुराक और हृदय रोग के जोखिम के बारे में कुछ ख़ास टिप्पणियाँ जोड़ना चाहूँगा।

फ़ैट्स बुरे भी होते हैं और अच्छे भी। मैं यहाँ पर अलग-अलग क़िस्म के कोलेस्टेरॉल के बारे में बात नहीं कर रहा हूँ, बल्कि आपके भोजन में शामिल फ़ैट्स के बारे में बात कर रहा हूँ। इसके अलावा कार्बोहाइड्रेट्स और प्रोटीन्स के भी अच्छे और बुरे स्रोत होते हैं।

ओमेगा-3 फ़ैट्स आपके लिए बहुत अच्छे होते हैं। वे हृदय रोग के जोखिम को कम करते हैं (देखें जोखिम घटक 14)। बेहद कम फ़ैट वाले डाइट्स आपको एंटी-इनफ़्लेमेटरी ओमेगा-3 फ़ैट्स से वंचित कर देते हैं, जिनकी ज़रूरत आपको आदर्श स्वास्थ्य के लिए होती है। परिणाम होता है बढ़ा हुआ इनफ़्लेमेशन।[415] बेहद कम फ़ैट वाली ख़ुराक दक़ियानूसी विज्ञान पर आधारित है और उसकी सलाह नहीं दी जाती है।

दूसरी तरफ़, बहुत ज़्यादा फ़ैट वाली ख़ुराक से कैंसर का जोखिम बढ़ता है (देखें अध्याय 10)। ज़्यादा फ़ैट, कम कार्बोहाइड्रेट वाले फ़ैशनेबल डाइट प्लान्स “अच्छे” कार्बोहाइड्रेट्स के ज़बर्दस्त लाभों को नज़रअंदाज़ कर देते हैं, जैसे फ़ाइबर और फ़ाइटोन्यूट्रिएंट्स से समृद्ध ज़्यादा कार्बोहाइड्रेट्स वाला भोजन। इससे भी बुरी बात, ज़्यादा फ़ैट वाले फ़ैशनेबल डाइट्स में बहुत सारे आंशिक रूप से हाइड्रोजेनेटेड या ट्रांस फ़ैट्स शामिल होते हैं, जो हृदय रोग का जोखिम बढ़ा देते हैं (ट्रांस फ़ैट्स के कैलोरी आहार में 2 प्रतिशत वृद्धि से हृदय रोग का जोखिम 23 प्रतिशत बढ़ जाता है।[416, 417])

हालाँकि ओमेगा-6 फ़ैट्स (जो डार्क मीट और सस्ते तेलों में पाए जाते हैं) हमारी ख़ुराक में ज़रूरी होते हैं, लेकिन हम पहले ही उन्हें बहुत ज़्यादा मात्रा में खा रहे हैं। वे हमारे लिए हानिकारक होते हैं, क्योंकि वे रक्त में बुरे फ़ैट्स को ज़्यादा बुरा बनाते हैं।[418]

लोकप्रिय डीएएसएच डाइट से हृदय रोग का जोखिम कम होने संबंधी लाभकारी प्रभाव देखे गए हैं,[419] ख़ास तौर पर अगर आप इसमें थोड़े से ज़्यादा मोनोअनसेचुरेटेड फ़ैट या प्रोटीन का मिश्रण कर लें।[420] लेकिन इस पुस्तक के आख़िर में मैं इससे भी बेहतर डाइट प्लान बताऊँगा।

2006 में विमेन्स हेल्थ इनिशिएटिव[421] नामक एक वृहद् अध्ययन से काफ़ी दुविधा खड़ी हो गई, जब इसने यह निष्कर्ष दिया कि कम फ़ैट वाले डाइट्स हृदय रोग के जोखिम को कम नहीं करते। वैसे इस अध्ययन के साथ कई समस्याएँ थीं। सबसे पहली बात, शोधकर्ताओं ने प्रतिभागियों से कहा कि वे जितनी कैलोरी खाएँ, उसमें फ़ैट के प्रतिशत को घटाकर 20 प्रतिशत कर लें, लेकिन ऐसा नहीं हो पाया और यह सिर्फ़ 29 प्रतिशत तक ही कम हो पाया। (ज़रा हटकर एक बात, इससे कम यह और ज़्यादा वह वाले डाइट्स की समस्या पता चलती है : लोग असली ज़िंदगी में उन पर अमल नहीं कर सकते।) दूसरी बात, शोधकर्ताओं ने फ़ैट के *प्रकारों* को नियंत्रित नहीं किया, इसलिए कुछ प्रतिभागी बाक़ी की तुलना में ज़्यादा "अच्छे" फ़ैट्स खा रहे थे। संक्षेप में, यह अध्ययन मिसेज़ स्प्रैट से ज़्यादा फ़ैट खाने का बहाना नहीं है।

अंत में, नियमित व्यायाम से कोलेस्टेरॉल स्तर को कम करने या नियंत्रित करने में मदद मिलती है। अगर आपको अपने कोलेस्टेरॉल का स्तर कम करना हो, तो पहले ख़ुराक और व्यायाम को आज़माकर देखें और इसके बाद ही दवा की शरण में जाएँ।

डॉ. ड्यूक का गेम प्लान

- अपने कोलेस्टेरॉल और लिपिड पैनल की जाँच करवाएँ, संभव हो तो परिशिष्ट ए.2 में वर्णित विशेष कोलेस्टेरॉल जाँच करवाएँ।
- अगर आपका कोलेस्टेरॉल स्तर बढ़ा हुआ है, तो अपने डॉक्टर से परामर्श लें और फिर दीर्घकालीन रोग के जोखिम घटक कम करें तथा आदर्श स्वास्थ्य के स्तंभों का अनुसरण करें।
- इन क़दमों पर अमल करने से आपके कोलेस्टेरॉल का स्तर इतना कम हो जाना चाहिए कि आपको दवा की ज़रूरत कम हो या बिलकुल ही न हो।
- बहरहाल, जब तक डॉक्टर सलाह न दे, तब तक कोई दवा लेना न छोड़ें।
- सैचुरेटेड, ओमेगा-6, ट्रांस और अन्य नुक़सानदेह फ़ैट्स को अपने आहार से कम कर दें।

8. पर्याप्त फल और सब्ज़ियाँ न खाना

अपनी माँ की कही बात मानें : फल और सब्ज़ियाँ ज़्यादा खाएँ। उन्हें शायद इसका कारण मालूम नहीं होगा, लेकिन उनकी बात सोलह आने सही थी।

ताज़े फलों और सब्ज़ियों की पर्याप्त मात्रा खाने का कोई विकल्प नहीं है। इनमें सैकड़ों एंटीऑक्सीडेंट्स और फ़ाइटोन्यूट्रिएंट्स होते हैं, जिनमें से कई का तो शायद हमने नामकरण भी नहीं किया है, जो कार्डियोवैस्कुलर रोग के जोखिम को कम करते हैं।

कई अध्ययन दर्शाते हैं कि फल और सब्ज़ियाँ खाने से हृदय रोग का जोखिम कम हो सकता है। फ़िनलैंड में हुए एक अध्ययन में पाया गया कि जो पुरुष फलों, बेरीज़ और सब्ज़ियों की ज़्यादा मात्रा खाते थे, उन्हें ऐसा न करने वालों की तुलना में हृदय रोग का जोखिम 34 प्रतिशत कम था।[422] एक अन्य अध्ययन में जिन प्रतिभागियों ने अन्न, फलों और सब्ज़ियों में निहित फ़ाइबर की ज़्यादा मात्रा खाई, उनमें हृदय रोग से मृत्यु का जोखिम 27 प्रतिशत कम हुआ।[423]

एक रोचक अध्ययन में सैचुरेटेड फ़ैट, फलों और सब्ज़ियों के हृदय रोग पर सम्मिलित प्रभाव देखे गए।[424] उन्होंने अठारह सालों तक 501 स्वस्थ पुरुषों का अनुसरण किया और पाया कि जो लोग हर दिन पाँच से ज़्यादा बार फल और सब्ज़ियाँ खाते थे और अपनी 12 प्रतिशत से कम कैलोरियाँ सैचुरेटेड फ़ैट से प्राप्त करते थे, उनके कोरोनरी हृदय रोग से मरने की आशंका 76 प्रतिशत कम थी, बजाय उन लोगों के जिनके आहार में फल और सब्ज़ियाँ तो कम रहते थे, लेकिन सैचुरेटेड फ़ैट्स ज़्यादा रहते थे। यही नहीं, पाँच से ज़्यादा बार फल और सब्ज़ियाँ खाने वाले जो पुरुष ज़्यादा सैचुरेटेड फ़ैट वाला आहार लेते थे, उनमें भी हृदय रोग का जोखिम 64 प्रतिशत कम पाया गया।

तो इस बारे में कोई शंका नहीं है : फल और सब्ज़ियाँ हृदय रोग को हराने की आपकी कोशिश में बहुत मूल्यवान खिलाड़ी हैं।

फल और सब्ज़ियाँ कम खाने से होने वाले रोगों का दुनिया पर ज़बर्दस्त बोझ है, जैसा विश्व स्वास्थ्य संगठन के हाल में हुए एक अध्ययन में प्रकट हुआ है।[425] शोधकर्ताओं का अनुमान है कि दुनिया में हर साल 26.3 लाख लोग सिर्फ़ इसलिए मौत का शिकार हो जाते हैं, क्योंकि वे पर्याप्त फल और सब्ज़ियाँ नहीं खा रहे हैं। अगर लोग हर दिन फलों और सब्ज़ियों की आवश्यक न्यूनतम मात्रा (baseline) यानी 600 ग्राम खाएँ, तो रोगों का विश्वव्यापी बोझ 1.8 प्रतिशत घट जाएगा और हृदय रोग में 31 प्रतिशत कमी देखी जाएगी।

डॉ. ड्यूक का गेम प्लान

- हर दिन कम से कम पाँच से नौ सर्विंग्स फल और सब्ज़ियाँ खाएँ।

- इससे भी बेहतर है, हर दिन नौ सर्विंग्स खाएँ।
- फल और सब्ज़ियों को हर भोजन का हिस्सा बना लें।
- उन्हें स्नैक्स में भी खाएँ - जंक फ़ूड में ज़ंग लगने दें।
- "रंग के संदर्भ में सोचें।" एंटीऑक्सीडेंट्स और फ़ाइटोन्यूट्रिएंट्स पौधों को रंगीन बनाते हैं, इसलिए हर दिन फलों और सब्ज़ियों के रंग बदलना न भूलें। ज़्यादा विविधता से आपको ज़्यादा रोगों से सुरक्षा मिलती है।
- एंटीऑक्सीडेंट सप्लीमेंट्स जैसे विटामिन सी बढ़ाने के बारे में सोचें।[426]

९. डिप्रेशन

डिप्रेशन हृदय रोग का आज़माया हुआ जोखिम घटक है।

इस लक्षण का अध्ययन कर रहे वैज्ञानिकों का यक़ीन है कि डिप्रेशन हृदय रोग की गति बढ़ाने वाले दो हॉर्मोनल मार्गों को उद्दीप्त करता है। इस बारे में ज़्यादा शोध की आवश्यकता है,[427] लेकिन आँकड़ों का आपसी संबंध स्पष्ट है। डिप्रेशन के लक्षण न सिर्फ़ पुरुषों में हृदय रोग के जोखिम को, बल्कि मृत्यु दर को भी बढ़ाते हैं।[428, 429] दो साल से ज़्यादा समय तक डिप्रेशन के शिकार कोरोनरी हृदय रोग वाले लोगों के मरने का ख़तरा उन हृदय रोगियों की तुलना में दोगुना ज़्यादा होता है, जो डिप्रेशन के शिकार नहीं हैं।[430]

डिप्रेशन और हृदय रोग संबंधी अध्ययनों में काफ़ी समान निष्कर्ष मिले हैं। इसलिए यह जानना महत्वपूर्ण है कि डिप्रेशन क्या है और इसे ख़ुद में या अपने क़रीबी व्यक्ति में कैसे पहचाना जाए।

डिप्रेशन सिर्फ़ मानसिक अवस्था नहीं है; यह एक रोग है और यह हृदय रोग बढ़ाने के साथ-साथ अन्य तरीक़ों से भी घातक हो सकता है। इसके अलावा, इसके लक्षण दीर्घकालीन दुखी रहने या रोने से आगे तक जाते हैं। लक्षणों में खान-पान की आदतें बदलना, सोने की आदतें बदलना, निर्णय लेने में मुश्किल आना, आत्म-छवि ख़राब होना, ग़ुस्सा जल्दी आना, लोगों से कतराना, प्रेरणा की कमी होना, पहले प्रेरक लगने वाली चीज़ों में रुचि कम होना शामिल हैं।

अगर आप इनमें से कई लक्षणों से जूझ रहे हैं, तो कृपया अपने डॉक्टर, धार्मिक परामर्शदाता या प्रशिक्षित प्रोफ़ेशनल से संपर्क करें। अगर आपको अपने किसी क़रीबी व्यक्ति में ये लक्षण दिखें, तब भी यही करें। दीर्घकालीन डिप्रेशन ज़िंदगी गुज़ारने का दुखद तरीक़ा है। यह उस व्यक्ति के आस-पास के लोगों के लिए भी दुखद होता है। और जैसे यही पर्याप्त बुरा न हो, डिप्रेशन हृदय रोग से मृत्यु की आशंका को भी काफ़ी बढ़ा देता है।

तो मैं डिप्रेशन के साथ सक्रियता से निबटने के महत्व पर जितना भी ज़ोर दूँ, कम है।

बहुत बार लोग अपने डिप्रेशन को नकार देते हैं या फिर इस बात पर शर्मिंदा होते हैं। कृपया ऐसा न करें। डिप्रेशन कमज़ोरी की निशानी नहीं है। आम तौर पर यह रासायनिक या मनोवैज्ञानिक असंतुलनों का लक्षण है, जिसका उपचार संभव है।

डॉ. ड्यूक का गेम प्लान

- अगर आपमें ऊपर दिए लक्षणों में से तीन या उससे ज़्यादा हों, तो किसी डॉक्टर, धार्मिक परामर्शदाता या सुयोग्य प्रोफ़ेशनल से मिलें।
- अन्य चिकित्साओं के अलावा और अपने डॉक्टर से परामर्श के बाद व्यायाम योजना पर विचार करें।[431]

10. तनाव

यह समझना मुश्किल है कि तनाव आधुनिक सभ्यता में इतनी व्यापक समस्या क्यों है। हमें जिन चीज़ों की चिंता होती है, जैसे काम की डेडलाइन, परिवार की आर्थिक स्थिति, सामाजिक कैलेंडर, भोजन की योजना और बच्चों को सॉकर प्रैक्टिस के लिए लाना-ले जाना, वे उतनी गंभीर नहीं दिखती हैं, जितनी कि हमारे पूर्वजों की दीर्घकालीन समस्याएँ थीं - जैसे अकाल, महामारी और युद्ध।

इसके बावजूद तनाव आधुनिक ज़िंदगी में भरा हुआ है और दुर्भाग्य से यह हृदय रोग का जोखिम घटक है।

कई शोध अनुसंधानों ने कोरोनरी हृदय रोग और तनाव जैसे मनोवैज्ञानिक घटकों के आपसी संबंधों की पुष्टि की है। हम पहले भी यह तो जानते थे कि यह जोखिम घटक है, लेकिन हाल ही में हम इसका कारण समझने लगे हैं। तनावजनित व्यवहार में जीवनशैली के ऐसे स्पष्ट परिवर्तन शामिल होते हैं - तनाव में आने पर लोगों में धूम्रपान करने, ज़्यादा शराब पीने, नींद गँवाने और जंक फ़ूड खाने की प्रवृत्ति होती है - जो सभी हृदय रोग के जोखिम घटक हैं। लेकिन नई शोध तकनीक से पता चला है कि प्रबल तनाव हृदय के लिए कम ऑक्सीजन और असामान्य हृदय लय का कारण बन सकता है।[432] हाल के एक और अध्ययन में पाया गया कि कुछ लोगों में तनाव के दौरान असमान मस्तिष्क उद्दीपन होता है, जो असामान्य हृदय लय की आशंका को बढ़ा देता है।[433] तनाव को पुरुषों में हार्ट अटैक के स्वतंत्र सूचक के रूप में भी गिना गया है।[434]

दीर्घकालीन तनाव के शारीरिक परिणामों का कार्डियोवैस्कुलर रोग पर प्रबल प्रभाव पड़ता है। इन परिणामों में बढ़े हुए ब्लड प्रेशर[435] और मेटाबोलिक सिंड्रोम का जोखिम शामिल है,[436] जिस पर मैं अध्याय 12 में बात करूँगा। अध्याय 3 में हम पहले ही दीर्घकालीन तनाव के एक और महत्वपूर्ण परिणाम के बारे में बात कर चुके हैं।

आप कैसे पता लगाएँ कि *आपके* तनाव का स्तर इतना बढ़ चुका है कि जोखिम घटक बन गया है? आख़िर, हर व्यक्ति समय-समय पर तनाव महसूस करता

है। और अगर आप हमेशा जीने का सुखद तरीक़ा नहीं खोज पाते हैं, तो क्या आपका हृदय रोग अस्पताल में भर्ती होना तय है?

यह पता करना काफ़ी आसान है कि क्या तनाव आपके लिए जोखिम घटक है। **अगर आप लगभग हर दिन काफ़ी तनाव महसूस करते हैं, तो आपके जीवन में हृदय रोग का एक और जोखिम घटक है।**

इसके अलावा, कृपया अपनी तनावपूर्ण ज़िंदगी को सही साबित करने के लिए यह तर्क न दें कि आपके आस-पास का हर व्यक्ति भी आपके जितने ही तनाव में है। दीर्घकालीन तनाव इस दुनिया के हर औद्योगीकृत देश में भरा हुआ है। हम इसे एशिया, यूरोप और अमेरिका के अपने क्लाएंट्स में देखते हैं। इस निष्कर्ष पर आसानी से पहुँचा जा सकता है कि दीर्घकालीन तनाव का आपका स्तर सामान्य है, इसलिए यह जोखिम घटक नहीं है। लेकिन ख़ुद को न बहलाएँ; दीर्घकालीन तनाव हमेशा जोखिम घटक रहता है।

वैसे अच्छी ख़बर यह है कि हम अपने जीवन में जो तनाव महसूस करते हैं, उसे कम किया जा सकता है। ऐसा इसलिए है, क्योंकि हमारा ज़्यादातर तनाव ख़ुद का ओढ़ा हुआ है। हम छोटी-छोटी चीज़ों के बारे में बहुत ज़्यादा चिंता करते हैं या उन चीज़ों के बारे में, जिन्हें हम नियंत्रित नहीं कर सकते। हमें माफ़ करने और भूलने, जीने और जीने देने में मुश्किल आती है। हम क्रोधपूर्ण, कटु, द्वेषपूर्ण, स्वार्थी, जल्दी ही लड़ने पर उतारू हो जाते हैं। हम बहुत ज़्यादा ज़िम्मेदारियाँ ले लेते हैं। हमारे मन में अतार्किक डर आ जाते हैं। हम बहुत सारी चीज़ों का प्रबंधन करने की कोशिश करते हैं। अगर आप इस पैरेग्राफ़ के किसी हिस्से में अपनी तस्वीर देख रहे हैं, तो आपकी जीवनशैली शायद आपकी ज़िंदगी कम कर रही है। यह कहने की ज़रूरत नहीं है कि यह आपकी ज़िंदगी के आनंद को भी छीन रही है।

तनाव कम करने की जो योजना मैंने बनाई है, वह दस साल से भी ज़्यादा समय पहले शुरू हुई थी और मैं ख़ुद को धन्य समझता हूँ कि मेरे क्लाएंट्स का फ़ीडबैक अद्‌भुत रहा है। तनाव कम करने वाली अधिकांश योजनाएँ तात्कालिक राहत पर केंद्रित होती हैं। मैं सोचता हूँ कि हम बेहतर कर सकते हैं। यह एक सप्ताह के लिए बेहतर महसूस करने या मुश्किल हिस्से को लाँघने के बारे में नहीं होना चाहिए। यह तो हृदय रोग और बेहतर ज़िंदगी के एक जोखिम घटक को कम करने के बारे में होना चाहिए।

अगर दीर्घकालीन तनाव आपकी ज़िंदगी का एक महत्वपूर्ण हिस्सा है, तो दीर्घकालीन तनाव को हराने के लिए कृपया अध्याय 7 में दिए गए दिशानिर्देश को सावधानी से पढ़ें।

डॉ. ड्यूक का गेम प्लान

- अगर आपको तनाव से संबंधित समस्या है, तो अध्याय 7 देखें।

- अगर यह पर्याप्त न हो, तो सहायता के लिए कृपया अपने डॉक्टर, धार्मिक परामर्शदाता या सुयोग्य प्रोफ़ेशनल से संपर्क करें।

11. गहरी धार्मिक आस्था की कमी

हम सदियों से जानते हैं कि आध्यात्मिक और धार्मिक विश्वास का हमारी सेहत पर असर पड़ता है। आधुनिक कार्डियोलॉजी के संस्थापक सर विलियम ओस्लर ने बीसवीं सदी की शुरुआत में चिकित्सा संबंधी धार्मिक पहलुओं के बारे में लेखों की शृंखला लिखी।[437] पिछले तीस सालों से इस विषय में दिलचस्पी नाटकीय ढंग से बढ़ी है।

नेशनल इंस्टीट्यूट्स ऑफ़ हेल्थ इस विषय पर सम्मेलन आयोजित कर चुका है,[438] और हार्वर्ड व ड्यूक विश्वविद्यालयों में इसके अध्ययन के लिए अग्रणी योजनाएँ हैं। (इस क्षेत्र में ड्यूक्स सेंटर फ़ॉर स्पिरिच्युएलिटी, थियोलॉजी एंड हेल्थ शायद लीडर है।) कई मेडिकल कॉलेजों में अब धार्मिक आस्था और चिकित्सा के एकीकरण पर कक्षाएँ चल रही हैं।

1,200 से ज़्यादा अध्ययनों से पता चलता है कि समर्पित धार्मिक आस्था वाले लोगों का स्वास्थ्य बेहतर होने की ज़्यादा संभावना होती है। बहरहाल, तर्क और संदेह के हमारे युग में इसे सभी जोखिम घटकों में शायद सबसे ग़लत समझा गया है और सबसे कम प्रचारित भी किया गया है। मैं स्वस्थ संदेह के कुछ अंश को समझ सकता हूँ, क्योंकि कुछ अध्ययनों ने लाभ बताए हैं, तो कुछ ने थोड़ी नकारात्मक प्रवृत्तियाँ भी दिखाई हैं। बहरहाल, जब 1,200 अध्ययन बता चुके हैं कि यह सकारात्मक घटक है, तो इसके बाद इसे नज़रअंदाज़ करना न तो अच्छा विज्ञान है, न ही अच्छी चिकित्सा।

इसके अलावा, मैं यहाँ पर कुछ चेतावनियाँ भी देना चाहता हूँ। मैं सैकड़ों अध्ययन देख चुका हूँ, जो आस्था और स्वास्थ्य के महत्वपूर्ण आपसी संबंध सुझाते हैं, लेकिन किसी ने भी एक धर्म की तुलना दूसरे से नहीं की है, हालाँकि स्वास्थ्य लाभ कई धर्मों में प्रदर्शित हुए हैं।

इन अध्ययनों में यह निष्कर्ष समान है कि समर्पित धार्मिक आस्था का सेहत पर अच्छा असर होता है। धर्म कौन सा है, यह महत्वहीन है। असर बिना किसी निश्चित धर्म या पंथ के दर्ज किए गए हैं। समर्पित धार्मिक आस्था, जिसे "आंतरिक आस्था" भी कहा जाता है, की परिभाषा है नियमित रूप से आराधना स्थल जाना, पवित्र धर्मग्रंथ पढ़ना और आस्था को जीवन में बहुत महत्वपूर्ण मानना।

इसके विकल्प हैं "सतही आस्था" या कोई आस्था नहीं। सतही आस्था उन लोगों में होती है, जो ख़ुद को धार्मिक तो मानते हैं, लेकिन उसका पालन नहीं करते हैं। वे प्रबल आस्था वाले लोगों की तरह उसे समर्पित, दैनिक अंदाज़ में नहीं जीते हैं। शोध में नास्तिकों और संदेहवादियों की तरह ही सतही आस्था वाले लोगों की सेहत भी गहरी आस्था वाले लोगों से कमज़ोर पाई गई।

अध्ययनों में यह भी पता चला है कि रोगियों को प्रार्थना से लाभ होता है। शायद पहले आधुनिक बड़े शोध ने हृदय रोगियों के ठीक होने का अध्ययन किया।[439]

393 रोगी एक कोरोनरी केयर यूनिट में दाख़िल हुए। उन्हें बिना किसी पैमाने के दो समूहों में बाँट दिया गया। उनमें से एक समूह के लिए अस्पताल से बाहर प्रार्थना हुई, जबकि दूसरे समूह के लिए नहीं हुई। किसी भी रोगी को पता नहीं था कि उसके लिए लोग प्रार्थना कर रहे हैं। जिन लोगों के लिए प्रार्थना की गई, उन्हें वेंटिलेटर्स की कम आवश्यकता पड़ी, कम एंटीबायोटिक्स लगीं और द्रव हटाने के लिए कम दवा की ज़रूरत पड़ी। कुल मिलाकर, वे ज़्यादा तेज़ी से ठीक हुए। बाद में इसी तरह के एक अन्य अध्ययन में भी ऐसे ही परिणाम मिले।[440] कोरोनरी केयर यूनिट के 990 रोगियों में से जिन लोगों के लिए प्रार्थना की गई, उन्हें अस्पताल में कम जटिलताओं का सामना करना पड़ा।

गहरी आंतरिक आस्था वाले लोगों का ब्लड प्रेशर भी कम होता है।[441] ऐसे पुरुषों में हृदय रोग से मरने का जोखिम 60 प्रतिशत कम होता है और महिलाओं में 50 प्रतिशत।[442] कार्डियक सर्जरी के बाद इनके मरने की आशंका चौदह गुना कम होती है।[443] ये अस्पताल में कम समय तक भर्ती रहते हैं।[444] इनमें हानिकारक रसायन इंटरल्यूकेन-6 का स्तर कम होता है।[445, 446] इनमें सी-रिएक्टिव प्रोटीन का स्तर भी कम होता है[447] और ये ज़्यादा लंबा जीवन जीते हैं।[448]

इस आख़िरी श्रेणी में दिया गया डेटा काफ़ी आश्चर्यजनक है। **कुछ अध्ययनों में बताया गया है कि गहरी आंतरिक आस्था से आयु लगभग सात साल तक बढ़ जाती है।**[449] यह उम्र का उतना ही बड़ा लाभ है, जितना कि धूम्रपान न करने वालों को करने वालों की तुलना में होता है।

गहरी आंतरिक आस्था से कई अन्य लाभ भी होते हैं। इसलिए मुझे आश्चर्य होता है कि हमारे बौद्धिकतावाद और धर्म पर बातचीत करने की हमारी झिझक के कारण चिकित्सा के क्षेत्र में बहुत से लोगों ने इतनी स्पष्ट और महत्वपूर्ण चीज़ को अनदेखा कर दिया है।

आंतरिक आस्था या इसकी कमी हमारी सेहत पर असर क्यों डालती है? यह अब भी एक रहस्य है। लेकिन रहस्य आस्था का एक तत्व है। हम जितना जानते हैं, उससे परे मौजूद अस्तित्व के व्यापक क्षेत्रों से निबटने का यही एक तरीक़ा है। वैज्ञानिक शारीरिक स्तर पर इस विषय का अध्ययन कर रहे हैं। शायद यह हॉर्मोनल मार्ग से जुड़ा है, जो सकारात्मक नज़रिए से जुड़ा है या अध्याय 6 में बताए गए कम डिप्रेशन से संबद्ध है। संभवतः हम कभी पूरी तरह नहीं समझ पाएँगे कि यह हमारे स्वास्थ्य पर कैसे और क्यों असर डालता है।

अगर विज्ञान इस बारे में जवाब खोज लेगा, तो मैं आपको ज़रूर बताऊँगा। तब तक तो यही कहना काफ़ी होगा कि अपनी आस्था का अभ्यास करना आपके हृदय और सेहत के लिए अच्छा है।

डॉ. ड्यूक का गेम प्लान

- अपने चुने हुए धर्म का निष्ठा से पालन करें।
- किसी की बात न सुनें कि उसके धर्म का "ब्रांड" आपके धर्म से ज़्यादा स्वस्थ है।

12. होमोसिस्टीन

अगर आप यह शब्द पहली बार छपा देख रहे हैं, तो मुझे इससे कोई हैरानी नहीं होगी। कोलेस्टेरॉल आपके रक्त का वह तत्व है, जिसे सारा प्रचार मिलता है। लेकिन होमोसिस्टीन हृदय रोग के जोखिम घटकों के बीच उगता हुआ सितारा है और वैज्ञानिक इस पर दिनोदिन ज़्यादा ध्यान देने लगे हैं। इससे निबटना हमारे गेम प्लान का एक महत्वपूर्ण हिस्सा होना चाहिए।

कई अनिवार्य एमीनो एसिड्स होते हैं। (इस संदर्भ में "अनिवार्य" का मतलब है वे पोषक तत्व, जिनकी ज़रूरत आपके शरीर को होती है।) हमारा शरीर *मेथियोनाइन* नामक अनिवार्य एमीनो एसिड को होमोसिस्टीन नामक रसायन में बदलता है। लगभग 10 प्रतिशत लोगों में होमोसिस्टीन की अत्यधिक मात्रा उत्पन्न करने की आनुवंशिक प्रवृत्ति होती है।

पैथोलॉजिस्ट किल्मर मैक्कली ने तीस साल से भी ज़्यादा समय पहले पहचान लिया था कि जिन लोगों के ख़ून में होमोसिस्टीन का स्तर ज़्यादा होता है, उनमें हृदय रोग का जोखिम बढ़ जाता है। बाद में हुए शोध ने इस संबंध की पुष्टि की है। मिसाल के तौर पर, मेडिकल जर्नल *लैन्सेट* में प्रकाशित एक अध्ययन ने दर्शाया कि होमोसिस्टीन हृदय रोग का एक स्वतंत्र जोखिम घटक है, ख़ास तौर पर भारतीयों के लिए।[450] दो अध्ययनों ने दर्शाया है कि कॉकेशियन, ईस्ट एशियन, वेस्ट अफ़्रीकन और कैरिबियन जनसंख्या की तुलना में भारत व दक्षिण एशिया के निवासियों में आम तौर पर होमोसिस्टीन का स्तर बहुत ज़्यादा होता है।[451, 452]

2006 में दो अध्ययनों ने बताया कि गंभीर हृदय रोग वाले लोगों में होमोसिस्टीन को कम करने से आगामी हार्ट अटैक का उनका जोखिम कम नहीं हुआ।[453, 454] इससे कुछ लोग इस नतीजे पर पहुँचे कि होमोसिस्टीन को जोखिम घटक के बजाय हृदय रोग से "संबद्ध" मानना चाहिए। इन दोनों अध्ययनों के साथ समस्या यह है कि वे उन रोगियों पर किए गए थे, जिन्हें पहले से ही गंभीर हृदय रोग और अन्य बीमारियाँ थीं। (कृपया अध्याय 8 में इसके समर्थन में कुछ और बातें देखें।) जब तक आगे का शोध न आ जाए, जो होमोसिस्टीन को रोकथाम वाले दृष्टिकोण से देखे - यानी उन रोगियों में जिनमें अब तक महत्वपूर्ण एथेरोस्केलेरोसिस विकसित न हुआ हो - तब तक मैं इसे जोखिम घटक ही मानूँगा, क्योंकि यह इनफ़्लेमेशन से जुड़ा हुआ है (देखें अध्याय 2 और 3)। यह भी पता चला है कि होमोसिस्टीन बढ़ने से हृदय की सक्रियता कम हो जाती है।[455]

होमोसिस्टीन के स्तर को कम करने के लिए ज्ञात उपचारों में फ़ोलिक एसिड (जो रक्त नलिका की कार्यविधि को बेहतर बनाता है),[456] विटामिन बी-12 और ओमेगा-3 फ़ैटी एसिड्स हैं। एक अध्ययन ने दर्शाया है कि फ़ोलिक एसिड सप्लीमेंट से हृदय रोगियों के स्वस्थ भाई-बहनों में संभावित कोरोनरी घटनाओं का जोखिम घटा।[457] यह एक मिसाल है कि किस तरह उचित सप्लीमेंटेशन से दीर्घकालीन रोग का जोखिम कम हो सकता है (देखें अध्याय 8)।

डॉ. ड्यूक का गेम प्लान

- अगर आपको अब तक हृदय रोग नहीं हुआ है, तो अपने होमोसिस्टीन स्तर की जाँच करवाएँ।
- अगर यह बढ़ा हुआ है, तो अच्छा विटामिन बी सप्लीमेंट लेना शुरू करें, फिर अपने होमोसिस्टीन स्तर की दोबारा जाँच करवाएँ।
- अगर विटामिन बी सप्लीमेंटेशन से आपका होमोसिस्टीन स्तर काफ़ी जल्दी कम न हो, तो हो सकता है कि आप इन्सुलिन रज़िस्टेंट हों। इसकी जाँच करवाएँ। (देखें अध्याय 12)।

अगर आपको पहले से ही हृदय रोग है, तो हाल-फ़िलहाल होमोसिस्टीन के बारे में भूल जाएँ। यह पता लगाने के लिए नए शोध की ज़रूरत है कि इसे कम करने से आपको कोई फ़ायदा होगा भी या नहीं।

13. हाइपोथायरॉइडिज़्म

कई अध्ययनों ने प्रमाणित किया है कि थायरॉइड की कम सक्रियता – हाइपोथायरॉइडिज़्म – से हृदय रोग का जोखिम बढ़ जाता है। फ्रांस के एक अध्ययन में पता चला कि हाइपोथायरॉइडिज़्म आम तौर पर कोलेस्टेरॉल की असामान्यताओं, बढ़े हुए सी-रिएक्टिव प्रोटीन, बढ़े हुए होमोसिस्टीन और हृदय रोग संबंधी कई अन्य जोखिम घटकों से जुड़ा होता है।[458]

हाइपोथायरॉइडिज़्म से आपका मेटाबोलिज़्म धीमा होता है। इसके एक दर्जन से ज़्यादा लक्षण होते हैं, जो थकान, कमज़ोरी और मांसपेशियों के दर्द से शुरू होते हैं। बहरहाल, अभी बताए गए अध्ययन के अनुसार, थायरॉइड की कम सक्रियता वाले 10 प्रतिशत लोगों को तो इस बात का पता ही नहीं होता, क्योंकि उनमें इसके लक्षण दिखाई नहीं देते हैं। इसे *सबक्लीनिकल हाइपोथायरॉइडिज़्म* कहा जाता है और यह जानना महत्वपूर्ण है कि यह आपमें है या नहीं, क्योंकि सबक्लीनिकल हाइपोथायरॉइडिज़्म से भी सी-रिएक्टिव प्रोटीन का जोखिम बढ़ता है।[459] हाल में जापान में किए गए एक अध्ययन में प्रकट हुआ कि सबक्लीनिकल हाइपोथायरॉइडिज़्म से हृदय रोगों से मृत्यु तथा सामान्य मृत्यु की दर भी बढ़ जाती है।[460]

डॉ. ड्यूक का गेम प्लान

- अगर आपने अपने थायरॉइड लेवल की हाल ही में जाँच न कराई हो, जिसमें टीएसएच शामिल है, तो ज़रूर करवा लें।
- अगर आपका टीएसएच बहुत ज़्यादा या कम है, तो अपने डॉक्टर की सलाह से इसका प्रबंधन करें।

14. आपके आहार में ओमेगा-3 की कमी

जैसा मैं पहले लिख चुका हूँ, हमारे द्वारा खाए जाने वाले कुछ फ़ैट्स हमारे लिए बहुत अच्छे होते हैं। इनमें से एक है पॉलीअनसैचुरेटेड फ़ैट, जिसे ओमेगा-3 कहा जाता है। जिन आहारों में ओमेगा-3 पाया जाता है, उनमें साल्मन, केनोला ऑइल, फ़्लैक्ससीड ऑइल (अलसी का तेल) और अखरोट शामिल हैं।

कई अध्ययनों ने दर्शाया है कि ओमेगा-3 हृदय रोग के ख़तरे को कम करता है।[461, 462, 463] इसके अलावा यह असामान्य हृदय लय से मृत्यु की आशंका को भी कम करता है।[464, 465] यह हृदय की विद्युत और शारीरिक गतिविधि पर असर डालता है।[466] ओमेगा-3 हृदय रोग से जुड़े कई जोखिम घटकों को भी कम करता है। उदाहरण के लिए, यह एलडीएल कोलेस्टेरॉल उत्पादन को कम करता है,[467] ब्लड प्रेशर कम करता है,[468] और रक्त नलिकाओं के आंतरिक हिस्सों को बेहतर काम करने में समर्थ बनाता है।[469]

जैसा पहले बताया जा चुका है, ओमेगा-3 शोध में दुनिया के अग्रणी लोगों में से एक आर्टेमिस सिमोपूलॉस, एम.डी. हैं, जो वॉशिंगटन, डी.सी. में सेंटर फ़ॉर जेनेटिक्स, न्यूट्रिशन एंड हेल्थ की प्रेसिडेंट हैं। उन्होंने एक बहुत अच्छी पुस्तक *द ओमेगा डाइट* लिखी है, जिसकी मैं अनुशंसा करता हूँ।[470]

हम लाल रक्त कोशिका स्तर परीक्षण करके अपने क्लाएंट्स में ओमेगा-3 की जाँच करते हैं।[471] हम एक नए पूर्ण फ़ैटी एसिड पैनल से भी जाँच करते हैं, क्योंकि हमारे हिसाब से हमारे क्लाएंट्स के लिए यह जानना अत्यंत महत्वपूर्ण है कि उनकी ओमेगा-3 की खुराक पर्याप्त है या नहीं।

हालाँकि आपके आहार में ओमेगा-3 की आदर्श मात्रा खाना हमेशा आसान नहीं होता, लेकिन सप्लीमेंट्स काफ़ी प्रचुरता में उपलब्ध हैं। (महत्वपूर्ण टिप्पणी : ओमेगा-3 सप्लीमेंट्स लेने से पहले अपने डॉक्टर से परामर्श अवश्य लें, ख़ास तौर पर अगर आप ख़ून को पतला करने वाली दवाएँ जैसे कूमेडिन या वारफ़ेरिन ले रहे हों।) मछली से ओमेगा-3 हासिल करने संबंधी दिशानिर्देश परिशिष्ट बी.3 में दिए गए हैं।

FB

कम फ़ैट की ग़लत धारणा

कुछ डाइट बेचने वाले कम फ़ैट वाली धारणा को बहुत आगे तक ले गए हैं और वे ऐसे आहार की अनुशंसा करते हैं, जिसमें फ़ैट्स से 10 प्रतिशत से भी कम कैलोरी ग्रहण की जाएँ। ये डाइट प्लान्स आम तौर पर ओमेगा-3 पर हुए भारी शोध से पहले आए थे। ये ख़तरनाक तरीक़े से दक़ियानूसी हैं, क्योंकि अगर आप बहुत कम फ़ैट लेंगे, तो आपको पर्याप्त ओमेगा-3 नहीं मिल सकता।

इस तरह की डाइट्स से शायद ही कभी वज़न स्थायी रूप से कम होता है। इसके अलावा, वे दीर्घकालीन हृदय रोग को हराने के आपके गेम प्लान के एक महत्वपूर्ण खिलाड़ी से आपको वंचित कर देते हैं। जैसा पहले ही बताया जा चुका है, बहुत कम फ़ैट वाले डाइट्स का संबंध बढ़े हुए इनफ़्लेमेशन से होता है।[472]

डॉ. ड्यूक का गेम प्लान

- ओमेगा-3 से समृद्ध खाद्य पदार्थों को अपनी डाइट का महत्वपूर्ण हिस्सा बनाएँ।
- यह काम कैसे करें, इस बारे में जानकारी के बेहतरीन स्रोतों को जानने के लिए *द ओमेगा डाइट* पुस्तक पढ़ें और इस पुस्तक के परिशिष्ट बी को देखें।
- ओमेगा-3 सप्लीमेंट लें - लेकिन अपने डॉक्टर से परामर्श लेने के बाद।

15. बढ़ा हुआ इनफ़्लेमेशन

आप जानते हैं कि इनफ़्लेमेशन क्या होता है। जब आपको घाव हो जाता है या चमड़ी छिल जाती है, तब आप इसे अपनी त्वचा पर देखते हैं। त्वचा लाल हो जाती है, फूल जाती है, दर्द होता है और वह हिस्सा गर्म हो जाता है।

इनफ़्लेमेशन हमारी रक्त नलिकाओं के भीतर भी होता है। यह एथेरोस्केलेरोसिस या हृदय रोग के विकास में एक अत्यंत महत्वपूर्ण तत्व है। इनफ़्लेमेशन अन्य रोगों में भी सक्रिय भूमिका निभाता है। अध्याय 3 में इस बारे में विस्तार से बताया गया है कि इनफ़्लेमेशन दीर्घकालीन रोग में किस तरह योगदान देता है।

सी-रिएक्टिव प्रोटीन (सीआरपी) रक्त में मौजूद एक ऐसा रसायन है, जो इनफ़्लेमेशन का एक सूचक है।

द सेंटर्स फ़ॉर डिसीज़ कंट्रोल और द अमेरिकन हार्ट एसोसिएशन वर्कशॉप ऑन मार्कर्स ऑफ़ इनफ़्लेमेशन एंड कोर्डियोवैस्कुलर डिसीज़ ने निष्कर्ष दिया है कि बेहद

संवेदनशील सी-रिएक्टिव प्रोटीन हृदय रोग का स्वतंत्र जोखिम घटक है।[473] कई अध्ययनों ने दर्शाया है कि बढ़े हुए सी-रिएक्टिव प्रोटीन का हृदय रोग से गहरा संबंध होता है।[474, 475] अन्य अध्ययनों ने दर्शाया है कि सीआरपी और इनफ़्लेमेशन के अन्य सूचक जैसे आईएल-6 और आईसीएएम-1 एथेरोस्केलेरोसिस और इसके बढ़ने से जुड़े हैं।[476] जब ज़्यादा उम्र के पुरुषों और महिलाओं में सीआरपी बढ़ा होता है, तो यह दस साल में हृदय रोग होने की आशंका को बढ़ा देता है।[477] जैसा अध्याय 3 में ज़िक्र किया जा चुका है, 2008 में जुपिटर स्टडी[478] नामक एक बड़ा अध्ययन पूरा किया गया, जिसमें पता चला कि सामान्य कोलेस्टेरॉल लेकिन बढ़े हुए सीआरपी वाले लोगों में हृदय रोग और स्ट्रोक का ख़तरा दो साल तक दवा लेने के बाद आधा हो गया। दवाओं से एलडीएल कोलेस्टेरॉल और सीआरपी दोनों घटे, लेकिन जैसी पहले चर्चा की जा चुकी है, लाभ संभवतः सीआरपी घटने से हुआ।

हम कई सालों से अपने क्लाएंट्स में बेहद संवेदनशील सी-रिएक्टिव प्रोटीन की जाँच कर रहे हैं। कई बार सी-रिएक्टिव प्रोटीन सिर्फ़ इस कारण बढ़ सकता है, क्योंकि हाल ही में कोई संक्रमण या आर्थ्राइटिस जैसा दीर्घकालीन इनफ़्लेमेटरी रोग हुआ हो। लेकिन ऐसे तत्वों की अनुपस्थिति में यह हृदय रोग के बढ़े हुए जोखिम का सूचक है।

डॉ. ड्यूक का गेम प्लान

- अपने डॉक्टर से उच्च-संवेदनशील सी-रिएक्टिव प्रोटीन लेवल टेस्ट के बारे में पूछताछ करें।
- अध्याय 2 और 3 की समीक्षा करके देखें कि बढ़ा हुआ सी-रिएक्टिव प्रोटीन जोखिम घटक क्यों है।
- अध्याय 3 में सीखें कि बढ़े हुए सी-रिएक्टिव प्रोटीन को कैसे कम किया जाए।

FB

कीलेशन थैरेपी : एक महँगा ड्रेन क्लीनर?

कीलेशन थैरेपी ईडीटीए नामक रसायन द्वारा शरीर से भारी धातुओं को हटाने की विधि है। इसके द्वारा सिर्फ़ भारी धातुओं की ज़हरीली मात्रा को बाहर निकालने की ही अनुमति दी गई है।

चूँकि एथेरोस्केलेरोसिस में आंशिक रूप से कैल्शियम से बनता है, इसलिए अमेरिकन कॉलेज फ़ॉर एडवांसमेंट इन मेडिसिन (एसीएएम) जैसे कुछ समूह दावा करते हैं कि कीलेशन कई रोगों में प्रभावी है, जिनमें हृदय रोग शामिल हैं। अनुमान है कि अमेरिका में हर साल लगभग एक

लाख लोग कीलेशन थैरेपी करवाते हैं, जिसकी औसत सकल लागत 4,000 डॉलर आती है। मैं इसकी सलाह नहीं देता हूँ, क्योंकि इस बाबत कोई गुणवत्तापूर्ण अध्ययन नहीं हुए हैं, जो इसे प्लासीबो से ज़्यादा असरदार साबित करते हों।[479, 480] भले ही कैल्शियम को हटाया जा सकता हो, लेकिन जो प्लाक हृदय रोग का कारण होता है, उसमें कैल्शियम के अलावा भी कई चीज़ें होती हैं। कीलेशन थैरेपी के कई जोखिम भी हैं, जिनमें किडनी फ़ेल्योर, अनियमित हृदय लय और मृत्यु शामिल हैं। ट्रायल टु असेस कीलेशन थैरेपी (टीएसीटी) नामक अमेरिकी सरकार का अध्ययन 2009 में पूरा हो जाएगा और उससे ज़्यादा जानकारी मिलने की संभावना है, लेकिन यह अध्ययन भी विवादास्पद है।[481] स्पष्ट रूप से ज़्यादा सुरक्षित और वैज्ञानिक दृष्टि से ठोस तो यही रहेगा कि आप अपने जोखिम घटकों को कम कर लें और इस पुस्तक में दी गई अनुशंसाओं पर अमल करें।

आपके जोखिम घटक : स्कोर क्या है?

हृदय रोग को हराने के लिए हमारा गेम प्लान पंद्रह जोखिम घटकों पर आधारित है - जिनका मुक़ाबला हमें आदर्श स्वास्थ्य पाने में सफल होने के लिए करना होगा। हमने उन जोखिम घटकों को हराने की योजना बता दी है।

तो आइए अब यह जान लें कि आपमें इनमें से कितने जोखिम घटक हैं। आइए देखें, *आपको* किन खिलाड़ियों से सबसे ज़्यादा ख़तरा है।

इसके अलावा यह भी समझ लें कि वे खिलाड़ी टीम में हैं। वे मिलकर काम करते हैं। हमें बीमार करने या हमारी ज़िंदगी को छोटा करने की जो शक्ति उनके पास है, उसके आधार पर वे सिर्फ़ जुड़ते नहीं हैं - वे *कई गुना* होते हैं। दूसरे शब्दों में, अगर आपमें हृदय रोग के दो जोखिम घटक हैं, तो आपको सिर्फ़ दोगुना जोखिम नहीं है - आम तौर पर जोखिम दो गुना दो यानी चार गुना होता है।

हालाँकि यह ख़बर बुरी हो सकती है, लेकिन दूसरी दृष्टि से यह अच्छी ख़बर भी है। अगर आप सिर्फ़ एक जोखिम घटक को भी कम कर लें, तो आप नाटकीय रूप से हृदय रोग के अपने पूरे जोखिम को कम कर सकते हैं। जोखिम घटक कम करने की दिशा में कोई भी सुधार सही दिशा में उठाया गया क़दम है।

इसके बाद आइए, जोखिम घटकों की इस सूची पर एक और नज़र डालें। उनमें से कितनों पर आपका कोई नियंत्रण नहीं है?

जवाब है सिर्फ़ एक : आनुवंशिकता।

आप उन जीन्स को नहीं बदल सकते, जो आपको अपने माता-पिता से विरासत में मिले थे। जब हृदय रोग को हराने की बात आती है, तो आनुवंशिकता ही वह एकमात्र जोखिम घटक है, जिसे आप दूर नहीं कर सकते, हालाँकि आप इसके

प्रभाव को नियंत्रित अवश्य कर सकते हैं। इस पुस्तक में बताई गई सारी सलाहों पर अमल करने से आपको अपनी आनुवंशिक प्रवृत्ति की अभिव्यक्ति को कम करने में मदद मिलेगी।

चौदह अन्य जोखिम घटक हैं और आपके पास उनमें से हर एक को हराने की एक योजना है, जिस पर आप अमल कर सकते हैं।

जिन लोगों को हार्ट अटैक होता है, अक्सर उनके मामले में "शिकार" शब्द का इस्तेमाल किया जाता है। लेकिन इस अध्याय को पढ़ने के बाद अब आप जान चुके हैं कि आपका व्यवहार, आपकी जीवनशैली और आपके चुने हुए विकल्प ही यह तय करते हैं कि आप हृदय रोग से कितना बचेंगे। यह औद्योगीकृत देशों में असमय मृत्यु का सबसे बड़ा कारण है। अब वक़्त आ गया है कि हम इसे हरा दें।

हृदय रोग को हराना सिर्फ़ एक बार में एक व्यक्ति करके ही हो सकता है। और अब आपके पास इस प्रक्रिया को धीमा करने - और शायद हराने - की योजना है।

आपके पास शक्ति इसलिए है, क्योंकि आपके पास विकल्प है। आपको अपने समय से काफ़ी पहले सीने में दर्द की शिकायत लेकर मुझसे आपातकालीन कक्ष में मिलने की ज़रूरत नहीं है। मैं तहेदिल से आपकी और आपके प्रियजनों की हृदय रोग से रक्षा करना चाहता हूँ। लेकिन यह योजना सिर्फ़ काग़ज़ पर लिखे शब्द हैं। इस पर अमल करना आप पर निर्भर करता है।

आप ही तो हैं, जिसे सक्रिय क़दम उठाना है और इस क्रांति को जीतना है।

अध्याय 10

कैंसर को मात देना

शतरंज विचारशील व्यक्ति का खेल है।

आप शतरंज की बाज़ी तेज़ गति, शक्ति, शारीरिक दक्षता और फ़ुर्ती की वजह से नहीं जीतते हैं। यह तो रणनीति के बारे में है। इससे भी बढ़कर, विजेता रणनीतियों का जटिल होना ज़रूरी है, क्योंकि बोर्ड पर मोहरों को कई तरीक़ों से चला जा सकता है। हाथी सिर्फ़ आगे या पीछे बढ़ सकते हैं, ऊँट सिर्फ़ तिरछे चल सकते हैं, घोड़े एल-आकार में। पिद्‌दी और राजा एक बार में सिर्फ़ एक घर ही चल सकते हैं। रानी या वज़ीर किसी भी दिशा में चल सकता है।

यह खेल सामने वाले के मोहरों को पीटने, उसके हमले को रोकने और उसकी रणनीति को नाकाम करने के बारे में है। साथ ही साथ यह अपने राजा को शह से बचाने के बारे में भी है।

कैंसर से लड़ना भी काफ़ी हद तक ऐसा ही है। कैंसर होने का एक तरह से यह मतलब है कि आपके राजा को शह दे दी गई है। इसका मतलब यह नहीं है कि आप हार गए हैं, लेकिन इस बिंदु पर आप पूरी तरह से रक्षात्मक मुद्रा में आ जाते हैं।

बहरहाल, यह अध्याय कैंसर से तब लड़ने के बारे में नहीं है, जब यह आपको हो चुका हो। यह तो उससे बचने के बारे में है। आपको कैंसर नहीं है, इसका यह मतलब नहीं है कि आपको इससे कभी नहीं जूझना पड़ेगा। कैंसर आपको हराने की कोशिश कर रहा है, चाहे आपको यह हुआ हो या न हुआ हो - इसने तो तभी से बाज़ी शुरू कर दी थी, जब आप पैदा भी नहीं हुए थे। इसके शतरंज के मोहरे आपके ख़िलाफ़ बढ़ रहे हैं और आपके मोहरों को एक-एक करके पीटने की कोशिश कर रहे हैं।

इसके अलावा, इस खेल में एक ख़ास घड़ी है - चाहे आप चाल चलें या न चलें, कैंसर चालें चलता रहता है। इसलिए बेहतर यही होगा कि आप सक्रियता से खेल में उतर जाएँ और विजेता रणनीति के साथ खेलें।

किसी भी अन्य शतरंज खिलाड़ी की तरह ही कैंसर भी सोलह मोहरों - कैंसर के सोलह जोखिम घटकों - से खेल शुरू करता है।

आइए हम प्रत्येक की समीक्षा करते हैं और इस बारे में बात करते हैं कि हम उन्हें खेल से बाहर कैसे निकालें।

कैंसर के सोलह जोखिम घटक

कैंसर हर औद्योगीकृत देश में असमय मृत्यु के दो अग्रणी कारणों में से एक है। कई मामलों में हमारा ख़ुद का व्यवहार या जीवनशैली कैंसर के जोखिम को बढ़ा देती है - यह तो वैसा ही है, जैसे हम शतरंज की बाज़ी जीतने की कोशिश किए बिना ही हार मान लें। हम सोलह जोखिम घटकों को समझकर और उनसे निबटने की रणनीति सीखकर जीतने की सबसे अच्छी स्थिति में पहुँच सकते हैं।

हृदय रोग के बारे में पिछला अध्याय पढ़ते वक़्त आपने देखा था कि उनमें से कई जोखिम घटकों का बहुत अच्छी तरह अध्ययन किया गया था और उन्हें अच्छी तरह समझ लिया गया था। यह कैंसर के मामले में कम सच है। कई महत्वपूर्ण जोखिम घटकों के बारे में हम अब तक पूरी स्पष्टता से नहीं समझ पाए हैं। विज्ञान अब भी यह पता लगाने की कोशिश कर रहा है कि वे कैसे काम करते हैं। लेकिन आँकड़ों का सावधानीपूर्ण शोध दिखाता है कि इन सोलह कारकों में से प्रत्येक कैंसर के जोखिम को सचमुच बढ़ा देता है।

1. पारिवारिक इतिहास और आनुवंशिक प्रवृत्ति

कुछ लोगों के परिवार में कैंसर का इतिहास होता है। दुर्भाग्य से वे जब शतरंज की बाज़ी खेलना शुरू करते हैं, तब तक कैंसर उनका एक महत्वपूर्ण मोहरा पीट चुका होता है।

कई तरह के कैंसर आनुवंशिक नज़र नहीं आते हैं। लेकिन कुछ तरह के कैंसरों में पीढ़ी दर पीढ़ी चलने की प्रवृत्ति होती है। स्तन कैंसर भी इनमें से एक है। जीन की दो क्रोमोसोम असामान्यताएँ बीआरसीए1 और बीआरसीए2 इसके जोखिम को बढ़ा देती हैं।[482]

प्रोस्टेट कैंसर भी ऐसा ही है : अगर किसी पुरुष के पिता या भाई को यह है, तो इससे उसे भी यह होने के आसार बढ़ जाते हैं।

डॉ. ड्यूक का गेम प्लान

- जब विश्वसनीय और अच्छे आनुवंशिकी परीक्षण उपलब्ध हों, तो उनका फ़ायदा उठाकर देखें कि क्या आपमें कुछ कैंसरों के प्रति बढ़ा हुआ जोखिम है।
- अपने डॉक्टर को अपने परिवार में हुए किसी भी तरह के कैंसर की जानकारी दें।

- इस अध्याय का बाक़ी का हिस्सा पढ़ें और गेम प्लान पर अमल करें - वह रणनीति, जो कैंसर के अन्य मोहरों को पीटने में आपकी मदद करेगी।
- अभी शुरू कर दें। कैंसर आपके चाल चलने का इंतज़ार नहीं करेगा।

2. धूम्रपान

धूम्रपान कैंसर की रानी है। यह शतरंज का सबसे शक्तिशाली और घातक मोहरा है, जिसका इस्तेमाल कैंसर आपके ख़िलाफ़ कर सकता है। हालाँकि हर व्यक्ति धूम्रपान और फेफड़ों के कैंसर के आपसी संबंध के बारे में जानता है, लेकिन आपको शायद यह पता नहीं होगा कि धूम्रपान का संबंध कई अन्य प्रकार के कैंसरों से भी है, जो शरीर के लगभग हर अंग को प्रभावित करते हैं।

सेंटर्स फ़ॉर डिसीज़ कंट्रोल (सीडीसी)[483] के अनुसार धूम्रपान फेफड़ों के कैंसर के मामलों में पुरुषों में ९० प्रतिशत और महिलाओं में लगभग ८० प्रतिशत मौतों का कारण है। यह मुँह, गले, ईसोफ़ेगस, ब्लैडर, आमाशय, सर्विक्स, किडनी और पैंक्रियाज़ के कैंसरों के जोखिम को भी बढ़ा देता है। धूम्रपान से कई अन्य कैंसरों के होने का संदेह भी है। अनुमान है कि इसकी वजह से 2003 में सिर्फ़ अमेरिका में ही ब्लैडर कैंसर के 57,000 और पैंक्रियाज़ कैंसर के 30,000 नए मामले सामने आए।

सेकंड हैंड स्मोक को यू.एस. एनवायरनमेंटल प्रोटेक्शन एजेंसी ने 1993 में मानवीय कार्सिनोजेन (कैंसर उत्पन्न करने वाले कारक) का दर्जा दे दिया। ईपीए के अनुसार सेकंड हैंड धूम्रपान हर साल उन 3,000 लोगों में फेफड़ों का कैंसर उत्पन्न करता है, जो ख़ुद *धूम्रपान नहीं करते हैं*। तो यह ऐसा मैच नहीं है, जिसमें हारना आप बर्दाश्त कर लें। आपके धूम्रपान से आपके आस-पास के दूसरे लोगों की सेहत और ज़िंदगी भी ख़तरे में पड़ती है।

इसके अलावा, इस बात से भी फ़र्क़ पड़ता है कि आप कितना धूम्रपान करते हैं। एक अध्ययन से पता चला है कि धूम्रपान 50 प्रतिशत कम करने पर फेफड़ों के कैंसर में महत्वपूर्ण कमी होती है।[484]

मैंने इस अध्याय में शतरंज की उपमा का इस्तेमाल किया है, लेकिन मुझे लगता है कि धूम्रपान के मामले में ज़्यादा शक्तिशाली तुलना की ज़रूरत है। आइए हम धूम्रपान को रशियन रूलेट खेलने जैसा मान लेते हैं और इसे बंदूक में आम तौर पर भरी जाने वाली एक गोली के बजाय दो-तीन गोलियों से खेलना है।

डॉ. ड्यूक का गेम प्लान

- अगर पिछले अध्याय में आप इसे ठीक से न पढ़ पाए हों, तो मैं यहाँ उस बात को दोहरा देता हूँ :

धूम्रपान न करें।

- अगर आप धूम्रपान करते हों, तो इसे छोड़ने की भरसक कोशिश करें। अपने डॉक्टर की मदद लें।
- अगर धूम्रपान बंद करने की आपकी तमाम कोशिशें नाकाम हो जाती हैं, तो कम से कम धूम्रपान करें। हर दिन एक पैकेट के बजाय अगर आप आधे पैकेट या एक तिहाई पैकेट सिगरेट पर आ जाते हैं, तो इससे भी आपका जोखिम कम हो सकता है।
- यह सुनिश्चित करें कि अगर आप धूम्रपान करते हों, तो आप अतिरिक्त विटामिन सी लें। मैं कम से कम 100 मिग्रा प्रति दिन की सलाह दूँगा।

3. व्यायाम की कमी

व्यायाम शतरंज का एक महत्वपूर्ण मोहरा है। अगर इसे बोर्ड से हटा दिया जाए, तो कैंसर को हराना बहुत मुश्किल हो जाता है।

नियमित व्यायाम से कई प्रकार के कैंसर का जोखिम कम होता है। नेशनल कैंसर इंस्टीट्यूट के अनुसार शोध में दिखाया गया है कि शारीरिक गतिविधि से कोलोन कैंसर होने का ख़तरा 50 प्रतिशत कम हो जाता है।[485] शारीरिक गतिविधि से स्तन कैंसर[486] का जोखिम भी कम होता है और संभवतः प्रोस्टेट व यूटेरस के कैंसर का भी। बीस से ज़्यादा बड़े एपिडेमियोलॉजिकल अध्ययनों में व्यायाम और स्तन कैंसर के आपसी संबंध पर नज़र रखी गई। उन महिलाओं का औसतन जोखिम 30 से 40 प्रतिशत घट गया, जिन्होंने एक हफ़्ते में तीन-चार घंटे तक हल्के से लेकर ज़ोरदार व्यायाम किए।[487] वर्तमान में हो रहे कई अध्ययन शारीरिक गतिविधि और अन्य कैंसरों की कमी के आपसी संबंध पर काम कर रहे हैं। शारीरिक गतिविधि के हल्के स्तर से भी कैंसर का जोखिम कम होता नज़र आता है।

1997 में शारीरिक गतिविधि और स्वास्थ्य पर यू.एस. सर्जन जनरल्स रिपोर्ट और सीडीसी व अमेरिकन कॉलेज ऑफ़ स्पोर्ट्स मेडिसिन द्वारा जारी रिपोर्ट में यह सलाह दी गई कि हफ़्ते में कम से कम चार दिन आधे घंटे तक संयत शारीरिक गतिविधि की जानी चाहिए, ताकि कई तरह के स्वास्थ्य संबंधी लाभ हासिल हो सकें, जिनमें कैंसर के जोखिम का कम होना शामिल है। अन्य समूहों ने कम से कम साठ मिनट की हल्की से लेकर गहन शारीरिक गतिविधि की सलाह दी है, ताकि अतिरिक्त स्वास्थ्य लाभ मिल सकें, जिनमें वज़न कम करना और उसे क़ायम रखना शामिल है।

इसका यह मतलब नहीं है कि कैंसर के जोखिम को कम करने के लिए आपको किसी ऑलंपिक एथलीट की तरह प्रशिक्षण लेना होगा। आपको तो बस एक यथार्थवादी व्यायाम योजना की ज़रूरत है। ऐसी योजना, जिसके लिए आपके पास समय हो। ऐसी योजना, जिस पर आप लगातार अमल कर सकें और उसे अपनी ज़िंदगी का सामान्य हिस्सा बना सकें।

"व्यायाम" का मतलब है अपने शरीर को हिलाना। नेशनल कैंसर इंस्टीट्यूट

के अनुसार काम के दौरान शारीरिक गतिविधि भी कोलोन कैंसर के जोखिम को कम करने में योगदान देती है। तेज़-तेज़ पैदल चलना व्यायाम का बेहतरीन रूप है और अगर आप इसे अपनी दिनचर्या में शामिल कर लेते हैं, तो इसमें ज़्यादा समय भी नहीं लगता है।

बहुत सारी छोटी-छोटी चीज़ें हैं, जो आप अपने मेटाबोलिज़्म को बढ़ाने और ज़्यादा कैलोरीज़ जलाने के लिए कर सकते हैं। लिफ़्ट में जाने के बजाय सीढ़ियाँ चढ़ें। हर हफ़्ते दो-तीन शामों को टीवी के सामने बैठने के बजाय अपने परिवार के साथ टहलने जाएँ। मॉल या ऑफ़िस के पार्किंग लॉट के बाहरी हिस्से में गाड़ी पार्क करें। अपना लॉन ख़ुद तराशें। अपनी पत्तियाँ ख़ुद बुहारें। अपना स्नो ब्लोअर ख़ुद धकाएँ।

अपनी कल्पनाशक्ति का इस्तेमाल करें। शारीरिक गतिविधि को बढ़ाने के लिए आप हज़ारों चीज़ें कर सकते हैं और इनसे कैंसर तथा अन्य दीर्घकालीन रोगों का जोखिम कम हो जाएगा।

डॉ. ड्यूक का गेम प्लान

- "दैनिक जीवन का व्यायाम" करें।
- अपने डॉक्टर की हाँ के बाद निर्धारित व्यायाम योजना शुरू करें, जैसे 10,000 क़दमों की योजना, जिसमें पीडोमीटर का इस्तेमाल होता है और एक दिन में पाँच मील चलने का लक्ष्य पूरा होता है।
- हिलते रहें! दैनिक गतिविधि में किसी भी तरह की वृद्धि निठल्लेपन से बेहतर है।

4. मोटापा

किसी भी अन्य रोग के बजाय मोटापे के संबंध में चारों तरफ़ ज़्यादा दुविधा है - और ज़्यादा मुनाफ़ावसूली भी। ज़्यादातर दुविधा का लेना-देना संस्कृति से है। ख़ास तौर पर अमेरिका में, जहाँ मोटापे को सौंदर्य संबंधी या सामाजिक समस्या माना जाता है।

हमें मोटे लोगों के प्रति नफ़रत का इज़हार रोकने की ज़रूरत है - किसी ने भी शायद ज़्यादा मोटा होने का विकल्प नहीं चुना है। और ज़्यादा मोटे लोगों को इस बारे में अपनी शर्म छोड़ने की ज़रूरत है। इसके बजाय हमें स्वास्थ्य संबंधी मुद्दों को सही करने की ज़रूरत है। और हमें ऐसा सर्वश्रेष्ठ विज्ञान के आधार पर करना चाहिए, न कि सामाजिक हिस्टीरिया या फ़ैशनेबल डाइट्स, झूठी दवाओं और व्यायाम उपकरणों की मार्केटिंग के आधार पर।

मोटापे का संबंध बहुत ही ख़तरनाक दीर्घकालीन रोगों से है। हमें इस समस्या को गंभीरता से लेने और अपने समाधान को सबसे अच्छे विज्ञान पर आधारित करने की ज़रूरत है।

इसीलिए मैंने सावधानी से उस वैज्ञानिक साहित्य का संदर्भ दिया है, जिन पर

यह पुस्तक आधारित है। मैं चाहता हूँ कि आप अपने मोटापे की समस्या के लिए ऐसी रणनीति बनाएँ, जो असरदार भी हो और सुरक्षित भी। मैं चाहता हूँ कि आप हज़ारों अप्रभावी और अक्सर ख़तरनाक क्विक-फ़िक्स, एक ही चीज़ पर केंद्रित प्रॉडक्ट्स और योजनाओं से बचें। यह मल्टीबिलियन डॉलर उद्योग है और इसमें काम करने वाले ज़्यादातर लोग आपके वज़न के बजाय आपकी दौलत को कम करने की फ़िराक़ में रहते हैं।

मोटापे की परिभाषा भी इस विषय के चारों ओर बहने वाली गर्म हवा से उड़ी धूल के गुबार में खो चुकी है। मोटापे का सटीक निदान करना उतना सरल नहीं है, जितना कि लगता है। अध्याय 11 में मैं इसका कारण विस्तार से बताऊँगा।

मोटापा कई तरह के कैंसरों के जोखिम को बढ़ाता है।[488] यह अपने विरोधी से अपने ऊँट और हाथी को पिटवाने जैसा है। मोटापे से किसी महिला में स्तन कैंसर का जोखिम दोगुना हो जाता है।[489] रजोनिवृत्ति (menopause) के बाद वज़न में कमी से स्तन कैंसर का जोखिम कम होता है।[490] द एजेंसी फ़ॉर रिसर्च ऑन कैंसर में बताया गया है कि मोटापा और निष्क्रियता 33 प्रतिशत स्तन, कोलोन, एंडोमीट्रियल, किडनी और ईसोफ़ेगस कैंसरों के लिए उत्तरदायी है।[491] यह प्रोस्टेट कैंसर की दर को भी 39 प्रतिशत तक बढ़ा देता है, जो अमेरिकी पुरुषों में दूसरा सबसे घातक कैंसर है।[492]

डॉ. ड्यूक का गेम प्लान

- मोटापे का सही निदान मालूम करने के लिए अगला अध्याय पढ़ें – कई लोगों को तो यह एहसास ही नहीं होता कि वे भी इस जमात में शामिल हैं।
- इसके बाद इस पुस्तक का बाक़ी का हिस्सा पढ़ें। आप सीखेंगे कि आदर्श स्वस्थ जीवनशैली अपनाने से आपका वज़न किस तरह कम हो जाएगा।

5. तनाव

स्वास्थ्य पर दीर्घकालीन तनाव के प्रभावों का अध्ययन करना मुश्किल है। लक्षण व्यक्तिपरक हैं और औद्योगीकृत देशों में रहने वाले ज़्यादातर लोग लगातार काफ़ी तनाव में रहते हैं, इसलिए कंट्रोल ग्रुप खोजना मुश्किल है।

बहरहाल, काफ़ी शोध से पता चला है कि मनोवैज्ञानिक तनाव हमारे प्रतिरक्षण तंत्र को कमज़ोर बना देता है। 2004 में वैज्ञानिक जर्नल *लैन्सेट ऑन्कोलॉजी* में प्रकाशित एक अध्ययन[493] में दिखाया गया कि दीर्घकालीन तनाव वाले लोगों में दो क़िस्म की कोशिकाओं का स्तर कम था : साइटोटॉक्सिक टी-सेल्स और प्राकृतिक मारक कोशिकाएँ। इन कोशिकाओं का काम असामान्य कोशिकाओं पर हमला करके उन्हें ख़त्म करना है। दूसरे शब्दों में, वे शतरंज के महत्वपूर्ण मोहरे हैं, जिनका इस्तेमाल करके आपका शरीर कैंसर से बचता है। लेखकों का निष्कर्ष था कि दीर्घकालीन तनाव

शायद प्रतिरक्षण तंत्र को कमज़ोर कर देता है, जिससे कई प्रकार के कैंसर शुरू हो जाते हैं।

हालाँकि इस बारे में अब भी बहस चल रही है कि क्या मनोवैज्ञानिक तनाव से स्तन कैंसर का जोखिम बढ़ता है, लेकिन हाल के एक अध्ययन का निष्कर्ष है कि ऐसा सचमुच होता है।[494]

दीर्घकालीन तनाव कैंसर का एक और मोहरा है। हम अध्याय 7 में तनाव कम करने के सबसे अच्छे तरीक़ों पर बातचीत कर चुके हैं।

डॉ. ड्यूक का गेम प्लान

- अगर आप दीर्घकालीन तनाव में रहते हैं, तो यह न सोचें कि यह सामान्य है या इसे स्वीकार कर लेना चाहिए। किसी सुयोग्य प्रोफ़ेशनल या अपने धार्मिक परामर्शदाता से मिलकर इसे कम करने के तरीक़े खोजें।
- इस पुस्तक का अध्याय 7 पढ़ें।

6. एनिमल फ़ैट

हम आपके शरीर के फ़ैट के बारे में बात कर चुके हैं, अब आइए हम आपकी ख़ुराक के फ़ैट के बारे में बात करते हैं। फ़ैशनेबल डाइट उद्योग के कुछ लोग आपको जो बता रहे हैं, उसके विपरीत ये दोनों बिलकुल अलग-अलग मुद्दे हैं। मिसाल के तौर पर, अगर आप दुबले हैं, तो इसका यह मतलब नहीं है कि ग़लत क़िस्म का फ़ैट खाने से आपके कैंसर का जोखिम नहीं बढ़ेगा।

मैं इस पुस्तक में कई बार यह बात कह चुका हूँ और मुझे एक बार फिर इसे कहने की अनुमति दें : *सभी फ़ैट्स बुरे नहीं होते*। कुछ फ़ैट्स आपके हृदय की अच्छी सेहत के लिए ज़रूरी होते हैं और इनसे कैंसर का जोखिम नहीं बढ़ता है। इनमें ओलिव ऑइल और ओमेगा-3 फ़ैट्स जैसे मोनोअनसैचुरेटेड फ़ैट्स शामिल हैं।

बहरहाल, कुछ फ़ैट्स कैंसर के आपके जोखिम को बढ़ा देते हैं। इनमें रेड मीट में पाए जाने वाले हाई-सैचुरेटेड फ़ैट्स शामिल हैं, जिनसे कोलोन कैंसर का जोखिम बढ़ता है।[495, 496] प्रोसेस्ड रेड मीट से आमाशय के कैंसर,[497] स्तन कैंसर,[498] और पैनक्रिएटिक कैंसर[499] का जोखिम बढ़ता है। एक अध्ययन में बताया गया कि रेड मीट और प्रोसेस्ड मीट्स से कोलोरेक्टल कैंसर में वृद्धि हुई, जबकि मछली खाने से विपरीत परिणाम मिले।[500] नेशनल कैंसर इंस्टीट्यूट के अनुसार कुछ अध्ययनों ने हाई-फ़ैट डाइट्स का संबंध प्रोस्टेट, फेफड़ों और यूटेरस के कैंसर से भी जोड़ा है। उनका निष्कर्ष है कि सैचुरेटेड फ़ैटी एसिड्स सबसे ज़्यादा नुक़सानदेह होते हैं।[501] द हार्वर्ड स्कूल ऑफ़ पब्लिक हेल्थ ने बताया है कि ट्रांस फ़ैट्स की ज़्यादा ख़ुराक नॉन-हॉजकिन्स लिम्फ़ोमा के जोखिम को बढ़ा देती है।[502]

2006 में विमेन्स हेल्थ इनिशिएटिव स्टडी से कई भौंहें उठीं और मेरी तो दोनों

उठ गईं, जब इसने यह बताया कि कम फ़ैट वाले डाइट प्लान से स्तन कैंसर[503] या कोलोरेक्टल कैंसर[504] का जोखिम कम नहीं हुआ। इस अध्ययन में कई समस्याएँ थीं और हालाँकि परिणामों को आँकड़ों की दृष्टि से महत्वपूर्ण नहीं माना गया, लेकिन कुछ बहुत महत्वपूर्ण प्रवृत्तियाँ थीं। (मुख्य समस्या यह थी कि प्रतिभागी महिलाओं से फ़ैट की ख़ुराक को कुल कैलोरियों के 20 प्रतिशत तक सीमित करने को कहा गया था, लेकिन औसतन वे इसे 29 प्रतिशत तक ही सीमित कर पाईं।) मिसाल के तौर पर, कम फ़ैट के डाइट्स वाले समूह में स्तन कैंसर का जोखिम घटा था, इसलिए प्रवृत्ति निश्चित रूप से वहाँ पर थी। इससे भी बढ़कर कम फ़ैट वाले समूह की महिलाएँ, जिन्होंने सबसे ज़्यादा फ़ैट कम किया था, के स्तन कैंसर का जोखिम 22 प्रतिशत कम हो गया था - यह संख्या आँकड़ों की दृष्टि से वाक़ई महत्त्वपूर्ण है। कम फ़ैट वाले समूह की महिलाओं में प्रिकैंसरस कोलोन पॉलिप्स भी कम थे, जिससे यह संभावना सामने आती है कि समय के साथ कोलोन कैंसर का जोखिम भी कम हुआ था।

जब महिलाओं में कोलोन कैंसर के जोखिम की बात आती है, तो पारंपरिक जापानी आहार भी पाश्चात्य आहार से बेहतर नहीं है।[505] दरअसल ताज़े शाकाहार और कम फ़ैट वाले प्रोटीन स्रोतों पर ज़ोर देने वाली स्वस्थ ख़ुराक अमेरिकी या जापानी आहारों से बेहतर थी।

FB

यह पुस्तक लिखने के पीछे मुझे बहुत बड़ी प्रेरणा हाल ही में बहुत ज़्यादा लोकप्रिय हुए हाई-फ़ैट डाइट प्लान की दीवानगी से मिली (जिसका मैंने पहले भी ज़िक्र किया था)। कई लोगों ने इन हाई-फ़ैट डाइट्स पर अमल करके कुछ समय के लिए अपना वज़न कम कर भी लिया। लेकिन इसकी दीर्घकालीन क़ीमत कितनी ज़्यादा है?

यह बहुत अच्छी तरह स्थापित किया जा चुका है कि कुछ हाई-फ़ैट डाइट्स कैंसर के जोखिम को बढ़ाते हैं, लेकिन वज़न कम करने के प्रति हमारा सांस्कृतिक जुनून इतना ज़्यादा है कि कई लोग उस जोखिम को भी नज़रअंदाज़ कर देते हैं। लेकिन हम यह स्पष्ट कर देना चाहते हैं। जो विक्रेता हाई-फ़ैट डाइट्स का प्रचार कर रहे हैं, वे आपसे कैंसर के ख़तरे की क़ीमत पर वज़न कम करने का आग्रह कर रहे हैं। यह उससे ज़्यादा अलग नहीं है, जैसे कोई आपसे वज़न कम करने के लिए धूम्रपान शुरू करने को कहे। इसमें समझदारी नहीं दिखती है।

इसके अलावा, यह भी साबित किया जा चुका है कि हाई-फ़ैट डाइट्स एक साल बाद वेट वॉचर्स जैसे ज़्यादा पारंपरिक डाइट्स से बेहतर काम नहीं करते हैं।[506]

डॉ. ड्यूक का गेम प्लान

- अपने आहार से एनिमल फ़ैट्स को यथासंभव कम कर दें। लेकिन याद रखें, साल्मन और ठंडे पानी की कुछ अन्य मछलियों के ओमेगा-3 फ़ैट्स को अपने आहार से कम न करें।
- अगर आप कुछ महीनों से हाई-फ़ैट डाइट पर हों, तो उसे छोड़ दें, भले ही आपका वज़न कम हो गया हो। लंबे समय में एनिमल फ़ैट्स की ज़्यादा खुराक कैंसर के जोखिम को बढ़ा देती है।

7. पर्याप्त फल और सब्ज़ियाँ न खाना

अब तक आपने इस अध्याय और पिछले अध्याय की कुछ समानताओं पर ग़ौर किया होगा। यह सच है, कैंसर के कई जोखिम घटक हृदय रोग के जोखिम घटकों के समान ही हैं। यह अच्छी बात है, क्योंकि इससे आदर्श सेहत जीतने का काम ज़्यादा सरल हो जाता है। आपको हर विरोधी के लिए पूरी तरह अलग योजना बनाने की ज़रूरत नहीं है।

फल और सब्ज़ियाँ कैंसर के ख़िलाफ़ आपकी रक्षा में शतरंज के बहुत महत्वपूर्ण मोहरे हैं (और शतरंज के बाक़ी मोहरों के विपरीत वे बहुत स्वादिष्ट भी हैं!)। उनमें एंटीऑक्सीडेंट्स और फ़ाइटोन्यूट्रिएंट्स भरे होते हैं, जो कैंसर सहित अन्य दीर्घकालीन रोगों से ज़बर्दस्त सुरक्षा प्रदान करते हैं। (हम अध्याय 4 में बात कर चुके हैं कि ये फ़ाइटोन्यूट्रिएंट्स जीन अभिव्यक्ति के साथ किस तरह अंतर्क्रिया करते हैं।)

विश्व स्वास्थ्य संगठन का अनुमान है कि अगर लोग हर दिन न्यूनतम 600 ग्राम फल और सब्ज़ियाँ खाएँ, तो दुनिया में आमाशय कैंसर की दर 19 प्रतिशत घट जाएगी, ईसोफ़ेगस कैंसर की दर 20 प्रतिशत और फेफड़ों व कोलोरेक्टल कैंसर की दर 2 प्रतिशत घट जाएगी।[507] द नेशनल कैंसर इंस्टीट्यूट की रिपोर्ट के अनुसार फलों और सब्ज़ियों से समृद्ध ख़ुराक से कोलोन, मुँह, गले और प्रोस्टेट कैंसरों का जोखिम कम होता है।[509] इनमें से कुछ लाभ आंशिक रूप से अधिकांश कच्चे फलों और सब्ज़ियों में पाए जाने वाले कम ग्लाइसीमिक लोड के कारण भी हो सकते हैं। लो-ग्लाइसीमिक आहार मोटापे,[509] कोलोन कैंसर,[510] स्तन कैंसर,[511] ओवेरियन कैंसर,[512] और आमाशय के कैंसर[513] से रक्षा करता है। (लो-ग्लाइसीमिक लोड की परिभाषा के लिए परिशिष्ट सी देखें, जहाँ आपको यह संदर्भ भी मिलेगा कि आपको लो-ग्लाइसीमिक फ़ूड्स की सूची कहाँ मिल सकती है।) फ़ाइटोएस्ट्रोजेन्स (आइसोफ़्लेवन्स, लिग्नेन्स और क्यूमेस्ट्रान्स) कई फलों और सब्ज़ियों में पाए जाने वाले यौगिक हैं, जिनसे फेफड़ों के कैंसर का जोखिम कम होता है।[514]

जो लोग हर दिन फलों और सब्ज़ियों की पाँच से ज़्यादा सर्विंग्स खाते हैं, वे ज़्यादा लंबा जीते हैं। टफ़्ट्स यूनिवर्सिटी में यू.एस. डिपार्टमेंट ऑफ़ एग्रीकल्चर ह्यूमन न्यूट्रिशन रिसर्च सेंटर ऑन एजिंग के एक अध्ययन में बताया गया है कि जो पुरुष

हर दिन फलों और सब्ज़ियों की पाँच सर्विंग्स से ज़्यादा खाते हैं और जिन्हें सैचुरेटेड फ़ैट से 12 प्रतिशत से कम कैलोरियाँ प्राप्त होती हैं, उनके किसी भी कारण से *मरने की 31 प्रतिशत कम आशंका होती है*।[515] फ़िनलैंड के एक अध्ययन में पाया गया कि जो पुरुष सबसे ज़्यादा फल, बेरियाँ और सब्ज़ियाँ खाते हैं, उनकी हृदय से असंबद्ध कारणों से मृत्यु की आशंका 32 प्रतिशत कम हो जाती है।[516]

इस बारे में ज़रा भी शंका नहीं है कि फलों और सब्ज़ियों के ज़बर्दस्त लाभ होते हैं। तो फिर इतने सारे लोग उन्हें पर्याप्त क्यों नहीं खाते हैं, हालाँकि आधुनिक समाज का समृद्ध सदस्य होने के नाते हम इतना ख़र्च कर सकते हैं? देखिए, कुछ लोगों को वे पसंद ही नहीं होती हैं। अमेरिका के हाल के एक राष्ट्रपति ने भी ट्रक-फ़ार्मर के वोट गँवाने का जोखिम लिया, जब उन्होंने ब्रोकॉली के प्रति अपनी नापसंदगी की सार्वजनिक घोषणा की। सच तो यह है कि कुछ लोगों में फलों और सब्ज़ियों के स्वाद के प्रति आनुवंशिकीय अरुचि हो सकती है। वैसे हममें से ज़्यादातर लोगों के लिए फलों और सब्ज़ियों से बचना व्यक्तिगत इतिहास का मामला है। हमें बचपन में पर्याप्त सब्ज़ियाँ और फल नहीं खिलाए गए। हमें उन्हें खाने की आदत नहीं पड़ पाई या हम उनका स्वाद लेना नहीं सीख पाए। डिनर में हम जायक़ेदार मीट और स्टार्च खाते रहते हैं। स्नैक के लिए हम कैंडी बार, कुकीज़ या स्टार्च से भरे नमकीन स्नैक्स के बैग की ओर हाथ बढ़ाते हैं, जबकि सेब या गाजर से दूर रहते हैं।

तो यहाँ पर एक सुझाव है। फलों और सब्ज़ियों का "रसास्वादन करना" सीखा जा सकता है। हाँ, मैं जानता हूँ। यह वाक्यांश आम तौर पर शराब, बियर, सिगार या वैगनर के ऑपेरा जैसी चीज़ों के साथ जोड़ा जाता है। लेकिन अगर लोग स्कॉच व्हिस्की का रसास्वादन करना सीख सकते हैं, तो *आप* उन चीज़ों का रसास्वादन करना भी सीख सकते हैं, जो आपके लिए अच्छी हैं, जैसे फल और सब्ज़ियाँ।

अपनी स्वाद कलिकाओं को ढलने का एक मौक़ा दें। वे ढल जाएँगी। और जल्द ही आप प्रकृति की सर्वश्रेष्ठ निवारक चिकित्सा की दैनिक ख़ुराक का इंतज़ार करने लगेंगे।

डॉ. ड्यूक का गेम प्लान

- हर दिन फलों और सब्ज़ियों की सात से नौ सर्विंग्स खाना शतरंज में अपनी तरफ़ एक रानी या वज़ीर को जोड़ना है।
- फलों और सब्ज़ियों को अपने हर भोजन का हिस्सा बनाएँ और उन्हें स्नैक्स में भी खाएँ।
- फलों और सब्ज़ियों को चुनते वक़्त "रंगों के संदर्भ में सोचें।" बहुत सारे रंगों से आपको एंटीऑक्सीडेंट्स की बहुत सारी विविधता मिलेगी। इसका मतलब है कई प्रकार के कैंसरों और अन्य दीर्घकालीन रोगों से ज़्यादा सुरक्षा।

- अतिरिक्त विटामिन ई और कैरोटिनॉइड्स लेने के बारे में विचार करें, जिनसे आमाशय में असामान्य कोशिकाओं का जोखिम घटता है।[517]

८. अत्यधिक शराब

रेड वाइन पीना हृदय की सेहत के लिए अच्छा है। सही? यह सही ही होगा, क्योंकि यह पारंपरिक बुद्धिमत्ता है, जिसकी पुष्टि शोध द्वारा भी की जाती है। आर्कटिक और अपर अमेज़ॉन बेसिन के एकाकी गाँवों में रहने वाले लोग भी यह बात जानते हैं।

ग़लत! सच तो यह है कि रेड वाइन के सबसे बड़े लाभ अल्कोहल की वजह से नहीं, बल्कि अंगूर में पाए जाने वाले एंटीऑक्सीडेंट (रेसवेराट्रॉल) की वजह से मिलते हैं। तो क्यों न हम अंगूर को कच्चा ही खा लें? लेकिन तब हमारे पास शराब पीने का बहाना नहीं होगा।

यह इंसान की फ़ितरत है कि हम उसी शोध पर ध्यान देते हैं, जो हमारी मनचाही चीज़ का समर्थन करता हो। हम उस शोध को नज़रअंदाज़ कर देते हैं, जो यह बताता है कि हमें आदर्श रूप से स्वस्थ बने रहने के लिए कोई ऐसी चीज़ करनी होगी, जिसे हम पसंद नहीं करते हों।

इसके बावजूद ...

नेशनल कैंसर इंस्टीट्यूट[518] के अनुसार शराब पीने से मुँह, ईसोफ़ेगस, गले, स्तन और लिवर के कैंसर का जोखिम बढ़ जाता है। एक दिन में दो ड्रिंक्स से महिलाओं में स्तन कैंसर का जोखिम 25 प्रतिशत बढ़ जाता है। भारी शराब पीने से कोलोरेक्टल और ओवेरियन कैंसर का जोखिम भी बढ़ सकता है। ये जोखिम महिलाओं में लगभग एक ड्रिंक और पुरुषों में लगभग दो ड्रिंक्स के बाद बढ़ते हैं।

अल्कोहल शरीर पर ऑक्सीडेटिव तरीक़े से हमला करता है। कुल मिलाकर, अल्कोहल के नकारात्मक स्वास्थ्य प्रभाव किसी भी तरह के लाभ पर भारी हैं।

डॉ. ड्यूक का गेम प्लान

- अगर आपके परिवार में कैंसर का इतिहास हो, तो शराब छोड़ना सबसे समझदारी भरी नीति होगी। अगर आप शराब पीने का चुनाव करते हैं, तो महिलाओं को एक सप्ताह में चार-पाँच दिन एक से ज़्यादा और पुरुषों को दो से ज़्यादा ड्रिंक्स नहीं लेने चाहिए। आपके लिवर को अल्कोहल के ऑक्सीडेटिव हमले से ठीक होने के लिए बाक़ी दिन आराम की ज़रूरत है। (वैसे, ड्रिंक की परिभाषा शराब का एक पैग, वाइन का 5 औंस का गिलास या बियर का एक कैन है। जर्मन बियर के ड्रम "एक ड्रिंक" की परिभाषा से बहुत ज़्यादा होते हैं।)
- अल्कोहल के अपने "साप्ताहिक कोटे" को बचाकर न रखें और उसे एक

ही दिन में पूरा न पी डालें।

- अगर इन दिशानिर्देशों पर अमल करना आपको बहुत बंधनकारी या असंभव लगता हो, तो शायद अल्कोहल का आपके जीवन पर इतना ज़्यादा प्रभाव है, जितना नहीं होना चाहिए। अपने डॉक्टर से सलाह लें या लतों के विशेषज्ञ किसी परामर्शदाता से संपर्क करें।

९. ज़्यादा नमक खाना

कुछ साल पहले मैंने जापान में नेशनल कैंसर इंस्टीट्यूट के प्रमुख से बात की थी। मैंने उनसे पूछा कि उनके हिसाब से उनके देश में आमाशय के कैंसर की दर इतनी ज़्यादा क्यों है। उन्होंने कहा कि उनके हिसाब से इसका संबंध जापानी भोजन में नमक की ज़्यादा मात्रा से है। कई अध्ययनों ने इस संबंध का उल्लेख किया है, जिनमें से एक नीदरलैंड्स में हुआ था।[519] सटीक कार्यविधि का तो पता नहीं है, लेकिन ऐसा नज़र आता है कि आहार में नमक की ज़्यादा मात्रा आमाशय की भीतरी परत को विचलित कर देती है और उसका ह्रास कर देती है, जिससे यह कैंसर बढ़ाने वाले तत्वों के प्रति ज़्यादा संवेदनशील हो जाता है।

जापानी और अमेरिकी आहारों की तुलना करने वाले एक अध्ययन के प्रमुख लेखक के अनुसार, जिसका संदर्भ पहले ही दिया जा चुका है,[520] पारंपरिक कोलोन कैंसर से जापानी आहार का संबंध नाइट्रोसेमाइन्स के कारण है, जो नमक से संरक्षित खाद्य पदार्थों में पाए जाते हैं और पारंपरिक जापानी आहार में आम हैं।[521]

डॉ. ड्यूक का गेम प्लान

- नमक कम खाएँ।

10. प्रदूषण

कई अध्ययनों में वायु प्रदूषण और श्वास कैंसर के बीच संबंध बताया गया है। द इंटरनेशनल एजेंसी फ़ॉर रिसर्च ऑन कैंसर ने बताया है कि दुनिया में काम से संबंधित सभी कैंसरों का 2 प्रतिशत और पर्यावरण से संबंधित कैंसरों का 1 प्रतिशत वायु प्रदूषण के कारण है।[522] ज़ाहिर है, ये कैंसर सबसे ज़्यादा प्रदूषण वाले क्षेत्रों में ज़्यादा केंद्रित होते हैं।

क्या इसका मतलब यह है कि मैं आपको साँस लेने से रोकने की सलाह देने जा रहा हूँ? देखिए, अपनी साँस मत रोकिए।

हालाँकि माहौल का वायु प्रदूषण एक राजनीतिक, आर्थिक और प्रौद्योगिकी समस्या है, जिससे जूझना इंसान के लिए मुश्किल है, लेकिन वायु प्रदूषण के कई महत्वपूर्ण स्रोत बहुत स्थानीय होते हैं, जैसे हमारे घरों और ऑफ़िसों में। सेकंड हैंड स्मोक इनमें से एक है। रेडॉन एक अन्य स्रोत है। रेडॉन गैस चट्टान के विघटन से

उत्पन्न होती है और यह नींव या बेसमेंट से घरों में घुस सकती है। यह गंधहीन, रंगहीन और स्वादहीन होती है, इसलिए इसकी ख़ास जाँच करवाने की ज़रूरत होती है। रेडॉन धूम्रपान करने वालों में फेफड़ों के कैंसर की आशंका नाटकीय रूप से बढ़ा देती है (उनमें भी, जिन्होंने हाल ही में सिगरेट छोड़ी हो)। एक यूरोपीय अध्ययन[523] के अनुसार रेडॉन धूम्रपान करने वालों में फेफड़ों के कैंसर की आशंका को पच्चीस गुना बढ़ा देती है। रेडॉन *धूम्रपान न करने वालों* में फेफड़ों की आशंका को 1 प्रतिशत से भी कम बढ़ाती है। (क्या अब भी आपकी इच्छा सिगरेट सुलगाने की हो रही है?)

डॉ. ड्यूक का गेम प्लान

- अपने घर में रेडॉन की जाँच करवाएँ।
- कैंसर बढ़ाने वाले रसायनों, प्रदूषण और सिगरेट या सिगार के धुएँ से जितना बच सकते हों, बचें।
- अपने घर या ऑफ़िस के लिए एयर ट्रीटमेंट सिस्टम ख़रीदने के बारे में विचार करें।

11. धुएँ में पके या ग्रिल्ड भोजन

मैं जानता हूँ कि इससे कई लोगों को दुख होगा, ख़ास तौर पर दक्षिण अमेरिका में रहने वाले मेरे दोस्तों को, लेकिन मुझे यह कहना ही होगा।

बरसों से यह बताया जा रहा है कि आहारों को धुएँ में, ख़ास तौर पर चारकोल के ऊपर, पकाने या ग्रिल करने से कोलोन कैंसर का जोखिम बढ़ता है। यह शायद इस वजह से है, क्योंकि गर्मी के स्रोत से जो धुआँ उठता है, उसमें कैंसर उत्पन्न करने वाले कई तत्व होते हैं। हालाँकि हाल के अध्ययनों से यह पता चला है कि जोखिम का ज़्यादा संबंध पकने के ज़्यादा तापमान से है, ख़ास तौर पर बहुत ज़्यादा गर्म फ़ैट से।[524] मीट को बार्बेक्यू करने से *हेटेरोसाइक्लिक एमीन्स* नामक ख़तरनाक रसायन उत्पन्न होते हैं, जो कैंसर के जोखिम[525, 526] और इनफ़्लेमेशन को बढ़ा देते हैं।[527]

डॉ. ड्यूक का गेम प्लान

- चारकोल या प्रोफ़ेशनल स्टाइल इंफ़्रारेड ग्रिल्स पर कम से कम पकाएँ।
- घर से बाहर पकाने के लिए भी गैस का इस्तेमाल करें।
- कम फ़ैट वाले भोजन पकाएँ।
- ग्रिल को साफ़ रखें।
- हफ़्ते में एक बार से ज़्यादा बार्बेक्यू ग्रिल पर न पकाएँ।

12. अत्यधिक धूप

स्किन कैंसर दुनिया में हर जगह हल्की रंगत वाले लोगों में कैंसर का सबसे आम प्रकार है। और नहीं, मुझे अफ़सोस है, अच्छे टैन से कोई मदद नहीं मिलेगी। बल्कि उल्टा हो सकता है।

दोष अल्ट्रावायलेट किरणों का है। नेशनल कैंसर इंस्टीट्यूट के अनुसार शोध से पता चलता है कि धूप, सन लैंप्स और टैनिंग बेड्स के प्रति दीर्घकालीन रुझान को कम करने से नॉन-मेलानोमा स्किन कैंसर का जोखिम कम हो सकता है। ख़ास तौर पर बचपन और किशोरावस्था में सनबर्न से बचने से मेलानोमा स्किन कैंसर का आजीवन जोखिम कम हो सकता है।[528]

ज़्यादातर लोग यह नहीं जानते कि कृत्रिम टैनिंग बेड्स और सनलैंप्स को अमेरिकी सरकार ने कार्सिनोजेन्स की श्रेणी में रख दिया है, जिनसे कैंसर बढ़ता है। कुछ अध्ययनों में तो टैनिंग बेड का संबंध मेलानोमा के विकास से भी जोड़ा गया है।[529] एक और अध्ययन से पता चला है कि धूप में रहने से होने वाला अल्ट्रावायलेट रेडिएशन स्किन कैंसर का प्रमुख कारण है।[530]

इसलिए अपनी रक्षा करें। मैं जानता हूँ, यह सुनना हताशाजनक है कि सूरज भी कैंसर की पार्टी में शामिल है। लेकिन आजकल हमारे पास शरीर ढँकने और बाहर आनंद करने के बहुत से तरीक़े मौजूद हैं।

डॉ. ड्यूक का गेम प्लान

- टैनिंग बेड्स से उसी तरह बचें, जिस तरह भूत सूरज से बचते हैं।
- धूप में बाहर निकलने से पहले हमेशा सनस्क्रीन लगाएँ, जो यूवीए और यूवीबी दोनों तरह के रेडिएशन्स से रक्षा करे। एसपीएफ़ कम से कम 30 होना चाहिए।
- धूप से लंबे समय तक बचने के लिए हैट, छाते और पूरी आस्तीन की शर्ट का इस्तेमाल करें। अगर आप काफ़ी समय बाहर रहते हैं - फ़िशिंग, हाइकिंग, बोटिंग, गोल्फ़िंग आदि - तो ऐसे आउटडोर कपड़े ख़रीदें, जिनमें सन-ब्लॉक फ़ैक्टर हो। ख़ास तौर पर सुबह 10 बजे से दोपहर के 2 बजे तक धूप से बचने की कोशिश करें। सुबह और शाम की किरणें ज़्यादा सुरक्षित होती हैं।

13. कुछ संक्रमण

कई वायरल इनफ़ेक्शन कैंसर के जोखिम को बढ़ा देते हैं। ह्यूमन पैपिलोमावायरस (एचपीवी) सेक्स संपर्क से होने वाला रोग है, जिससे वेनेरियल वार्ट्स उत्पन्न होते हैं। 99 प्रतिशत से ज़्यादा सर्विकल कैंसरों में कैंसर के डीएनए में एचपीवी सेगमेंट्स शामिल

होते हैं।[531] दुर्भाग्य से, कई लोग बहुत सारे पार्टनर्स के साथ सेक्स संबंध स्थापित करते हैं, ख़ास तौर पर किशोर। वे सोचते हैं कि उन्हें सेक्स संबंधी रोग की चिंता करने की कोई ज़रूरत नहीं है। यह मुझे नहीं होगा और अगर हो भी गया, तो उसका इलाज हो जाएगा, ठीक है?

नहीं। ग़लत है। सेक्स संपर्क से होने वाली कुछ बीमारियों के बहुत गंभीर दीर्घकालीन परिणाम होते हैं, जिनका इलाज मुश्किल या असंभव होता है। एचपीवी उनमें से एक है।

कई वायरसों से भी कैंसर का जोखिम बढ़ जाता है। हेपेटाइटिस सी और हेपेटाइटिस बी दोनों ही लिवर कैंसर के जोखिम को बढ़ाते हैं।[532] हेपेटाइटिस बी शारीरिक द्रव के संपर्क के माध्यम से फैलता है, जिसमें सेक्स शामिल है। माना जाता है कि हेपेटाइटिस सी के कुछ मामले भी सेक्स संपर्क से फैल सकते हैं।

डॉ. ड्यूक का गेम प्लान

- एकल सेक्स संपर्क। जीवन में एक से ज़्यादा व्यक्ति के साथ सेक्स करने से यौन रोगों का जोखिम काफ़ी बढ़ जाता है, जिसमें कैंसर के जोखिम को बढ़ाने वाले संक्रमण भी शामिल हैं।
- दूसरे लोगों के ख़ून और शारीरिक द्रवों से न्यूनतम संपर्क रखें।
- अपने डॉक्टर से एचपीवी के वैक्सीन के बारे में पूछें और सलाह लें कि यह आपके लिए सही है या नहीं।

14. विटामिन डी की कमी

आप सोचेंगे कि आधुनिक सभ्यता में विटामिन की कमियाँ उतनी ही दुर्लभ होंगी, जितनी कि चर्मपत्रों पर हाथ से लिखी पुस्तकें या चेचक। सच्चाई यह है कि वे अब भी काफ़ी व्यापक हैं और कुछ तो हमारी आधुनिक संस्कृति का परिणाम हैं।

विटामिन डी लें। प्लीज़। आपको इस अनिवार्य पोषक तत्व की जितनी ज़रूरत है, शायद आप उससे कम ले रहे हैं।

विटामिन डी की कमी की दर अमेरिका और यूरोप में बहुत दहशत भरे स्तरों पर पहुँच गई है। और यह कमी कई क़िस्म के कैंसरों का जोखिम घटक है। इसके कारण ये हैं।

पहला, धूप में रहने से हमारी त्वचा में विटामिन डी बनता है, जो यूवीबी रेडिएशन पर विटामिन डी के पूर्वगामी की प्रतिक्रिया से होता है। इस कारण विटामिन डी की कमी बहुत उत्तरी और दक्षिणी लेटिट्यूड्स में ज़्यादा आम है, जहाँ लोगों को कम धूप मिल पाती है। एक और कारण यह है कि विकसित देशों में मेरे जैसे लोग लगातार सलाह देते हैं कि कैंसर से बचने के लिए धूप से दूर रहें या सनस्क्रीन का

इस्तेमाल करें। नॉन-मेलानोमा स्किन कैंसर के जोखिम को *बढ़ाने* की कोशिश में हम विटामिन डी की कमी की वजह से दूसरे कैंसरों का जोखिम बढ़ा रहे हैं। आप क्या करें? पढ़ते रहें।

इस कमी का एक और आम कारण यह है कि लोगों के आहार में डेरी प्रॉडक्ट्स कम होते हैं, जिनमें आम तौर पर विटामिन डी मिलाया जाता है। डाइट इंडस्ट्री एक बार फिर हमला कर रही है।

विटामिन डी की कमी से कई प्रकार के कैंसरों का ख़तरा बढ़ जाता है। यह कोलोन कैंसर[533] की आशंका को दोगुना कर देती है और प्रोस्टेट कैंसर के जोखिम को काफ़ी बढ़ा देती है।[534] इसके विपरीत विटामिन डी की पर्याप्त मात्रा प्रोस्टेट कैंसर के जोखिम को घटाती है और यह एंटी-इनफ़्लेमेटरी है।[535] एक अध्ययन का निष्कर्ष था कि धूप की कमी के कारण उत्तरी यूरोप में स्तन कैंसर से मृत्यु की दर शायद 25 प्रतिशत बढ़ी है।[536] एक और अध्ययन में पता चला है कि विटामिन डी के सर्वोच्च स्तर वाली महिलाओं में सबसे कम स्तर वाली महिलाओं की तुलना में स्तन कैंसर में 50 प्रतिशत कमी देखी गई।[537] इन स्तरों तक पहुँचने के लिए हर दिन 2700 आईयू विटामिन डी की ख़ुराक की ज़रूरत होगी, हालाँकि नेशनल अकेडमी ऑफ़ साइंसेज़ ने 2400 आईयू की सुरक्षित ऊपरी सीमा तय की है। इस बारे में भी विचार-विमर्श किया जा रहा है कि शायद इस ऊपरी सीमा को दोबारा बढ़ाए जाने की ज़रूरत है, क्योंकि नवीनतम शोध यह दर्शाता है कि उच्चतर स्तरों वाला सप्लीमेंटेशन सबसे ज़्यादा रक्षा करता है।[538]

विटामिन डी के साथ जुड़े अन्य कैंसर ओवेरियन और नॉन-हॉजकिन्स लिम्फ़ोमा हैं।[539] इसी अध्ययन में बताया गया है कि विटामिन डी की कमी से कुछ अन्य प्रकार के कैंसरों का संबंध भी हो सकता है, जिनमें ब्लैडर, ईसोफ़ेगस, किडनी, फेफड़ों, पैंक्रियाज़, रेक्टम और आमाशय जैसे कैंसर शामिल हैं। विटामिन डी के कम स्तर का संबंध पाचन तंत्र के कैंसर और पुरुषों में मृत्यु दर बढ़ने से भी हो सकता है।[540]

डॉ. ड्यूक का गेम प्लान

- अपने विटामिन डी के स्तर की जाँच कराएँ। कुछ अध्ययन यह संकेत करते हैं कि 25-हाइड्रॉक्सी विटामिन डी की रक्त स्तर में सुरक्षात्मक मात्रा 37 ng/ml से ज़्यादा हो।
- धूप में हर दिन लगभग दस मिनट रहें। विटामिन डी की आवश्यकताओं को पूरा करने के लिए इतना काफ़ी है और इससे स्किन कैंसर का जोखिम भी नहीं बढ़ता है।
- अगर आपके शरीर में विटामिन डी का स्तर कम हो, तो नियमित विटामिन डी सप्लीमेंटेशन लेने पर विचार करें। आपको शायद हर दिन कम से कम 1,000 आईयू लेना चाहिए और हाल में हुआ शोध तो इससे भी ज़्यादा का

सुझाव दे रहा है।

15. इनफ़्लेमेशन

कुछ कैंसरों का संबंध बढ़े हुए सी-रिएक्टिव प्रोटीन से है, जो इनफ़्लेमेशन का सूचक है। एक उदाहरण कोलोरेक्टल कैंसर है।[541] एक रोचक अध्ययन में बताया गया है कि स्टेरॉइड रहित एंटी-इनफ़्लेमेटरी ड्रग्स से फेफड़ों के कैंसर की आशंका कम होती है।[542] इनफ़्लेमेशन प्रोस्टेट,[543] लिवर और पैनक्रिएटिक कैंसर,[544] और पाचन तंत्र के कैंसरों[545, 546, 547, 548, 549] को बढ़ाने में भी अपनी भूमिका निभाता है। ओमेगा-3 जैसे प्राकृतिक एंटी-इनफ़्लेमेटरी पोषक तत्व कोलोरेक्टल[550] और अन्य कैंसरों[551] के जोखिम को कम करते हैं। दरअसल, शोधकर्ताओं ने इनफ़्लेमेशन उत्पन्न करने वाले एक रसायन को पहचान भी लिया है, जो संभवतः बहुत से कैंसरों का कारण हो सकता है।[552]

डॉ. ड्यूक का गेम प्लान

- अपने डॉक्टर से उच्च संवेदनशील सी-रिएक्टिव प्रोटीन लेवल टेस्ट करवाने के बारे में बात करें - जो इनफ़्लेमेशन का सूचक है।
- इनफ़्लेमेशन कम करने के संबंध में अध्याय 3 और बाक़ी पुस्तक में दी गई सलाहों पर अमल करें।

16. इन्सुलिन रज़िस्टेंस और टाइप 2 डाइबिटीज़

इस अध्याय का यह अंतिम बिंदु कई लोगों को थोड़ा आश्चर्यजनक लगेगा। इन्सुलिन रज़िस्टेंस और डाइबिटीज़ सिर्फ़ कार्डियोवैस्कुलर रोग के ही जोखिम घटक नहीं हैं। वे कैंसर की टीम के खिलाड़ी भी हैं।

इन्सुलिन रज़िस्टेंस कई कार्डियोवैस्कुलर जोखिम घटकों का सिंड्रोम है, जो हृदय रोग, डाइबिटीज़ और अन्य बीमारियों के जोखिम को बढ़ाता है।[553] इनमें लिवर और कोलोरेक्टल कैंसर शामिल हैं।[554, 555] मैं अध्याय 12 में इसके बारे में ज़्यादा विस्तार से बताऊँगा।

टाइप 2 डाइबिटीज़ का संबंध भी कोलोन, एंडोमीट्रियल (यूटेरस), किडनी, पैनक्रिएटिक और लिवर कैंसर से है।[556] डाइबिटीज़ और लिवर कैंसर कई देशों में तेज़ी से बढ़ रहे हैं और डाइबिटीज़ शायद कैंसर उत्पन्न करने में सहायता करती है।

इन्सुलिन रज़िस्टेंस और डाइबिटीज़ तथा कैंसर के बढ़े हुए जोखिम के आपसी संबंध के बारे में ऐसा बहुत कुछ है, जिसे हम अब तक नहीं जानते हैं। लेकिन इसका यह मतलब नहीं है कि आपको इसके बारे में कुछ नहीं करना चाहिए और आँकड़ों के आने का इंतज़ार करना चाहिए। अगर आपके मकान में आग लग जाती है, तो आप पहले फ़ायर एक्सटिंग्विशर उठाते हैं और बाद में यह पता लगाते हैं कि आग

कैसे लगी।

ज़ाहिर है, पहला क़दम तो यह पता लगाना है कि आपमें यह जोखिम घटक है भी या नहीं। कई लोगों को यह होता तो है, लेकिन उन्हें इसका पता ही नहीं होता है।

डॉ. ड्यूक का गेम प्लान

- अध्याय 12 पढ़ें और अपने डॉक्टर से इन बीमारियों की जाँच करने के बारे में सलाह लें।
- अगर आपको इन्सुलिन रज़िस्टेंस या टाइप 2 डाइबिटीज़ है, तो कृपया अपने डॉक्टर की सलाह पर सावधानी से अमल करें और उससे अध्याय 12 में दिए गए इन्सुलिन रज़िस्टेंस को कम करने संबंधी सुझावों पर अमल करने के बारे में राय लें।

जीतने के लिए खेलना

कैंसर शतरंज के मोहरों के पूरे जखीरे के साथ शुरू करता है और यह बहुत ही चालाक विरोधी है। शतरंज की रणनीति सरल नहीं है। आपको बहुत से मोहरों, दाँवों और पैंतरों से अपनी रक्षा करनी होगी।

लेकिन आपका अपने मोहरों पर नियंत्रण होता है। आप हर उस जोखिम घटक, हर उस पैंतरे का प्रतिरोध कर सकते हैं, जो कैंसर आपके ख़िलाफ़ आज़माता है। अपवाद सिर्फ़ एक है – आनुवंशिकता। बहरहाल, इसमें भी आप कम से कम यह तो नियंत्रित कर ही सकते हैं कि कोई जीन आपकी जीवनशैली में अभिव्यक्त होता है या नहीं।

यह खेल उतना ही लंबा चलेगा, जितने समय तक आप जिएँगे। और मैं इस बात की गारंटी नहीं दे सकता कि जीत आपकी ही होगी, भले ही आप इस खेल को अच्छी तरह से खेलें। यही नहीं, मैं जानता हूँ कि यह अध्याय पढ़ने के बाद पूर्ण रक्षा का विचार आपको दहशत भरा लगेगा। इसमें रणनीति, एकाग्रता और रोग के प्रति विचारशील व्यक्ति की नीति की ज़रूरत होती है।

इस वजह से भी मैं चाहता हूँ कि यह पुस्तक आपकी सिर्फ़ एक-दो आदतों को नहीं, बल्कि संपूर्ण जीवनशैली को बदले। और देखा जाए, तो यह *ज़्यादा आसान* तरीक़ा है। जब हम फ़ैशनेबल प्रॉडक्ट्स को अपनाने और छोड़ने के बजाय धीरे-धीरे अपनी जीवनशैली में परिवर्तन करते जाते हैं, तो परिवर्तन हमारी आदत बन जाते हैं।

आप सिगरेट पीते हुए या सब्ज़ियाँ खाने से इंकार करते हुए या ख़ाली समय टीवी के सामने बिताते हुए पैदा नहीं हुए थे। ये आदतें आपके जीन्स में नहीं थीं। स्वस्थ खान-पान, नियमित व्यायाम और डॉक्टर से वार्षिक चेकअप करवाना इस वक़्त

आपको बोझ लग सकता है, लेकिन अगर आप मौक़ा दें, तो वे आपके जीवन का ऐसा हिस्सा बन जाएँगे, जिसका आप उत्सुकता से इंतज़ार करेंगे।

अपने डॉक्टर से मिलने वाली बात भी।

आगे पढ़ने से पहले एक मिनट का समय निकालकर एक बार फिर से कैंसर के जोखिम घटकों की सूची पर नज़र दौड़ा लें। कैंसर के ऐसे कितने मोहरे हैं, जिन पर आपका कोई नियंत्रण नहीं है? जवाब वही है, जो हृदय रोग के मामले में था : सिर्फ़ एक, आनुवंशिकी। लेकिन उस वाले हिस्से को भी दुश्मन के दूसरे मोहरे मारकर सीमित किया जा सकता है। जिस विरोधी के राजा और एक अन्य मोहरे के अलावा बाक़ी सभी मोहरे पिट चुके हों, वह आपको कभी नहीं हरा पाएगा। और हम जो जीवनशैली सिखाते हैं, उसे जीना कैंसर के बाक़ी सारे मोहरों को पीटने या उनसे अपने ज़्यादातर मोहरों को बचाने जैसा है।

बेहतर होगा कि कैंसर होने से पहले ही आप अपनी जीवनशैली बदल लें।

अध्याय 11

मोटापे के ग़ुब्बारे को पिचकाना

प्रेम में आप मूर्ख बन सकते हैं।

मुझे ऊँचाइयों से डर लगता है। मुझे सीढ़ियाँ चढ़ना पसंद नहीं है। मैं कृतज्ञ हूँ कि मैं ज़्यादा लंबा नहीं हूँ। लेकिन जब आप प्रेम में होते हैं, तो आपका सिर बादलों के बीच होता है, इसलिए मेरी इच्छा हुई कि मैं अपनी दिलरुबा से शादी करने का आग्रह सबसे रूमानी अंदाज़ में करूँगा और इसे एक ऐसा यादगार पल बनाऊँगा, जिसे वह कभी न भूल पाए। इस वजह से एक दिन मैं एक अजीब यात्रा करने लगा।

मैंने सुबह 4 बजे उठकर दक्षिण कैलिफ़ोर्निया की देहाती सड़कों पर अँधेरे में गाड़ी चलाई और अपनी महबूबा के साथ भोर के वक़्त एक बड़े ईस्टर बास्केट में जाकर बैठ गया। फिर हमने एक अजनबी व्यक्ति को इस बात की अनुमति दी कि वह हमें गर्म हवा के ग़ुब्बारे में ज़मीन से सैकड़ों फ़ुट ऊपर ले जाए।

शुरुआत के एक-दो मिनट तो यह रूमानी लगा।

फिर मैंने नीचे देखा।

नीचे कारें छोटे बीटल्स जैसी दिख रही थीं और मेरा मतलब वोल्क्सवैगन्स से नहीं है। फिर मुझे एहसास हुआ कि उड़ने से पहले मैं पायलट से कुछ सवाल पूछना तो भूल ही गया था। जैसे, वह कौन था और उसके दिमाग़ को किस तरह का नुक़सान हुआ था, जिस वजह से वह रोज़ी-रोटी कमाने के लिए यह ख़तरनाक काम कर रहा है? क्या उसके दिमाग़ को नुक़सान ग़ुब्बारे के टकराने के कारण हुआ था? इसके अलावा अगर नुकीली चोंच वाली कोई चिड़िया आकर ग़ुब्बारे से टकरा जाए, तो क्या होगा? मैं यह काम क्यों कर रहा हूँ? जब मेरी प्रियतमा मुझे डरे हुए बच्चे की तरह देखेगी, तो इससे वह मेरे प्रेम प्रस्ताव पर सकारात्मक प्रतिक्रिया करेगी या नकारात्मक? मैं जो महसूस कर रहा हूँ, वह प्रेम है या फिर मेरी हवा निकल रही है? अगर बाद वाली स्थिति है, तो क्या ज़मीन के लोग मुझ पर हर्जाने का दावा ठोंक सकते हैं?

मैंने ग़ुब्बारे के पायलट को ग़ौर से देखा। वह उस सफ़ाचट दाढ़ी वाले, आत्मविश्वास जगाने वाले व्यक्ति से बिलकुल अलग लग रहा था, जिससे मैं उसके

ऑफ़िस में मिला था। अब वह किसी समुद्री डाकू जैसा दिख रहा था, जिसने रम का ड्रम पीकर समुद्र किनारे रात गुज़ारी थी और उसे सोकर उसकी ख़ुमारी उतारने का वक़्त ही नहीं मिला था। मैं बस यह उम्मीद कर सकता था कि उसमें जीने की इच्छा बाक़ी हो।

ज़ाहिर है, हम बिना किसी ख़ास घटना के ऊपर गए और नीचे लौट आए। इकलौती ख़ास बात यह थी कि मेरी अद्‌भुत पत्नी ने मेरे प्रस्ताव को स्वीकार कर लिया। शायद उसने सोचा होगा कि मेरा कातर, ठंडे पसीने वाला डर इस आशंका से प्रेरित हुआ है कि कहीं वह इंकार न कर दे। इस बारे में कुछ न पूछना ही मुझे सबसे अच्छा लगा।

वैसे मेरी बात के पीछे एक मक़सद है। ग़ुब्बारों में ऊपर जाने वाले ज़्यादातर लोग ऐसा इसलिए करते हैं, क्योंकि उन्हें इसमें मज़ा आता है। गर्म हवा के ग़ुब्बारे के स्वास्थ्य जोखिम बेहद कम हैं। दूसरी तरफ़, विकसित दुनिया के बहुत सारे लोग अपने शरीर को ग़ुब्बारे जैसा बना रहे हैं, जिससे उनके स्वास्थ्य को काफ़ी ख़तरा है। इसके बारे में भी उतनी ही चिंता होनी चाहिए, जितनी कि मुझे ग़ुब्बारे में उस दिन हो रही थी और कुछ हलक़ों में यह है। लेकिन ग़ुब्बारा बन चुकी इस सार्वजनिक सेहत की समस्या को वापस धरती पर लाने में कोई भी चीज़ अब तक कारगर नज़र नहीं आती है।

यह सबसे ज़्यादा इसलिए है, क्योंकि मोटापे के मुद्‌दे पर सभी पहलुओं से पर्याप्त गर्म हवा उत्पन्न हो रही है। शायद दुनिया का हर ग़ुब्बारा अनिश्चित काल तक हवा में उड़ता रहेगा।

हर व्यक्ति की एक राय होती है और लगभग हर व्यक्ति के पास बेचने के लिए एक इलाज होता है। हज़ारों कंपनियाँ डाइट्स, दवाएँ (पर्चे वाली भी और बिना पर्चे के बिकने वाली भी), व्यायाम योजनाएँ और उपकरण, आहार और पेय पदार्थ, पुस्तकें, वीडियोज़, क्लासेस, ऑपरेशन और जादुई टोने-टोटके बेचने में लगी हैं। इनमें से हर एक के प्रचार में कहा जा रहा है कि यही मोटापा कम करने का सच्चा मार्ग है। हममें छरहरे बनने का जुनून है, लेकिन इसके बावजूद मोटापे की दर बढ़ती जा रही है।

इतनी सारी दुविधा है कि ज़्यादातर लोगों को ठीक-ठीक पता ही नहीं होता कि समस्या को परिभाषित कैसे करें। मिसाल के तौर पर, हालाँकि हममें से कई लोग कुछ पौंड ज़्यादा वज़न की बात को स्वीकार कर लेंगे, लेकिन हम यह स्वीकार नहीं करना चाहते कि हम मोटे हैं। यह समझ में आता है, क्योंकि आधुनिक संस्कृतियों में मोटापे से जुड़े सामाजिक कलंक के कारण यह शर्म की बात है। हम उन लोगों के बारे में अपमानजनक चुटकुले नहीं बनाते हैं, जिन्हें डाइबिटीज़, हृदय रोग या कैंसर होता है। हम उन बेचारों को उनके रोगों के लिए दोष नहीं देते, हालाँकि उनके मामले में भी जीवनशैली के विकल्पों ने शायद योगदान दिया था। लेकिन हममें से कई लोग सोचते हैं कि बुरी तरह मोटे लोगों ने ऐसा बनने का विकल्प चुना था और वे ट्विन्कीज़ और सॉफ़्ट ड्रिंक्स से इंकार करके अपना वज़न आसानी से सौ या दो सौ पौंड कम कर

सकते हैं।

आइए, यथार्थवादी बनें : अगर वज़न कम करना इतना ही आसान होता, तो क्या कोई मोटा होने का विकल्प चुनता?

इसके अलावा, हममें से कई लोग मोटापे के बारे में सोचते वक़्त सिर्फ़ बेहद मोटे होने के संदर्भ में ही सोचते हैं। यह एक और ग़लतफ़हमी है। चिकित्सकीय मुद्दे इससे ज़्यादा जटिल हैं। मैं इसका कारण अभी स्पष्ट करूँगा।

अंत में, बहुत सारे लोग - मोटे भी और दुबले भी - मोटापे को सौंदर्य संबंधी समस्या मानते हैं। लोग छरहरे बनने के लिए सचमुच मर रहे हैं, एक के बाद एक डाइट या दवा के "इलाज" को आज़मा रहे हैं, ताकि वे सुंदरता के सामाजिक पैमाने के अनुरूप बन जाएँ। उन्हें पता ही नहीं होता कि इस दौरान वे ख़राब पोषण तथा बुरी चीज़ों से अपनी सेहत को नुक़सान पहुँचा रहे हैं। मोटापा *स्वास्थ्य* संबंधी समस्या है। शोध से पता चला है कि मोटापा कम करने के कई तरीक़े दीर्घकालीन रोग के जोखिम को बढ़ाते हैं। हमें मोटापे को ऐसे तरीक़ों से कम करना होगा, जिनसे हम ज़्यादा स्वस्थ बनें।

अब समय आ चुका है कि हम मोटापे से जुड़ी शर्म, पूर्वाग्रह और ग़लतफ़हमियों को छोड़ दें और इस समस्या से निबटने के लिए यथार्थवादी तरीक़ों पर ग़ौर करें। लोग दुबले होने की कोशिश में अरबों डॉलर ख़र्च कर रहे हैं, लेकिन इसके बावजूद मोटापे की दर बढ़ती जा रही है।

पिछले पाँच सालों में मोटापे और फ़ैट-सेल मेटाबोलिज़्म के संबंध में काफ़ी शोध हुआ है। इस समय से पहले लिखी गई किसी भी पुस्तक में इस विश्वव्यापी समस्या की महत्वपूर्ण समझ का अभाव है। इस अध्याय में बताई गई जानकारी कई लोकप्रिय डाइट बुक्स से अलग है, लेकिन मैंने अपनी बात के समर्थन में शोध के संदर्भ दिए हैं, ताकि आप ख़ुद ही डेटा की जाँच कर सकें।

इसमें आश्चर्य की कोई बात नहीं कि यह इस पुस्तक का सबसे मोटा अध्याय है (आख़िर मोटापे पर जो है)। यह तो होना ही था, क्योंकि मोटापे के संबंध में बहुत ज़्यादा ग़लतफ़हमियाँ फैली हुई हैं। दुनिया में वज़न कम करने से संबंधित जितने झूठ फैले हैं, उतने आदर्श स्वास्थ्य की हमारी खोज के किसी अन्य पहलू के बारे में नहीं फैले हैं। जानकारी सर्वश्रेष्ठ जीवन हासिल करने के हमारे गेम प्लान का प्रमुख पहलू है।

यह अध्याय पढ़ने से आपको नीचे दी गई चीज़ें समझने में मदद मिलेगी :

- परिभाषाएँ : मोटापा, ज़्यादा वज़न, बॉडी मास इंडेक्स और इससे भी ज़्यादा।
- आप ज़्यादा वज़नी या मोटे हैं या नहीं।
- दीर्घकालीन इनफ़्लेमेशन और मोटापे के बीच संबंध।
- वयस्कों और बच्चों दोनों के लिए मोटापे की विश्वव्यापी महामारी का दायरा,

जिसमें दहशत भरे आँकड़े शामिल हैं।

- मोटापे से जुड़ी कई स्वास्थ्य समस्याओं के कारण, परिणाम और उन्हें उलटने के उपाय।
- कुछ सबसे लोकप्रिय फ़ैशनेबल डाइट्स से संबंधित समस्याएँ।
- आदर्श स्वास्थ्य और वज़न कम करने की सफल नींव कैसे रखें।

मोटापे की परिभाषा : एक समझदारी भरा फ़ॉर्मूला

आइए, हम मोटापे और ज़्यादा वज़न को परिभाषित करके ग़लतफ़हमियों को दूर करना शुरू करते हैं। यह जानना महत्वपूर्ण है कि आप किस श्रेणी में हैं (अगर इन दोनों में से किसी में हैं तो), क्योंकि दीर्घकालीन रोग के जोखिम के मामले में दोनों में महत्वपूर्ण भिन्नताएँ हैं। आपको उचित तरीक़े से प्रेरित होने और सही विकल्प चुनने की ज़रूरत है। ज़ाहिर है, यह मुद्दा इतना सरल नहीं है। बाद में, हम शरीर में कई प्रकार के फ़ैट के बारे में बात करेंगे और उनके शारीरिक महत्व के बारे में भी। लेकिन पहली चीज़ें पहले।

मोटापे को परिभाषित करने का सबसे आम तरीक़ा है बॉडी मास इंडेक्स या बीएमआई (देखें परिशिष्ट ए.3)। बीएमआई की गणना के लिए आपके शरीर के वज़न (किलोग्राम में) में आपकी लंबाई के वर्ग (मीटर में) का भाग दिया जाता है। अगर आप इंग्लिश सिस्टम का इस्तेमाल करते हैं (यह प्रणाली अब भी अमेरिका में इस्तेमाल होती है, लेकिन इंग्लैंड और बाक़ी जगहों पर हट चुकी है), तो आप अपने वज़न (पौंड में) को 703 से गुना कर सकते हैं, फिर इस संख्या को अपनी लंबाई (इंच में) के वर्ग से भाग दे सकते हैं।

मीट्रिक सिस्टम का इस्तेमाल करते हुए बीएमआई फ़ॉर्मूला :

(शरीर का वज़न किलोग्राम में, लंबाई मीटर में)

वज़न / लंबाई^2

इंग्लिश सिस्टम का इस्तेमाल करते हुए बीएमआई फ़ॉर्मूला :

(शरीर का वज़न पौंड में, लंबाई इंच में)

वज़न x 703 / लंबाई^2

मीट्रिक सिस्टम का इस्तेमाल करते हुए उदाहरण :

आइए 90 किलो वज़न वाले 1.75 मीटर लंबे व्यक्ति की बीएमआई की गणना करते हैं।

1.75 X 1.75 = 3.06

90 / 3.06 = 29.41

इस व्यक्ति का बॉडी मास इंडेक्स 29 है।

इंग्लिश सिस्टम का इस्तेमाल करते हुए उदाहरण :

वज़न और लंबाई के इंग्लिश सिस्टम का इस्तेमाल करते हुए उसी व्यक्ति का वज़न 198 पौंड है और लंबाई 5 फ़ुट 9 इंच है यानी कुल 69 इंच।

200 X 703 = 139,194

69 X 69 = 4761

139,194 / 4761 = 29.23

एक बार फिर, बीएमआई 29 है।

अगर आपको कभी किसी की बीएमआई की गणना करने की ज़रूरत महसूस हो और आपके पास यह पुस्तक न हो, तो गूगल जैसे किसी भी इंटरनेट सर्च इंजन में "बॉडी मास इंडेक्स" टाइप कर दें। इससे आपको बीएमआई की गणना करने वाले ऑनलाइन प्रोग्राम मिल जाएँगे।

महत्वपूर्ण टिप्पणी : हालाँकि वैज्ञानिक साहित्य में बीएमआई ज़्यादा वज़न और मोटापा नापने का सबसे प्रचलित पैमाना है, लेकिन यह सभी मामलों में सटीक निदान के लिहाज़ से बहुत सतही है। इसमें इंसान के हड्डी के ढाँचे के आकार या फ़ैट तथा मसल टिशू के अनुपात को गणना में शामिल नहीं किया जाता। इसीलिए हमारे इंस्टीट्यूट ने एक ज़्यादा वृहद निदान फ़ॉर्मूला तैयार किया है, जिसमें बीएमआई तीन कारकों में से सिर्फ़ एक है।

बीएमआई शरीर के वज़न को चार सामान्य श्रेणियों में विभाजित करता है। यूरोपीय वंश के वयस्कों के लिए यह इस तरह है :

19 से कम = कम वज़न

19 से 24.9 = सामान्य

25 से 29.9 = ज़्यादा वज़न

30 या ऊपर = मोटा

चूँकि यह दिखाया जा चुका है कि अतिरिक्त वज़न बढ़ने के स्वास्थ्य जोखिम यूरोपीय वंश के बजाय एशियाई लोगों में ज़्यादा होते हैं,[557] इसलिए एशियाई लोगों के लिए

बीएमआई पैमाना थोड़ा भिन्न है :

19 से कम = कम वज़न

19 से 22.9 = सामान्य

23 से 24.9 = ज़्यादा वज़न

25 या ऊपर = मोटापा

"मोटापे" को भी तीन उपश्रेणियों में विभाजित किया गया है। यूरोपीय वंश के वयस्कों के लिए यह इस तरह है :

वर्ग 1 मोटापा : बीएमआई 30 से 34.9

वर्ग 2 मोटापा : बीएमआई 35 से 39.9

वर्ग 3 मोटापा : बीएमआई 40 या ऊपर[558, 559, 560]

वर्ग 3 मोटापे को गंभीर रोग (morbid) या अत्यधिक मोटापा भी कहा जाता है। यह वर्गीकरण चिकित्सा की दृष्टि से महत्वपूर्ण है, क्योंकि 30 से 34.9 बीएमआई वाले मोटे लोगों की तुलना में गंभीर रूप से मोटे लोगों को जल्दी मृत्यु का दोगुना जोखिम होता है।[561]

बीएमआई बच्चों और किशोरों में मोटापा नापने की भी सबसे प्रचलित विधि है।[562] द सेंटर्स फ़ॉर डिसीज़ कंट्रोल (सीडीसी) ने बच्चों के विकास चार्ट जारी किए हैं, जो आयु और लिंग के आधार पर वज़न की स्वीकृत श्रेणियाँ तय करने में मदद करते हैं। (लड़कों और लड़कियों हेतु बीएमआई अनुशंसाओं के लिए क्रमशः परिशिष्ट ए.4 और ए.5 देखें।)

95वें परसेन्टाइल से ऊपर का बीएमआई बच्चों में मोटापा दर्शाता है। 85वें और 95वें परसेन्टाइल के बीच का बीएमआई मोटापे का बढ़ा हुआ जोखिम दर्शाता है और इन बच्चों में मोटापे से जुड़ी अन्य जटिलताओं की जाँच की जानी चाहिए। एक साल में तीन से चार यूनिट बीएमआई वृद्धि को गंभीरता से लेना चाहिए, क्योंकि बढ़ते बच्चों में सामान्य विकास हर साल सिर्फ़ एक बीएमआई यूनिट का होता है।[563]

जैसा ऊपर बताया जा चुका है, बीएमआई थोड़ा सतही फ़ॉर्मूला है। सिर्फ़ इसी का इस्तेमाल करने से निदान में ग़लती हो सकती है। मिसाल के तौर पर, नाज़ुक ढाँचे के किसी व्यक्ति में अगर कम मसल टिशू हों और बॉडी फ़ैट का ज़्यादा प्रतिशत हो, तो बीएमआई स्केल पर वह "सामान्य" श्रेणी में आएगा, जबकि वास्तव में उसका स्वास्थ्य जोखिम मोटे व्यक्ति जितना ही होगा। इस तरह के व्यक्ति को "मेटाबोलिकली ओबीज़ नॉर्मल वेट" (MONW) की श्रेणी में रखा जाता है।[564, 565]

इसके विपरीत मज़बूत मांसपेशियों वाले खिलाड़ी में बॉडी फ़ैट का बहुत कम प्रतिशत होता है और उसे ग़लती से मोटे की श्रेणी में रखा जा सकता है। अमेरिकी

फ़ुटबॉल लाइनबैकर जैसा शारीरिक ढाँचा होना दीर्घकालीन रोग का जोखिम घटक नहीं है, जब तक कि आपने स्टेरॉइड लेकर मांसपेशियाँ न बनाई हों।

इसलिए - मोटापे को परिभाषित करने वाले फ़ॉर्मूले में बॉडी फ़ैट प्रतिशत को शामिल करने की ज़रूरत है।

आपको अपने डॉक्टर से परामर्श लेना चाहिए कि आपके ख़ास बॉडी टाइप के आधार पर बॉडी फ़ैट की कितनी मात्रा बढ़ी हुई मानी जानी चाहिए। (अपने डॉक्टर या जिम के व्यक्तिगत प्रशिक्षक से अपना बॉडी फ़ैट परसेन्टेज नापने के लिए कहें।) यहाँ पर सामान्य श्रेणियाँ दी जा रही हैं, जो पूरे शरीर के वज़न के प्रतिशत के रूप में दी गई हैं।

बॉडी फ़ैट, पुरुष :

12% से 20% = आदर्श

20.1% से 25% = ज़्यादा वज़न

25% से ऊपर = मोटा

बॉडी फ़ैट, महिला :

15% से 22% = आदर्श

22.1% से 30% = ज़्यादा वज़न

30% से ऊपर = मोटी

बीएमआई के साथ एक और समस्या यह है कि इसमें इस बात पर ध्यान नहीं दिया जाता कि आप शरीर में किस जगह पर मोटे हैं। आप मानें या न मानें, फ़ैट आपके शरीर में किस तरह विभाजित है, यह बेहद महत्वपूर्ण होता है। पुरुषों में महत्वपूर्ण आंतरिक अंगों (विसैरा) के क़रीब कमर के क्षेत्र के आस-पास फ़ैट जमा होने की प्रवृत्ति होती है। महिलाओं में पुट्ठों और जाँघों में फ़ैट जमा होने की प्रवृत्ति होती है। आमाशय और विसैरा के क़रीब फ़ैट कोशिकाएँ अलग क़िस्म की होती हैं और उनमें शरीर की बाक़ी जगहों की तुलना में ज़्यादा स्वास्थ्य जोखिम होते हैं। इसलिए स्वास्थ्य संबंधी जोखिम की गणना करते वक़्त हमें शरीर में फ़ैट के वितरण पर विचार करने की ज़रूरत है।

दूसरे शब्दों में, भले ही बीएमआई पैमाना आपके वज़न को सामान्य के रूप में श्रेणीबद्ध करता हो, लेकिन इसके बावजूद आपके बॉडी फ़ैट रेशो और शरीर में फ़ैट के वितरण के आधार पर आपका स्वास्थ्य जोखिम ज़्यादा हो सकता है।

फ़ैट वितरण का पता लगाने का सबसे अच्छा और सस्ता तरीक़ा है कमर-से-पुट्ठों का अनुपात (waist-to-hips ratio)। इसके लिए आपको बस एक

टेप और तीसरे ग्रेड की गणित योग्यता की ज़रूरत है। अपनी कमर का घेरा नापें (अपनी नाभि के चारों ओर) और अपने पुट्ठों के चारों ओर का भी - ठीक हिप जॉइन्ट्स पर। इसके बाद कमर में पुट्ठों का भाग दे दें। इससे आपको एक अनुपात मिलता है, इसलिए इससे कोई फ़र्क़ नहीं पड़ता कि आपका नाप सेंटीमीटर में है या इंच में। यहाँ पर आदर्श अनुपात दिए गए हैं :

पुरुष :

कमर / पुट्ठे 0.95 या कम होने चाहिए

महिलाएँ :

कमर / पुट्ठे 0.88 या कम होने चाहिए

कमर-से-पुट्ठों के अनुपात का महत्व स्वीडन में बारह साल तक 1,400 महिलाओं पर हुए अध्ययन में प्रमाणित किया गया।[566] **उस अध्ययन में दर्शाया गया कि बीएमआई और स्किन-फ़ोल्ड थिकनेस के मुक़ाबले कमर-से-पुट्ठों का अनुपात दरअसल हृदय रोग, स्ट्रोक और मृत्यु का ज़्यादा अच्छा सूचक है।** कुछ अध्ययन सिर्फ़ कमर के नाप के आधार पर ही दीर्घकालीन रोग के जोखिम का अनुमान लगाने लगे हैं।)

मोटापे का पता लगाने के लिए इन तीनों तरीक़ों में से कोई भी आदर्श नहीं है, लेकिन ये सभी उपयोगी हैं। कुछ पुराने तरीक़े कम आदर्श हैं। मिसाल के तौर पर, बीमा कंपनियों द्वारा प्रयुक्त चार्ट्स सटीक नहीं हैं, क्योंकि वे सतही हैं और उनका पूर्वाग्रह कम वज़न की ओर है। इस पूर्वाग्रह से बीमा कंपनियों को लाभ होता है, इसलिए वे बड़ी आसानी से जनसंख्या के बड़े हिस्से को मोटे की श्रेणी में रख देती हैं। ये कंपनियाँ आजकल उपलब्ध बेहतर, शायद कम सरल, विधियों का इस्तेमाल नहीं करना चाहतीं।

हमें मोटापे की श्रेणी निर्धारित करने के सटीक तंत्र की ज़रूरत है, ताकि हम यह तय कर सकें कि क्या किसी व्यक्ति में दीर्घकालीन रोग का जोखिम है, जो असमय मृत्यु का कारण बन सकता है। सबसे सटीक विधि वही है, जिसमें बीएमआई, बॉडी फ़ैट प्रतिशत और कमर-से-पुट्ठों का अनुपात शामिल हो।

जिस इंस्टीट्यूट में मैं परामर्श देता हूँ, वहाँ हमने एक फ़ॉर्मूला विकसित किया है, जो बॉडी कम्पोज़िशन हेल्थ रिस्क स्कोर तय करने के लिए इन सभी पैमानों को शामिल करता है। हम इसे बीसीओआर स्कोर कहते हैं।

एशियाई लोगों को छोड़कर बाक़ी वयस्कों के लिए फ़ॉर्मूला निम्नानुसार है (एशियाई लोगों के लिए भी फ़ॉर्मूला तो यही है, फ़र्क़ सिर्फ़ इतना है कि बीएमआई में 25 की जगह 24 का भाग दिया जाता है) :

पुरुष :

(BMI / 25) + (% body fat / 21) + (waist-to-hip ratio) / 3 = ______

महिलाएँ :

(BMI / 25) + (%body fat / 27) + (waist-to-hip ratio / .85) / 3 = ______

उदाहरण :

एक महिला का बीएमआई 24 है, उसका बॉडी फ़ैट 29 प्रतिशत है और उसका कमर-से-पुट्ठों का अनुपात 0.85 है।

BMI: (24 / 25 = 0.96)
%body fat: (29 / 27 = 1.07)
waist-to-hip ratio: (.85 / .85 = 1.0)

0.96 + 1.07 + 1.0 = 3.03 / 3 = BCoR Score of 1.01

यह महिला बढ़े हुए जोखिम की श्रेणी में आएगी, भले ही वह देखने में छरहरी लगती हो और तीन में से दो पैमानों पर उसमें जोखिम नज़र नहीं आता हो। स्पष्ट रूप से उसका ढाँचा कमज़ोर है, इसलिए बीएमआई और कमर-से-पुट्ठे का अनुपात अच्छा होने के बावजूद उसके बॉडी फ़ैट प्रतिशत ने फ़र्क़ पैदा कर दिया।

हमने नीचे दी गई टेबल के अनुसार बीसीओआर स्कोर को श्रेणीबद्ध किया है :

बीसीओआर स्कोर्स

	पुरुष	**महिलाएँ**
कम वज़न	<0.64	<0.74
आदर्श (कम जोखिम)	0.64–0.84	0.74–0.87
सामान्य	0.85–1.0	0.88–1.0
बढ़ा हुआ जोखिम	1.0–1.13	1.0–1.13
महत्वपूर्ण जोखिम	>1.13	>1.13

पुरुषों का स्कोर 0.64 और महिलाओं का 0.74 से कम नहीं होना चाहिए। पैमाने के दूसरी ओर 1.0 से 1.13 का स्कोर पुरुषों और महिलाओं दोनों के लिए

दीर्घकालीन रोग के जोखिम में थोड़ी वृद्धि सूचित करता है। 1.13 से ज़्यादा का स्कोर महत्वपूर्ण जोखिम बताता है। हम इन स्कोर दिशानिर्देशों की आगे पुष्टि के लिए रिसर्च डेटा एकत्रित कर रहे हैं।

ये पैमाने यह लक्ष्य तय करने में आपकी मदद करेंगे कि आपको कितना वज़न कम करना चाहिए। अगर आप मोटे की श्रेणी में आते हैं, तो आपको शुरुआत में ज़्यादा वज़नी की श्रेणी में आने का लक्ष्य बनाना चाहिए। अगर आप ज़्यादा वज़नी की श्रेणी में आते हैं, तो सामान्य का लक्ष्य बनाएँ। जब आपका स्कोर 1.0 से नीचे आ जाए, तो फिर अपने वज़न की चिंता करना छोड़ दें और दूसरे जोखिम घटकों पर ध्यान केंद्रित करें, क्योंकि इससे ज़्यादा वज़न कम करने से आपके दीर्घकालीन रोग का जोखिम कम नहीं होगा।

FB

फ़ैट कम करें, वज़न नहीं

ज़्यादातर फ़ैशनेबल डाइट्स आपसे यह चाहते हैं कि आप बाथरूम की वज़न मशीन को अपनी सफलता का पैमाना मान लें। यह ग़लत लक्ष्य है। अगर आप बेहतर डाइट और नियमित व्यायाम को शामिल करके अपनी जीवनशैली बदलते हैं, तो शायद आपका फ़ैट कम होगा और मांसपेशियाँ बढ़ेंगी। हो सकता है कि आपके वज़न में ज़्यादा फ़र्क़ न आए, लेकिन एक सप्ताह बाद आप ज़्यादा स्वस्थ हो रहे होंगे।

फ़ैशनेबल डाइट्स इसे असफलता की श्रेणी में रखते हैं। यह एक ख़तरनाक झूठ है।

जब आप वज़न कम करना शुरू करते हैं, तो किसी आदर्श वज़न तक पहुँचने का जुनून पालना आसान होता है। बहरहाल, आपके लक्ष्य यथार्थवादी और आदर्श स्वास्थ्य पर आधारित होने चाहिए। इस बारे में भूल जाएँ कि हाई स्कूल में आपका वज़न कितना था। भूल जाएँ कि आपको "आख़िरी पाँच पौंड" वज़न कम करना है। इस तरह के लक्ष्य होने पर आप हताश हो जाएँगे और ज़्यादा स्वस्थ नई जीवनशैली को छोड़ देंगे। या फिर आप *ज़रूरत से ज़्यादा* वज़न कम कर लेंगे। अक्सर ये "आख़िरी पाँच पौंड" फ़ैट नहीं, बल्कि मांसपेशियाँ होती हैं, जिनका आप त्याग करते हैं। मांसपेशियाँ अच्छी होती हैं।

अधिकांश औद्योगीकृत समाजों में लोकप्रिय संस्कृति अपना ध्यान मशीन के वज़न पर केंद्रित करती है। यह ग़लत है। कृपया वज़न नापने की मशीन को दूर फेंक दें और इसके बजाय ऊपर बताए गए पैमानों पर ध्यान केंद्रित करें। फ़ैशनेबल डाइट्स वज़न नापने की

मशीन पर ध्यान केंद्रित इसलिए करते हैं, क्योंकि इससे उन्हें फटाफट परिणाम दिखाने का मौक़ा मिलता है। दुर्भाग्य से, आप इन आहारों से जो पाँच-दस पौंड वज़न कम करते हैं, वह आम तौर पर सिर्फ़ पानी का वज़न होता है। वे आपसे पैसा ले रहे हैं और बदले में फ़ैट कम करने में आपकी मदद नहीं कर रहे हैं, बल्कि पानी बाहर निकालने के पैसे ले रहे हैं।

फ़ैट टिशू में वास्तविक और सुरक्षित कमी रातोरात नहीं होती। इसमें वक़्त लगता है। लेकिन क्या इसके बजाय आप ऐसी जीवनशैली नहीं जीना चाहेंगे, जिससे आपका फ़ैट भी कम हो और यह हमेशा कम ही रहे? फटाफट वज़न कम करने वाले डाइट्स आपको सफलता का अल्पकालीन, झूठा एहसास दिलाते हैं। लेकिन वे स्वस्थ नहीं हैं और वे भविष्य में फ़ैट कम करने के काम को ज़्यादा मुश्किल बना सकते हैं।

आदर्श स्वास्थ्य क्रांति में हम जीवनशैली के स्थायी परिवर्तन की बात कर रहे हैं, जिसके आजीवन स्वास्थ्य लाभ होते हैं।

मोटापे और दीर्घकालीन इनफ़्लेमेशन के बीच की खोई कड़ी

क्या इनफ़्लेमेशन इंसान के हर दीर्घकालीन रोग का मूल कारण है, लेकिन इसके बावजूद यह वज़न बढ़ने और मोटापे से जुड़ा हुआ नहीं है? मुझे ऐसा नहीं लगता। बहरहाल, कई शोधकर्ताओं और डॉक्टरों को इस बात का यक़ीन नहीं है कि दोनों में कोई संबंध है। वे यह तो जानते हैं कि वज़न बढ़ने के साथ-साथ इनफ़्लेमेशन भी बढ़ता है, लेकन वे इनफ़्लेमेशन को मोटापे का कारण नहीं, बल्कि परिणाम मानते हैं। मुझे यक़ीन है कि इनफ़्लेमेशन ही मोटापे की विश्वव्यापी महामारी का कारण है और मैं यहाँ इस बात को स्पष्ट करने की कोशिश करूँगा। यह आपसी संबंध बहुत ही महत्वपूर्ण बिंदु है, क्योंकि हम मोटापे की विश्वव्यापी महामारी का सामना कर रहे हैं और दुनिया भर की चिकित्सा पद्धतियाँ इसे रोकने में नाकाम दिख रही हैं। अगर हम असल कारण ही नहीं जानते हैं, तो हमारा असफल होना तय है। आप किसी भी युद्ध को कैसे जीत सकते हैं, जब आप यही न जानते हों कि आपका असल विरोधी कौन है?

मुझे संयोगवश ज्ञान हासिल हुआ था, हालाँकि मेरी स्थिति में कोई भी होता, तो उसे इस चीज़ का शक हो जाता। जिस सेंटर में मैं परामर्श देता हूँ, वहाँ के भावी कार्यक्रमों के लिए विश्व स्वास्थ्य संगठन के आँकड़े हासिल करते समय मैंने ग़ौर किया कि हर देश में औद्योगीकरण के विकास के साथ-साथ मोटापा बढ़ा है, चाहे वे दुनिया में कहीं भी हों। ब्राज़ील जैसे ज़्यादा ग़रीब देशों में भी, जहाँ जनसंख्या के बहुत बड़े हिस्से के पास भरपेट भोजन करने के पैसे नहीं हैं (कई लोग वहाँ भोजन पर हर दिन सिर्फ़ 1 अमेरिकी डॉलर ही ख़र्च करते हैं), मोटापा महत्वपूर्ण रूप से बढ़ रहा है। मैं कई गंभीर रूप से मोटे लोगों को जानता हूँ, जो इतना ज़्यादा भोजन नहीं करते,

जितनी आप कल्पना करते हैं। कोशिकीय स्तर पर कुछ और हो रहा होगा। निश्चित रूप से सीमित कैलोरी और व्यायाम से इन लोगों को मदद मिली, लेकिन यह सुधार अल्पकालीन था। डाइटिंग के बाद हर व्यक्ति का वज़न दोबारा क्यों बढ़ जाता है? अब समस्या को ज़्यादा गहराई से देखने का समय था।

इनफ़्लेमेशन को मोटापे की महामारी में सहायक के रूप में देखने वाले पहले शोध में इन्सुलिन रज़िस्टेंस और टाइप 2 डाइबिटीज़ में इनफ़्लेमेशन की भूमिका पर ग़ौर किया गया। मोटापे और डाइबिटीज़ की महामारियाँ लगभग साथ-साथ चलती हैं और इनफ़्लेमेशन सामान्य शुगर चयापचय में हस्तक्षेप करके अक्सर टाइप 2 डाइबिटीज़ की ओर ले जाता है। लेकिन कुछ अन्य अध्ययन हुए हैं, जिन्होंने इनफ़्लेमेशन, टाइप 2 डाइबिटीज़ और मोटापे के बीच सीधी कड़ी की ओर संकेत किया है।[567, 568] इनफ़्लेमेशन की इस कड़ी के बारे में अब भी जाँच चल रही है, जो ज़्यादा वज़न और मोटापे का कारण है। लेकिन मुझे संदेह है कि इसका संबंध एडिपोनेक्टिन नामक प्रोटीन से है, जिसे फ़ैट कोशिकाएँ बनाती हैं और जो सामान्य चयापचय का नियमन करता है। इनफ़्लेमेशन कम वज़न वाले लोगों में भी इस प्रोटीन को कम कर देता है और ज़्यादा वज़न की समस्याएँ शुरू होने में ज़्यादा समय नहीं लगता।[569, 570, 571, 572] इसलिए, मोटापा न सिर्फ़ इनफ़्लेमेशन को बढ़ा रहा है, बल्कि यह इसका परिणाम भी है। दुष्चक्र का एक सबूत।

इस समझ से लैस होकर मैंने वज़न कम करने वाली एक योजना बनाई, जो इनफ़्लेमेशन कम करने पर केंद्रित थी। हमने इसमें अच्छे खान-पान और व्यायाम की आदतें समाहित कीं (जो दोनों ही इनफ़्लेमेशन को कम करती हैं) और हमें काफ़ी अच्छी सफलता मिली।

आपके लिए इसका क्या मतलब है? आपको तो बस इनफ़्लेमेशन कम करने पर ध्यान केंद्रित करना है और आपका वज़न अपने आप कम हो जाएगा। बहुत से लोग वज़न कम करने में इसलिए असफल रहे हैं, क्योंकि वज़न कम करने की योजना में उन्हें ऐसी चीज़ें शामिल करने की सलाह दी गई थी, जिनसे इनफ़्लेमेशन बढ़ता है। यहाँ पर बताई जा रही बातें आपके इनफ़्लेमेशन को निरंतर कम करेंगी और यही कारगर तरीक़ा है।

विश्वव्यापी मोटापा : संख्याओं का वज़न

मोटापा और ज़्यादा वज़न दुनिया भर में महामारी के स्तर तक पहुँच चुका है और स्थिति ख़राब होती जा रही है।[573, 574] नीचे दी गई तालिका की जाँच करें, जिसमें उन लोगों का प्रतिशत बताया गया है, जो दुनिया के ग्यारह देशों में या तो ज़्यादा वज़नी या फिर मोटे हैं। ये आँकड़े नॉर्थ अमेरिकन एसोसिएशन फ़ॉर द स्टडी ऑफ़ ओबेसिटी के अनुसार हैं।[575]

ज़्यादा वज़न/मोटापे की दर[576]

	पुरुष	महिलाएँ
ऑस्ट्रेलिया	63%	46.8%
कनाडा	71%	56%
चीन	16%	23%
इटली	47%	35%
जापान	26%	22.6%
मेक्सिको	56.3%	60.7%
रूमानिया	60%	59%
रूस	45.3%	56.4%
समोआ	58%	77%
युनाइटेड किंगडम	62.8%	53.3%
अमेरिका	60%	50%

चाइना हेल्थ एंड न्यूट्रिशन सर्वे (2006) के अनुसार चीन की 26 प्रतिशत जनसंख्या का वज़न ज़्यादा है और यह गति चीन में जितनी तेज़ी से बढ़ रही है, वह मेक्सिको को छोड़कर सभी विकासशील देशों में सबसे ज़्यादा है।[577]

फ़िगर 11.1

अमेरिकी वयस्कों में मोटापे की प्रवृत्तियाँ

BRFSS, 1990

(बीएमआई ≥ 30 या 5′4″ क़द वाले व्यक्ति के लिए 30 पौंड ज़्यादा वज़न)

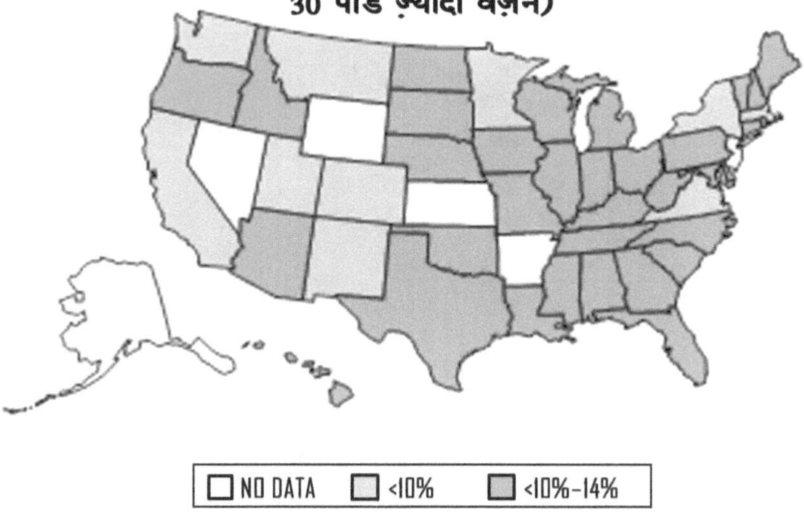

Source: Behavioral Risk Factors Surveillance System, CDC.

औसत अमेरिकी का वज़न हर साल दो पौंड की गति से बढ़ रहा है।[578] वर्ग 3 मोटापा (बीएमआई > 40) 1990 और 2000 के बीच 300 प्रतिशत बढ़ चुका है।[579] वर्ग 3 मोटापा सभी कारणों से मृत्यु के जोखिम को वर्ग 1 (बीएमआई 30 से 34.9) की तुलना में दोगुना बढ़ा देता है।[580] अमेरिका में 12 करोड़ से ज़्यादा लोग ज़्यादा वज़नी या मोटे की श्रेणी में आते हैं। अमेरिका में मोटापे की दर अफ़्रीकी-अमेरिकी और हिस्पैनिक महिलाओं में तो और भी ज़्यादा बुरी है, जिनकी मोटापे की दर कॉकेशियन महिलाओं की तुलना में क्रमशः 2.1 और 1.5 गुना ज़्यादा तेज़ी से बिगड़ रही है।[581]

फ़िगर्स 1 और 2 1990 से 2003 तक अमेरिकी वयस्कों में मोटापे की प्रवृत्तियाँ दिखाते हैं। और यह सिर्फ़ अमेरिका तक ही सीमित नहीं है, जैसा कि ऊपर बताई गई संख्याएँ सुझाती हैं। ज़्यादा नए अध्ययन में दिखाया गया है कि बच्चों, किशोरों और पुरुषों का वज़न बढ़ता जा रहा है, लेकिन महिलाओं के मामले में यह स्थिर हो गया है।[582]

विश्व स्वास्थ्य संगठन का अनुमान है कि दुनिया भर में 1.2 अरब लोग ज़्यादा वज़न तथा मोटापे से प्रभावित हैं और उनकी संख्या अभूतपूर्व गति से बढ़ती जा रही है।[583] विश्व स्वास्थ्य संगठन ने विश्वव्यापी सर्वेज़ से प्राप्त डेटा पर टिप्पणी करते हुए कहा था, "मोटापे का प्रभाव इतना विविध और ज़्यादा है कि इसे हमारे युग की सबसे बड़ी उपेक्षित सार्वजनिक स्वास्थ्य समस्याओं में से एक मानना चाहिए, जिसका स्वास्थ्य पर उतना ही ज़्यादा प्रभाव पड़ता है, जितना कि शायद धूम्रपान का।"[584]

फ़िगर 11.2

अमेरिकी वयस्कों में मोटापे की प्रवृत्तियाँ, 2003

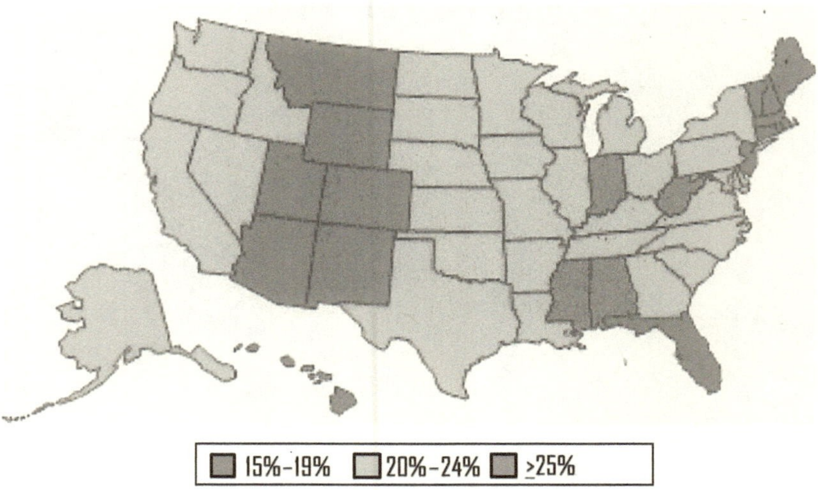

Source: http://www.cdc.gov/nccdphp/dnpa/obesity/trend/maps/index.htm.

यू.एस. सेंटर्स फ़ॉर डिसीज़ कंट्रोल एंड प्रिवेन्शन के डायरेक्टर ने कहा था, "मोटापा एक महामारी है और इसे किसी भी संक्रामक रोग की महामारी जितनी ही गंभीरता से लेना चाहिए।"[585]

द वर्ल्डवॉच इंस्टीट्यूट द्वारा जारी एक रिपोर्ट में बताया गया था कि इतिहास में पहली बार ज़्यादा वज़नी लोगों की संख्या भूखे लोगों की संख्या के बराबर हो गई है।[586]

मोटापे की दर बढ़ी है और हर औद्योगीकृत देश में ग़ुब्बारे की तरह फूलती जा रही है – और कई ग़रीब देशों में भी। लेकिन समस्या और भी ज़्यादा चिंताजनक बन जाती है, जब हमें यह एहसास होता है कि *इन आँकड़ों में शायद कम अनुमान लगाया गया है*। हमारा ज़्यादातर डेटा टेलीफ़ोन सर्वे पर आधारित है, जिनमें लोगों से उनकी लंबाई और वज़न पूछा जाता है। प्रमाणीकरण अध्ययन में वैज्ञानिकों ने पाया कि ज़्यादा वज़नी लोगों में अपने वज़न का कम अनुमान लगाने की प्रवृत्ति होती है और सभी प्रतिभागियों में अपनी लंबाई का ज़्यादा अनुमान लगाने की प्रवृत्ति होती है, जिससे स्पष्ट रूप से बीएमआई आँकड़े कम हो जाते हैं।[587, 588, 589] एक हालिया स्रोत के अनुसार मोटे अमेरिकी वयस्कों का अनुपात 7 प्रतिशत बढ़ चुका है। यू.एस. सेंटर फ़ॉर डिसीज़ कंट्रोल के अनुसार राष्ट्रीय औसत 25.6 तक पहुँच चुका है।[590]

मोटापे की समस्या सिर्फ़ वयस्कों तक ही सीमित नहीं है। दरअसल दुनिया भर के बच्चों और किशोरों में भी हम मोटापे की अभूतपूर्व दर देख रहे हैं। इसका मतलब है कि हम भविष्य में ज़्यादा बड़ी समस्या की उम्मीद कर सकते हैं, क्योंकि कम उम्र में मोटापा वयस्कता में भी ज़्यादा वज़न और मोटापे का सूचक है।[591, 592, 593, 594]

अगर संख्याओं के वज़न से आपको भरोसा न हुआ हो, तो यहाँ पर कुछ अन्य आँकड़े बताए जा रहे हैं, जो हाल के वर्षों में मोटापे की दरों में परिवर्तन से संबंधित हैं। मोटापे की दर :

- अमेरिका में पिछले पच्चीस सालों में 230 से 333 प्रतिशत बढ़ी है।[595, 596]
- इंग्लैंड में पिछले सत्रह सालों में 200 से 280 प्रतिशत बढ़ी है।[597]
- स्कॉटलैंड में पिछले सत्रह सालों में 180 से 230 प्रतिशत बढ़ी है।[598]
- चीन में छह सालों में 140 प्रतिशत बढ़ी है।[599]
- जापान में छब्बीस सालों में 250 प्रतिशत बढ़ी है।[600]
- मिस्र में अठारह सालों में 390 प्रतिशत बढ़ी है।[601]
- ऑस्ट्रेलिया में दस सालों में 342 से 460 प्रतिशत बढ़ी है।[602]
- घाना में छह सालों में 380 प्रतिशत बढ़ी है।[603]
- ब्राज़ील में सत्रह सालों में 360 प्रतिशत बढ़ी है।[604]
- कोस्टा रिका में चौदह सालों में 270 प्रतिशत बढ़ी है।[605]

बच्चों के बीच यह महामारी हर उम्र, अधिकांश प्रजातीय समूहों और हर सामाजिक-आर्थिक वर्ग को प्रभावित करती है, हालाँकि अनुपात में फ़र्क़ हो सकता है।[606, 607] विकसित देशों में निचले सामाजिक-आर्थिक तबके के बच्चों में ऐसी ख़ुराक की ज़्यादा आशंका पाई गई, जो सामान्य पोषण में कमज़ोर थी, लेकिन जिसमें कैलोरियाँ ज़्यादा थीं।[608] हालाँकि अमेरिकी बच्चों में मोटापे की दर अब स्थिर हो रही है,[609] लेकिन अमेरिकन अकेडमी ऑफ़ पीडिएट्रिक्स ने अब सुझाव दिया है कि आठ साल के बच्चों को भी कोलेस्टेरॉल कम करने वाली दवाएँ लिखना शुरू कर देना चाहिए।[610] निचले सामाजिक-आर्थिक तबके के बच्चों के पास शारीरिक फ़िटनेस के अवसर सीमित होते हैं।[611] विकसित देशों में बच्चों का मोटापा समृद्ध सामाजिक-आर्थिक तबकों में ज़्यादा आम है, स्पष्ट रूप से इसलिए क्योंकि पाश्चात्य संस्कृति के प्रभाव के चलते ये लोग भी पाश्चात्य आहार और जीवनशैली को अपना रहे हैं।[612, 613]

1998 में द अमेरिकन हार्ट एसोसिएशन ने अमेरिका में मोटापे के तीव्र विकास की प्रतिक्रिया के रूप में "कर्म का आह्वान" किया था।[614] लगभग एक दशक बाद लेखकों का कथन आज भी सच है : "दुखद वास्तविकता यह है कि यह आह्वान अनसुना रह गया। न सिर्फ़ मोटापे के निदान और उपचार के मामले में बहुत कम प्रगति हुई है, बल्कि हम इस महामारी के शिकंजे में ज़्यादा फँस गए हैं।"[615]

मैं सोचता हूँ कि कई कारणों से मोटापे की दर बढ़ती जा रही है :

1. **अज्ञान।** बहुत सारे लोग मोटापे की वजह से उत्पन्न होने वाली गंभीर बीमारियों के बारे में नहीं जानते हैं।
2. **फ़ैशनेबल डाइट उद्योग।** चालीस साल से वज़न कम करने संबंधी ग़लत जानकारी और ग़लत नीतियों से यह जनता को बरगला रहा है। इस उद्योग के लाभ लोगों की कमर से ज़्यादा मोटे होते जा रहे हैं।
3. **समर्पण।** बहुत से फ़ैशनेबल डाइट प्लान्स लोगों को विरोधी सलाह देकर दुविधा में डाल देते हैं। इसके अलावा यह बात भी है कि उनमें से कोई भी दरअसल ज़्यादातर लोगों के लिए कारगर साबित नहीं होता है। इसलिए बहुत से लोगों ने कोशिश ही छोड़ दी।
4. **आहार उद्योग।** यह उद्योग, ख़ास तौर पर फ़ूड-सर्विस सेगमेंट, बुनियादी तौर पर समस्या का हिस्सा होने से इंकार करता है। यह उद्योग अपने द्वारा बेचे जाने वाले आहार में इस तरह परिवर्तन कर सकता है, जिससे महामारी धीमी हो जाए, लेकिन यह ऐसा करता नहीं है। इसने तो एक विज्ञापन अभियान में अपने मनचाहे आँकड़े चुनकर इस बात से भी इंकार करने की कोशिश की है कि मोटापे की महामारी मौजूद है।[616] उस शोध की रोशनी में, जिसे मैंने यहाँ प्रस्तुत किया है, फ़ूड इंडस्ट्री का यह काम घृणित और अनैतिक है। यह तो सिगरेट उद्योग जैसा ही हाल है, जो पुराने वक़्त में इस बात को नहीं मानता था कि धूम्रपान स्वास्थ्य के लिए हानिकारक होता है।

अगर आपको इस बारे में शक है कि मोटापे की महामारी मौजूद है या नहीं, तो आप किसी भी ऐसी जगह जाकर लोगों को देखें, जहाँ आम लोग इकट्ठे होते हैं।

5. **जीवनशैली।** लोग व्यस्त हैं। लोग तनावग्रस्त हैं। लोग सोचते हैं कि उनके पास अच्छा खाने और व्यायाम करने के लिए समय नहीं है। इस बात पर यक़ीन न करें। मेरा एक परिवार है और मेरी दिनचर्या अविश्वसनीय रूप से व्यस्त है, जिसमें बहुत सी यात्राएँ शामिल हैं, लेकिन इसके बावजूद मुझे स्वस्थ जीवनशैली जीना आसान लगता है। आपको भी ऐसा ही लगेगा! हाँ, आपको अपनी जीवनशैली बदलने की ज़रूरत होगी, लेकिन मैं आपको बता दूँगा कि आप इसे कैसे बदल सकते हैं।

मोटापे के अब भी बहुत से कारण बचे हुए हैं। हम जल्द ही उन तक पहुँच जाएँगे। हाल-फ़िलहाल तो मैं यह सवाल पूछना चाहता हूँ : क्या आप इस वक़्त स्वस्थ होने के लिए अपनी दिनचर्या में से थोड़ा सा वक़्त निकालना चाहेंगे या फिर आप उस वक़्त को अभी बचाकर रखेंगे और अपने जीवन के आख़िरी सिरे पर उसे - और शायद उससे बहुत ज़्यादा वक़्त को - गँवाना पसंद करेंगे?

लगता है कि विकल्प चुनना आसान है, है ना?

मोटापा एक बीमारी है

यह समस्या ग़ुब्बारे की तरह फूलती जा रही है, इसका एक और कारण यह है कि लोग इसे गंभीरता से *सेहत* की समस्या नहीं मानते हैं।

मैं आपको एक ऐसी चीज़ बता दूँ, जो आपको फ़ैट-डाइट के प्रचारकों के मुँह से सुनने को नहीं मिलेगी। मुझे परवाह नहीं है कि आपके कपड़े आप पर कैसे दिखते हैं। मुझे परवाह नहीं है कि आप अपने स्विमसूट में कितनी अच्छी दिखती हैं। मुझे परवाह नहीं है कि आपके सिक्स-पैक एब्स या तरशी हुई जाँघें कितनी आकर्षक लगती हैं। मुझे तो सिर्फ़ इस बात की परवाह है कि आप कितना लंबा और कितनी अच्छी तरह जीते हैं।

मोटापा सौंदर्य संबंधी समस्या नहीं है। यह सामाजिक समस्या भी नहीं है, सिवाय उस हद तक जिस हद तक मूर्ख लोग इसे बना देते हैं। इसका इस बात से भी कोई संबंध नहीं है कि आप अपने क्लास रियूनियन में कितने अच्छे दिखना चाहते हैं। इसका संबंध तो इस बात से है कि आप कितने क्लास रियूनियन्स में शामिल होने के लिए ज़िंदा रहना चाहेंगे।

संक्षेप में, हमें मोटापे को बीमारी के रूप में देखने की ज़रूरत है।

मोटापा वाक़ई एक बीमारी है। यह सिर्फ़ अमेरिका में ही हर साल तीन लाख से ज़्यादा लोगों की मृत्यु के लिए ज़िम्मेदार है[617] और **शायद यह मृत्यु के अग्रणी निवारण योग्य कारण के रूप में धूम्रपान से भी आगे निकल गया है।**

हम सार्स, वेस्ट नाइल वायरस और "बर्ड फ़्लू" जैसी महामारियों के बारे में चिंता करते हुए रात भर जागते रहते हैं। वास्तव में इन रोगों के कारण हुई मौतें मोटापे के कारण दुनिया भर में हुई मौतों का सिर्फ़ छोटा सा हिस्सा ही हैं।

अगर इसकी जगह कोई और होता, तो क्या होता? मान लें, आपके देश में किसी वायरस, किसी दोषपूर्ण प्रॉडक्ट या दवा, किसी क्रूर तानाशाह या युद्ध के कारण हर साल तीन लाख लोग मरते, तो क्या होता? समाज में व्यापक ग़ुस्सा या दहशत होती। लेकिन हम मोटापे को इस दृष्टिकोण से नहीं देखते हैं। इसके बजाय हम व्यायाम से कतराते हैं, अपने मुँह में ग़लत आहार भरते हैं और अपने बच्चों को भी ऐसा ही करने की अनुमति देते हैं। परिणाम यह होता है कि हमारे बुरे आहार और आरामतलब जीवनशैली हमें समय से पहले ही मार रही है और ज़िंदा रहते वक़्त भी अक्सर स्वास्थ्य ख़राब करने वाले रोगों का कारण बन रही है।

बंदूक की गोली की तुलना में मोटापे से ज़्यादा अमेरिकी बच्चों की मौत होती है।[618] और न जाने क्यों हम इस बात को चुपचाप स्वीकार कर लेते हैं?

विश्व स्वास्थ्य संगठन ने 1997 में यह घोषणा की थी, "मोटापा एक दीर्घकालीन **रोग** है, जो विकसित और विकासशील दोनों देशों में फैला हुआ है तथा बच्चों और वयस्कों दोनों को प्रभावित कर रहा है।"[619] नेशनल अकेडमी ऑफ़ साइंसेज़ में द इंस्टीट्यूट ऑफ़ मेडिसिन ने एक रिपोर्ट प्रकाशित की, जिसमें लिखा था, "ये आँकड़े (मोटापे की व्यापकता संबंधी) इस तथ्य की ओर संकेत करते हैं कि मोटापा इस देश की सबसे व्यापक सार्वजनिक स्वास्थ्य समस्याओं में से एक है। यह भूख के नियमन और ऊर्जा चयापचय का जटिल, कई घटकों वाला **रोग** है, जिसमें आनुवंशिकी, शारीरिक, बायोकेमिस्ट्री और न्यूरोसाइंसेज़ के अलावा पर्यावरणवादी, मनोवैज्ञानिक और सांस्कृतिक घटक भी शामिल हैं।"[620] अमेरिकन हार्ट एसोसिएशन की न्यूट्रिशनल कमेटी के वाइस चेयरपर्सन ने घोषणा की थी, "मोटापा अपने आप में एक आजीवन रोग बन चुका है। यह कोई सौंदर्य संबंधी मुद्दा या नैतिक मूल्यांकन नहीं है। यह एक ख़तरनाक महामारी बनता जा रहा है।"[621] (सारे बोल्ड शब्द मेरे हैं।)

अब जब हम जान चुके हैं कि हम एक गंभीर रोग का सामना कर रहे हैं, तो सबसे प्रभावी ढंग से इससे जूझने के लिए हमें इस विकृति के परिणामों और कारणों को समझना होगा।

मोटापे और ज़्यादा वज़न का स्वास्थ्य पर प्रभाव

अब वह हिस्सा आता है, जो आपको सचमुच डरा देगा - यहाँ मैं उन सभी समस्याओं और रोगों की सूची बताऊँगा, जिनके आपमें होने की आशंका है, बशर्ते आप मोटे हों।

फ़िगर 11.3

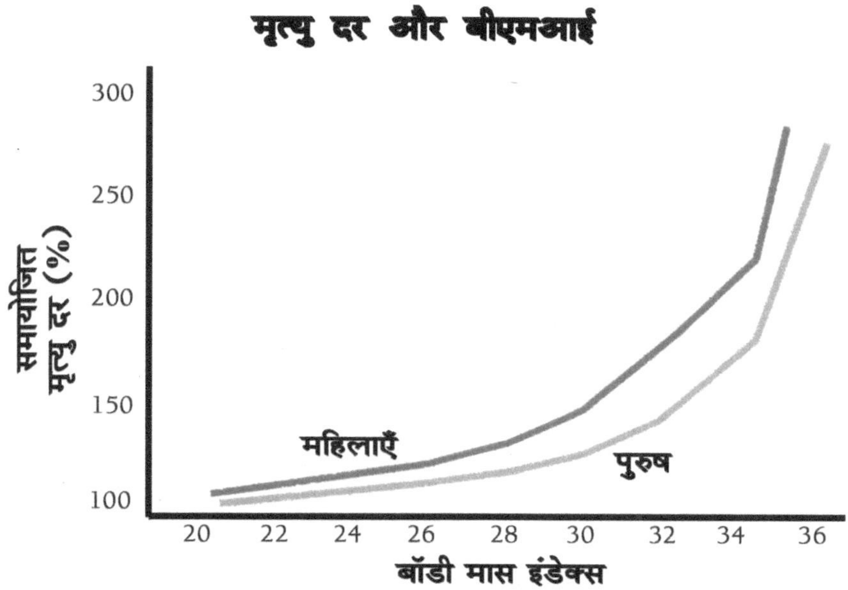

Source: Van Italle T. In: Stunkard AJ and Wadden TA, eds. *Obesity and Therapy,* 2nd ed. New York, NY; Raven Press; 1993.

चेतावनी : हालाँकि मैं आपको डराना चाहता हूँ, लेकिन मैं आपको हताश नहीं करना चाहता। *बेहतरीन ख़बर* यह है कि इनमें से कई प्रभाव रोके ही नहीं, पलटे भी जा सकते हैं। इस अध्याय के अंत में आप देखेंगे कि ऐसा कैसे किया जा सकता है।

पहला स्वास्थ्य प्रभाव जिसके बारे में मैं बात करना चाहता हूँ, वह है मृत्यु।

ज़्यादा वज़न और मोटापे से मृत्यु दर बढ़ती जाती है।[622] जैसे-जैसे बीएमआई बढ़ता है, वैसे-वैसे मृत्यु दर भी बढ़ती है - नाटकीय रूप से। (देखें फ़िगर 3)

मोटापा दुबले व्यक्तियों की तुलना में मृत्यु दर को 50 से 100 प्रतिशत बढ़ा देता है।[623, 624] ज़्यादा वज़नी लोगों में मृत्यु दर 10 से 25 प्रतिशत ज़्यादा होती है।[625] मृत्यु और मोटापे की यही प्रवृत्ति सभी जातीय और प्रजातीय समूहों की तरह ही चीनी लोगों में भी दिख रही है।[626]

जैसा मैंने अध्याय 9 में संकेत किया है, मोटापा हृदय रोग के जोखिम को बढ़ाता है, जो दुनिया के लगभग हर औद्योगीकृत देश में असमय मृत्यु का वर्तमान में सबसे बड़ा कारण है।[627, 628, 629] एक अध्ययन में मोटे व्यक्तियों के अनफ़िट होने से हृदय रोग से मृत्यु का जोखिम 500 प्रतिशत बढ़ गया।[630] इसलिए अगर आपका वज़न कम न भी हो, तब भी नियमित व्यायाम और स्वस्थ ख़ुराक महत्वपूर्ण है। मोटापे का संबंध कोरोनरी रक्त नलिकाओं की असामान्य कार्यविधि से भी है।[631] यह हार्ट फ़ेल्योर के जोखिम को बढ़ा देता है,[632] हृदय तंत्र को प्रभावित करता है,[633] हृदय की कार्यविधि,[634]

और हृदय लय[635] पर असर डालता है।

मोटापा अध्याय 9 में बताए गए हृदय रोग के कई जोखिम घटकों को भी बढ़ा देता है। यह हाइपरटेंशन को 300 प्रतिशत,[636] डाइबिटीज़ को 300 प्रतिशत,[637, 638, 639] मेटाबोलिक सिंड्रोम (इन्सुलिन रज़िस्टेंस),[640] कोलेस्टेरॉल असामान्यताओं,[641] किडनी असामान्यताओं,[642, 643] प्लेटीलेट एक्टिवेशन (जिससे थक्के जमने की दर तेज़ होती है और इस वजह से तेज़ी से हार्ट अटैक होता है)[644] और सी-रिएक्टिव प्रोटीन व इंटरल्यूकिन-6[645, 646, 647] जैसे इनफ़्लेमेशन के सूचकों को बढ़ा देता है।

मोटापे से बच्चों में भी हृदय रोग बढ़ता है।[648] यह युवाओं में भी हृदय रोग के जोखिम घटकों को बढ़ा देता है, जैसे हाइपरटेंशन,[649] कोलेस्टेरॉल असामान्यताएँ,[650] और इन्सुलिन रज़िस्टेंस।[651] दरअसल द अमेरिकन डाइबिटीज़ एसोसिएशन के पूर्व अध्यक्ष ने कहा है कि बीस साल पहले जिन बच्चों को डाइबिटीज़ हुई थी, उनमें से सिर्फ़ 2 प्रतिशत में टाइप 2 डाइबिटीज़ थी, जबकि आज यह नौ से उन्नीस साल की उम्र के बच्चों में 30 से 50 प्रतिशत नए प्रकरणों के लिए ज़िम्मेदार है।[652] गंभीर रूप से मोटे बच्चों में जीवन की गुणवत्ता (Quality Of Life/QOL) का स्कोर स्वस्थ बच्चों की तुलना में बहुत कम था। मोटे बच्चों के स्कोर कैंसर के शिकार बच्चों जैसे थे।[653] मोटापा बच्चों की सेक्स ग्रंथियों को भी जल्दी सक्रिय कर देता है और यह सिलसिला आठ साल की उम्र में ही शुरू हो जाता है।[654] यह स्लीप एप्निया[655] और स्केलेटल डेवलपमेंट डिसऑर्डर्स[656] को भी बढ़ा देता है।

मोटापा कई तरह के कैंसरों के जोखिम को बढ़ाता है।[657] यह स्तन कैंसर के जोखिम को दोगुना कर सकता है।[658] *द अमेरिकन जर्नल ऑफ़ एपिडेमियोलॉजी* के एक अध्ययन[659] में बताया गया कि मोटापे की वजह से महिलाओं में सभी प्रकार की कैंसर मृत्युओं का जोखिम 5.9 प्रतिशत बढ़ता है, जबकि पुरुषों में यह 9.7 प्रतिशत बढ़ता है। द एजेंसी फ़ॉर रिसर्च ऑन कैंसर ने बताया है कि मोटापा और निष्क्रियता 33 प्रतिशत स्तन, कोलॉन, एंडोमीट्रियम, किडनी और ईसोफ़ेगस कैंसरों के लिए उत्तरदायी है।[660] मोटापा प्रोस्टेट कैंसर की दर को भी 39 प्रतिशत बढ़ा देता है, जो अमेरिका में पुरुषों का दूसरे नंबर का घातक कैंसर है।[661] यह पैंक्रियाज़ के कैंसर के जोखिम को भी काफ़ी हद तक बढ़ा देता है, जो अमेरिका में कैंसर से होने वाली मौतों में पाँचवाँ प्रमुख कारण है।

जैसा वे टीवी पर कहते हैं : ठहरें, अभी आगे और है। मोटापा गालब्लैडर रोग,[662] ओस्टियोआर्थ्राइटिस,[663] नॉनअल्कोहलिक फ़ैटी लिवर,[664] और नपुंसकता[665] के जोखिम को भी बढ़ाता है। मोटापे और डाइबिटीज़ की महामारियाँ वियाग्रा जैसी दवाओं की भारी माँग के लिए काफ़ी ज़िम्मेदार हैं।

मोटापा मज़ाक़ नहीं है। समय आ गया है कि हम इसके बारे में गंभीर हो जाएँ।

और हालाँकि फ़ैशनेबल डाइट्स और फ़ास्ट फ़ूड हमारी इस समस्या का एक बड़ा हिस्सा हैं, लेकिन आप भी तो हैं। अपना सारा ख़ाली वक़्त टीवी या कंप्यूटर स्क्रीन

के सामने बिताना कोई ऐसा फ़ैशनेबल प्रॉडक्ट नहीं है, जो किसी ने आपको बेचा हो। यह तो ऐसा विकल्प है, जिसे आप हर दिन ख़ुद चुनते हैं। आप इसके बजाय ज़्यादा व्यायाम करने, ज़्यादा स्वस्थ आहार लेने और अपने बच्चों के सामने आदर्श स्वास्थ्य की मिसाल पेश करने का विकल्प भी तो चुन सकते हैं।

आपके बच्चे। अगर आप अपनी ख़ातिर अपनी जीवनशैली नहीं बदलते हैं, तो क्या आप उनकी ख़ातिर ऐसा नहीं करना चाहेंगे? माता-पिता के रूप में आप ही अपने बच्चों की जीवनशैली का पैटर्न तय करते हैं। आप जो पैटर्न चुनते हैं, वह उनके जीवन में कुछ बरस जोड़ सकता है - या कम कर सकता है।

मैं जानता हूँ कि ये मुश्किल शब्द हैं, लेकिन मैं इन्हें प्रेम की वजह से लिख रहा हूँ। मैं चाहता हूँ कि आप इसी समय परिवर्तन की ज़रूरत को समझ लें, न कि बाद में जब आप या आपका कोई प्रिय व्यक्ति इमरजेंसी रूम में लाइफ़ सपोर्ट पर हो।

मोटापे का आर्थिक भार

मोटापा आपके या आपके परिवार के लिए घातक है, यह जानने से अगर आप परिवर्तन करने के लिए प्रेरित नहीं होते, तो फिर आर्थिक लागत की त्वरित समीक्षा से भी शायद ऐसा नहीं होगा। लेकिन आपको वैसे भी इसकी ज़रूरत होगी। मैं चाहता हूँ, आप यह जान लें कि मोटापा किस तरह औद्योगीकृत देशों में चिकित्सा पर होने वाले विशाल ख़र्च में योगदान देता है।

पैंतीस से चौरासी साल के बीच के दस लाख लोगों की जनसंख्या में मोटापे की वित्तीय लागत का अनुमान लगाने वाला एक अध्ययन किया गया। इसमें शोधकर्ताओं ने निष्कर्ष निकाला कि मोटापा हाइपरटेंशन के 1,32,000 प्रकरणों (कुल मामलों का 45 प्रतिशत), टाइप 2 डाइबिटीज़ के 58,500 प्रकरणों (सभी मामलों का 85 प्रतिशत), बढ़े हुए कोलेस्टेरॉल के 51,500 प्रकरणों (सभी मामलों का 18 प्रतिशत) और हृदय रोग के 16,500 प्रकरणों (सभी मामलों का 35 प्रतिशत) के लिए ज़िम्मेदार था। अध्ययन ने आठ रोगों - कोरोनरी हार्ट डिसीज़, हाइपरटेंशन, हाइपरकोलोस्ट्रोलेमिया, गालब्लैडर डिसीज़, स्ट्रोक, टाइप 2 डाइबिटीज़, घुटने का ओस्टियोआर्थ्राइटिस और एंडोमीट्रियल कैंसर - के मोटापे से संबंधित चिकित्सा ख़र्च का अनुमान लगाया। यह हर साल 34.59 करोड़ डॉलर था। याद रखें, यह सिर्फ़ दस लाख लोगों की जनसंख्या के लिए था। मोटापे की अतिरिक्त लागत इन आठ रोगों की पूर्ण लागत का 41 प्रतिशत थी।[666]

एक और अध्ययन ने दर्शाया है कि हाइपरटेंशन, बढ़े हुए कोलेस्टेरॉल, टाइप 2 डाइबिटीज़ और हृदय रोग की चिकित्सा के लिए मोटे लोगों को औसतन 17,000 डॉलर ज़्यादा ख़र्च करने पड़ते हैं।[667] इसलिए अगर आप सामान्य स्थिति में ज़्यादा स्वस्थ जीवनशैली जीने का समय नहीं निकाल सकते, तो शायद बहुत सारा पैसा बचाने (और इलाज कराने में बहुत सा समय गँवाने) के विचार से आप टस से मस हो जाएँ। अगर

आप ज़्यादा स्वस्थ हैं, तो आप बीमे पर भी पैसे बचा सकते हैं – हेल्थ इंश्योरेंस में भी और लाइफ़ इंश्योरेंस में भी। परिशिष्ट ए.6 में बताए गए अध्ययन के अनुसार अगर आप मोटे हैं, तो सकल आजीवन चिकित्सा ख़र्च लगभग दोगुना होता है।[668]

चीन में मोटापे की चिकित्सा का अनुमानित ख़र्च 21.11 बिलियन युआन (लगभग 2.74 बिलियन अमेरिकी डॉलर) है और अगर मोटापे की महामारी जारी रहती है, तो यह बढ़कर 37 बिलियन युआन (लगभग 4.8 बिलियन अमेरिकी डॉलर) तक पहुँच सकता है।[699]

हम इतने मोटे कैसे हुए? मोटापे के जोखिम घटक

जब कोई सार्वजनिक स्वास्थ्य समस्या इतनी मोटी हो जाती है, वह भी पूरी दुनिया में इतनी तेज़ी से, तो यह पूछना मुनासिब है कि ऐसा क्यों हुआ।

एच.एल. मेंकेन ने लिखा है, "हर इंसानी समस्या का हमेशा एक आसान समाधान होता है – साफ़-सुथरा, तार्किक और ग़लत।" आज हज़ारों ऐसे "समाधान" बिक रहे हैं, लेकिन मोटापे की समस्या का असल समाधान सरल नहीं है और पहलेपहल तो यह आसान भी नहीं लगेगा।

मोटापे के शारीरिक कारण बेहद जटिल हैं। मैं विस्तार से बायोकेमिकल और हॉर्मोनल कारण बता सकता हूँ, जो फ़ैट के चयापचय को प्रभावित करते हैं। मैं न्यूरोपेप्टाइड वाय, मेलानिन कॉन्सेंट्रेटिंग हॉर्मोन, रिकॉम्बीनैंट ह्यूमन वैरिएंट सिलियरी न्यूरोट्रॉपिक फ़ैक्टर, एपिोनेक्टिन, लेप्टिन, ग्रेलिन, इंटरल्यूकिन 6, इंटरल्यूकिन 18, ट्यूमर नेक्रोसिस फ़ैक्टर अल्फ़ा वग़ैरह पर हुए नवीनतम शोध को आपके सामने परोस सकता हूँ। लेकिन इससे आप इस पुस्तक को बंद कर देंगे, टीवी चालू कर देंगे और चिप्स के पैकेट की तरफ़ हाथ बढ़ाने लगेंगे – जो मैं क़तई नहीं चाहता।

वैसे भी बायोकेमिस्ट्री असल मुद्दा नहीं है। मोटापे का ग़ुब्बारा पूरी दुनिया में इसलिए ऊपर नहीं उठा है, क्योंकि हमारे डीएनए या बायोकेमिस्ट्री में तीव्र परिवर्तन हुए हैं। आनुवंशिक लक्षण इतनी तेज़ी से नहीं बदलते।

हमें इस समस्या से उसी तरह बाहर निकलने की ज़रूरत है, जिस तरह हम इसके भीतर गए हैं, यानी हमें अपनी जीवनशैली बदलने की ज़रूरत है। हमारे पूर्वज दिन भर बैठकर शकर भरा कार्बोनेटेड पानी नहीं पीते थे और फ़्रेंच फ़्राइज़ के विशाल भंडार को चबा-चबाकर अपनी सेहत ख़राब नहीं करते थे।

हाँ, यह अच्छा होगा अगर हम सिर्फ़ एक गोली ले सकें या कुछ हफ़्तों तक किसी डाइट पर चल सकें या टीवी देखते समय अपने घुटनों के बीच किसी स्प्रिंग वाले उपकरण को दबा सकें, लेकिन यह आदर्श स्वास्थ्य पाने का तरीक़ा नहीं है। आप एक शॉट से मैच नहीं जीतते हैं। और यह मैच तो ज़िंदगी भर चलता है। और मेरा गेम प्लान भी।

परिवर्तन का प्रतिरोध करना स्वाभाविक है, ख़ास तौर पर तब, जब आपको इसमें थोड़ी ऊर्जा ख़र्च करनी पड़े। लेकिन हम एक बार में एक क़दम उठाकर यह काम करेंगे। इससे यह डरावना नहीं लगेगा। इसके अलावा, आप जो भी परिवर्तन करेंगे, वे आपकी जीवनशैली का सामान्य हिस्सा बन सकते हैं - ऐसी आदतें, जिनके बारे में आपको सोचना भी नहीं पड़ता; ऐसी गतिविधियाँ जिनका आप उत्सुकता से इंतज़ार करते हैं।

दरअसल, आपको जो परिवर्तन करने की ज़रूरत है, उनमें बहुत ज़्यादा समय और ऊर्जा की ज़रूरत नहीं होगी। उनमें आपके जीवन के कई पहलू शामिल होंगे, ताकि दीर्घकालीन रोग से जुड़े सभी जोखिम घटकों को दूर किया जा सके। वे आपकी सेहत को बेहतर बना देंगे *और* वज़न कम करने में आपकी मदद करेंगे।

पहले की लगभग हर डाइट बुक या योजना से यह बात छूट गई है कि **दीर्घकालीन रोग के जोखिम घटक हमारी बुरी होती सेहत *और* मोटापे दोनों में योगदान देते हैं।** अल्पकालीन परिवर्तन से सिर्फ़ अल्पकालीन लाभ ही मिलते हैं। व्यवहार और जीवनशैली में हुए स्थायी परिवर्तनों के कारण मोटापे की दर आसमान छूने लगी है। व्यवहार और जीवनशैली के सिर्फ़ स्थायी परिवर्तन से ही यह समस्या सुलझ सकती है।

इस कारण मैं यह चर्चा उन व्यवहारवादी और जीवनशैली के लक्षणों पर केंद्रित करूँगा, जिनकी वजह से मोटापा महामारी बना है। कई अतिरिक्त जोखिम घटक भी हैं, जैसा हमने अध्याय 2 और 3 में देखा है। जो भी जोखिम घटक इनफ़्लेमेशन को बढ़ाता है, वह चयापचय को भी ख़राब करेगा और मोटापे के जोखिम को भी बढ़ाएगा। हम जिन जोखिम घटकों की जानकारी देते हैं, उनमें से लगभग प्रत्येक इनफ़्लेमेशन को बढ़ाता है और इस तरह मोटापे में योगदान देता है। यही कारण है कि जो योजनाएँ इनफ़्लेमेशन घटाने पर ध्यान नहीं देती हैं, उनका दीर्घकालीन असर नहीं होता है।

मोटापे के मूल व्यवहार संबंधी कारण हैं :

1. अज्ञान

यह बहुत बड़ा कारण है। आप दीर्घकालीन रोग के जोखिम घटकों को तब तक नियंत्रित नहीं कर सकते, जब तक कि आप जानते ही न हों कि वे क्या हैं। मैंने आपको अध्याय 9 और 10 में हृदय रोग और कैंसर के जोखिम घटक बता दिए हैं। मैं बाद में अन्य जोखिम घटकों की सूची बताऊँगा और उन्हें नियंत्रित करने के लिए एक गेम प्लान भी बताऊँगा। मेरा गेम प्लान आपकी पूरी जीवनशैली पर आधारित है। इसका एक कारण यह है कि दीर्घकालीन रोग के जोखिम घटक मिलकर आपके शरीर से इनफ़्लेमेटरी प्रतिक्रिया कराते हैं। यह प्रतिक्रिया न सिर्फ़ अधिकांश दीर्घकालीन रोगों की ओर ले जाती है, बल्कि इन्सुलिन रज़िस्टेंस को भी प्रभावित करती है।

मैं इन्सुलिन रज़िस्टेंस पर बाद में विस्तार से चर्चा करूँगा। हाल-फ़िलहाल तो मैं बस इतना चाहता हूँ कि आप यह समझ लें कि इन्सुलिन रज़िस्टेंस से वज़न बढ़ने की प्रवृत्ति होती है और इसका उलट भी होता है। यह एक बायोकेमिकल दुष्चक्र है, एक सिनर्जी है। इसे तोड़ने के लिए आपको लगभग सभी जोखिम घटकों पर काम करना होगा। इसी वजह से संकीर्ण फ़ोकस वाले डाइट्स का असफल होना तय है।

2. अत्यधिक कैलोरीज़

कैलोरी कोई वस्तु नहीं है; यह तो एक नाप है, ऊर्जा की इकाई है। अगर आपकी डाइट में इतनी कैलोरीज़ हैं, जिन्हें आप जला नहीं सकते, तो आपका शरीर इन कैलोरीज़ को भावी इस्तेमाल के लिए फ़ैट के रूप में इकट्ठा करके रख लेता है। **अगर आप फ़ैट कम करना चाहते हैं, तो आप जितनी कैलोरीज़ अंदर ले जाते हैं, आपको उससे ज़्यादा कैलोरीज़ जलाने की ज़रूरत है।**

यू.एस. डिपार्टमेंट ऑफ़ एग्रीकल्चर (यूएसडीए) द्वारा किए गए एक उत्कृष्ट अध्ययन में लोकप्रिय डाइट्स की तुलना की गई।[670] शोधकर्ताओं ने लोगों के खान-पान के संबंध में उनकी कही बातों के बजाय अपनी आँखों से देखा कि उनके अध्ययन समूह के लोगों ने दरअसल क्या खाया। उनका निष्कर्ष था, "वज़न कम करने की कुंजी ऊर्जा (कैलोरी) में कटौती है।"

दुखद बात यह है कि हममें से ज़्यादातर लोगों को यह अंदाज़ा ही नहीं होता कि हम कितनी कैलोरीज़ ग्रहण करते हैं। हमारा अंदाज़ा आम तौर पर 500 कैलोरीज़ से भी ज़्यादा ग़लत होता है। वैसे इससे कोई फ़र्क़ नहीं पड़ता, क्योंकि कोई भी हर दिन इसके सटीक लेखे-जोखे का समय नहीं निकाल सकता। कैलोरी मैनेजमेंट के लिए मेरा गेम प्लान सीखना और उस पर अमल करना बहुत ही सरल है। मैं आपको कैलोरीज़ का अनुमान लगाने का तरीक़ा सिखाऊँगा, ताकि तार्किक आहार की योजना पर दो-तीन दिन चलने के बाद आपको दोबारा कभी हिसाब लगाने की ज़रूरत ही न रहे। बुनियादी तौर पर, आपको पता चल जाएगा कि कैलोरी नियंत्रण के लिए आहार की योजना कैसे बनाएँ।

FB

कैलोरी एक कैलोरी है एक कैलोरी है

कुछ फ़ैशनेबल डाइट प्लान्स सिखाते हैं कि आप जितनी चाहे, उतनी कैलोरीज़ खा सकते हैं, बशर्ते वे फ़ैट से प्राप्त हों। हालाँकि इस बारे में कुछ भिन्नताएँ हो सकती हैं कि हमारा शरीर कार्बोहाइड्रेट के बजाय फ़ैट का चयापचय किस तरह करता है, लेकिन निष्कर्ष में बहुत सरल गणित काम करता है। आप जितनी कैलोरी जलाते हैं, अगर आप उससे

ज़्यादा कैलोरी खाते हैं, तो आप ज़्यादा मोटे होने वाले हैं।

दूसरी तरफ़, अगर आप फ़ैट कम करना चाहते हैं, तो वज़न कम करने की आपकी योजना में यह शामिल होना ही चाहिए कि आप जितनी कैलोरी खाएँ, उससे ज़्यादा कैलोरी जलाएँ।

विकसित संसार में औसत व्यक्ति को एक दिन में लगभग 1,800 से 2,500 कैलोरीज़ की आवश्यकता होती है, जबकि वह 3,100 से 3,700 कैलोरीज़ खाता है। चूँकि एक दिन में 100 अतिरिक्त कैलोरी खाने से एक साल में दस पौंड वज़न बढ़ सकता है, इसलिए आप देख सकते हैं कि समस्या कहाँ पर है।

तो पहला बड़ा सवाल यह है : आपको हर दिन कितनी कैलोरीज़ की ज़रूरत है? आपका ब्रेक-ईवन पॉइंट क्या है? इसका पता लगाने के दो सरल तरीक़े हैं।

एक तरीक़ा इस फ़ॉर्मूले का इस्तेमाल करना है।

पहला क़दम : अपने वज़न (पौंड में) को 11 (पुरुषों के लिए) या 10 (महिलाओं के लिए) से गुना करें। (मीट्रिक सिस्टम : अपने वज़न (किलोग्राम में) को 24.2 (पुरुषों के लिए) या 22 (महिलाओं के लिए) से गुना करें।)

दूसरा क़दम : उस संख्या को नीचे दिए पैमाने से गुना करें, जो दैनिक गतिविधि के आपके आम स्तर का सूचक हो :

- सेडेंटरी - 1.25
- हल्का सक्रिय - 1.5
- कम सक्रिय - 1.65
- बहुत सक्रिय - 2
- असाधारण रूप से सक्रिय (जैसे प्रशिक्षण लेने वाला खिलाड़ी) - 2.3

परिणाम में आने वाली संख्या बताती है कि आपको हर दिन कितनी कैलोरी खाने की ज़रूरत है, ताकि आप अपनी सेहत और अपने वर्तमान वज़न को *बनाए रख सकें*। वज़न *कम करने* के लिए आपको उस अंतिम संख्या से 500 से लेकर 1,000 कैलोरीज़ तक कम करनी चाहिए। इस दैनिक कैलोरी ख़ुराक में आपका वज़न एक हफ़्ते में एक-दो पौंड कम हो सकता है।

एक हफ़्ते में एक पौंड? टीवी पर सुने गए वादों की तुलना में यह आपको बहुत कम लगा होगा? माफ़ कीजिए, लेकिन मैं आपको स्वस्थ बनाना चाहता हूँ। अगर आप कैरिबियन वैकेशन के लिए वज़न कम करने की होड़ में शामिल हैं, तो मैं आपका कोच नहीं हूँ। यह इस बारे में नहीं है कि आपकी बिकिनी कैसी फ़िट होती है। यह तो आपकी सेहत और दीर्घायु के बारे में है। इसका मतलब है आपकी जीवनशैली को अच्छे के लिए बदलना, न कि एक हफ़्ते में दस पौंड वज़न कम करवाने के लिए आपकी सेहत

का सत्यानाश करना।

आपको कितनी कैलोरीज़ की ज़रूरत है, यह देखने का एक और तरीक़ा है। आप यूएसडीए[671] द्वारा तैयार चार्ट देखकर भी यह जान सकते हैं, जिसे मैंने परिशिष्ट ए.7 में शामिल किया है। यह चार्ट बताता है कि उम्र, लिंग और सक्रियता के स्तर के आधार पर आपको कितनी कैलोरीज़ की ज़रूरत है।

हमें शायद अपनी कैलोरीज़ का प्रबंधन भी उतने ही जतन से करना चाहिए, जितना हम अपने पैसों का करते हैं। सिर्फ़ कोई सनकी व्यक्ति ही हर दिन ख़र्च होने वाली पाई-पाई गिनता होगा। लेकिन हम जो कमा रहे हैं, बचा रहे हैं और ख़र्च कर रहे हैं, उसके लिए हम सावधानी से योजना बनाते हैं, बजट बनाते हैं और उसका हिसाब रखते हैं। इसी कारण हम चेक के बाउंस होने, क्रेडिट कार्ड की ऊपरी सीमा लाँघने या दिवालिया होने से बचते हैं।

इसी तरह, अगर हम कैलोरीज़ की संख्या पर ध्यान दिए बग़ैर लगातार खाते रहें, तो अपने वज़न के प्रबंधन की उम्मीद नहीं कर सकते।

3. फ़ैट्स और कार्बोहाइड्रेट्स की दीवानगी

एक पीढ़ी तक हमें सिखाया गया था कि फ़ैट खाने से हम मोटे होते हैं। हमने अपने भोजन में फ़ैट की मात्रा गिनने में मदद करने के लिए पुस्तकें और फ़ैशनेबल प्रॉडक्ट्स ख़रीदे। हमने कम फ़ैट या फ़ैटरहित फ़ूड प्रॉडक्ट्स पर अरबों डॉलर ख़र्च किए। हमने वे पोटेटो चिप्स भी ख़रीदे, जिनमें ऐसा फ़ैट सब्स्टीट्यूट था जो पच नहीं सकता था, हालाँकि पैकेट पर यह चेतावनी भी लिखी थी कि इस प्रॉडक्ट से "दस्त" हो सकते हैं।

फिर हमें पता चला कि आहार का फ़ैट तो दरअसल हमारा दोस्त है और हमें तो अपने आहार से कार्बोहाइड्रेट्स को यथासंभव बाहर निकालना चाहिए। हमने अपने मुँह में कम फ़ैट वाली कुकीज़ भरना छोड़ दिया और फ़ैटरहित शकर वाले पेय पदार्थ भी। और हमने उस चीज़ को खाना भी छोड़ दिया, जिसकी हमें सचमुच ज़रूरत होती है - जैसे फल, सब्ज़ियाँ और खड़ा अन्न।

डाइट उद्योग इसके बारे में भी ग़लत था।

यूएसडीए अध्ययन (जिसका मैंने कुछ पैरेग्राफ़ पहले[672] ज़िक्र किया था) ने यह भी पाया कि "वज़न में कमी का आहार की मैक्रोन्यूट्रिएंट संरचना से कोई संबंध नहीं था।" इसका मतलब है कि जो लोकप्रिय पुस्तकें फ़ैट, कार्बोहाइड्रेट और प्रोटीन के बहुत विशिष्ट प्रतिशत सुझाती हैं, वे सरासर ग़लत थीं। इस अध्ययन की लेखिका ई.एम. केनेडी और उनके समूह ने पाया कि *ज़्यादातर मोटे लोग कम कार्बोहाइड्रेट वाले डाइट्स खा रहे थे*। कम फ़ैट और ज़्यादा कार्बोहाइड्रेट वाले डाइट्स को आम तौर पर वज़न में कमी के तालमेल से जोड़ा गया था और प्रतिभागियों ने कुल मिलाकर कम कैलोरियाँ खाईं। इनमें से किसी भी उपचारक डाइट में वह चयापचय लाभ नहीं था, जिसका दावा

किया गया था।

सबसे लोकप्रिय फ़ैशनेबल डाइट्स की तुलना करने वाले हाल में हुए एक अध्ययन में उजागर हुआ है कि वज़न कम करने के मामले में एक डाइट और दूसरे डाइट के बीच बहुत कम फ़र्क़ था।[673] इससे आपमें से उन लोगों को हैरानी हो सकती है, जिन्होंने ऐसे किसी डाइट से सचमुच वज़न कम किया हो। लेकिन ऐसे कारण हैं, जिनकी वजह से डाइट्स ज़्यादातर लोगों के लिए दीर्घकाल में असफल हो जाते हैं। इन कारणों के बारे में मैं बाद में बातचीत करूँगा। यहाँ पर तो इतना ही कहना काफ़ी होगा कि वज़न में अल्पकालीन कमी और स्थायी कमी में फ़र्क़ होता है।

हमें फ़ैट्स, प्रोटीन्स और कार्बोहाइड्रेट्स के अनुपातों की चिंता छोड़ने की ज़रूरत है। इसके बजाय हमें *सही* फ़ैट्स, प्रोटीन्स और कार्बोहाइड्रेट्स खाना सीखना होगा।

अनुपातों का थोड़ा महत्व तो होता है - मैं आपको बाद में तार्किक अनुपात भी बताऊँगा। बहरहाल, फ़ैट्स, कार्बोहाइड्रेट्स और प्रोटीन किस *प्रकार* का है, यह बहुत ज़्यादा महत्वपूर्ण है। मिसाल के तौर पर, कार्बोहाइड्रेट्स अच्छे और बुरे दोनों क़िस्म के होते हैं। बुरे वाले हिस्से में सिंपल शुगर होती है, प्रोसेस्ड शकर होती है, हाई-फ्रुक्टोज़ कॉर्न सिरप होता है। कार्बोहाइड्रेट से समृद्ध कुछ आहार आपके लिए अच्छे होते हैं, जैसे कम ग्लाइसीमिक इंडेक्स वाली सब्ज़ियाँ और खड़े अनाज। बुनियादी तौर पर, ग्लाइसीमिक इंडेक्स ख़ून में शकर के स्तर का वह अंश है, जो आहार के एक ग्राम कार्बोहाइड्रेट से बढ़ता है। (ग्लाइसीमिक इंडेक्स और लोड के पूर्ण स्पष्टीकरण के लिए परिशिष्ट सी देखें।)

अब समय आ गया है कि हम अपने सांस्कृतिक 'कार्बोफ़ोबिया' को छोड़ दें। फ़ैट्स अच्छे और बुरे दोनों तरह के होते हैं। प्रोटीन्स अच्छे और बुरे दोनों तरह के होते हैं। कार्बोहाइड्रेट्स अच्छे और बुरे दोनों तरह के होते हैं। सर्वश्रेष्ठ शोध से पता चलता है कि हमें शायद उससे ज़्यादा प्रोटीन लेना चाहिए, जितना हम सामान्यतः लेते हैं, लेकिन इसे भी मैं बाद में ही स्पष्ट करूँगा।

4. व्यायाम की कमी

हर परिवर्तन प्रगति नहीं है।

अनुमान है कि टेक्नोलॉजी में हुए परिवर्तनों ने पिछले पचास सालों में हमारे दैनिक कैलोरी ख़र्च से लगभग 700 कैलोरी की कटौती कर दी है। इसका मतलब है कि अब आपको उन कैलोरियों को जलाने के लिए जिम में हर दिन आधा घंटे व्यायाम करना होगा, जिन्हें आपके दादा-दादी अपनी सामान्य दिनचर्या में जला दिया करते थे।

या शायद नहीं। 1950 के दशक में ज़िंदगी किस तरह अलग थी? टेक्नोलॉजिकल उन्नति के चलते शारीरिक श्रम हमारे जीवन से बाहर होता जा रहा है।[674] दुनिया भर के आधुनिक हवाई अड्डों में स्वचलित पट्टे हैं, जो आपको पैदल चलने से बचाते हैं। गोल्फ़-कार्ट हैं। हम अब अपने बैग या ब्रीफ़केस नहीं उठाते हैं, क्योंकि उनमें पहिए लग

चुके हैं। हम साइकल चलाने या पैदल चलने के बजाय कार से जाते हैं। हम कंप्यूटर्स या डेस्क पर घंटों बैठे रहते हैं और हॉल में नीचे बैठे या ऊपर की मंज़िल पर बैठे अपने सहकर्मियों को ई-मेल करते हैं। हम अपने पड़ोसियों को फ़ोन करते हैं, बजाय इसके कि हम सड़क से जाकर उनका दरवाज़ा खटखटाएँ।

यही हमारे बच्चों के लिए सही है। हम ऐसे सबडिवीज़न्स में रहते हैं, जो हाईवे से संचालित हैं, इसलिए वे शायद ही कभी पैदल चलते हैं या साइकल चलाते हैं। हम उन्हें सॉकर, बेसबॉल या सॉफ़्टबॉल मैच खेलने के लिए कार से छोड़ने जाते हैं, जहाँ वे बेंच पर काफ़ी समय बैठते हैं और फिर घर आकर कंप्यूटर गेम्स खेलने लगते हैं। आधुनिक सुविधाओं का मतलब है कि उनके पास कम घरेलू काम हैं। स्कूलों ने शारीरिक शिक्षण कार्यक्रम या तो कम कर दिए हैं या हटा दिए हैं। अमेरिका में हाई स्कूल विद्यार्थियों के बीच दैनिक सहभागिता 1991 में 42 प्रतिशत से कम होकर 1995 में 25 प्रतिशत रह गई है।[675] इलेक्ट्रॉनिक गेम्स और मीडिया प्लेयर्स के कारण बच्चे कई घंटों तक खोए रहते हैं, उनकी आँखें बंद रहती हैं और वे स्थिर रहते हैं, जबकि पुरानी पीढ़ियों में वे ये घंटे शारीरिक रूप से सक्रिय खेलों में बिताते थे।

मैं जानता हूँ कि आप क्या सोच रहे हैं : डॉ. ड्यूक एक बार फिर से "दैनिक जीवन के व्यायाम" के बारे में पाठ पढ़ाने जा रहे हैं। हाँ, आपने सही सोचा।

हेल्थ क्लब्स बेहतरीन हैं। लेकिन वे हों या न हों, *सच तो यह है कि हम अपने शरीर को पर्याप्त हिलाते नहीं हैं*। हममें से अधिकांश अपने वज़न को नियंत्रित करने के काम को ज़्यादा आसान पाएँगे, अगर हम अपनी दिनचर्या में ज़्यादा शरीर हिलाने को शामिल कर लें। लिफ़्ट या एस्केलेटर के बजाय सीढ़ियाँ चढ़कर जाएँ। बिना सीट वाला लॉनमोअर ख़रीदें और उसे ख़ुद धकाएँ। कार स्टोर्स से थोड़ी दूर पार्क करें। टीवी देखने के समय में आधा घंटे की कटौती करके टहलें। टीवी से चिपके रहने के बजाय अपने परिवार के साथ घर के बाहर समय बिताएँ। अपने बच्चों को ऐसे कंप्यूटर गेम्स ख़रीदकर दें, जिनसे उन्हें अपने अँगूठों के बजाय पूरा शरीर हिलाने की ज़रूरत हो। (कुछ बहुत अच्छे गेम्स आते हैं, जिनमें आपको भी मज़ा आ सकता है।) ये चीज़ें आपका थोड़ा सा समय लेती हैं, लेकिन आपस में जुड़कर ये एक दिन में सैकड़ों कैलोरियाँ जला देती हैं।

5. संकीर्ण फ़ोकस

वज़न प्रबंधन के हमारे तरीक़े के साथ एक और समस्या यह है कि हममें सिर्फ़ एक ही उपचार पर ध्यान केंद्रित करने की प्रवृत्ति होती है। इसमें कोई हैरानी की बात नहीं है। पूर्ण जीवनशैली बदलने की मार्केटिंग करके पैसा बनाना मुश्किल है। इसीलिए वज़न कम करने वाले मुनाफ़ाखोर हमें वह बेचते हैं, जिसे बेचना आसान होता है।

एक हेल्थ क्लब मेंबरशिप। एक व्यायाम की पुड़िया। एक डाइट फ़ूड। एक डाइट मीनू। एक गोली। और हम ये चीज़ें इसलिए ख़रीदते हैं, क्योंकि हम भी जादू की पुड़िया चाहते हैं – बढ़ी हुई चर्बी को पिघलाने का एक सरल, आसान तरीक़ा। बहरहाल, यह

स्पष्ट होना चाहिए कि कोई सरल, अकेला चमत्कारी इलाज नहीं होता। अगर ऐसा होता, तो उसका आविष्कारक बिल गेट्स से ज़्यादा अमीर होता और हम सभी का शरीर स्वस्थ होता।

लेकिन हक़ीक़त यह है कि आप अपनी ज़िंदगी के सिर्फ़ एक पहलू को बदलकर अतिरिक्त फ़ैट कम नहीं कर सकते। **अपने वज़न का ज़िंदगी भर सफल और स्वस्थ तरीक़े से प्रबंधन करने के लिए आपको अपनी जीवनशैली बदलने की ज़रूरत है।**

मैं सिर्फ़ एक लाभकारी उद्योग के बारे में सोच सकता हूँ, जो सचमुच इस अवधारणा को समझता है। अपनी पूरी जीवनशैली बदलने के कारण मुझे अपने जीवन बीमा के प्रीमियम में छूट मिलती है। बीमा कंपनियाँ सचमुच इस बात पर शर्त लगाकर पैसे बनाती हैं कि क्या आप असमय ही मरने वाले हैं। जीवन-मरण की संभावनाओं के आँकड़े तय करने वाले लोग बीमा उद्योग का आधार हैं। उन्हें सटीकता से संभावनाओं का अनुमान लगाने के लिए ऊँची-ऊँची तनख़्वाहें दी जाती हैं। अगर मुझे सुपर-लो रेट मिलता है, तो ऐसा इसलिए है क्योंकि मेरी जीवनशैली के हिसाब से उन्हें मुझे बीमा प्रीमियम में बहुत अच्छे रेट देने होते हैं।

अब तक आप जान चुके होंगे कि मैं व्यायाम के बारे में कैसा महसूस करता हूँ। मैंने इसके गहरे लाभों को प्रचारित करने वाले कई अध्ययनों का उल्लेख किया है। अगर व्यायाम इकलौता परिवर्तन है, जो आप अपने जीवन में करते हैं, तब भी आप बेहतर स्थिति में होंगे। लेकिन ज़्यादा से ज़्यादा व्यायाम पर केंद्रित जीवनशैली ही आपको आदर्श स्वास्थ्य की ओर नहीं ले जाएगी। जिम फ़िक्स की जीवनगाथा आप भूले तो नहीं? समर्पित मैराथन धावक होने के बावजूद आप अन्य जोखिम घटकों से नहीं बच सकते।

हो सकता है कि आपने ख़ुद ही पता लगा लिया हो कि सिर्फ़ व्यायाम ही आपको स्वस्थ वज़न तक नहीं पहुँचाएगा और उसे क़ायम नहीं रख पाएगा। यह सिर्फ़ आपके बारे में ही नहीं हैं। नेशनल वेट रजिस्ट्री यूनिवर्सिटी ऑफ़ पिट्सबर्ग अपने अध्ययन में उन लोगों की निगरानी करता है, जिन्होंने काफ़ी वज़न कम किया है और उसे पाँच साल से ज़्यादा समय तक क़ायम रखा है। डेटा[676] दिखाता है कि दीर्घकाल तक कम वज़न क़ायम रखने वालों में से ९० प्रतिशत में तीन लक्षण समान होते हैं :

- उन्हें अपनी कुल कैलोरियों का 20 से 30 प्रतिशत हिस्सा ही फ़ैट से प्राप्त होता है।
- वे अपनी कैलोरी ख़ुराक को सीमित करते हैं।
- वे नियमित शारीरिक गतिविधि करते हैं।

यूएसडीए[677] के पूर्व कार्यकारी अंडरसेक्रेटरी के अध्ययन के अनुसार नेशनल वेट रजिस्ट्री में 9 प्रतिशत लोग ही सिर्फ़ आहार द्वारा और 1 प्रतिशत लोग ही सिर्फ़ नियमित व्यायाम द्वारा वज़न कम करने में समर्थ हुए। आदर्श स्वास्थ्य किसी एक मुद्दे

का नहीं, बल्कि पूरी जीवनशैली का प्रबंधन है।

6. टीवी, पीसी और WWW

अगली बार आप जब रिमोट कंट्रोल उठाएँ, तो एक पल के लिए विचार करें कि उस सौदे का कौन सा सिरा दरअसल शो को चला रहा है - आप या टीवी।

बहुत सारे लोगों के मामले में टेलीविज़न ख़ाली समय को नियंत्रित करता है। पिछले पचास सालों में कई टेक्नोलॉजिकल प्रगतियों ने श्रम की उस मात्रा को कम किया है, जिसे हम हर दिन करते हैं, लेकिन विश्वव्यापी मोटापे की दरों को बढ़ाने में किसी ने भी टेलीविज़न से ज़्यादा योगदान नहीं दिया है। (हालाँकि मैं सोचता हूँ कि पर्सनल कंप्यूटर और इलेक्ट्रॉनिक गेमिंग भी इस दिशा में आगे आ रहे हैं।) बहुत सा वैज्ञानिक शोध इस कथन का समर्थन करता है।

1997 में हुए सर्वे के अनुसार औसत वयस्क अमेरिकी पुरुष ने टीवी देखने में हर हफ़्ते 29 घंटे का समय लगाया, जबकि औसत वयस्क महिला ने हर हफ़्ते 34 घंटे का समय लगाया।[678] पिछले कई दशकों में मोटापे में हुई वृद्धि एक घर में कई टीवी रखने की परंपरा और उनकी संख्या में वृद्धि के साथ-साथ चली है, साथ ही टीवी देखने में लगाए गए घंटों के साथ भी।[679] कई अन्य अध्ययनों ने वयस्कों[680, 681, 682] और बच्चों के मोटापे को टीवी देखने के समय के साथ जोड़ा है।[683, 684] मेक्सिको सिटी में बच्चों पर हुए एक अध्ययन ने यह उजागर किया कि हर दिन एक घंटे टीवी देखने से मोटे बच्चों का प्रतिशत 12 प्रतिशत बढ़ा।[685]

टीवी देखने से मोटापे की महामारी में कई कारणों से वृद्धि होती है।

सबसे पहली बात, टीवी देखने में सिलाई-कढ़ाई करने, बोर्ड गेम्स खेलने और पढ़ने-लिखने जैसी अन्य आरामतलब (sedentary) गतिविधियों की तुलना में चयापचय की दर ज़्यादा कम होती है।[686] एक अध्ययन का निष्कर्ष था, "टीवी देखना कई आरामतलब व्यवहारों में मोटापे और डाइबिटीज़ का सबसे बड़ा ख़तरा है।"[687] लेखकों का अनुमान था कि मोटापे के 30 प्रतिशत और टाइप 2 डाइबिटीज़ के 43 प्रतिशत मामले हफ़्ते में दस घंटे से कम टीवी देखकर और इसमें से कुछ समय का इस्तेमाल करके हर दिन तीस मिनट तेज़-तेज़ चलकर रोके जा सकते हैं। उन्होंने पाया कि हर दिन टीवी देखने के समय में दो घंटे की वृद्धि से मोटापे का जोखिम 23 प्रतिशत और डाइबिटीज़ का जोखिम 14 प्रतिशत बढ़ता है।

दूसरी बात, टीवी देखने से कई लोगों की शारीरिक गतिविधि ख़त्म हो जाती है।[688]

तीसरी बात, ज़्यादातर लोगों में खाते वक़्त टीवी देखने की आदत होती है, जिससे ऊर्जा ठीक से आत्मसात होने के बजाय उसके इस्तेमाल में महत्वपूर्ण असंतुलन उत्पन्न हो जाते हैं।[689]

चौथी बात, आहार की मार्केटिंग करने वाले जब किसी स्वर्णिम अवसर को

देखते हैं, तो उसे पहचान लेते हैं। टीवी देखते वक़्त हम जिस तरह का भोजन करते हैं, वह उन हानिकारक खाद्य पदार्थों का ही प्रतिबिंब होता है, जिनके विज्ञापन हम टीवी पर देखते हैं।[690, 691] ब्रिटिश और अमेरिकी बच्चे एक घंटे टेलीविज़न देखते वक़्त अमूमन दस फ़ूड कॉमर्शियल्स देखते हैं और इनमें मुख्यतः शकर भरे सीरियल्स, सॉफ़्ट ड्रिंक्स, फ़ास्ट फ़ूड और इसी तरह के प्रॉडक्ट्स के विज्ञापन होते हैं।[692, 693] इससे भी बढ़कर, खाते समय टीवी देखने से फलों और सब्ज़ियों जैसे स्वस्थ आहार खाने की प्रवृत्ति कम देखी गई, जिनका विज्ञापन नहीं किया जाता।[694]

टेलीविज़न देखने के साथ मोटापे और दीर्घकालीन रोग का सीधा संबंध नज़र आता है। इसके संदर्भ में बताए गए गंभीर आँकड़ों की रोशनी में आप सोचेंगे कि लाखों लोग अपने चयापचय की दर (metabolic rate) को बढ़ाने के लिए अपने टीवी सेट कूड़े के ढेर में डालने के लिए उठाकर ले जा रहे होंगे। हम टीवी देखने में जो घंटे बर्बाद करते हैं, वे हमें वायु प्रदूषण से ज़्यादा नुक़सान पहुँचा रहे हैं। दुर्भाग्य से, शोध के बावजूद हमारा व्यवहार ज़रा भी नहीं बदला। दुनिया भर में बहुत से लोग अपने धर्म के प्रति जितने निष्ठावान हैं, उससे ज़्यादा अपने टीवी के प्रति हैं।

मैं सचमुच यह नहीं चाहता कि आप अपना टेलीविज़न सेट हाथ में उठाकर कूड़े के ढेर में डालने जाएँ – अगर टीवी देखने की वजह से आपका हुलिया ख़राब है, तो इससे आपको नुक़सान हो सकता है। लेकिन वैज्ञानिक शोध दिखाता है कि टीवी देखने के समय को सीमित करना – और उसके बजाय कोई भी अन्य गतिविधि करना, यहाँ तक कि आरामतलबी भी – सही दिशा में क़दम उठाना है।

टीवी के प्रति हमारी इतनी निष्ठा क्यों है? मेहरबानी करके मुझसे यह न कहें कि यह परिवार के साथ इकट्ठे समय बिताने का अच्छा तरीक़ा है। आप सभी एक ही कमरे में हैं, इसका यह मतलब नहीं है कि आप "इकट्ठे" समय बिता रहे हैं! इसके बजाय बोर्ड गेम, कार्ड गेम या लॉन गेम खेलना या परिवार के साथ घूमना इकट्ठे समय बिताने की ज़्यादा सही परिभाषा है। टीवी देखना एक एकाकी गतिविधि है, चाहे कमरे में दूसरे लोग मौजूद हों या न हों।

तो हमें टीवी की इतनी ज़्यादा लत क्यों है – और हाल ही में आने वाले इलेक्ट्रॉनिक गेमिंग और इंटरनेट सर्फ़िंग की भी? मैं सोचता हूँ कि इसका लेना-देना हमारी आधुनिक दुनिया के दैनिक दबावों और तनावों से पलायन करने से है। टेलीविज़न चालू करके हम बाक़ी हर चीज़ को बंद कर देते हैं। जो हमें किस ओर ले जाता है ...

7. आहार द्वारा तनाव से जूझना

हर व्यक्ति हर जगह तनाव में जी रहा है। ग़रीब और अविकसित देशों में तनाव का मतलब अक्सर हर दिन ज़िंदगी के लिए जूझना होता है। विकसित देशों में रहने वाले लोगों को शायद ही कभी भूख, प्यास, तीव्र कष्ट वाले रोगों या हिंसा की चिंता करनी होती है, लेकिन इसके बावजूद हम इतने ज़्यादा तनाव में रहते हैं, जितना हम स्वीकार

नहीं करना चाहेंगे।

टेक्नोलॉजी आम आदमी को इतना काम करने की सहूलियत देती है, जितना करने के लिए कुछ साल पहले कई लोगों की ज़रूरत पड़ती थी। लेकिन इसकी वजह से हममें से कई लोगों के लिए यह असंभव हो जाता है कि हम 5 बजे अपना काम ख़त्म करके ऑफ़िस से मुक्ति पा लें। हम दुनिया में कहीं भी चले जाएँ, सेल फ़ोन, ई-मेल और टेक्स्ट मैसेजिंग के कारण हर दिन चौबीस घंटे उपलब्ध रहते हैं। "छँटनी" और "छरहरी" जैसी बिज़नेस रणनीतियाँ हमसे रात को और वीकएंड्स के दौरान भी काम करवाती हैं। इसी वजह से हम छुट्टियों में वे संप्रेषण करते हैं, जिनके लिए हमें सामान्य व्यावसायिक दिन में फ़ुरसत नहीं थी। बदलती टेक्नोलॉजी, जनसंख्या वृद्धि, वैश्विक आर्थिक दबावों और अंतर्राष्ट्रीय संघर्षों की वजह से दुनिया में हर जगह तनाव का स्तर काफ़ी ज़्यादा है।

हमारे इंस्टीट्यूट में हमें इस समस्या के वैश्विक दायरे का असामान्य दृष्टिकोण देखने को मिलता है। भारत, थाईलैंड, मलेशिया, इंडोनेशिया, चीन, जापान, ब्राज़ील, मेक्सिको, ऑस्ट्रेलिया, यूरोप, अमेरिका और हर जगह के अपने क्लाएंट्स में हम तनाव देखते हैं। इसका असर इतना ज़्यादा है कि हमें तनाव कम करने की योजना विकसित करना अनिवार्य लगा। यह हज़ारों लोगों के लिए बहुत प्रभावी रही है।

तनाव के स्तर बहुत ज़्यादा हैं और बढ़ते जा रहे हैं, इसलिए यह स्वाभाविक है कि हममें से ज़्यादातर इससे मुक्ति पाने या पलायन करने की तलाश कर रहे हैं। दुर्भाग्य से हममें से कई पलायन के ऐसे मार्ग चुनते हैं, जो हमारे स्वास्थ्य को नुक़सान पहुँचाते हैं। ऑफ़िस में "स्मोकिंग ब्रेक" कभी आम हुआ करते थे, लेकिन क़ानून और इमारत के नियमों के कारण धूम्रपान करने वाले अब मन ही मन कसमसाते रहते हैं। (यह दरअसल धूम्रपान करने से बहुत अच्छा विकल्प है, लेकिन इससे तनाव कम नहीं होता है।) हममें से कई लोग शराब या नशीले पदार्थों का इस्तेमाल करके तनाव से जूझते हैं। शराब "ख़ाली" (न्यूट्रिशन से रहित) कैलोरीज़ का प्रमुख स्रोत है और दोनों ही इंसानी दुख के महत्वपूर्ण स्रोत बन सकते हैं।

तनाव से निबटने का एक लोकप्रिय तरीक़ा खाकर आनंद ग्रहण करना है। हम बचपन में ही सीख लेते हैं कि कोई स्वादिष्ट चीज़ खाने से ख़ुशी मिलती है। (दादी : "मुझे अफ़सोस है कि तुम्हारी भावनाओं को ठेस लगी। लो, यह स्वादिष्ट पाई खा लो।") स्नैक फ़ूड्स हमेशा हमारे क़रीब ही रहते हैं और हम अपने काम की गति को धीमा किए बिना ही स्वादिष्ट खाद्य पदार्थों का आनंद ले सकते हैं।

समस्या यह है कि तनाव मुक्ति के लिए स्नैक फ़ूड का इस्तेमाल करने से हम मोटे हो जाते हैं। भूख लगने पर पोषण के लिए खाना एक बात है। तनाव में रहने पर आनंद के लिए खाना बिलकुल ही अलग बात है। इनके बीच फ़र्क़ समझना बहुत महत्वपूर्ण है। यह फ़र्क़ शारीरिक और मनोवैज्ञानिक दोनों होता है।

खाने की इच्छा कई स्रोतों से उत्पन्न होती है। खाना चिंता से मुक्ति का ज़रिया भी बन सकता है। भूख के बजाय यह ख़ुशी की हमारी इच्छा को तात्कालिक संतुष्टि

प्रदान कर सकता है। ("चॉकोहोलिक्स" ध्यान दें : चॉकलेट में ऐसे पदार्थ होते हैं, जो नर्वस सिस्टम को प्रभावित करते हैं; यह आम तौर पर सिर्फ़ आपकी जीभ पर ही नहीं, बल्कि आपके दिमाग़ में भी ख़ुशी की भावनाओं को उद्दीप्त करती है।) इसके अलावा, तनाव के कारण आप यह सोच सकते हैं कि आपको भूख लग रही है, जबकि आपको दरअसल भूख नहीं लग रही होती है। तनाव अक्सर आमाशय में अम्ल के स्राव को बढ़ा देता है और इसके कारण होने वाली असहजता का विश्लेषण भूख के रूप में करना आसान होता है।

इसके अलावा, तनाव और डिप्रेशन अक्सर साथ-साथ चलते हैं। डिप्रेशन के निदान का एक पैमाना खान-पान की आदतें बदलना है। यह आश्चर्यजनक नहीं है कि डिप्रेस्ड वयस्क और किशोरों में मोटे होने का जोखिम लगभग दोगुना होता है।[695]

जब ज़्यादा खाना तनाव पर प्रतिक्रिया करने का सहज तरीक़ा बन जाए, तो हमें या तो तनाव कम करने या फिर प्रतिक्रिया बदलने - या फिर दोनों काम करने - की ज़रूरत है।

अगर आपको अपने जीवन में तनाव से निबटने में मुश्किल आ रही है, तो फिर किसी पेशेवर विशेषज्ञ या धर्मगुरु से परामर्श लें और तनाव पर मेरा अध्याय पढ़ें। अगर आपको लगातार भूख लगती रहती है, तो अपने डॉक्टर से बात करके पता लगाएँ कि क्या इसका संबंध आमाशय के अम्ल से है। अगर ऐसा है, तो दवा लेना उचित होगा। मैंने अपने कई रोगियों का वज़न कम होते देखा है, जब उन्हें भूख के वास्तविक एहसास और अत्यधिक गैस्ट्रिक एसिड स्राव का फ़र्क़ समझ में आ गया।

अंत में, तनाव से निबटने के स्वस्थ तरीक़ों का पता लगाएँ। लंच ब्रेक में या काम के बाद आधे घंटे तेज़ पैदल चलने से चमत्कार हो सकता है। इससे आपको ठीक से सोच-विचार करने और चीज़ों को सही दृष्टिकोण में रखने का थोड़ा समय मिल जाता है। इसके अलावा, व्यायाम से एंडॉर्फ़िन्स प्रवाहित होते हैं, जो आपको अच्छा महसूस कराते हैं। तेज़ पैदल चलना काफ़ी हद तक चॉकलेट बार या बियर लेने जैसा ही है, सिवाय इसके कि यह आपकी सेहत और कमर के लिए बुरा नहीं, बल्कि अच्छा होता है।

8. स्नैक फ़ूड्स

यह तनाव के कारण खाने से बिलकुल ही अलग मुद्दा है। इसका संबंध प्रोसेस्ड स्नैक फ़ूड्स और शकर भरे मीठे ड्रिंक्स की विशाल मात्रा से है, जिसे हम खाते-पीते हैं।

स्नैकिंग में कुछ भी ग़लत नहीं है, जब तक कि आप पोषक, प्राकृतिक (ऑर्गैनिक बेहतर है), अनप्रोसेस्ड फ़ूड खाएँ। आप बहुत से फल और सब्ज़ियाँ खा सकते हैं, क्योंकि इनसे पेट तो भरता है, लेकिन इनमें बहुत ज़्यादा कैलोरियाँ नहीं होती हैं। छोटी सी कैंडी बार में आम तौर पर पोषक सब्ज़ियों की पूरी प्लेट से ज़्यादा कैलोरियाँ होती हैं। और उन सब्ज़ियों में से कुछ आपको आपके अगले भोजन तक

भरपेट महसूस कराती रहेंगी, हालाँकि कैंडी बार खाने के कुछ समय बाद ही आपको दोबारा भूख महसूस हो सकती है।

लेकिन बात सिर्फ़ कैलोरी की ही नहीं है। काश ऐसा होता! कई अन्य शारीरिक और बायोकेमिकल कारणों से भी प्रोसेस्ड स्नैक फ़ूड्स नुक़सान पहुँचाते हैं। लगभग सभी प्रोसेस्ड स्नैक्स और मीठे ड्रिंक्स में रसायन होते हैं, जो हॉर्मोन स्राव और डीएनए अभिव्यक्ति पर हानिकारक असर डालते हैं। दुर्भाग्य से, यह समस्या आर्थिक है। प्रोसेस्ड स्नैक फ़ूड्स विश्वव्यापी मल्टीबिलियन-डॉलर उद्योग हैं। कड़ी प्रतिस्पर्धा के चलते निर्माता इस बात के लिए प्रेरित होते हैं कि वे सस्ते लेकिन अस्वस्थ रसायनों व संशोधित तेलों का इस्तेमाल करके क़ीमत कम रखें। बहरहाल, अब बहुत सारा शोध बताता है कि ये चीज़ें दीर्घकालीन रोग में महत्वपूर्ण योगदान देती हैं।

कॉर्न ऑइल एक बड़ा ही स्पष्ट उदाहरण है। (मैं यहाँ पर उस चीज़ का ज़िक्र कर रहा हूँ, जिसे उत्तर अमेरिका में हम मक्का कहते हैं।) 1950 से पूर्व मक्के का तेल आम तौर पर कुकिंग या मास-प्रॉड्यूस्ड आहार में इस्तेमाल नहीं होता था। हमारे पूर्वजों ने कभी कॉर्न ऑइल का इस्तेमाल नहीं किया, क्योंकि तब बड़े पैमाने पर इसका उत्पादन करना बहुत मुश्किल था। मक्का को दबाकर तेल निकालना मुश्किल काम है।

फिर औद्योगिक टेक्नोलॉजी आई। हाइड्रॉलिक प्रेस, हीट एक्सट्रैक्शन और नए सॉल्वेन्ट्स ने मक्का को कुकिंग ऑइल का सस्ता स्रोत बना दिया। आम तौर पर मक्का के तेल में हाइड्रोजन आयन्स मिलाए जाते हैं, ताकि इसकी संरचना बदल जाए और शेल्फ़ लाइफ़ बढ़ जाए। इस प्रक्रिया में ट्रांस फ़ैट्स उत्पन्न होते हैं, जिनसे हृदय रोग,[696] टाइप 2 डाइबिटीज़,[697] और अन्य दीर्घकालीन रोग बढ़ते देखे गए हैं।

इसके बावजूद अगर आप ज़्यादातर निर्मित खाद्य पदार्थों के लेबल पर लिखे तत्वों की सूची पढ़ेंगे, तो आप पाएँगे कि उनमें "आंशिक रूप से हाइड्रोजेनेटेड" कॉर्न ऑइल या सोयाबीन का तेल शामिल है। सौभाग्य से अमेरिका और कई अन्य देशों में नए क़ानून आ गए हैं, जिनकी वजह से निर्माताओं को अपने लेबल पर ट्रांस फ़ैट्स की मात्रा अनिवार्य रूप से बतानी होती है, इसलिए ट्रांस फ़ैट्स का इस्तेमाल अब ढलान पर है।

कई प्रोसेस्ड फ़ूड्स के साथ समस्या यह नहीं होती कि उनमें तेल होता है, बल्कि यह होती है कि उनमें सबसे सस्ता और सबसे ख़तरनाक क़िस्म का तेल होता है। जब आप घर पर खाना पकाते हैं, तो कौन से तेल का प्रयोग करना है, यह विकल्प चुनना आसान होता है। अनप्रोसेस्ड केनोला या एक्स्ट्रा-वर्जिन ओलिव ऑइल की क़ीमत तो ज़्यादा है, लेकिन इसके स्वास्थ्य संबंधी फ़ायदे बहुत ज़्यादा और सुरक्षा प्रदान करने वाले हैं। बहरहाल, बड़े पैमाने पर आहार को प्रोसेस करने के लिए इन तेलों की क़ीमत बहुत ज़्यादा है या ऐसा निर्माता हमें बताते हैं।

प्रोसेस्ड फ़ूड्स, ख़ास तौर पर स्नैक फ़ूड्स, में शकर भी होती है। उन्हें हाई-ग्लाइसीमिक-इंडेक्स कार्बोहाइड्रेट्स कहा जाता है, क्योंकि उन्हें खाने से हमारे ख़ून में शुगर ग्लूकोज़ का स्तर तेज़ी से बढ़ता है। इनमें भूख को शांत करने के बजाय उसे

उत्तेजित करने की प्रवृत्ति होती है, जिसके परिणामस्वरूप हम ज़्यादा खाते हैं।[698, 699] हाई ग्लाइसीमिक इंडेक्स वाले कार्बोहाइड्रेट्स का संबंध हृदय रोग,[700] डाइबिटीज़,[701] दीर्घकालीन रोग के जोखिम,[702] और इनफ़्लेमेशन[703] से होता है।

परिशिष्ट सी में आपको बताया जाएगा कि आप ग्लाइसीमिक इंडेक्स और आहारों की काफ़ी व्यापक सूची व ग्लाइसीमिक लोड संबंधी जानकारी कहाँ पा सकते हैं। कृपया सिर्फ़ कार्बोहाइड्रेट्स के लिए इसकी ग़ौर से समीक्षा करें। वज़न प्रबंधन और आदर्श स्वास्थ्य के लिए ज़रूरी है कि आप हाई-ग्लाइसीमिक आहार कम खाएँ। परिशिष्ट सी में स्पष्ट किया गया है कि मैं कम ग्लाइसीमिक इंडेक्स और कम ग्लाइसीमिक लोड वाले कार्बोहाइड्रेट्स की अनुशंसा क्यों करता हूँ, लेकिन इसके बावजूद कम ग्लाइसीमिक इंडेक्स आहार या मीनू पर पूरी तरह अमल करने की अनुशंसा क्यों नहीं करता हूँ।

प्रोसेस्ड आहारों का एक और बुरा तत्व है हाई-फ़्रुक्टोज़ कॉर्न सिरप (एचएफ़सीएस)। हाई-फ़्रुक्टोज़ कॉर्न स्वीटनर्स ने 1970 के क़रीब आहार उद्योग में प्रवेश किया था और लगभग इसी समय से अमेरिका में मोटापा नाटकीय रूप से बढ़ा है।[704] लगभग हर मीठे ड्रिंक में हाई-फ़्रुक्टोज़ कॉर्न सिरप होता है, भले ही उसके लेबल पर हेल्थ टॉनिक या अमृत या चाहे जो लिखा हो। एचएफ़सीएस इन्सुलिन रज़िस्टेंस, इनफ़्लेमेशन, ट्राइग्लिसरॉइड्स, मोटापा और हानिकारक एलडीएल कोलेस्टेरॉल बढ़ाता है।[705, 706, 707]

शकर भरे मीठे ड्रिंक्स शायद "ख़ाली कैलोरीज़" का सबसे बड़ा स्रोत हैं - अतिरिक्त कैलोरीज़, जिनका पोषण की दृष्टि से कोई महत्व नहीं है। इसके बजाय तो यह बेहतर है कि आप चम्मच भर सफ़ेद शकर खा लें और उसे पानी से निगल जाएँ। कम से कम आप ज़्यादातर जंक फ़ूड्स में पाए जाने वाले अतिरिक्त सोडियम और फ़ॉस्फ़ोरस से तो बच जाएँगे।

यूएसडीए के अनुसार, पिछले पचास सालों में सॉफ़्ट ड्रिंक की खपत लगभग 500 प्रतिशत बढ़ी है।[708] आधे से ज़्यादा अमेरिकी वयस्क और ज़्यादातर किशोर (74 प्रतिशत लड़के और 65 प्रतिशत लड़कियाँ) हर दिन सॉफ़्ट ड्रिंक्स पीते हैं,[709] जिनमें से ज़्यादातर में शकर की मिठास होती है।[710] सॉफ़्ट ड्रिंक्स आहार में शकर के अग्रणी स्रोत हैं।[711, 712] सिर्फ़ सॉफ़्ट ड्रिंक्स ही नहीं, बल्कि शकर की मिठास वाले सभी ड्रिंक्स मोटापे का जोखिम बढ़ाते हैं। एक अध्ययन में उन्नीस महीनों तक 548 विभिन्न प्रजातियों के स्कूली बच्चों के शकर भरे ड्रिंक्स पीने पर नज़र रखी गई। शोधकर्ताओं ने पाया कि उनके द्वारा हर दिन शकर वाले ड्रिंक का एक भी अतिरिक्त कैन पीने पर मोटापे का जोखिम 160 प्रतिशत बढ़ गया। इस अध्ययन में जिन बच्चों ने कृत्रिम रसायनों की मिठास वाले सॉफ़्ट ड्रिंक्स पिए, उनका वज़न *नहीं* बढ़ा। लेकिन डाइट सॉफ़्ट ड्रिंक्स से भी मेटाबोलिक सिंड्रोम (देखें अध्याय 12) और डाइबिटीज़ का जोखिम बढ़ता है।[713, 714]

शकर की मिठास वाले ड्रिंक्स इंस्टैंट फ़ैट जैसे होते हैं, इसका एक कारण यह है कि वे भूख को उस तरह संतुष्ट नहीं कर पाते, जिस तरह ठोस आहार करते हैं।

ज़्यादातर लोग अगर ठोस आहार का नाश्ता करते हैं, तो उसके बाद कम खाकर उसकी भरपाई करते हैं।[715] लेकिन हर दिन द्रव रूप में सैकड़ों ख़ाली कैलोरियाँ ग्रहण करने के बावजूद आपकी भूख संतुष्ट नहीं होगी। यह एक प्रमुख कारण है कि दुनिया भर के बहुत से मोटे लोग कैलोरी तो ज़्यादा खाते-पीते हैं, लेकिन इसके बावजूद उन्हें पोषण कम मिलता है। दिलचस्प बात यह है कि स्कूल जाने की उम्र से कम वाले जो बच्चे द्रव रूप में अतिरिक्त कैलोरियाँ ग्रहण करते थे, उन्होंने अगले आहार में कम खाकर इसकी अच्छी भरपाई की,[716] लेकिन नौ-दस साल की उम्र तक आते-आते बच्चों की यह क्षमता ख़त्म होती नज़र आती है।[717]

कृत्रिम स्वीटनर्स के बारे में?

दस सप्ताह के एक अध्ययन[718] में ज़्यादा वज़नी लोगों को उनकी इच्छा के अनुसार शकर या कृत्रिम स्वीटनर्स दिए गए। इसमें पाया गया कि जिन लोगों ने ज़्यादा मात्रा में शकर खाई, उनका कैलोरी इनटेक, शरीर का वज़न, फ़ैट मास और ब्लड प्रेशर बढ़ा। ये परिणाम कृत्रिम स्वीटनर्स खाने वाले समूह में नहीं देखे गए। कुल मिलाकर, जिन मिठास बढ़ाने वाली चीज़ों में कैलोरीज़ शामिल होती हैं, उनसे ज़्यादा से ज़्यादा बचना चाहिए - मिसाल के तौर पर, हाई-फ्रुक्टोज़ कॉर्न सिरप या शकर। (किन तत्वों से बचना है, इसके लिए परिशिष्ट बी.1 देखें।)

कई लोग अगर सॉफ़्ट ड्रिंक के बजाय डाइट सोडा पीने लगें, तो इससे हर दिन उनकी सैकड़ों कैलोरियाँ कम हो जाएँगी, जिससे वज़न में महत्वपूर्ण कमी होगी। कृत्रिम स्वीटनर्स प्रोसेस्ड फ़ूड्स की श्रेणी में आते हैं, इसलिए उनका इस्तेमाल भी कम ही करना चाहिए। लेकिन अगर मीठा खाए बिना आपका काम न चले, तो कृत्रिम स्वीटनर्स शकर से बहुत ज़्यादा अच्छे होते हैं। (हालाँकि कृत्रिम स्वीटनर्स के कारण कुछ अध्ययनों में भूख बढ़ती नज़र आई है,[719, 720, 721] लेकिन बाक़ी अध्ययनों में यह प्रभाव नज़र नहीं आया।[722, 723] बहरहाल, पहले परिणाम अल्पकालीन अध्ययनों के थे, जो शायद इस बात का सही प्रतिबिंब नहीं दे सकते कि इन स्वीटनर्स से लंबे समय में वज़न पर कैसा प्रभाव पड़ेगा।)

प्रोसेस्ड फ़ूड्स की कुछ बुरी चीज़ों की तरफ़ मीडिया ने कम ध्यान दिया है। कई प्रोसेस्ड फ़ूड्स, जिनमें चीज़ शामिल है, में फ़ूड प्रोटीन्स से प्राप्त ऐसे तत्व शामिल हैं, जो मस्तिष्क में ऑपिऑइड (सुख) रिसेप्टर्स को प्रेरित करते हैं। उनके नाम अल्फा-, बीटा-, या काप्पा कैसीन, कैसोमॉर्फ़िन और बीटा-लैक्टोग्लॉब्यूलिन और लैक्टोट्रांसफ़ेरिन जैसे हैं।[724] ख़ास तौर पर जानवरों पर किए गए अध्ययन से पता चला है कि ये तत्व प्रतिरक्षण तंत्र को उद्दीप्त करते हैं,[725] जो इनफ़्लेमेशन को प्रभावित कर सकता है, ज़्यादा फ़ैट खाने की इच्छा बढ़ा सकता है,[726] और भोजन के बाद इन्सुलिन के स्राव को बढ़ा सकता है।[727] स्पष्ट रूप से, सिर्फ़ इन तत्वों से नुक़सान की ही आशंका होती है।

हालाँकि पिछली श्रेणी के पदार्थ थोड़े जटिल लग सकते हैं, लेकिन स्नैक फ़ूड्स से जुड़ी समस्याओं के बारे में अच्छी तरह प्रचारित वैज्ञानिक जानकारी की कोई कमी

नहीं है। लेकिन इसके बावजूद पर्याप्त लोगों के कान पर जूँ नहीं रेंग रही है।

इसलिए कृपया इसे सुनें।

हाल के एक अध्ययन ने दिखाया है कि औसत व्यक्ति को लगभग एक-तिहाई कैलोरीज़ "जंक फ़ूड" से मिलती हैं - यानी, उस भोजन से जिसमें कैलोरीज़ तो ज़्यादा होती हैं, लेकिन अन्य पोषक पदार्थ कम होते हैं या बिलकुल नहीं होते। हालाँकि यह अध्ययन अमेरिका में किया गया था,[728] जिसमें राष्ट्रीय सर्वेक्षणों का इस्तेमाल हुआ था,[729, 730] लेकिन ज़्यादा कैलोरी और कम पोषण वाले आहार खाने की प्रवृत्ति पूरी दुनिया में बढ़ रही है। बच्चों में स्नैक्स खाने की व्यापकता 1977 में 77 प्रतिशत थी, जो 1996 में बढ़कर 91 प्रतिशत हो गई।[731] किशोर 1960 के दशक में जितना दूध पीते थे, आज उसकी तुलना में 40 प्रतिशत कम पीते हैं। इसके एवज में उन्होंने मीठे जूस और सॉफ़्ट ड्रिंक्स के अपने आहार को लगभग तीन गुना बढ़ा लिया है।[732]

स्नैक फ़ूड्स के बारे में एक हानिकारक बात यह है कि उनमें शकर या अन्य कार्बोहाइड्रेट्स तो आम तौर पर ज़्यादा होते हैं, लेकिन फ़ाइबर कम होता है, जिसका मतलब है कि उनसे भूख शांत नहीं होती, ख़ास तौर पर इसलिए क्योंकि उन्हें अक्सर ट्रीट्स के रूप में खाया जाता है, जब आपको भूख लग भी नहीं रही होती है। इसलिए बहुत सी कैलोरियाँ खाने के बावजूद पेट भरने का एहसास नहीं होता है और आप जल्दी ही दोबारा भूख महसूस करने लगते हैं।[733]

जब मिठाइयाँ, डेज़र्ट्स, नमकीन स्नैक्स, शराब, सॉफ़्ट ड्रिंक्स और फलों के स्वाद वाले ड्रिंक्स हमें एक तिहाई कैलोरी प्रदान करते हैं, तो क्या दरअसल इसमें कोई हैरानी की बात है कि मोटापे की विश्वव्यापी महामारी बढ़ रही है? कई लोकप्रिय डाइट्स विशेष, जटिल फ़ॉर्मूले बताते हैं, जिन पर अमल करना लगभग असंभव होता है। हम जो सबसे महत्वपूर्ण, सबसे प्रभावी चीज़ कर सकते हैं, वह सिर्फ़ यह है कि हम जंक-फ़ूड स्नैक्स की जगह पर ज़्यादा स्वस्थ विकल्प चुन लें। और मैं इन्हें पूरी तरह छोड़ने की सलाह नहीं दे रहा हूँ। अगर मैं आपसे सभी "ट्रीट्स" छोड़ने को कहूँ, तो आप मुझे नज़रअंदाज़ कर देंगे और यह पाखंड भी होगा। लेकिन हममें से कई लोगों के जीवन में सिर्फ़ इसी चीज़ से बहुत फ़र्क़ आ सकता है कि हम अपने भोजनों के बीच की अधिकांश कैलोरीज़ अस्वस्थ, शकर भरे, हाई कैलोरी वाले, प्रोसेस्ड स्नैक्स से लेने के बजाय स्वस्थ स्नैक्स से लें।

9. अपनी भावनाओं को ख़ुराक देना

हम क्यों खाते हैं, यह हमें अक्सर मालूम नहीं होता। हममें से बहुत से लोगों की भोजन संबंधी मनोवैज्ञानिक आवश्यकताएँ हमारी शारीरिक आवश्यकताओं से ज़्यादा होती हैं।

खाना जीवन का बहुत बड़ा आनंद है। आपको इसका आनंद लेना चाहिए। और दुनिया की अन्य ख़ुशियों की तरह ही यह आम बात है कि हम भोजन द्वारा ख़ुद को पुरस्कार दें, राहत दें या सांत्वना दें। यह समझ में आने वाली बात है, लेकिन यह

नियंत्रण से बाहर भी हो सकती है।

यह पैटर्न अक्सर बचपन में ही हममें भर दिया जाता है। आपके माता-पिता आपको डॉक्टर के क्लीनिक में जाने के बाद बर्गर और मिल्कशेक दिलाने का वादा करते थे। जब आप घर के काम कर देते थे, तो मम्मी आपको केक या आइसक्रीम खिलाती थीं। आप चियरलीडिंग ग्रुप में शामिल नहीं हो पाए? आइए, कुछ ब्राउनीज़ बेक कर लेते हैं। डरों और दुखों को ख़ुराक देना इंसान के मनोविज्ञान का गहरा पहलू बन सकता है। इसकी वजह से भोजन के साथ हमारा संबंध जटिल और हानिकारक बन सकता है।

इस सिक्के का दूसरा पहलू यह है कि माता-पिता बच्चों को प्लेट साफ़ करने के लिए मजबूर करते हैं। अपना भोजन पूरा न खाने के बारे में बच्चे को अपराधबोध महसूस कराना ग़लत है। बच्चे का पेट उसे बता देगा कि उसे कब खाना बंद करना है। हाँ, यह सोचना भयंकर है कि दुनिया के कुछ हिस्सों में बच्चे भुखमरी के शिकार हैं। लेकिन यह अपने बच्चे को मोटापे की ओर धकेलने का अच्छा कारण नहीं है! मैं कई ज़्यादा वज़नी वयस्कों को जानता हूँ, जो बड़े होने के बाद भी महसूस करते हैं कि पेट भरने के बावजूद उन्हें अपनी प्लेट में रखा सारा भोजन ख़त्म करना चाहिए। उन्हें इस विचार के साथ पाला गया था कि भोजन बर्बाद करना ग़लत है।

कृपया यह बात अच्छी तरह समझ लें : बच्चे का पेट कचरे की टोकरी नहीं है। एक बार जब उन्होंने पर्याप्त खा लिया हो, तो उनकी प्लेट में बचा हुआ भोजन "बर्बाद" नहीं है। आप उसे बचाकर रख सकते हैं या बाहर फेंक सकते हैं। बच्चों को संतुलित आहार की ज़रूरत होती है और मुझे लगता है बेहतर यही रहेगा कि हम उनसे प्लेट में हर चीज़ थोड़ी-थोड़ी लेने को कहें। लेकिन उन्हें *सारी* चीज़ें पूरी खाने के लिए हमेशा मजबूर करने से भोजन के साथ उनके मनोवैज्ञानिक संबंध इस तरह बेडौल हो सकते हैं, जो उन्हें बाद में भी नुक़सान पहुँचाएँगे।

भोजन के साथ हमारे मनोवैज्ञानिक संबंध इतने प्रबल बन सकते हैं कि हम उन्हें छोड़ने के बहुत अनिच्छुक होते हैं। एक अध्ययन मेरी बात का मतलब ज़्यादा अच्छी तरह समझाता है। इस अध्ययन में मोटे पुरुषों से उनके भोजन की ख़ुराक का रिकॉर्ड रखने का आग्रह किया गया, हालाँकि उनसे भोजन कम करने को नहीं कहा गया। अध्ययन से पहले की तुलना में ये पुरुष 26 प्रतिशत कम कैलोरीज़ खाने लगे, लेकिन इसके बावजूद उन्होंने सचमुच खाए गए भोजन की तुलना में 12 प्रतिशत कम भोजन का रिकॉर्ड रखा। वे जानते थे कि उन्हें क्या खाना चाहिए, लेकिन उन्होंने इस बारे में झूठ बोला।[734]

अगर भोजन के प्रति आपका मनोवैज्ञानिक या भावनात्मक संबंध आपको शारीरिक दृष्टि से बीमार बना रहा है, तो आपको इस मुद्दे का सामना ईमानदारी से करना चाहिए। किसी पेशेवर विशेषज्ञ या धर्मगुरु से परामर्श लेने के बारे में झिझक महसूस न करें।

10. अपनी नई जीवनशैली को छोड़ना

अगर खिलाड़ी हार मार ले, तो आदर्श स्वास्थ्य का यह गेम प्लान काम नहीं करेगा। मुझे ख़ास तौर पर इस चीज़ से दुख होता है कि अक्सर लोग ग़लत कारणों से हताश हो जाते हैं और हार मान लेते हैं।

यहाँ पर आम परिदृश्य दिया गया है। आप अच्छा खाना शुरू कर देते हैं और हर दिन किसी तरह का थोड़ा-बहुत व्यायाम भी करने लगते हैं। आप कुछ पौंड वज़न कम कर लेते हैं। फिर आपका वज़न कम होना रुक जाता है। और इसके बाद आप हार मानकर छोड़ देते हैं। अगर आपका वज़न अब कम नहीं हो रहा है, तो आप कॉर्न चिप्स और टेलीविज़न के पसंदीदा कार्यक्रमों से दूर क्यों रहें?

यहाँ पर वह बात बताई जा रही है, जो किसी ने आपके सामने स्पष्ट नहीं की है। जब आप व्यायाम शुरू करते हैं, तो आपका शरीर बढ़े हुए काम को सँभालने के लिए मांसपेशियाँ बनाने लगता है। मांसपेशियों का वज़न फ़ैट से ज़्यादा होता है। इसीलिए कई वज़न कम करने वाले लोगों का वज़न या तो कम नहीं होता है या फिर बढ़ जाता है - उनकी मांसपेशी का वज़न उनके फ़ैट के नुक़सान पर भारी पड़ता है। और यह अच्छा है। जैसे-जैसे मांसपेशियों का परिमाण बढ़ता है, शरीर की मेटाबोलिक रेट भी बढ़ती है और इससे बाद में आपका वज़न ज़्यादा तेज़ी से कम होता है। मेहनत करते रहें और मैदान में डटे रहें। जब आपकी मांसपेशियों के परिमाण में होने वाली वृद्धि स्थिर हो जाएगी, तो आपका वज़न दोबारा कम होने लगेगा।

मैं इसे दोबारा कहना चाहूँगा। यह गेम प्लान वज़न कम करने के बारे में नहीं है। यह फ़ैट कम करने के बारे में है। पूरी योजना पर मेहनत करेंगे, तो आपका वज़न ज़रूर कम होगा (यह मानते हुए कि आपको ऐसा करने की ज़रूरत है)। बस अगर मांसपेशियाँ बनने की वजह से आपके फ़ैट की कमी वज़न की मशीन पर न दिखे, तो हताश न हों। इस बात ने लाखों लोगों को हताश किया है और इसी वजह से उन्होंने बहुत जल्दी हार मान ली।

FB

राह आसान नहीं है

बहुत जल्दी अपने स्वस्थ डाइट और व्यायाम योजनाओं से हताश होने वाले कुछ लोग "ज़्यादा आसान" राह के चक्कर में दवा-गोलियों की शरण में चले जाते हैं। उन लोगों में से कई बीमार पड़ जाते हैं। कुछ मर जाते हैं। फेन-फ़ेन फ़ैड बहुत लोकप्रिय था और बहुत सारे लोग इसे तब भी आज़माते रहे, जब यह अच्छी तरह पता चल गया कि इससे हार्ट वॉल्व की असामान्यताओं का जोखिम बढ़ जाता है। ब्राज़ीलियन डाइट पिल्स में कुछ ऐसे तत्व होते हैं, जो अमेरिका में या तो पर्चे पर

मिलने वाली दवाएँ हैं या नियंत्रित पदार्थ हैं।[735] हृदय संबंधी समस्याओं में दवाओं का दुरुपयोग आदर्श स्वास्थ्य की किसी समझदारी भरी अवधारणा में फ़िट नहीं बैठता है।

---

11. रेस्तराँ फ़ूड - फ़ास्ट भी, स्लो भी

ऑफ़िस में, स्कूल में, सिटी सेंटर्स में, शॉपिंग मॉल्स में, हवाई अड्डों में और ग्राउंड ट्रांसपोर्टेशन टर्मिनल्स में, यहाँ तक कि देहाती हाईवे पर कार से यात्रा करते वक़्त भी हम शायद ही कभी कुछ मिनट से ज़्यादा समय तक भोजन से दूर रहते हैं, जो जल्दी ही और आसानी से मिल सकता है। हम वेंडिंग मशीनों, स्ट्रीट वेंडर्स, कनवीनिएंस स्टोर्स और सभी तरह के रेस्तराँओं से घिरे हुए हैं।

भोजन सचमुच हर जगह हमारी पहुँच के भीतर रहता है, यह बात आधुनिक समाज का वरदान भी है और अभिशाप भी। हमारे पूर्वजों को जिस तरह जीना पड़ता था और आज की दुनिया में भी जिस तरह एक अरब या उससे ज़्यादा कुपोषित लोग जी रहे हैं, उसकी तुलना में यह एक वरदान है। विकसित देशों में जीने वाले लोगों के लिए यह अभिशाप इसलिए है, क्योंकि इतना ज़्यादा फ़ास्ट फ़ूड बुरा आहार है।

फ़ास्ट फ़ूड्स में आम तौर पर नुक़सानदेह खाद्य पदार्थ और एडिटिव्ज़ होते हैं, जिनके बारे में मैंने इस पूरी पुस्तक में चर्चा की है। इनमें सैचुरेटेड या ट्रांस फ़ैट्स, हाई ग्लाइसीमिक इंडेक्स, उच्च ऊर्जा डेनसिटी और कम पोषण मूल्य, कम फ़ाइबर, हाई-फ्रुक्टोज़ कॉर्न सिरप, सुक्रोज़ और बाक़ी गड़बड़ चीज़ें होती हैं। दुनिया में फ़ास्ट फ़ूड आउटलेट्स के विकास का सीधा संबंध मोटापे की बढ़ती दर में देखा जा सकता है, ख़ास तौर पर बच्चों में।

यहाँ पर कुछ शोध आँकड़े दिए जा रहे हैं।

एक हफ़्ते में चार बार फ़ास्ट फ़ूड खाने वाली किशोर लड़कियाँ ऐसा न करने वाली लड़कियों की तुलना में हर दिन 260 कैलोरी अतिरिक्त खाती थीं।[736] न सिर्फ़ बच्चे रेस्तराँओं में पहले से ज़्यादा खाने लगे हैं, बल्कि वे घर के बजाय बाहर भोजन करते वक़्त ज़्यादा भी खाते हैं।[737] अमेरिका में हर दिन लगभग आधे वयस्क किसी न किसी रेस्तराँ में खाते हैं और 21 प्रतिशत घरों में किसी तरह के टेकआउट या डिलिवरी सिस्टम का इस्तेमाल होता है।[738]

चूँकि अब औद्योगीकृत देशों में 60 से 70 प्रतिशत घरों में पति-पत्नी दोनों ही नौकरी करते हैं, इसलिए यह समझ में आता है कि पिछले तीस सालों में फ़ास्ट फ़ूड और अन्य रेस्तराँओं पर निर्भरता क्यों बढ़ गई है। जिन परिवारों में बच्चे पालने का ज़िम्मा अकेले माता-पिता पर है, उनके पास तो और भी कम समय है। लेकिन यहाँ पर अच्छी ख़बर है :

बाहर अच्छी तरह खाना संभव है। फ़ास्ट फ़ूड रेस्तराँओं में भी।

हमारा परिवार ऐसे रेस्तराँओं - फ़ास्ट फ़ूड भी और अन्य भी - को चुनता है,

जहाँ सलाद या सैंडविच मिलते हों। इस तरह हम अपनी प्लेट में आने वाली चीज़ पर नियंत्रण कर सकते हैं। मेरी पत्नी और मैं बच्चों को मार्गदर्शन देते हैं कि वे मीनू के तीन स्वस्थ आहारों में से किसी एक को चुन लें। हमने अपने बच्चों को स्वस्थ भोजन का महत्व सिखाया है और वे अब हमारे मार्गदर्शन (या झिकझिक, धमकाने या मनाने) के बिना अपने आप ज़्यादा स्वस्थ भोजन चुन लेते हैं। मानें या न मानें, भोजन चुनने के मामले में हमारे बीच दंगल नहीं होता।

थोड़ी सी आगे की योजना बनाना समय व आहार दोनों को आदर्श बनाने का अच्छा तरीक़ा है। मिसाल के तौर पर, आप वीकएंड पर फ़्रूट सलाद या स्वस्थ कैसेरोल बना सकते हैं और हफ़्ते भर उसे क़िस्तों में खा सकते हैं।

फ़ास्ट फ़ूड फ़्रैंचाइज़ीस और कई अन्य रेस्तराँ आम तौर पर अपना भाव कम रखने के लिए सबसे सस्ते पदार्थों का इस्तेमाल करते हैं। दुर्भाग्य से, सबसे सस्ते पदार्थ - जैसे लार्ड और कॉर्न ऑइल - आम तौर पर स्वास्थ्य के लिहाज़ से सबसे हानिकारक भी होते हैं।

फ़ास्ट फ़ूड मार्केटिंग भी समस्या का हिस्सा है। विशाल आकार के फ़्रेंच फ़्राइज़ और सॉफ़्ट ड्रिंक के लिए सिर्फ़ कुछ सेंट ख़र्च करना लुभावना होता है। कौन अपने पैसे के बदले में ज़्यादा नहीं पाना चाहता? वैसे सवाल यह है कि कौन सी चीज़ ज़्यादा मिल रही है? जब यह ज़्यादा शकर, ज़्यादा स्टार्च और ज़्यादा ट्रांस फ़ैट हो, तो पोषण मूल्य ज़्यादा नहीं, बल्कि कम होता है।

पोषण मूल्य तब बढ़ता है, जब हम अपने पैसे को अच्छे पोषण और उन खाद्य पदार्थों पर ख़र्च करते हैं, जो विटामिन्स, मिनरल्स, फ़ाइटोन्यूट्रिएंट्स, फ़ाइबर और प्रोटीन से समृद्ध होते हैं। ये आख़िरी दो चीज़ें ख़ास तौर पर हमें भरपेट और संतुष्ट होने का एहसास कराती हैं और इसके साथ ही पोषक तत्वों तथा कैलोरियों की हमारी ज़रूरतों को भी पूरा करती हैं। फ़ास्ट फ़ूड्स में आम तौर पर फ़ाइबर और प्रोटीन कम होता है, इसलिए हमें अपनी भूख शांत करने के लिए इस ज़्यादा कैलोरी वाले जंक फ़ूड की ज़्यादा मात्रा खानी पड़ती है।

और अंत में दो कारण हैं, जिस वजह से हम इसे "फ़ास्ट" फ़ूड कहते हैं। न सिर्फ़ इसे जल्दबाज़ी में सर्व किया जाता है, बल्कि समय की कमी से ग्रस्त हम लोग इसे जल्दबाज़ी में खाते भी हैं। हम अपने शरीर के फ़ीडबैक तंत्र को यह बताने का मौक़ा ही नहीं देते कि खाना कब बंद करना है।

हाई फ़ाइबर डाइट्स से वज़न को ज़्यादा अच्छी तरह नियंत्रित किया जा सकता है। सभी फ़ास्ट फ़ूड चेन्स में अब ब्रोशर्स उपलब्ध हैं, जिनमें उनके द्वारा प्रदान किए जाने वाले खाद्य पदार्थों के तत्वों की जानकारी रहती है। तो नियंत्रण अपने हाथ में लें। ब्रोशर्स पढ़कर बेहतर विकल्प चुनें। आपको समझदारी भरे चुनाव करने में मदद करने के लिए इस पुस्तक के आख़िरी अध्याय में दिशानिर्देश दिए गए हैं। आप रेस्तराँओं या बाहरी जगहों पर ऐसे आहार ख़रीद *सकते* हैं, जो आपकी व्यस्त दिनचर्या के अनुरूप हों, आपकी भूख और स्वाद को संतुष्ट करें, आपके शरीर में सिर्फ़ कैलोरी

न भरें या अस्वस्थ पोषण का उदाहरण न हों। आपको तो बस समझदारी से स्वस्थ निर्णय लेने की ज़रूरत है। आपको आज की ख़ास डिश के सामने सिर झुकाने और उसे ख़रीदने की कोई ज़रूरत नहीं है।

अपनी शर्तों पर भोजन का ऑर्डर दें। फ़ास्ट फ़ूड उद्योग ने पिछले पचास सालों में साबित किया है कि आपकी अच्छी सेहत इसका बुनियादी लक्ष्य नहीं है।

जब मेरी एक बेटी नौ साल की थी, तो उसने न्यूज़ में एक चीज़ देखी। इसमें मैकडॉनल्ड्स की निर्णय प्रक्रिया की जाँच की गई थी और यह बताया गया था कि यह नए खाद्य पदार्थ उपलब्ध कराने का निर्णय कैसे लेता है। जब मैकडॉनल्ड्स का एक्ज़ीक्यूटिव एक रिपोर्टर के सवाल का जवाब नहीं दे पाया कि बच्चों के स्वास्थ्य के संदर्भ में नए प्रॉडक्ट्स क्यों नहीं लाए जा रहे हैं, तो मेरी बेटी ने मुड़कर मुझसे कहा, "डैडी, मैं दोबारा कभी मैकडॉनल्ड्स में नहीं खाना चाहती।"

वह तब से आज तक प्रबलता से इसी दृष्टिकोण पर क़ायम है। सौभाग्य से मैकडॉनल्ड्स आजकल कुछ ज़्यादा स्वस्थ आहार देने लगा है, लेकिन पूरे फ़ास्ट फ़ूड उद्योग को काफ़ी सुधार की ज़रूरत है। *न्यू इंग्लैंड जर्नल ऑफ़ मेडिसिन*[739] में प्रकाशित एक लेख के अनुसार मैकडॉनल्ड्स अमेरिका में जो फ्रेंच फ्राइज़ बेचता है, उनमें से अधिकांश में बाक़ी देशों में बेचे जाने वाले फ्राइज़ की तुलना में ज़्यादा ट्रांस फ़ैट्स होते हैं - कुल फ़ैट का 23.2 प्रतिशत या 10.2 ग्राम। मिसाल के तौर पर, डेनमार्क में बिकने वाले फ्राइज़ में ट्रांस फ़ैट कुल फ़ैट का सिर्फ़ 1 प्रतिशत होता है।

इससे आपको सदमा पहुँच सकता है, ख़ास तौर पर तब जब आप इस तथ्य पर ग़ौर करते हैं कि हर दिन 5 ग्राम ट्रांस फ़ैट्स ही हृदय रोग के जोखिम को 25 प्रतिशत तक बढ़ा सकते हैं। सौभाग्य से, सितंबर 2002 में मैकडॉनल्ड्स ने ट्रांस फ़ैट्स के इस्तेमाल को आधा करने का वादा किया है।

फ़ास्ट फ़ूड उद्योग तंबाकू उद्योग से बहुत अलग नहीं है, जिसने बरसों तक इस बात से इंकार किया कि सिगरेट की लत पड़ती है और यह स्वास्थ्य के लिए हानिकारक है। ऐतिहासिक रूप से, ये कंपनियाँ बच्चों के स्वास्थ्य की क़ीमत पर बिलियनों डॉलर कमाती हैं। मुझे उम्मीद है कि कुछ लोगों में मानव स्वास्थ्य और पोषण को बेहतर बनाने का साहस होगा, भले ही इससे उनका मुनाफ़ा थोड़ा कम हो जाए।

अंत में ध्यान रखें, हम सभी लोग फ़ास्ट फ़ूड कंपनियों के कामों में परिवर्तन ला सकते हैं। हम कहाँ खाते हैं और क्या ऑर्डर देते हैं, इस बारे में स्वस्थ विकल्प चुनकर हम ऐसा कर सकते हैं। आप एक चीज़ पर हमेशा भरोसा कर सकते हैं : ये कंपनियाँ बाज़ार की माँग के अनुरूप काम करेंगी।

12. आनुवंशिक रुझान

आनुवंशिकी मोटापे में भी भूमिका निभा सकती है। फ़ैट सेल्स द्वारा स्त्रावित हॉर्मोन लेप्टिन मस्तिष्क को भूख कम करने का संकेत भेजता है। मोटे लोग लेप्टिन के प्रति

उतने संवेदनशील नहीं होते। इस प्रवृत्ति का कारण परिवेश संबंधी होता है, लेकिन इसका उद्‌गम आनुवंशिक विरासत में भी हो सकता है।

भयंकर "स्वीट टूथ" - मीठे की असामान्य लालसा - का आधार आनुवंशिक हो सकता है। सुक्रोज़ (टेबल शुगर का रासायनिक नाम) एंडॉर्फ़िन्स को मुक्त करती है। ये रसायन दर्द कम करते हैं और आम तौर पर अच्छा एहसास दिलाते हैं। अध्ययनों में भी नवजात शिशुओं को शकर देने से दर्द से राहत मिलती देखी गई है।[740] हर व्यक्ति अलग-अलग मात्रा में मिठाई का स्वाद लेता है। यह भिन्नता मूलतः आनुवंशिक होती है; एक ज़िम्मेदार जीन की लोकेशन हाल ही में पता चली है।[741]

वैज्ञानिकों को शक है कि कई अन्य तरीक़ों से भी हममें मोटापे के प्रति आनुवंशिक रुझान होता है। लेकिन कोई भी सचमुच नहीं जानता कि ये घटक मोटापे की महामारी में किस तरह योगदान देते हैं। यह अध्ययन का रोमांचक नया क्षेत्र है, जिससे किसी दिन मोटापे के इलाज में मदद मिल सकती है। बहरहाल, यह बहुत संभव नहीं है कि आनुवंशिकी रुझान मोटापे की दर में इतनी तेज़ वृद्धि का प्रमुख कारण हो। इंसानों में आनुवंशिक परिवर्तन बहुत धीमी गति से होते हैं। इनमें कई हज़ार साल लग जाते हैं। मोटापे की महामारी पिछले तीस सालों में ही तेज़ी से फैली है। असल समस्या मानवीय व्यवहार है। यह अर्थशास्त्र और जीवनशैली के चुनाव का मामला है।

लेकिन उन व्यक्तियों के बारे में क्या, जो अपनी आनुवंशिक विरासत से जूझ रहे हैं?

हमारे जीन्स आनुवंशिकी और परिवेश या व्यक्तिगत इतिहास के तालमेल से अभिव्यक्त होते हैं। यह स्पष्ट है कि हमारा परिवेश और जीवनशैली हाल ही में बदले हैं। इसीलिए इस पुस्तक में सबसे ज़्यादा ज़ोर जीवनशैली बदलने पर दिया गया है।

13. पर्याप्त नींद की कमी

जैसा अध्याय 6 में बताया गया है, पर्याप्त नींद के महत्व को कम नहीं आँकना चाहिए। रात को सात-आठ घंटे की नींद लेने के कई लाभों में से एक वज़न की कमी भी है। अपर्याप्त नींद मोटापे का जोखिम घटक है।[742] मैंने अपने कई मोटे रोगियों को नींद संबंधी समस्याओं (जैसे स्लीप एप्निया) से ग्रस्त देखा है, जिन्हें बेहतर ढंग से सुलाने के लिए ब्रीदिंग मशीन्स पर रखा गया, जिससे उनका वज़न कम होने लगा। मुझे कई लोगों ने क़सम खाकर यह बताया है कि उन्होंने अपने जीवन में किसी चीज़ को नहीं बदला और सिर्फ़ बेहतर नींद से उनका वज़न कम होने लगा।

मोटापे के तेरह जोखिम घटकों की यह सूची पूर्ण नहीं है। इसके अलावा भी कई अन्य जोखिम घटक होते हैं। बहरहाल, इस सूची में सभी बड़े घटक शामिल हैं - जो खान-पान से मिलने वाली ऊर्जा और हमारे द्वारा ख़र्च की जाने वाली ऊर्जा के विश्वव्यापी असंतुलन के लिए ज़िम्मेदार हैं।

सबसे महत्वपूर्ण बात यह है कि इस सूची से आपको यह स्पष्ट समझ मिलती

है कि वज़न कम करने वाले लगभग सभी डाइट प्लान्स लंबे समय में असफल क्यों हो जाते हैं। वे आम तौर पर सकल जीवनशैली को नज़रअंदाज़ करते हैं और सिर्फ़ एक ही मुद्दे पर केंद्रित होते हैं, जैसे "लो-कार्ब" या "लो-फ़ैट।"

फ़िगर 11.4

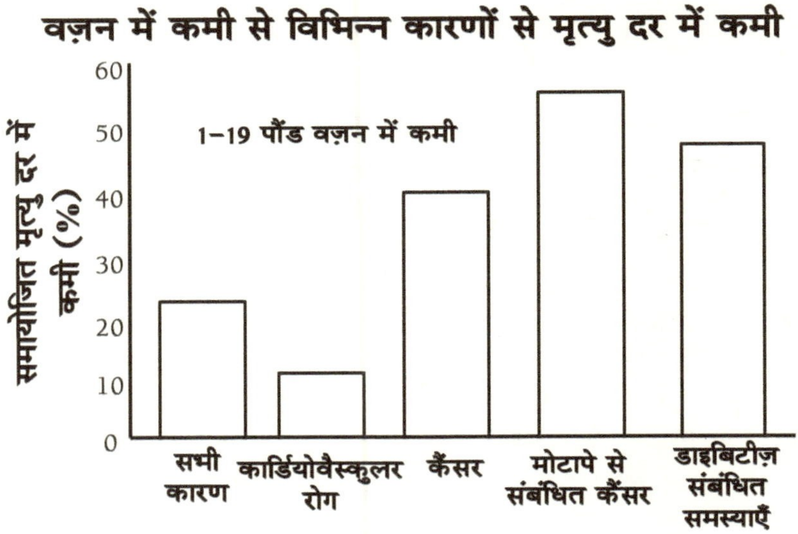

Source: Williamson DF, et al. Am J Epidemiol. 1995; 141: 1128-1141

गेम प्लान की उपमा - मान लें, आप एक बहुत बुरी सॉकर टीम के मालिक हैं। आप कायाकल्प करने के लिए एक नए मैनेजर को नौकरी पर रखने के लिए इंटरव्यू ले रहे हैं। उस पद का एक आवेदक कहता है कि वह आपके गोलकीपर की तकनीक को बेहतरीन बनाकर आपकी टीम को विजेता बना सकता है। वह व्यक्ति गोलकीपिंग का जादूगर कोच है। हर व्यक्ति यह बात कहता है। क्या आप उसे नौकरी पर रखेंगे? नहीं, आप नहीं रखेंगे। आप सिर्फ़ एक स्थान पर खेलने वाले सिर्फ़ एक खिलाड़ी के खेल को बेहतर बनाकर अपनी टीम की क़िस्मत नहीं पलट सकते। आप ग्यारह खिलाड़ियों को सॉकर गेम में उतारते हैं। आपको हर पोज़ीशन में सबसे अच्छे खिलाड़ी चाहिए। उन सभी का आपस में तालमेल होना चाहिए। हर पोज़ीशन की योग्यताएँ अलग होती हैं, इसलिए आपको एक ऐसी रणनीति की ज़रूरत है, जो आपकी टीम की शक्तियों को अधिकतम करे और इसकी कमज़ोरियों की भरपाई करे। आपको एक ऐसे गेम प्लान की ज़रूरत है, जिसे हर नए विरोधी के हिसाब से ढाला जा सके।

और अच्छी ख़बर भी है! मुझे एहसास है कि इस लंबे अध्याय ने काफ़ी बोझिल तस्वीर पेश की है। लेकिन आख़िरी शब्द यह है कि कई परिणामों को पलटा जा सकता है। इस महामारी को पलटने की काफ़ी उम्मीद है, बशर्ते हम बदलने के इच्छुक हों। आप अपने जोखिम घटकों को दूर कर सकते हैं, बशर्ते आप बदलने के इच्छुक हों।

आपको तो बस उस क्रांति का हिस्सा बनने की ज़रूरत है, जिस पर आप अमल कर सकते हैं – क़दम दर कदम।

ग़ुब्बारे की हवा बाहर निकलने देना

यह सच है। मोटापे के कई नुक़सानदेह स्वास्थ्य प्रभावों को उलटा जा सकता है।

एक अध्ययन के अनुसार एक पौंड से उन्नीस पौंड तक वज़न कम करने से मृत्यु दर में 20 प्रतिशत कमी देखी गई।[743] (देखें फ़िगर 4)।

एक और उल्लेखनीय अध्ययन में फ़ैट लॉस का संबंध मृत्यु दर में कमी से पाया गया।[744] डाइबिटीज़ के जो रोगी अपना वज़न बीस से उन्तीस पौंड (शुरुआती वज़न का 10 से 15 प्रतिशत) घटा लेते हैं, उनकी जल्दी मरने की आशंका 33 प्रतिशत कम हो जाती है।[745] वज़न में थोड़ी सी कमी (10 प्रतिशत) का बहुत ज़्यादा असर होता है। इससे उन सालों की संख्या बहुत कम हो जाती है, जिनमें मोटे व्यक्ति को हाइपरटेंशन, टाइप 2 डाइबिटीज़ या बढ़े हुए कोलेस्टेरॉल का सामना करना होगा।[746, 747] एक अध्ययन ने दर्शाया है कि मोटापा घटाने वाले जीवनशैली-परिवर्तन सी-रिएक्टिव प्रोटीन को कम करते हैं और इन्सुलिन संवेदनशीलता को भी बेहतर बनाते हैं।[748] सकारात्मक जीवनशैली परिवर्तन इनफ़्लेमेशन के अन्य सूचकों को भी कम करते हैं।[749] टाइप 2 डाइबिटीज़ वाले रोगियों के बचने की दर हर एक किलो वज़न की कमी पर तीन-चार महीने बढ़ गई।[750] अमेरिकन गैस्ट्रोएंटेरोलॉजिकल एसोसिएशन के अनुसार, 5 प्रतिशत वज़न कम करने की हल्की योजना भी मोटापे संबंधी कई रोगों को बेहतर बना सकती है।[751] वज़न कम करने से हाइपरटेंशन भी घटता है।[752]

यह हर उस व्यक्ति के लिए अच्छी ख़बर है, जिसका वज़न ज़्यादा है और जो फ़ैट कम करने की कोशिशों से कुंठित हो चुका है। आपकी सेहत को बेहतर बनाने के लिए देर नहीं हुई है। आदर्श स्वास्थ्य की दिशा में उठाया गया हर क़दम आपकी मदद करेगा।

और अगर आप मोटे हैं, तो कृपया यह याद रखें – आप रातोरात मोटे नहीं हुए थे, न ही रातोरात आपका अतिरिक्त फ़ैट कम होगा। जीवनशैली के परिवर्तनों के कारण पूरी आबादी ज़्यादा मोटी हो रही है। जीवनशैली के परिवर्तन ही फ़ैट कम करने और इसे दोबारा हासिल करने से बचने का इकलौता स्वस्थ उपाय हैं। हमें कई परिवर्तन करने की ज़रूरत है। लेकिन हम उन्हें एक समय में एक-एक करके ही कर सकते हैं और उन सभी से फ़ायदा हो सकता है। हो सकता है कि आपके शरीर का आकार और हुलिया धीरे-धीरे बदले, लेकिन परिवर्तन स्थायी रहेंगे।

यह पुस्तक आपको जानकारी देती है कि आपको कौन से परिवर्तन करने चाहिए। उन्हें करना शुरू करें; आप आदर्श स्वास्थ्य की राह पर तेज़ी से आगे बढ़ने लगेंगे।

डाइबिटीज़ की विश्वव्यापी महामारी को समझना भी अत्यंत महत्वपूर्ण है। यह एक और क्षेत्र है, जिसमें आपको फ़ैशनेबल प्रॉडक्ट्स से बचने की ज़रूरत है,

विनाशकारी दीर्घकालीन रोगों से बचने के लिए क़दम उठाने की ज़रूरत है और यह जानने की ज़रूरत है कि जीवनशैली में कौन से परिवर्तन करने हैं।

यह सब अगले अध्याय में बताया गया है।

अध्याय 12

मीठी और घातक – इन्सुलिन रज़िस्टेंस और टाइप 2 डाइबिटीज़ की विश्वव्यापी महामारी

हर काम के अच्छे और बुरे दोनों तरह के पहलू होते हैं, लेकिन प्राचीन काल के शाही दरबारों में भोजन का स्वाद चखने वाले के काम में इन दोनों ही पहलुओं की अति थी। अच्छा पहलू यह था कि आपको सबसे अच्छे लोगों के साथ भोजन करने और सबसे बेहतरीन स्वाद वाले लज़ीज़ व्यंजन चखने का मौक़ा मिलता था – और यह कहने की ज़रूरत नहीं है कि सबसे पहले आप ही उन्हें चखते थे। बुरा पहलू यह था कि अगर कोई राजा के मीट, भोजन या शराब में ज़हर मिलाकर उसे मारने की कोशिश करता था, तो राजा की जगह आप परलोक सिधार जाते थे। यह उस पद के कर्तव्यों में शामिल पेंच था और ज़ाहिर है, उसमें रिटायरमेंट योजना भी नहीं थी।

आज हम जो सबसे ख़तरनाक आहार खाते हैं, वह इतनी तेज़ी से काम नहीं करता कि खाना चखने वाला व्यक्ति उपयोगी साबित हो। ज़ाहिर है, यह भोजन का स्वाद चखने वाले को छोड़कर बाक़ी सबके लिए दुर्भाग्यपूर्ण है। लेकिन ख़राब आहार दो क़रीबी रूप से जुड़ी बीमारियों का प्रमुख जोखिम घटक है, जो आधुनिक जगत में बहुत तेज़ी से बढ़ रही हैं।

डाइबिटीज़ और इन्सुलिन रज़िस्टेंस ऐसे रोग हैं, जिनमें रक्त में शकर का स्तर बढ़ जाता है। यह मीठा रोग लग सकता है, लेकिन सच तो यह है कि इन विकृतियों से मौत का ख़तरा बढ़ जाता है। कटु सत्य यह है कि ये रोग पूरी दुनिया में तेज़ी से बढ़ते जा रहे हैं।

डाइबिटीज़ एक दीर्घकालीन रोग है, जो शरीर द्वारा बनाए जाने वाले इन्सुलिन के उत्पादन की कमी से उत्पन्न होता है। यह कमी या तो विरासत में मिलती है या फिर बाद में उत्पन्न होती है। टाइप 1 डाइबिटीज़ में शरीर इन्सुलिन बनाने में अक्षम होता है। टाइप 2 डाइबिटीज़ में शरीर इन्सुलिन तो बनाता है, लेकिन उस पर उचित प्रतिक्रिया करने में अक्षम रहता है।[753]

विश्व स्वास्थ्य संगठन की डाइबिटीज़ पर जारी नॉनकम्युनिकेबल डिसीज़

प्रिवेन्शन फ़ैक्ट शीट के अनुसार[754] दुनिया भर में कम से कम 18 करोड़ लोग डाइबिटीज़ के शिकार हैं। यह आँकड़ा 2030 तक बढ़कर 36 करोड़ होने की आशंका है। हर साल लगभग 40 लाख लोग डाइबिटीज़ से होने वाली जटिलताओं के कारण मरते हैं। डाइबिटीज़ के प्रकरणों में शीर्षस्थ दस देश हैं : भारत, चीन, अमेरिका, इंडोनेशिया, रूस, जापान, बंगलादेश, पाकिस्तान, ब्राज़ील और इटली।[755] विश्व स्वास्थ्य संगठन के अनुसार डाइबिटीज़ के दुनिया भर के लगभग एक चौथाई रोगी भारत में रहते हैं।[756]

यह महामारी बड़ी तेज़ी से फैली है। 1985 में दुनिया में संभवतः सिर्फ़ 3 करोड़ लोगों को ही डाइबिटीज़ थी। 2008 में टाइप 2 डाइबिटीज़ से पीड़ित लोगों की संख्या 18 करोड़ है और यह डाइबिटीज़ के 90 प्रतिशत प्रकरणों के लिए ज़िम्मेदार है।

औद्योगीकृत देशों में लगभग आधे डाइबिटीज़ रोगी कार्डियोवैस्कुलर रोग से मरते हैं, लेकिन डाइबिटीज़ दूसरी गड़बड़ियाँ भी उत्पन्न करती है। यह पूरे शरीर की रक्त नलिकाओं को नुक़सान पहुँचाती है - बड़ी नलिकाओं को भी (मैक्रोवैस्कुलर डैमेज) और छोटी नलिकाओं को भी (माइक्रोवैस्कुलर डैमेज)। डाइबिटिक न्यूरोपैथी (नर्व डैमेज) शायद सबसे आम जटिलता है, जिसका शिकार 50 प्रतिशत डाइबिटीज़ रोगी किसी न किसी हद तक होते हैं। न्यूरोपैथी से सेंसरी लॉस हो सकता है, ऑटोनॉमिक नर्वस सिस्टम को नुक़सान हो सकता है (जो श्वसन, पाचन और हृदय दर जैसे कामों को नियंत्रित करता है) और यह डाइबिटीज़ के शिकार पुरुषों में नपुंसकता का प्रमुख स्रोत है। डाइबिटिक रेटिनोपैथी या आँखों के रेटिना को नुक़सान अंधेपन का अग्रणी कारण है। डाइबिटीज़ किडनी फ़ेल्योर के अग्रणी कारणों में से भी एक है और निचले अंगों के विच्छेद का सबसे आम कारण है।

पूर्वी भूमध्यसागर में डाइबिटीज़ मृत्यु का चौथा अग्रणी कारण है, जो उस क्षेत्र के 22 करोड़ लोगों में से 1.7 करोड़ लोगों को है। डाइबिटीज़ वयस्क जनसंख्या के 7 से 25 प्रतिशत हिस्से में फैली है।

टाइप 2 डाइबिटीज़ की महामारी अमेरिका में भी बाक़ी विकसित देशों जितनी ही बुरी तरह फैली है और इससे अमेरिकी जनसंख्या के 6.3 प्रतिशत यानी लगभग 1.9 करोड़ लोग पीड़ित हैं। और ये आँकड़े तो वे हैं, जिनका पता चल चुका है। माना जाता है कि 50 लाख अमेरिकियों को डाइबिटीज़ तो है, लेकिन वे यह बात नहीं जानते हैं। इन लोगों में गंभीर जटिलताओं का जोखिम बढ़ जाता है, जिसमें अंधापन, अंग-विच्छेद और मृत्यु शामिल हैं, क्योंकि उनकी बीमारी का इलाज नहीं हो रहा है। अमेरिकन डाइबिटीज़ एसोसिएशन के अनुसार जिन लोगों को डाइबिटीज़ का उपचार मिलता है, उनमें से 63 प्रतिशत की उतनी अच्छी तरह देखभाल नहीं हो रही है, जितनी अमेरिकन डाइबिटिक एसोसिएशन के पैमानों के अनुरूप होनी चाहिए।[757] अमेरिकन कॉलेज ऑफ़ एंडोक्रिनोलॉजी ने हाल ही में HbA1c कम करने की अनुशंसा की है (डाइबिटीज़ के दीर्घकालीन नियंत्रण की निगरानी करने वाली जाँच), जिससे चिकित्सा समुदाय के इस यक़ीन का पता चलता है कि ऐसे बहुत से अमेरिकी हैं, जिन्हें उपचार लेना चाहिए, लेकिन नहीं ले रहे हैं।

हालाँकि टाइप 2 डाइबिटीज़ को कभी वयस्कों का रोग माना जाता था, लेकिन यह महामारी अब बच्चों को भी व्यापकता से चपेट में ले रही है। एक अध्ययन[758] के अनुसार, "जापान के स्कूली बच्चों ... में टाइप 2 डाइबिटीज़ पिछले 20 सालों में तीस गुना से ज़्यादा बढ़ी है।" अमेरिका में टाइप 2 डाइबिटीज़ जिन नए लोगों में पाई जाती है, उनमें से लगभग 20 प्रतिशत नौ से उन्नीस साल के बच्चे होते हैं। इंटरनेशनल डाइबिटीज़ फ़ेडरेशन[759] के अनुसार आज पैदा होने वाले तीन अमेरिकियों में से एक को ज़्यादा वज़न और मोटापे के कारण टाइप 2 डाइबिटीज़ होगी।

डाइबिटीज़ की आर्थिक लागत भयानक है। अनुमान है कि 2002 में सिर्फ़ अमेरिका में ही डाइबिटीज़ की प्रत्यक्ष और अप्रत्यक्ष लागत कुल मिलाकर 132 अरब डॉलर थी, जिसमें अस्पताल में भर्ती होने और रोग संबंधी जटिलताओं के इलाज का ख़र्च शामिल था, जिसने राष्ट्रीय ख़र्च में महत्वपूर्ण योगदान दिया। प्रत्यक्ष चिकित्सा ख़र्च 92 अरब डॉलर था और अप्रत्यक्ष ख़र्च - जैसे खोए कार्यदिवस, कम गतिविधि के दिन, और विकलांगता - कुल मिलाकर 40 अरब डॉलर के थे। डाइबिटीज़ रोगियों के मामले में प्रति व्यक्ति चिकित्सा ख़र्च 13,243 डॉलर था, जबकि डाइबिटीज़ रहित लोगों में यह 2,500 डॉलर था- यानी कि पाँच गुना से भी ज़्यादा।[760]

लेकिन यहाँ पर अच्छी ख़बर है : **विश्वव्यापी डाइबिटीज़ की महामारी धीमी हो सकती है और इसे उलटा भी जा सकता है।** विश्व स्वास्थ्य संगठन की डाइबिटीज़ रिपोर्ट के अनुसार, जिसका ज़िक्र हम पहले भी कर चुके हैं, "चीन, कनाडा, अमेरिका और कुछ यूरोपीय देशों में बड़ी जनसंख्या पर आधारित अध्ययन ने सुझाया है कि वज़न में हल्की सी भी कमी और हर दिन आधा घंटे पैदल चलने से भी डाइबिटीज़ होने की आशंका को ज़्यादा वज़नी लोगों में कम किया जा सकता है, जिनमें हल्का सा ग्लूकोज़ टॉलरेन्स गड़बड़ हो।" इन अध्ययनों में से एक *न्यू इंग्लैंड जर्नल ऑफ़ मेडिसिन* ने किया था।[761] इस अध्ययन ने बिना किसी निश्चित क्रम के इम्पेयर्ड ग्लूकोज़ टॉलरेन्स वाले 522 अधेड़, ज़्यादा वज़नी लोगों को या तो इंटरवेंशन समूह में डाल दिया या फिर कंट्रोल ग्रुप में। इंटरवेंशन समूह के प्रत्येक व्यक्ति को अपना वज़न कम करने, फ़ैट और सैचुरेटेड की कुल ख़ुराक कम करने और फ़ाइबर बढ़ाने व शारीरिक गतिविधि ज़्यादा करने के बारे में व्यक्तिगत सलाह दी गई। इन लोगों की 3.2 साल तक निगरानी की गई और इस अध्ययन का निष्कर्ष था, "परीक्षण के दौरान इंटरवेंशन समूह में डाइबिटीज़ का ख़तरा 58 प्रतिशत तक कम हो गया। डाइबिटीज़ की इस कमी का सीधा संबंध जीवनशैली के परिवर्तनों से था।"

यह एक और उदाहरण है कि आपके स्वास्थ्य को सुधारने, वज़न कम करने, हृदय रोग, कैंसर और डाइबिटीज़ के जोखिम को कम करने का सबसे अच्छा तरीक़ा **जीवनशैली में परिवर्तन** है - न कि तुरत-फुरत समाधान, चालबाज़ी भरे यंत्र, "चमत्कारी" प्रॉडक्ट्स या सिर्फ़ आहार। हमने हमेशा यह सिखाया है और हमेशा यही सिखाएँगे। फ़ैशनेबल डाइट्स और एक ही चीज़ पर केंद्रित वेट-लॉस योजनाएँ लंबे समय में काम नहीं करती हैं और हो सकता है कि उनकी वजह से आपको अन्य

दीर्घकालीन रोगों का जोखिम *बढ़* जाए।

आदर्श स्वास्थ्य क्रांति कोई फ़ैशनेबल प्रॉडक्ट या तुरत-फुरत समाधान नहीं है। मैं तो आपको फ़ैशनेबल प्रॉडक्ट्स और तुरत-फुरत समाधानों से बचाना चाहता हूँ।

इस महामारी को धीमा करने का हमारा सबसे अच्छा अवसर टाइप 2 डाइबिटीज़ को पालने में ही कुचल देना है - इसके शुरू होने से पहले ही इसे ख़त्म कर देना है। टाइप 2 डाइबिटीज़ होने से पहले लोगों में आम तौर पर किसी न किसी तरह का थोड़ा इन्सुलिन रज़िस्टेंस होता है। यह इस रोग की प्रगति को पलटने का सबसे अच्छा समय है।

इन्सुलिन एक कुंजी है, जो ग्लूकोज़ (शकर) भीतर पहुँचाने के लिए कोशिका का द्वार खोलती है। पहले हम सोचते थे कि टाइप 2 डाइबिटीज़ के साथ इकलौती समस्या यह है कि रोगी का पैंक्रियाज़ पर्याप्त इन्सुलिन नहीं बनाता है। अब हम जान चुके हैं कि बीमारी की प्रक्रिया में समस्या इन्सुलिन की "चाबी" के उत्पादन की नहीं, बल्कि "ताले" की होती है - कोशिका की दीवार के रिसेप्टर की। ये रिसेप्टर्स इन्सुलिन का प्रतिरोध करने लगते हैं। इससे शरीर को यह एहसास होता है कि कोशिकाओं में पर्याप्त ग्लूकोज़ नहीं पहुँच रहा है और प्रतिक्रियास्वरूप मस्तिष्क पैंक्रियाज़ को ज़्यादा इन्सुलिन बनाने का आदेश भेजता है। और आपके शरीर में बहुत ज़्यादा इन्सुलिन का होना अच्छी बात नहीं है।

जैसा ऊपर बताया जा चुका है, कई कारणों से इन्सुलिन रज़िस्टेंस पिछले कई दशकों के दौरान तेज़ी से बढ़ा है और उन सभी का संबंध जीवनशैली के बदलाव से है।

हाल-फ़िलहाल मैं आपके सामने यह स्पष्ट करूँगा कि आप अपने तथा अपने परिवार के लिए टाइप 2 डाइबिटीज़ का जोखिम कम करने के लिए क्या कर सकते हैं। लेकिन उससे पहले मैं चाहता हूँ कि आप कुछ वैज्ञानिक बातें समझ लें, जिनमें टाइप 1 और टाइप 2 डाइबिटीज़ के बीच का फ़र्क़ शामिल है। मैं इसे आसान बनाकर पेश करूँगा। मैं सोचता हूँ कि यह समझना बिलकुल अनिवार्य है कि आपको डाइबिटीज़ की आशंका कम करने के लिए जीवनशैली में परिवर्तन करने की ज़रूरत क्यों है।

टाइप 1 डाइबिटीज़

टाइप 1 को *बच्चों की* (juvenile) डाइबिटीज़ भी कहा जाता है। यह नहीं बढ़ रही है, क्योंकि यह ज़्यादातर पैदाइशी होती है।

टाइप 1 डाइबिटीज़ ऐसी स्थिति है, जिसमें पैंक्रियाज़ इन्सुलिन उत्पन्न करने की अपनी क्षमता गँवा देता है - आंशिक रूप से या पूरी तरह। टाइप 1 डाइबिटीज़ का आम कारण यह है कि शरीर का प्रतिरक्षण तंत्र पैंक्रियाज़ पर एंटीबॉडीज़ से हमला कर देता है। टाइप 1 आम तौर पर तब शुरू होती है, जब रोगी की उम्र कम होती है - इसीलिए इसे बच्चों की डाइबिटीज़ कहा जाता है - लेकिन यह पैंक्रियाज़ के किसी तरह

के नुक़सान की वजह से भी हो सकती है। टाइप 1 डाइबिटीज़ की आवृत्ति स्थिर रही है और वर्तमान में यह कुल डाइबिटीज़ के लगभग 5 से 10 प्रतिशत मामलों के लिए ही उत्तरदायी है।

जैसा बताया जा चुका है, इन्सुलिन की भूमिका यह है कि जब शकर पच जाए और रक्त में घुल जाए, तो यह शकर को हमारे शरीर की कोशिकाओं में पहुँचाने में मदद करे। जब भी हम कोई चीज़ खाते हैं, हमारे पैंक्रियाज़ रक्त में इन्सुलिन प्रवाहित कर देते हैं, ताकि कोशिकाएँ ऊर्जा के लिए शकर का इस्तेमाल कर सकें। अगर ऐसा नहीं होता है, तो इलेक्ट्रोलाइट असंतुलन कोमा या मृत्यु की ओर भी ले जा सकता है।

रक्त में शकर का स्तर बढ़ रहा है, इसके लक्षण हैं बढ़ी हुई प्यास और मूत्र, क्योंकि शरीर किडनी के माध्यम से अतिरिक्त शकर से मुक्ति पाने की कोशिश करता है। चूँकि टाइप 1 डाइबिटीज़ के लक्षण बहुत स्पष्ट होते हैं और आसानी से देखे जा सकते हैं, इसलिए आम तौर पर यह सलाह नहीं दी जाती कि इस प्रकार की डाइबिटीज़ के लिए लोगों की जाँच करना चाहिए। इसका सबसे आम उपचार ज़िंदगी भर इन्सुलिन के इंजेक्शन लगाना है। इन्सुलिन डोज़ देने के नए तरीक़ों पर अध्ययन चल रहा है और उन्हें खोजा भी जा रहा है।

टाइप 2 डाइबिटीज़

टाइप 2 डाइबिटीज़ टाइप 1 से बिलकुल अलग रोग है। इसे एडल्ट-ऑनसेट डाइबिटीज़ (वयस्कता में होने वाली डाइबिटीज़) कहा जाता था। अब यह नाम लागू नहीं होता, क्योंकि दुखद रूप से बच्चों की बढ़ती संख्या में भी टाइप 2 डाइबिटीज़ पकड़ में आ रही है। यह रोग मूलतः वयस्कों का इसलिए था, क्योंकि यह ख़राब जीवनशैली के व्यवहार से उत्पन्न होता है। यह सचमुच दहशत की बात है कि यह रोग बच्चों में भी आम हो गया है।

हम सोचा करते थे कि टाइप 2 डाइबिटीज़ मूलतः टाइप 1 का विलंब से प्रकट रूप है, इसलिए उपचार में हमेशा ज़्यादा इन्सुलिन उत्पन्न करने के लिए पैंक्रियाज़ को उद्दीप्त करना शामिल था। अब हम जान गए हैं कि रोग इससे ज़्यादा जटिल है। जैसा मैंने अभी-अभी स्पष्ट किया, टाइप 2 डाइबिटीज़ शुरुआत में इन्सुलिन स्तर को बढ़ा देती है, क्योंकि कोशिकाएँ इन्सुलिन का प्रतिरोध करने लगती हैं। बाद में इन्सुलिन का उत्पादन घटने लगता है। जेराल्ड एम. रीवन और उनके सहयोगियों के शोध की बदौलत हमें यह बात पता चली है।[762]

टाइप 2 डाइबिटीज़ दुनिया भर में नाटकीय रूप से बढ़ रही है और यह हमारी जीवनशैली से संबंधित है। इसके शुरुआती लक्षण टाइप 1 डाइबिटीज़ की तुलना में ज़्यादा सूक्ष्म हो सकते हैं। चूँकि बहुत सारे लोगों को इस बात का एहसास नहीं है कि उन्हें यह रोग है (सिर्फ़ अमेरिका में ही लगभग 50 लाख ऐसे लोग हैं), इसलिए अपने डॉक्टर से जाँच करवाना महत्वपूर्ण है।

तो आपको कैसे पता चले कि आपको यह रोग है? अमेरिकन डाइबिटीज़ एसोसिएशन के अनुसार, टाइप 2 डाइबिटीज़ का निदान नीचे दिए गए किसी भी पैमाने के आधार पर किया जाता है :

1. फ़ास्टिंग के समय प्लाज़्मा ग्लूकोज़ 126ml/dl या उससे ज़्यादा हो।
2. कभी भी जाँच में प्लाज़्मा ग्लूकोज़ के 200ml/dl या उससे ज़्यादा निकले और डाइबिटीज़ के लक्षण दिखें।
3. ऑरल ग्लूकोज़ टॉलरेंस टेस्ट के दौरान 200ml/dl या उससे ज़्यादा प्लाज़्मा ग्लूकोज़ हो।

अगर आपके डॉक्टर ने हाल ही में आपकी डाइबिटीज़ की जाँच नहीं की है (या अगर आपको याद न हो), तो कृपया जल्दी ही अपॉइंटमेंट ले लें। हो सकता है कि आपको काफ़ी समय से टाइप 2 डाइबिटीज़ हो और अनजाने में ही आपको काफ़ी स्थायी नुक़सान हो चुका हो।

अमेरिकन डाइबिटीज़ एसोसिएशन की सलाह है कि पैंतालीस साल और उससे ज़्यादा उम्र के सभी व्यक्तियों की डाइबिटीज़ की जाँच होनी चाहिए, ख़ास तौर पर उन लोगों की, जिनका बीएमआई 25 से ज़्यादा हो। अगर ब्लड शुगर की जाँच सामान्य आए, तो हर तीन साल बाद दोबारा टेस्ट करवाना चाहिए। बहरहाल, *आपको इससे ज़्यादा बार टेस्ट करवाना चाहिए और इससे कम उम्र से करवाने लगना चाहिए,* अगर आपमें नीचे बताए गए जोखिम घटक हों :

1. आपका वज़न ज़्यादा हो - बीएमआई 25 से ज़्यादा हो।
2. आपके किसी निकट रिश्तेदार को डाइबिटीज़ हो।
3. आप उच्च जोखिम वाले प्रजातीय समूह के सदस्य हों। (जैसे अमेरिका में अफ़्रीकी, हिस्पैनिक्स, नेटिव अमेरिकन्स, एशियाई और पैसिफ़िक आईलैंड के निवासी।)
4. आपने नौ पौंड से ज़्यादा वज़न के बच्चे को जन्म दिया हो या आपमें जेस्टेशनल डाइबिटीज़ का इतिहास हो।
5. आपका एचडीएल कोलेस्टेरॉल स्तर 35mg/dl या उससे कम हो और आपके ट्राइग्लिसरॉइड का स्तर 250 से ज़्यादा हो।
6. आपको हाई ब्लड प्रेशर हो।
7. किसी टेस्ट से यह संकेत मिला हो कि आपके ग्लूकोज़ टॉलरेन्स में गड़बड़ है।

अगर आपको वर्तमान में टाइप 2 डाइबिटीज़ है, तो कृपया सावधानी से अपने डॉक्टर की सलाह मानें। लेकिन इतने पर ही न रुकें। इस अध्याय में बाद में बताई गई कई सलाहें या तो दवाओं की मात्रा कम करने में आपकी मदद कर सकती हैं या

फिर रोग को बढ़ने से रोक सकती हैं। दुर्लभ मामलों में टाइप 2 डाइबिटीज़ के रोगी पूरी तरह से दवाएँ छोड़ने में समर्थ होते हैं, लेकिन ऐसा सिर्फ़ डॉक्टर की निगरानी में ही किया जाना चाहिए। हालाँकि मुझे उम्मीद है कि यह पुस्तक कुछ लोगों की दवाओं की आवश्यकता में कमी करने में मदद करेगी, लेकिन मेरा उद्देश्य आपके डॉक्टर के *साथ* मिलकर काम करना है। मैं नहीं चाहता कि मैं उसके साथ आपके संबंध में व्यवधान डालूँ। कृपया अपने डॉक्टर की सलाह और मार्गदर्शन के बिना दवा लेना कभी न छोड़ें। मैं यहाँ सिर्फ़ यह कह रहा हूँ कि अपनी सेहत को बेहतर बनाने में कभी बहुत ज़्यादा देर नहीं होती। भले ही आपको टाइप 2 डाइबिटीज़ हो चुकी हो।

आज टाइप 2 डाइबिटीज़ के उपचार के लिए बहुत सारी दवाओं का इस्तेमाल किया जाता है।

मेटफ़ॉर्मिन लिवर द्वारा ग्लूकोज़ के उत्पादन को कम करती है। थियाजॉलिडाइनेडियॉन्स (टीज़ेडडी) इन्सुलिन सेंसिटाइज़र्स होते हैं, जो फ़ैट और मसल सेल्स में ग्लूकोज़ के विलय को बेहतर बनाते हैं। ज़्यादा इन्सुलिन बनाने के लिए पैंक्रियाज़ को उद्दीप्त करने वाली दवाओं का हम अब भी प्रयोग करते हैं, लेकिन वे अब मुख्य उपचार नहीं हैं। दूसरी दवाएँ उपलब्ध हैं, लेकिन मेरा लक्ष्य आपको दवाओं से पूरी तरह दूर रखना है। आपको टाइप 2 डाइबिटीज़ होने से पहले ही मैं आपकी सेहत सुधार देना चाहता हूँ। हम ऐसा कर सकते हैं, बशर्ते हम समय रहते मेटाबोलिक सिंड्रोम या इन्सुलिन रज़िस्टेंस को पकड़ लें और जीवनशैली में गंभीर परिवर्तन कर दें।

मेटाबोलिक सिंड्रोम या इन्सुलिन रज़िस्टेंस

टाइप 2 डाइबिटीज़ के पूर्णतः सक्रिय होने से पहले अधिकांश रोगियों में संकेतों और लक्षणों का एक समूह नज़र आता है। जैसा 1960 और 1970 के दशकों में पहली बार पता चला, लक्षणों के इस समूह में कई कार्डियोवैस्कुलर जोखिम घटक शामिल थे : हाइपरटेंशन, डाइबिटीज़, लिपिड असामान्यताएँ और मोटापा।[763] रीवन ने सुझाव दिया कि इन्सुलिन रज़िस्टेंस कारण हो सकता है। उन्होंने इस समूह को सिंड्रोम एक्स नाम दिया, लेकिन आज इसे आम तौर पर मेटाबोलिक सिंड्रोम कहा जाता है।

(मेटाबोलिक सिंड्रोम की अवधारणा के संबंध में थोड़ा विवाद है। रीवन को यक़ीन है कि निदान से संबंधित सभी गुण सिर्फ़ इन्सुलिन रज़िस्टेंस की सामान्य प्रगति के कारण हैं और इसका अलग सिंड्रोम होना ज़रूरी नहीं है।[764] द अमेरिकन डाइबिटीज़ एसोसिएशन चाहता है कि "मेटाबोलिक सिंड्रोम" की जगह पर "कार्डियोमेटाबोलिक रिस्क" शब्दावली का प्रयोग डाइबिटीज़, हृदय रोग और स्ट्रोक के आपसी संबंध पर ज़ोर देने के लिए किया जाए।[765] मैं "मेटाबोलिक सिंड्रोम" का इस्तेमाल करूँगा, क्योंकि इसे व्यापकता से पहचाना और स्वीकार किया जाता है।)

वर्तमान में मेटाबोलिक सिंड्रोम के कारण को समझने के लिए काफ़ी शोध हो रहा है। कुछ अध्ययनों से संकेत मिलता है कि इन्सुलिन रज़िस्टेंस ही मेटाबोलिक सिंड्रोम

का कारण है। बहरहाल, कम से कम दो अध्ययनों[766, 767] ने सुझाया है कि हो सकता है कि इन्सुलिन रज़िस्टेंस मेटाबोलिक सिंड्रोम के सभी कार्डियोवैस्कुलर जोखिम घटकों का अंतर्निहित कारण न हो। मैं इस अध्याय में बाद में वर्णन करूँगा कि मुझे यह यक़ीन क्यों है कि इन्सुलिन रज़िस्टेंस के अलावा मेटाबोलिक सिंड्रोम का दूसरा कारण भी होता है। दरअसल, हो सकता है कि यह तत्व इन्सुलिन रज़िस्टेंस का कारण भी हो। और कारण महत्वपूर्ण होता है। इसे जानने से हमें पता चल जाता है कि टाइप 2 डाइबिटीज़ और अन्य दीर्घकालीन रोगों को होने से रोकने के लिए हमें किस तरह जीना चाहिए।

यही नहीं, मेटाबोलिक सिंड्रोम और इन्सुलिन रज़िस्टेंस का संबंध बहुत गंभीर रोगों से जोड़ा गया है, भले ही किसी व्यक्ति को टाइप 2 डाइबिटीज़ कभी न हो। इससे हृदय रोग का जोखिम बहुत बढ़ जाता है। और इसका संबंध प्रोस्टेट,[768, 769] लिवर,[770] यूटेरस,[771] कोलोन,[772] स्तन,[773] पैंक्रियाज़[774] कैंसरों के अलावा कई अन्य रोगों से है। यह कोई संयोग नहीं है कि इनमें से कुछ कैंसर इन्सुलिन रज़िस्टेंस की महामारी के साथ-साथ पूरी दुनिया में बढ़ते जा रहे हैं।

तो इसका आपके लिए क्या मतलब है?

आपको *इसी* समय पता लगाना चाहिए कि क्या आपमें मेटाबोलिक सिंड्रोम है। अगर है, तो आपको अपनी जीवनशैली बदलने के मामले में आक्रामक और गंभीर होने की ज़रूरत है। मेटाबोलिक सिंड्रोम की प्रगति को उलटने या उसकी गति को धीमा करने के लिए आपको अपनी जीवनशैली में एक-दो से ज़्यादा चीज़ों को बदलने की ज़रूरत होगी। अगर आप टाइप 2 डाइबिटीज़ वाले किसी व्यक्ति को अच्छी तरह जानते हैं, तो आपको यह एहसास भी होगा कि इसे हल्के में नहीं लेना चाहिए। इसके अलावा, अगर आपको वज़न कम करने में बहुत मुश्किल आ रही हो, तो यह भी मेटाबोलिक सिंड्रोम की वजह से हो सकता है। इसका मतलब है कि शायद वज़न कम करने की आपकी अक्षमता का संबंध दूसरी स्वास्थ्य गड़बड़ियों से हो, जिन्हें आप अब तक नहीं जान पाए हैं।

इसी वजह से मैं इन्सुलिन रज़िस्टेंस और मेटाबोलिक सिंड्रोम का वर्णन करने में इतना ज़्यादा समय लगा रहा हूँ। अगर हम वज़न कम करना चाहते हैं, और इससे भी ज़्यादा महत्वपूर्ण बात, आदर्श स्वास्थ्य हासिल करना चाहते हैं, तो हमें इसे विस्तार से समझना ही होगा।

FB

एक और चीज़, जो आपके डाइट में नहीं है

अधिकांश बिकने वाली डाइट योजनाएँ मेटाबोलिक सिंड्रोम से नहीं निबटती हैं या फिर उन्होंने ग़लत नीतियाँ अपना रखी हैं। कुछ तो ऐसी

सलाहें देती हैं, जिनसे मेटाबोलिक सिंड्रोम पहले से ज़्यादा ख़राब हो जाता है, जिससे वज़न कम करना और ज़्यादा मुश्किल बन जाता है। यह देखना आसान है कि वज़न कम करने वाली योजनाएँ आम तौर पर असफल क्यों होती हैं और कई लोग इतने कुंठित क्यों होते हैं - ख़ास तौर पर तब, जब इनमें से कई डाइट प्लान्स वैज्ञानिकों द्वारा लिखे या प्रचारित किए जाते हैं। मैं बीस साल से रोकथाम पर केंद्रित चिकित्सा के क्षेत्र में अनूठी, वैश्विक प्रैक्टिस कर रहा हूँ। बढ़ता हुआ वैज्ञानिक साहित्य और शोध, जिसके मैंने इस पुस्तक में बहुत से संदर्भ दिए हैं, मेरे दृष्टिकोण का समर्थन करता है।

निश्चित रूप से नए अध्ययन से हमें नई जानकारी मिलेगी, लेकिन पहले ही पर्याप्त जानकारी उपलब्ध है, इसलिए मैं आपको सही मार्ग दिखा सकता हूँ। मुझे पूरा यक़ीन है कि आपको भविष्य में अपनी दिशा में महत्वपूर्ण बदलाव नहीं करने पड़ेंगे।

मेटाबोलिक सिंड्रोम का पता लगाना

मेटाबोलिक सिंड्रोम का पता लगाने के चार जाने-पहचाने तरीक़े हैं।

1. मेटाबोलिक सिंड्रोम का पता लगाने का शायद सबसे आम पैमाना नेशनल कोलेस्टेरॉल एज्युकेशन प्रोग्राम का एडल्ट ट्रीटमेंट पैनल (एनसीईपी एटीपी-थ्री)[775] है। इस प्रोग्राम के अनुसार मेटाबोलिक सिंड्रोम तब होता है, जब नीचे दिए गए जोखिम घटकों में से तीन या उससे ज़्यादा मौजूद हों :

- असामान्य मोटापा, जो कमर के घेरे द्वारा परिभाषित है
  पुरुष > 102 सेमी या 40 इंच
  महिलाएँ > 88 सेमी या 35 इंच
- ट्राइग्लिसरॉइड्स 150 mg/dl या उससे ज़्यादा
- एचडीएल कोलेस्टेरॉल
  पुरुष < 40 mg/dl
  महिलाएँ < 50 mg/dl
- 130/85 mm Hg या इससे ज़्यादा ब्लड प्रेशर या फिर हाइपरटेंशन का इलाज चल रहा हो
- 110 से 125 mg/dl फ़ास्टिंग ग्लूकोज़

2. विश्व स्वास्थ्य संगठन ने मेटाबोलिक सिंड्रोम का पता लगाने का एक और तरीक़ा सुझाया है।[776] इस रिपोर्ट में मेटाबोलिक सिंड्रोम को इन्सुलिन रज़िस्टेंस या इम्पेयर्ड

ग्लूकोज़ टॉलरेंस के रूप में परिभाषित किया गया है, जिसके साथ नीचे दी गई कम से कम दो चीज़ें हों :

- हाइपरटेंशन > 130/85 mm Hg हो या अगर रोगी वर्तमान में हाइपरटेंशन रोकने की दवाएँ ले रहा हो।
- डाइस्लिपिडीमिया > 150 mg/dl प्लाज़्मा ट्राइग्लिसरॉइड या कम एचडीएल कोलेस्टेरॉल (पुरुषों में < 35 mg/dl, महिलाओं में < 40 mg/dl)
- केंद्रीय या आम मोटापा - कमर से पुट्ठों का अनुपात > पुरुषों में 0.9, महिलाओं में > 0.85 और/या बॉडी मास इंडेक्स > 30
- माइक्रोब्यूमिन्यूरिया - यूरिनरी एल्ब्यूमिन निष्कासन दर > 20 mcg/minute या एल्ब्यूमिन : क्रिएटिनाइन अनुपात > 30 mg/g

यह परिभाषा भी सटीक है और कार्डियोवैस्कुलर रोग की सूचक है, लेकिन चिकित्सा की दृष्टि से इस पर काम करना मुश्किल है, क्योंकि इसमें ग्लूकोज़ टॉलरेन्स के साथ-साथ माइक्रोएल्ब्यूमिन्यूरिया की जाँच भी ज़रूरी होती है।

3. द अमेरिकन हार्ट एसोसिएशन और नेशनल हार्ट, लंग एंड ब्लड इंस्टीट्यूट[777] किसी रोगी में मेटाबोलिक सिंड्रोम तब मानता है, जब वह नीचे दिए गए किन्हीं तीन मानदंडों को पूरा करता हो :

- कमर का घेरा पुरुषों में 102 सेमी (40 इंच) या महिलाओं में 88 सेमी (35 इंच) से ज़्यादा हो (एशियाई अमेरिकी लोगों में शायद पुरुषों के लिए 90 सेमी (35 इंच) और महिलाओं के लिए 80 सेमी (31 इंच) को कटऑफ़ मानना चाहिए)
- ट्राइग्लिसरॉइड्स 150mg/dl से ज़्यादा हों या हाइपरट्राइग्लिसरॉइडेमिया का इलाज चल रहा हो
- एचडलएल-कॉलेस्ट्रॉल पुरुषों में 40mg/dl और महिलाओं में 50mg/dl से कम हो या कम एचडीएल का इलाज चल रहा हो
- ब्लड प्रेशर 135/85 से ज़्यादा हो या हाइपरटेंशन का इलाज चल रहा हो
- फ़ास्टिंग ग्लूकोज़ 100mg/dl से ज़्यादा हो या बढ़े हुए ग्लूकोज़ का इलाज चल रहा हो

4. मानदंड का चौथा समूह इंटरनेशनल डाइबिटीज़ फ़ाउंडेशन का है।[778] किसी व्यक्ति को मेटाबोलिक सिंड्रोम से पीड़ित तब बताया जाता है, जब उसमें केंद्रीय मोटापा हो और वह दो अन्य मानदंडों को पूरा करता हो :

- प्रजातीय दृष्टि से विशिष्ट कमर के घेरे से ज़्यादा :

यूरोपिड्स - पुरुष > 94 सेमी, महिलाएँ > 80 सेमी
दक्षिण एशियाई - पुरुष > 90 सेमी, महिलाएँ > 80 सेमी
चीनी - पुरुष > 90 सेमी, महिलाएँ > 80 सेमी
जापानी - पुरुष > 85 सेमी, महिलाएँ > 80 सेमी
दक्षिण और केंद्रीय अमेरिकी
- पुरुष > 90 सेमी, महिलाएँ > 80 सेमी
सब-सहारन अफ़्रीकन्स
- पुरुष > 94 सेमी, महिलाएँ > 80 सेमी
पूर्वी मेडिटेरेनियन और मध्य पूर्व (अरब)
- पुरुष > 94 सेमी, महिलाएँ > 80 सेमी

- ट्राइग्लिसरॉइड्स > 150 mg/dl या हाइपरट्राइग्लिसरीडेमिया का इलाज चल रहा हो
- एचडीएल-कॉलेस्ट्रॉल < 40 mg/dl पुरुषों के लिए और < 50mg/dl महिलाओं के लिए या इसका इलाज चल रहा हो
- ब्लड प्रेशर > 135/85 या हाइपरटेंशन का इलाज चल रहा हो
- फ़ास्टिंग ग्लूकोज़ > 100 mg/dl या डाइबिटीज़ हो

कुछ शोधकर्ता अब इनफ़्लेमेशन को भी मेटाबोलिक सिंड्रोम की परिभाषा में शामिल करने लगे हैं।[779]

आपका डॉक्टर मेटाबोलिक सिंड्रोम का पता लगाने के लिए चाहे जिस विधि का इस्तेमाल करे, महत्वपूर्ण यह है कि आप जल्दी ही उसकी जाँच करवा लें।

आपको यह जानने की भी ज़रूरत है कि क्या आपमें इन्सुलिन रज़िस्टेंस है। इन्सुलिन संवेदनशीलता तय करने के कई तरीक़े हैं। हाइपरइन्सुलिनेमिक क्लांप विधि को स्वर्णिम पैमाना माना जाता है, लेकिन दुर्भाग्य से, इसमें बार-बार इन्सुलिन अंदर पहुँचाने और बार-बार ख़ून के सैंपल लेने की ज़रूरत होती है। हमने इन्सुलिन संवेदनशीलता नापने के लिए एक विधि का इस्तेमाल किया है, जो होमियोस्टेसिस मॉडल असेसमेंट (एचओएमए) और क्वांटिटेटिव इन्सुलिन सेंसिटिविटी चेक इंडेक्स (क्विकआई) जाँचों के समान है। ये जाँचें फ़ास्टिंग इन्सुलिन और ग्लूकोज़ के *एक पैमाने* का इस्तेमाल करती हैं। 5 से ऊपर के फ़ास्टिंग इन्सुलिन स्तर का सरल पैमाना इस बात का सबूत है कि सिंड्रोम शायद शुरू हो रहा है। हम इस विधि का इस्तेमाल दस साल से ज़्यादा समय से कर रहे हैं, व्यक्तिगत रूप से 15,000 से ज़्यादा लोगों को परामर्श दे रहे हैं और हमने पाया है कि यह विधि टाइप 2 डाइबिटीज़ की प्रगति का बहुत विश्वसनीय और सटीक सूचक है।

ये जाँचें अध्ययनों में भी प्रत्यक्ष स्वर्ण मानदंड पैमानों से मेल खाती हैं।[780] इसके अलावा, ये मेटाबोलिक सिंड्रोम को परिभाषित करने तथा कार्डियोवैस्कुलर रोग और टाइप 2 डाइबिटीज़ के विकास की जानकारी देने में भी उपयोगी हैं।[781, 782] इस विधि

और हमारे प्रोग्राम में रोगियों से व्यक्तिगत संपर्क द्वारा हमने मेटाबोलिक सिंड्रोम में विशेष ज्ञान हासिल किया है। हम यह भी जान चुके हैं कि जीवनशैली इसमें किस तरह योगदान देती है। ज़्यादातर शोधकर्ताओं के पास इस ज्ञान की कमी होती है, क्योंकि वे व्यक्तिगत दृष्टिकोण से मेटाबोलिक सिंड्रोम को नहीं देख पाते हैं।

हमारे इंस्टीट्यूट ने इन्सुलिन रज़िस्टेंस का पता लगाने का एक और तरीक़ा जोड़ा है। यह है विशेषीकृत कोलेस्टेरॉल जाँच के इस्तेमाल द्वारा, जिसका वर्णन अध्याय 9 में किया गया है। हाई ट्राइग्लिसरॉइड, लो एचडीएल2 और छोटे, घनीभूत एलडीएल कोलेस्टेरॉल कणों के तालमेल को देखकर हम इन्सुलिन रज़िस्टेंस का अक्सर जल्दी ही पता लगा सकते हैं – फ़ास्टिंग इन्सुलिन और ग्लूकोज़ के बढ़े हुए स्तरों की जाँच से पहले। स्टैनफ़ोर्ड यूनिवर्सिटी में रीवन की टीम ने इन परीक्षणों की सटीकता की पुष्टि की है।[783]

द थर्ड नेशनल हेल्थ एंड न्यूट्रिशन एग्ज़ामिनेशन सर्वे (एनएचएएनईएस) ने बताया है कि बीस साल की उम्र से ज़्यादा के वयस्कों में मेटाबोलिक सिंड्रोम की व्यापकता 24 प्रतिशत है, लेकिन उम्र-भेदक दर तेज़ी से बढ़ी थी। पचास साल की उम्र वाले लोगों में व्यापकता 30 प्रतिशत से अधिक थी और साठ साल से ज़्यादा के लोगों में 40 प्रतिशत से अधिक।[784] हालाँकि ये आँकड़े अमेरिकियों पर लागू होते हैं, लेकिन लगभग यही दर दुनिया के हर औद्योगीकृत देश में नज़र आती है – या जल्दी ही आएगी, अगर लोग जीवनशैली में तीव्र, नाटकीय सकारात्मक परिवर्तन नहीं करेंगे।

इन्सुलिन रज़िस्टेंस और मेटाबोलिक सिंड्रोम का कारण

हालाँकि पारंपरिक बुद्धिमत्ता कहती है कि बढ़ा हुआ इन्सुलिन ही मेटाबोलिक सिंड्रोम का कारण है, लेकिन मेरा अध्ययन और अनुभव एक अलग – या कम से कम अतिरिक्त – तत्व की ओर संकेत करता है।

सर्वश्रेष्ठ रूप से प्रशिक्षित वैज्ञानिकों को भी अक्सर रोगों और स्वास्थ्य संबंधी समस्याओं के कारणों व प्रभावों के बीच फ़र्क़ करने में कई बार मुश्किल आती है। इसीलिए जब दो चीज़ें आपस में जुड़ी नज़र आती हैं, तो उनका वर्णन करते वक़्त ज़्यादातर अध्ययनों में "संबंध" शब्द का इस्तेमाल किया जाता है। यह हमेशा स्पष्ट नहीं होता कि कौन सी चीज़ दूसरी चीज़ का कारण है या उनका साझा कारण क्या है। लेकिन मेटाबोलिक सिंड्रोम के मामले में कारण-और-परिणाम के संबंधों का पता लगाना महत्वपूर्ण है। कारण को जानने के बाद ही हम जीवनशैली के वे परिवर्तन कर सकते हैं, जो इसे घटाने के लिए आवश्यक हैं। तभी हम उन दीर्घकालीन रोगों की आशंका को भी कम कर सकते हैं, जो इसके कारण उत्पन्न होते हैं।

और – आश्चर्य! – यहाँ पर इन्सुलिन रज़िस्टेंस बढ़ाने वाले घटकों की सूची है। जैसा कैप्टेन रेनॉल्ट कहते, "सभी आम संदिग्ध व्यक्तियों को गिरफ़्तार कर लो।"

- ज़्यादा सैचुरेटेड फ़ैट्स, डार्क मीट और ट्रांस फ़ैट्स वाली ख़ुराक[785, 786, 787]
- व्यायाम की कमी[788]
- पेट का मोटापा[789]
- धूम्रपान[790]
- अपर्याप्त फल और सब्ज़ियाँ खाना[791]
- बढ़ा हुआ सी-रिएक्टिव प्रोटीन[792, 793, 794, 795, 796, 797]
- सॉफ़्ट ड्रिंक्स (डाइट सोडा भी)[798]

स्पष्ट रूप से ये सभी इन्सुलिन रिसेप्टर्स के काम को नुक़सान पहुँचाते हैं और इस वजह से रक्त में इन्सुलिन स्तरों को कुछ हद तक बढ़ाते हैं। रक्त में बढ़ा हुआ इन्सुलिन मेटाबोलिक सिंड्रोम से जुड़ी कई स्वास्थ्य समस्याओं की ओर ले जा सकता है। नीचे छिपी चीज़, जो इन सभी जोखिम घटकों के तालमेल में है, वह है इनफ़्लेमेशन, जैसा रक्त के कुछ सूचकों जैसे सी-रिएक्टिव प्रोटीन, ट्यूमर नेक्रोसिस फ़ैक्टर-अल्फ़ा और इंटरल्यूकेन-6 द्वारा दर्शाया गया। दरअसल, इन सूचकों को मध्यस्थ के रूप में भी देखा गया, जो एथेरोस्केलेरोसिस जैसी स्वास्थ्य संबंधी समस्याओं की ओर ले गए।[799]

इनफ़्लेमेशन की प्रकृति और परिणामों के बारे में अध्याय 2 और 3 में बहुत सी जानकारी दी गई है, इसलिए अगर आप चाहें, तो लौटकर उसे दोबारा पढ़ सकते हैं। यहाँ पर मैं तो बस इसे कम करने वाले क़दमों की सूची बताऊँगा। इसके साथ ही मैं इन्सुलिन रज़िस्टेंस को भी कम करने वाले क़दम बताऊँगा, जो इनफ़्लेमेशन से उत्पन्न होता है।

डॉ. ड्यूक का गेम प्लान

इन्सुलिन रज़िस्टेंस कम कैसे करें

यहाँ पर उन चीज़ों की लंबी सूची दी गई है, जिनके द्वारा आप अपना इन्सुलिन रज़िस्टेंस कम कर सकते हैं। आप यह नहीं समझ सकते कि इनमें से कुछ जीवनशैली परिवर्तन असरदार क्यों होते हैं। कृपया पिछले अध्यायों में बताई बातों की समीक्षा करें। लेकिन मैं उनकी सूची आपको बताना चाहता हूँ, ताकि आप शुरू कर सकें। इनमें से अधिकांश क़दम आसान हैं और उनमें से कुछ स्वाद के लिहाज़ से भी अच्छे हैं, जैसे साल्मन मछली और खड़ा अनाज खाना। यह पुस्तक पूरी पढ़ने के बाद आप लौटकर इन पन्नों को दोबारा पढ़ सकते हैं, ताकि आप बेहतर समझ सकें कि वे असरदार क्यों हैं।

यहाँ जीवनशैली में परिवर्तन करके इन्सुलिन रज़िस्टेंस कम करने के बाईस क़दम दिए गए हैं :

1. अपने आहार से सैचुरेटेड फ़ैट्स, ट्रांस फ़ैट्स और ओमेगा-6 फ़ैट्स कम कर

दें।[800, 801] इन फ़ैट्स के मूल स्रोत हैं लाल डार्क मीट,[802, 803] पाम ऑइल, नारियल का तेल, हाई-फ़ैट डेरी प्रॉडक्ट्स और कॉर्न ऑइल जैसे सस्ते तेल या अन्य आंशिक रूप से हाइड्रोजनेटेड तेल।

2. ज़्यादा शकर वाले कॉर्न सिरप को कम करें।[804] स्पोर्ट्स ड्रिंक्स और प्रोसेस्ड आहारों में इसकी बहुत ज़्यादा मात्रा होती है।[805, 806] मेहरबानी करके लेबल ज़रूर पढ़ें!
3. हाई ग्लाइसीमिक इंडेक्स जैसे सिंपल शकर वाले आहार कम खाएँ।[807] (परिशिष्ट सी देखें)
4. व्यायाम - अपने डॉक्टर की अनुमति लें और फिर बस इसे कर दें।[808, 809]
5. अगर आप मोटे हैं, तो ज़्यादा स्वस्थ वज़न तक पहुँचें।[810, 811] फ़ैट सेल्स ऐसे तत्व उत्पन्न करती हैं, जो इन्सुलिन रज़िस्टेंस बढ़ाते हैं। यह ख़ास तौर पर पेट के (विसैरल) फ़ैट के बारे में सच है। जब फ़ैट सेल्स की संख्या या आकार कम होता है, तो नुक़सानदेह तत्वों का उत्पादन भी कम हो जाता है।
6. धूम्रपान करना *तत्काल* छोड़ दें। या इसमें जितनी ज़्यादा से ज़्यादा कटौती कर सकते हों, कर दें।[812] सिगरेट के धुएँ में मौजूद रसायन इन्सुलिन रज़िस्टेंस बढ़ाते हैं।
7. भोजन या सप्लीमेंटेशन के माध्यम से अपने आहार में ओमेगा-3 फ़ैट ज़्यादा शामिल करें।[813, 814] आहार के इन स्रोतों में साल्मन, अलसी और अलसी का तेल, अखरोट, ओलिव ऑइल और केनोला ऑइल शामिल हैं।
8. पर्याप्त क्रोमियम खाएँ।[815] यह अनिवार्य मिनरल ग्लूकोज़ मेटाबोलिज़्म को स्थिर करता है।
9. ज़्यादा खड़े अनाज खाएँ।[816] कुछ डाइट डॉक्टर्स सलाह देते हैं कि आप खड़े अनाज कम खाएँ, क्योंकि उनमें कार्बोहाइड्रेट ज़्यादा होता है। बहरहल, ये *जटिल* कार्बोहाइड्रेट्स हैं - उन्हें खाने का संबंध *घटे हुए* इन्सुलिन रज़िस्टेंस से होता है।
10. अपने सी-रिएक्टिव प्रोटीन को कम करें।[817] (अध्याय 2 और 3 में सीखें कि आप यह काम कैसे कर सकते हैं।)
11. अपने आहार में फ़ाइबर ज़्यादा खाएँ।[818, 819] फ़ाइबर के कई लाभों में से एक यह है कि यह ग्लूकोज़ मेटाबोलिज़्म को स्थिर करता है। यह फलों और सब्ज़ियों से सबसे ज़्यादा मिलता है। यम!
12. ज़्यादा मोनोअनसैचुरेटेड फ़ैट्स खाएँ।[820] इसका मतलब है ओलिव ऑइल, पैसान (paisan) आदि।
13. शाकाहारी बनें।[821] आम तौर पर शाकाहारियों में इन्सुलिन रज़िस्टेंस कम

पाया जाता है। शाकाहारी आहार में इस सूची में बताए कई गुण होते हैं। भले ही आप मांस को पूरी तरह न छोड़ें, लेकिन कृपया हर दिन फलों और सब्ज़ियों की पाँच से सात सर्विंग्स खाएँ।

14. पर्याप्त कैल्शियम खाएँ।[822] यह भी ग्लूकोज़ मेटाबोलिज़्म को स्थिर करता है। इसे खाएँ। सप्लीमेंट्स लें। (नीचे #20 देखें।)

15. कम फ़ैट वाले ऑर्गैनिक डेरी प्रॉडक्ट्स ख़रीदें।[823, 824] यहाँ पर लाभ डेरी प्रॉडक्ट के एक प्रोटीन या कैल्शियम से हो सकता है। (आप हैरान हो सकते हैं कि मैं डेरी प्रॉडक्ट्स की अनुशंसा कर रहा हूँ, क्योंकि यह तर्क दिया जाता है कि डेरी मिल्क में पाया जाने वाला एक प्रोटीन कैंसर को बढ़ाता है। वैज्ञानिक साहित्य की सावधानीपूर्वक की गई खोज से यह वाक़ई पता चला है कि दूध पीने से प्रोस्टेट कैंसर का जोखिम थोड़ा बढ़ गया या दोबारा लौट आया।[825, 826] कई शोधकर्ता इसे प्रबल जोखिम नहीं मानते,[827] और कई अध्ययन सुझाव देते हैं कि डेरी प्रॉडक्ट्स कोलोन[828] और स्तन[829] कैंसर तथा शायद अन्य कैंसरों से भी रक्षा करते हैं।[830] इस बात की काफ़ी संभावना है कि प्रोस्टेट कैंसर का संबंध दूध में पाए जाने वाले उन फ़ैट्स और हॉर्मोन्स से होगा, जो गायों को दिए गए थे। इसीलिए मैं सलाह देता हूँ कि आप प्राकृतिक आहार पर पली गायों का कम फ़ैट वाला दूध लें।)

16. पर्याप्त मैग्नीशियम खाएँ।[831, 832]

17. कॉफ़ी पिएँ।[833] कॉफ़ी पीने और इन्सुलिन रज़िस्टेंस के संबंध में कई अध्ययन हो चुके हैं। हालाँकि कई अध्ययनों ने दर्शाया है कि कम इन्सुलिन रज़िस्टेंस का कारण ज़्यादातर मामलों में कैफ़ीन था, लेकिन अन्य अध्ययनों ने डिकैफ़ीनेटेड कॉफ़ी से लाभ दर्शाया है और सिर्फ़ कैफ़ीन की तुलना में सामान्य कॉफ़ी से ज़्यादा लाभ बताया है।[834] स्पष्ट रूप से, कॉफ़ी में पाए जाने वाले फ़ाइटोन्यूट्रिएंट्स कम से कम आंशिक रूप से इन्सुलिन रज़िस्टेंस कम करने के लिए ज़िम्मेदार हैं। दिलचस्प बात यह है कि चाय संबंधी अध्ययनों में (जिसमें कैफ़ीन होती है) इन्सुलिन रज़िस्टेंस में कमी नहीं पाई गई। कॉफ़ी के कुछ लाभ हर दिन सिर्फ़ एक-दो कप कॉफ़ी पीने से देखे गए।

18. अपने आहार में शामिल प्रोटीन को बढ़ाकर 27 प्रतिशत तक ले जाएँ, लेकिन ऐसे प्रोटीन्स से बचें, जो सैचुरेटेड या ट्रांस फ़ैट्स में भारी हों।[835]

19. अपने डॉक्टर से सलाह लेने के बाद दालचीनी के चूरे – आधे से एक चम्मच तक – को अन्न या अन्य आहारों में मिलाएँ। एक अध्ययन[836] में एक से छह ग्राम दालचीनी लेने से चालीस दिनों में फ़ास्टिंग सीरम ग्लूकोज़ 18 से 29 प्रतिशत, ट्राइग्लिसरॉइड्स 23 से 30 प्रतिशत, एलडीएल कोलेस्टेरॉल 7 से 27 प्रतिशत और कुल कोलेस्टेरॉल 12 से 26 प्रतिशत तक कम देखा गया।

20. विटामिन डी की पर्याप्त मात्रा लें। जिन लोगों के रक्त में विटामिन डी का स्तर ज़्यादा होता है, उन्हें टाइप 2 डाइबिटीज़ का जोखिम सबसे कम होता है।[837] विटामिन डी सप्लीमेंटेशन (> ८०० आई यू प्रतिदिन) से टाइप 2 डाइबिटीज़ का जोखिम कम हो जाता है।[838] दरअसल, > 1200 mg कैल्शियम और > ८०० आईयू विटामिन डी की दैनिक ख़ुराक से टाइप 2 डाइबिटीज़ का जोखिम 33 प्रतिशत देखा गया। विटामिन डी और कैल्शियम दोनों को लेने से इन्सुलिन रज़िस्टेंस में भी कमी देखी गई।[839]
21. पर्याप्त नींद लें, हर रात सात-आठ घंटे।[840]
22. सॉफ़्ट ड्रिंक्स से बचें।[841, 842]

ज़ाहिर है, इन क़दमों के संदर्भ में अपने जीवन में कोई भी महत्वपूर्ण परिवर्तन करने से पहले अपने डॉक्टर की सलाह ज़रूर लें। मैं जानता हूँ कि कौन सी चीज़ आम तौर पर काम करती है। आपका डॉक्टर आपको व्यक्तिगत रूप से जानता है।

ज्ञान आपकी सर्वश्रेष्ठ सुरक्षा है

अपने डॉक्टर से यह जाँच करवाना बेहद महत्वपूर्ण है कि आपको टाइप 2 डाइबिटीज़ या इन्सुलिन रज़िस्टेंस है या नहीं। अगर आपको इनमें से कोई भी रोग हो, तो कृपया अपने डॉक्टर के साथ मिलकर काम करें और इसका प्रबंधन करने की पूरी कोशिश करें। दोनों ही रोग बढ़ते जाते हैं और लक्षण दिखने से पहले ही काफ़ी नुक़सान कर सकते हैं। ऊपर दी गई बाईस सलाहों से आपको इन्सुलिन रज़िस्टेंस कम करने में मदद मिलेगी और दवाओं की ज़रूरत को कम या ख़त्म करने में भी मदद मिल सकती है।

इसके अलावा, कृपया याद रखें कि इन्सुलिन रज़िस्टेंस को कम करना वज़न कम करने के लिए भी अनिवार्य है। मोटापा इन्सुलिन रज़िस्टेंस के जोखिम को बढ़ाता है और इन्सुलिन रज़िस्टेंस मोटापे में योगदान देता है। यह एक दुष्चक्र है, जिसे आपको तोड़ना चाहिए।

अगला अध्याय इस पुस्तक की हर चीज़ को एक जगह पर लाता है। यह आदर्श स्वास्थ्य क्रांति का मास्टर प्लान है - पच्चीस कार्य क़दम, जिन्हें आप तत्काल उठा सकते हैं। किसी भी अच्छी योजना की तरह इसे समझना या इस पर अमल करना मुश्किल नहीं है। आप यह देखने वाले हैं कि आदर्श स्वास्थ्य की यह क्रांति दरअसल कितनी आसान है!

खंड 5 :

पच्चीस आसान क़दम और निष्कर्ष

अध्याय 13

पच्चीस आसान क़दमों से आदर्श स्वास्थ्य का प्रबंधन

मुझे उम्मीद है कि इस पुस्तक से आपने अब तक बहुत कुछ सीखा होगा। मुझे उम्मीद है कि मैंने कुछ ग़लतफ़हमियों को दूर कर दिया है और आपको एक नया ज्ञान दिया है। मैंने आपको इस बारे में एक नया, ज़्यादा व्यापक, ज़्यादा स्पष्ट दृष्टिकोण दिया है कि आदर्श स्वास्थ्य हासिल करने के लिए किन चीज़ों की ज़रूरत होती है।

किसी भी औपचारिक शिक्षा की तरह ही हर ज्ञान पर अमल करने का वक़्त आता है। हम इस वक़्त उसी मोड़ पर खड़े हैं। या, इसे दूसरी तरह से कहा जाए, तो हमारी क्रांतिकारी योजना पूरी हो गई – अब तो क्रांति में शामिल होने और दीर्घकालीन रोग को हराने का समय है। क्या आप स्थायी रूप से इस क्रांति का हिस्सा बनने के लिए तैयार हैं?

जो योजना मैंने आपको बताई है, वह आदर्श स्वास्थ्य की सरल, व्यावहारिक मार्गदर्शिका है। यह जटिल नहीं है। आपको हर क़दम उठाने से पहले इसके बारे में सोचने की ज़रूरत नहीं है। न ही यह कोई चमत्कारी इलाज है, जो आपको किसी अकेली गतिविधि, खाद्य पदार्थ, सप्लीमेंट, दवा, उपकरण या प्रॉडक्ट द्वारा स्वस्थ बनाने का वादा करता हो।

इन पच्चीस क़दमों पर अमल करने पर आप नई, ज़्यादा स्वस्थ ज़िंदगी जिएँगे – किसी "चमत्कार" की बदौलत नहीं, बल्कि अपने शरीर के साथ उस तरह का व्यवहार करके, जैसा इसके साथ किया जाना चाहिए। आप बेहतर महसूस करेंगे। आप दीर्घकालीन रोग से बचने की संभावना को काफ़ी बढ़ा लेंगे। आपके दीर्घायु होने और ज़्यादा स्वस्थ रहने की ज़्यादा संभावना रहेगी।

लेकिन सबसे पहले, उन लोगों के लिए एक शब्द, जो शॉर्ट कट पर चलना चाहते हैं ...

ठहर जाएँ! आगे न पढ़ें!

अगर इस पुस्तक के पहले बारह अध्याय छोड़कर आप सीधे कार्य क़दम पढ़ने लगे हैं, तो मैं आपकी उत्सुकता के लिए आपको बधाई देता हूँ। लेकिन मैं पूरे जोश से चाहता हूँ कि आप अपनी जीवनशैली को बेहतर बनाने में सफल हों। हमारे जीने के तरीक़े में सच्चे और स्थायी परिवर्तन करने के लिए हमें अपनी योजना पर गहरा यक़ीन होना चाहिए। और उस तरह का यक़ीन सीखने और जानने से ही उत्पन्न होता है। यहाँ पर यानी अंत से शुरू करना तो वैसा ही होगा, जैसे किसी अन्य स्वास्थ्य संबंधी फ़ैशनेबल प्रॉडक्ट को आज़माना। इसका परिणाम यह होगा कि आपके जल्दी ही हार मानने की आशंका ज़्यादा रहेगी। शुरू से शुरू करें। ऐसा करने पर आपको वह ज़रूरी समझ और विस्तृत विवरण मिलेंगे, जिनके माध्यम से आप हमारी क्रांतिकारी योजना पर समझदारी से, सुरक्षित तरीक़े से, सफलता से और ज़िंदगी भर अमल कर सकते हैं।

ये पच्चीस कार्य क़दम इस पुस्तक में सिखाई गई हर चीज़ का सार हैं। विस्तृत विवरणों, शोध के संदर्भों और उनके पीछे के तर्कों को यहाँ शामिल नहीं किया गया है। इसीलिए मैंने तीस मिनट की ज्ञानवर्धक वीडियो फ़िल्म बनाने के बजाय एक पूरी पुस्तक लिखी है। इसके अलावा यह हक़ीक़त भी है कि मैं आपको कुछ भी बेचने की कोशिश नहीं कर रहा हूँ।

आप अपने परिवार की सेहत किसी ऐसे "डॉक्टर" के हाथों में नहीं सौंपना चाहेंगे, जिसने मेडिकल कॉलेज से गोता मारा हो। यह पुस्तक आपकी अपनी सेहत की ज़्यादा ज़िम्मेदारी सँभालने में आपकी मदद करने के लिए लिखी गई है। आपको अच्छी तरह और सुरक्षित तरीक़े से यह काम करने के लिए थोड़े प्रशिक्षण की ज़रूरत है।

तो कृपया, *कृपया* शुरू से शुरू करें। मैं यहाँ पर आपसे कुछ समय बाद मिलूँगा। तब आप अच्छी तरह से नई, ज़्यादा स्वस्थ जीवनशैली की ओर भाग रहे होंगे। तब आपमें उस व्यक्ति का आत्मविश्वास और प्रेरणा होगी, जो जानता है कि वह क्या कर रहा है और क्यों कर रहा है।

इन पच्चीस क़दमों पर काम करने के लिए वक़्त निकालना

अगर आप इक्कीसवीं सदी के आम नागरिक हैं, तो आप सोच रहे होंगे, "पच्चीस क़दम? *पच्चीस*?! अगर हर एक में एक मिनट का भी वक़्त लगा, तो मैं उन्हें एक हफ़्ते में पूरा कर पाऊँगा। या शायद एक महीने में। अपनी साँस न रोकें।"

हममें से ज़्यादातर लोग अपनी व्यस्त जीवनशैली के बोझ तले इतने ज़्यादा दबे हुए हैं कि हम यक़ीन करना चाहते हैं कि हम पल भर में अपनी सेहत सुधार सकते हैं, वज़न कम कर सकते हैं, ज़्यादा आकर्षक बन सकते हैं, अपनी ऊर्जा बढ़ा सकते हैं और कैंसर तथा हृदय रोग के जोखिम को भी कम कर सकते हैं। हमें ऐसी चीज़ की तलाश है, जो गोली या बोतल या डिब्बे में आती हो। हमें चाहिए तो सब कुछ, लेकिन हम "इस सब कुछ की" खोज में ज़रा भी वक़्त नहीं देना चाहते, क्योंकि देने

के लिए हमारे पास वक़्त है ही नहीं।

तो मेरी टीम के सदस्यो, ग़ौर से सुनें : आपमें से ज़्यादातर लोगों को आदर्श स्वास्थ्य जीतने के लिए उससे ज़्यादा वक़्त की ज़रूरत नहीं होगी, जितना आपके पास इस वक़्त है। सबसे ज़्यादा वक़्त इस पुस्तक को पढ़ने में लगा है और यह पूरी होने ही वाली है।

आपको इस बारे में अपने जीवनसाथी और परिवार वालों से बातचीत करने में कुछ दिन लगेंगे। लेकिन उसके बाद आप एक बार में एक-एक क़दम उठाकर ज़्यादा स्वस्थ जीवनशैली तक का सफ़र आराम से तय कर सकते हैं। गति उतनी ही रखें, जिसे आप सँभाल सकें। *आपका ज़्यादातर नया व्यवहार पुराने व्यवहार की जगह ले लेगा,* इसलिए आपको अतिरिक्त वक़्त की ज़रूरत नहीं पड़ेगी।

मेरा सुझाव यह है कि अगर इस पुस्तक में बताए कई जोखिम घटक आपमें हैं, तो आपको परिवर्तन की गति को बढ़ाना होगा। लेकिन सबसे बड़ी चीज़ इसी वक़्त शुरू करना है – *कुछ* परिवर्तन करना है, वह करना है जो भी आप आज कर सकें।

शायद आदर्श दृष्टि से स्वस्थ जीवनशैली अपनाने का सबसे मुश्किल हिस्सा बौद्धिक है। हम सोचने के पुराने तरीक़ों में ही फँसे रहते हैं। इसीलिए क्रांति की ज़रूरत है। हर व्यक्ति कहता है कि ज़्यादा वज़न होना अस्वस्थ है और हमें सिखाया गया है कि स्वस्थ बनने का इकलौता तरीक़ा वज़न घटाने पर ध्यान केंद्रित करना है। इसके अलावा हमें यह भी सिखाया गया है कि वज़न कम करने के तरीक़े हैं : (1) प्रोटीन, फ़ैट्स और कार्बोहाइड्रेट्स के निश्चित प्रतिशत खाना, जैसा इस सप्ताह के डाइट गुरु ने बताया है, या (2) तब तक व्यायाम करना, जब तक कि हम थकान से चूर होकर गिर न पड़ें। यह लोकप्रिय स्वास्थ्य "विज्ञान" का पैरेडाइम है, जो ज़िंदगी भर चलता है।

लेकिन यह पैरेडाइम हमें कहाँ ले आया है? हम ज़्यादा मोटे होते जा रहे हैं, हृदय रोग बहुत फैल चुका है और डाइबिटीज़ तथा कैंसर की दर तेज़ी से बढ़ती जा रही है। इस तस्वीर में कोई ग़लत चीज़ दिखती है?

बहरहाल, कुछ सामान्य लोगों ने आदर्श स्वास्थ्य हासिल करने के लिए जीने का सही तरीक़ा खोज लिया है। हम अपने इंस्टीट्यूट में ऐसे बहुत से लोगों को देखते हैं – ऐसे लोग, जिन्हें हमने काफ़ी कुछ सिखाया है और जिनसे हमने काफ़ी कुछ सीखा है।

तो आइए शुरू करते हैं। इन अनुशंसाओं के पीछे का विज्ञान इस पूरी पुस्तक में संदर्भ सहित बताया गया है। अब सीखी हुई बातों पर अमल करने का वक़्त आ चुका है।

इन क़दमों पर अमल कैसे करें

ये पच्चीस क़दम आपको आदर्श स्वास्थ्य की ओर ले जाएँगे। आप उनमें से कुछ यक़ीनन पहले से ही उठा रहे होंगे। मैंने आपके निशान लगाने के लिए ख़ाली जगह छोड़ दी है, ताकि आप उन क़दमों पर निशान लगा लें, जो आप पहले से ही उठा रहे

हैं और उन पर भी, जिन्हें आपको शुरू करना है।

ये क़दम महत्व के क्रम में *नहीं* हैं। *ये सभी महत्वपूर्ण हैं!* ये सभी इनफ़्लेमेशन को कम करते हैं! ये परिवर्तन आपको किस क्रम में करने चाहिए, वह आपके परिवार के चिकित्सकीय इतिहास, आपकी वर्तमान स्वास्थ्य समस्याओं या लक्षणों आदि पर निर्भर करता है। संक्षेप में, यह आपके सबसे बड़े जोखिम घटकों पर निर्भर करता है। हो सकता है कि आपमें से कई लोगों को इनमें से सिर्फ़ कुछ क़दमों पर तत्काल ध्यान केंद्रित करने की ज़रूरत हो। हो सकता है कि बाक़ी लोगों को सारे क़दमों में छोटे, क्रमिक परिवर्तन करना बेहतर हो। हम मेरे नहीं, *आपके* स्वास्थ्य के जोखिमों और जीवनशैली के बारे में बात कर रहे हैं।

सबसे बढ़कर, आपको अपनी नई जीवनशैली उस गति से अपनाने की ज़रूरत है, जिसे आप सँभाल सकें। मैं नहीं चाहता कि आप अयथार्थवादी उद्देश्य तय करके इसे बीच में ही छोड़ दें। इस दिशा में छोटे से छोटा परिवर्तन भी अच्छा है। आपका लक्ष्य सिर्फ़ प्रगति करना है। आप अगर थोड़ी सी भी प्रगति करते हैं, तो वह एक ऐसी उपलब्धि है, जिस पर आप गर्व कर सकते हैं और इसके अपने पुरस्कार होते हैं। आप अपनी जीवनशैली में ऐसे सकारात्मक परिवर्तन करके आदर्श स्वास्थ्य की ओर जाते हैं, जिन पर आप ज़िंदगी भर चल सकें।

आप यहाँ पर रिकॉर्ड बनाने के लिए नहीं हैं। आप इस वक़्त जो भी परिवर्तन करते हैं, कई हफ़्तों तक उन्हीं परिवर्तनों के साथ जिएँ। उसके बाद ही आगे के परिवर्तन करें। इन क़दमों को स्थायी बनने दें, ताकि वे आपकी दिनचर्या की आदत बन जाएँ।

आदर्श स्वास्थ्य के लिए पच्चीस आसान क़दम

बदलने की ज़रूरत	पहले से ही कर रहा हूँ	
______	______	1. **ज़्यादा फल और सब्ज़ियाँ खाएँ।** आपको हर दिन कम से कम सात सर्विंग्स की ज़रूरत है और नौ सर्विंग्स ज़्यादा अच्छी रहेंगी। आप जितना सोचते हैं, यह उससे ज़्यादा आसान है। "सर्विंग्स" का मतलब आम तौर पर आधा कप होता है। हरी फलियों, ब्रॉकोली या अंगूर की ज़्यादा मात्रा को दो सर्विंग्स या ज़्यादा के रूप में गिना जा सकता है। बहरहाल, हर वक़्त एक ही फल और सब्ज़ी न खाएँ। अलग-अलग रंग चुनें। (देखें परिशिष्ट बी.4)। फलों और सब्ज़ियों को खाने का सबसे अच्छा तरीक़ा यह है कि या तो उन्हें कच्चा खाया जाए या फिर ताज़ा स्टीम करके या फिर फ्रोज़न। फलों और सब्ज़ियों की विविधता को खाने के लाभ की समीक्षा के लिए देखें अध्याय 9–12।

बदलने की ज़रूरत	पहले से ही कर रहा हूँ	
______	______	2. **धूम्रपान छोड़ें या कम करें।** छोड़ना सबसे अच्छी चीज़ रहेगी, लेकिन कोई भी कमी आपके स्वास्थ्य के लिए मददगार है। सेकंड हैंड धूम्रपान से भी बचें। अगर आपको मदद की ज़रूरत है, तो अपने डॉक्टर से मिलें। अगर आप ख़ुद को किसी तरह नहीं रोक सकते, तो कृपया अपने परिवार की रक्षा करें और उनके आस-पास धूम्रपान न करें।
______	______	3. **खड़े अनाज ज़्यादा खाएँ।** उनमें फ़ाइबर, मिनरल्स और कई अन्य लाभकारी पोषक तत्व होते हैं, जैसा इस पूरी पुस्तक में वर्णन किया गया है।
______	______	4. **डिप्रेशन या तनाव के मामले में मदद लें।** सहायता के लिए किसी पेशेवर विशेषज्ञ या अपने धर्मगुरु से संपर्क करें। मदद माँगना कमज़ोरी की निशानी नहीं है - यह तो शक्ति और आशा की निशानी है। आम तौर पर, ज़िंदगी के बारे में सकारात्मक नज़रिया रखने की पूरी कोशिश करें। (देखें अध्याय 7, 9 और 10।)
______	______	5. **बीएमआई, कमर-से-पुट्ठों का अनुपात और बॉडी फ़ैट का प्रतिशत नापें।** अगर यह बढ़ा हुआ है, जैसा अध्याय 11 में वर्णन किया गया है, तो आपका स्वास्थ्य ख़तरे में है, जिसे आपको इन सभी पच्चीस क़दमों पर अमल करके कम करने की ज़रूरत है। मोटापे को कम करने का तरीक़ा दीर्घकालीन रोग के सारे जोखिमों को कम करना है, जैसा इस पूरी पुस्तक में बताया गया है। वज़न कम करना आदर्श स्वास्थ्य हासिल करने की रणनीति नहीं है; यह तो परिणाम है।
______	______	6. **नापें कि आपको कितनी कैलोरीज़ की ज़रूरत है।** अध्याय 11 और परिशिष्ट ए.7 देखकर यह तय करें कि आपको हर दिन कितनी कैलोरीज़ लेनी चाहिए। अगर आपका वज़न ज़्यादा है, आप मोटे हैं या आपका बॉडी फ़ैट प्रतिशत बढ़ा हुआ है, तो आपको अपने आहार में से अध्याय 11 में बताए गए स्तर से 300 से 500 कैलोरीज़ कम खानी चाहिए। पोषण तत्वों का मूल्यांकन करना सीखें। ऐसा करने से - और इस पुस्तक की बाक़ी सलाहों पर अमल करने से - आप वज़न कम करने में समर्थ होंगे और दीर्घकालीन रोग के अपने जोखिम को भी कम कर पाएँगे।

बदलने की ज़रूरत	पहले से ही कर रहा हूँ

_____ _____ 7. **अपने द्वारा खाई जाने वाली कैलोरीज़ का अनुमान लगाना सीखें।** ज़्यादातर लोग यह अनुमान ही नहीं लगा सकते कि उन्हें हर दिन कितनी कैलोरीज़ लेने की ज़रूरत है। लेकिन जो लोग वज़न कम करने में सचमुच सफल होते हैं, उन्हें आम तौर पर इस बात का काफ़ी हद तक सटीक अनुमान होता है कि वे कितनी कैलोरी खा रहे हैं। वास्तव में आप इस मामले में जल्दी ही और आसानी से ख़ुद को प्रशिक्षित कर सकते हैं और सटीकता से कैलोरियों का अनुमान लगाने की आदत डाल सकते हैं। आपको तो बस किचन में रखी छोटी वेइंग मशीन, तौलने वाले कप और वज़न द्वारा अलग-अलग खाद्य पदार्थों में कैलोरी की मात्रा दिखाने वाले चार्ट की ज़रूरत है (जो इंटरनेट पर आसानी से उपलब्ध है)। फिर अपने भोजन के साथ खेलने में एक दिन बिताएँ। हर एक-दो हफ़्ते बाद यह करें। जल्द ही अपने भोजन में कैलोरियों का सटीकता से अनुमान लगाना आपकी आदत बन जाएगा। आपको आख़िरी कैलोरी तक सटीक होने की ज़रूरत नहीं है। एक दिन में औसतन दो सौ कैलोरीज़ के भीतर सही अनुमान लगाना अच्छा है।

यह जानकारी अनमोल है। सिर्फ़ 300 कैलोरियों में आप इतनी सारी सब्ज़ियाँ खा सकते हैं कि उन्हें देखकर आपका दिमाग़ चकरा जाएगा। यहाँ पर एक उदाहरण है : आधा कप कटी हुई कच्ची ब्रॉकोली में सिर्फ़ बारह कैलोरी होती हैं। तो 300 कैलोरी की ब्रॉकोली का मतलब है 12.5 कप। यह लगभग तीन चौथाई गैलन है। इससे पौधों की शक्ति और महत्व का पता चलता है। वे एंटीऑक्सीडेंट्स से भरपूर होते हैं, जो दीर्घकालीन रोग का जोखिम कम करते हैं। इसके अलावा, उनमें इतना ज़्यादा फ़ाइबर और आयतन होता है कि आप ज़्यादा कैलोरियाँ खाए बिना उन्हें जी भरकर खा सकते हैं।

_____ _____ 8. **सनस्क्रीन लगाएँ।** एसपीएफ़ 30 या उससे ऊपर की बेहतर है। इसके अलावा धूप में ज़्यादा वक़्त बाहर न रहें और टैनिंग बेड के क़रीब भी न जाएँ।

बदलने की ज़रूरत	पहले से ही कर रहा हूँ

______ ______9. **कम ग्लाइसीमिक इंडेक्स वाले कार्बोहाइड्रेट्स खाएँ।** यह बात अध्याय 6 और अध्याय 9 से 12 तक स्पष्ट की गई है। परिशिष्ट सी में संदर्भ दिया गया है कि आपको कई खाद्य पदार्थों का ग्लाइसीमिक इंडेक्स कहाँ मिल सकता है। आपको सबसे कम ग्लाइसीमिक इंडेक्स वाले कार्बोहाइड्रेट्स खाने की ज़रूरत नहीं है, लेकिन आपको आम तौर पर ज़्यादा के बजाय कम वालों को चुनना चाहिए। लो ग्लाइसीमिक इंडेक्स या लोड वाले फ़ैशनेबल मीनू का अनुसरण न करें। इसके बजाय चार्ट का इस्तेमाल करके सिर्फ़ यह पता लगाएँ कि लो ग्लाइसीमिक इंडेक्स और लोड वाले कार्बोहाइड्रेटस कैसे पाए जाएँ (अधिक स्पष्टीकरण के लिए परिशिष्ट सी देखें)। दूसरे फ़ायदों के अलावा, आप कम भोजन और कम कैलोरीज़ ग्रहण करने के बावजूद पेट भरा हुआ महसूस करेंगे और आपको बहुत देर बाद ही भूख लगेगी।

______ ______10. **मूलभूत सप्लीमेंट्स लें।** विस्तृत विवरण के लिए अध्याय 8 देखें और शुरू करने से पहले अपने डॉक्टर की सलाह ज़रूर लें।

______ ______11. **फ़ैशनेबल प्रॉडक्ट्स पर अमल करने की आदत छोड़ दें।** फ़ैट, प्रोटीन और कार्बोहाइड्रेट के ग्रामों और अनुपातों की दीवानगी छोड़ दें। बस *अच्छे* फ़ैट्स, कार्बोहाइड्रेट्स और प्रोटीन्स खाएँ, जैसा इस पूरी पुस्तक में वर्णन किया गया है। और मेहरबानी करके अगले फ़ैशनेबल प्रॉडक्ट पर न कूद पड़ें। अगर "नवीनतम चीज़" यहाँ बताए विज्ञान के अनुरूप नहीं है, तो उसे बस नज़रअंदाज़ कर दें। यहाँ पर बताया गया विज्ञान वक़्त के इम्तहान में खरा उतरेगा। याद रखें - नए का बेहतर होना ज़रूरी नहीं है।

______ ______12. **अपने धर्म का पालन करें।** आप चाहे जिस धर्म में विश्वास करते हों, उसमें प्रबलता से यक़ीन करें। (देखें अध्याय 9।)

______ ______13. **हाई-फ़्रुक्टोज़ कॉर्न सिरप से बचें।** यह कई भोजनों में पाया जाता है, ख़ास तौर पर मीठे ड्रिंक्स में। यह इतना आम है कि हम इससे पूरी तरह नहीं बच सकते, लेकिन हम इसमें काफ़ी कटौती ज़रूर कर सकते हैं। शुरुआत में मीठे पेय पदार्थों की जगह पर हरी चाय, पानी, कॉफ़ी, कम फ़ैट वाले ऑर्गैनिक डेरी प्रॉडक्ट्स और स्प्लेन्डा की कृत्रिम मिठास वाले ड्रिंक्स पिएँ। (कृत्रिम मिठास वाले ड्रिंक्स आदर्श तो नहीं हैं, लेकिन वे हमें डाइबिटीज़ और मोटापे जितनी तेज़ी से नहीं मारेंगे।) अधिक जानकारी के लिए अध्याय 11 और परिशिष्ट बी.1 और बी.2 देखें।

बदलने की ज़रूरत	पहले से ही कर रहा हूँ

_____ _____ 14. **पर्याप्त आराम करें।** हममें से ज़्यादातर लोगों के लिए रात को सात-आठ घंटे की नींद ज़रूरी है। (देखें अध्याय 6।)

_____ _____ 15. **सिर्फ़ केनोला और एक्स्ट्रा-वर्जिन ओलिव ऑइल का ही इस्तेमाल करें।** बाक़ी सारे तेलों को छोड़ दें, ख़ास तौर पर आंशिक रूप से हाइड्रोजेनेटेड तेलों को। उनकी जगह पर इन दो तेलों का इस्तेमाल करें। इससे ओमेगा-6 और ट्रांस फ़ैट्स बहुत कम हो जाएँगे। (देखें अध्याय 2-4, 6 और 9-12।)

_____ _____ 16. **जहाँ तक संभव हो, ऑर्गैनिक फ़ूड्स ही खाएँ।** मीट, डेरी प्रॉडक्ट्स, फल, सब्ज़ियाँ और अनाज। (देखें अध्याय 3, 4 और 6।)

_____ _____ 17. **अल्कोहल का इस्तेमाल कम कर दें या बेहतर तो यही होगा कि ख़त्म कर दें।** स्वास्थ्य संबंधी समस्याओं में इसका योगदान किसी भी लाभ की तुलना में ज़्यादा है। अगर आप बहुत ज़्यादा शराब पीते हैं और इसमें कटौती करने के बारे में सोच भी नहीं सकते, तो शायद आपको इसके बारे में *सचमुच* सोचना चाहिए।

_____ _____ 18. **ओमेगा-3 ज़्यादा लें।** अपने आहार में और (अगर आपका डॉक्टर आपको परामर्श दे तो) सप्लीमेंटेशन के माध्यम से भी। (देखें अध्याय 3, 4, 8 और 9।)

_____ _____ 19. **संक्रामक रोगों के प्रति ज़्यादा सुरक्षा रखें,** ख़ास तौर पर सेक्स द्वारा फैलने वाली बीमारियों के प्रति, जैसे वेनेरियल वार्ट्स, हेपेटाइटिस बी, हेपेटाइटिस सी, एचआईवी आदि। (देखें अध्याय 3, 6 और 10।)

_____ _____ 20. **अपने डॉक्टर से मिलें।** आपको कम से कम नीचे दी गई चीज़ों की जाँच ज़रूर करवानी चाहिए : कोलेस्टेरॉल स्तर, होमोसिस्टीन, ब्लड प्रेशर, थायरॉइड स्टिमुलेटिंग हॉरमोन (टीएसएच), फ़ेरिटिन,* एचएस-सी-रिएक्टिव प्रोटीन, पीएसए (पुरुषों में, प्रोस्टेट कैंसर की आशंका का पता लगाने के लिए), फ़ास्टिंग ग्लूकोज़ और फ़ास्टिंग इन्सुलिन। इससे भी बेहतर यह रहेगा कि आप परिशिष्ट ए की अनुशंसाओं पर अमल करें।

---

*फ़ेरिटिन की जाँच में शरीर के कुल आयरन को नापा जाता है। मैं 50 से 100 के बीच के स्तर को पसंद करता हूँ। जब स्तर ज़्यादा ऊँचा होता है, तो अतिरिक्त आयरन में ऊतकों को नष्ट करने की प्रवृत्ति होती है, जिनमें यह ऑक्सीडेशन द्वारा स्टोर होता है। (अतिरिक्त आयरन को कम करने के लिए रक्तदान करें और इसके बाद अपने फ़ेरिटिन की दोबारा जाँच कराएँ।) अगर आपका फ़ेरिटिन बहुत ही कम - 20 से नीचे - है, तो अपने डॉक्टर से पूछें कि आपको ख़ून की क्षति क्यों हो रही है और शायद आपको आयरन सप्लीमेंट्स खाने की ज़रूरत है।

बदलने की ज़रूरत	पहले से ही कर रहा हूँ	
_____	_____	21. **प्रोसेस्ड आहार कम खाएँ, जिनमें फ़ास्ट फ़ूड और स्नैक्स शामिल हैं।** इनमें ओमेगा-6, ट्रांस फ़ैट्स, रसायन, हाई-फ्रुक्टोज़ कॉर्न सिरप, और अन्य भयंकर चीज़ें भरी होती हैं। कुछ फ़ास्ट फ़ूड रेस्तराँओं में आपको स्वस्थ भोजन मिल सकता है, लेकिन यह दुर्लभ है। बुरे, प्रोसेस्ड स्नैक्स की जगह पर फल, सब्ज़ियाँ और अच्छी तरह संतुलित फ़ूड-बार्स खाएँ।
_____	_____	22. **अपने शरीर को ज़्यादा हिलाएँ।** इसी तरह हम कैलोरियाँ जलाते और मांसपेशियाँ बनाते हैं। "दैनिक जीवन के व्यायाम" को बढ़ाएँ, जैसा अध्याय 3, 4, 6 और 9-12 में स्पष्ट किया गया है। अगर आप सोफ़े पर लेटने के आदी हैं, तो गहन व्यायाम शुरू करने से पहले डॉक्टर से अनुमति ज़रूर लें। अगर आप सोच रहे हैं कि आपको व्यायाम के लिए समय कहाँ से मिल सकता है, तो टीवी देखना कम कर दें और उसकी जगह पर हिलने-डुलने में वक़्त बिताएँ।
_____	_____	23. **रसायनों से अपनी रक्षा करें।** यह अध्याय 3, 4, 6, 10 और 11 में स्पष्ट किया गया है। इसके अलावा परिशिष्ट बी.1 और बी. 2 में भी जानकारी दी गई है। भोजन में रसायनों को कम करने के अलावा वायु या जल शुद्धिकरण तंत्र पर भी विचार करें।
_____	_____	24. **डार्क मीट कम खाएँ,** ख़ास तौर पर बीफ़, पोर्क और प्रोसेस्ड मीट (अगर बैक्टीरिया तक इन्हें पसंद नहीं करते हैं, तो ये *आपके* लिए भी अच्छे नहीं हैं), क्योंकि उनमें ओमेगा-6 और रासायनिक पदार्थ होते हैं (जैसे पेस्टिसाइड्स और हर्बिसाइड्स)। इसकी जगह पर कम मांस वाला, बिना चमड़ी वाला, ऑर्गैनिक चिकन, टर्की या फ़िश खाएँ। वेज बर्गर्स को भी आज़माकर देखें और सप्ताह में कुछ दिन शाकाहारी भोजन करने की कोशिश करें।
_____	_____	25. **आनुवंशिक परीक्षण करवाएँ।** जब आनुवंशिक परीक्षण वाणिज्यिक दृष्टि से उपलब्ध हों, तो अपने आनुवंशिक जोखिम का पता लगाने के लिए अपने डॉक्टर से आनुवंशिक परीक्षण के बारे में सलाह लें।

पूर्णता नहीं, लगन और प्रगति

अब जब आपने अपनी सूची बना ली है, तो आप इस पर काम करना शुरू कर सकते हैं। जैसा आप देख सकते हैं, इसमें आपकी पूर्ण जीवनशैली शामिल है। आप हाल-फ़िलहाल जो क़दम उठा सकते हों, उठा लें।

आदर्श स्वास्थ्य की सफल क्रांति की कुंजी यह एहसास है कि कोई भी पूर्ण (perfect) नहीं होता - आप भी नहीं। पूर्णतावाद से असफलता ही हाथ लगती है, क्योंकि यह ऐसा लक्ष्य है, जिसे कोई भी हासिल नहीं कर सकता। पूर्णतावाद एक तरह का जुनून है, जिसका मतलब है कि इससे आपके जीवन में तनाव बढ़ता है, जो दीर्घकालीन रोग का जोखिम घटक है। हम इससे मुक्ति पाने की कोशिश कर रहे हैं, नए तनाव जोड़ने की कोशिश नहीं कर रहे हैं।

निश्चित रूप से मेरी जीवनशैली भी पूरी तरह आदर्श नहीं है। मिसाल के तौर पर, मुझे चॉकलेट चिप कुकीज़ की लत है। ऐसा कोई तरीक़ा नहीं है, जिससे मैं अपने जीवन से चॉकलेट चिप कुकी को हटा दूँ। मगर चॉकलेट चिप कुकीज़ ने अब तक मेरी जान इसलिए नहीं ली, क्योंकि मैं अपनी सिखाई चीज़ों पर अमल करने वाले काम बहुत ज़्यादा करता हूँ। इसी वजह से मैं अपराधबोध या पश्चाताप के बिना कभी-कभार चॉकलेट चिप कुकीज़ खा सकता हूँ।

कुकी की लत को छोड़ दिया जाए, तो मैंने *धीरे-धीरे* अपनी जीवनशैली बदली थी, ताकि जीने के नए तरीक़े सामान्य, आदतन और लगभग प्रयासरहित हो जाएँ।

जब आप अपनी पूरी जीवनशैली में क्रमशः परिवर्तन करते हैं, तो आप असफल नहीं हो सकते। आप ऐसे परिवर्तन करते हैं, जिन्हें आप करना चाहते हैं, जब आप उन्हें करना चाहते हैं। यह सब-कुछ-वरना-कुछ-नहीं का खेल नहीं है। अभी थोड़ा सा काम करें और बाद में कुछ और काम जोड़ लें। आपके द्वारा किया गया हर परिवर्तन एक सफलता है, एक जीत है।

मैं कैसे जानूँ कि यह कारगर है?

मैं जानता हूँ कि आदर्श स्वास्थ्य का यह गेम प्लान कारगर है, क्योंकि मैंने हज़ारों लोगों को जीवनशैली में परिवर्तन करके सेहत सुधारते देखा है - और मैंने उनमें से कई के परिणामों का रिकॉर्ड भी रखा है। मैं जानता हूँ कि यह कारगर है, क्योंकि मैंने आपको जो अवधारणाएँ सिखाई हैं, उनका समर्थन बहुत सा चिकित्सकीय और वैज्ञानिक साहित्य करता है। अगर आप अपने भीतर जाने वाली कैलोरीज़ की संख्या को नियंत्रित करते हैं, ज़्यादा फल, सब्ज़ियाँ, खड़े अनाज और लीन मीट खाते हैं तथा दैनिक जीवन के व्यायाम को बढ़ा लेते हैं, तो आप दीर्घकालीन रोग के जोखिम *और* वज़न को कम कर *लेंगे*।

वज़न कम करना आपके जीवन में होने वाले कई परिवर्तनों में से सिर्फ़ एक है। दीर्घकालीन रोग का जोखिम कम करने के लिए आपको "आदर्श" वज़न तक पहुँचने की ज़रूरत नहीं है। एक बार फिर, यह प्रगति के बारे में है।

और प्रगति का मतलब है अपने जोखिम घटकों को कम करना। जब आप तैयार हों, तब इन क़दमों पर अमल करें। निरंतरता रखें। जैसे-जैसे आप आदर्श स्वास्थ्य के पच्चीस आसान और प्रबंधनीय क़दमों पर अमल करेंगे, आपका वज़न कम

होगा, आपका बॉडी फ़ैट प्रतिशत कम होगा, आपका मसल मास बढ़ेगा, आपका वेस्ट टु हिप रेशो बेहतर होगा, आपमें ज़्यादा ऊर्जा होगी और आपके दीर्घकालीन रोग का जोखिम कम हो जाएगा। आप बेहतर जीवन का आनंद लेंगे और दीर्घायु होने की संभावना को बढ़ा लेंगे।

इन क़दमों को पर्याप्त लंबे समय तक और अच्छी तरह से उठाएँगे, तो एक दिन ऐसा आएगा, जब आप अपने जोखिम घटकों को यथासंभव अधिकतम कम कर लेंगे। उस दिन आपको अपनी नई जीवनशैली प्रयासरहित, आरामदेह और सामान्य लगने लगेगी। **यही वह दिन है, जब आप जान जाएँगे कि क्रांति सफल थी और आपने आदर्श सेहत जीत ली है।**

आप इस बात पर हैरान होंगे कि पहले यह काम आपको मुश्किल क्यों लग रहा था।

एक आख़िरी अध्याय और बचा है। यह उन दो लोगों के बारे में है, जो आदर्श सेहत की बेहतरीन मिसाल हैं। एक वहाँ पर हाल ही में पहुँचा है, जबकि दूसरे व्यक्ति मेरे पिताजी हैं, जो ज़िंदगी भर आदर्श जीवनशैली जी चुके हैं।

मैं इन जीवन-गाथाओं को इस आशा से जोड़ रहा हूँ कि इन विचारों को वास्तविक लोगों के जीवन में काम करते देखने से आपको प्रेरणा मिलेगी।

आपको धन्यवाद कि आपने अपने तथा अपने परिवार के साथ मुझे यह ज्ञान बाँटने का अवसर दिया। मुझे आपसे बड़ी उम्मीदें हैं।

अध्याय 14

दो लोग, जिन्होंने आदर्श स्वास्थ्य हासिल किया

इतिहास में लगभग हर संस्कृति में कुछ गिने-चुने लोग हमेशा चैंपियन के स्तर तक ऊपर उठे हैं। चैंपियनों की उपलब्धि के लिए उन्हें व्यापक मान्यता और प्रशंसा मिलती है। वे गुणों की मिसाल बन जाते हैं - वीरता की, योग्यता की या बुद्धि की। कई बार किसी बेहद महत्वपूर्ण पल में किए गए सिर्फ़ एक काम की बदौलत ही इंसान चैंपियन का दर्जा हासिल कर लेता है। हम मूर्तियों, पेंटिंग्स, दंतकथाओं, कविताओं और गीतों द्वारा अपने चैंपियनों को याद रखते हैं।

लेकिन इसके बावजूद सबसे असली चैंपियनों को वह शोहरत नहीं मिलती है, जिसके वे हक़दार होते हैं। कई तो संकोच के कारण इससे दूर रहते हैं।

आख़िरी अध्याय आदर्श स्वास्थ्य के हॉल ऑफ़ फ़ेम के पहले दो चैंपियनों को समर्पित है। संभवतः आपको उनके बारे में कहीं और सुनने को नहीं मिलेगा। कारण यह है कि वे विनम्र लोग हैं और उनकी उपलब्धियाँ ऐसी नहीं हैं कि राष्ट्रीय सुर्ख़ियाँ बन सकें। लेकिन इन दो लोगों ने बहुत कुछ हासिल किया है और हज़ारों लोगों के रोल मॉडल बने हैं।

पहला एक अधेड़ हाई स्कूल टीचर है, जिसने बहुत ही कम समय में अपनी जीवनशैली बदल डाली है, जिससे दीर्घकालीन रोग का उसका जोखिम नाटकीय ढंग से कम हुआ है। दूसरे मेरे पिता वेन जॉनसन हैं, जो आदर्श स्वास्थ्य के प्रति आजीवन समर्पण के परिणामों की फ़सल काट रहे हैं। ये दोनों ही लोग इस पुस्तक में सिखाए सिद्धांतों के व्यावहारिक प्रयोग की बेहतरीन मिसाल हैं। मैं उनकी दास्तान आशा और प्रेरणा के स्रोत के रूप में आपको बता रहा हूँ।

इन कहानियों में से पहली से पता चलता है कि आप सिर्फ़ चंद महीनों में ही दीर्घकालीन रोग के अपने जोखिम को बहुत बेहतर बना सकते हैं और दूसरी इस बात का सबूत है कि आपको अपनी कोशिशों का पुरस्कार मिलता है।

लैरी

लैरी अमेरिका के सार्वजनिक हाई स्कूल के गर्मजोश और मिलनसार शिक्षक हैं। यह लिखते वक़्त उनकी उम्र अड़तालीस साल है और वे चौबीस सालों से विवाहित हैं। उनके दो बच्चे हैं : तेरह साल का ल्यूक और सात साल की मैरेन। वे चौड़ी मुस्कान और चमकती नीली आँखों वाले इंसान हैं, जो आपके कहे हर शब्द में संजीदा दिलचस्पी व्यक्त करते हैं - सिर्फ़ जिज्ञासा ही नहीं, बल्कि सच्ची परवाह। लैरी ऊँचे-पूरे हैं, लेकिन इससे आप उन्हें गले लगाने की इच्छा को रोक नहीं पाते। वे एक नम्र दैत्याकार व्यक्ति हैं। जब आप उनसे मिलते हैं, तो जो गुण सबसे ज़्यादा उभरकर सामने आता है, वह है विनम्रता, जिसका मतलब है कि उनकी शक्ति नियंत्रण में है। आप भाँप सकते हैं कि रचयिता के साथ उनके समर्पित संबंध से उत्पन्न प्रेम किस तरह प्रवाहित होता है और उनकी शक्ति का स्रोत बनता है। आप लैरी और उनकी उतनी ही प्रशंसनीय पत्नी चेरी को पसंद किए बिना नहीं रह सकते। वे हर परिभाषा के हिसाब से महान व्यक्ति हैं।

लैरी मेरे पास जब आए थे, तो सर्वश्रेष्ठ सेहत में नहीं थे। अध्यापन की नौकरी के अलावा उनकी गतिविधियों में फ़ुटबॉल और ट्रैक कोचिंग, अपने चर्च और समुदाय की सेवा तथा व्यस्त सामाजिक जीवन शामिल था। लैरी के परिवार में हृदय रोग और कैंसर का इतिहास था, इसलिए उन्हें गहरी चिंता थी कि यह उनके करियर पर भी बुरा असर डाल सकता है। वे अपने समय का निवेश करके स्वस्थ जीवनशैली जीने की कोशिशें करते थे, लेकिन धीरे-धीरे उन कोशिशों पर पानी फिर जाता था। जब लैरी हमारे सेंटर में आए, तो उन्हें मेटाबोलिक सिंड्रोम था और उनका वज़न 284 पौंड था। उनका वेस्ट-टु-हिप रेशो 0.99 था, ब्लड प्रेशर 158/100, ट्राइग्लिसरॉइड्स 647 और फ़ास्टिंग इन्सुलिन का स्तर 20.2 था (मैं < 5 स्तर पसंद करता हूँ)। वे मोटे थे, उनका बॉडी फ़ैट 32 प्रतिशत था, जिसका मतलब यह था कि उनके शरीर में 91 पौंड फ़ैट था। वे आदर्श सेहत के सिर्फ़ दो स्तंभों पर अमल कर रहे थे (परिवेश और हाइजीन तथा मस्तिष्क और आत्मा)। उनमें हृदय रोग के नौ, कैंसर के आठ और डाइबिटीज़ के चार जोखिम घटक थे।

लैरी कोच और पूर्व एथलीट हैं। उनके पास पेशेवर ज्ञान था कि "सही आकार में कैसे आएँ।" लेकिन उनमें अपनी पूरी जीवनशैली बदलने की क्षमता नहीं थी। वे बेहतर सेहत पाना तो चाहते थे, लेकिन फँसा हुआ महसूस करते थे। लोकप्रिय मीडिया, डाइट मार्केटर्स और फ़ैशनेबल प्रॉडक्ट्स के प्रमोटर्स से मिलने वाली विरोधी जानकारी की बाढ़ से उनकी कुंठा और उसके बाद का स्टैसिस गहरा हो गया। लैरी हार मान सकते थे, दीर्घकालीन रोग की वजह से जल्दी मरने का विकल्प स्वीकार कर सकते थे और अपनी ख़राब सेहत के लिए "वक़्त की कमी" का बहाना बना सकते थे, लेकिन उन्होंने ऐसा नहीं किया। उन्होंने हार मानने से इंकार कर दिया। लैरी में इतना चरित्र और अखंडता थी कि वे अपनी जीवनशैली के बारे में ईमानदार बने और हिम्मत के साथ घातक दीर्घकालीन रोग से जूझे। शिक्षाविद् होने के नाते वे सीखने के महत्व को

जानते थे और आदर्श स्वास्थ्य के अद्‌भुत विद्यार्थी थे। वे अपनी प्रेमपूर्ण पत्नी और परिवार के साथ ज़्यादा से ज़्यादा समय तक रहने की इच्छा से प्रेरित थे और दूसरों के लिए मिसाल बनने की इच्छा से भी।

आख़िरी अध्याय में दिए गए दिशानिर्देशों का अनुसरण करके सिर्फ़ चार महीने में ही लैरी ने नाटकीय रूप से अपने स्वास्थ्य को बेहतर बना लिया और दीर्घकालीन रोग के अपने जोखिम को कम कर लिया। उनका वज़न कम होकर 243 पौंड हो गया, जिसमें बॉडी फ़ैट सिर्फ़ 16.6 प्रतिशत ही था। उन्होंने अपना 51 पौंड फ़ैट कम कर लिया और मांसपेशी का दस पौंड वज़न बढ़ा लिया। (याद रखें, हालाँकि आदर्श स्वास्थ्य की जीवनशैली को वज़न कम करने की योजना के रूप में प्रचारित नहीं किया जाता, लेकिन अगर आपका वज़न ज़्यादा है और आप इस जीवनशैली का अनुसरण करते हैं, तो आपका अतिरिक्त वज़न कम हो जाएगा।) अब लैरी आदर्श स्वास्थ्य के आठों स्तंभों का अनुसरण करते हैं। हृदय रोग और कैंसर दोनों का अब सिर्फ़ एक ही जोखिम घटक बचा है, जिसे वे कभी नहीं बदल सकते – पारिवारिक इतिहास। अब उनमें टाइप 2 डाइबिटीज़ का कोई जोखिम घटक नहीं है। उनका सी-रिएक्टिव प्रोटीन सामान्य है। उनका ब्लड प्रेशर 126/76, ट्राईग्लिसरॉइड्स 81, एचडीएल कोलेस्टेरॉल 52, वेस्ट-टु-हिप रेशो 0.92 और फ़ास्टिंग इन्सुलिन का स्तर 4.2 है और अब उनमें मेटाबोलिक सिंड्रोम नहीं है।

चार महीनों में ही लैरी नए इंसान बन चुके हैं।

यह आपके साथ भी हो सकता है।

लैरी ने यह कैसे किया? उन्होंने इस पुस्तक में बताई गई शिक्षाओं पर अमल किया।

वे इतने व्यस्त जीवन के बावजूद इतना ज़्यादा परिवर्तन कैसे कर पाए? वे ज़्यादा स्मार्ट तरीक़े से खाते हैं और इसका मतलब यह नहीं है कि इसमें ज़्यादा वक़्त लगता है। उन्होंने कुछ समय टीवी देखना छोड़ा और इसकी जगह औपचारिक व्यायाम करने लगे। वे दैनिक जीवन की गतिविधियों से भी ज़्यादा व्यायाम करने लगे। उन्होंने अपने जीवन की प्राथमिकताओं की दोबारा जाँच की और सूची में अपनी सेहत को ज़्यादा ऊँचे स्थान पर रखा। उन्होंने सीखा कि सप्लीमेंट्स किस तरह आदर्श स्वास्थ्य में योगदान दे सकते हैं, इसलिए वे उन्हें नियमित रूप से लेते हैं। उन्होंने कैलोरियों का हिसाब रखना सीखा और अब वे मुख्यतः ज़्यादा सब्ज़ियाँ खाकर अपनी कैलोरियों को नियंत्रित करते हैं। उन्होंने जीवनशैली के परिवर्तनों द्वारा अपने तनाव पर क़ाबू पाना सीखा और जितने जोखिम घटकों को कम कर सकते थे, कर लिया।

हम यह कैसे जानें कि लैरी में ये परिवर्तन स्थायी हैं – कि यह एक और अस्थायी पड़ाव साबित नहीं होगा? हालाँकि लैरी ने अपनी जीवनशैली में ज़्यादातर लोगों से ज़्यादा तेज़ी से परिवर्तन किए, लेकिन वे उन लोगों के प्रमुख लक्षण को प्रदर्शित करते हैं, जो आदर्श स्वास्थ्य की जंग को सचमुच जीत रहे हैं – वे तेज़ी से उस बिंदु पर पहुँच

गए हैं, जहाँ जीवनशैली अब काम नहीं करती है। परिवर्तन में हमेशा थोड़ी शुरुआती कोशिश की ज़रूरत होती है, लेकिन जल्द ही ये परिवर्तन आदत और विश्वास दोनों बनकर आपकी जीवनशैली में ढल जाते हैं। वे आपके लिए सामान्य बन जाते हैं और उसके बाद बहुत कम कोशिश की ज़रूरत होती है या बिलकुल भी नहीं रहती। आप एक नए इंसान बन जाते हैं।

लैरी की मिसाल साबित करती है कि तेज़ी से और क्रांतिकारी ढंग से जीवनशैली बदलना संभव है। बहरहाल, एक चीज़ याद रखें। भले ही आपको अपने जोखिम घटकों को कम करने में बरसों का समय लगे, लेकिन कभी हार न मानें। असल मुद्दा यह नहीं है कि आप कितनी तेज़ी से बदलते हैं। असल मुद्दा तो यह है कि आप कितना ज़्यादा बदलते हैं और आपके द्वारा किए गए परिवर्तन कितने स्थायी रहते हैं। सही राह पर चलें और लगातार आगे बढ़ते रहें, जब तक कि आप वह सर्वश्रेष्ठ जीवनशैली हासिल न कर लें, जिसे हासिल करने में आप सक्षम हैं।

लैरी बेहतरीन महसूस करते हैं। उनमें अब ज़्यादा ऊर्जा है और वे जीवन के आनंद से भरपूर हैं। बरसों बाद पहली बार वे अपने भविष्य के बारे में आशावादी हैं, क्योंकि अब वे जानते हैं कि दीर्घकालीन रोग का उनका जोखिम नाटकीय ढंग से कम हो गया है। वे अब शारीरिक, चिकित्सकीय, भावनात्मक, मानसिक और आध्यात्मिक दृष्टि से बेहतर स्थिति में है।

आज वे कई लोगों को प्रेरित करते हैं। वे आदर्श स्वास्थ्य क्रांति में विजय का जीता-जागता उदाहरण बन चुके हैं। वे नई आशा खोजने में उन लोगों की मदद करते हैं, जो शारीरिक दृष्टि से असहाय और फँसा हुआ महसूस करते हैं - जिस तरह कभी वे ख़ुद करते थे।

लैरी ने जो जीवनशैली अपनाई, उसमें गोरखधंधे, फ़ैशनेबल प्रॉडक्ट्स, चमत्कारी उपकरण या तुरत-फुरत समाधान नहीं हैं। उन्होंने तो पूर्वी और पाश्चात्य चिकित्सा के सर्वश्रेष्ठ तालमेल का अनुसरण किया, जिसमें रोकथाम पर प्रबल ज़ोर दिया गया है। यह वक़्त के इम्तहान में खरा उतरेगा, क्योंकि यह सर्वश्रेष्ठ विज्ञान पर आधारित है। इसने लैरी की ज़िंदगी बदल दी और यह आपकी भी बदल सकता है।

वेन

मैं इस पुस्तक का अंत एक महान व्यक्ति की दास्तान से करना चाहूँगा, जिसकी आदर्श सेहत की यात्रा लड़कपन में ही शुरू हो गई थी। यह लिखने तक वे अविश्वसनीय रूप से स्वस्थ हैं, हालाँकि उनकी उम्र 87 साल हो चुकी है। वे स्लोप्स पर स्की करते हैं, एक एकड़ के अहाते की देखभाल करते हैं और फावड़े से बर्फ़ हटाते हैं। उनकी सेहत उनके चरित्र और जीवनशैली दोनों का प्रतिबिंब है। आम तौर पर कहा जाता है कि अच्छी सेहत में शरीर, मस्तिष्क और आत्मा तीनों का योगदान होता है, लेकिन चरित्र वह चौथा तत्व है, जिसे आधुनिक युग में पर्याप्त अच्छी तरह नहीं समझा गया है।

अच्छे चरित्र की प्रशंसा लगभग ख़त्म सी हो गई है - हममें से कई को तो इसे

परिभाषित करने में भी मुश्किल आती है। लेकिन मैंने अपनी आँखों से देखा है कि किस तरह अखंडता और चरित्र ने मेरे पिता की सेहत पर असर डाला। मैं इसे बताने की कोशिश करूँगा, हालाँकि मैं जानता हूँ कि पिताजी का कोई भी लिखित वर्णन अपर्याप्त होगा। हममें से बहुत कम लोग समझते हैं कि लंबे समय में चरित्र हमारी सेहत को किस तरह प्रभावित करता है।

पिताजी का जन्म 1921 में एक ग़रीब परिवार में हुआ था। उनके हाल के पूर्वज शरणार्थी के रूप में बेहतर जीवन की उम्मीद से अमेरिका आकर बस गए थे। अमेरिका से अपनी देखभाल की उम्मीद करने या अपनी मातृभाषा को असफलता के बहाने के रूप में इस्तेमाल करने के बजाय उनके पूर्वजों ने अँग्रेज़ी सीखी और अमेरिका को बेहतर बनाने की कोशिश की। मंदी के दौरान वेन के पिता वाल्टर ने कई काम किए। उनका पैसा चोरी हो जाने के हताशाजनक अनुभव के बाद भी वे कड़ी मेहनत करने में जुटे रहे और उन्होंने दर्जनों पड़ोसियों की मदद की, जो दुख भोग रहे थे। दूसरों की मदद करने का यह गुण मेरे पिता का प्रमुख लक्षण था। दूसरों के प्रति उनका प्रेम उस तरह की सतही भावना नहीं थी, जैसी हम अक्सर देखते हैं। यह तो उनकी आत्मा से प्रवाहित होता था।

मेरे पिता बहुत एथलेटिक हैं। यूसीएलए में सोफ़ोमोर ईयर के दौरान स्प्रिंग फ़ुटबॉल प्रैक्टिस में चोट लगने से पहले वे उसी बैकफ़ील्ड में खेलते थे, जिसमें महान जैकी रॉबिन्सन और बॉब वाटरफ़ील्ड थे, जो अब नेशनल फ़ुटबॉल लीग हॉल ऑफ़ फ़ेम में हैं। मेजर लीग बेसबॉल हॉल-ऑफ़-फ़ेम वाले रॉबिन्सन मेजर लीग बेसबॉल खेलने वाले पहले अफ़्रीकी अमेरिकी थे। वे बरसों बाद तक हमारे परिवार को क्रिसमस कार्ड भेजते रहे। बचपन की मासूमियत में मैंने इस बात को महत्त्वपूर्ण नहीं माना। मुझे लगता था कि हर व्यक्ति को जैकी रॉबिन्सन के क्रिसमस कार्ड मिलते होंगे। लेकिन ऐसे दौर में, जब त्वचा के भिन्न रंगों वाले अमेरिकियों के लिए क़रीबी मित्रता रखना बहुत असामान्य था, मेरे पिता का प्रेम मूर्खतापूर्ण पूर्वाग्रहों द्वारा सीमित नहीं था। वे हमेशा सामने वाले के हृदय और चरित्र से सरोकार रखते थे और रखते हैं।

द्वितीय विश्व युद्ध के दौरान पिताजी नैवल एयर कॉर्प्स में दाख़िल हो गए और उन्होंने एयरक्राफ़्ट करियर सर्विस की तैयारी में पायलट के रूप में प्रशिक्षण शुरू किया। एक महत्वपूर्ण दिन वे प्रशिक्षु पायलट्स के समूह के साथ थे, जो एक नए एयरफ़ील्ड की ओर उड़ान भर रहे थे। तभी ट्रांसपोर्ट प्लेन ने वह किया, जिसे पायलट "हार्ड लैंडिंग" कहते हैं। आप और मैं इसे क्रैश लैंडिंग कहेंगे। तेज़ टक्कर की वजह से एक प्रशिक्षु हवाई जहाज़ के केबिन से आगे की तरफ़ उछला। पिताजी ने आगे बढ़कर उस आदमी को पकड़ लिया और शायद उसे गंभीर चोट से बचा लिया। बहरहाल, इस कोशिश में डैडी के ख़ुद के पैर इतनी बुरी तरह घायल हो गए कि उन्हें सम्मान के साथ सेवामुक्त कर दिया गया। प्रेम के इस सहज काम ने शायद पिताजी की ज़िंदगी बचा ली, क्योंकि उनके समूह में प्रशिक्षण लेने वाले आधे पायलट युद्ध के दौरान मर गए थे।

जिस शहर में मैं पला-बढ़ा था, वहाँ पिताजी की करुणा और अखंडता का काफ़ी सम्मान होता था। वे एक छोटे बैंक के शाखा प्रबंधक थे और हालाँकि बैंक की तिजोरी - जिसमें अक्सर लाखों डॉलर रखे रहते थे - में टाइम लॉक नहीं था, लेकिन बैंक की एक पाई भी कभी ग़ुम नहीं हुई। वे लोगों के मूल्यांकन में इतने सटीक थे कि बीस साल से ज़्यादा समय तक लोन ऑफ़िसर रहने के बावजूद - जिस दौरान उन्होंने हज़ारों लोन दिए और कुल रक़म मिलियनों डॉलर थी - उनके लोन पर सिर्फ़ 300 डॉलर का नुक़सान हुआ।

जब डैडी लोन ऑफ़िसर थे, तब क्रेडिट कार्ड व्यापक प्रचलन में नहीं थे, इसलिए बड़े कॉरपोरेट लोन्स के साथ-साथ उन्हें हर दिन कई छोटे लोन भी देने पड़ते थे। लोग डैडी से इतना प्रेम और सम्मान करते थे कि वे उन्हें कभी नीचा नहीं देखने देते थे। उन्हें पूरे देश से चेक मिलते थे, क्योंकि मुश्किल वक़्त के कारण क़र्ज़ लेने वालों को मौसमी काम करने पड़ते थे और वे लोन चुकाने के लिए कड़ी मेहनत करते थे। जब उन्होंने बैंक छोड़ा, तो बहुत सारे लोगों ने आकर उन्हें शुभकामनाएँ दीं। उनमें से कई लोग तो रो रहे थे, क्योंकि उनके परिवारों के लिए यह आदमी बहुत मायने रखता था। (क्या अपने बैंकर के लिए आपमें ऐसी भावनाएँ जागी हैं?) आज तक जब भी मैं अपने पिताजी के परिचितों से मिलता हूँ, तो वे हमेशा उनके हाल-चाल पूछते हैं।

फिर उन्हें सिटी काउंसिल का प्रेसिडेंट चुना गया। काउंसिल के सदस्यों की ईमानदारी संदिग्ध थी, इसलिए उन्हें नहीं चुना गया। शहर पर बहुत सा दीर्घकालीन क़र्ज़ चढ़ा हुआ था। उनके पद ग्रहण करने के बाद जल्दी ही सारा क़र्ज़ उतर गया। काउंसिल के कुछ पूर्व सदस्यों ने मेरे डैडी *और* उनके परिवार को हिंसा और यहाँ तक कि जान से मारने की धमकी भी दी, लेकिन डैडी ने झुकने से इंकार कर दिया। वे सही काम करने में निरंतर जुटे रहे, हालाँकि उन्होंने अपने परिवार की रक्षा करने की व्यवस्था भी की। जीत उनकी अखंडता और चरित्र की हुई।

हमारे घर में एक बड़ा अहाता, एक बास्केटबॉल कोर्ट और क़रीब ही एक झील थी। जब मैं हाई स्कूल में था, तो मेरे लगभग पचास मित्र हमारे घर खेलने आते थे। आम तौर पर मेरे दस-बारह दोस्त कभी बास्केटबॉल कोर्ट या झील तक नहीं पहुँच पाते थे, बल्कि लिविंग रूम में बैठकर डैडी से बतियाते रहते थे। मेरे कई दोस्तों की हसरत थी कि काश वे मेरे बजाय उनके पिता होते।

मैं डैडी के बारे में एक पूरी पुस्तक लिख सकता हूँ और यह भी कि उनके द्वारा पाला जाना कैसा लगता है। शायद मुझे लिखनी चाहिए। हाल-फ़िलहाल मैं आशा करता हूँ कि यह संक्षिप्त झलक आपको उनके चरित्र का अंदाज़ा दे देगी।

जो बात मैं कहना चाहता हूँ, वह उस तरीक़े से संबंधित है, जिससे उनके चरित्र ने उनके स्वास्थ्य पर असर डाला।

सबसे पहले, बरसों तक उन्होंने इतना ज़्यादा प्रेम दिया है कि बदले में उन पर प्रेम की बारिश हुई है। हममें से ज़्यादातर लोग जानते हैं कि कुछ ख़ास लोगों द्वारा सच्चा प्रेम किए जाने पर कितना अच्छा महसूस होता है, लेकिन क्या आप कल्पना कर

सकते हैं कि सैकड़ों लोग जब आपसे सच्चा प्रेम करते हों, तो कैसा लगता होगा?

मेरे डैडी ने इस पुस्तक में बताए गए लगभग सभी क़दमों का हमेशा पालन किया। यह उनके लिए स्वाभाविक था। उन्होंने कभी धूम्रपान नहीं किया, शराब नहीं पी या पेटूपन नहीं दिखाया और उनका वज़न कभी ज़्यादा नहीं रहा। उन्होंने हमेशा दैनिक जीवन की गतिविधियों में हिस्सा लिया और वे अब भी लगभग एक एकड़ वाले अहाते के ज़्यादातर हिस्से में काम करते हैं। उन्होंने अपने वयस्क जीवन में लगभग हर दिन दौड़कर या टहलकर व्यायाम किया है। वे बहुत कम बीमारियों के कारण डॉक्टर की देखभाल में रहे हैं और वे अपनी दवाएँ निष्ठापूर्वक लेते हैं। वे चिर आशावादी हैं और नियमित रूप से चर्च जाते हैं। उनकी आस्था गहरी है। वे बहुत अच्छी तरह संतुलित, पोषक आहार लेते हैं, जो फलों और सब्ज़ियों से भरपूर होता है और वे हर दिन सप्लीमेंट्स लेते हैं।

उनकी प्राथमिकताएँ हमेशा सही रही हैं। उन्होंने दौलत या शोहरत का पीछा नहीं किया। उन्होंने कंपनियों और लोगों को पैसा उधार देने का करियर अपनाया और कई बार तो उन्होंने अपना पैसा भी दूसरों को उधार दे दिया, ताकि मुश्किल से उबरने या आगे बढ़ने में उनकी मदद कर सकें। उन्हें यूसीएलए स्कूल ऑफ़ मेडिसिन के फ़र्स्ट क्लास में स्वीकार कर लिया गया, लेकिन अपने परिवार को ज़्यादा समय देने की ख़ातिर वे वहाँ नहीं गए। (इसकी वजह से उनके दो बच्चे यूसीएलए स्कूल ऑफ़ मेडिसिन से ग्रेजुएट हुए।) डैडी अपने मित्रों के साथ घूमने-फिरने के बजाय अपने परिवार के साथ समय बिताना ज़्यादा पसंद करते थे। वे हमें गर्मियों में लगभग हर दिन फ़िशिंग, स्विमिंग, केनोइंग या हाइकिंग करने ले जाते थे। अब उनकी उम्र नब्बे के क़रीब है, लेकिन वे अब भी मुझे गोल्फ़ में हरा देते हैं और मेरे परिवार के साथ फ़िशिंग और कैंपिंग करने जाते हैं। मेरे बच्चे उनके दीवाने हैं। वे हमारे स्कूल जाने से कम उम्र के बच्चे की देखभाल करते हैं और उन्होंने पिछले साल अहाते में ऐसा काम करने में मेरी मदद की, जिससे तीस साल का सामान्य व्यक्ति भी थक जाता।

अपनी ईमानदारी की बदौलत वे रात को अच्छी तरह सो पाते हैं। उनमें इतनी आंतरिक शांति है, जो बहुत कम लोगों को नसीब होती है, जो पवित्र जीवन जीने से हासिल होती है। वे अपनी धार्मिक आस्था का प्रदर्शन नहीं करते, बल्कि हमेशा ज़रूरतमंद लोगों की चुपचाप मदद करते रहते हैं। कुछ लोग अपनी धार्मिक निष्ठा को अजीब, विनाशकारी तरीक़ों से दर्शाते हैं। चरित्रवान लोग मतभिन्नताओं को तार्किक दृष्टि से और संवाद द्वारा सुलझाते हैं। वे ज़रूरतमंद मासूम लोगों की मदद करते हैं।

आधुनिक समाज में कई लोगों के जीवनमूल्य इतने विकृत हो चुके हैं कि उनसे उनकी सेहत को नुक़सान पहुँचता है। भौतिक दौलत अच्छी बात है। लेकिन बहुत सारे लोगों के लिए दौलत और शोहरत की लोभी खोज तनाव उत्पन्न करती है, जिसका परिणाम हृदय रोग या कैंसर होता है। मेरे पिता में हमेशा इतनी विनम्रता रही है कि वे इस तरह के व्यवहार और बीमारी के चंगुल से बचें, जो अक्सर इसके साथ आता है। मेरे पिता के लगभग सभी समकालीन, जिन्होंने पैसे की दीवानगी का रास्ता चुना

था, आज मर चुके हैं, जबकि मेरे पिता स्वस्थ, ख़ुश और स्फूर्तिवान जीवन जी रहे हैं।

हमारा समाज अपने चैंपियनों को प्रतीकों के संदर्भ में पहचानता है : दौलत, शोहरत, नोबल पुरस्कार, गोल्ड रिकॉर्ड, अकेडमी अवॉर्ड, हेडलाइन्स, टेलीविज़न पर ट्रिब्यूट शो, हॉलीवुड वॉक ऑफ़ फ़ेम के स्टार्स। मेरे डैडी को इस तरह की मान्यता कभी नहीं मिली, लेकिन उनसे बेहतर कोई इंसान या आदर्श स्वास्थ्य की मिसाल नहीं है। आधुनिक समाज के ज़्यादातर लोग, जिन्हें हीरो माना जाता है, उनकी तुलना में फीके साबित होंगे।

यह मेरी ख़ुशनसीबी है कि इस अचीन्हे हीरो, प्रेम की महानतम जीती-जागती प्रतिमा, ने मुझे पाला-पोसा। उनकी जीवनशैली आदर्श है। वे पूर्ण पुरुष हैं - शारीरिक दृष्टि से, मानसिक दृष्टि से, आध्यात्मिक दृष्टि से और चारित्रिक दृष्टि से भी। वे ख़ुश, प्रेमपूर्ण, शांत, आशावादी, सक्रिय, स्वस्थ जीवन जीते हैं। मुझे यक़ीन है कि इस जीवन के अंत में स्वर्ग में बैठा उनका पिता कहेगा, "शाबाश, मेरे अच्छे और वफ़ादार सेवक।"

परिशिष्ट

परिशिष्ट ए

ए.1 हेल्थ चेकअप सलाह

पुरुष

उम्र अठारह साल से कम

1. डॉक्टर द्वारा वार्षिक जाँच
2. हर साल बीएमआई की जाँच
3. पंद्रह साल की उम्र से मासिक वृषण (testicular) परीक्षण

उम्र अठारह से चालीस साल तक

1. हर तीन साल बाद कम्प्लीट हेल्थ चेकअप, जिसमें मूत्र और रक्त परीक्षण शामिल है
2. हर तीन साल बाद कोलेस्टेरॉल की जाँच
3. हर दो साल बाद ब्लड प्रेशर की जाँच
4. हर तीन साल बाद डॉक्टर द्वारा दृष्टि परीक्षण
5. हर साल डेंटिस्ट द्वारा दाँतों का परीक्षण और हर छह महीने बाद दाँतों की सफ़ाई
6. त्वचा कैंसर - स्वयं जाँच और सालाना हेल्थ चेकअप के दौरान होने वाली जाँच
7. टिटनेस/डिप्थीरिया टीका : हर दस साल बाद
8. हर महीने वृषण की स्वयं जाँच और सालाना हेल्थ चेकअप में डॉक्टर द्वारा जाँच
9. बॉडी फ़ैट प्रतिशत की जाँच हर साल

उम्र चालीस से पचास साल तक

1. हर साल कम्प्लीट हेल्थ चेकअप, जिसमें मूत्र परीक्षण और रक्त जाँच शामिल है। सीबीसी, केमिस्ट्री पेनल, फ़ास्टिंग ग्लूकोज़, एचएस-सी-रिएक्टिव प्रोटीन, होमोसिस्टीन, वीएपी कोलेस्टेरॉल पैनल, लिवर पैनल, फ़ास्टिंग इन्सुलिन और ओमेगा-3 स्तरों की जाँच
2. प्रोस्टेट और गुदा संबंधी असामान्यताओं के लिए हर साल डिजिटल रेक्टल जाँच
3. ओकल्ट ब्लड की जाँच के लिए सालाना मल परीक्षण
4. नेत्र विशेषज्ञ द्वारा आँखों का पूर्ण परीक्षण
5. सालाना प्रोस्टेट-स्पेसिफ़िक एंटीजेन (पीएसए)
6. हर तीन साल बाद बेसलाइन ट्रेडमिल व्यायाम, जो जोखिम पर निर्भर करता है
7. हर तीन साल बाद बोन डेनसिटी (अगर समस्याएँ पहले से ही मौजूद हों,

तो इससे ज़्यादा बार)

उम्र पचास साल से ज़्यादा

1. हर साल फिज़िकल चेकअप, रेक्टल परीक्षण, पीएसए और ओकल्ट ब्लड के लिए मल परीक्षण करवाएँ
2. हर तीन से पाँच साल में सिगमॉइडोस्कोपी करवाएँ या हर दस साल बाद कोलोनोस्कोपी करवाएँ (जिन व्यक्तियों को ज़्यादा जोखिम हो या समस्याएँ पहले से ही मौजूद हों, उन्हें कम अवधि में ज़्यादा बार करवाना चाहिए।)
3. न्यूमोकॉकोल शॉट : पैंसठ साल से ज़्यादा उम्र में लें। यह ज़िंदगी में एक बार ही दिया जाता है (अपने डॉक्टर से इस बात की पुष्टि कर लें कि आपको इसका ज़्यादा जोखिम है या पैंसठ साल से पहले आपको टीका लग चुका है)
4. हर साल इनफ़्लुएंज़ा शॉट्स पर विचार करें

महिलाएँ

उम्र अठारह साल से कम

1. डॉक्टर द्वारा वार्षिक परीक्षण
2. पीएपी और पेल्विक परीक्षण सेक्स संबंधी गतिविधि शुरू होने के बाद हर साल कम से कम एक बार
3. बीएमआई परीक्षण हर साल

उम्र अठारह से पैंतीस साल तक

1. हर तीन साल बाद पूर्ण शारीरिक परीक्षण, जिसमें मूत्र परीक्षण और रक्त परीक्षण शामिल है
2. हर दो साल बाद ब्लड प्रेशर की जाँच
3. हर साल क्लीनिक या डॉक्टर द्वारा स्तन परीक्षण
4. हर साल पीएपी टेस्ट और पेल्विक परीक्षण
5. हर महीने स्तनों का स्वयं परीक्षण (मासिक धर्म शुरू होने के एक सप्ताह बाद सबसे अच्छा रहता है)
6. तीन से पाँच साल में वीएपी कोलेस्टेरॉल की जाँच करें
7. हर तीन साल में कम से कम एक बार डॉक्टर द्वारा नेत्र परीक्षण
8. हर साल डेंटिस्ट द्वारा जाँच और हर छह महीने बाद दाँतों की सफ़ाई
9. स्किन कैंसर : स्वयं जाँच और पूर्ण सालाना हेल्थ चेकअप के दौरान जाँच
10. टिटनस/डिप्थीरिया का टीका : हर दस साल बाद
11. हर साल बॉडी फ़ैट प्रतिशत की जाँच

उम्र पैंतीस से उनतालीस साल तक

1. बेसलाइन मैमोग्राम

2. *अठारह से पैंतीस साल* की सलाहों पर अमल करें

उम्र चालीस से पचास साल तक

1. हर साल कम्प्लीट फिज़िकल एग्ज़ाम। साथ ही मूत्र और रक्त परीक्षण, जिसमें सीबीसी, केमिस्ट्री पैनल, लिवर पैनल, वीएपी कोलेस्टेरॉल पैनल, एसएस-सी-रिएक्टिव प्रोटीन, होमोसिस्टीन, फ़ास्टिंग ग्लूकोज़, फ़ास्टिंग इन्सुलिन और ओमेगा-3 स्तरों की जाँच हो
2. हर साल मैमोग्राम
3. हर साल डिजिटल रेक्टल एग्ज़ाम और ओकल्ट ब्लड के लिए मल परीक्षण
4. नेत्र विशेषज्ञ द्वारा पूर्ण नेत्र परीक्षण
5. हर तीन साल बाद बोन डेनसिटी (अगर समस्याएँ पहले से मौजूद हों, तो ज़्यादा बार)
6. बेसलाइन एक्सरसाइज़ ट्रेडमिल हर तीन साल बाद, जो जोखिम पर निर्भर करता है
7. इसके अलावा, अठारह से पैंतीस तथा पैंतीस से उनतालीस साल की सलाहों पर अमल जारी रखें

उम्र पचास साल से ज़्यादा

1. सालाना कम्प्लीट हेल्थ चेकअप, रेक्टल परीक्षण और ओकल्ट ब्लड के लिए मल परीक्षण जारी रखें
2. सालाना पीएपी, मैमोग्राम, स्तन और पेल्विक परीक्षण जारी रखें, जब तक कि आपका यह डॉक्टर यह फ़ैसला नहीं करता कि दर कम हो सकती है
3. हर तीन से पाँच साल में सिगमॉइडोस्कोपी करवाएँ या हर दस साल बाद कोलोनोस्कोपी करवाएँ (ज़्यादा जोखिम वाले व्यक्ति कम अवधि में बार-बार करवाएँ या जब समस्याएँ पहले से ही मौजूद हों, तब भी बार-बार करवाएँ।)
4. न्यूमोकॉकोल शॉट : पैंसठ साल से ज़्यादा उम्र में लगवाएँ। यह ज़िंदगी में सिर्फ़ एक बार लगवाया जाता है (अपने डॉक्टर से इस बात की पुष्टि कर लें कि आपको इसका ज़्यादा जोखिम है या पैंसठ साल से पहले आपको टीका लग चुका है)
5. पचास की उम्र के बाद सालाना इनफ़्लुएंजा शॉट्स पर विचार करें

ए.2 कोलेस्टेरॉल की स्थिति तय करने की सर्वश्रेष्ठ विधि

हम अपने इंस्टीट्यूट में एक विशेष कोलेस्टेरॉल परीक्षण करते हैं, जो कोलेस्टेरॉल के सिर्फ़ कुछ प्रकारों को नापने के बजाय सभी क़िस्म के कोलेस्टेरॉल्स को सचमुच नापता है। हम कोलेस्टेरॉल वैल्यूज़ की ज़्यादा विस्तृत रेंज का मूल्यांकन करते हैं, जिसका महत्व मैं अभी स्पष्ट करूँगा। हम ऐसे उपचार की सलाह देते हैं, जो इन अलग-अलग

कोलेस्टेरॉल वैल्यूज़ के लिए विशिष्ट हो। बहरहाल, अगर आपका कोलेस्टेरॉल बढ़ा हुआ है, तो कृपया यहाँ दी जा रही जानकारी के बारे में अपने डॉक्टर से बातचीत करें। ख़ुद अपनी स्थिति का "इलाज" न करने लगें। आंशिक ज्ञान भी अज्ञान जितना ही ख़तरनाक हो सकता है।

हम गणना के आधार पर नहीं, बल्कि वास्तविक एलडीएल स्तर पता करते हैं। इन्हें आर-एलडीएल कहा जाता है। इसके अतिरिक्त हम लिपोप्रोटीन (ए), आईडीएल, वीएलडीएल-3, एचडीएल-2, एचडीएल-3, एलडीएल साइज़ और पैटर्न, कुल कोलेस्टेरॉल और ट्राइग्लिसरॉइड्स की वास्तविक स्थिति भी मालूम करते हैं।

इस सटीक विधि और इससे मिलने वाली अतिरिक्त जानकारी से असामान्यताओं की जाँच करने व सटीक उपचार प्रदान करने की हमारी योग्यता बहुत बढ़ जाती है। कोलेस्टेरॉल के मामले में आम तौर पर दी जाने वाली दवाएँ इनमें से कुछ कोलेस्टेरॉल वैल्यूज़ का उपचार नहीं करती हैं, जैसा आप नीचे देखेंगे।

लिपोप्रोटीन (ए)। यह आर-एलडीएल से बहुत मिलता-जुलता तत्व है। फ़र्क़ सिर्फ़ इतना है कि इसके साथ एक ख़ास प्रोटीन जुड़ा होता है, जो थक्कों को टूटने से रोकता है। यह अपने आप में हृदय रोग का जोखिम घटक है और जोखिम को दोगुने से भी ज़्यादा बढ़ा देता है।[843] इसका परिमाण 10mg/dl से कम होना चाहिए। अगर लिपोप्रोटीन (ए) बढ़ा हुआ है और एचडीएल कम है, तो अध्ययन दर्शाते हैं कि आपको हृदय रोग विकसित होने की 830 प्रतिशत ज़्यादा आशंका है।[844] इस बात की भी बहुत प्रबल आशंका है कि यह विरासत में मिलने वाला गुण आपके बच्चों में भी चला गया हो। इसलिए, अगर आपका लिपोप्रोटीन (ए) स्तर बढ़ा हुआ हो, तो आपको अपने निकट रक्त संबंधियों का भी रक्त परीक्षण करवाना चाहिए। ओमेगा-3 से बढ़े हुए लिपोप्रोटीन (ए) को कम किया जा सकता है। वर्तमान चिकित्सकीय सलाह में नियासिन और स्टेटिन या फ़ेनोफ़ाइब्रेट्स के मिश्रण द्वारा इसका इलाज किया जाता है। इसलिए अगर आपका लिपोप्रोटीन (ए) स्तर बढ़ा हुआ हो, तो आपको इस बारे में अपने डॉक्टर से बात करनी चाहिए।

आईडीएल कोलेस्टेरॉल। आईडीएल आर-एलडीएल की तुलना में ज़्यादा तेज़ी से हृदय रोग उत्पन्न करता है। इसका परिमाण 20mg/dl से कम होना चाहिए। इस बात की काफ़ी आशंका है कि यह आपके बच्चों में भी चला गया होगा, इसलिए अगर यह आपमें बढ़ा हुआ हो, तो आपको अपने निकट रक्त संबंधियों में इसकी जाँच करवा लेनी चाहिए। आईडीएल को आम तौर पर आहार में सैचुरेटेड फ़ैट्स की मात्रा घटाकर और ओमेगा-3 लेकर कम किया जाता है। अगर इससे लाभ न हो, तो आपको अपने डॉक्टर से सलाह लेनी चाहिए और स्टेटिन्स के साथ नियासिन के मिश्रण वाली दवाएँ लेनी चाहिए।

एलडीएल साइज़ और पैटर्न। एलडीएल कण मूलतः दो अलग-अलग आकारों के होते हैं। वे छोटे और घने (पैटर्न बी) या बड़े तथा भ्रमणशील (पैटर्न ए) हो सकते हैं। छोटे घने बी पैटर्न वाला एलडीएल हार्ट अटैक के जोखिम को 6.9 गुना बढ़ा देता है।[845] इस ज्ञान के बिना यह हो सकता है कि आपका कोलेस्टेरॉल स्तर अतीत में सामान्य रहा हो, लेकिन इसके बावजूद आपको हार्ट अटैक का ज़्यादा जोखिम हो। आप पैटर्न बी को ए में बदलने के लिए ओमेगा-3 ले सकते हैं। अगर इससे मदद न मिले, तो आपको नियासिन, ग्लूटाथियॉन या फ़ेनोफ़ाइब्रेट्स लेने के बारे में अपने डॉक्टर से बात करने की ज़रूरत हो सकती है।

वीएलडीएल-3। इसका परिमाण सीधे नापा जाता है और सर्वश्रेष्ठ स्थिति में यह 10 से कम होना चाहिए। ये छोटे, घने कण हृदय रोग के जोखिम को बढ़ा देते हैं।[846] बढ़े हुए स्तरों को ओमेगा-3 लेकर और अपने आहार में फ़ैट्स कम करके कम किया जा सकता है। अगर इससे मदद न मिले, तो आपको नियासिन या फ़ेनोफ़ाइब्रेट्स लेने के बारे में अपने डॉक्टर से बात करने की ज़रूरत हो सकती है।

एचडीएल-2। एचडीएल को अच्छा कोलेस्टेरॉल माना जाता है। एचडीएल-2 बड़ा और भ्रमणशील होता है और दोनों एचडीएल्स में से ज़्यादा रक्षा करता है। कम एचडीएल-2 हृदय रोग का जोखिम घटक माना जाता है, भले ही बाक़ी का कोलेस्टेरॉल सामान्य हो।[847] अगर इसकी मात्रा पुरुषों में 10mg/dl से ज़्यादा हो और महिलाओं में 25mg/dl से ज़्यादा हो, तो सबसे अच्छा रहता है। कम एचडीएल-2 को बढ़ाने के तरीक़े हैं व्यायाम (डॉक्टर की अनुमति मिलने के बाद), ओमेगा-3 और नियासिन।

एचडीएल-3। यह एचडीएल-2 की तुलना में ज़्यादा छोटा और घना होता है, लेकिन उतनी ज़्यादा रक्षा नहीं करता है। इसकी मात्रा पुरुषों में 30mg/dl और महिलाओं में 25mg/dl से ज़्यादा होनी चाहिए।

ए.3 बीएमआई चार्ट

	Normal						Overweight					Obese										Extreme Obesesity														
BMI	19	20	21	22	23	24	25	26	27	28	29	30	31	32	33	34	35	36	37	38	39	40	41	42	43	44	45	46	47	48	49	50	51	52	53	54
Height (inches)	Body Weight (pounds)																																			
58	91	96	100	105	110	115	119	124	129	134	138	143	148	153	158	162	167	172	177	181	186	191	196	201	205	210	215	220	224	229	234	239	244	248	253	258
59	94	99	104	109	114	119	124	128	133	138	143	148	153	158	163	168	173	178	183	188	193	198	203	208	212	217	222	227	232	237	242	247	252	257	262	267
60	97	102	107	112	118	123	128	133	138	143	148	153	158	163	168	174	179	184	189	194	199	204	209	215	220	225	230	235	240	245	250	255	261	266	271	276
61	100	106	111	116	122	127	132	137	143	148	153	158	164	169	174	180	185	190	195	201	206	211	217	222	227	232	238	243	248	254	259	264	269	275	280	285
62	104	109	115	120	126	131	136	142	147	153	158	164	169	175	180	186	191	196	202	207	213	218	224	229	235	240	246	251	256	262	267	273	278	284	289	295
63	107	113	118	124	130	135	141	146	152	158	163	169	175	180	186	191	197	203	208	214	220	225	231	237	242	248	254	259	265	270	278	282	287	293	299	304
64	110	116	122	128	134	140	145	151	157	163	169	174	180	186	192	197	204	209	215	221	227	232	238	244	250	256	262	267	273	279	285	291	296	302	308	314
65	114	120	126	132	138	144	150	156	162	168	174	180	186	192	198	204	210	216	222	228	234	240	246	252	258	264	270	276	282	288	294	300	306	312	318	324
66	118	124	130	136	142	148	155	161	167	173	179	186	192	198	204	210	216	223	229	235	241	247	253	260	266	272	278	284	291	297	303	309	315	322	328	334
67	121	127	134	140	146	153	159	166	172	178	185	191	198	204	211	217	223	230	236	242	249	255	261	268	274	280	287	293	299	306	312	319	325	331	338	344
68	125	131	138	144	151	158	164	171	177	184	190	197	203	210	216	223	230	236	243	249	256	262	269	276	282	289	295	302	308	315	322	328	335	341	348	354
69	128	135	142	149	155	162	169	176	182	189	196	203	209	216	223	230	236	243	250	257	263	270	277	284	291	297	304	311	318	324	331	338	345	351	358	365
70	132	139	146	153	160	167	174	181	188	195	202	209	216	222	229	236	243	250	257	264	271	278	285	292	299	306	313	320	327	334	341	348	355	362	369	376
71	136	143	150	157	165	172	179	186	193	200	208	215	222	229	236	243	250	257	265	272	279	286	293	301	308	315	322	329	338	343	351	358	365	372	379	386
72	140	147	154	162	169	177	184	191	199	206	213	221	228	235	242	250	258	265	272	279	287	294	302	309	316	324	331	338	346	353	361	368	375	383	390	397
73	144	151	159	166	174	182	189	197	204	212	219	227	235	242	250	257	265	272	280	288	295	302	310	318	325	333	340	348	355	363	371	378	386	393	401	408
74	148	155	163	171	179	186	194	202	210	218	225	233	241	249	256	264	272	280	287	295	303	311	319	326	334	342	350	358	365	373	381	389	396	404	412	420
75	152	160	168	176	184	192	200	208	216	224	232	240	248	256	264	272	279	287	295	303	311	319	327	335	343	351	359	367	375	383	391	399	407	415	423	431
76	156	164	172	180	189	197	205	213	221	230	238	246	254	263	271	279	287	295	304	312	320	328	336	344	353	361	369	377	385	394	402	410	418	426	435	443

ए.4 लड़कों के लिए बीएमआई चार्ट

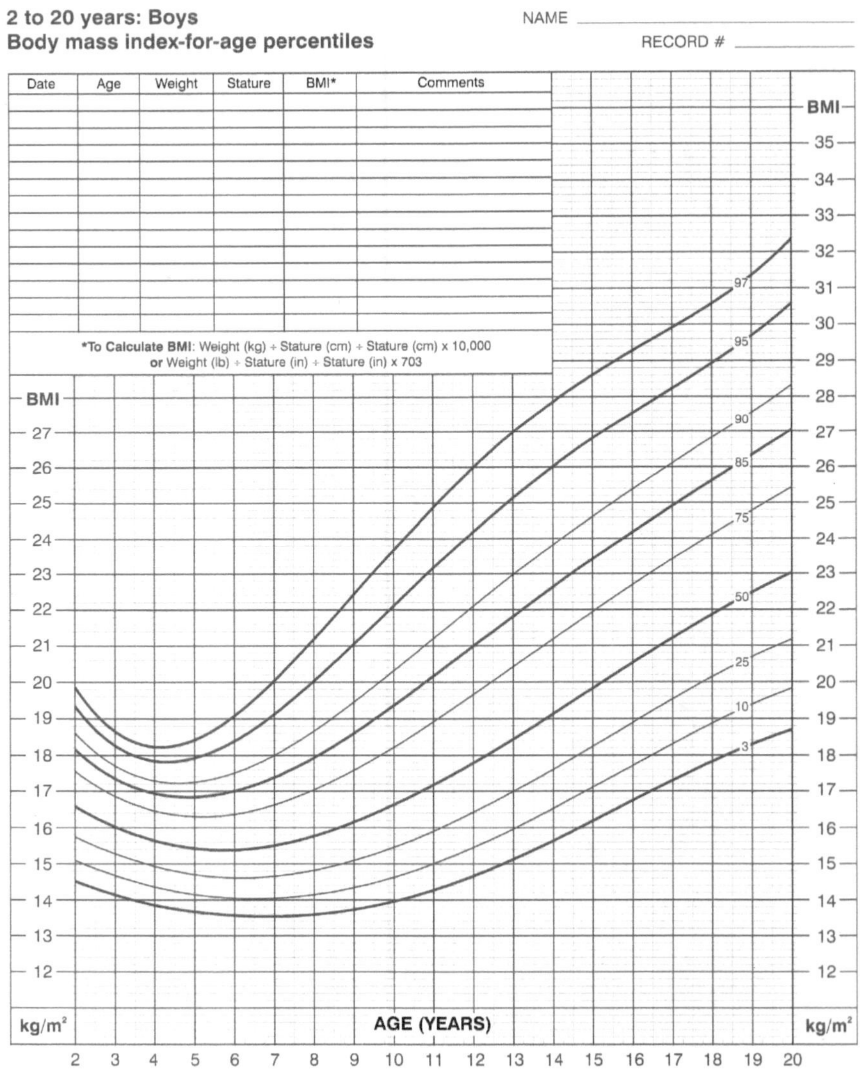

ए.5 लड़कियों के लिए बीएमआई चार्ट

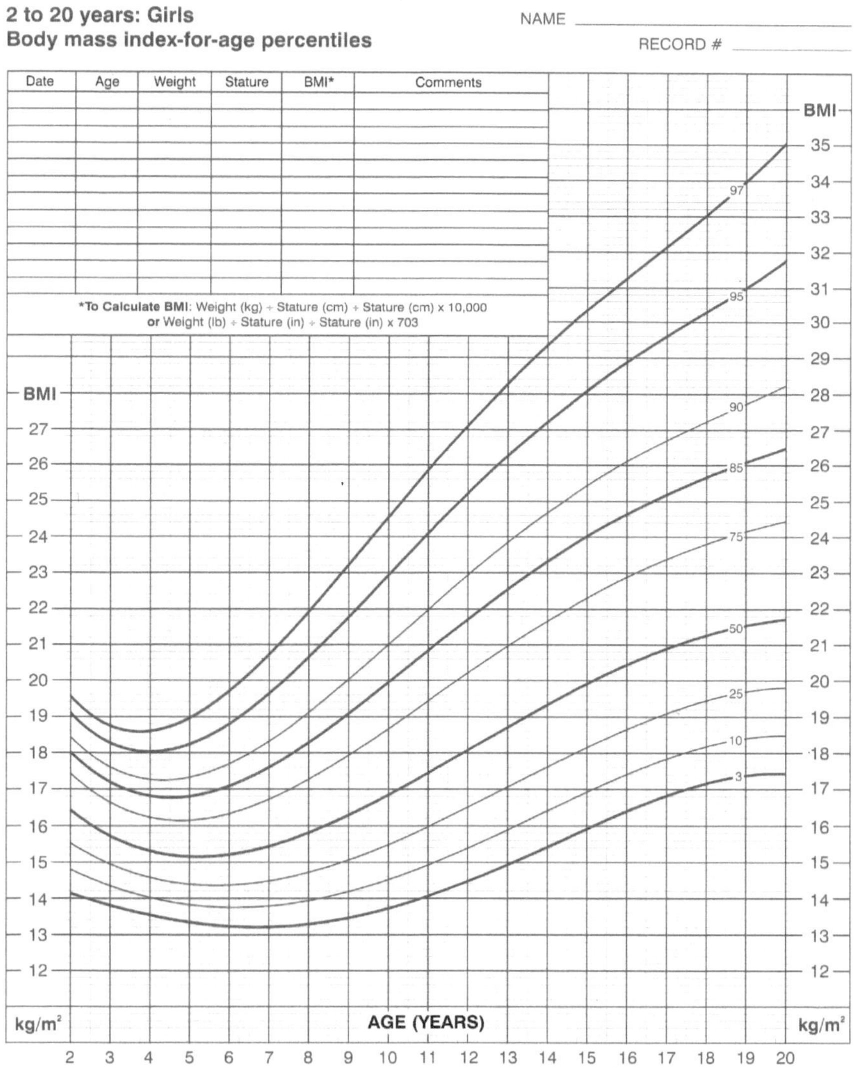

ए.6 मोटापे की लागत

मोटापे से संबंधित चुनिंदा रोगों की अनुमानित आजीवन चिकित्सा लागत, लिंग, आयु समूह और बीएमआई द्वारा 3% डिसकाउंटेड

सेक्स और	अनुमानित आजीवन लागत, $, बीएमआई, किग्रा/मी²			
आयु समूह	22.5	27.5	32.5	37.5
पुरुष				
35–44	16,200	20,200	25,300	31,700
45–54	19,600	24,000	29,600	36,500
55–64	22,000	26,100	31,200	37,400
महिलाएँ				
35–44	15,200	18,900	23,800	29,700
45–54	18,800	23,200	28,700	35,300
55–64	21,900	26,500	32,200	39,000

डाइबिटीज़ (जिसे मोटापे ने और बिगाड़ दिया था) से जुड़ी प्रत्यक्ष और अप्रत्यक्ष चिकित्सा की लागत सिर्फ़ अमेरिका में 1997 में लगभग 98 बिलियन डॉलर थी।[848] बहुत ज़्यादा वज़न वाले लोग साल भर में सामान्य से 74 प्रतिशत ज़्यादा दिन अस्पताल में रहे, जबकि थोड़े ज़्यादा वज़न वाले लोग 34 प्रतिशत ज़्यादा रहे।[849] अस्पताल में बच्चों के मोटापे से जुड़े ख़र्च 1981 से तिगुने हो चुके हैं और हर साल 127 मिलियन डॉलर तक पहुँच गए हैं।[850]

2001 में अमेरिका ने मोटापे के कारण 123 बिलियन डॉलर की क़ीमत चुकाई, जिसमें प्रत्यक्ष और खोई उत्पादकता जैसी अप्रत्यक्ष लागतें शामिल थीं।[851] द सेंटर्स फ़ॉर डिसीज़ कंट्रोल के अनुसार मोटे व्यक्ति की वार्षिक लागत सामान्य वज़न वाले व्यक्ति की तुलना में 37.7 प्रतिशत (या 732 डॉलर) ज़्यादा थी। मोटे मेडिकेयर रोगियों पर हर साल 1,486 डॉलर ज़्यादा ख़र्च होता है।[852] हर साल मोटापे संबंधी कारणों की वजह से 4 करोड़ कार्यदिवसों का नुक़सान होता है और लगभग 6.5 करोड़ सालाना अस्पताल यात्राएँ मोटापे संबंधी समस्याओं के कारण होती हैं।[853]

ए.7 दैनिक कैलोरी आवश्यकताओं का पता कैसे लगाएँ

Activity level	MALES Sedentary*	MALES Mod. Active*	MALES Active*	Activity level	FEMALES Sedentary*	FEMALES Mod. Active*	FEMALES Active*
AGE				AGE			
2	1000	1000	1000	2	1000	1000	1000
3	1000	1400	1400	3	1000	1200	1400
4	1200	1400	1600	4	1200	1400	1400
5	1200	1400	1600	5	1200	1400	1600
6	1400	1600	1800	6	1200	1400	1600
7	1400	1600	1800	7	1200	1600	1800
8	1400	1600	2000	8	1400	1600	1800
9	1600	1800	2000	9	1400	1600	1800
10	1600	1800	2200	10	1400	1800	2000
11	1800	2000	2200	11	1600	1800	2000
12	1800	2200	2400	12	1600	2000	2200
13	2000	2200	2600	13	1600	2000	2200
14	2000	2400	2800	14	1800	2000	2400
15	2200	2600	3000	15	1800	2000	2400
16	2400	2800	3200	16	1800	2000	2400
17	2400	2800	3200	17	1800	2000	2400
18	2400	2800	3200	18	1800	2000	2400
19-20	2600	2800	3000	19-20	2000	2200	2400
21-25	2400	2800	3000	21-25	2000	2200	2400
26-30	2400	2600	3000	26-30	1800	2000	2400
31-35	2400	2600	3000	31-35	1800	2000	2200
36-40	2400	2600	2800	36-40	1800	2000	2200
41-45	2200	2600	2800	41-45	1800	2000	2200
46-50	2200	2400	2800	46-50	1800	2000	2200
51-55	2200	2400	2800	51-55	1600	1800	2200
56-60	2200	2400	2600	56-60	1600	1800	2200
61-65	2000	2400	2600	61-65	1600	1800	2000
66-70	2000	2200	2600	66-70	1600	1800	2000
71-75	2000	2200	2600	71-75	1600	1800	2000
76 and up	2000	2200	2400	76 and up	1600	1800	2000

अनुशंसित कैलोरी प्रतिदिन लिंग, उम्र और गतिविधि स्तर के अनुसार।

आरामतलब : हर दिन 30 मिनट से कम का शारीरिक व्यायाम करता है।

हल्का सक्रिय : हर दिन 30 से 60 मिनट तक हल्का शारीरिक व्यायाम करता है।

सक्रिय : हर दिन कम से कम 60 मिनट का हल्का शारीरिक व्यायाम करता है।

ए.8 मैक्रोन्यूट्रिशन और वज़न में कमी

आज बाज़ार में एक हज़ार से भी ज़्यादा डाइट पुस्तकें उपलब्ध हैं और उनमें से कई में ऐसी सलाहें दी जाती हैं, जो ठोस विज्ञान से बहुत अलग हैं।[954] वास्तव में कई लेखक तो वर्तमान वैज्ञानिक शोध का मखौल उड़ाते हैं और अपनी योजना को पुराने विज्ञान या अपुष्ट सिद्धांतों पर आधारित करते हैं। लेकिन कुछ मुद्दों पर असहमत होने की वजह से पूरी की पूरी स्थापित चिकित्सा पद्धति को बाहर फेंक देना ख़राब तर्क है। वर्तमान लोकप्रिय डाइट और स्वास्थ्य योजनाओं के कई संस्थापकों ने सबसे स्थापित वैज्ञानिक दिशानिर्देशों को हवा में उड़ा दिया है और इस तरह बुरी जानकारी के साथ-साथ अच्छी जानकारी को भी बाहर फेंक दिया है। जब वे एक से दूसरे फ़ैशनेबल प्रॉडक्ट्स की ओर जाते हैं, तो वे बहुत ही भूकंपशील ज़मीन पर खड़े हैं।

आपको ख़ुद से एक बहुत महत्त्वपूर्ण सवाल पूछना चाहिए : "योजना किस कारण सफल होती है?" क्या इस कारण कि आप सबसे कम अवधि में कितना ज़्यादा वज़न कम करते हैं? या इस कारण कि आपमें कितनी ज़्यादा अल्पकालीन ऊर्जा रहती है? या इस कारण कि आप तीन महीनों में कितना ज़्यादा वज़न कम करते हैं? या फिर इसका कारण उससे अलग है, जिसके बारे में पत्र-पत्रिकाओं में बातें होती रहती हैं, जैसे आप कितना ज़्यादा वज़न कम करते हैं और दीर्घकालीन दृष्टि से ऐसा करने के साथ उन रोगों से भी दूर रहते हैं, जो आपको नुक़सान पहुँचा सकते हैं?

कई लोकप्रिय डाइट योजनाओं के कारण आप बहुत तेज़ी से, कम समय में ही वज़न कम कर सकते हैं। दुखद बात यह है कि इन योजनाओं के कारण पानी या मांसपेशियों का वज़न कम होता है या फिर वे आपके शरीर पर इतना दबाव डालती हैं कि बहुत जोखिम हो सकता है। आपको किसी योजना की सफलता को इस आधार पर परिभाषित नहीं करना चाहिए कि आप कितनी तेज़ी से वज़न कम करते हैं या नब्बे दिन में कितने पौंड वज़न कम कर सकते हैं। सफलता की परिभाषा तो यह होनी चाहिए कि आप कितना ज़्यादा वज़न कम कर सकते हैं और उसे हमेशा के लिए कम रख सकते हैं। दीर्घकालीन सफलता का एक उदाहरण यू.एस. नेशनल वेट कंट्रोल रजिस्ट्री से मिलता है,[955] जिसने हज़ारों ऐसे लोगों का रिकॉर्ड रखा है, जिन्होंने औसतन साढ़े पाँच साल तक 13.6 किलो (या तीस पौंड) वज़न कम रखने में कामयाबी पाई। इन लोगों के आहार में औसतन 24 प्रतिशत कैलोरीज़ फ़ैट से, 19 प्रतिशत प्रोटीन से और 56 प्रतिशत कार्बोहाइड्रेट से प्राप्त हुई थीं। नेशनल वेट कंट्रोल रजिस्ट्री सिर्फ़ सिद्धांत पर आधारित नहीं है। यह तो उन लोगों पर नज़र रखता है, जिन्होंने आज़माई हुई कामयाबी हासिल की है। भोजन के मैक्रोन्यूट्रिएंट्स का उनका आहार इंस्टीट्यूट ऑफ़ मेडिसिन की अनुशंसाओं और हमारे दिशानिर्देशों के भीतर है - उन योजनाओं के नहीं, जो बेहद कम फ़ैट और बेहद कम कार्बोहाइड्रेट्स के आहार की अनुशंसा करती हैं।

अनिवार्यतः बाक़ी सभी लोकप्रिय डाइट्स और जीवनशैली योजनाओं का प्रमुख लक्ष्य वज़न कम करना या कम रखना होता है, इसलिए वे अक्सर मैक्रोन्यूट्रिएंट्स के

प्रतिशत (कार्बोहाइड्रेट, फ़ैट और प्रोटीन) को प्रमुख तत्व बना लेती हैं। अधिकांश डाइट और जीवनशैली योजनाओं को तीन मूलभूत श्रेणियों में बाँटा जा सकता है। पहली श्रेणी है बेहद कम फ़ैट और कम कैलोरीज़ वाली डाइट योजनाएँ। दूसरी श्रेणी है बेहद कम कार्बोहाइड्रेट्स और कैलोरीज़ वाली डाइट योजनाएँ, जो कार्बोहाइड्रेट की जगह पर फ़ैट या प्रोटीन को रखती हैं। तीसरी श्रेणी ज़्यादा संतुलित मैक्रोन्यूट्रिएंट आहार और कम कैलोरीज़ पर ज़ोर देती है। जैसा हम ***जामा***[856] में प्रकाशित लेख में देख चुके हैं, सभी लोकप्रिय डाइट्स से एक साल बाद शरीर का वज़न हल्का कम होता है, लेकिन जहाँ तक वज़न में कमी का संबंध है, कोई योजना दूसरी से बेहतर नहीं होती है। उनकी ख़ास डाइट के चुनिंदा लाभ और चमत्कार के सभी वादे झूठे साबित होते हैं।

जामा का यह अध्ययन, जिसका मैंने संदर्भ दिया है, कई कारणों से बहुत दमदार है। पहली बात, प्रतिभागियों को वज़न कम करने वाली योजनाओं से बिना किसी पैमाने के चुना गया था। कुछ डाइट योजनाओं संबंधी पुराने शोध में ऐसे लोग शामिल थे, जो योजना में पहले से यक़ीन करते थे, इसलिए उनमें पूर्वाग्रह होने की संभावना ज़्यादा थी। यह आश्चर्यजनक नहीं है कि ये पूर्वाग्रह से ग्रस्त प्रतिभागी कम अवधि में वज़न कम कर लेंगे। दूसरी बात, ***जामा*** के अध्ययन ने इन योजनाओं पर एक साल तक निगरानी की। लगभग सभी पुराने शोधों में डाइट योजनाओं के प्रतिभागियों पर सिर्फ़ तीन महीने तक ही नज़र रखी गई, जो बहुत कम समय है। तीन महीने में लगभग किसी भी योजना में वज़न कम करना निश्चित रूप से संभव है। मैं एक अचार या सेलेरी डाइट बेच सकता हूँ और जो लोग इसमें यक़ीन करेंगे, उनका वज़न तीन महीनों में कम हो जाएगा। तीसरी बात, शोधकर्ताओं ने उन प्रतिभागियों की संख्या पर भी ग़ौर किया, जिन्होंने अध्ययन पूरा नहीं किया था। एक साल के अंत तक, ज़्यादा अति वाले डाइट्स (कम फ़ैट और कम कार्बोहाइड्रेट) पर चल रहे आधे लोग इसे छोड़ चुके थे और दोबारा पहले जैसा खाने लगे थे। कम अंतर वाले डाइट्स पर चल रहे सिर्फ़ 35 प्रतिशत लोगों ने एक साल के अंत तक योजना छोड़ी थी।

इसके अलावा कम कार्बोहाइड्रेट वाले डाइट की परिभाषा के बारे में भी काफ़ी दुविधा थी। "कम कार्बोहाइड्रेट" शब्दावली का भयंकर तरीक़े से दुरुपयोग हुआ है और इसे बुरी तरह ग़लत समझा गया है। हाल ही में मैंने एक केबल टीवी कार्यक्रम देखा, जिसमें एक व्यक्ति ने कम कार्बोहाइड्रेट वाले डाइट्स की प्रशंसा की और उन्हें बनाने का तरीक़ा समझाने के लिए कुछ सब्ज़ियाँ छोंकने लगा। स्पष्ट रूप से उसे कार्बोहाइड्रेट्स के बारे में काफ़ी अज्ञान था। कई सब्ज़ियाँ मूलतः कार्बोहाइड्रेट्स ही होती हैं। मैं सहमत हूँ कि उसने एक अद्भुत, स्वस्थ भोजन तैयार किया था, लेकिन उसके कार्यक्रम की बदौलत जिन लोगों का वज़न कम हुआ, वह मुख्यतः जटिल कार्बोहाइड्रेट्स के कारण हुआ था।

कार्बोहाइड्रेट बुरे और अच्छे दोनों तरह के होते हैं। (ग्लाइसीमिक इंडेक्स और लोड की जानकारी के लिए परिशिष्ट सी देखें, जो अच्छे और बुरे कार्बोहाइड्रेट्स का

फ़र्क़ समझने में आपकी मदद करेगा)। बुरे कार्बोहाइड्रेट्स में शकर और उच्च ग्लाइसीमिक इंडेक्स वाले कार्बोहाइड्रेट्स शामिल हैं। आम तौर पर जटिल कार्बोहाइड्रेट्स अच्छे होते हैं। जटिल कार्बोहाइड्रेट्स में पूरे अनाज की ब्रेड, खड़े अन्न, फल और सब्ज़ियाँ शामिल हैं। मेहरबानी करके इन अज्ञानी फ़ैशनेबल लेखकों की वजह से अविश्वसनीय रूप से मूल्यवान भोजन से दूर न भागें। खड़े अन्न और जटिल कार्बोहाइड्रेट्स हृदय रोग, कैंसर, डाइबिटीज़ और अन्य दीर्घकालीन रोगों से आपकी रक्षा करते हैं। उनके ज्ञान की कमी के कारण दुविधा में न पड़ें। जिस तरह अतीत के बेहद कम फ़ैट वाले डाइट्स के कारण लोगों ने ओमेगा-3 को नज़रअंदाज़ किया, उसी तरह आज के कम कार्बोहाइड्रेट्स वाले डाइट्स के कारण आप खड़े अन्न, फलों और सब्ज़ियों को नज़रअंदाज़ कर सकते हैं।

कम कार्बोहाइड्रेट वाला फ़ैशन ख़तरनाक भी हो सकता है, जब जटिल कार्बोहाइड्रेट्स की जगह पर नुक़सानदेह फ़ैट जैसे ट्रांस फ़ैटी एसिड्स को रख दिया जाए। इस तरह की ख़ुराक खाने से आपको दीर्घकालीन रोगों से रक्षा नहीं मिलेगी, जो खड़े अन्न, फलों तथा सब्ज़ियों के फ़ाइटोन्यूट्रिएंट्स से मिलती है। इसके अलावा आप वे फ़ैट्स खाएँगे, जो इनफ़्लेमेशन और हृदय रोग, टाइप 2 डाइबिटीज़ तथा कैंसर जैसे दीर्घकालीन रोगों को बढ़ाते हैं। इस तरह की योजनाएँ बनाने वाले लोगों ने अपना डाइट प्रोग्राम उस वक़्त बनाया था, जब यह पता नहीं चला था कि इनफ़्लेमेशन दीर्घकालीन रोग में कितना ज़्यादा योगदान देता है। इस कारण उनकी सलाह वैज्ञानिक दृष्टि से बहुत पुरातनपंथी है।

कई अन्य लेखकों ने कार्बोहाइड्रेट्स की जगह पर ज़्यादा प्रोटीन वाले आहार रख दिए हैं। लेकिन यह एहसास करना महत्वपूर्ण है कि प्रोटीन के भी अच्छे और बुरे दोनों तरह के स्रोत होते हैं। सामान्य विकास और चयापचय के लिए आवश्यक सभी एमीनो एसिड्स बिना फ़ैट वाले दूध या सोया प्रॉडक्ट्स से पाए जा सकते हैं। अगर आपको पर्याप्त ज्ञान हो, तो वे बीन्स से भी पाए जा सकते हैं। वैज्ञानिक शोध बहुत ज़्यादा प्रोटीन वाले आहार का समर्थन नहीं करता है, भले ही यह सुरक्षित स्रोत से हो। ज़्यादा प्रोटीन वाले आहार में आप जटिल कार्बोहाइड्रेट पोषण संरक्षण से वंचित रह जाएँगे, जो दीर्घकालीन रोग के जोखिम को कम करने के लिए ज़रूरी है। इंस्टीट्यूट ऑफ़ मेडिसिन ऑफ़ द नेशनल अकेडमिक्स[857] के अनुसार प्रोटीन की एक्सेप्टेबल मैक्रोन्यूट्रिएंट डिस्ट्रिब्यूशन रेंज (एएमडीआर) वयस्कों के लिए 10 से 35 प्रतिशत है। छोटे बच्चों के लिए एएमडीआर 5 से 20 प्रतिशत तक है और ज़्यादा बड़े बच्चों के लिए यह 10 से 30 प्रतिशत है। आप जिस डाइट योजना पर चल रहे हैं, अगर वह इस श्रेणी से परे अनुशंसा करती है, तो उसके लेखकों का दृष्टिकोण वैज्ञानिक नहीं है और विज्ञान उनकी अनुशंसा का समर्थन नहीं करता है। इसके अतिरिक्त, वयस्कों के लिए फ़ैट का एएमडीआर कैलोरी के मान से 20-35 प्रतिशत है और कार्बोहाइड्रेट के मामले में 45-65 प्रतिशत।

ज़्यादातर लोकप्रिय डाइट योजनाओं ने पूर्ण शारीरिक सेहत के बारे में सिर्फ़

बातें ही की हैं। उनके लेखकों ने वज़न कम करने की बहुत ही संकीर्णता से केंद्रित और कई बार तो ख़तरनाक विधियाँ भी सुझाई हैं, मानो ग़लत तरीक़े से वज़न कम करना भी बेहतर सेहत की कुंजी हो। दरअसल, इनमें से ज़्यादातर लेखक अपने विचार इस तरह प्रचारित करते हैं, जैसे सारी अच्छी सेहत उनके आहार के इर्द-गिर्द ही घूमती हो। दुर्भाग्य से, ज़्यादातर योजनाओं का लक्ष्य आपकी पूर्ण सेहत नहीं होता है। उनकी सलाहें कई बार तो उसे ज़्यादा ख़राब कर देती हैं।

आपमें से जो लोग बिना दीर्घकालीन सफलता के वज़न कम करने वाली कई योजनाएँ आज़मा चुके हों, उनके लिए आशा है। आपको इस योजना को आहार में अल्पकालीन परिवर्तन की तरह नहीं लेना चाहिए, बल्कि अपनी जीवनशैली में सच्चे और स्थायी परिवर्तन के रूप में लेना चाहिए। धीरे-धीरे शुरू करें। इस वक़्त थोड़े परिवर्तन करें। बाद में कुछ परिवर्तन और करें। धैर्य रखें। अपने बाथरूम की वज़न मशीन को बाहर फेंक दें। आपको वज़न कम करने पर ध्यान केंद्रित नहीं करना चाहिए। आपका ध्यान तो अपने जोखिम घटकों को कम करने पर केंद्रित होना चाहिए। फिर देखें कि आपके शरीर के साथ क्या होता है। यह रोमांचक होगा और कुछ समय बाद आप उन परिवर्तनों के आदी हो जाएँगे, जो आपने किए हैं। आपको ऐसा महसूस नहीं होगा, जैसे यह काम या त्याग हो। तब जाकर आप आदर्श स्वास्थ्य पर पहुँचेंगे।

अगर आप वज़न कम करने में सफल नहीं हुए हैं और आपका स्वास्थ्य ख़राब होता जा रहा है, तो इस बात की ज़्यादा संभावना है कि आप इनफ़्लेमेशन कम करने वाली जीवनशैली नहीं जी रहे हैं। आप दो विरोधी जीवनशैलियों को एक साथ जीकर सफलता की उम्मीद नहीं कर सकते। यू.एस. नेशनल वेट कंट्रोल रजिस्ट्री में शामिल लोगों ने जो क़दम उठाए थे, उन्होंने सही दिशा में राह दिखाने का काम किया था। उनकी शुरुआत अच्छी थी, जिसका हम लोगों को अनुकरण करना चाहिए, लेकिन हमें उससे भी आगे तक जाना चाहिए। आपका प्रमुख लक्ष्य वज़न कम करना नहीं, बल्कि दीर्घकालीन रोग से बचना है। अपनी सोच को दोबारा सही तरीक़े से बदलें। मैं जानता हूँ कि यह हममें से कुछ लोगों के लिए आसान नहीं है, लेकिन अगर आप वज़न प्रबंधन और आदर्श सेहत हासिल करने में सफल होना चाहते हैं, तो यह ज़रूरी है।

ए.9 साइटोकाइन्स और जन्मजात प्रतिरक्षण तंत्र

साइटोकाइन्स तंत्र की दृष्टि से रसायनों के विविध समूह हैं। इन रसायनों के लंबे-चौड़े और रहस्यमय से नाम हैं, जैसे ट्यूमर नेक्रोसिस फ़ैक्टर अल्फ़ा (टीएनएफ़-अल्फ़ा), इंटरल्यूकिन-1, इंटरल्यूकेन-6 और इंटरल्यूकेन-12। इन सभी साइटोकाइन्स के शरीर के हिस्सों के साथ-साथ पूरे शरीर पर महत्वपूर्ण प्रभाव होते हैं। मैं यहाँ पर उनमें से कुछ प्रभावों के बारे में बताऊँगा, ताकि आपको पता चल सके कि वे किस तरह आपका भला करते हैं - और अधिक उत्पादन होने पर वे किस तरह आपको चोट पहुँचा सकते हैं। मैं कुछ प्रतीकों का भी प्रयोग करूँगा, ताकि आप एक ही नज़र में समझ सकें कि इनमें से कुछ रसायन क्या करते हैं :

कोशिकाओं को दीवारों द्वारा खिसकाता है।

रक्त नलिकाओं के रिसाव के लिए उत्तरदायी होता है।

सक्रियता को उद्दीप्त करता है।

आकर्षित करता है।

तापमान बढ़ाता है।

इंटरल्यूकिन-1 (आईएल-1)

आईएल-1 कुछ प्रतिरक्षण तंत्र कोशिकाओं (लिम्फ़ोसाइट्स) को सक्रिय कर देता है, जो निश्चित क़िस्म के ऊतक को नष्ट कर देती हैं। यह श्वेत रक्त कोशिकाओं को रक्त नलिका की दीवारों के आर-पार आने-जाने की अनुमति देता है, ताकि वे पास वाले ऊतक में संक्रमण से लड़ सकें। यह शरीर के तापमान को बढ़ाता है, रोगाणुओं को मारने में मदद करता है, अनुकूलनशील प्रतिरक्षण प्रतिक्रिया को प्रेरित करता है, अधिक श्वेत रक्त कोशिकाएँ बनाने के लिए बोन मैरो को उद्दीप्त करता है और सीआरपी व अन्य उच्च सक्रिय प्रोटीन्स को मुक्त करने में उद्दीपक का काम करता है। इसके अलावा, यह आईएल-6 का उत्पादन भी करता है।

इंटरल्यूकेन-6 (आईएल-6)

आईएल-6 शरीर के तापमान को बढ़ाता है, अनुकूलनशील प्रतिरक्षण प्रतिक्रिया को प्रेरित करता है, श्वेत रक्त कोशिकाओं के उत्पादन तथा सक्रियता को उद्दीप्त करता है और सीआरपी जैसे सक्रिय प्रोटीन्स के मुक्त होने को प्रेरित करता है।

इंटरल्यूकेन-8 (आईएल-8)

आइएल-8 श्वेत रक्त कोशिकाओं को आकर्षित करता है, एकत्रित करता है और सक्रिय करता है। यह रक्त नलिकाओं की दीवारों से आने-जाने में कोशिकाओं की मदद करता है।

इंटरल्यूकेन-12 (आईएल-12)

आईएल-12 प्राकृतिक मारक कोशिकाओं को सामान्य से बीस और सौ गुना ज़्यादा तेज़ गति से मारने के लिए उत्तेजित करता है।

ट्यूकर नेक्रोसिस फ़ैक्टर अल्फ़ा (टीएनएफ़-अल्फ़ा)

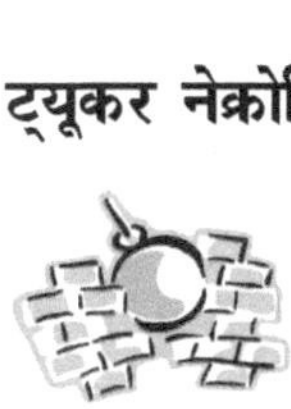

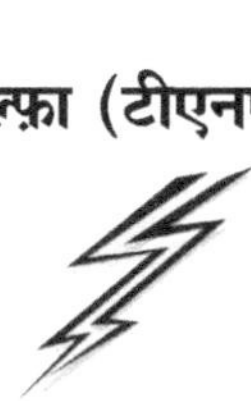

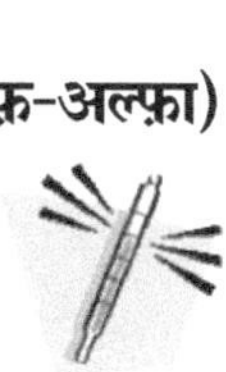

टीएनएफ़-अल्फ़ा रक्त नलिकाओं की रिसाव क्षमता को बढ़ाता है (जो सामान्य प्रतिरक्षण तंत्र कार्यविधि के मामले में एक अच्छी चीज़ है), श्वेत रक्त कोशिकाओं के रक्त नलिकाओं की दीवारों के पार आने-जाने की क्षमता को बढ़ाता है और छोटी नलिकाओं में ख़ून के स्थानीय थक्के जमने को भी प्रेरित करता है। थक्का जमने के कारण संक्रमण रक्तप्रवाह में प्रवेश नहीं कर पाते हैं। (बहरहाल, अगर बहुत ज़्यादा टीएनएफ़-अल्फ़ा मुक्त हो जाए, तो इस थक्के से महत्वपूर्ण अंगों को झटका लगेगा

और वे काम करना बंद कर देंगे)। यह शरीर का तापमान बढ़ाता है, अनुकूलनशील प्रतिरक्षण तंत्र को उद्दीप्त करता है, श्वेत रक्त कोशिकाओं के उत्पादन को बढ़ाता है और सीआरपी जैसे सक्रिय प्रोटीन्स को मुक्त करता है।

साइटोकाइन्स कॉम्प्लीमेंट प्रोटीन्स को भी सक्रिय करते हैं, जो प्रतिरक्षण तंत्र की गतिविधि को बढ़ा देते हैं। इसके विपरीत, कॉम्प्लीमेंट सक्रियता (विकल्प) का एक मार्ग जन्मजात प्रतिरक्षण का हिस्सा है और यह साइटोकाइन्स को मुक्त होने के लिए प्रेरित कर सकता है। तो यह एक चक्राकार स्विच सिस्टम है, जिसमें कई स्विच दूसरे स्विचों को नियंत्रित करते हैं।

ए.10 ऑर्गैनिक फ़ूड प्रॉडक्ट्स के लेबल और परिभाषाएँ

अगर कोई प्रॉडक्ट "100% ऑर्गैनिक" (प्राकृतिक) होने का दावा करता है

1. यह 100 प्रतिशत ऑर्गैनिक होना *चाहिए*। इसमें पानी या नमक को नहीं गिना जाता।
2. अगर इसमें एक से अधिक पदार्थ हैं, तो लेबल पर उनकी सूची होनी *चाहिए*।
3. इसमें उस प्रमाणीकरण संस्था का उल्लेख होना *चाहिए*, जिसने उस प्रॉडक्ट को ऑर्गैनिक के रूप में प्रमाणित किया है।
4. यह "100 प्रतिशत ऑर्गैनिक" शब्दावली का इस्तेमाल कर *सकता* है।
5. यह "यूएसडीए ऑर्गैनिक" सील और/या उस प्रमाणीकरण संस्था की सील का इस्तेमाल कर *सकता* है, जो यूएसडीए के साथ काम करती है।

अगर कोई प्रॉडक्ट "ऑर्गैनिक" होने का दावा करता है

1. इसमें कम से कम 95 प्रतिशत ऑर्गैनिक पदार्थ होने *चाहिए*। इसमें पानी या नमक को नहीं गिना जाता।
2. इसमें अतिरिक्त जोड़े गए सल्फ़ाइट्स नहीं होने *चाहिए*।
3. इसमें 5 प्रतिशत तक नॉन-ऑर्गैनिक पदार्थ हो *सकते* हैं।
4. इसे उस प्रमाणीकरण संस्था का उल्लेख करना *चाहिए*, जिसने उस प्रॉडक्ट को ऑर्गैनिक के रूप में प्रमाणित किया है।
5. यह प्रॉडक्ट के नाम को संशोधित करने के लिए "ऑर्गैनिक" शब्दावली का इस्तेमाल कर *सकता* है।
6. यह "यूएसडीए ऑर्गैनिक" सील और/या उस प्रमाणीकरण संस्था की सील का इस्तेमाल कर *सकता* है, जो यूएसडीए के साथ काम करती है।

अगर कोई प्रॉडक्ट "ऑर्गैनिक पदार्थों से निर्मित" होने का दावा करता है

1. इसमें कम से कम 70 प्रतिशत ऑर्गैनिक पदार्थ होने *चाहिए*।
2. इसमें अतिरिक्त जोड़े गए सल्फ़ाइट्स नहीं होने *चाहिए*।
3. इसमें 30 प्रतिशत तक नॉन-ऑर्गैनिक पदार्थ हो *सकते* हैं।
4. जब अन्य ऑर्गैनिक लेबलिंग दर्शायी जाए, तो इसे ऑर्गैनिक पदार्थों को "ऑर्गैनिक" के रूप में सूचीबद्ध करना *चाहिए*।
5. इसे उस प्रमाणीकरण संस्था का उल्लेख करना *चाहिए*, जिसने उस प्रॉडक्ट को ऑर्गैनिक के रूप में प्रमाणित किया है।
6. यह "ऑर्गैनिक ______ से निर्मित" वाक्यांश का इस्तेमाल कर *सकता* है।
7. यह प्रमाणित करने वाली संस्था की सील का इस्तेमाल तो कर सकता है, लेकिन "यूएसडीए ऑर्गैनिक" सील का नहीं।

अगर कोई प्रॉडक्ट कुछ ऑर्गैनिक पदार्थों के होने का दावा करता है

1. इसमें 70 प्रतिशत से कम ऑर्गैनिक पदार्थ हो *सकते* हैं।
2. इसमें 30 प्रतिशत से ज़्यादा नॉन-ऑर्गैनिक पदार्थ हो *सकते* हैं।
3. जब अन्य ऑर्गैनिक लेबलिंग दर्शायी जाए, तो इसे ऑर्गैनिक पदार्थों को "ऑर्गैनिक" के रूप में सूचीबद्ध करना *चाहिए*।
4. इस पर "यूएसडीए ऑर्गैनिक" सील, प्रमाणीकरण संस्था की सील या ऑर्गैनिक पदार्थों का अन्य कोई ज़िक्र नहीं होना *चाहिए*।

Source: www.ams.usda.gov/nop/ProdHandlers/labelTable.htm

परिशिष्ट बी

बी.1 भोजन के किन तत्वों से बचें

भोज्य पदार्थों के पैकेट पर दी गई सूची में कई ऐसे तत्व होते हैं, जिन्हें आपको कम करना चाहिए या जिनसे आपको बचना चाहिए। इसका यह मतलब नहीं है कि आप इन तत्वों वाले किसी आहार को नहीं खा सकते, लेकिन इसमें कमी करना या इस पर नियंत्रण करना समझदारी है। आप इस सूची की कोई भी चीज़ खा सकते हैं, बशर्ते आप इसकी मात्रा की निगरानी करें और उसे कभी-कभार ही खाएँ।

कभी-कभार ही खाएँ या बचें : भोजन के तत्व और आहार, जिनमें सैचुरेटेड फ़ैट, कृत्रिम ट्रांस फ़ैट्स और प्रिज़र्वेटिव्ज़ ज़्यादा हों

1. हाइड्रोजेनेटेड फ़ैट्स/आंशिक रूप से हाइड्रोजेनेटेड ऑइल्स - कृत्रिम ट्रांस फ़ैट का सबसे बड़ा स्रोत
2. पाम ऑइल
3. नारियल का तेल
4. लार्ड
5. शॉर्टनिंग
6. "नीचे दिए गए तेलों में से एक या अधिक" वाक्यांश (इस बात की संभावना है कि कंपनी ने लार्ड के पीपे में केनोला ऑइल की बस एक बूँद मिलाई होगी।)
7. होल मिल्क (कम फ़ैट वाला या फ़ैटरहित दूध ही लें और रसायनों व हॉर्मोन्स से बचने के लिए ऑर्गैनिक की तलाश करें)
8. क्रीम
9. मिल्क फ़ैट
10. बटरमिल्क
11. बटर
12. स्टिक मार्गरीन (टब में मार्गरीन की तलाश करें और यह सुनिश्चित करें कि इसमें ट्रांस फ़ैट्स न हों)
13. चीज़ (कम फ़ैट वाले संस्करणों की तलाश करें)
14. अंडे की जर्दी (ख़ास तौर पर अगर ऑर्गैनिक न हों)
15. बीफ़ और अन्य डार्क मीट्स (कभी-कभार खाना ठीक है, ख़ास तौर पर अगर वे ऑर्गैनिक हों।)
16. पोर्क (सुअर दिखते चाहे जैसे हों, लेकिन वे मैला खाने वाले जानवर होते हैं। वे सचमुच मल और ऐसी गंदी चीज़ें खाते हैं, जिन्हें दूसरे जानवर छूना भी पसंद नहीं करते। उनके मांस में रसायनों और हॉर्मोन्स के बहुत उच्च स्तर का संग्रह हो सकता है। किसी भी ऐसे जानवर का मांस खाने के बारे में सावधान रहें, जो अपने पर्यावरण का कचरा साफ़ करता हो, मिसाल के

तौर पर, कई तरह की शेलफ़िश और कैटफ़िश।)

17. बेकन (बेकन न खाने के लगभग पंद्रह कारण हैं। इसके बजाय कोई शाकाहारी विकल्प खोजें।)
18. हॉट डॉग्स (इस तरह से पैकिंग प्लांट्स अपने कचरे से मुक्ति पाते हैं।)
19. हैमबर्गर्स
20. पेपेरोनी, सलामी, बेलोनी और कोई भी अन्य संरक्षित मीट (अगर इनमें बैक्टीरिया तक की रुचि नहीं है, तो शायद ये आपके लिए भी अच्छे नहीं हैं।)
21. सॉसेज (प्रिज़र्वेटिव्ज़ के लिए प्रयुक्त एक अन्य शब्द)

कभी-कभार खाएँ या बचें : पुराने/पैक आहारों से, जो अक्सर सैचुरेटेड और/या ट्रांस फ़ैट्स, बहुत ज़्यादा नमक और बहुत सारे प्रिज़र्वेटिव्ज़ के स्रोत होते हैं (जब भी संभव हो, ताज़ा खाने की कोशिश करें!)

1. बिस्कुट और केक मिक्स
2. सिन्नामॉन रोल्स
3. कॉर्न/पोटेटो/टॉरटिला चिप्स (बेक किए हुए संस्करण की तलाश करें)
4. डोनट्स
5. फ़्लेवर्ड पॉपकॉर्न
6. पेस्ट्रीज़
7. कुकीज़

सिर्फ़ कम मात्रा में ही खाएँ : ऐसी चीज़ें, जिनमें ओमेगा-6 फ़ैटी एसिड्स ज़्यादा हो (इसके बजाय, मोनोअनसैचुरेटेड और ओमेगा-3 पॉलीअनसैचुरेटेड फ़ैटी एसिड्स के स्रोतों जैसे ओलिव ऑइल और केनोला ऑइल पर ज़ोर दें।)

1. कॉर्न ऑइल
2. कॉटनसीड ऑइल
3. सनफ़्लॉवर ऑइल
4. सैफ़्लॉवर ऑइल
5. मूँगफली का तेल
6. तिल का तेल
7. ग्रेपसीड का तेल
8. सोयाबीन का तेल (वैसे सोयाबीन ठीक है।)

पकाने की ये विधियाँ बुरी चीज़ों का संकेत हो सकती हैं :

1. "डीप फ़्राइड"
2. "फ़्राइड"
3. "स्मोक्ड"

4. "अल्फ्रेडो"

दूसरे पदार्थ जिन पर नज़र रखनी चाहिए :

1. हाई-फ्रुक्टोज़ कॉर्न सिरप (एचएफ़सीएस)। बहुत सारे कारणों से आपको इसका इस्तेमाल नहीं करना चाहिए। इससे अन्य संभावित नुकसानों के अलावा मोटापे और डाइबिटीज़ का जोखिम बढ़ता है, बुढ़ापे की प्रक्रिया तेज़ होती है,[858] इनफ़्लेमेशन बढ़ता है,[859] ट्राइग्लिसरॉइड्स बढ़ते हैं और नुक़सानदेह एलडीएल कोलेस्टेरॉल[860, 861] बढ़ता है।)
2. नमक
3. शकर
4. एनरिच्ड गेहूँ (इसका मतलब है कि इसके प्राकृतिक और लाभकारी तत्व हटा दिए गए हैं और इसे पोषक बनाने के लिए इसमें पोषक तत्व मिलाने की ज़रूरत थी।)
5. "मल्टीग्रेन" (अक्सर निर्माता कई अन्नों में से लाभकारी तत्व बाहर निकाल लेते हैं और सिर्फ़ एनरिच्ड ग्रेन्स ही बचे रह जाते हैं। वे विज्ञापन में "मल्टीग्रेन" शब्द का प्रयोग करते हैं, लेकिन इसके बावजूद प्रॉडक्ट में बहुत कम प्राकृतिक विटामिन्स और मिनरल्स बचते हैं। इसके बजाय "होल ग्रेन" शब्दावली आम तौर पर ज़्यादा बेहतर पोषण का संकेत देती है।)
6. नॉन-डाइट सॉफ़्ट ड्रिंक्स, क्योंकि उनमें बहुत ज़्यादा शकर होती है।
7. शराब (दुनिया में हर किसी ने रेड वाइन के लाभों के बारे में सुन रखा है, लेकिन इसका सबसे बड़ा लाभ संभवतः अंगूर के छिलके में पाए जाने वाले रेसवेराट्रॉल से मिलता है, जिसे अंगूर का रस पीकर भी हासिल किया जा सकता है।)
8. कृत्रिम स्वीटनर्स (इसके अति-प्रयोग से बचें और जब भी आपको किसी कृत्रिम स्वीटनर की ज़रूरत हो, तो स्प्लेंडा, जिसे "सुक्रालोज़" नाम से भी जाना जाता है, का इस्तेमाल करें, जिसे सबसे सुरक्षित समझा जाता है। एस्परटेम की सुरक्षा की दोबारा जाँच होनी चाहिए, ख़ास तौर पर छोटे बच्चों के लिए। जहाँ तक स्टेविया का सवाल है, अमेरिका के एफ़डीए और यूरोपियन कम्युनिटी साइंटिफ़िक पेनल ने इसे खाने के लिए असुरक्षित घोषित कर दिया है। यह स्टेविया पौधे से मिलता है और इसमें दो प्रमुख रसायन होते हैं : स्टेवियोसाइड और रेबॉडियोसाइड ए। स्टेवियोसाइड से कैंसर का जोखिम नहीं बढ़ता है। रेबॉडियोसाइड ए के कैंसर के जोखिम की कभी जाँच नहीं हुई है और कुछ सॉफ़्ट ड्रिंक कंपनियाँ इसे स्टेविया के रूप में इस्तेमाल करने की योजना बनाती हैं। इसलिए इसका इस्तेमाल कभी-कभार ही करें, जब तक कि पर्याप्त जाँच न हो जाए)।[862]
9. कई रसायन (आम तौर पर यही अच्छा है कि कई रसायनों वाले प्रॉडक्ट्स को न खाया जाए, क्योंकि कुछ रसायन इनफ़्लेमेशन बढ़ाते हैं।)

अ. ब्यूटिलेटेड हाइड्रोक्स्यानिसोल (बीएचए) (द डिपार्टमेंट ऑफ़ हेल्थ एंड ह्यूमन सर्विसेज़ ने बीएचए को "तार्किक दृष्टि से मानवीय कैंसर की आशंका से संबद्ध" माना है।)

ब. साइक्लोमेट (कैंसर बढ़ाने वाले अन्य तत्वों की शक्ति को बढ़ा सकता है।)

स. सोडियम बेंजोएट (जब एस्कॉर्बिक एसिड के साथ प्रयुक्त किया जाए - जो अपने आप में सुरक्षित है - तो सोडियम बेंजोएट एक हानिकारक रसायन बेंजीन की कम मात्राओं का निर्माण कर सकता है। यह एस्कॉर्बिक एसिड के बिना सुरक्षित रह सकता है।)

द. सोडियम नाइट्राइट, सोडियम नाइट्रेट (मांस में लाल रंग को क़ायम रखता है। वे नाइट्रोसेमाइन्स में विघटित हो सकते हैं, जो हानिकारक रसायन हैं।)

किसी प्रॉडक्ट की सुरक्षा के बारे में अतिरिक्त जानकारी के लिए आप www.cspinet.org/reports/chemcuisine.htm वेबसाइट पर जाँच कर सकते हैं। यह सूची पूर्ण नहीं है, लेकिन इससे आपको पर्याप्त दिशानिर्देश मिल जाएँगे, ताकि आप कई हानिकारक खाद्य पदार्थों से अपनी सुरक्षा कर सकें।

जब आप पहली बार फ़ूड लेबल्स को देखेंगे, तो ऐसा लगेगा, जैसे आप जितने भी फ़ूड आइटम्स का इस्तेमाल करते हैं, उनमें से प्रत्येक में ऊपर दिए गए प्रॉडक्ट्स में से कम से कम एक हानिकारक प्रॉडक्ट तो है। दहशत में न आएँ। कई निर्माता सामान्य प्रॉडक्ट्स या आहार का उत्पादन करते हैं, जो स्वस्थ तरीक़े से तैयार होते हैं। बस उन्हें खोजने में थोड़े समय और धैर्य की ज़रूरत होती है। बड़े ग्रोसरी स्टोर्स के हेल्थ-फ़ूड खंड से शुरू करना सबसे अच्छा होता है। वैसे सावधान रहें; कोई चीज़ हेल्थ फ़ूड खंड में रखी हुई है, इसका यह मतलब नहीं है कि यह स्वास्थ्यवर्धक है। आपको तब भी ऊपर सूचीबद्ध तत्वों से सावधान रहने की ज़रूरत है। यह पहले तो कुंठाजनक हो सकता है, लेकिन यह काम करते रहें। अपनी सेहत के लिए आपको इतनी मेहनत तो करनी ही चाहिए। आप इस वक़्त अच्छी गुणवत्ता के आहार खोजने में थोड़ा सा समय लगा सकते हैं या फिर बाद में उन बीमारियों के इलाज में अपना समय और पैसा ख़र्च कर सकते हैं, जो बुरे आहार के कारण बढ़ती हैं।

मांसविहीन प्रॉडक्ट्स को आज़माने में न डरें, जैसे शाकाहारी बर्गर या बेकन। कई लोगों को तो शाकाहारी विकल्प का स्वाद ज़्यादा पसंद आया है!

बी.2 प्लास्टिक फ़ूड कंटेनर सुरक्षा

हमारा आहार और पेय पदार्थ जिन कंटेनर्स में आता है, वे भी बहुत महत्वपूर्ण हैं। कुछ प्लास्टिक्स पर चेतावनी लिखी होती है कि उनका प्रयोग माइक्रोवेव ओवन या डिशवॉशर्स में न किया जाए। हो सकता है कि आपमें से कुछ ने इन चेतावनियों को नज़रअंदाज़ किया हो और यह सोचा हो कि अगर प्लास्टिक का सस्ता टुकड़ा पिघल भी गया, तो आप उसे फेंक देंगे। लेकिन यह पता चलता है कि छोटे अक्षरों में लिखी यह चेतावनी, जिसे आप मुश्किल से पढ़ सकते हैं, अविश्वसनीय रूप से महत्वपूर्ण होती है। एक मिसाल है प्लास्टिक्स में आम तौर पर मिला रसायन, जिसका नाम है बिसफ़ेनॉल ए।

बिसफ़ेनॉल ए (बीपीए) मूलतः 1930 के दशक में कृत्रिम एस्ट्रोजन के रूप में विकसित किया गया था। जब इसी तरह के एक रसायन से कैंसर का संबंध पाया गया, तो चिकित्सा में इसका प्रयोग बंद कर दिया गया। 1950 के दशक में यह पता चला कि बीपीए प्लास्टिक को कड़ा करने में मदद करता है। इकलौती समस्या तब होती है, जब प्लास्टिक कंटेनर में भोजन को गर्म किया जाता है या इसे डिशवॉशर में रखा जाता है, तो बीपीए प्लास्टिक से बाहर निकलकर आपके भोजन में दाख़िल हो सकता है। बीपीए के कारण चूहों में स्तन कैंसर और प्रोस्टेट कैंसर का जोखिम पाया गया है।[863]

हम यह अनुशंसा करते हैं :

1. प्लास्टिक कंटेनर्स से बचें, जिनके नीचे रिसाइक्लिंग संख्याएँ 7, 6 और 3 लिखी हों। (ये संख्याएँ अमेरिका में इस्तेमाल होती हैं, लेकिन अगर आप किसी दूसरे देश में रहते हों, तो आपको अपनी सरकार के दिशानिर्देशों की जाँच करनी चाहिए।)
2. काँच, चीनी मिट्टी या स्टेनलेस स्टील के बर्तनों में भोजन रखें या पकाएँ।
3. प्लास्टिक फ़ूड कंटेनर्स को माइक्रोवेव में न रखें या डिशवॉशर में न धोएँ।
4. पॉलीकार्बोनेट प्लास्टिक के बजाय पॉलीएथलीन टेरेफ़थेलेट (पीईटीई) का प्रयोग करें। अमेरिका में पीईटीई की रिसाइक्लिंग संख्या 1 होती है। 2 संख्या भी उतनी ही अच्छी है।

बी.3 ओमेगा–3 मछली आहार दिशानिर्देश

समुद्री आहार के कई स्रोतों में मर्करी (पारे) का प्रदूषण होता है, जो नर्वस सिस्टम और मस्तिष्क को नुक़सान पहुँचाता है। यह ख़ास तौर पर बढ़ते बच्चों के लिए सच है। गर्भवती या शिशु को दुग्धपान कराने वाली महिलाओं या बच्चों को :

1. ऐसी मछलियाँ नहीं खानी चाहिए, जिनमें मर्करी की मात्रा ज़्यादा हो - स्वोर्डफ़िश, टाइलफ़िश या किंग मैकेरेल।
2. एक सप्ताह में कम मर्करी वाला समुद्री आहार 12 औंस से ज़्यादा नहीं खाना चाहिए - साल्मन, कैटफ़िश, श्रिम्प और डिब्बाबंद लाइट ट्यूना।
3. अपने वज़न के मान से (प्रति 50 पौंड या 24 किलो पर) ट्यूना स्टीक या डिब्बाबंद अल्बाकोर को प्रति सप्ताह डेढ़ औंस से ज़्यादा नहीं खाना चाहिए।

बाक़ी हर व्यक्ति ज़्यादा मछली खा सकता है, लेकिन सुरक्षा के पैमाने निश्चित रूप से मालूम नहीं हैं।

बी.4 यूएसडीए "माई पिरामिड" 2000–कैलोरी मीनू में आदर्श स्वास्थ्य क्रांति के फेरबदल

स्वास्थ्य बढ़ाने और वज़न कम करने वाली कई योजनाएँ अपने पाठकों को बड़े कठोर डाइट्स के बंधन में बाँध देती हैं, लेकिन यहाँ मेरा यह उद्देश्य नहीं है। वास्तव में, मेरा यक़ीन है कि कई लोगों के डाइट योजनाएँ छोड़ने का सबसे प्रमुख कारण यही होता है कि सुझाए गए मीनू बहुत बंधन वाले या जटिल होते हैं।

परिशिष्ट बी.4 का उद्देश्य दोहरा है। सबसे पहले, तो मैं सामान्य दिशानिर्देश प्रदान करना चाहता हूँ, ताकि आप अपना मीनू अपनी स्वाभाविक पसंद के हिसाब से बना सकें। दूसरे, मैं दिखाना चाहता हूँ कि आप एक बहुत ठोस योजना (यू.एस. डिपार्टमेंट ऑफ़ एग्रीकल्चर की "माई पिरामिड" योजना[864]) में फेरबदल कैसे करें, ताकि यह इस पुस्तक में सिखाए सिद्धांतों के अनुरूप बन जाए। मैं नीचे बाएँ तरफ़ के कॉलम में 2,000 कैलोरी के "माई पिरामिड" मीनू की सूची दूँगा और दाएँ कॉलम में अपने फेरबदल लिखूँगा। ये निर्देशक सिद्धांत आपको अपने मीनू की योजना बनाने का तरीक़ा बता देंगे।

चेतावनी : हो सकता है कि अपना वज़न कम करने या क़ायम रखने के लिए आपको 2,000 कैलोरियाँ लेने की ज़रूरत न हो, इसलिए कृपया अध्याय 11 में बताए तरीक़े से अपनी कैलोरी ख़ुराक तय करने के बाद ही उचित फेरबदल करें।

अगर आपकी वर्तमान खान-पान की आदतें "माई पिरामिड" डाइट जितनी अच्छी नहीं हैं, तो मेरी सलाह है कि आप उस डाइट के सिद्धांतों पर चलकर अपनी नई जीवनशैली शुरू कर दें। याद रखें, आपको अपनी सेहत सुधारने के लिए आदर्श बनने की ज़रूरत नहीं है। "माई पिरामिड" योजना के ज़्यादातर हिस्सों पर चलना ही आदर्श स्वास्थ्य की दिशा में एक बड़ा क़दम होगा। खान-पान का कोई भी परिवर्तन आपको पहलेपहल अजीब लगेगा। बस इसे जारी रखें, क्योंकि जल्द ही ये परिवर्तन आपको सामान्य लगने लगेंगे।

अगर आपका डाइट पहले से ही अच्छा है, तो आदर्श स्वास्थ्य क्रांति के फेरबदल पर ध्यान केंद्रित करें। ये अनुशंसाएँ आपको स्वस्थ खान-पान के एक बिलकुल नए स्तर पर ले जाएँगी और दीर्घकालीन रोग से जुड़े इनफ़्लेमेशन को काफ़ी कम कर देंगी।

अगर ये परिवर्तन आपको बहुत ज़्यादा मुश्किल लग रहे हैं, तो परेशान न हों। आपका उठाया कोई भी क़दम मदद करता है। आप जो परिवर्तन कर चुके हैं, उन पर गर्व करें और अपनी सुविधा से आगे के क़दम उठाएँ। कृपया आहार और मीनू के बारे में अति चिंतित न हों। खान-पान से तनाव नहीं, मज़ा आना चाहिए। याद रखें, खान-पान की अच्छी आदतें आदर्श स्वास्थ्य का सिर्फ़ एक स्तंभ हैं। अपनी सभी कोशिशें सिर्फ़ इसी पर केंद्रित न करें। आपकी निगाह तो आदर्श स्वास्थ्य की ज़्यादा बड़ी तस्वीर पर रहनी चाहिए।

ज़्यादातर लोगों ने पाया है कि नीचे दिए गए आहार संबंधी दिशानिर्देश

आश्चर्यजनक रूप से सरल, स्वादिष्ट हैं और आसानी से अपनाए जा सकते हैं। मुझे लगता है कि इससे आपको सुखद आश्चर्य होगा।

यूएसडीए सात दिनों का 2,000 कैलोरी का "माई पिरामिड" डाइट	आदर्श स्वास्थ्य क्रांति के फेरबदल
पहला दिन	
नाश्ता	**नाश्ता**
ब्रेकफ़ास्ट बरीटो : *1 फ़्लोर टोर्टीआ (7" व्यास)* *एक फिंटा हुआ अंडा (1 चम्मच नर्म मार्जरिन में)* *1/3 कप ब्लैक बीन्स (कम नमक)* *2 बड़े चम्मच साल्सा* *1 कप ऑरेंज जूस* *1 कप फ़ैट-रहित दूध*	**ब्रेकफ़ास्ट बरीटो :** *1 ऑर्गैनिक होल-ग्रेन टोर्टीआ* *1 ऑर्गैनिक अंडा, जिसमें ओमेगा-3 ज़्यादा हो या ऑर्गैनिक अंडे का सफ़ेद हिस्सा (ओलिव ऑइल में)* *1/3 कप ब्लैक बीन्स (कम नमक)* *कटी हुई हरी और लाल मिर्च* *1/4 कप कटे ओलिव्ज़* *1/4 कप कटा टमाटर* *2 बड़े चम्मच ऑर्गैनिक साल्सा* *1 संतरा* *1 कप ऑर्गैनिक फ़ैटरहित दूध*
	दोपहर का स्नैक *1 कप ऑर्गैनिक तरीक़े से उगाई गाजर* *1 मध्यम आकार का सेब*
लंच	**लंच**
रोस्ट बीफ़ सैंडविच : *1 सैंडविच बन, खड़े अनाज का* *3 औंस लीन रोस्ट बीफ़* *2 टमाटर स्लाइस* *1/4 कप कटे रोमेन लेटस* *1/8 कप मशरूम्स (1 चम्मच तेल में हल्के तले हुए)* *1.5 औंस आंशिक-स्किम्ड मोज़ारेल्ला चीज़* *1 छोटा चम्मच पीली सरसों* *3/4 बेक्ड तिकोने आलू* *1 बड़ा चम्मच केचप* *1 मीठारहित पेय*	**रोस्ट बीफ़ सैंडविच :** *1 सैंडविच बन, खड़े अनाज का* *3 औंस ऑर्गैनिक लीन बीफ़* *2 टमाटर स्लाइस* *1/4 कप मिक्स्ड बेबी ग्रीन्स या पालक* *1/8 कप मशरूम्स (1 चम्मच ओलिव या केनोला ऑइल में हल्के तले हुए)* *$1^{1/2}$ औंस आंशिक-स्किम्ड मोज़ारेल्ला चीज़* *1 छोटा चम्मच पीली सरसों*
डिनर	
भरवाँ ब्रॉइल्ड साल्मन : *5 औंस साल्मन फ़िलेट* *1 औंस ब्रेड का भराव* *1 बड़ा चम्मच कटा प्याज़*	

यूएसडीए सात दिनों का 2,000 कैलोरी का "माई पिरामिड" डाइट	आदर्श स्वास्थ्य क्रांति के फेरबदल
पहला दिन (जारी...)	
1 बड़ा चम्मच कटी सेलरी *2 छोटे चम्मच केनोला ऑइल*	*$1^{1/2}$ कप स्टीम्ड फ्रोज़न मिक्स्ड वेज* *1 आलूबुख़ारा*
1/2 कप केसर (सफ़ेद) चावल *1 औंस लंबे कटे बादाम*	*2 कप ग्रीन टी या कॉफ़ी*
1/2 कप स्टीम्ड ब्रोकली (1 छोटा चम्मच नर्म मार्जरिन)	**शाम का स्नैक** *1 केला*
1 कप फ़ैट-रहित दूध	**डिनर** **ब्रॉइल्ड पैसिफ़िक साल्मन :** *5 औंस पैसिफ़िक या नॉर्वेजियन साल्मन फ़िलेट, जो 2 छोटे चम्मच केनोला या ओलिव ऑइल में हल्के तले हों*
स्नैक्स *1 कप कैंटलोप*	*1/2 कप वाइल्ड राइस*
	1 कप स्टीम्ड ब्रोकली *1 चम्मच वेजीटेबल ऑइल स्प्रेड, जिसमें ट्रांस फ़ैट्स न हों (हाइड्रोजनेटेड न हो)*
	1 कप फ़ैट-रहित ऑर्गैनिक दूध
	स्नैक *1 कप कैंटलोप*
दूसरा दिन	
नाश्ता	**नाश्ता**
हॉट सीरियल : *1/2 कप पका ओटमील* *2 बड़ा चम्मच किशमिश* *1 छोटा चम्मच नर्म मार्जरिन*	**हॉट सीरियल :** *1 कप पका ओटमील* *1/4 कप सूखे अंजीर* *1 छोटा चम्मच वेजीटेबल ऑइल स्प्रेड* *1 छोटा चम्मच अलसी*
1/2 कप फ़ैट-रहित दूध	

यूएसडीए सात दिनों का 2,000 कैलोरी का "माई पिरामिड" डाइट

दूसरा दिन (जारी...)

1 कप ऑरेंज जूस

लंच

टाको सलाद :

2 औंस टोर्टीआ चिप्स
2 औंस ग्राउंड टर्की, 2 चम्मच सनफ़्लॉवर ऑइल में हल्की तली हुई
1/2 कप ब्लैक बीन्स (कम नमक)
1/2 कप आइसबर्ग लेटस
2 टमाटर स्लाइस
1 औंस कम फ़ैट की चेडर चीज़
2 बड़े चम्मच साल्सा
1/2 कप एवोकेडो
1 छोटा चम्मच लाइम जूस

1 मीठारहित पेय

डिनर

पालक लसाग्ना :

1 कप लसाग्ना नूडल्स, पके हुए (2 औंस सूखे)
2/3 कप पालक
1/2 रिकोटा चीज़
1/2 कप टमाटर सॉस, टमाटर के टुकड़ों के साथ
1 औंस आंशिक-स्किम्ड मोज़ारेल्ला चीज़

1 डिनर रोल, खड़े गेहूँ का
1 कप फ़ैट-रहित दूध

आदर्श स्वास्थ्य क्रांति के फेरबदल

दूसरा दिन (जारी...)

1/2 कप फ़ैट-रहित ऑर्गैनिक दूध
1 संतरा
1 कप ग्रीन टी या कॉफ़ी

दोपहर का स्नैक

1 कप सेलरी स्टिक्स, 1 चम्मच केनोला ऑइल-बेस की ड्रेसिंग/डिप के साथ

लंच

टाको सलाद :

2 औंस ऑर्गैनिक खड़े अनाज के टोर्टीआ चिप्स, जो केनोला ऑइल या खड़े अनाज की पीटा ब्रेड से बने हों
2 औंस ग्राउंड टर्की, 2 छोटे चम्मच केनोला या ओलिव ऑइल में हल्की तली हुई
1/2 कप ब्लैक बीन्स (कम नमक)
1/2 कप मिक्स्ड बेबी ग्रीन्स
2 टमाटर स्लाइस
1 औंस कम फ़ैट की सोय चेडर चीज़
2 बड़े चम्मच ऑर्गैनिक साल्सा
1/2 कप अवकाडो
1 छोटा चम्मच लाइम जूस

1 मीठारहित पेय
1/2 कप अंगूर

दोपहर का स्नैक

1 कप स्नैप पीज़

डिनर

पालक लसाग्ना :

1 कप खड़े अन्न के लसाग्ना नूडल्स, पके हुए (2 औंस सूखे)

यूएसडीए सात दिनों का 2,000 कैलोरी का “माई पिरामिड” डाइट	आदर्श स्वास्थ्य क्रांति के फेरबदल
दूसरा दिन (जारी...)	
स्नैक्स	*2/3 कप पालक*
1/2 औंस सूखे-रोस्टेड बादाम	*1/2 कम फ़ैट का ऑर्गैनिक कॉटेज चीज़*
1/4 कप पाइनएप्पल	*1/2 कप ऑर्गैनिक टमाटर सॉस*
2 बड़े चम्मच किशमिश	*1 औंस सोय मोज़ारेल्ला चीज़*
	1/2 कप स्टीम्ड ग्रीन बीन्स
	1 डिनर रोल, खड़े गेहूँ का
	1 कप फ़ैट-रहित दूध
	स्नैक्स
	1/2 औंस अखरोट
	1/4 कप पाइनएप्पल
	1 कप ब्लैकबेरी
तीसरा दिन	
नाश्ता	**नाश्ता**
कोल्ड सीरियल :	**कोल्ड सीरियल :**
1 कप ब्रैन फ़्लेक्स	*1 कप ऑर्गैनिक सीरियल, खड़े अन्न का*
1 कप फ़ैट-रहित दूध	*1 कप फ़ैट-रहित ऑर्गैनिक दूध*
1 छोटा केला	*1 छोटा केला या पीच*
	1 छोटा चम्मच अलसी
1 स्लाइस टोस्ट, खड़े गेहूँ का	*1 स्लाइस खड़े गेहूँ का टोस्ट*
1 छोटाा चम्मच नर्म मार्जरिन	*1 छोटा चम्मच वेजीटेबल ऑइल स्प्रेड*
1 कप प्रून जूस	*3 प्रून्स*
	1 कप ग्रीन टी
लंच	**दोपहर का स्नैक**
टूना सैंडविच	*1 कप ब्रोकली 1 छोटे चम्मच केनोला तेल की ड्रेसिंग/डिप के साथ*
2 स्लाइस राई ब्रेड	
3 औंस टूना (पानी में पैक, ड्रेन की हुई)	
2 छोटे चम्मच मेयनेज़	
1 बड़ा चम्मच कटी सेलरी	

यूएसडीए सात दिनों का 2,000 कैलोरी का "माई पिरामिड" डाइट

तीसरा दिन (जारी...)

1/4 कप कटी रोमेन लेटस
2 टमाटर स्लाइस

1 मध्यम आकार की नाशपाती
1 कप फ़ैट-रहित दूध

डिनर

रोस्टेड चिकन ब्रेस्ट :

3 औंस बोनलेस, स्किनलेस चिकन ब्रेस्ट

1 बड़ा बेक्ड स्वीट पोटेटो

1/2 कप मटर और प्याज़

1 डिनर रोल, खड़े गेहूँ का
1 छोटा चम्मच नर्म मार्जरिन

1 कप हरी पत्तियों का सलाद
3 छोटे चम्मच सनफ़्लॉवर ऑइल और सिरके की ड्रेसिंग

आदर्श स्वास्थ्य क्रांति के फेरबदल

तीसरा दिन (जारी...)

लंच

टूना सैंडविच

2 स्लाइस राय ब्रेड
3 औंस टूना (पानी में पैक, ड्रेन की हुई)
2 छोटे चम्मच केनोला-बेस वाली मेयनेज़
1 बड़ा चम्मच कटी सेलरी
1/4 चम्मच कटी मिक्स्ड बेबी ग्रीन्स
2 टमाटर स्लाइस

1 मध्यम नाशपाती
1 कप फ़ैट-रहित दूध

दोपहर का स्नैक

1 कप ताज़ी चेरी

डिनर

रोस्टेड चिकन ब्रेस्ट :

3 औंस बोनलेस, स्किनलेस, ऑर्गैनिक चिकन ब्रेस्ट

1 बड़ा बेक्ड स्वीट पोटेटो

1/2 कप मटर और प्याज़

1 डिनर रोल, खड़े गेहूँ का
1 छोटे चम्मच वेजीटेबल स्प्रेड

1 कप मिक्स्ड बेबी ग्रीन सलाद
3 छोटे चम्मच केनोला ऑइल और सिरके की ड्रेसिंग

1 कप कॉफ़ी

यूएसडीए सात दिनों का 2,000 कैलोरी का "माई पिरामिड" डाइट	आदर्श स्वास्थ्य क्रांति के फेरबदल
तीसरा दिन (जारी...)	
स्नैक्स	**स्नैक्स**
1/4 कप सूखे एप्रिकॉट्स	*1/4 कप सूखे एप्रिकॉट्स*
1 कप कम फ़ैट का फल वाला योगर्ट	*2/3 मध्यम आकार का पपीता*

चौथा दिन

यूएसडीए सात दिनों का 2,000 कैलोरी का "माई पिरामिड" डाइट

नाश्ता

1 इंग्लिश मफ़िन, खड़े गेहूँ का
2 छोटे चम्मच नर्म मार्जरिन
1 बड़ा चम्मच जैम या प्रिज़र्व्ज़

1 मध्यम आकार का ग्रेपफ्रूट
1 हार्ड-कुक्ड अंडा
1 मीठारहित पेय

लंच

व्हाइट बीन वेजीटेबल सूप :

1 1/4 कप चंकी वेजीटेबल सूप
1/2 कप व्हाइट बीन्स

2 औंस ब्रेडस्टिक्स
8 छोटे गाजर
1 कप फ़ैट-रहित दूध

डिनर

रीगेटनी मीट सॉस के साथ :

1 कप रीगेटनी पास्ता (2 औंस सूखा)
1/2 कप टमाटर सॉस, टमाटर के टुकड़ों के साथ
2 औंस लीन पका हुआ ग्राउंड बीफ़ (2 छोटे चम्मच वेजीटेबल ऑइल में हल्का तला हुआ)
3 बड़े चम्मच कसा हुआ पार्मेसन चीज़

आदर्श स्वास्थ्य क्रांति के फेरबदल

नाश्ता

1 इंग्लिश मफ़िन, खड़े गेहूँ का
1 छोटा चम्मच वेजीटेबल स्प्रेड
2 छोटे चम्मच जैम या प्रिज़र्व्ज़

1 मध्यम आकार का ग्रेपफ्रूट
1 हार्ड-कुक्ड अंडा, जो ऑर्गैनिक चिकन का हो
1 कप टमाटर जूस (कम नमक)

दोपहर का स्नैक

1/2 5" व्यास का कैंटलूप

लंच

व्हाइट या पिंटो बीन वेजीटेबल सूप :

1 1/4 कप चंकी वेजीटेबल सूप
1/2 कप व्हाइट या पिंटो बीन्स

2 औंस ब्रेड या ब्रेड स्टिक्स, खड़े अनाज की
8 छोटे गाजर
1 कप फ़ैट-रहित ऑर्गैनिक दूध

दोपहर का स्नैक

1 बड़ी नाशपाती

डिनर

रीगेटनी मीटलेस वेजी सॉस के साथ :

1 कप रीगेटनी पास्ता (2 औंस सूखा), खड़े अनाज का

यूएसडीए सात दिनों का 2,000 कैलोरी का "माई पिरामिड" डाइट	आदर्श स्वास्थ्य क्रांति के फेरबदल
चौथा दिन (जारी...)	
पालक का सलाद : *1 कप पालक की छोटी पत्तियाँ* *1/2 कप टंजरीन स्लाइस* *1/2 औंस कटे अखरोट* *3 छोटे चम्मच सनफ़्लॉवर ऑइल और सिरके की ड्रेसिंग* *1 कप फ़ैट-रहित दूध*	*1/2 कप ऑर्गैनिक टमाटर सॉस* *2 औंस मीटलेस वेजी सब्स्टिट्यूट* *3 बड़े चम्मच ताज़ा पार्मेसन चीज़* **पालक का सलाद :** *1 कप पालक की छोटी पत्तियाँ* *1/2 कप टंजरीन स्लाइस* *1/2 कप कटे अखरोट* *3 छोटे चम्मच केनोला ऑइल और सिरके की ड्रेसिंग* *1 कप स्टीम्ड केल* *1 कप फ़ैट-रहित ऑर्गैनिक दूध*
स्नैक्स *1 कप कम फ़ैट का फल वाला योगर्ट*	**स्नैक्स** *1/2 कप सोय वैनिला फ्रोज़न डेज़र्ट (आइसक्रीम सब्स्टिट्यूट)* *1/2 कप ब्लूबेरीज़*
पाँचवाँ दिन	
नाश्ता **कोल्ड सीरियल :** *1 कप पफ़्ड व्हीट सीरियल* *1 बड़ा चम्मच किशमिश* *1 कप फ़ैट-रहित दूध* *1 छोटा केला* *1 स्लाइस टोस्ट, खड़े गेहूँ का* *1 छोटा चम्मच नर्म मार्जरिन* *1 छोटा चम्मच जेली*	**नाश्ता** **कोल्ड सीरियल :** *1 कप ऑर्गैनिक सीरियल, खड़े अनाज का* *1/2 कप लाल अंगूर* *1 कप फ़ैट-रहित ऑर्गैनिक दूध* *1 छोटा चम्मच अलसी* *1 छोटा केला* *1 स्लाइस टोस्ट, खड़े अनाज का* *1 छोटा चम्मच वेजीटेबल स्प्रेड* *1 छोटा चम्मच जेली*
लंच **स्मोक्ड टर्की सैंडविच :** *2 औंस खड़े गेहूँ की पीटा ब्रेड*	

यूएसडीए सात दिनों का 2,000 कैलोरी का "माई पिरामिड" डाइट

पाँचवाँ दिन (जारी...)

1/4 रोमेन लेटस
2 टमाटर स्लाइस
3 औंस स्लाइस्ड स्मोक्ड टर्की ब्रेस्ट
1 चम्मच मेयो-टाइप सलाद ड्रेसिंग
1 छोटा चम्मच पीली सरसों

1/2 कप सेब के स्लाइस
1 कप टमाटर जूस (कम नमक)

डिनर

ग्रिल्ड टॉप लॉइन स्टीक :

5 औंस ग्रिल्ड टॉप लॉइन स्टीक

3/4 कप मैश किए आलू
2 छोटे चम्मच नर्म मार्जरिन

1/2 कप स्टीम्ड गाजर
1 छोटा चम्मच शहद

2 औंस डिनर रोल, खड़े गेहूँ का
1 छोटा चम्मच नर्म मार्जरिन

1 कप फ़ैट-रहित दूध

आदर्श स्वास्थ्य क्रांति के फेरबदल

दोपहर का स्नैक

1 कप ब्रोकॉली 1 चम्मच केनोला-बेस की ड्रेसिंग/डिप के साथ

लंच

टर्की सैंडविच :

2 औंस खड़े अनाज की पीटा ब्रेड
1/4 कप मिक्स्ड बेबी ग्रीन्स
2 टमाटर स्लाइस
3 औंस स्लाइस्ड ऑर्गैनिक ओवन-रोस्टेड टर्की ब्रेस्ट
1 चम्मच केनोला ऑइल-बेस्ड मेयो स्प्रेड
1 छोटा चम्मच पीली सरसों

1/2 कप सेब के स्लाइस
1 कप टमाटर जूस (कम नमक)

शाम का स्नैक

1 कप ताज़ी गाजर

डिनर

वाल्डोर्फ़ सलाद :

2 कप मिक्स्ड बेबी ग्रीन्स
1/4 सेब, स्लाइस किया हुआ
4 स्ट्रॉबेरी, स्लाइस किए हुए
8 लाल अंगूर, स्लाइस किए हुए
2 बड़े चम्मच अखरोट, कटे हुए
2 बड़े चम्मच केनोला या ओलिव ऑइल के बेस की ड्रेसिंग/डिप
4 औंस स्लाइस्ड ग्रिल्ड ऑर्गैनिक स्किनलेस चिकन

2 औंस डिनर रोल, खड़े गेहूँ का

यूएसडीए सात दिनों का 2,000 कैलोरी का "माई पिरामिड" डाइट	आदर्श स्वास्थ्य क्रांति के फेरबदल
पाँचवाँ दिन (जारी...)	
स्नैक्स	*1 छोटा चम्मच वेजीटेबल स्प्रेड*
1 कप कम फ़ैट का फल वाला योगर्ट	*1 कप फ़ैट-रहित ऑर्गैनिक दूध*
	स्नैक्स
	4 इंच टुकड़ा हनीड्यू मेलन का
छठा दिन	
नाश्ता	**नाश्ता**
फ्रेंच टोस्ट :	**फ्रेंच टोस्ट :**
2 स्लाइस फ्रेंच टोस्ट, खड़े गेहूँ का	*2 स्लाइस खड़े अनाज की ब्रेड 1 अंडे (ऑर्गैनिक चिकन का) में डूबी हुई*
2 छोटे चम्मच नर्म मार्जरिन	*2 छोटे चम्मच वेजीटेबल स्प्रेड*
2 बड़े चम्मच मेपल सिरप	*1 बड़ा चम्मच शुद्ध मेपल सिरप*
1/2 मध्यम आकार का ग्रेपफ्रूट	*1 संतरा*
1 कप फ़ैट-रहित दूध	*1 कप फ़ैट-रहित ऑर्गैनिक दूध*
	दोपहर का स्नैक
	1 बड़ी नाशपाती
लंच	**लंच**
वेजीटेरियन चिली ऑन बेक्ड पोटेटो :	**वेजीटेरियन चिली ऑन बेक्ड पोटेटो :**
1 कप किडनी बीन्स (कम नमक)	*1 कप किडनी बीन्स (कम नमक)*
1/2 कप टमाटर सॉस टमाटर के टुकड़ों के साथ	*1/2 कप ऑर्गैनिक टमाटर सॉस*
3 बड़े चम्मच कटी प्याज़	*3 बड़े चम्मच कटी प्याज़*
1 औंस कम फ़ैट वाला चेडर चीज़	*1 औंस सोय चेडर चीज़*
1 बड़ा चम्मच वेजीटेबल ऑइल	*1 बड़ा चम्मच केनोला या ओलिव ऑइल*
1 मध्यम आकार का आलू बेक किया हुआ	*1 मध्यम आकार का आलू बेक किया हुआ*
	1/2 कप स्टीम्ड लीमा बीन्स
1/2 कप कैंटलोप	*1/2 कप कैंटलोप*
3/4 कप लेमोनेड	*3/4 कप ताज़ा निचुड़ा लेमोनेड*
डिनर	
हवाइयन पिज़्ज़ा :	
2 स्लाइस चीज़ पीज़्ज़ा	

यूएसडीए सात दिनों का 2,000 कैलोरी का “माई पिरामिड” डाइट

छठा दिन (जारी...)

1 औंस कैनेडियन बेकन

1/4 कप पाइनएप्पल

2 बड़े चम्मच मशरूम

2 बड़े चम्मच कटी प्याज़

ग्रीन सलाद :

1 कप हरे पत्ते

3 छोटे चम्मच सनफ़्लॉवर ऑइल और ड्रेसिंग

1 कप फ़ैट-रहित दूध

स्नैक्स

5 क्रैकर्स, खड़े गेहूँ के (कम नमक)

1/8 कप हामस

1/2 कप फ़्रूट कॉकटेल (पानी या जूस में)

आदर्श स्वास्थ्य क्रांति के फेरबदल

छठा दिन (जारी...)

दोपहर का स्नैक

$1^{2/3}$ कप ताज़ा रैस्पबेरी

डिनर

वेजीटेरियन बर्गर :

1 हैमबर्गर बन, खड़े अनाज का

1 कप मिक्स्ड बेबी ग्रीन्स

1 वेजीटेरियन मीटलेस पैटी

2 बड़े चम्मच मशरूम, ओलिव या केनोला ऑइल में पकाए गए

2 टमाटर स्लाइस

1 बड़ा चम्मच कैट्सअप

2 छोटे चम्मच पीली सरसों

ग्रीन सलाद :

1 कप मिक्स्ड बेबी ग्रीन्स

3 छोटे चम्मच केनोला ऑइल और सिरके की ड्रेसिंग

1 कप फ़ैट-रहित ऑर्गैनिक दूध

स्नैक्स

5 क्रैकर्स, खड़े गेहूँ के (कम नमक)

1/8 कप ऑर्गैनिक हामस

1 पीच

सातवाँ दिन

नाश्ता

पैनकेक्स :

3 बकव्हीट पैनकेक्स

2 छोटे चम्मच नर्म मार्जरिन

3 बड़े चम्मच मेपल सिरप

नाश्ता

पैनकेक्स :

3 पैनकेक्स (खड़े अनाज के पैनकेक मिक्स, 1 ऑर्गैनिक अंडा, 2 छोटे चम्मच केनोला ऑइल और 1/2 कप फ़ैट-रहित ऑर्गैनिक दूध)

यूएसडीए सात दिनों का 2,000 कैलोरी का "माई पिरामिड" डाइट

सातवाँ दिन (जारी...)

1/2 कप स्ट्रॉबेरी
3/4 कप हनीड्यू मेलन
1/2 कप फ़ैट-रहित दूध

लंच

मैनहटन क्लैम चाउडर :

3 औंस कैन्ड क्लैम्स (ड्रेन किए हुए)
3/4 कप मिक्स्ड वेजीटेबल्स
1 कप कैन्ड टमाटर (कम नमक)
10 क्रैकर्स, खड़े गेहूँ के

1 मध्यम आकर का संतरा
1 कप फ़ैट-रहित दूध

डिनर

वेजीटेबल स्टर-फ्राई :

4 औंस टोफ़ू (कड़क)
1/4 कप ग्रीन एंड रेड बेल पेपर्स
1/2 कप बॉक चॉय
2 बड़े चम्मच वेजीटेबल ऑइल
1 कप ब्राउन राइस

1 कप लेमन फ़्लेवर आइस्ड टी

आदर्श स्वास्थ्य क्रांति के फेरबदल

2 छोटे चम्मच वेजीटेबल स्प्रेड
2 बड़े चम्मच शुद्ध मेपल सिरप

1/2 कप स्ट्रॉबेरी
3/4 कप हनीड्यू मेलन
1/2 कप फ़ैट-रहित दूध

मिडमॉर्निंग स्नैक

1 कप सेलरी

लंच

मैनहटन क्लैम चाउडर :

3 औंस कैन्ड क्लैम्स (ड्रेन किए हुए)
3/4 कप मिक्स्ड वेजीटेबल्स
1 कप कैन्ड टमाटर (कम नमक)

1 स्लाइस ब्रेड, खड़े अनाज की
1 मध्यम आकार का संतरा
1 कप फ़ैट-रहित दूध

शाम का स्नैक

1 कप स्नैप पीज़

डिनर

वेजीटेबल स्टर-फ्राई :

4 औंस टोफ़ू (कड़क)
1/4 कप ग्रीन एंड रेड बेल पेपर्स
1/2 कप बॉक चॉय
2 बड़े चम्मच ओलिव या केनोला ऑइल
1 कप वाइल्ड राइस

1 कप ग्रीन टी

यूएसडीए सात दिनों का 2,000 कैलोरी का "माई पिरामिड" डाइट	आदर्श स्वास्थ्य क्रांति के फेरबदल
सातवाँ दिन (जारी...)	
स्नैक्स	**स्नैक्स**
1 औंस सनफ़्लॉवर सीड्स	*4 अखरोट*
1 बड़ा केला	*1 बड़ा केला*
1 कप कम फ़ैट का फल वाला योगर्ट	*1/2 कप सोय फ़्रोज़न डेज़र्ट 1 कप ब्लूबेरीज़ के साथ*

कृपया याद रखें, आपको इस मीनू का पूरी तरह से पालन करने की ज़रूरत नहीं है। आप इस वक़्त जो भी क़दम उठा सकते हों, उठा लें और अपने हिसाब से अपनी प्रगति को आगे बढ़ाएँ। अलग-अलग कैलोरी स्तरों के पोषक आहार का विस्तृत और सटीक वर्णन करते हुए मैं सौ पेज और लिख सकता था, लेकिन यह इस पुस्तक के दायरे से परे है। यहाँ पर पर्याप्त जानकारी दी जा रही है, जो एक अच्छी नींव प्रदान करेगी, जिससे आप आदर्श स्वास्थ्य की क्रांति में विजयी होंगे।

परिशिष्ट सी

ग्लाइसीमिक इंडेक्स और ग्लाइसीमिक लोड

ग्लाइसीमिक इंडेक्स क्या है? यह एक ग्राम कार्बोहाइड्रेट खाने के दो घंटे बाद रक्त में शकर के स्तर को बढ़ाने की क्षमता है। आहार और उनके ग्लाइसीमिक इंडेक्स की पहली सूची बीस साल से भी ज़्यादा समय पहले पहली बार प्रकाशित हुई थी।[865] कम ग्लाइसीमिक इंडेक्स वाले आहारों के बजाय ज़्यादा ग्लाइसीमिक इंडेक्स वाले आहार रक्त में शकर के स्तर को ज़्यादा बढ़ाते हैं। शुरुआत में इस अवधारणा के महत्व को लेकर विवाद था, लेकिन अब इसे भोजन के विश्वसनीय, शारीरिक बुनियाद पर आधारित वर्गीकरण के रूप में व्यापक मान्यता मिल चुकी है। द फ़ूड एंड एग्रीकल्चर ऑर्गेनाइज़ेशन ऑफ़ द युनाइटेड नेशन्स और विश्व स्वास्थ्य संगठन की अनुशंसा है कि अच्छे स्वास्थ के लिए हमें ज़्यादा कार्बोहाइड्रेट वाले आहार खाने की ज़रूरत है (कुल कैलोरियों का >55 प्रतिशत), जिनमें से ज़्यादातर कार्बोहाइड्रेट्स कम ग्लाइसीमिक इंडेक्स के हों।[866] आम तौर पर, 55 से कम ग्लाइसीमिक इंडेक्स को कम और 70 से अधिक को ज़्यादा समझा जाता है।

जैसा इस पुस्तक में बताया गया है, ज़्यादा ग्लाइसीमिक इंडेक्स वाले कार्बोहाइड्रेट्स से हृदय रोग[867] और डाइबिटीज़[868] का ख़तरा बढ़ जाता है। कम ग्लाइसीमिक इंडेक्स वाले भोजन मोटापे,[869] कोलोन कैंसर,[870] स्तन कैंसर,[871] ओवेरियन कैंसर,[872] और स्टमक कैंसर[873] से रक्षा करते हैं।

ग्लाइसीमिक लोड ग्लाइसीमिक इंडेक्स से अलग है, क्योंकि यह उस आहार के रक्त में शर्करा स्तर पर पड़ने वाले सकल प्रभाव का पैमाना है। यह किसी आहार में शकर के प्रकार और मात्रा दोनों को नापता है। मिसाल के तौर पर, किसी फल में शामिल शकर के प्रकार के कारण उसका ग्लाइसीमिक इंडेक्स ज़्यादा हो सकता है, लेकिन तुलनात्मक रूप से उसमें कम ग्लाइसीमिक लोड होता है, क्योंकि इसमें उस शकर की थोड़ी मात्रा शामिल होती है, इसलिए यह शकर के रक्त स्तर को बहुत ज़्यादा नहीं बढ़ाएगा। आपको किसी आहार में शकर की गुणवत्ता और मात्रा दोनों का पता होना चाहिए, तभी आप शरीर पर इसके कुल प्रभाव को तय कर पाएँगे। आम तौर पर 10 से कम ग्लाइसीमिक लोड वाले आहार को कम और 20 से ज़्यादा को उच्च माना जाता है।

किसी भोज्य पदार्थ की ग्लाइसीमिक इंडेक्स में इस कारण फ़र्क़ आ सकता है कि उसे किस तरह पकाया गया है, किस तरह जाँचा गया है और किस देश या प्रदेश में उगाया गया है। अलग-अलग निर्माताओं की ब्रेड में अलग-अलग तत्व होते हैं, इसलिए उनके शरीर पर अलग-अलग प्रभाव होते हैं। दुनिया के अलग-अलग हिस्सों के फलों में शकर की अलग-अलग मात्रा होती है, जो अलग-अलग मिट्टी, जलवायु, खेती की विधियों और फ़सल काटने की आदतों पर आधारित है। जब आप ग्लाइसीमिक इंडेक्स का इस्तेमाल करते हैं, तो पहले उस देश की तलाश करें, जिसमें आप रहते हैं या फिर उन फलों की, जो आपके सामान्य आहार से मेल खाते हैं। दूसरे, उन प्रॉडक्ट्स के ब्रांड

नेम्स की तलाश करें, जिन्हें आप आम तौर पर ख़रीदते हैं। अगर आपके ब्रांड में ज़्यादा ग्लाइसीमिक लोड हो, तो उसकी जगह पर ऐसे ब्रांड का इस्तेमाल करें, जिसमें कम ग्लाइसीमिक लोड हो या फिर खाने के लिए किसी दूसरी चीज़ की तलाश करें।

मैं कम ग्लाइसीमिक लोड वाले पूरे मीनू की सलाह क्यों नहीं देता हूँ

सिडनी यूनिवर्सिटी और ग्लाइसीमिक रिसर्च सर्विस स्टाफ़ ने ग्लाइसीमिक इंडेक्स पर उल्लेखनीय शोध किया है। बीस साल पहले जो वैज्ञानिक ज्ञान उपलब्ध था, उसके दम पर उन्होंने इस क्षेत्र में ज़बर्दस्त प्रगति की है। लेकिन दीर्घकालीन रोग उत्पन्न करने में दीर्घकालीन इनफ़्लेमेशन की अवधारणा तब ज़्यादा प्रचलन में नहीं थी, जब उन्होंने अपना काम शुरू किया था। इसके बाद कुछ लोगों ने यह निष्कर्ष निकाला है कि ज़्यादा ग्लाइसीमिक इंडेक्स और लोड वाले आहार से रोग उत्पन्न होता है, लेकिन नवीनतम शोध की रोशनी में मैं इससे भिन्न विचार रखता हूँ।

दरअसल, नवीनतम वैज्ञानिक साहित्य दीर्घकालीन रोग के ज़्यादा गहरे कारण को प्रकट करता है – इनफ़्लेमेशन, जिस पर इस पूरी पुस्तक में विस्तार से चर्चा की गई है। कम ग्लाइसीमिक लोड वाले आहारों से रोग में कमी इसलिए दिखी, क्योंकि वे इनफ़्लेमेशन को कम करते हैं, सिर्फ़ इसलिए नहीं, क्योंकि उनमें ग्लाइसीमिक लोड कम होता है। मेरा मानना है कि कम ग्लाइसीमिक लोड वाले आहारों का सबसे बड़ा लाभ इनफ़्लेमेशन कम करना है। ज़्यादा ग्लाइसीमिक लोड वाले आहारों से इनफ़्लेमेशन बढ़ता देखा गया है।[874]

मैं कम ग्लाइसीमिक लोड वाले मीनू की अनुशंसा नहीं करता हूँ। उन्हें सिर्फ़ एक ही इरादे से तैयार किया गया है – ग्लाइसीमिक लोड कम करना। यह ज़रूरी नहीं है कि उनसे इनफ़्लेमेशन कम हो। मिसाल के तौर पर, मैंने देखा है कि कुछ मीनू यह सलाह देते हैं कि आप डार्क मीट और फ़ैट्स जैसे इनफ़्लेमेटरी प्रोटीन खाएँ, क्योंकि उनमें कम ग्लाइसीमिक लोड होता है। ये मीनू तार्किक हैं, लेकिन निश्चित रूप से उन्हें इनफ़्लेमेशन कम करने के इरादे से नहीं बनाया गया था। इसलिए कृपया टेबल्स का इस्तेमाल सिर्फ़ कम ग्लाइसीमिक इंडेक्स और लोड वाले कार्बोहाइड्रेट्स की जानकारी प्राप्त करने के लिए करें, किसी दूसरे उद्देश्य से नहीं।

अब जब आप यह महत्वपूर्ण बिंदु समझ चुके हैं, तो ग्लाइसीमिक इंडेक्स टेबल्स दीर्घकालीन रोग के आपके जोखिम को बहुत कम करने में आपकी मदद कर सकती हैं। वे उन कार्बोहाइड्रेट्स को चुनने में आपकी मदद कर सकती हैं, जिन्हें खाने में आपको मज़ा आता है और जो आपकी रक्षा भी करेंगे। कृपया उनका इस्तेमाल सावधानी और समझदारी से करें। (ये टेबल्स *द अमेरिकन जर्नल ऑफ़ क्लीनिकल न्यूट्रिशन* के पृष्ठ क्रमांक 76 पर उपलब्ध हैं, जो फ़ॉस्टर-पॉवेल्स के "इंटरनेशनल टेबल ऑफ़ ग्लाइसीमिक इंडेक्स एंड ग्लाइसीमिक लोड वैल्यूज़ : 2002 में दी हुई हैं।"[875])

लेखक के बारे में

डॉ. ड्यूक जॉनसन ने दुनिया भर में दीर्घकालीन रोगों की रोकथाम करने में अपने जीवन के बीस से ज़्यादा वर्ष समर्पित किए हैं। वे कई चिकित्सा पद्धतियों और वैश्विक स्वास्थ्य स्थिति के जाने-माने विशेषज्ञ हैं। वे तीस से ज़्यादा देशों में रहने वाले रोगियों को रोकथाम केंद्रित चिकित्सा प्रदान करते हैं। उनका रोकथाम केंद्रित स्वास्थ्य शिक्षण पचपन देशों के 30 लाख से अधिक लोगों तक नियमित रूप से पहुँचता है।

डॉ. जॉनसन दक्षिण कैलिफ़ोर्निया में 30,000 वर्ग फ़ुट के 14 मिलियन डॉलर वाले न्यूट्रिलाइट हेल्थ इंस्टीट्यूट सेंटर फ़ॉर ऑप्टिमल हेल्थ के मेडिकल डायरेक्टर हैं। वक्ता के रूप में उनकी काफ़ी माँग है। वे पाँच महाद्वीपों के तीस देशों में एक लाख से ज़्यादा लोगों को संबोधित कर चुके हैं। उन्हें महत्वपूर्ण मीडिया अनुभव है और उनके लेख कई सम्मानित पत्रिकाओं व बड़े अंतर्राष्ट्रीय अख़बारों में प्रकाशित हो चुके हैं।

References

1 World Health Organization. Obesity: Preventing and Managing the Global Epidemic, Report of a WHO Consultation. Geneva: World Health Organization. WHO Technical Report Series 894; 2000.

2 King H, et al. Global burden of diabetes, 1995—2025. Diabetes Care 198; 21: 1414–1431.

3 Jemal A, et al. Trends in the leading causes of death in the United States, 1970–2002. JAMA 2005; 294: 1255–1259.

4 He J, et al. Major causes of death among men and women in China. NEJM Sept 15, 2005; 353(11): 1124–1134.

5 Braunwald E, et al. Cardiovascular medicine at the turn of the millennium: triumphs, concerns and opportunities. NEJM 1997; 337: 1360–1369.

6 Magadle R, et al. C-reactive protein levels and arterial abnormalities in the offspring of patients with premature myocardial infarction. Cardiol 2003; 100(1): 1–6.

7 Kang ES, et al. Relationship of serum high sensitivity C-reactive protein to metabolic syndrome and the microvascular complications in type 2 diabetes. Diabetes Res Clin Pract 2005 Aug; 69(2): 151–159.

8 Rohde LE, et al. Survey of C-reactive protein and cardiovascular risk factors in apparently healthy men. Am J Cardiol 1999 Nov 1; 84(9): 1018–1022.

9 Blake GJ, et al. Blood pressure, C-reactive protein, and the risk of future cardiovascular events. Circulation 2003 Dec 16; 108(24): 2993–2999.

10 Savoia C, et al. Reduction of C-reactive protein and the use of hypertensives. Vasc Health Risk Manag 2007; 3(6): 975–983.

11 Vongpatanasin W, et al. C-reactive protein causes down regulation of vascular angiotensin subtype 2 receptors and systolic hypertension in mice. Circulation 2007; 115: 1020–1028.

12 Esposito K, et al. Effect of weight loss and lifestyle changes on vascular inflammatory markers in obese women: a randomized trial. JAMA 2003 Apr 9; 289(14): 1799–1804.

13 Douglas KM, et al. Relationship between depression and C-reactive protein in a screening population. Psychosom Med 2004 Sept–Oct; 66(5): 679–683.

14 Christ-Crain M, et al. Elevated C-reactive protein and homocysteine values: Cardiovascular risk factors in hypothyroidism? A cross-sectional and a double-blind, placebo controlled trial. Atherosclerosis 2003 Feb; 166(2): 379–386.

15 Park HS, et al. Relationship of obesity and visceral adiposity with serum concentrations of CRP, TNF-alpha and IL-6. Diabetes Res Clin Pract 2005 Jul; 69(1): 29–35.

16 Black PH. The inflammatory response is an integral part of the stress response: Implications for atherosclerosis, insulin resistance, type II diabetes and metabolic syndrome. Brain Behav Immun 2003 Oct; 17(5): 350–364.

17 Mohrschladt MF, et al. C-reactive protein in patients with familial hypercholesterolemia: No effect of symvastatin therapy. Atheroscl 2001 Aug; 157(2): 491–494.

18 Tannock LR, et al. Cholesterol feeding increases C-reactive protein and serum amyloid A levels in lean insulin-sensitive subjects. Circulation 2005; 111: 3058–3062.

19 Plasma homocysteine predicts progression of atherosclerosis. Atherosclerosis 2005 Jul; 181(1): 159–165.

20 King DE, et al. The relationship between attendance at religious services and cardiovascular inflammatory markers. Int J Psychiatry Med 2001; 31(4): 415–425.

21 King DE, et al. C-reactive protein, diabetes, and attendance at religious services. Diabetes care 2002; 25(7): 1172–1176.

22 Gao X, et al. Plasma C-reactive protein and homocysteine concentrations are related to frequent fruit and vegetable intake in Hispanic and non-Hispanic white elders. J Nutr 2004 Apr; 134(4): 913–918.

23 Lopez-Garcia E, et al. Consumption of (n-3) fatty acids is related to plasma biomarker of inflammation and endothelial activation in women. J Nutr 2004; 134(7): 1806–1811.

24 Folsum AR, et al. C-reactive protein and incident coronary heart disease in Atherosclerosis

Risk In Communities (ARIC) study. Am Heart J 2002 Aug; 144(2): 233–238.

25 Erlinger TP, et al. C-reactive protein and the risk of incidence colorectal cancer. JAMA 2004; 291(5): 585–590.

26 Rohde LE, et al. Survey of C-reactive protein and cardiovascular risk factors in apparently healthy men. Am J Cardiol 1999 Nov 1; 84(9): 1018–1022.

27 Esposito K, et al. Effect of weight loss and lifestyle changes on vascular inflammatory markers in obese women: a randomized trial. JAMA 2003 Apr 9; 289(14): 1799–1804.

28 Park HS, et al. Relationship of obesity and visceral adiposity with serum concentrations of CRP, TNF-alpha and IL-6. Diabetes Res Clin Pract 2005 Jul; 69(1): 29–35.

29 Black PH. The inflammatory response is an integral part of the stress response: Implications for atherosclerosis, insulin resistance, type II diabetes and metabolic syndrome. Brain Behav Immun 2003 Oct; 17(5): 350–364.

30 King DE, et al. Relation of dietary fat and fiber to elevation of c-reactive protein. Am J Cardiol 2003 Dec 1; 92(11): 1335–1339.

31 Gao X, et al. Plasma C-reactive protein and homocysteine concentrations are related to frequent fruit and vegetable intake in Hispanic and non-Hispanic white elders. J Nutr 2004 Apr; 134(4): 913–918.

32 Volpato S, et al. Relationship of alcohol intake with inflammatory markers and plasminogen activator inhibitor-1 in well-functioning older adults: Health, Aging, and Body composition Study. Circ 2004 Feb 10; 109(5): 607–612.

33 Nettleton JA, et al. Dietary patterns are associated with biochemical markers of inflammation and endothelial activation in the Multi-Ethnic Study of Atherosclerosis (MESA). Am J Clin Nutr 2006 Jun; 83(6): 1369–1379.

34 Larrousse M, et al. Increased levels of atherosclerosis markers in salt-sensitive hypertension. Am J Hypertens. 2006 Jan; 19(1): 87–93.

35 Leung WK, et al. Transgenic cyclooxygenase expression and high salt enhanced susceptibility to chemical-induced gastric cancer development in mice. Carcinogenesis 2008 Aug; 29(8): 1648–1654.

36 Pope CA 3rd, et al. Ambient particulate air pollution, heart rate variability, and blood markers of inflammation in a panel of elderly subjects. Environ Health Perspect 2004 Mar; 112(3): 339–345.

37 Stolzenberg-Solomon RZ, et al. Meat and meat mutagen intake and pancreatic cancer risk in NHI-AARP cohort. Cancer Epidemiol Biomarkers Prev 2007 Dec; 16(12): 2664.

38 Martinez ME, et al. Meat intake, preparation methods, mutagens, and colorectal adenomas recurrences. Carcinogenesis 2007 Sep; 28(9): 2019–2027.

39 Harris RE. Cyclooxygenase-2 (Cox-2) and the inflammogenesis of cancer. Subcell Biochem 2007; 42: 93–126.

40 Urbanski A, et al. Ultraviolent light induces increased circulating interleukin-6 in humans. J Invest Dermatol 1990 Jun; 94(6): 808–811.

41 Shima M, et al. Comparative study of C-reactive protein in chronic hepatitis B and chronic hepatitis C. Tohoku J Exp Med 1996 Mar; 178(3): 287–297.

42 Timms PM, et al. Circulating MMP9, vitamin D and variation in the TIMP-1 response with VDR genotype: Mechanisms for inflammatory damage in chronic disorders? QJM 2002 Dec; 95(12): 787–796.

43 Erlinger TP, et al. C-reactive protein and the risk of incidence colorectal cancer. JAMA 2004; 291(5): 585–590.

44 Kang ES, et al. Relationship of serum high-sensitivity C-reactive protein to metabolic syndrome and microvascular complications in type 2 diabetes. Diab Res Clin Prac 2005 Aug; 69(2): 151–159.

45 Park HS, et al. Relationship of obesity and visceral adiposity with serum concentrations of CRP, TNF-alpha and IL-6. Diabetes Res Clin Pract 2005 Jul; 69(1): 29–35.

46 Gao X, et al. Plasma C-reactive protein and homocysteine concentrations are related to frequent fruit and vegetable intake in Hispanic and non-Hispanic white elders. J Nutr 2004 Apr; 134(4): 913–198.
47 Esposito K, et al. Effect of weight loss and lifestyle changes on vascular inflammatory markers in obese women: A randomized trial. JAMA 2003 Apr 9; 289(14): 1799–1804.
48 Robertson AK, et al. T cells in atherogenesis: For better or for worse? Arterioscler Thromb Vasc Biol 2006; 26: 2421–2432.
49 Frostegard J, et al. Cytokine expression in advanced human atherosclerotic plaques: dominance of pro-inflammatory (Th 1) and macrophage-stimulating cytokines. Atherosclerosis 1999; 145: 33–43.
50 Libby P. Inflammation and cardiovascular disease mechanisms. Am J Clin Nutr 2006; 83(suppl): 456–460.
51 Libby P, et al. Inflammation and atherosclerosis. Circulation 2002; 105: 1135–1143.
52 Pradhan AD, et al. C-reactive protein, interleukin-6, and the risk of developing type 2 diabetes mellitus. JAMA 2001; 286: 327–334.
53 Festa A, et al. Elevated levels of acute-phase proteins and plasminogen activator inhibitor-1 predict the development of type 2 diabetes: The insulin resistance atherosclerosis study. Diabetes 2002; 51: 1131–1137.
54 Festa A, et al. Progression of plasminogen activator inhibitor-1 and fibrinogen levels in relation to incident type 2 diabetes. Circulation 2006; 113: 1753–1759.
55 Shoelson SE, et al. Inflammation and insulin resistance. J Clin Invest 2006; 116: 1793–1801.
56 Pradhan AD, et al. C-reactive protein is independently associated with fasting insulin in nondiabetic women. Atheroscler Thromb Vasc Biol 2003; 23: 650–655.
57 Murray CJ, et al. Alternative projections of mortality and disability by cause 1990–2020: Global Burden of Disease Study. Lancet 1997; 349: 1498–1504.
58 Gunter MJ, et al. A prospective study of serum C-reactive protein and colorectal cancer risk in men. Cancer Res 2006; 66: 2483–2487.
59 Pradhan A. Obesity, metabolic syndrome and type 2 diabetes: Inflammatory basis of glucose metabolic disorder. Nutr Rev. 2007 Dec 11; 65(12): S152–S156.
60 Seddon JM, et al. Association between C-reactive protein and age-related macular degeneration. JAMA 2004 Feb 11; 291(6): 704–710.
61 Yasojima K, et al. Human neurons generate C-reactive protein and amyloid P: Upregulation in Alzheimer's disease. Brain Res 2000 Dec 22; 887(1): 80–89.
62 Vermeire S, et al. C-reactive protein as a marker for inflammatory bowel disease. Inflamm Bowel Dis 2004 Sep; 10(5): 661–665.
63 Hunot S, et al. Neuroinflammatory processes in Parkinson's disease. Ann Neurol 2003; 53 Suppl 3: S49–S58, Disc S58–S60.
64 Olafsdottir IS, et al. C-reactive protein levels are increased in non-allergic but not allergic asthma: A multicentre epidemiologic study. Thorax 2005 Jun; 60(6): 451–454.
65 Otterness IG, et al. An analysis of 14 molecular markers for monitoring osteoarthritis. Relationship of the markers to clinical endpoints. Osteoarthritis Cartilage 2001 Apr; 9(3): 224–231.
66 Van Dijk EJ, et al. C-reactive protein and cerebral small-vessel disease. Circulation 2005; 112: 900–905.
67 Itzkowitz SH, et al. Inflammation and cancer IV. Colorectal cancer in inflammatory bowel disease: The role of inflammation. Am J Physiol Gastrointest Liver Physiol 2004; 287: G7–G17.
68 Catassi C, et al. Association of celiac disease and intestinal lymphomas and other cancers. Gastroenterology 2005; 128 (Suppl): 79–86.
69 Nardone G, et al. Review article: Heliobacter pyloric and molecular events in precancerous gastric lesions. Aliment Pharmacol Ther 2004; 20: 261–270.

70 Payette H, et al. Insulin-like growth factor-1 and interleukin-6 predict sarcopenia in very old community-living men and women. The Framingham Heart Study. J Am Geriatr Soc 2003; 51: 1237–1243.

71 Sebastian C, et al. MacrophAging: A cellular and molecular review. Immunobiology 2005; 210: 121–126.

72 Linnane AW, et al. Mitochondrial DNA mutations as an important contributor to aging and degenerative diseases. Lancet 1989; 1: 642–645.

73 Wallace DC. A mitochondrial paradigm of metabolic and degenerative diseases, aging, and cancer: A dawn of evolutionary medicine. Annu Rev Genet 2005; 39: 359–407.

74 Santoro A, et al. Mitochondrial DNA involvement in human longevity. Biochem Biophys Acta 2006; 1757: 1388–1399.

75 Verma S, et al. A self-fulfilling prophecy: C-reactive protein attenuates nitric oxide production and inhibits angiogenesis. Circulation 2002; 106: 913–919.

76 Pasceri V, et al. Direct proinflammatory effects of C-reactive protein on human endothelial cells. Circulation; 102: 2165–2168.

77 Danenberg HD, et al. Increased thrombosis after arterial injury in human C-reactive protein-transgenic mice. Circulation 2003; 108: 512–515.

78 Verma, et al. C-reactive protein and atherothrombosis—Beyond a biomarker: An actual partaker of lesion formation. Am J Physiol Regul Integr Comp Physiol 2003; 285: R1253–R1256.

79 Scannapieco FA, et al. Association of periodontal infections with atherosclerotic and pulmonary diseases. J Periodontal Res 1999 Oct; 34(7): 340–345.

80 Poynter JN, et al. Statins and the risk of colorectal cancer. NEJM May 26, 2005; 352(21): 2184–2192.

81 Ridker PM, et al. Rosuvastatin to prevent vascular events in men and women with elevated C-reactive protein. N Engl J Med 2008 Nov 9;359:2195-2207.

82 Ridker PM, et al. Measurement of C-reactive protein for the targeting of statin therapy in the primary prevention of acute coronary events. N Eng J Med 2001;344:1959-1965.

83 Berger JS, et al. Aspirin for the primary prevention of cardiovascular events in women and men. JAMA 2006; 295: 306–313.

84 Jacobs EJ, et al. A large cohort study of aspirin and other nonsteroidal anti-inflammatory drugs and prostate cancer incidence. J Natl Cancer Inst July 2005; 97(13): 975–980.

85 Sansbury LB, et al. Use of nonsteroidal anti-inflammatory drugs and risk of colon cancer in a population-based, case-controlled study of African Americans and whites. Am J Epidemiol 2005 Sep 15; 162(6): 548–558.

86 *The Omega Diet*. 1999. HarperCollins Publishers Inc., 10 East Third St., New York, NY.

87 Chung CP, et al. High prevalence of the metabolic syndrome in patients with systemic lupus erythematosus: Association with disease characteristics and cardiovascular risk factors. Ann Rheum Dis 2007 Feb; 66(2): 208–214.

88 Pacifici R, et al. Effect of surgical menopause and estrogen replacement on cytokine release from human blood mononuclear cells. Proc Natl Acad Sci USA 1991; 88: 5134–5138.

89 Kimble RB, et al. Simultaneous block of interleukin-1 and tumor necrosis factor is required to completely prevent bone loss in the early post-ovarectomy period. Endocrinology 1995; 136: 3054–3061.

90 Ishimi Y, et al. IL-6 is produced by osteoblasts and induces bone absorption. J Immunol 1990; 145: 3297–3303.

91 Hill PA, et al. The cellular actions of interleukin-11 on bone resorption in vitro. Endocrinology 1998; 139: 1564–1572.

92 Ross R. Atherosclerosis—An inflammatory disease. N Engl J Med 1999; 340: 115–126.

93 Libby P. Inflammatory mechanisms: The molecular basis of inflammation and disease. Nutr Rev Dec 2007; (11) 65(12): S140–S146.

94 Kelley GL, et al. High dietary fructose induces a hepatic stress response resulting in cholesterol and lipid dysregulation. Endocrinology 2004; 145(2): 548–555.

95 Lopez-Garcia E, et al. Consumption of trans fatty acids is related to plasma biomarkers of inflammation and endothelial dysfunction. J Nutr 2005; 135(3): 562–566.

96 Tannock LR, et al. Cholesterol feeding increases C-reactive protein and serum amyloid A levels in lean insulin-sensitive subjects. Circulation 2005; 111: 3058–3062.

97 Ghosh S, et al. Elevation of C-reactive protein in serum of Channa punctatus as an indicator of water pollution. Indian J Exp. Biol. 1992 Aug; 30(8): 736–737.

98 Ford ES. Does exercise reduce inflammation? Physical activity and C-reactive protein among US adults. Epidemiology 2002; 13: 561–568.

99 Taaffe DR, et al. Cross-sectional and prospective relationships of interleukin-6 and C-reactive protein with physical performance in elderly persons: MacArthur studies of successful aging. J Gerontol A Biol Sci Med Sci 2000; 55: M709–M715.

100 Colbert LH, et al. Physical activity, exercise, and inflammatory markers in older adults: findings from the Health, Aging and Body Composition Study. J Am Geriatr Soc. 2004; 52: 1098–1104.

101 Church TS, et al. Reduction of C-reactive protein levels through use of a multivitamin. Am J Med 2003; 115(9): 702–707.

102 Fuller B, et al. Anti-inflammatory effects of Co Q10 and colorless carotinoids. J Cosmet Dermatol 2006 Mar; 5(1): 30–38.

103 Kritchevsky SB, et al. Serum carotinoids and markers of inflammation among nonsmokers. Am J Epidemiol. 2000 Dec 1; 152(11): 1065–1071.

104 Rayssiguier Y, et al. High fructose consumption combined with low dietary magnesium intake may increase the incidence of the metabolic syndrome by inducing inflammation. Magnes Res 2006 Dec; 19(4): 237–243.

105 Largo R, et al. Glucosamine inhibits IL-1 beta-induced NFKappa activation in human osteoarthritic chondrocytes. Osteoarthritis Cartilage 2003 Apr; 11(4): 290–298.

106 Bischoff SC. Quercetin: Potentials in the prevention and therapy of disease. Curr Opin Clin Nutr Metab Care 2008 Nov; 11(6): 733–740.

107 Gao X, et al. Plasma C-reactive protein and homocysteine concentrations are related to frequent fruit and vegetable intake in Hispanic and non-Hispanic white elders. J Nutr 2004 Apr; 134(4): 913–918.

108 Chen Y, et al. Are there age-related changes in flavonoids bioavailability? Phytochemicals, Aging and Health. 2008. CRC Press, Boca Raton, FL Edited by Meskin MS, et al. pgs. 19–38.

109 Rayssiguier Y, et al. High fructose consumption combined with low dietary magnesium intake may increase the incidence of the metabolic syndrome by inducing inflammation. Magnes Res 2006 Dec; 19(4): 237–243.

110 Aljada A, et al. Increase in intranuclear nuclear factor kappaB and decrease in inhibitor kappaB in mononuclear cells after a mixed meal: Evidence for a proinflammatory effect. Am J Clin Nutr 2004; 79: 682–690.

111 Ludwig DS. Glycemic load has come of age. J Nutr 2003; 133: 2695–2696.

112 Liu S, et al. Relation between a diet with a high glycemic load and plasma concentrations of high-sensitivity C-reactive protein in middle-aged women. Am J Clin Nutr 2002 Mar; 75(3): 492–498.

113 McCarty MF. Low-insulin-response diets may decrease plasma C-reactive protein by influencing adipocyte function. Med Hypotheses 2005; 64: 385–387.

114 Giles JT, et al. Serious infections associated with anticytokine therapies in the rheumatic diseases. J Intensive Care Med 2004; 19: 320–334.

115 Sohn HY, et al. Cyclooxygenase inhibition and atherothrombosis. Curr Drug Targets 2006; 7: 1275–1284.

116 Juni P, et al. COX2 inhibitors, traditional NSAIDS and the heart. Brit Med J 2005; 330: 1342.
117 Gauldie J, et al. Smad3 signaling involved in pulmonary fibrosis and emphysema. Proc Am Thorac Soc 2006; 3: 696–702.
118 Langman MJS. Ulcer complications and NSAIDS. Am J Med 1998; 84(2A): 15.
119 Pathak SK, et al. Oxidative stress and cyclooxygenase activity in prostate carcinogenesis, targets for chemoprotective strategies. Eur J Cancer 2005; 41(1): 61.
120 Patel S, et al. Association between serum vitamin D metabolite levels and disease activity in patients with early inflammatory polyarthritis. Arthritis Rheum 2007 Jul; 56(7): 2143–2149.
121 Targher G, et al. Serum 25-hydroxyvitamin D3 concentrations and carotid artery intima-media thickness among type 2 diabetic patients. Clin Endocrinol (Oxf) 2006 Nov; 65(5): 593–597.
122 Pittas AG, et al. The effects of calcium and vitamin D supplementation on blood glucose and markers of inflammation in nondiabetic adults. Diabetes Care 2007 Jul; 30(7): e81.
123 Motivala SJ, et al. Sleep and immunity: Cytokine pathways linking sleep with health outcomes. Curr Dir Psychol Sci 2007; 16: 21–26.
124 Vgontzas AN, et al. Adverse effects of modest sleep restriction on sleepiness, performance and inflammatory cytokines. J Clin Endocrinol Metab 2004; 89: 2119–2126.
125 Irvin MR, et al. Sleep deprivation and activation of morning levels of cellular and genomic markers of inflammation. Arch Intern Med 2006; 166: 1756–1762.
126 Meier-Ewert HK, et al. Effect of sleep loss on C-reactive protein, an inflammatory marker of cardiovascular risk. J Am Coll Cardiol 2004; 43: 678–683.
127 Lenny WK, et al. Transgenic cyclooxygenase-2 expression and high salt enhanced susceptibility to chemical-induced gastric cancer development in mice. Carcinogenesis 2008 Aug; 29(8): 1648–1654.
128 Sabatine MS, et al. Prognostic significance of the Centers for Disease Control/American Heart Association high sensitive C-reactive protein cut points for cardiovascular and other outcomes in patients with stable coronary artery disease. Circulation 2007; 115: 1528–1536.
129 Blaine JM. Using C-reactive protein to predict cardiovascular risk in older patients. Clin Geriatrics 2007 Aug; 15(8): 20–25.
130 Weinberg RB. Apolipoprotein A-IV polymorphisms and diet-gene interactions. Curr Opin Lipidol 2002; 13(2): 125–134.
131 Jeunemaitre X, et al. Molecular basis of human hypertension. Role of angiotensinogen. Cell 1992; 71: 169–180.
132 John SWM, et al. Genetic decreases in atrial natriuretic peptide and salt sensitive hypertension. Science 1995; 267: 679–681.
133 Robinson DR, et al. Dietary marine lipids suppress the continuous expression of interleukin-1B gene transcription. Lipids 1996; 31 (Suppl): S23–S31.
134 Urakaze M, et al. Dietary marine lipids suppress IL-1B mRNA levels in lipopolysaccharide stimulated monocytes. Clin Res 1991; 23.
135 Corton JC, et al. Peroxisome proliferators—Activated receptor gamma coactivator-1 in caloric restriction and other models of longevity. J Gerontol A Biol Sci Med Sci 2005; 60: 1494–1509.
136 Forman BM, et al. Hypolipidemic drugs, polyunsaturated fatty acids, and eicosanoids are ligands for peroxisome proliferators-activated receptors alpha and delta. Proc Natl Acad Sci USA 1997; 94: 4312–4317.
137 Ulricke B, et al. Fatty acids and gene expression. In: Zempleni J, Daniel H, eds. *Molecular Nutrition*. Cambridge MA:CABI Publishing; 2003: 121–134.
138 Hayes CE, et al. The immunological functions of the vitamin D endocrine system. Cell Mol Biol 2003; 49(2): 277–300.
139 Ames BN, et al. High-dose vitamin therapy stimulates variant enzymes with decreased coen-

zyme binding affinity (increased K[m]): Relevance to genetic disease and polymorphisms. Am J Clin Nutr 2002; 75(4): 616–658.

140 Hatakeyama D, et al. Zinc suppresses IL-6 synthesis by prostaglandin F2alpha in osteoblasts: Inhibition of phospholipase C and phospholipase D. J Cell Biochem 2002; 85(3): 621–628.

141 Li Y, et al. Vitamin E suppression of microglial activation is neuroprotective. J Neurosci Res 2001; 66(2): 163–170.

142 Booth FW, et al. Exercise and gene expression: Physiological regulation of the human genome through physical activity. J of Physiology 2002; 543: 399–411.

143 Booth FW, et al. Exercise controls gene expression. American Scientist 2005; 93: 28–35.

144 Lampe JW, et al. Brassica, biotransformation and cancer risk: genetic polymorphisms alter the preventive effects of cruciferous vegetables. J Nutr 2002; 132(10): 2991–2994.

145 Komatsu K, et al. Inhibitory action of (-)-epigallocatechin gallate on a radiation induced mouse oncogenic transformation. Cancer Lett 1997; 112(2): 135–139.

146 Shen F, et al. Suppression of IL-8 gene transcription by resveratrol in phorbol ester treated human monocytic cells. J Asian Nat Prod Res 2003; 5(2): 151–157.

147 Chen C, et al. Induction of detoxifying enzymes by garlic organosulfur compounds through transcription factor Nrf2: Effect of chemical structure and stress signals. Free Radic Biol Med 2004; 37(10): 1578–1590.

148 Aneja R, et al. Theaflavin, a black tea extract, is a novel anti-inflammatory compound. Crit Care Med 2004; 32(10): 2097–2103.

149 Kelley GL, et al. High dietary fructose induces a hepatic stress response resulting in cholesterol and lipid dysregulation. Endocrinology 2004; 145(2): 548–555.

150 Lai CQ, et al. Dietary intake of n-6 fatty acids modulates effects of apolipoprotein A5 gene on plasma fasting triglycerides, remnant lipoprotein concentrations, and the lipoprotein particle size. The Framingham Heart Study. Circulation 2006; 113: 2062–2070.

151 Estruch R, et al. Effects of a Mediterranean-style diet on cardiovascular risk factors: A randomized trial. Ann Int Med 2006; 145: 1–11.

152 Gibney M. Lipogene: An integrated project of the EU Sixth Framework Programme for Research and Technology Development (2004–2009). Available at www.ucd.ie/lipogene.

153 *Nutrigenetics and Nutrigenomics*. Simopoulis AP, et al (eds). 2004 Vol. 93. Karger, Basel, Switzerland.

154 Chodorowski Z, et al. Longevity of physicians and medical students born from 1880 to 1904 Przegl Lek 2003; 60(4): 249–250.

155 Sri Kantha S. Centenarian scientists: an unusual cluster newly formed in the 20th century. Med Hypothesis 2001; 57(6): 750–753.

156 Nishi M, et al. Lifespan of Japanese male medical doctors. J Epidemiol 1999; 9(5): 315–319.

157 Tai YT, et al. Adverse effects from traditional Chinese medicine: A critical reappraisal. J Hong Kong Med Assoc. 1993 pt; 45(3): 197–201.

158 Keen RW, et al. Indian herbal remedies for diabetes as cause of lead poisoning. Postgrad Med J 1994; 70: 113–114.

159 Nortier JL, et al. Urothelial carcinoma associated with the use of Chinese herb (Aristolochia Fangchi). NEJM 2000 Jun; 342(23): 1686–1892.

160 Ospina MB, et al. Meditation practices for health: State of the research. Evid Rep Technol Assess (Full Rep). 2007 Jun; (155): 1–263.

161 Wild S, et al. Global prevalence of diabetes. Diabetes May 2004; 27(5): 1047–1053.

162 www.who.int/chp/chronic_disease_report/en.

163 *USA Today* 1/9/07 Page 1.

164 Palinski W, et al. Developmental programming: Maternal hypercholesterolemia and immunity influence susceptibility to atherosclerosis. Nutr Rev Dec 2007(11); 65(12): S182–S187.

165 Romero R, et al. Inflammation in pregnancy: Its roles in reproductive physiology, obstetrical complications and fetal injury. Nutr Rev Dec 2007 (11); 65(12): S194–S202.

166 Insall W Jr,, et al. The fatty acids of human milk from mothers on diets taken ad libitum. Biochem J 1959; 72: 27–33.
167 Innis SM. Polyunsaturated fatty acids in human milk: An essential role in infant development. Adv Exp Med Biol 2004; 554: 27–43.
168 Innis SM. Human milk and formula fatty acids. J Pediatr 1992; 120(42): 56–61.
169 Kennedy ET, et al. Popular diets: Correlation to health, nutrition and obesity. J Am diet Assoc. 2001; 101: 411–420.
170 Andersen RE, et al. Effects of lifestyle activity versus structured aerobic exercise in obese women. JAMA 1999; 281: 335–340.
171 Hu FB, et al. Television watching and other sedentary behavior in relation to risk of obesity and type 2 diabetes mellitus in women. JAMA 2003 Apr 9; 289(14): 1785-91.
172 Howard RA, et al. Physical activity, sedentary behavior, and the risk of colon and rectal cancer in the NIH-AARP Diet and Health Study. Cancer Causes Control 2008 Nov;19(9):939-53.
173 Podewils LJ, et al. Physical activity, APOE genotype, and dementia risk; findings from the Cardiovascular Health Cognition Study. Am J Epidemiol. 2005 April; 161(7): 639-51.
174 Lee IM, et al. Physical activity and coronary heart disease in women: is "no pain, no gain" passé? JAMA 2001 Mar 21; 285(11): 1447-54.
175 Lee CD, et al. Physical activity and stroke risk: a meta-analysis. Stroke 2003 Oct;34(10): 2475-81.
176 Hooker SP, et al. Cardiorespiratory fitness as a predictor of fatal and nonfatal stroke in asymptomatic women and men. Stroke 2008 Aug [Epub ahead of print].
177 Nelson ME, et al. Effects of high-intensity strength training on multiple risk factors for osteoporotic fractures. A randomized controlled trial. JAMA 1994 Dec 28; 272(24): 1909-14.
178 Manini T, et al. Daily activity energy expenditure and mortality among older adults. JAMA 2006; 296: 171–179.
179 Shephard RJ, et al. Maximal oxygen uptake and independence in old age. Br J Sports Med 2008 April [Epub ahead of print].
180 Ford ES. Does exercise reduce inflammation? Physical activity and C-reactive protein among US adults. Epidemiology 2002; 13: 561–568.
181 Taaffe DR, et al. Cross-sectional and prospective relationships of interleukin-6 and C-reactive protein with physical performance in elderly persons: MacArthur studies of successful aging. J Gerontol A Biol Sci Med Sci 2000; 55: M709–M715.
182 Colbert LH, et al. Physical activity, exercise, and inflammatory markers in older adults: Findings from the Health, Aging and Body Composition Study. J Am Geriatr Soc 2004; 52: 1098–1104.
183 Benbrook C, et al. New evidence confirms the nutritional superiority of plant-based organic foods. 2008 Mar; www.organic-center.org.
184 Seo M, et al. Enhancing effect of chlorinated organic solvents on histamine release and inflammatory mediator production. Toxicology 2008 Jan 14; 243(1–2): 75–83.
185 Gao X, et al. Plasma C-reactive protein and homocysteine concentrations are related to frequent fruit and vegetable intake in Hispanic and non-Hispanic white elders. J Nutr 2004 Apr; 134(4): 913–918.
186 Osganian SK, et al. Vitamin C and the risk of coronary heart disease in women. J Am Coll Ccardiol 2003; 42(2): 246–252.
187 Spiegel K, et al. Brief communication: Sleep curtailment in healthy young men is associated with decreased leptin levels, elevated ghrelin levels, and increased hunger and appetite. Ann Intern Med. 2004 Dec 7; 141(11): 846–850.
188 Hublin C, et al. Sleep and mortality: A population-based 22-year follow-up study. Sleep 2007; 30: 1245–1253.
189 Belenky G, et al. Patterns of performance degradation and restoration during sleep restriction

and subsequent recovery: A sleep dose-response study. J Sleep Res 2003; 12: 1–12.
190 Van Dongen HP, et al. The cumulative cost of additional wakefulness: Dose-response effects on neurobehavioral functions and sleep physiology from chronic sleep restriction and total sleep deprivation. Sleep 2003; 26: 117–126.
191 Van Cauter E, et al. Roles of circadian rhythmicity and sleep in human glucose regulation. Endocrinology Reviews 1997; 18: 716–738.
192 Schibler U. Circadian time keeping: The daily ups and downs of genes, cells and organisms. Prog Brain Res 2006; 153: 271–282.
193 Motivala SJ, et al. Sleep and immunity: cytokine pathways linking sleep and health outcomes. Curr Dir Psychol Sci 2007; 16: 21–26.
194 Vgontzas AN, et al. Adverse effects of modest sleep restriction on sleepiness, performance and inflammatory cytokines. J Clin Endocrinol Metab 2004; 89: 2119–2126.
195 Irvin MR, et al. Sleep deprivation and activation of morning levels of cellular and genomic markers of inflammation. Arch Intern Med 2006; 166: 1756–1762.
196 Meier-Ewert HK, et al. Effect of sleep loss on C-reactive protein, an inflammatory marker of cardiovascular risk. J Am Coll Cardiol 2004; 43: 678–683.
197 Shamsuzzaman AS, et al. Elevated C-reactive protein in patients with obstructive sleep apnea. Circulation 2002; 105: 2462–2464.
198 Gangwisch JE, et al. Inadequate sleep as a risk factor for obesity: Analysis of NHANES 1. Sleep 2005; 28: 1289–1296.
199 Tamakoshi A, et al. Self-reported sleep duration as a predictor of all-cause mortality: Results from the JACC study, Japan. Sleep 2004; 27: 51–54.
200 Dominici F, et al. Fine particulate air pollution and hospital admission for cardiovascular and respiratory diseases. JAMA 2006; 295: 1127–1134.
201 Lynch DJ. Pollution poisons China's progress. *USA Today*, July 4, 2005.
202 www.cbsnews.com/stories/2008/03/10/health/main3920454.shtml.
203 *USA Today*, April 22, 2008.
204 Perez-de-Albeniz. Int J Psychotherapy March 2000; 5(1): 49–59.
205 Ospina MB, et al. Meditation Practices for Health: State of the Research Evidence Report/Technological Assessment No. 155. (Prepared by the University of Alberta Evidence-based Practice Center under Contract No. 290-02-0023.) AHRQ Publication No. 07-E010. Rockville, MD: Agency for Healthcare Research and Quality. June 2007.
206 Diaz JR, et al. Micronutrient deficiencies in developing and affluent countries. Eur J Clin Nutr 2003; 57 Suppl 1: S70–S72.
207 Mandelbaum-Schmid J. Vitamin and mineral deficiencies harm one-third of the world's population, says new report. Bull World Health Organ 2004; 82(3): 230–231.
208 Black R. Micronutrient deficiency—An underlying cause of morbidity and mortality. Bull World Health Organ 2003; 81(2): 79.
209 Macfarlane GD, et al. Hypovitaminosis D in a normal, apparently healthy urban European population. J Steroid Biochem Mol Biol 2004; 89–90(1–5): 621–622.
210 Fraser DR. Vitamin D deficiency in Asia. J Steroid Biochem Mol Biol 2004; 89–90(1–5): 491–495.
211 Nesby-O'Dell S, et al. Hypovitaminosis D prevalence and determinants among African-American and white women of reproductive age: Third National Health and Nutrition Examination Survey, 1988 to 1994. Am J Clin Nutr 2002; 76(1): 187–192.
212 Diaz JR, et al. Micronutrient deficiencies in developing and affluent countries. Eur J Clin Nutr 2003; 57 Suppl 1: S70–S72.
213 Stephenson LS, et al. Global malnutrition. Parisitology 2000; 121 Suppl: S5–S22.
214 Ge KY, et al. Dietary intake of some essential micronutrients in China. Biomed Environ Sci 2001; 14(4): 318–324.
215 Ramakrishnan U. Prevalence of micronutrient malnutrition worldwide. Nutr Rev 2002;60(5

Pt 2): S46-52.
216 Lewis SM, et al. Assessment of antioxidant nutrient intake of a population of southern US African-American and Caucasian women of various ages when compared to dietary reference intakes. J Nutr Health Aging 2003; 7(2): 121–128.
217 Ervin RB, et al. Mineral intakes of elderly adult supplement and non-supplement users in the third national health and nutrition examination survey. J Nutr 2002; 132(11): 3422–3427.
218 Matsumura Y. Nutrition trends in Japan. Asia Pac J Clin Nutr 2001; 10 Suppl: S40–S47.
219 Bates CJ, et al. Micronutrients: highlights and research challenges from the 1994–5 National Diet and Nutrition Survey of people aged 65 years and over. Br J Nutr 1999; 82(1): 7–15.
220 Ames BN, et al. Are vitamin and mineral deficiencies a major cancer risk? Nat Rev Cancer 2002; 2(9): 694–704.
221 Hampl JS, et al. Vitamins C deficiency and depletion in the United States: The Third National Health and Nutrition Examination Survey, 1988–1994. Am J Public Health 2004; 94(5): 870–875.
222 Fletcher RH, et al. Vitamins for chronic disease prevention in adults. JAMA 2002; 287: 3127–3129.
223 Radimer K, et al. Dietary supplement use by US adults: Data from the National Health and Nutrition Examination Survey, 1999–2000. Am J Epiemiol 2004; 160(4): 339–349.
224 Ervin RB, et al. Prevalence of leading types of dietary supplements used in the Third National Health and Nutrition Examination Survey, 1988–94. Adv Data 2004; (349): 1–7.
225 Hensrud, D, et al. Underreporting the use of dietary supplements and nonprescription medications among patients undergoing a periodic health examination. Mayo Clin Proc 1999; 74: 443–447.
226 Beitz R, et al. Use of vitamin and mineral supplements in Germany. Bundesgesundheitsblatt Gesundheitsforschung Gesundheitsschutz 2004; 47(11): 1057–1065.
227 Kim SH, et al. Use of vitamins, minerals, and other dietary supplements by 17- and 18-year-old students in Korea. J Med Food 2003; 6(1): 27–42.
228 Knudsen VK, et al. Use of dietary supplements in Denmark is associated with health and former smoking. Public Health Nutr. 2002; 5(3): 463–468.
229 Troppmann L, et al. Natural health product use in Canada. Can J Public Health 2002; 93(6): 426–430.
230 Horwath CC, et al. Dietary supplement use in a randomly selected group of elderly Australians. Results from a large nutrition and health survey. J Am Geriatr Soc 1989; 37(8): 689–696.
231 Chan K. Some aspects of toxic contamination in herbal medicines. Chemosphere 2003; 52(9): 1361.
232 Antioxidant supplements for prevention of gastrointestinal cancers: A systematic review and meta-analysis. Lancet 2004; 364: 1219–1228.
233 The HOPE and HOPE-TOO Trial Investigators. Effects of long-term vitamin E supplementation on cardiovascular events and cancer. JAMA 2005; 293: 1338–1347.
234 Bonaa KH, et al. Norvit Trial Investigators. Homocysteine lowering and cardiovascular events after myocardial infarction. NEJM April 13, 2006; 354(15): 1578–1588.
235 Loscalzo J. Homocysteine trials: Clear outcomes for complex reasons. NEJM April 13, 2006; 354(15): 1629–1632.
236 Chambers JC, et al. Plasma homocysteine concentrations and the risk of coronary heart disease in UK Indian Asian and European men. Lancet 200; 355: 523–527.
237 Ferguson LR. Dissecting the nutrigenomics, diabetes, and gastrointestinal disease interface: From risk assessment to health intervention. OMICS 2008 Aug 19 [Epub ahead of print.]
238 Winichagoon P. Limitations and resolutions for dietary assessments of micronutrient intake. Asia Pac J Clin Nutr 2008; 17 Suppl 1: 296–298.
239 Ames, BN. DNA damage from micronutrient deficiencies is likely to be a major cause of can-

cer. Mutat Res 2001 Apr 18; 475(1–2): 7–20.
240 Giovannucci E. Tomatoes, tomato-based products, lycopene and cancer: Review of the epidemiological literature. J Natl Cancer Inst 1999 Feb 17: 91(4): 317–331.
241 Aalinkeel R, et al. The dietary bioflavenoid quercetin selectively induces apoptosis in prostate cancer cells by down-regulating the expression of heat shock protein 90. Prostate 2008 Aug 25 [Epub ahead of print].
242 Rossebo AB, et al. N Engl J Med 2008 Sept 25; 359(13): 1343–1356.
243 Dietary Supplements Cause 600 'Adverse Events'. *USA Today* Sept 23 2008.
244 Newman DJ, et al. Natural products as sources of new drugs over the period of 1981–2002. J Nat Prod 2003; 66: 1022.
245 Newman DJ, et al. Natural products as sources of new drugs over the last 25 years. J Nat Prod 2007; 70: 461.
246 Dove A. Drug screening–Beyond the bottleneck. Nat Biotechnol 1999; 17(9): 859.
247 Saper, RB, et al. Heavy metal content of Ayurvedic herbal medicine products. JAMA 2004 Dec 15; 292(23): 2868–2873.
248 Yoong JKC. Heavy-metal meals of mercury. NEJM Jan 19, 2006; 354: e3.
249 Khandpur S, et al. Chronic arsenic toxicity from Ayurvedic medicines. Int J Dermatol 2008 Jun; 47(6): 618–621.
250 Church TS, et al. Reduction of C-reactive protein levels through use of a multivitamin. Am J Med 2003; 115(9): 702–707.
251 French AE, et al. Folic acid fortification is associated with a decline in neuroblastoma. Clin Pharmacol Ther 2003 Sep; 74(3): 288–294.
252 Koren G. Fam Prac News. July 1, 2006:39.
253 Ames BN. DNA damage from micronutrient deficiencies is likely to be a major cause of cancer. Mutat Res 2001 Apr 18; 475(1–2): 7–20.
254 Prisco D, et al. Effect of medium-term supplementation with a moderate dose of n-3 polyunsaturated fatty acids on blood pressure in mild hypertensive patients. Thromb Res 1998; 1(3): 105–112.
255 Storlien LH, et al. Fatty acids, triglycerides and syndromes of insulin resistance. Prostaglandins Leukot Essen Fatty Acids 1997 Oct; 57(4–5): 379–385.
256 Lopez-Garcia E, et al. Consumption of (n-3) fatty acids is related to plasma biomarker of inflammation and endothelial activation in women. J Nutr 2004; 134(7): 1806–1811.
257 Bucher HC, et al. N-3 polyunsaturated fatty acids in coronary heart disease: A meta-analysis of randomized controlled trials. Am J Med 2002; 112: 298–304.
258 Morris MC, et al. Consumption of fish and n-3 fatty acids and risk of incident Alzheimer disease. Arch Neurol 2003 Jul; 60(7): 940–946.
259 Sampath H, et al. Polyunsaturated fatty acid regulation of gene expression. Nutr Rev 2004 Sep; 62(9): 333–339.
260 Corton JC, et al. Peroxisome proliferator-activated receptor gamma coactivator 1 in caloric restriction and other models of longevity. J Gerontol A Biol Sci Med Sci 2005; 60: 1494–1509.
261 Forman BM, et al. Hypolipidemic drugs, polyunsaturated fatty acids, and eicosanoids are ligands for peroxisome proliferators-activated receptors alpha and delta. Proc Natl Acad Sci USA 1997; 94: 4312–4317.
262 Ulrike B, et al. Fatty acids and gene expression. In: Zempleni J, Daniel H, eds. *Molecular Nutrition*. Cambridge MA: CABI Publishing; 2003: 121–134.
263 Anderson P, et al. Endogenous anti-inflammatory neuropeptides and proresolving lipid mediators: A new therapeutic approach for immune disorders. J Cell Mol Med 2008 June 12 [Epub ahead of print].
264 Hall MN, et al. A 22-year prospective study of fish, N-3 fatty acid intake, and colorectal cancer risk in men. Cancer Epidemiol Biomarkers Prev 2008 May; 17(5): 1136–1143.

265 Edwards IJ, et al. Omega-3 fatty acids and PPAP gamma in cancer. PPAR Res 2008; 2008: 358052.
266 *The Omega Diet.* 1999. HarperCollins Publishers Inc., 10 East Third St, New York, NY.
267 Teegarden D. Calcium intake and reduction in weight or fat mass. J Nutr 2003 Jan; 133(1): 249S–251S.
268 http://ods.od.nih.gov/factssheets/calcium.asp. Accessed August 7, 2005.
269 Slattery M, et al. Lifestyle and colon cancer: An assessment of factors associated with risk. Am J Epidemiol 1999; 150: 869–877.
270 Kampman E, et al. Calcium, vitamin D, sunshine exposure, dairy products and colon cancer risk. Cancer Causes Control 2000; 11: 459–466.
271 Biasco G, et al. European trials on dietary supplementation for cancer prevention. Ann N Y Acad Sci 1999; 8889: 152–156.
272 Cunnane SC, et al. High alpha-linolenic aacid flaxseed (Linum usitastissimum): Some nutritional properties in humans. Br J Nutr 1993; 69: 443–453.
273 Homocysteine Lowering Trialists' Collaboration. Lowering blood homocysteine with folic acid based supplements: Meta-analysis of randomized trials. BMJ 1998; 316: 894–898.
274 Giovannucci E, et al. Multivitamin use, folate, and colon cancer in women in the Nurse's Health Study. Ann Intern Med 1998; 129(7): 517–524.
275 Shirodaria C, et al. Global improvement of vascular function and redox state with low dose folic acid. Circulation 2007; 115: 2262–2270.
276 de Bree A, et al. Folic acid improves vascular reactivity in humans: A meta-analysis of randomized controlled trials. Am J Clin Nutr 2007 Sept; 83(3): 610–617.
277 Martins D, et al. Prevalence of cardiovascular risk factors and the serum levels of 25-hydroxyvitamin D in the United States–Data from the Third National Health and nutrition Examination Survey. Arch Int Med 2007; 167: 1159–1165.
278 Schauber J, et al. The vitamin D pathway: A new target for the control of the skin's immune response? Exp Dermatol 2008 Jun 18 [Epub ahead of print].
279 Ingraham BA, et al. Curr Med Res Opin 2008 Jan; 24(1): 139–149.
280 Krishnan AV, et al. Calcitrol as a chemoprotective and therapeutic agent in prostate cancer: Role of anti-inflammatory activity. J Miner Res 2007 Dec 22 Suppl 2: v74–80.
281 Dobnig H, et al. Independent association of low serum 25-hydroxyvitamin D and 1,25 dihydroxyvitamin D levels with all-cause and cardiovascular mortality. Arch Intern Med 2008 Jun 23; 168(12): 1340–1349.
282 Melamed ML, et al. 25-hydroxyvitamin D levels and the risk of mortality in the general population. Arch Intern Med 2008 Aug 11; 168(15): 1629–1637.
283 Rabinovitz H, et al. Blood glucose and lipid levels following chromium supplementation in diabetic elderly patients on rehabilitation program. Program Abstracts, 53rd Annual Scientific Meeting. Gerontological Society of America. Gerontologist 2000; 40: 38.
284 Anderson RA, et al. Elevated intakes of supplemental chromium improve glucose and insulin variables in individuals with Type II diabetes. Diabetes 1997; 46: 1786–1791.
285 Ludwig DS, et al. Dietary fiber, weight gain, and cardiovascular disease risk in young adults. JAMA 1999 Oct 27; 282(16): 1539–1546.
286 Jensen MK, et al. Intakes of whole grains, bran, and germ and the risk of coronary heart disease in men. Am J Clin Nutr 2004 Dec; 80(6): 1492–1499.
287 Lopez-Ridaura R, et al. Magnesium intake and risk of type 2 diabetes in men and women. Diabetes Care 2004 Jan; 27(1): 134–140.
288 Rayssigquier Y, et al. High fructose consumption combined with low dietary magnesium intake may increase the incidence of the metabolic syndrome by inducing inflammation. Magnes Res 2006 Dec; 19(4): 237–243.
289 Soja AM, et al. Treatment of congestive heart failure with coenzyme Q10 illuminated by meta-analysis of clinical trials. Mol Aspects Med 1997; 18: S159–S168.

290 Singh RB, et al. Effect of hydrosoluble coenzyme Q10 on blood pressures and insulin resistance in hypertensive patients with coronary artery disease. J Hum Hypertens 1999; 13: 203–208.
291 Burke BE, et al. Randomized, double-blind, placebo-controlled trial of coenzyme Q10 in isolated systolic hypertension. South Med J 2001; 94: 1112–1117.
292 Shults CW, et al. Effects of coenzyme Q10 in early Parkinson's disease: Evidence of slowing the functional decline. Arch Neurol 2002; 59: 1541–1550.
293 Fuller B, et al. Anti-inflammatory effects of CoQ10 and colorless carotenoids. J Cosmet Dermatol 2006 Mar; 5(1): 30–38.
294 Lonn E, et al. Effects of long-term vitamin E supplementation on cardiovascular events and cancer: A randomized controlled trial. JAMA Mar 16, 2005; 293(11): 1338–1347.
295 Schutte AE, et al. Cardiovascular effects of oral supplementation of vitamin C, E and folic acid in young healthy males. Int J Vitam Nutr Res 2004 Jul;74(4):285-95
296 Singh U, et al. Vitamin E, oxidative stress, and inflammation. Annu Rev Nutr 2005; 25: 151–174.
297 Wu D, et al. Age-associated increase in PGE2 synthesis and COX activity in murine macrophages is reversed by vitamin E. Am J Physiol 1998; 275(3pt1): c661–c668.
298 Chan JM, et al. Supplemental vitamin E intake and prostate cancer risk in a large cohort of men in the United States. Cancer Epidemiol Biomarkers Prev 1999; 8: 893–899.
299 Pelucchi C, et al. Dietary intake of selected micronutrients and gastric cancer risk: An Italian case-controlled study. Ann Oncol Jul 31, 2008 [Epub ahead of print].
300 Masaki KH, et al. Association of vitamin E and C supplement use with cognitive function and dementia in elderly men. Neurology 2000; 54: 1265–1272.
301 Ravaglia G, et al. Effect of micronutrient status on natural killer cell immune function in healthy free-living subjects aged >/= 90y. Am J Clin Nutr 2000; 71: 590–598.
302 Lu QY, et al. Inverse associations between plasma lycopene and prostate cancer. Cancer Epidemiol Biomarkers Prev 2001; 10: 749–756.
303 Michaud DS, et al. Intake of specific carotenoids and risk of lung cancer in 2 prospective US cohorts. Am J Clin Nutr 2000; 72: 990–997.
304 Giovannucci E. Tomatoes, tomato-based products, lycopene and cancer: Review of the epidemiological literature. J Natl Cancer Inst Feb 17, 1999; 91(4): 317–331.
305 Kritchevsky SB, et al. Serum carotinoids and markers of inflammation among non-smokers. Am J Epidemiol Dec 1, 2000; 152(11): 1065–1071.
306 Imai K, et al. Cross-sectional study of effects of drinking green tea on cardiovascular and liver diseases. BMJ 1995; 310: 693–696.
307 Inoue M, et al. Regular consumption of green tea and the risk of breast cancer recurrence: Follow-up study from the Hospital-based Epidemiologic Research Program at Aichi Cancer Center (HERPACC), Japan Cancer Lett 2001; 167: 175–182.
308 Bushman JL. Green tea and cancer in humans: A review of the literature. Nutr Cancer 1998; 31(3): 151–159.
309 Nemecz G. Green tea. *US Pharmacist*, May 2000: 67–70.
310 Ross GW, et al. Association of coffee and caffeine intake with the risk of Parkinson's disease. JAMA 2000; 238: 2674–2679.
311 Pan T, et al. Potential therapeutic properties of green tea polyphenols in Parkinson's disease. Drugs Aging 2003; 20(10): 711–721.
312 Dai Q, et al. Fruit and vegetable juices and Alzheimer's disease. The Kame Project Am J Med Sep 2006; 119(9): 751–759.
313 Commenges D, et al. Intake of flavonoids and risk of dementia. Eur J Epidemiol Apr 2000; 16(4): 357–363.
314 Bastianetto S, et al. Neuroprotective effects of green and black teas and their catechin gallate esters against beta-amyloid-induced toxicity. Eur J Neurosci Jan 2006; 23(1): 55–64.

315 Choi YT, et al. The green tea polyphenols (-)-epigallocatechin gallate attenuates beta-amyloid-induced neurotoxicity in cultured hippocampal neurons. Life Sci Dec 21, 2001; 70(5): 603–614.

316 Ono K, et al. Potent anti-amyloidogenic and fibril-destabilizing effects of polyphenols in vitro. Implications for the prevention and therapeutics of Alzheimer's disease. J Neurochem Oct 2003; 87(1): 172–181.

317 Riviere C, et al. Inhibitory activity of stilbenes on Alzheimer's beta-amyloid fibrils in vitro. Bioorg Med Chem Jan 15, 2007; 15(2): 1160–1167.

318 Hsu S, et al. Chemoprotective effects of green tea polyphenols correlate with reversible induction of p57 expression. Anticancer Res 2001; 21: 3743.

319 Hsu S, et al. Green tea polyphenol targets the mitochondria in tumor cells inducing caspase 3-dependant aptosis. Anticancer Res 2003; 23: 1533.

320 Ahmed S, et al. Green tea polyphenol epigallocatechin-3-gallate (EGCG) differentially inhibits interleukin-1 beta-induced expression of matrix metalloproteinase-1 and -13 in human chondrocytes. J Pharmacol Exp Ther 2004; 308: 767.

321 Tedeschi E, et al. Green tea inhibits human inducible nitric-oxide synthase expression by down-regulating signal transducer and activator of transcription-1 alpha activator. Mol Pharmacol 2004; 61: 111.

322 Ackermann RT, et al. Garlic shows promise for improving some cardiovascular risk factors. Arch Intern Med 2001; 161: 813–824.

323 Ibid.

324 Key TJ, et al. A case-control study of diet and prostate cancer. Br J Cancer 1997; 76: 678–687.

325 Clark LC, et al. Decreased incidence of prostate cancer with selenium supplementation: Results of a double-blind cancer prevention trial. Br J Urol 1998; 81: 730–734.

326 Rayman MP. The importance of selenium to human health. Lancet 2000; 356: 233–241.

327 Correa P, et al. Chemoprevention of gastric dysplasia: Randomized trial of antioxidant supplements and anti-Heliobacter pylori therapy. J Natl Cancer Inst 2000; 92: 1881–1888.

328 Yokoyama T, et al. Serum vitamin C concentration was inversely associated with subsequent 20-year incidence of stroke in a Japanese rural community: The shibata study. Stroke 2000; 31: 2287–2294.

329 Solonen JT, et al. Antioxidant Supplementation in Atherosclerosis Prevention (ASAP) study: A randomized trial of the effect of vitamin E and vitamin C on the 3-year progression of carotid atherosclerosis. J Intern Med 2000; 248: 377–386.

330 Knekt P, et al. Antioxidant vitamins and coronary heart disease risk: A pooled analysis of 9 cohorts. Am J Clin Nutr 2004 Dec; 80(6): 1508–1520.

331 Pavelka K, et al. Glucosamine sulfate use and delay of progression of knee osteoarthritis: A 3-year, randomized, placebo-controlled, double-blind study. Arch Int Med 2002; 162: 2113–2123.

332 Largo R, et al. Glucosamine inhibits IL-1beta-induced NFKappaB activation in human osteoarthritic chondrocytes. Osteoarthritis Cartilage Apr 2003; 11(4): 290–298.

333 Faith SA, et al. Resveratrol suppresses nuclear factor-kappa B in herpes simplex virus infected cells. Antiviral Res 2006; 72: 242–251.

334 Aviram M, et al. Pomegranate phenolic antioxidant activities protect against cardiovascular disease. In: *Phytochemicals, Aging and Health*. 2008. CRC Press. Meskin MS, Bidlack WR, and Randolph RV. Boca Raton, FL. 135–154.

335 Aviram M, et al. Pomegranate juice consumption for 3 years by patients with carotid artery stenosis reduces common carotid intima-media thickness, blood pressure and LDL oxidation. Clin Nutr 2004: 24, 423.

336 Cole GM, et al. Neuroprotective effects of curcumin. Adv Exp Med Biol. 2007; 595: 197.

337 Al-Omar FA, et al. Immediate and delayed treatments with curcumin prevent fore-brain ischemia-induced neuronal damage and oxidative insult in rat hippocampus. Neurochem

Res 2006; 31: 611.

338 Xu Y, et al. Curcumin reverses impaired hippocampal neurogenesis and increases serotonin receptor 1A mRNA and brain-derived neurotrophic expressor in chronically stressed rats. Brain Res 2007; 116: 9.

339 Panchal H, et al. The antiproliferative and antioxidant curcumin influences gene expression of C6 rat glioma in vitro. Exp Gerontol 2007; 42: 1.

340 Mainster MA. Violet and blue light blocking interocular lenses: Photoprotection versus photoreception. Br J Ophthalmol 2006; 90(6): 784–792.

341 Kim SR, et al. Photooxidation of A2-PE a photoreceptor outer segment fluorophore and protection by lutein and zeaxanthin. Exp Eye Res 2006; 82(5): 828–839.

342 Bastianetto S, et al. The ginkgo biloba extract (EGb 761) protects hippocampal neurons against cell death induced by B-amyloid. Eur J Neurosci Jun 2000; 12(6): 1882–1890.

343 Yao Z, et al. The ginkgo biloba extract EGb 761 rescues the Pc12 neuronal cells from beta-amyloid induced cell death by inhibiting the formation of beta-amyloid-derived diffusible neurotoxic ligands. Brain Res Jan 19, 2001; 889(1–2): 181–190.

344 Stackman RW, et al. Prevention of age-related spatial memory deficits in a transgenic mouse model of Alzheimer's disease by chronic ginkgo biloba treatment. Exp Neurol Nov 2003; 184(1): 510–520.

345 Bischoff SC. Quercetin: Potentials in the prevention and therapy of disease. Curr Opin Clin Nutr Metab Care 2008 Nov; 11(6): 733–740.

346 Aalinkeel R, et al. The dietary bioflavonoid quercetin selectively induces apoptosis in prostate cancer cells by down-regulating the expression of the heat shock protein 90. Prostate Aug 25, 2008 [Epub ahead of print].

347 Acta Ophthalmol Scan 1998; 76: 224–229.

348 Leeuwen R, et al. Dietary intake of antioxidants and risk of age-related macular degeneration JAMA 2005; 294: 3101–3107.

349 Kirsh VA, et al. Supplemental and dietary Vitamin E, beta-carotene and Vitamin C intakes and prostate cancer risk. J Natl Cancer Inst Feb 15, 2006; 98(4): 245–254.

350 Wei EK, et al. Plasma Vitamin B6 and the risk of colorectal cancer and adenoma in women. J Natl Cancer Inst May 4, 2005; 97(9): 684–692.

351 Albert CM, et al. Dietary alpha-linolenic acid intake and the risk of sudden cardiac death and coronary heart disease. Circulation 2005; 112: 3232–3238.

352 Cochrane Database Syst. Rev 2004; 1: CD004526: Cochrane Database Syst. Tev 2001; 1: CD000227.

353 Bischoff-Ferrari HA, et al. Fracture prevention with Vitamin D supplementation: A meta-analysis of randomized controlled trials. JAMA May 11, 2005; 293: 2257–2264.

354 Forman JD. 2006 American Society for Hypertension. *Family Practice News*, July 1, 2006; 14.

355 Pittas AG, et al. The effects of calcium and vitamin D supplementation on blood glucose and markers of inflammation in nondiabetic adults. Diabetes Care Jul 2007; 30(7): e81.

356 Altman RD, et al. Commentary: Osteoarthritis of the knee and glucosamine. Osteoarthritis cartilage Jul 17, 2006: Epub.

357 Largo R, et al. Glucosamine inhibits IL-1beta-induced NFkappaB activation in human osteoarthritic chondrocytes. Osteoarthritis Cartilage Apr 2003; 11(4): 290–298.

358 Shults CW, et al. Effects of coenzyme Q10 in early Parkinson's disease: Evidence of slowing the functional decline. Arch Neurol 2002; 59: 1541–1550.

359 Patter GR, et al. Chromium picolinate positively influences the glucose transporter system via affecting cholesterol homeostasis in adipocytes cultured under hyperglycemic diabetic conditions. Mutat Res Jul 24, 2006; Epub.

360 Braunwald E, et al. Cardiovascular medicine at the turn of the millennium: Triumphs, concerns and opportunities. NEJM 1997; 337: 1360–1369.

361 Acton RT, et al. Genetics and cardiovascular disease. Ethn Dis 2004 Autumn; 14(4): S2-8-16.

362 Panagiotakos DB, et al. An integrated assessment of family history on the risk of developing acute coronary syndromes (CARDIO 2000 Study) Acta Cardiol Aug 2004; 59(4): 383–390.
363 Michos ED, et al. Relation of family history of premature coronary heart disease and metabolic risk factors to risk of coronary arterial calcium in asymptomatic subjects. Am J Cardiol Mar 1, 2005; 95(5): 655–657.
364 Murabito J, et al. Sibling cardiovascular disease as a risk factor for cardiovascular disease in middle-aged adults. JAMA 2005; 294: 3117–3123.
365 Kornman KS, et al. Candidate genes as potential links between periodontal and cardiovascular diseases. Ann Periodontol 2001; 648–657.
366 Resnick HE, et al. Prevalence and clinical implications of American Diabetes Association-defined diabetes and other categories of glucose dysregulation in older adults. J Clin Epidemiol 2001; 54: 869–876.
367 Beckman JA, et al. Diabetes and Atherosclerosis-Epidemiology, Pathophysiology, and Management. JAMA 2002; 287(19): 2570–2581.
368 US Office on Smoking and Health. The Health Consequences of Smoking: Cardiovascular Diseases: A Report of the Surgeon General. Washington DC: US Government Printing Office; 1989: 179–203.
369 Wald NJ, et al. Prospective study of effect of switching from cigarettes to pipes or cigars on mortality from three smoking-related diseases. BMJ 1997; 314: 1860–1863.
370 Jacobs EJ, et al. American Cancer Society, Atlanta. Cigar smoking and death from coronary heart disease in a prospective study of US men. Arch Intern Med November 8, 1999; 159: 2413–2418.
371 Howard G, et al. Cigarette smoking and progression of atherosclerosis—The Atherosclerosis Risk in Communities (ARIC) Study. JAMA 1998; 279(2): 119–124.
372 Mittleman MA, et al. Triggering myocardial infarction by marijuana. Circulation 2001; 103: 2805–2809.
373 Otsuka R, et al. Acute effects of passive smoking on the coronary circulation in healthy young adults. JAMA 2001; 286(4): 436–441.
374 Ezzati M, et al. Role of smoking in global and regional cardiovascular mortality. Circ 2005; 112: 489–497.
375 www.who.int/tobacco/health_priority/en/index.html.
376 Wells AJ. Passive smoking as a cause of heart disease. J Am Coll Cardiol 1994; 24: 546–554.
377 DiFranza JR, et al. Effect of maternal cigarette smoking on pregnancy complications and sudden infant death syndrome. J Fam Pract 1995; 40: 385–394.
378 Bero LA, et al. Sponsored symposia on environmental tobacco smoke. JAMA 1994; 271: 612–617.
379 Barnes DE, et al. Why review articles on the health effects of passive smoking reach different conclusions. JAMA 1998; 279: 1566–1570.
380 US Environmental Protection Agency. Respiratory Health Effects of Passive Smoking: Lung Cancer and Other Disorders. Washington DC: US Environmental Protection Agency; 1992.
381 US Department of Health and Human Services. The Health Consequences of Involuntary Smoking: A Report of the Surgeon General. Rockville, Maryland: US Public Health Service; 1986.
382 National Academy of Sciences. Environmental Tobacco Smoke: Measuring Exposures and Assessing Health Effects. Washington DC: National Academy Press; 1986.
383 Barnoya J, et al. Cardiovascular effects of secondhand smoking. Circ 2005; 111: 2684–2698.
384 *USA Today* June 6, 2006.
385 Fichenberg CM, et al. Association of the California Tobacco Control Program with declines in cigarette consumption and mortality from heart disease. N Engl J Med 2000; 343(24): 1772–1777.
386 Chobanian AV, et al. The seventh report of the joint national committee on prevention, detec-

tion, evaluation, and treatment of high blood pressure. The JNC 7 report. JAMA 2003; 289(19): 2560–2572.
387 Eastern Stroke and Coronary Heart Disease Collaborative Research Group. Blood pressure, cholesterol, and stroke in eastern Asia. Lancet 1998; 352: 1801–1807.
388 Vongpatanasin W, et al. C-reactive protein causes down-regulation of vascular angiotensin subtype 2 receptors and systolic hypertension in mice. Circulation 2007; 115: 1020–1028.
389 Savoia C, et al. Reduction of C-reactive protein and the use of anti-hypertensives. Vasc Health Risk manag 2007; 3(6): 975–983.
390 Chobanian AV, et al. The seventh report of the joint national committee on prevention, detection, evaluation, and treatment of high blood pressure. The JNC 7 report. JAMA 2003; 289(19): 2560–2572.
391 Berlin JA, et al. A meta-analysis of physical activity in the prevention of coronary heart disease. Am J Epidemiol 1990; 132: 612–628.
392 Sesso HD, et al. Physical activity and coronary heart disease in man—The Harvard Alumni Health Study. Circulation 2000; 102: 975–980.
393 Lee I-M, et al. Physical activity and coronary heart disease in women. JAMA 2001; 285(11): 1447–1454.
394 Tanasescu M, et al. Exercise type and intensity in relation to coronary heart disease in men. JAMA 2002; 288: 1994–2000.
395 Manson JE, et al. Walking compared with vigorous exercise for the prevention of cardiovascular events in women. N Engl J Med 2002; 347: 716–725.
396 Andersen RE, et al. Effects of lifestyle activity versus structured aerobic exercise in obese women. JAMA 1999; 281: 335–340.
397 Dunn AL, et al. Comparison of lifestyle and structured interventions to increase physical activity and cardiorespiratory fitness. JAMA 1999; 281: 327–334.
398 Volk B, et al. Consultant May 2006. www.consultantlive.com.
399 Irwin ML, et al. Effects of exercise on total and intra-abdominal body fat in postmenopausal women. JAMA 2003; 289: 323–330.
400 Hu FB, et al. Walking compared with vigorous physical activity and risk of Type II diabetes in women. JAMA 1999; 282: 1433–1439.
401 Boule NG, et al. Effects of exercise on glycemic control and body mass in Type II diabetes mellitus. JAMA 2001; 286: 1218–1227.
402 Eur Heart J 2003; 24: 1473–1480.
403 Manson JE, et al. Body weight and mortality among women. N Engl J Med 1995; 333: 677–685
404 Rimm EB, et al. Body size and fat distribution as predictors of coronary heart disease among middle-aged and older US men. Am J Epidemiol 1995; 141: 1117–1127.
405 Al Suwaidi J, et al. Association between obesity and coronary atherosclerosis and vascular remodeling. Am J of Cardiol 2001; 88: 1300–1303.
406 Yan LL, et al. Midlife body mass index and hospitalization and mortality in older age. JAMA 2006; 295: 190–198.
407 Wei M, et al. Relationship between low cardiorespiratory fitness and mortality in normal-weight, overweight and obese men. JAMA 1999; 282(16): 1547–1553.
408 Levine GN, et al. Cholesterol reduction in cardiovascular disease. Clinical benefits and possible mechanisms. N Engl J Med 1995; 332: 512–521.
409 Scandinavian Simvastatin Survival Study Group. Randomized trial of cholesterol lowering the and 4444 patients with coronary heart disease: the Scandinavian Simvastatin Survival Study (4S). Lancet 1994; 344: 1383–1389.
410 Sheperd J, et al. Presentation of coronary heart disease with pravastatin in men with hypercholesterolemia. N Engl J Med 1995; 333: 1301–1307.
411 White CW, et al. Effect of an aggressive lipid-lowering strategy on progression of atherosclerosis in the left main coronary artery from patients in the post coronary artery bypass graft

trial. Circulation 2001; 104: 2660–2665.
412 Expert Panel on Detection, Evaluation, and Treatment of High Blood Cholesterol in Adults. The Executive Summary of the Third Report of the National Cholesterol Education Program (NCEP) Expert Panel on Detection, Evaluation, and Treatment of High Blood Cholesterol in Adults (Adult Treatment Panel III). JAMA 2001; 285: 2486–2497.
413 Pischon T, et al. Non-high-density lipoprotein cholesterol and apolipoprotein B in the prediction of coronary heart disease in men. Circulation 2005; 112: 3375–3383.
414 Genest J, et al. Lipoprotein cholesterol, apolipoprotein A-1 and B and lipoprotein (a) abnormalities in men with premature coronary artery disease. J Am Coll Cardiol 1992; 19: 792–802.
415 Estruch R, et al. Effects of the Mediterranean-style diet on cardiovascular risk factors: A randomized trial. Ann Intern Med 2006; 145: 1–11.
416 Mozaffarian D, et al. Medical progress: Trans fatty acids and cardiovascular disease. NEJM April 2006; 354(15): 1601–1613.
417 Sun Q, et al. A prospective study of trans fatty acids in erythrocytes and risk of coronary artery disease. Circulation 2007;115: 1858–1865.
418 Lai CQ, et al. Dietary intake of n-6 fatty acids modulates effect of apolipoprotein A5 gene on plasma fasting triglycerides, remnant lipoprotein concentrations, and lipoprotein particle size. The Framingham Heart Study. Circulation 2006; 113: 2062–2070.
419 Sachs FM, et al. Effects on blood pressure of reduced dietary sodium and the dietary approaches to stop hypertension (DASH) diet. NEJM 2001; 344: 3–10.
420 Appel L, et al. Effects of protein, monounsaturated fat, and carbohydrate intake on blood pressure and serum lipids. JAMA 2005; 294: 2455–2464.
421 Howard BV, et al. Low-fat dietary pattern and risk of cardiovascular disease. JAMA 2006; 295: 655–666.
422 Rissanen TH, et al. Low intake of fruits, berries and vegetables is associated with excess mortality in man: The Kuopio Ischemic Heart Disease Risk Factor (KIHD) study. J Nutr 2003; 133(1): 199–204.
423 Pereira MA, et al. Dietary fiber and risk of coronary heart disease: A pooled analysis of cohort studies. Arch Int Med 2004; 164(4): 370–376.
424 Tucker KL, et al. The combination of high fruit and vegetable and low saturated fat intakes is more protective against mortality in aging men than is either alone: The Baltimore Longitudinal Study of Aging J Nutr 2005; 135(3): 556–561.
425 Lock K, et al. The global burden of disease attributable to low consumption of fruits and vegetables: The implications for the global strategy on diet. Bull World Health Organ 2005; 83(2): 100–108.
426 Knekt P, et al. Antioxidant vitamins and coronary heart disease risk: A pooled analysis of 9 cohorts. Am J Clin Nutr 2004 Dec; 80(6): 1508–1520.
427 Rowan PJ, et al. Depressive symptoms have an independent, gradient risk for coronary heart disease incidence in a random, population-based sample. Ann Epidemiol 2005; 15(4): 316–320.
428 Marzari C, et al. Depressive symptoms and development of coronary heart disease events: The Italian longitudinal study. J Gerontol A Biol Sci Med Sci 2005; 60(1): 85–92.
429 Whooley M. Depression and cardiovascular disease. JAMA 2006; 295: 2874–2881.
430 Barth J, et al. Depression as a risk factor for mortality in patients with coronary heart disease: A meta-analysis. Psychosom Med 2004; 66(6): 802–813.
431 Nabkasorn C, et al. Effects of physical exercise on depression, neuroendocrine stress hormones and physiological fitness in adolescent females with depressive symptoms. Eur J Public Health Aug 26, 2005 [Epub ahead of print].
432 Hornstein C. Stress, anxiety and cardiovascular disease: An interdisciplinary approach. Vertex 2004; 15 Suppl 1: 21–31.

433 Critchley HD, et al. Mental stress and sudden cardiac death: Asymmetric midbrain activity as a linking mechanism. Brain 2005; 128(Pt 1): 75–85.
434 *Family Practice News*. May 15, 2006: 20.
435 Pignalberi C, et al. Psychological stress and sudden death. Ital Heart J Suppl. 2002; 3(10): 1011–1021.
436 Brunner EJ, et al. Adrenocortical, autonomic, and inflammatory causes of the metabolic syndrome. Circulation 2002; 106: 2659–2665.
437 Osler W. The faith that heals. British Med J 1910; 1470–1472.
438 NIH Consensus Conference. Methodological approaches to the study of religion, health, and aging. National Institute of Aging and Fetzer Institute, March 16–17, 1995.
439 Byrd RC. Positive therapeutic benefits of intercessory prayer in a coronary care unit population. South Med J 1998; 81(7): 826–829.
440 Harrris WS, et al. A randomized, controlled trial of the effects of remote, intercessory prayer on outcomes in patients admitted to the coronary care unit. Arch Intern Med 1999; 159: 2273–2278.
441 Larson DB, et al. The impact of religion on men's blood pressure. J Religion Health 1989; 28: 265–278.
442 Comstock GW, et al. Church attendance and health. J Chronic Dis 1972; 25: 665–672.
443 Oxman TE, et al. Lack of social participation or religious strength or comfort as risk factors for death after cardiac surgery in the elderly. Psychosomatic medicine 1995; 57: 5–15.
444 Koenig HG, et al. Use of hospital services, religious attendance, and religious affiliation. Southern Medical Journal 1998; 91(10): 925–932.
445 Koenig HG, et al. Attendance at religious services, interleukin-6, and other biological parameters of immune system in older adults. Int J Psych Med 1997; 27(3): 233–250.
446 Lutgendorf SK, et al. Religious participation, interleukin-6, and mortality in older adults. Health Psychol. Sep 2004; 23(5): 465–475.
447 King DE, et al. The relationship between attendance at religious services and cardiovascular inflammatory markers. Int J Psychiatry Med 2001; 31(4): 415–425.
448 Strawbridge WJ, et al. Frequent attendance at religious services and mortality over 28 years. Am J Public Health 1997; 87: 957–961.
449 Hummer RA, et al. Religious involvement and U.S. adult mortality. Demography May 1999; 36(2): 273–285.
450 Chambers JC, et al. Plasma homocysteine concentrations and risk of coronary heart disease in UK Indian Asians and European men. Lancet 2000; 355: 523–527.
451 Cappuccio FP, et al. Homocysteine levels in men and women of different ethnic and cultural background living in England. Atherosclerosis 2002; 164: 95–102.
452 Senaratne MP, et al. Possible ethnic differences in plasma homocysteine levels associated with coronary artery disease between South Asian and East Asian immigrants. Clin Cardiol 2001; 24: 730–734.
453 HOPE 2 Investigators. Homocysteine lowering with folic acid and B vitamins in vascular disease. NEJM April 13, 2006; 354(15): 1567–1577.
454 Bonaa, KH, et al. NORVIT trial investigators. Homocysteine lowering and cardiovascular events after acute myocardial infarction. NEJM April 13, 2006; 354(15): 1578–1588.
455 Nasir K, et al. Elevated homocysteine is associated with reduced regional left ventricular function. The Multi-Ethnic Study of Atherosclerosis. Circulation 2007; 115: 180–187.
456 Shirodana C, et al. Global improvement of vascular function and redox state with low dose folic acid. Circulation 2007; 115: 2262–2270.
457 Vermeulen EGJ, et al. Effect of homocysteine lowering treatment with folic acid plus vitamin B6 on progress in of subclinical atherosclerosis: A randomized, placebo-controlled trial. Lancet 2000; 355: 517–522.
458 Jublanc C, et al. Hypothyroidism and cardiovascular disease: Role of new risk factors and

coagulation parameters. Semin Vasc Med 2004; 4(2): 145–151.
459 Tuzcu A, et al. Subclinical hypothyroidism may be associated with elevated C-reactive protein (low-grade inflammation) and fasting hyperinsulinemia. Endocr J 2005; 52(1): 89–94.
460 Imaizumi M, et al. Risk for ischemic heart disease and all-cause mortality in subclinical hypothyroidism. J Clin Endocrinol Metab 2004; 89(7): 3365–3370.
461 Hu FB, et al. Fish and Omega-3 PUFA intake and risk of coronary heart disease in women. JAMA 2002; 287: 1815–1821.
462 Japan Public Health Center-Based (JPHC) Study Cohort I. Intake of fish and n3 fatty acids and risk of coronary heart disease among Japanese. Circulation 2006; 113: 195–202.
463 Waite N, et al. The impact of fish-oil supplements on insulin sensitivity. J Hum Nutr Diet 2008 Jul 15; 21(4): 402–403.
464 Albert CM, et al. Blood levels of long-chain n-3 PUFA and the risk of sudden death. N Eng J Med 2002; 346: 1113–1118.
465 Leaf A, et al. Prevention of fatal arrhythmias in high-risk subjects by fish oil in n-3 fatty acid intake. Circulation 2005; 112: 2762–2768.
466 Mozaffarian D, et al. Effect of fish oil on heart rate in humans. Circulation 2005; 112: 1945–1952.
467 Harris WS, et al. Effects of fish oil on the VLDL triglyceride kinetics in humans. J Lipid Res 1990; 31: 1549.
468 Morris MC, et al. Does fish oil lower blood pressure? A meta-analysis of controlled trials. Circulation 1993; 88: 523.
469 Lawson DL, et al. Omega-3 polyunsaturated fatty acids augment endothelium-dependent vasorelaxation by enhanced release of EDRF and vasodilator prostaglandins. Eicosanoid 1991; 4: 217.
470 *The Omega Diet*. 1999. HarperCollins Publishers Inc., 10 East Third St, New York, NY.
471 Harris WS, et al. The Omega-3 Index: A new risk factor for deaths from coronary heart disease? Preventive Med 2004; 39: 212–220.
472 Estruch R, et al. Effects of a Mediterranean-style diet on cardiovascular risk factors: A randomized trial. Ann Intern Med 2006; 145: 1–11.
473 Smith SC, et al. CDC/AHA workshop on markers of inflammation and cardiovascular disease. Circulation 2004; 110: e550–e553.
474 Libby P, et al. *Inflammation and Atherosclerosis*. Circulation 2002; 105: 1135–1143.
475 Rifai N, et al. Inflammatory markers and coronary heart disease. Curr Opin Lipidol 2002; 13: 383–389.
476 Tzoulaki I, et al. C-reactive protein, interleukin-6, and soluble adhesion molecules as predictors of progressive peripheral atherosclerosis in the general population. Circulation 2005; 112: 976–983.
477 Cushman M, et al. C-reactive protein and the 10-year incidence of coronary heart disease in older men and women. Circulation 2005; 112: 25–31.
478 Ridker PM, et al. Rosuvastatin to prevent vascular events in men and women with elevated C-reactive protein. N Engl J Med 2008 Nov 9;359:2195-2207.
479 Anderson TJ, et al. Effect of chelation therapy on endothelial function in patients with coronary artery disease: PATCH substudy. J Am Coll Cardiol Feb 5, 2003; 41(3): 420–425.
480 Villarruz MV, et al. Chelation therapy for atherosclerotic cardiovascular disease. Cochrane Database Syst Rev 2002; (4): CD002785.
481 Atwood KC, et al. Why the NIH trial to assess chelation therapy (TACT) should be abandoned. Medscape J Med May 13, 2008; 10(5): 115.
482 Ford D, et al. Genetic heterogeneity and penetrance analysis of the BRCA1 and BRCA2 genes in breast-cancer families. Am J Hum Genet 1998; 62(3): 676–689.
483 www.cdc.gov/tobacco/sgr/sgr_2004/Factsheets/2.htm. Accessed March 27, 2005.
484 Godtfredsen NS, et al. Effect of smoking reduction on lung cancer risk. JAMA 2005; 294:

1505–1510.

485 http://progressreport.cancer.gov/doc. Accessed March 27, 2005.

486 Bernstein L, et al. Lifetime recreational exercise activity and breast cancer risk among black women and white women. J Natl Cancer Inst. November 2005; 97(22): 1671–1679.

487 McTiernan A. Breast cancer: Can anything help prevent it? April 1, 2006. www.consultantlive.com.

488 Callee EE, et al. Overweight, obesity and mortality from cancer in a prospectively studied cohort of US adults. N Eng J Med Apr 24, 2003; 348(17): 1625–1638.

489 Huang Z, et al. Nurses health study. JAMA; 278: 1407–1411.

490 Eliassen AH, et al. Adult weight change and risk of postmenopausal breast cancer. JAMA 2006; 296: 193–201.

491 McCann J. Obesity, cancer links prompt new recommendations. J of the Natl Cancer Inst 2001; 93(12): 901–902.

492 *Family Practice News*, Aug 1, 2000; 8.

493 Reiche EM, et al. Stress, depression, the immune system, and cancer. Lancet Oncol. 2004; 5(10): 617–625.

494 Kruk J, et al. Psychological stress and the risk of breast cancer: A case-control study. Cancer Detect Prev 2004; 28(6): 399–408.

495 Giovannuci E, et al. The role of fats, fatty acids, and total energy intake in the etiology of human colon cancer. Am J Clin Nutr 1997; 66: 1564S–1571S.

496 Campos FG, et al. Diet and colorectal cancer: Current evidence for etiology and prevention. Nutr Hosp 2005; 20(1): 18–25.

497 Gonzalez CA, et al. Meat intake and risk of stomach and esophageal adenocarcinoma within the European Prospective Investigation into Cancer and Nutrition (EPIC). J Natl Cancer Inst. March 1, 2006; 98(5): 345–354.

498 Cho E, et al. Red meat intake and risk of breast cancer among premenopausal women. Arch Int Med 2006 Nov; 166: 2253–2259.

499 Nothlings U, et al. Meat and fat intake as risk factors for pancreatic cancer: The Multiethnic Cohort Study. J Natl Cancer Inst. Oct 5, 2005; 97(19): 1458–1465.

500 Norat T, et al. Meat, fish, and colorectal cancer risk: The European Perspective into Cancer and Nutrition (EPIC). J Natl Cancer Inst. June 15, 2005; 97(12): 906–916.

501 http://progressreport.cancer.gov/doc. Accessed March 27, 2005.

502 www.hsph.harvard.edu/nutritionsource/fats.html. Accessed March 27, 2005.

503 Prentice RL, et al. Low-fat dietary pattern and risk of invasive breast cancer. (WHI) JAMA 2006; 295: 629–642.

504 Beresford SA, et al. Low-fat dietary pattern and risk of colorectal cancer. JAMA 2006; 295: 643–654.

505 Kim MK, et al. Dietary patterns and subsequent colorectal cancer risk by subsite: A prospective cohort study. Int J Cancer Jul 10,2005; 115(5): 790–798.

506 Dansinger ML, et al. Comparison of the Atkins, Ornish, Weight Watchers, and Zone diets for weight loss and heart disease risk reduction. JAMA 2005; 293: 43–53.

507 Lock K, et al. The global burden of disease attributable to low consumption of fruit and vegetables: Implications for the global strategy on diet. Bull World health Organ 2005; 83(2): 100–108.

508 http://progressreport.cancer.gov/doc. Accessed March 27, 2005.

509 Ludwig D. Dietary glycemic index and obesity. J Nutr 2000; 130: 280S–283S.

510 Franceschi S, et al. Dietary glycemic load and colorectal cancer risk. Ann Oncol 2001; 12: 173–178.

511 Augustin LS. Dietary glycemic index and glycemic load in breast cancer risk: A case control study. Ann Oncol Nov 2001; 12(11): 1533–1538.

512 Augustin LS, et al. Dietary glycemic index, glycemic load and ovarian cancer risk: A case-con-

trol study in Italy. Ann Oncol Jan 2003; 14(1): 78–84.
513 Augustin LS, et al. Glycemic index, glycemic load and risk of gastric cancer. Ann Oncol Apr 2004; 15(4): 581–584.
514 Schabath MB, et al. Dietary phytoestrogens and lung cancer risk. JAMA 2005; 294: 1493–1504.
515 Tucker KL, et al. The combination of high fruit and vegetable and low as saturated fat intakes is more protective against mortality in aging men than is either alone: The Baltimore Longitudinal Study of Aging. J Nutr 2005; 135(3): 556–561.
516 Rissanen TH, et al. Low intake of fruits, berries and vegetables is associated with excess mortality in men: The Kuopio Ischemic Heart Disease Risk Factor (KIHD) study. J Nutr 2003; 133(1): 199–204.
517 Pelicchi C, et al. Dietary intake of selected micronutrients and gastric cancer risk: An Italian case-control study. Ann Oncol Jul 31, 2008 [Epub ahead of print].
518 http://progressreport.cancer.gov/doc.
519 Van Den Brandt PA, et al. Salt intake, cured meat consumption, refrigerator use and stomach cancer incidence: A prospective cohort study (Netherlands). Cancer Causes Control 2003; 14(5): 427–438.
520 Kim MK, et al. Dietary patterns and subsequent colorectal cancer risk by subsite: A prospective cohort study. Int J Cancer Jul 10, 2005; 115(5): 790–798.
521 *Tufts University Health and Nutrition Letter*. Sept 2005; 23(7): 2.
522 Boffetta P. Epidemiology of environmental and occupational cancer. Oncogene 2004; 23(38): 6392–6403.
523 Darby S, et al. Radon in homes and risk of lung cancer: Collaborative analysis of individual data from 13 European case-control studies. BMJ 2005; 330(7485): 223.
524 Navarro A, et al. Meat cooking habits and risk of colorectal cancer in Córdoba, Argentina. Nutrition 2004; 20(10): 873–877.
525 Stolzenberg-Solomon RZ, et al. Meat and meat mutagen intake and pancreatic cancer risk in the NIH-AARP cohort. Cancer Epidemiol Biomarkers Prev Dec 2007; 16(12): 2264.
526 Martinez ME, et al. Meat intake, preparation methods, mutagens, and colorectal adenomas recurrence. Carcinogenesis Sep 2007; 28(9): 2019–2027.
527 Harris RE. Cyclooxygenase-2 (COX-2) and inflammogenesis of cancer. Subcell Biochem 2007; 42: 93–126.
528 http://progressreport.cancer.gov/doc. Accessed March 27, 2005.
529 Gallagher RP, et al. Tanning beds, sunlamps, and the risk of cutaneous melanoma. Cancer Epidemiol Biomarkers Prev. Mar 2005; 14(3): 562–566.
530 Saladi RN, et al. The causes of skin cancer: a comprehensive review. Drugs Today 2005; 41(1): 37–53.
531 Yu T, et al. The role of viral integration in the development of cervical cancer. Cancer Genet Cytogenet 2005; 158(1): 27–34.
532 Davila JA, et al. Hepatitis C infection and the increasing incidence of hepatocellular carcinoma: A population base study. Gastroenterology 2004; 127(5): 1372–1380.
533 Garland CF, et al. Serum 25-hydroxyvitamin D and colon cancer: Eight-year prospective study. Lancet 1989; 18: 1176–1178.
534 Hanchette CL, et al. Geographic patterns of prostate cancer mortality: Evidence for a protective effect of ultraviolet radiation. Cancer 1992; 70: 2861–2869.
535 Krishnan AV, et al. Calcitrol as a chemopreventive and therapeutic agent in prostate cancer: Role of anti-inflammatory activity. J Bone Miner Res Dec 2007; 22 Suppl 2: v74–80.
536 Grant WB. An ecologic study of the role of solar UVB radiation in reducing the risk of cancer using cancer mortality data, dietary supply data and latitude for European countries. In: MF Holick, ed. *Biologic Effects of Light*. 2001. Boston: Kluwer Academic Publishing, 2002: 267–276.

537 Garland CF, et al. Evidence of need for increased Vitamin D fortification of food based on pooled analysis of studies of serum 25-hydroxyvitamin D and breast cancer. Proc Amer Assoc Cancer Res 2006; 47.

538 Ingraham BA, et al. Molecular basis of the potential of vitamin D to prevent cancer. Curr Med Res Opin Jan 2008; 24(1): 139–149.

539 Grant WB. An estimate of premature cancer mortality in the US due to inadequate doses of solar ultraviolet-B radiation. Cancer. 2002; 94: 1867–1875.

540 Giovannucci E, et al. Prospective study of predictors of Vitamin D status and cancer incidence and mortality in men. J Natl Cancer Inst. April 5, 2006; 98(7): 451–459.

541 Erlinger TP, et al. C-reactive protein and the risk of incident colorectal cancer. JAMA 2004; 291(5): 585–590.

542 Khuder SA, et al. Nonsteroidal anti-inflammatory drug use and lung cancer: A meta-analysis. Chest 2005; 127(3): 748–754.

543 Nelson WG, et al. The role of inflammation in the pathogenesis of prostate cancer. J Urol 2004; 172(5 Pt 2): S6-11; discussion S11-2.

544 Pitt HA. Hepato-pancreato-biliary fat: The good, the bad and the ugly. HPB (Oxford) 2007; 9(2): 92–97.

545 Itzkowitz SH, et al. Inflammation and cancer IV. Colorectal cancer in inflammatory bowel disease: The role of inflammation. Am J Physiol Gastrointest Liver Physiol 2004; 287: G7–17.

546 Catassi C, et al. Association of celiac disease and intestinal lymphomas and other cancers. Gastroenterology 2005; 128 (Suppl): 79–86.

547 Nardone G, et al. Review article: Heliobacter pylori and molecular events in precancerous gastric lesions. Aliment Pharmacol Ther 2004; 20: 261–270.

548 Ernst PB, et al. The translation of Heliobacter pylori basic research to patient care. Gastroenterology 2006; 130: 188–206: quiz 212–183.

549 Sinicrope FA. Targeting cyclooxygenase-2 for prevention and therapy of colorectal cancer. Mol Carcinog 2006; 45: 447–454.

550 Hall MN, et al. A 22-year prospective study of fish, n-3 fatty acid intake, and colorectal cancer risk in men. Cancer Epidemiol Biomarkers Prev May 2008; 17(5): 1136–1143.

551 Edwards IJ, et al. Omega-3 fatty acids and PPAR gamma in cancer. PPAR Res 2008; 2008: 358052.

552 Li Q, et al. Inflammation-associated cancer NFkappaB is the lynchpin. Trends Immunol 2005; 26(6): 318.

553 Bugianesi E. Review article: Steatosis, the metabolic syndrome and cancer. Ailment Pharmacol Ther Nov 2005; 22 Suppl 2: 40–43.

554 Wei EK, et al. Low plasma adiponectin levels and risk of colorectal cancer in men: A prospective study. J Natl Cancer Inst Nov 16, 2005; 97(22): 1688–1694.

555 Elwing JE, et al. Type 2 diabetes mellitus: The impact on colorectal cancer adenoma risk in women. Am J Gastroenterol Jun 22, 2006.

556 Bugianesi E. Review article: Steatosis, the metabolic syndrome and cancer. Aliment Pharmacol Ther Nov 2005; 22 Suppl 2: 40–3.

557 World Health Organization. The Asian Pacific Perspective: Redefining Obesity and Its Treatment. Health Communications Australia Pty Ltd. February 2000.

558 WHO Expert Committee on Physical Status: The Uses and Interpretation of Anthropometry. Physical Status: The use and interpretation of anthropometry: Report of a WHO Expert Committee. Geneva, Switzerland: World Health Organization; 1995. World Health Organization Technical Health Status 854.

559 Bray GA, et al. Definitions and proposed current classification of obesity. In Bray GA, Blanchard C, James WPT, eds. *Handbook of Obesity*. New York, NY: Marcel Dekker Inc; 1997: 31–40.

560 National Heart, Lung, and Blood Institute. Clinical Guidelines on the Identification,

Evaluation, and Treatment of Overweight and Obesity in Adults: The Evidence Report. Bethesda, MD: National Institute of Health; 1998. NIH Publication 98-408. Available at www.nhlbi.nih.gov/guidelines/obesity/ob-gdlns.pdf. Accessed November 2001.

561 Calle EE, et al. Body-mass index and mortality and a prospective cohort of US adults. N Engl J of Med 1999; 341: 1097–1105.

562 Deitz WH, et al. Introduction: The use of body mass index to assess obesity in children. Am J Clin Nutr 1999; 70: 123S–125S.

563 Barlow SE, et al. Obesity evaluation and treatment: Expert Committee Recommendations. Pediatrics 1998; 102: e29.

564 Ruderman N, et al. The metabolically obese, normal weight individual revisited. Am J Clin Nutr 1998; 34: 1617–1621.

565 Caro JF. Insulin resistance in obese and nonobese man. J Clin Endocrinol Metab 1991; 73: 690–695.

566 Lapidis L, et al. Distribution of adipose tissue and risk of cardiovascular disease and death: A 12-year follow-up of participants in the population study of women of Gothenberg, Sweden. BMJ 1984; 289: 1257–1261.

567 Selvin E, et al. The effect of weight loss on C-reactive protein: A systemic review. Arch Intern Med 2007; 167: 31–39.

568 Pradham A. Obesity, metabolic syndrome, and type 2 diabetes: Inflammatory basis of glucose metabolic disorders. Nutr Rev Dec 2007 (11); 65(12): S152–S156.

569 Winer JC, et al. Adiponectin in childhood and adolescent obesity and its association with inflammatory markers and components of the metabolic syndrome. J Clin Endocrinol Metab Nov 2006; 91(11): 4415–4423.

570 Hung J, et al. Circulating adiponectin levels associate with inflammatory markers, insulin resistance and metabolic syndrome independent of obesity. Int J Obes (Lond) 2008 May; 32(5): 772–779.

571 Saltevo J, et al. Levels of adiponectin, C-reactive protein and interleukin-1 receptor antagonist are associated with insulin sensitivity: A population-based study. Diab Metab Rev Jul–Aug 2008; 24(5): 378–383.

572 Bahceci M, et al. The correlation between adiposity and adiponectin, tumor necrosis factor alpha, interleukin-6 and high sensitive C-reactive protein levels. Is adipocyte size associated with inflammation in adults? J Endocrinol Invest Mar 2007; 30(3): 210–214.

573 NHLBI Obesity Education Initiative Expert Panel on the Identification, Evaluation and Treatment of Overweight and Obesity in Adults. Clinical guidelines on the identification, evaluation and treatment of overweight and obesity in adults—the evidence report. Obes Res 1998; 6 (Suppl 2): 51S–209S.

574 World Health Organization. Obesity: Preventing and Managing the Global Epidemic, Report of a WHO Consultation. Geneva: World Health Organization. WHO Technical Report Series 894; 2000.

575 *USA Today*, Oct 30, 2000.

576 National Center for Health Statistics. Prevalence of overweight and obesity among adults: United States, 1999 (initial results from the 1999 National Health and Nutrition Survey). Hyattsville, MD: Center for Disease Control; 2000. Available at www.cdc.gov/nchs/products/pubs/pubd/hestats/obese/obse99.htm.

577 www.cpc.unc.edu/projects/china

578 *Science*, February 7, 2003.

579 Freedman DS, et al. Trends and correlates of class 3 obesity in the United States from 1990 through 2000. JAMA 2002; 288: 1758–1761.

580 Mokdad AH, et al. The continuing epidemic of obesity and diabetes in the United States. JAMA 2001; 286: 1195–1200.

581 McTigue KM, et al. The natural history of the development of obesity in a cohort of young

U.S. adults between 1981 and 1998. Ann Intern Med 2002; 136(12): 857–864.
582 Ogden CL, et al. Prevalence of overweight and obesity in the United States, 1999–2004. JAMA 2006; 295: 1549–1555.
583 WHO Expert Committee. Physical Status: The use and interpretation of anthropometry. World health organization Tech Rep Series. 1995; 854.
584 World Health Organization. Obesity epidemic puts millions at risk from related diseases. [Press release WHO/46, June 12, 1997]. Available at www.who.int/archives/inf-pr-1997/en/pr97-46.html.
585 US Department of Health and Human Services, Centers for Disease Control and Prevention, Office of Communications. Obesity epidemic increases dramatically in the United States: CDC director calls for national prevention effort. October 26, 1999. Available at: www.cdc.gov/ad/ac/media/pressrel/r991026.htm.
586 www.worldwatch.org/press/news/2000/03/04.
587 Rowland ML. Self-reported weight and height. Am J Clin Nutr 1990; 52: 1125–1133.
588 Palta M, et al. Comparison of self-reported and measured height and weight. Am J Epidemiol 1982; 115: 223–230.
589 Aday LA. Designing and Conducting Health Surveys: A Comprehensive Guide. San Francisco, CA. Jossey-Bass Publishers; 1989: 79–80.
590 *Tufts University Health and Nutrition Letter*. Sept 8; 26(1): 3.
591 Guo SS, et al. BMI during childhood, adolescence and young adulthood in relation to adult overweight and adiposity: The Fels Longitudinal Study. Int J Obes Relat Mmetab Disord 2000; 24: 162835.
592 Must A, et al. Long-term morbidity and mortality of overweight adolescents. A follow-up of the Harvard Growth Study of 1922 to 1935. N Engl J Med 1992; 327: 1350–1355.
593 Guo SS, et al. Predicting overweight and obesity in adulthood from body mass index values in childhood and adolescence. Am J Clin Nutr 2002; 76: 653–658.
594 Magarey AM, et al. Predicting obesity in early adulthood from childhood and parental obesity. Int J Obesity 2003; 27: 505–513.
595 National Center for Health Statistics. Prevalence of overweight among children and adolescents: United States, 1999. www.cdc.gov/nchs/products/pubs/pubd/hestats/overweight99.htm.
596 Wang Y, et al. Trends of obesity and underweight in older children and adolescents in the United States, Brazil, China and Russia. Am J Clin Nutr 2002; 75: 971–977.
597 Chinn S, et al. Prevalence and trends in overweight and obesity in three cross-sectional studies of British children, 1974 to 1994. BMJ 2001; 322: 24–26.
598 Ibid.
599 Wang Y, et al. Trends of obesity and underweight in older children and adolescents in the United States, Brazil, China and Russia. Am J Clin Nutr 2002; 75: 971–977.
600 Marata M. Secular trends in growth and changes in eating patterns of Japanese children. Am J Clin Nutr 2000; 72 (Suppl): 1379S–1383S.
601 DeOnis M, et al. Prevalence and trends of overweight among preschool children in developing countries. A J Clin Nutr 2000; 72: 1032–1039.
602 Magarey AM, et al. Prevalence of overweight and obesity in Australian children and adolescents: Reassessment of 1985 and 1995 data against new standard international definitions. Med J Aust 2001; 174: 561–564.
603 DeOnis M, et al. Prevalence and trends of overweight among preschool children in developing countries. A J Clin Nutr 2000; 72: 1032–1039.
604 Wang Y, et al. Trends of obesity and underweight in older children and adolescents in the United States, Brazil, China and Russia. Am J Clin Nutr 2002; 75: 971–977.
605 DeOnis M, et al. Prevalence and trends of overweight among preschool children in developing countries. A J Clin Nutr 2000; 72: 1032–1039.
606 Bundred P, et al. Prevalence of overweight and obese children between 1989 and 1998:

Population based series of cross-sectional studies. BMJ 2001; 322: 1–4.
607 Strauss RS, et al. Epidemic increase in childhood overweight, 1986–1998. JAMA 2001; 286: 2845–2848.
608 James WPT, et al. Socioeconomic determinants of health: The contribution of nutrition to inequalities of health. BMJ 1997; 314: 1545–1549.
609 Ogden CL, et al. High body mass index for age among US children and adolescents, 2003–2006. JAMA 2008; 299(20): 2401–2405.
610 Daniels SR, et al. Lipid screening and cardiovascular health in childhood. Pediatrics July 2008; 122(1): 198–208.
611 Gordon-Larsen P, et al. Determines of adolescent physical activity and inactivity patterns. Pediatrics 2000; 105: e83.
612 Doak C, et al. The underweight/overweight household: An exploration of household sociodemographic and dietary factors in China. Public Health Nutr 2002; 5: 215–221.
613 Popkin BM. An overview on the nutrition transition and its health implications: The Bellagio meeting. Public Health Nutr 2002; 5 (Suppl): 93–103.
614 Eckel RH, et al. American Heart Association call to action: Obesity as a major risk factor for coronary heart disease. Circulation 1998; 97: 99–100.
615 Donahue M, et al. Obesity and cardiovascular disease. Am Heart Journal 2001; 142(6): 1088–1090.
616 www.ConsumerFreedom.com
617 Allison D, et al. Annual deaths attributable to obesity in United States. JAMA 1999; 282: 1530–1538.
618 Surgeon General's Call to Action to Prevent and Decrease Overweight and Obesity, 2001.
619 World Health Organization. Obesity epidemic puts millions at risk from related diseases. Press release. WHO/46; June 12, 1997.
620 Institute of Medicine. Weighing the options: Criteria for evaluating the weight management programs. Washington DC: National Academy Press, 1995.
621 American Heart Association. Press Release: 10 AM ET, June 1, 1998. Available at www.americanheartorg/Whats_News/AHA_News_Releases/obesity.html.
622 Van Itallie T. *Obesity and Therapy*, 2nd ed. Stunkard AJ and Wadden TA, eds. New York, NY: Raven Press, 1993.
623 Calle EE, et al. Body mass index and mortality in a prospective cohort of US adults. N Engl J Med 1999; 341: 1097–1105.
624 Folsom AK, et al. Associations of general and abdominal obesity with multiple health outcomes in older women: The Iowa Women's Health Study Arch Int Med 2000; 160: 2117–2128.
625 Calle EE, et al. Body mass index and mortality in a prospective cohort of US adults. N Engl J Med 1999; 341: 1097–1105.
626 Gu D, et al. Body weight and mortality among men and women in China. JAMA 2006; 295: 776–783.
627 Manson JE, et al. Body weight and mortality among women. N Engl J Med 1995; 333: 677–685.
628 Rimm EB, et al. Body size and fat distribution as predictors of coronary heart disease among middle-aged and older US men. Am J Epidemiol 1995; 141: 1117–1127.
629 Al Suwaidi J, et al. Association between obesity and coronary atherosclerosis and vascular remodeling. Am J of Cardiol 2001; 88: 1300–1303.
630 Wei M, et al. Relationship between low cardiorespiratory fitness and mortality in normal-weight, overweight and obese men. JAMA 1999; 282(16): 1547–1553.
631 Al Suwaida J, et al. Obesity is an independent predictor of coronary endothelial function in patients with normal or mildly diseased coronary arteries. J Am Coll Cardiol 2001; 37: 1523–1528.

632 Kenchaiah S, et al. Obesity and the risk of heart failure. N Engl J Med 2002; 347: 305–313.
633 Lauer MS, et al. The impact of obesity on left ventricular mass and geometry: The Framingham heart study. JAMA 1991; 266: 231–236.
634 Iacobellis G, et al. Influence of excess fat on cardiac morphology and function: Study in uncomplicated obesity. Obes Res 2002; 10: 767–773.
635 Wang TJ, et al. Obesity and the risk of new-onset atrial fibrillation. JAMA 2004; 292(20): 2471–2477.
636 Stamler R, et al. Weight and blood pressure. Findings in hypertension screening of one million Americans. JAMA 1978; 240: 1607–1610.
637 Thompson D, et al. Lifetime health and economic consequences of obesity. Arch Int Med 1999; 159: 2177–2183.
638 Resnick H, et al. Relation of weight gain and weight loss on subsequent diabetes risk in overweight adults. J Epidemiol Community health 2000; 54: 596–602.
639 Ford ES, et al. Weight change and diabetes incidence: Findings from a national cohort. Am J Epidemiol. 1997; 146: 214–222.
640 Jung RT. Obesity is a disease. Br Med Bull 1997; 53: 307–321.
641 National Institute of Health. Clinical guidelines on the identification, evaluation and treatment of overweight and obesity and adults: The evidence report. Bethesda, MD: National Heart, Lung and Blood Institute and National Institute of Diabetes and Digestive and Kidney Diseases; 1998.
642 Henegar JR, et al. functional and structural changes in the kidney in the early stages of obesity. J Am Soc Nephrol 2001; 12: 1211–1217.
643 Kambham N, et al. Obesity-related glomerulopathy: An emerging epidemic. Kidney Int. 2001; 59: 1498–1509.
644 Davi G, et al. Platelet activation in obese women. JAMA 2002; 288: 2008–2014.
645 Ibid.
646 Yudkin JS, et al. C-reactive protein in healthy subjects: Associations with obesity, insulin resistance and endothelial dysfunction. Arterioscler Thromb Vasc Biol 1999; 19: 972–978.
647 Visser M, et al. Elevated C-reactive protein levels in overweight and obese adults. JAMA 1999; 282: 2131–2135.
648 Strong JP, et al. Prevalence and extent of atherosclerosis in adolescents and young adults: Implications for prevention from the Pathobiological Determinants of Atherosclerosis in Youth Study. Circ 2000; 102: 374–379.
649 Sorof M, et al. Isolated systolic hypertension, obesity and hyperkinetic hemodynamic states in children. J Pediatr 2002; 140: 660–666.
650 Chu NF, et al. Clustering of cardiovascular disease risk factors among obese schoolchildren: The Taipei Children's Heart Study. Am J Clin Nutr 1998; 67: 1141–1146.
651 Uwaifo GI, et al. Impaired glucose tolerance in obese children and adolescents. N Eng J Med 2002; 347: 290–292.
652 *USA Today*, June 18, 2001.
653 Schwimmer JB, et al. Health-related quality of life of severely obese children and adolescents. JAMA 2003; 289(14): 1813–1819.
654 Kaplowitz PB, et al. Earlier onset of puberty in girls: Relation to increased body mass index and race. Pediatrics 2001; 108: 347–353.
655 De la Eva RC, et al. Metabolic correlates with obstructive sleep apnea in obese subjects. J Pediatr 2002; 140: 654–659.
656 Russel DL, et al. The relation between skeletal maturation and adiposity in African American and Caucasian children. J Pediatr 2001; 139: 844–848.
657 Callee EE, et al. Overweight, obesity and mortality from cancer in a prospectively studied cohort of US adults. N Engl J Med Apr 24, 2003; 348(17): 1625–1638.
658 Huang Z, et al. Nurse's Health Study JAMA 1997; 278: 1407–1411.

659 Pan SY, et all. Association of obesity and cancer risk in Canada. Am J Epidemiol. 2004; 159(3): 259–268.
660 McCann J. Obesity, cancer links new recommendations. J of the Natl Cancer Inst 2001; 93(12): 901.
661 *Family Practice News*, Aug. 1, 2000: 8.
662 Must A, et al. The disease burden associated with overweight and obesity. JAMA 1999; 282: 1523–1529.
663 Ibid.
664 *Family Practice News*, Aug. 15, 2001: 13.
665 Bacon CG, et al. Sexual function in men older than 50 years of age: Results from the health professionals follow-up study. Ann Intern Med 2003; 139(3): 161–168.
666 Oster G, et al. The clinical and economic burden of obesity in a managed-care setting. Am J Manag Care 2000; 6: 681–689.
667 Thompson D, et al. Lifetime health and economic consequences of obesity. Arch Int Med 1999; 159: 2177–2183.
668 Thompson D, et al. Lifetime health and economic consequences of obesity. Arch Intern Med 1999; 159: 2177–2183.
669 Zhao W, et al. Economic burden of obesity-related chronic diseases in Mainland China. Obes Rev Mar 2008; 9 Suppl 1: 62–67.
670 Kennedy ET, et al. Popular diets: Correlation to health, nutrition and obesity. J Am Diet Assoc 2001; 101: 411–420.
671 www.mypyramid.gov/professionals/index.html.
672 Kennedy ET, et al. Popular diets: Correlation to health, nutrition and obesity. J Am Diet Assoc 2001; 101: 411–420.
673 Dansinger ML, et al. Comparison of the Adkins, Ornish, Weight Watchers, and Zone diets for weight loss and heart disease risk reduction. 2005; 293: 43–53.
674 Kaplan JP, et al. Caloric imbalance and public health policy. JAMA 1999; 282: 1579–1581.
675 United States Department of Health and Human services. Physical activity and health: A report of the Surgeon General. Document No. S/N 017-023-00196-5. Atlanta, Georgia: US Department of Health and Human Services. Center for Disease Control and Prevention, National Center for Chronic Disease Prevention and health promotion, 1996.
676 Klem M, et al. A descriptive study of individuals successful at long-term maintenance of substantial weight-loss. Am J Clin Nutr 1997; 66: 239–246.
677 Kennedy, ET, et al. Popular diets: Correlation to health, nutrition and obesity. J Am Diet Assoc. 2001; 101: 411–420.
678 Nielsen Report on Television. New York, NY: Nielsen Media Research; 1998.
679 Hu, FB, et al. Television watching and other sedentary behaviors in relation to the risk of obesity and type 2 diabetes mellitus in women. JAMA 2003; 289(14): 1785–1791.
680 Tucker LA, et al. Television viewing and obesity in adult males. Am J Public Health 1989; 79: 516–518.
681 Tucker LA, et al. Television viewing and obesity in adult females. Am J Public Health 1991; 81: 908–911.
682 Ching PLYH, et al. Activity level and risk of overweight in male health professionals. Am J Public Health 1996; 86: 25–30.
683 Gortmaker S, et al. Television viewing as a cause of increasing obesity among children in the United States, 1986–1990. Arch Pediatr Adolesc Med 1996; 150: 356–362.
684 Anderson RE, et al. Relationship of physical activity and television watching with body weight and level of fitness among children. JAMA 1998; 279: 938–942.
685 Hernandez B, et al. Association of obesity with physical activity, television programs and other forms of video viewing among children in Mexico City. Int J Obesity 1999; 23: 845–854.
686 Ainsworth BE, et al. Compendium of physical activities. Med Sci Sports Exerc 1993; 25:

71–80.
687 Hu, FB, et al. Television watching and other sedentary behaviors in relation to the risk of obesity and type 2 diabetes mellitus in women. JAMA 2003; 289(14): 1785–1791.
688 Ching PLYH, et al. Activity level and risk of overweight in male health professionals. Am J Public Health 1996; 86: 25–30.
689 Hu, FB, et al. Television watching and other sedentary behaviors in relation to the risk of obesity and type 2 diabetes mellitus in women. JAMA 2003; 289(14): 1785–1791.
690 Falciglia GA, et al. Television commercials and eating behavior of obese and normal-weight women. J Nutr Educ 1980; 12: 196–199.
691 Wiecha JL, et al. The hidden and potent effects of television advertising. Arch Pediatr Adolesc Med 2006; 160: 436–442.
692 Kotz K et al. Food advertisements during children's Saturday morning television programming: Are they consistent with dietary recommendations? J Am Diet Assoc 1994; 94: 1296–1300.
693 Lewis MK, et al. Food advertising on British children's television: A content analysis and experimental study with nine-year-olds. Int J Obesity 1998; 22: 206–214.
694 Coon KA, et al. Relationships between use of television during meals and children's food consumption patterns. Pediatrics 2001; 107: e7.
695 Eremis S, et al. Is obesity a risk factor for psychpathology among adolescents? Pediatr Int. 2004; 46(3): 296–301.
696 Hu FB, et al. Dietary fat intake and the risk of coronary heart disease in women. N Eng J Med 1997; 337: 1491–1499.
697 Salmeron J, et al. Dietary fat intake and risk of type 2 diabetes in women. Am J Clin Nutr 2001; 73: 1019–1026.
698 Ludwig DS. The glycemic index: Physiological mechanisms relating to obesity, diabetes, and cardiovascular disease. JAMA 202; 287: 2414–2423.
699 Ludwig DS, et al. High glycemic index foods, overeating and obesity. Pediatrics 1999; 103: e26.
700 Liu S, et al. A prospective study of dietary glycemic load, carbohydrate intake and risk of coronary heart disease in women. Am J Clin Nutr 2000; 71: 1455–1461.
701 Salmeron J, et al. Dietary fiber, glycemic load, and risk of the non-insulin dependent diabetes mellitus in women. JAMA 1997; 277: 472–477.
702 Barclay AW, et al. Glycemic index, glycemic load and chronic disease risk – A meta-analysis of observational studies. Am J Clin Nutr 2008 Mar; 87(3): 627–637.
703 Dickinson S, et al. High glycemic index carbohydrates increase nuclear factor-kappa B activation in mononuclear cells of lean, healthy subjects. Am J Clin Nutr May 2008; 87(5): 1188–1193.
704 Bray GA, Bray CA. *An Atlas of Obesity and Weight Control*. Boca Raton, FL: Parthenon Publishing, 2003.
705 *UC Berkeley Wellness Letter*, Aug 2008; 24(1): 1.
706 Rayssinguier Y, et al. High fructose consumption combined with low dietary magnesium intake may increase the incidence of the metabolic syndrome by inducing inflammation. Magnes Res Dec 2006; 19(4): 237–243.
707 New findings bitter, sweet for fructose fans. *Tufts University Health and Nutrition Letter* Sept 2007; 25(7): 1.
708 Putnam JJ, Allshouse JE. Food consumption, prices, and expenditures, 1970–1997. Washington, D.C.: Food and Consumers Economics Division, Economic Research Service, US Department of Agriculture, 1999.
709 Borrud L, et al. What we eat: USDA surveys food consumption changes. Commun Nutr Inst 1997; 27: 4–5.
710 Harnack L, et al. Soft drink consumption among US children and adolescents: Nutritional

consequences. J Am Diet Assoc 1999; 99: 436–441.
711 Guthrie JF, et al. Food sources of added sweeteners in the diets of Americans. J Am Diet Assoc 2000; 100: 43–51.
712 Bowman SA. Diets of individuals based on energy intakes from added sugars. Fam Econ Nutr Rev 1999; 12: 31–38.
713 Lutsey PL, et al. Dietary intake and the development of the metabolic syndrome: The Atherosclerosis Risk in Communities Study. Circulation Feb 12, 2008; 117(6): 754–761.
714 Dhingra R, et al. Soft drink consumption and risk of developing cardiometabolic risk factors and the metabolic syndrome in middle-aged adults in the community. Circulation 2007; 116: 480–488.
715 Lawton CL, et al. A medium-term intervention study on the impact of high- and low-fat snacks varying in sweeteners and fat content: Large shifts in daily fat intake, but good compensation for daily energy intake. Br J Nutr 1998; 80: 149–161.
716 Birch LL, et al. Children's food intake following drinks sweetened with sucrose or aspartame: Time course of effect. Physiol Behav 1989; 45: 387–395.
717 Anderson GH, et al. Aspartame: Effect on lunch-time food intake, appetite and hedonistic response in children. Appetite 1989; 13: 93–103.
718 Raben A, et al. Sucrose compared with artificial sweeteners: Different effects on ad libitum food intake and body weight after 10 weeks of supplementation in overweight subjects. Am J Clin Nutr 2002; 76: 721–729.
719 Blundell JE, et al. Paradoxical effects of an intense sweetener (aspartame) on appetite. Lancet 1986; 1: 1092–1093.
720 Rogers PJ, et al. Separating the actions of sweeteners and calories: Effects of saccharin and carbohydrates on hunger and food intake on human subjects. Physiol Behav 1989; 45: 1093–1099.
721 Tordoff MG, et al. Oral stimulation with aspartame increases hunger. Physiol Behav 1990; 47: 555–559.
722 Beridot-Therond ME, et al. Short-term effects of the flavor of drinks on ingestive behaviors in man. Appetite 1998; 31: 67–81.
723 Lavin JH, et al. The effects of sucrose- and aspartame-sweetened drinks on energy intake, hunger, and food choice of female, slightly restrained eaters. Int J Obes Relat Metab Disord 1997; 21: 37–42.
724 Teschemacher H. Opioid receptor ligands derived from food proteins. Curr Pharm Des 2003; 9(16): 1331–1344.
725 Kitts DD, et al. Bioactive proteins and peptides from food sources. Applications of bioprocesses used in isolation and recovery. Curr Pharm Des 2003; 9(16): 1309–1323.
726 Lin L, et al. Beta-casomorphins stimulate and enterostatin inhibits the intake of dietary fats in rats. Peptides 1998; 19(2): 325–331.
727 Schusdziarra V, et al. Effect of beta-casomorphins and analogs on insulin release in dogs. Endocrinology 1983; 112: 885–889.
728 Block G. Foods contributing to energy intake in the US: Data from NHANES III and NHANES 1999–2000. J of Food Comp and Anal 2004; 17: 439–447.
729 National Center for Health Statistics, 1994. Plan and Operation of the Third National Health and Nutrition Examination Survey, 1998–94. Vital Health Stat I (32). Hyattsville, MD: U.S. Department of Health and Human Services. DHHS Publication No. (PHS) 94–1308.
730 National Center for Health Statistics, 2002. NHANES 1999–2000 Public Data Release File Documentation. Available at: www.cdc.gov/nchs/data/nhanes/gendoc.pdf.
731 J Pediatr 2001; 138(4): 493–498.
732 *USA Today*, July 24, 2000. Reporting a study released that day by the Archives of Diseases in Childhood.
733 Marmonier C, et al. Snacks consumed in a non-hungry state have poor satiating efficiency:

Influence of snack composition on substrate utilization and hunger. Am J Clin Nutr 2002; 76: 518–528.
734 Goris AHC, et al. Under-eating and under-recording of habitual food intake in obese men: Selective underreporting of fat intake. Am J Clin Nutr 2000; 71: 130–134.
735 *Family Practice News*, Feb 11, 2006.
736 McNutt SW, et al. A longitudinal study of the dietary practices of black and white girls nine and 10 years old at enrollment: The NHLBI Growth and Health Study. J Adolesc Health 1997; 20: 27–37.
737 Zoumas-Morse C, et al. Children's pattern of macronutrient intake and associations with restaurant and home eating. J Am Diet Assoc 2001; 101: 923–925.
738 Franklin BA. The downside of our technological revolution? An obesity conducive environment. Am J of Card 2001; 87: 1093–1095.
739 Mozaffarian D, et al. Trans fatty acids and cardiovascular disease. NEJM April 13, 2006; 354(15): 1601–1613.
740 Master-Harte LD, et al. Sucrose analgesia for minor procedures in newborn infants. Ann Pharmacother 2001; 35: 947–52.
741 Max M, et al. Tas1r3, encoding a new candidate taste receptor, is allelic to the sweet responsiveness locus, Sac. Nat Genet 2001; 28: 58–63.
742 Gangwisch JE, et al. Inadequate sleep as a risk factor for obesity: Analysis of NHANES 1. Sleep 2005; 28: 1289–1296.
743 Williamson DF, et al. Am J Epidemiol 1995; 141: 1128–1141.
744 Allison DB, et al. Weight loss increases and fat loss decreases all-cause mortality rate: Results from two independent cohort studies. Int J Obes Relat Metab Disord 1999; 23: 603–611.
745 Williamson DF, et al. Intentional weight loss and mortality among overweight individuals with diabetes. Diabetes Care 2000; 23: 1499–1504.
746 Oster G, et al. Lifetime health and economic benefits of weight-loss among obese persons. Am J Public Health 1999; 89: 1536–1542.
747 Diabetes prevention Program Research Group. Reduction in the incidence of type 2 diabetes with lifestyle intervention or metformin. N Engl J Med 2002; 346: 393–403.
748 Esposito K, et al. Effects of weight-loss and lifestyle changes on vascular inflammatory markers in obese women. JAMA 2003; 289: 1799–1804.
749 Davi G, et al. Platelet activation in obese women. JAMA 2002; 288: 208–2014.
750 Lean MEJ, et al. Obesity, weight loss and prognosis in type II diabetes. Diabetes Med 1990; 7(3): 228–233.
751 American Gastroenterology Association medical position statement on obesity. Gastroenterology 2002; 123: 879–881.
752 Mikhail N, et al. Obesity and hypertension, Progress in Cardiovascular Diseases. 1999; 42(1): 39–58.
753 www.who.int/topics/diabetes_mellitus/en. Accessed Jan 22, 2008.
754 www.who.int/mediacentre/factsheets/fs312/en/index.html. Accessed Jan 19, 2008.
755 www.who.int/diabetes/actionnow/en/mapdiabprev.pdf. Accessed Jan 19, 2008.
756 www.who.int/diabetes/facts/world_figures/en/index5.html.
757 Saydah SH, et al. Poor control of risk factors for vascular disease among adults with previously undiagnosed diabetes. JAMA 2004; 291: 335–342.
758 Rosenbloom AL, et al. Emerging epidemic of type 2 diabetes in youth. Diabetes Care Feb 1999; 22(2): 345–354.
759 Diabetes and Obesity: Time to Act, International Diabetes Federation-International Association for the Study of Obesity 2004.
760 ADA Economic costs of diabetes in the US in 2002. Diabetes Care 2003; 26: 917–932.
761 Tuomilehto J, et al. Prevention of type 2 diabetes mellitus by changes in lifestyle among subjects with impaired glucose tolerance. NEJM 2001; 344(18): 1343–1350.

762 Reaven G. Banting Lecture 1988. Role of insulin resistance in human disease. Diabetes 1988; 37: 1595–1607.

763 Avogaro P, et al. Acta Diabetol Lat 1967; 4: 36–41; Haller H. Epidemiology and associated risk factors of hyperlipoproteinemia. Z Gesante Inn Med 1977; 32: 124–128.

764 DOC News. New ADA initiative moves beyond metabolic syndrome. www.diabetes.org/doc-news. Accessed July 2006.

765 Ibid.

766 Meigs JB, et al. Risk variable clustering in the insulin resistance syndrome. The Framingham Offspring Study Diabetes 1997; 46: 1594–1600.

767 Hanley AJ, et al. Factor analysis of metabolic syndrome using directly measured insulin sensitivity: The Insulin Resistance Atherosclerosis Study Diabetes 2002; 51: 2642–2647.

768 Laukkanen JA, et al. Metabolic syndrome and the risk of prostate cancer in Finnish men: A population-based study. Cancer Epidemiol Biomarkers Prev Oct 2004; 13(10): 1646–1650.

769 Gooktas S, et al. Prostate cancer and adiponectin. Urology Jun 2005; 65(6): 1168–1172.

770 Bugianesi E. Review article: Steatosis, the metabolic syndrome and cancer. Aliment Pharmacol Ther Nov 2005; 22 Suppl 2: 40–43.

771 Soliman PT, et al. Association between adiponectin, insulin resistance and endometrial cancer. Cancer Jun 1, 2006; 106(11): 2376–2381.

772 Morita T, et al. The metabolic syndrome is associated with increased risk of colorectal adenoma development: The Self-Defense Forces health study. Asian Pac J Cancer Prev Oct–Dec 2005; 6(4): 485–459.

773 Lipscombe LL, et al. Diabetes mellitus and breast cancer: A retrospective population-based cohort study. Breast Cancer Res Treat Aug 2006; 98(3): 349–356.

774 Stolzenberg-Solomon RZ, et al. Insulin, glucose insulin resistance and pancreatic cancer in male smokers. JAMA 2005; 294: 2872–2878.

775 Expert Panel on Detection, Evaluation, and Treatment of High Blood Cholesterol in Adults JAMA 2001; 285: 2486–2497.

776 Definition, Diagnosis and Classification of Diabetes Mellitus and Its Complications, Report of a WHO Consultation. Geneva, Switzerland: Department of Noncommunicable Disease Surveillance, World Health Organization; 1999.

777 Grundy SM, et al. Diagnosis and management of the metabolic syndrome: An American Heart Association/National Heart, Lung and Blood Institute Scientific statement. Circulation. 2005; 112: 2735–2752.

778 Alberti KG, et al. The metabolic syndrome – A new worldwide definition. Lancet 2005; 366: 1059–1062.

779 Festa A, et al. Chronic subclinical inflammation as part of the insulin resistance syndrome: The Insulin Resistance Atherosclerosis Study. (IRAS) Circulation 2000; 102: 42–47.

780 Howard G, et al. Ability of alternative indices of insulin sensitivity to predict cardiovascular risk: Comparison with the "minimal model" Insulin Resistance Atherosclerosis Study (IRAS) Investigators Ann Epidemiol 1998; 8: 358–369.

781 Hanley AJ, et al. Homeostasis model assessment of insulin resistance in relation to the incidence of cardiovascular disease: The San Antonio Heart Studies. Diabetes Care 2002; 25: 1177–1184.

782 Hanley AJ, et al. Factor analysis of metabolic syndrome using directly measured insulin sensitivity: The Insulin Resistance Atherosclerosis Study. Diabetes 2002; 51: 2642–2647.

783 Chu JW, et al. Glycoprotein abnormalities associated with insulin resistance in healthy volunteers identified by the Vertical Auto Profile-II Methodology. Clin Chem 2003; 49(6): 1014–1017.

784 Ford ES, et al. Prevalence of the metabolic syndrome among US adults: Findings from the third National Health and Nutrition Examination Survey. JAMA 2002; 287: 356–359.

785 Dresner A, et al. Effects of free fatty acids on glucose transport and IRS-1-associated phos-

phatidylinositol 3-kinase activity. J Clin Invest 1999; 103: 253–259.
786 Song Y, et al. a prospective study of red meat consumption and type 2 diabetes in middle-aged and elderly women: The women's health study. Diabetes Care 2004 Sep; 27(9): 2108–2115.
787 Van Dam RM, et al. Dietary fat and meat intake in relation to risk of type 2 diabetes in men. Diabetes Care Mar 2002; 25(3): 417–424.
788 Tuomilehto J, et al. Prevention of type II diabetes mellitus by changes in lifestyle among subjects with impaired glucose tolerance. NEJM 2001; 344(18): 1343–1350.
789 Hamman RF Genetic and environmental determinants of non-insulin dependant diabetes mellitus. (NIDDM) Diabetes Metab Rev 1992; 8: 287–338.
790 Ishizaka N, et al. Association between cigarette smoking, metabolic syndrome, and carotid atherosclerosis in Japanese individuals. Atherosclerosis Aug 2005; 181(2): 381–388.
791 Yoo S, et al. Comparison of dietary intakes associated with metabolic syndrome risk factors in young adults: The Bogalusa Heart Study. Am J Clin Nutr Oct 2004; 80(4): 841–848.
792 Kang ES, et al. Relationship of serum high sensitivity C-reactive protein to metabolic syndrome and microvascular complications in type 2 diabetes. Diab Res Clin Pract Aug 2005; 69(2): 151–159.
793 Choi HK, et al. Gout and the risk of type 2 diabetes among men with high cardiovascular profile. Rheumatology (Oxford) Aug 18, 2008 [Epub ahead of print].
794 Shoelson SE, et al. Inflammation and insulin resistance. J Clin Invest 2006; 116: 1793–1801.
795 Pradham AD, et al. C-reactive protein is independently associated with fasting insulin in nondiabetic women. Arterioscler Thromb Vasc Biol 2003; 23: 650–655.
796 Festa A, et al. Chronic subclinical inflammation as part of the insulin resistance syndrome: The Insulin Resistance Atherosclerosis Study. (IRAS) Circulation 2000; 102: 42–47.
797 Festa A, et al. Elevated levels of acute-phase proteins and plasminogen activator inhibitor-1 predict the development of type 2 diabetes: The insulin resistance atherosclerosis study. Diabetes 2002; 51: 1131–1137.
798 Lutsey PL, et al. Dietary intake and the development of the metabolic syndrome: The Atherosclerosis Risk in Community Study. Circulation Feb 12, 2008; 117(6): 754–761.
799 Diamant M, et al. The association between abdominal visceral fat and carotid stiffness in mediated by circulating inflammatory markers in uncomplicated type 2 diabetes. J Clin Edocrinol Metab 2005; 90: 1495–1501.
800 Van Dam RM, et al. Dietary fat and meat intake in relation to risk of type 2 diabetes in men. Diabetes Care 2002; 25(3): 417–424.
801 Schulze MB, et al. Processed meat intake and incidence of Type 2 diabetes in younger and middle-aged women. Diabetologia 2003; 46(11): 1465–1473.
802 Song Y, et al. A prospective study of red meat consumption and type 2 diabetes in middle-aged and elderly women: The women's health study. Diabetes Care Sep 2004; 27(9): 2108–2115.
803 Van Dam RM, et al. Dietary fat and meat intake in relation to risk of type 2 diabetes in men. Diabetes Care Mar 2002; 25(3): 417–424.
804 Elliott SS, et al. Fructose, weight gain, and the insulin resistance syndrome. Am J Clin Nutr 2002; 76(5): 911–922.
805 Miller A, et al. Dietary fructose and the metabolic syndrome. Curr Opin Gastroenterol Mar 2008; 24(2): 204–209.
806 Rayssiguier Y, et al. High fructose consumption combined with low dietary magnesium intake may increase the incidence of metabolic syndrome by inducing inflammation. Magnes Res Dec 2006; 19(4): 237–343.
807 Wolever TM, et al. Long-term effect of varying the source or amount of dietary carbohydrate on postprandial plasma glucose, insulin, triacylglycerol, and free fatty acid concentrations in subjects with impaired glucose tolerance. Am J Clin Nutr 2003; 77(3): 612–621.
808 Kondo N, et al. Association of inflammatory marker and highly sensitive C-reactive protein with aerobic exercise capacity, maximum oxygen uptake and insulin resistance in healthy

middle-aged volunteers. Circ J. Apr 2005; 69(4): 452–457.
809 LaMonte MJ, et al. Cardiorespiratory fitness is inversely associated with the incidence of metabolic syndrome. Circulation 2005; 112: 505–512.
810 Reaven GM. The insulin resistance syndrome: Definition and dietary approaches to treatment. Annu Rev Nutr 2005; 25: 391–406.
811 Diabetes 2005; 54: 603–608.
812 Tsiara S, et al. Influence of smoking on predictors of vascular disease. Angiology 2003; 54(5): 507–530.
813 Storlien LH, et al. Fatty acids, triglycerides and syndromes of insulin resistance. Prostaglandins Leukot Essen Fatty Acids Oct 1997; 57(4–5): 379–385.
814 Waite N, et al. The impact of fish-oil supplements on insulin sensitivity. J Hum Nutr Diet Jul 2008; 21(4): 402–403.
815 Anderson RA. Chromium in the prevention and control of diabetes. Diabetes Metab Feb 2000; 26(1): 22–27.
816 Liese AD, et al. Whole-grain intake and insulin sensitivity: The Insulin Resistance Atherosclerosis Study. Am J Clin Nutr Nov 2003; 78(5): 965–971.
817 Kang ES, et al. Relationship of serum high sensitivity C-reactive protein to metabolic syndrome and microvascular complications in type 2 diabetes. Diab Res Clin Pract Aug 2005; 69(2): 151–159.
818 Ludwig DS, et al. Dietary fiber, weight gain, and cardiovascular disease risk in young adults. JAMA Oct 27, 1999; 282(16): 1539–1546.
819 Diabetes Care 2006; 29: 775–780.
820 Ludwig DS. Diet and development of the insulin resistance syndrome. Asia Pac J Clin Nutr 2003; 12 Suppl: S4.
821 Kuo CS, et al. Insulin sensitivity in Chinese ovo-lacto vegetarians compared with omnivores. Eur J Clin Nutr Feb 2004; 58(2): 312–316.
822 Teegarden D. Calcium intake and reduction in weight or fat mass. J Nutr Jan 2003; 133(1): 249S–251S.
823 Pereira MA, et al. Dairy consumption, obesity, and the insulin resistance syndrome in young adults: The CARDIA Study. JAMA Apr 2002; 287(16): 2081–2089.
824 Liu S, et al. A prospective study of dairy intake and the risk of type 2 diabetes in women. Diabetes Care Jul 2006; 29(7): 1579–1584.
825 Colli JL, et al. International comparisons of prostate cancer mortality rates with dietary practices and sunlight levels. Urol Oncol. May–Jun 2006; 24(3): 184–194.
826 Colli JL, et al. Comparisons of prostate cancer mortality rates with dietary practices in the United States. Urol Oncol. Nov–Dec 2005; 23(6): 390–398.
827 Gallus S, et al. Milk, dairy products and cancer risk (Italy). Cancer Causes Control. May 2006; 17(4): 429–437.
828 Cho E, et al. Dairy foods, calcium, and colorectal cancer: A pooled analysis of 10 cohort studies. J Natl Cancer Inst Jul 7, 2004; 96(13): 1015–1022.
829 Shin MH, et al. Intake of dairy products, calcium, and vitamin D and risk of breast cancer. J Natl Cancer Inst Sep 4, 2002; 94(17): 1301–1311.
830 Tsuda H, et al. Milk components as cancer chemoprotective agents. Asian Pac J Cancer Prev 2000; 1(4): 277–282.
831 Lopez-Ridaura R, et al. Magnesium intake and risk of type 2 diabetes in men and women. Diabetes Care Jan 2004 ; 27(1): 134–140.
832 He K, et al. Magnesium intake and incidence of metabolic syndrome among young adults. Circulation 2006; 113: 1675–1682.
833 Van Dam RM, et al. Coffee consumption and risk of type II diabetes: A systematic review. JAMA Jul 6, 2005; 294(1): 97–104.
834 Wu T, et al. Caffeinated coffee, decaffeinated coffee, and caffeine in relation to plasma C-pep-

tide levels, a marker of insulin secretion, in US women. Diabetes Care. Jun 2005; 28(6): 1390–1396.

835 Farnsworth E, et al. Effect of a high-protein, energy-restricted diet on body composition, glycemic control, and lipid concentrations in overweight and obese hyperinsulinemic men and women. Am J Clin Nutr Jul 2003; 78(1): 31–39.

836 Khan A, et al. Cinnamon improves glucose and lipids of people with type 2 diabetes. Diabetes Care Dec 2003; 26(12): 3215–3218.

837 Mattila C, et al. Serum 25-hydroxyvitamin D concentration and subsequent risk of type 2 diabetes. Diabetes Care 2007; 30: 2569–2570.

838 Pittas A, et al. Vitamin D and calcium intake in relation to type 2 diabetes risk in women. Diabetes Care 2006; 29: 650–656.

839 Pittas AG, et al. The effects of calcium and vitamin D supplementation on blood glucose and markers of inflammation in non-diabetic adults. Diabetes Care Jul 2007; 30(7): e81.

840 Van Cauter E, et al. Roles of circadian rhythmicity and sleep in human glucose regulation. Endocrinology Review 1997; 18: 716–738.

841 Lutsey PL, et al. Dietary intake and the development of the metabolic syndrome: The Atherosclerosis Risk in Community Study. Circulation Feb 12, 2008; 117(6): 754–761.

842 Dhingra R, et al. Soft drink consumption and risk of developing cardiometabolic risk factors and the metabolic syndrome in middle-aged adults in the community. Circulation 2007; 116: 480–488.

843 Tsimikas S, et al. Oxidized phospholipids, Lp(a) lipoprotein, and coronary artery disease. NEJM July 7, 2005; 353(1): 46–57.

844 Von Eckardstein A, et al. Lipoprotein (a) further increases the risk of coronary events in men with high global cardiovascular risk. J Am Coll Card 2001; 37(2): 434–439.

845 Griffen BA, et al. Role of plasma triglycerides in the regulation of plasma low density lipoprotein (LDL) subfractions: Relative contribution of small, dense LDL to coronary heart disease risk. Atherosclerosis 1994; 106(2): 241–253.

846 Hodis HN. Triglyceride rich lipoprotein remnant particles and risk of atherosclerosis. Circulation 1999; 99: 2852–2854.

847 Camppos H, et al. Predominance of large LDL and reduced HDL-2 cholesterol in normolipemic men with cholesterol artery disease. Arterioscler Thromb Vasc Biol 1995; 15(8): 1043–1048.

848 American Diabetes Association. Economic consequences of diabetes mellitus in the US in 1997. Diabetes Care 1998; 21: 296–309.

849 *American Medical News*, March 16, 1998.

850 *USA Today*, May 1, 2002: 5D.

851 *USA Today*, October 24 2002: 2D.

852 *USA Today*, May 14 2003.

853 www.mdnetguide.com. Accessed March 2002.

854 Anderson JW, et al. Health advantages and disadvantages of weight reducing diets: A computer analysis and critical review. J Am Coll Nutr 2000; 19: 578–590.

855 Klem ML, et al. A descriptive study of individuals successful at long-term maintenance of substantial weight loss. Am J Clin Nutr 1997; 66: 239–246.(Taken from the American College of Sports Medicine Position Stand. Appropriate strategies for weight loss and prevention of weight regain for adults. Med Sci Sprts Exerc 2001; 33: 2145–2156.)

856 Dansinger ML. Comparison of the Adkins, Ornish, Weight Watchers and Zone diets for weight loss and heart disease risk reduction. JAMA 2005; 293: 43–53.

857 Dietary references intakes for energy, carbohydrate, fiber, fat, fatty acids, cholesterol, protein, and amino acids. Institute of Medicine of the National Academies. The National Academy Press. Washington, D.C.

858 Gaby AR. Adverse effects of dietary fructose. Alt Med Rev 2005 Dec; 10(4): 294–306.

859 Rayssiguier Y, et al. High fructose consumption combined with low dietary magnesium intake may increase the incidence of metabolic syndrome by inducing inflammation. Magnes Res 2006 Dec; 19(4): 237–43.
860 *UC Berkeley Wellness Letter* 2008 Aug; 24(11): 1.
861 New findings bitter sweet for fructose fans. Tufts Univ Health and Nutrition Letter 2007 Sept; 25(7): 1.
862 Nunes AP, et al. Analysis of genotypic potentiality of stevoside by comet assay. Food Chem Toxicol 2007 Apr; 45(4): 662–6.
863 *USA Today*, April 22, 2008.
864 www.MyPyramid.gov.
865 Jenkins D, et al. Glycemic index of foods: A physiologic basis for carbohydrate exchange. Am J Clin Nutr 1981; 34: 362–366.
866 FAO/WHO Expert consultation. Carbohydrates in human nutrition: Report of a joint FAO/WHO expert consultation, Rome, April 14–18, 1997. Rome: Food and Agriculture Organization, 1998. (FAO Food and Nutrition paper 66).
867 Liu S, et al. A prospective study of dietary glycemic load, carbohydrate intake and the risk of coronary heart disease in women. Am J Clin Nutr 2000; 71: 1455–1461.
868 Salmeron J, et al. Dietary fiber, glycemic load, and the risk of NIDDM in men. Diabetes Care 1997; 20: 545–550.
869 Ludwig D. Dietary glycemic index and obesity. J Nutr 2000; 130: 280S–283S.
870 Franceschi S, et al. Dietary glycemic load and colorectal cancer risk. Ann Oncol 2001; 12: 173–178.
871 Augustin LS. Dietary glycemic index and glycemic load in breast cancer risk: A case control study. Ann Oncol Nov 2001; 12(11): 1533–1538.
872 Augustin LS, et al. Dietary glycemic index, glycemic load and ovarian cancer risk: A case-control study in Italy. Ann Oncol Jan 2003; 14(1): 78–84.
873 Augustin LS, et al. Glycemic index, glycemic load and risk of gastric cancer. Ann Oncol Apr 2004; 15(4): 581–584.
874 Dickson S, et al. High glycemic index carbohydrates increase nuclear factor-kappaB activation in mononuclear cells of young, lean healthy subjects. Am J Clin Nutr May 2008; 87(5): 1188–1193.
875 Foster-Powell K, et al. International table of glycemic index and glycemic load values: 2002. Am J Clin Nutr 2002; 76: 5–56.

www.ingramcontent.com/pod-product-compliance
Lightning Source LLC
LaVergne TN
LVHW040335051026
849518LV00001B/199

* 9 7 8 8 1 8 3 2 2 1 6 7 2 *